SUPERBESTSELLER

952

Della stessa autrice

DOVE BRUCIA IL SOLE
IL BACIO DELLA LUNA
LA PRIMA STELLA DELLA SERA

BARBARA BICKMORE

FINALMENTE A CASA

SPERLING
PAPERBACK

Traduzione di Maria Luisa Cesa Bianchi
Homecoming

I edizione «Superbestseller» Paperback settembre 2003

ISBN 88-8274-585-6
86-I-03

Dedicato a:
Rosamaria Casas, la mia anima gemella messicana;
Binkie Chater, che aggiunge divertimento alla mia vita;
Agustin Velarde, mio insegnante di spagnolo,
guru del computer e buon amico;
Mark Clapp, mio figlio;
Walt Davis, la cui amicizia resta solida
e inestimabile attraverso gli anni;
Bill e Mary Ann Miller, splendidi amici.

Prologo

A PARTE i boschi o il parco nazionale, può essere considerato uno dei pochi posti in America rimasto simile a trecento anni fa.

Allora c'era già una grande casa padronale, edifici che ospitavano la servitù, una bottega da maniscalco e un mulino. In quei trecento anni non è stata aggiunta nessuna nuova costruzione, a meno di non contare le ali est e ovest della casa.

La parte centrale squadrata dell'imponente dimora di mattoni fu iniziata dopo che Martha Hamilton ebbe dato alla luce il suo primo figlio, a Oberon, nel 1672. L'ala est fu aggiunta un centinaio d'anni dopo, nel 1793, quando vennero fondati gli Stati Uniti d'America. Quella ovest venne edificata intorno al 1840, andò distrutta a seguito di un incendio nel 1908 e fu ricostruita nei due anni successivi.

Oberon è uno dei più bei posti d'America. È un'isola di settemila ettari, a un miglio dalla costa orientale del Maryland nella zona di Chesapeake Bay. A nord ci sono paludi dove svernano migliaia di uccelli; possiede foreste, tre laghi e un fiume che scaturisce dalla terra e divide l'isola quasi a metà, creando un'invitante baia in cui molti naviganti, vittime delle inaspettate tempeste estive, hanno trovato rifugio.

Niente fa meglio all'anima che sedere in una barca a remi, con la nebbia che si alza dall'acqua e, al sorgere dell'alba, ascoltare il frastuono di migliaia di ali che sbattono nell'aria e i richiami delle oche, osservando quegli splendidi uccelli oscurare il cielo.

Avviene ogni anno dalla notte dei tempi. Questi uccelli giganteschi volano per migliaia di chilometri dalle terre dove nidificano, in Canada, sopra aride estensioni, attraversano schiamazzando le terre rocciose conosciute oggi come New England e New York e, seguendo il fiume Susquehanna per circa seicento chilometri a sud della sua sorgente, nella parte settentrionale dello stato di New York, giungono fino al più grande estuario del Nord America. A Chesapeake Bay.

Oberon è un'isola piatta con alberi maestosi che si stagliano alti nel cielo. Pini e querce imponenti, aceri rossi, betulle e castagni, con il verde brillante dell'agrifoglio spruzzato qua e là nei boschi. Azalee, rododendri e cornioli punteggiano ovunque il litorale atlantico, e a primavera i loro sfavillanti colori fanno accelerare i battiti del cuore.

I cervi sono prolifici sull'isola, dato che la caccia non è mai stata permessa se non nei primi vent'anni quando, nei rigidi inverni prima che la grande casa offrisse protezione, uccidere un cervo era questione di vita o di morte. Le anatre e le oche impagliate in mostra sulla splendida credenza provenivano dai fiumi della terraferma, il Miles e il Choptank, che serpeggiavano per chilometri. Ogni Hamilton garantiva rifugio agli uccelli acquatici su Oberon. Era terra sacra.

Niente fa meglio all'anima che sedere in quella stessa barca all'alba, quando la baia è uno specchio, e guardare il cielo striarsi di rosa a oriente.

Il mare non è profondo, nonostante le migliaia di litri d'acqua immessi dai fiumi che l'alimentano da ovest e da est.

È una terra dolce, di grande pace e bellezza, tranne quando le tempeste estive agitano le acque in ondate gigantesche e oscurano i cieli, con il tuono liberato dagli dei. Su questo suolo sono cresciute piantagioni di tabacco per più di trecento anni. È stata una delle prime terre a essere colonizzata nel Nuovo Mondo, perché scoperta durante un viaggio esplorativo dallo stesso capitano John Smith che aveva contribuito a fondare Jamestown un anno prima, nel 1607.

A seguito di un'assegnazione di terre da parte della Corona a Lord Baltimore, la prima casa dell'isola venne costruita nel 1658. Fu costruita da schiavi e servi che erano approdati nella terra della libertà fin dalla sua scoperta. Nel 1662, dove il terreno era stato disboscato, vennero edificate alcune case padronali, che esistono tuttora, legate alla coltivazione del tabacco per l'Inghilterra.

Dato che allora tutto si muoveva per via fluviale, i primi insediamenti sorsero lungo la baia o i fiumi, e nel 1671 fu verso l'area di Chesapeake Bay che Samuel e Martha Hamilton si diressero. Appena arrivato dal Surrey, lui si ripromise di creare un feudo più grande della tenuta che avrebbe ereditato il fratello maggiore. Aveva bisogno di una moglie per aiutarlo, non una dell'aristocrazia terriera che avrebbe sposato in patria, ma una donna forte che sopportasse gli stenti di vivere e lavorare in regioni selvagge. Qualcuno che potesse dargli dei figli, tessere i loro abiti, cucinare il loro cibo e aiutarlo nel lavoro, perché all'inizio ci sarebbero stati solo loro due, senza servitù. E mai e poi mai degli schiavi.

Lasciarono Jamestown la sera delle nozze, l'ultimo giorno dell'aprile 1671. Martha era nata a Jamestown, e suo padre, il maniscalco, cercò di non piangere nel vederla andare via. Sua madre invece non riuscì a controllarsi, ma invidiava comunque la figlia che iniziava un'avventura con un uomo così bello e di così buona famiglia come Samuel. Il pensiero che il sangue della nobiltà scorresse nelle vene dei nipoti le fu di consolazione, benché temesse di non rivedere mai più sua figlia.

Quando, quattro mesi dopo, Martha e Samuel trovarono la lingua di terra che lui aveva sognato, le loro braccia si erano fatte muscolose a furia di remare e le loro mani callose e ruvide. E Samuel, con sua grande sorpresa, scoprì di essere innamorato della donna robusta che aveva sposato.

Insieme costruirono una casa che non aveva neppure un angolo retto rispetto al terreno, confinante da una parte con il fiume Miles e dall'altra con la grande distesa di Chesapeake Bay. Nei giorni limpidi si vedeva la costa occidentale con le sue fitte foreste inondate dalla luce. Martha pensava che non ci fosse posto più bello al mondo.

Samuel sapeva che con il sopraggiungere della primavera avrebbero dovuto tornare a Jamestown per rifornirsi, avendo provviste sufficienti per superare l'inverno.

In un bel pomeriggio d'agosto andarono a raccogliere bacche, attardandosi a fare l'amore sotto una quercia frondosa, senza preoccuparsi del puritanesimo dei loro cugini del New England. Quando ritornarono al cottage nel tardo pomeriggio, tutto ciò che rimaneva erano tizzoni ardenti e aria densa di fumo.

Le provviste per quell'anno erano andate in fiamme, e l'unica cosa che restava loro era la barca, nascosta fra le canne della vicina baia. Sulla barca c'erano un coltello, un martello, un secchio e le sementi che non avevano usato in maggio. Non che in quel periodo dell'anno fossero di grande utilità. Sebbene la pistola fosse sparita, il moschetto era sulla barca.

«Dovremo tornare a Jamestown», disse Samuel, pensando che forse il dolore che sentiva al petto era provocato dal suo cuore a pezzi.

«Sono stati gli indiani?» chiese Martha, sebbene conoscesse la risposta ancor prima che lui annuisse. Era spaventata, immaginando come le avrebbero strappato lo scalpo dalla testa e come, più tardi, il suo teschio sarebbe stato infilzato in cima a un lungo bastone.

Si diressero alla barca, e Samuel cominciò a remare non lungo la costa, ma al largo della baia, verso quella macchia di verde che sembrava più vicina rispetto alla riva opposta. Era un'isola, anche se per molto tempo non poté saperlo.

Rimasero lì la prima notte. Martha era così spaventata che al mattino vomitò, e non riuscì a mangiare le bacche che Samuel aveva raccolto. Lui evitò di preparare un fuoco, in modo che gli indiani non potessero scoprirli.

Martha stette male per giorni, adagiata sul giaciglio di arbusti che le aveva preparato Samuel, finché alla fine non le venne in mente che poteva essere incinta. Vomitava di continuo. Samuel faceva bollire per lei corteccia e foglie. Era disperato. Quella donna che era giunto ad amare tanto, che portava suo figlio in grembo, non poteva morire. Doveva salvarla, ma stava troppo male per viaggiare. Sparò a un cervo, ed ebbero carne per settimane; però aveva bisogno di sale, se voleva conservarla.

Dovevano esserci altre dimore nei dintorni, sulla terraferma, ne era sicuro. Con il cuore gonfio di dubbi e paure, partì per andare a cercare gli insediamenti più vicini.

Tornò a remi tre settimane dopo, con farina, caffè e altre provviste che sperava durassero fino al ristabilirsi della moglie, che voleva trasferire nel piccolo villaggio di sei case che aveva scoperto.

Martha gli andò incontro sorridente, trasportando la carcassa di un cinghiale e gli ortaggi che aveva raccolto nei boschi. Gli disse che non ci pensava proprio ad andarsene. Voleva avere il bambino su quell'isola, e sperava che lui trovasse il modo di comprarla, perché era lì che avrebbero fondato la loro dinastia. Era il posto più bello del mondo, disseminato di prati, foreste, piccoli laghi e paludi.

Samuel ritornò al villaggio e comprò seghe, martelli e chiodi. A febbraio, nel pieno di una terribile tempesta di neve, arrivò il primo Hamilton nato nel Nuovo Mondo, con il padre che lo aiutava a venire alla luce in un angolo protetto della foresta accanto a un piccolo lago. Nessuno degli sfarzosi letti di piume su cui avrebbe dormito nei restanti anni della sua vita poté mai sostituire nel cuore di Martha quel morbido e aromatico giaciglio di aghi di pino dove nacque il loro primogenito. Due anni dopo, quando incontrarono il loro primo pastore, fecero battezzare il bambino con il nome di John. John Jay Hamilton. Ma, per allora, ce n'era già un secondo da battezzare, Talbot Raleigh Hamilton.

E battezzarono anche l'isola.

«Oberon», disse Samuel.

«È un nome fantasioso. Non l'ho mai sentito», rispose Martha.

«Era il re delle fate in un'opera di Shakespeare.»

Martha non aveva mai sentito parlare del drammaturgo che era morto solo cinquantasei anni prima. Sapeva scrivere il suo nome e leggere un po', ma un drammaturgo era al di là delle sue possibilità.

«E la nostra barca si chiamerà *Titania.*»

Martha guardò il loro piccolo skiff e sorrise. Un nome pretenzioso per un'umile imbarcazione, ma era più che disposta ad assecondare il marito.

Quando Samuel morì, nel 1717, all'età di settant'anni, la parte centrale del maniero già si ergeva sulla punta meridionale dell'isola, insieme agli edifici esterni e al mulino, che sarebbe durato per oltre trecento anni. Furono le generazioni successive ad ampliare la casa vera e propria, poiché nel 1717 mancavano le ali est e ovest. Ma la magnifica costruzione quadrata che alla fine avrebbe rappresentato la parte centrale della dimora dominava regalmente prati perfetti e scintillanti di verde, circondata da giardini che, seppure non al livello di quelli inglesi, erano comunque spettacolari. Venticinque persone vivevano sull'isola, compresi Samuel e Martha, che sopravvisse a lui sette anni.

Il primogenito John e sua moglie, Merry, ebbero tre figli, di cui uno soltanto rimase a Oberon, mentre gli altri si diressero verso ovest. Talbot, il secondogenito, e sua moglie ebbero solo una figlia, che morì a sei anni. Charity, figlia di Samuel e Martha, veniva a trovarli a Natale e ogni estate: aveva sposato il proprietario di un cantiere navale di Annapolis, adesso diretto dal figlio.

Durante il 1740, la baia venne ripetutamente infestata dai pirati spagnoli. Nessuno lo disse mai apertamente, ma quando un'altra figlia Hamilton, Alice, sposò in gran fretta l'uomo che la corteggiava da anni ma che lei considerava terribilmente noioso, la gente si meravigliò. E quando arrivò il bambino, a sette mesi scarsi dalle nozze, la meraviglia aumentò davanti a carnagione, capelli e occhi molto scuri.

E la gente rammentò, in silenzio, che navi pirata erano state viste veleggiare lungo le coste, sebbene nessuno le avesse mai scorte attraccare. Anche suo padre si chiese se qualcuna di quelle navi potesse aver gettato l'ancora nella baia di Oberon, dove alti alberi nascondevano l'accesso a profonde insenature.

In seguito, Alice e suo marito si trasferirono prima a Baltimora e poi a Filadelfia.

All'epoca della Rivoluzione, a cui presero parte tre uomini Hamilton, Oberon era una tenuta rinomata, famosa almeno quanto la lontana Washington. Gli uomini Hamilton ebbero molto da dire sull'amministrazione della Contea e sul governo dello Stato, dopo la Rivoluzione.

A metà del 1800, circondati da tenute che si servivano della manodopera degli schiavi, gli Hamilton giurarono che non avrebbero mai negato la libertà a un'altra persona. Thomas Hamilton nascondeva spesso fuggiaschi sulla via della libertà: credeva che gli Stati Uniti fossero una terra di libertà per tutti, non solo per i bianchi. I neri sapevano che, se fossero riusciti a spingersi fin lì, prendere una barca e remare fino all'isola a un chilometro dalla costa, sarebbero stati aiutati. Sarebbero stati nutriti, forniti di scarpe e abiti puliti, e sarebbero stati mandati incontro alla salvezza e alla libertà, magari con qualche pezzo d'argento nelle tasche.

Oberon. La parola serpeggiava all'interno dell'organizzazione che favoriva la fuga degli schiavi in Canada. Voleva dire sicurezza.

Lo stesso Maryland era diviso. Sebbene la maggior parte delle grandi tenute approfittasse della manodopera degli schiavi e gli usi e i costumi del Maryland fossero molto simili a quelli del Sud, lo stato votò per rimanere nell'Unione e abolire lo schiavismo. Il fatto che votasse contro il proprio portafoglio fu ammirevole.

Alla fine del 1800, la maggior parte dei discendenti Hamilton aveva abbandonato l'isola per pascoli più verdi e città più eccitanti. Divennero esploratori dell'Ovest, banchieri disseminati lungo la East Coast, costruttori di imperi grazie all'edilizia e al commercio con la Cina, fondatori di compagnie di tabacco. In seguito, si dedicarono anche all'industria automobilistica e dell'acciaio, ma a quel tempo la maggior parte di essi non si chiamava più Hamilton e non si conosceva nemmeno.

Solo due appezzamenti di terreno erano stati mantenuti negli anni da un'unica famiglia. Nel 1949, l'unico Hamilton che fosse diretto discendente dei fondatori, che trascorresse vacanze estive e natalizie a Oberon e che andasse a trovarvi i nonni, era Oliver Wendell Hamilton. Ed era il primo Hamilton a non avervi ospitato un Presidente. Dai tempi del generale Washington a Herbert Hoover, ogni presidente degli Stati Uniti era stato ospitato a Oberon.

Tempo prima, mentre il presidente Taft era in visita, prese fuoco l'ala occidentale, perché uno degli ospiti si era addormentato con il sigaro acceso. Il padre di Oliver spese una fortuna per ricostruirla e riarredarla com'era stata per oltre cent'anni.

Nessuno viveva più a Oberon a tempo pieno dalla fine del 1880, ma era una terra amata, conservata anche per gli uccelli selvatici, che vi arrivavano da sempre. Era un posto sicuro; nessun uccello poteva essere abbattuto a Oberon. Più a sud li proteggeva anche il Blackwater Wildlife Refuge, ma Oberon era terra privata e i proprietari avevano sempre sentito il dovere di aiutare a preservare il futuro del mondo.

Ecco perché Oliver Hamilton non invitò Franklin Delano Roosevelt a pranzo. Era sicuro che Roosevelt stesse portando gli Stati Uniti sulla via della distruzione. E Harry Truman ne seguì le orme.

Nel 1949, non c'era un Hamilton che non amasse quell'isola più di ogni altro posto al mondo. Chi non si sarebbe battuto per mantenerla americana? Chi non si sarebbe battuto per conservarla com'era stato fatto per duecentosettantasette anni di appartenenza alla loro famiglia e centosettantatré come parte degli Stati Uniti d'America?

Oliver Hamilton era uno degli uomini più autorevoli d'America. E sebbene fosse uno dei più ricchi, poche persone fuori della città di New York ne avevano mai sentito parlare. Non aveva la ricchezza dei Rockefeller, dei Ford, dei Mellon o di un centinaio di altre famiglie di cui il pubblico sentiva spesso parlare. Nessuno, compreso lo stesso Oliver, sapeva esattamente quanto fosse importante. Ma nessuno nella sua famiglia doveva mai chiedere il prezzo di qualcosa. La sua famiglia non aveva mai subìto uno scandalo, non una volta in tutti quegli anni. O, se ne avevano subiti, si trattava di qualcuno il cui nome non era più Hamilton e i cui legami con Oliver erano tenui e vaghi, a dir poco. L'integrità degli Hamilton nella società non fu mai messa in discussione, ma benché fossero una della più vecchie famiglie degli Stati Uniti, non partecipavano alla vita sociale di New York. Sebbene possedessero un attico in Park Avenue, i loro nomi finivano raramente sui giornali, se non per aver contribuito alla biblioteca di un'università o, nel 1930, alla politica repubblicana, benché nessun Hamilton avesse mai ambito a una carica.

Oliver lavorava dietro le quinte attraverso il suo organo portavoce, *The New York Chronicle*. Nel 1925, anno del suo ventisettesimo compleanno, egli acquistò il giornale e sposò la bella Silvie Templeton Holister di Oyster Bay.

e parlare Oliver Hamilton con Franklin Delano Roosevelt a palazzo. Era quando Roosevelt stava portando gli Stati Uniti sulla [illegible] Harry Truman [illegible]

Nel 1949, [illegible] Hamilton [illegible] quell'Isola [illegible] di ogni altro posto al mondo. Chi non si sarebbe battuto per mantenerla americana? Chi non si sarebbe battuto per conservarla com'era [illegible] e continuare [illegible] come parte degli Stati Uniti d'America?

Oliver Hamilton era uno degli uomini più autorevoli d'America, e [illegible] dei più ricchi, [illegible] ricchezza dei Rockefeller, dei Ford, dei Mellon [illegible] di altre famiglie [illegible] Nessuno [illegible] lo stesso Oliver [illegible] Ma nessuno nella sua famiglia [illegible] 1949 [illegible] Hamilton [illegible] Oliver [illegible] Hamilton [illegible] degli Stati Uniti [illegible] di New York [illegible] Avenue [illegible] nel 1950 [illegible] Hamilton avesse [illegible]

Oliver [illegible] il suo [illegible] New York [illegible] Nel 1925, [illegible] il giornale e sposato la bella Silvia [illegible]

1

La coincidenza non sfuggì a nessuno dei due.

Era l'anno in cui la recensione di Walter Kerr del fantastico musical *South Pacific* titolava PERLE, PURE PERLE. Ezio Pinza aveva reso famosa *Some Enchanted Evening: «Attraverso una sala affollata...»*

E, attraverso una sala affollata, dalla sua posizione favorevole sopra un pianoforte, su cui stava ballando, Sydney vide per la prima volta Jordan Eliot. Con la schiena appoggiata a una parete e una lunga sigaretta, era l'unico che non portava smoking o giacca bianca. I suoi capelli scuri erano troppo corti per arricciarsi, ma la tendenza a farlo era evidente. Doveva essere alto circa due metri, aveva spalle larghe e vita stretta. Indossava un blazer blu e, al posto della cravatta, portava al collo un fazzoletto di seta blu a piccoli disegni. La stava fissando con occhi divertiti. Era il più bell'uomo che avesse mai visto.

Jordan la stava osservando da quando si era arrampicata sul pianoforte e aveva cominciato a muovere le mani nell'aria, oscillando languidamente. Era la ragazza con più classe che avesse mai visto. Sottile, con capelli biondo miele che le arrivavano alle spalle, zigomi alti, naso aristocratico finemente cesellato e una bocca ampia e generosa. Ma non era bella. Lo notò subito. Era più magra delle donne che in genere gli piacevano, sebbene quell'abito rosso promettesse un bel corpo. È sicuramente affascinante, ma non bella, si ripeté. La gente non si sarebbe girata a guardarla due volte, eppure lui non riusciva a staccarle gli occhi di dosso. Decise che era la sua allegria ad attirarlo. Quando i loro sguardi si incontrarono, lui cominciò a farsi largo fra i ballerini finché, al termine della canzone, si trovò in piedi accanto al pianoforte.

Sydney scivolò giù e si mise a sedere sul bordo del piano. Le prime parole che lui le rivolse furono: «Hai delle gambe da schianto».

«E tu sei il più bell'uomo dagli occhi più azzurri che abbia mai visto.»

«Mi imbarazzi.»

«E tu imbarazzi me presentandoti con una simile battuta sulle mie gambe.»

Jordan si inchinò lievemente, gli occhi che brillavano divertiti. «*Touché*», disse. «Starò attento a non ripetere lo stesso errore.»

Sydney scese dal pianoforte e si chinò per raccogliere le scarpe, appoggiandosi al suo braccio mentre infilava il piede prima in una e poi nell'altra. «In questo caso, trovami un drink. Sto morendo di sete.»

«Ci credo, con tutte quelle evoluzioni.»

«Non sei di New York... lo si capisce dall'accento.»

«Elk Park, Indiana», ammise lui. «Spero che tu non me ne faccia una colpa.»

Lo guardò di sottecchi. «Quando ti farò una colpa, non sarà perché sei dell'Indiana.»

La risposta di Sydney lo lasciò interdetto per un momento. «Be', dall'accento non si direbbe, ma scommetto cento a uno che tu sei di New York. Nessuno, a parte i newyorchesi, si esprime in maniera così diretta e balla sui pianoforti. Credevo che fosse passato di moda dai tempi del charleston.»

Arrivarono al bar. «Una Coca», disse Sydney.

«Birra», disse lui.

«Andiamo.» Le prese il braccio. «La terrazza è da questa parte. Ho bisogno di un po' d'aria fresca.»

Scostarono le tende di seta lasciando entrare la dolce aria primaverile di New York. Da quel punto di osservazione privilegiato, la città scintillava come un mare di diamanti.

«Sono Jordan Eliot.»

Lei appoggiò i gomiti e la schiena al parapetto e, stringendo il bicchiere con entrambe le mani, lo guardò.

«Sydney Hamilton», disse. «Sydney con la y.»

«Non ho mai conosciuto una ragazza che si chiamasse Sydney.»

«I miei genitori mi hanno concepita mentre erano laggiù in viaggio di nozze.»

«Figuriamoci», mormorò Jordan, guardando fuori verso la città, «viaggio di nozze in Australia.»

Rimasero silenziosi per un minuto, lui studiando la città, lei studiando lui.

«Non sei per nulla imbarazzato a essere l'unico uomo che non porta lo smoking.»

La guardò di nuovo: «Non provengo da un posto dove lo si indossa. Non l'abbiamo indossato nemmeno per il ballo alla Northwestern University. Non tengo particolarmente a conoscere la gente che mi giudica secondo questi standard».

«Northwestern», ripeté lei. «Vediamo. Sei venuto nella grande metropoli per fare fortuna come avvocato.»

Jordan rise. «È quanto ha fatto metà della mia classe. Non io.»

«Stai facendo l'internato al New York Hospital.»

«Questo vale per la Cornell, non per la Northwestern.»

«Ehm», fece Sydney. «Di solito ci azzecco. Vediamo. Ah, ci sono, Wall Street.»

«Neanche per sogno», fece lui. «È tutto così ripugnante. Be', non la medicina, ma non è per me.»

«Non puoi essere un fisico. I fisici non hanno il tuo aspetto.»

«È necessario portare gli occhiali, essere strabici e non avere umorismo per essere un fisico?»

«Non lo so.» Sydney sorrise. «Non ne ho mai visto uno, se non al cinema. D'accordo, come ti guadagni da vivere?»

La sua espressione era seria. «Come mi guadagno da vivere e quale professione svolgo sono due cose diverse.»

Sydney si girò a guardare fuori verso la città. «Spiegami la differenza.»

«Non credo che ti potrebbe interessare.»

«Ah, stai cercando di nascondere quello che fai. Un galeotto, dunque?»

Scosse la testa. «Non mi sembri il genere di ragazza che se la fa con i camerieri.»

Lei alzò la testa per guardarlo di nuovo. «Ma va! Non ci credo. Un laureato alla Northwestern University con l'aria dello studente in Scienze economiche fa il cameriere?»

«Mi sono specializzato», disse, «in recitazione.»

«Oh, cielo, un aspirante attore!»

«Ecco, ci sei arrivata. E tu? Fai la segretaria in attesa dell'uomo giusto che aiuterai a salire la scala del successo?» Ma sapeva già di aver sbagliato. Se aveva mai incontrato qualcuno con soldi, classe ed educazione, qualcuno che non avrebbe mai dovuto preoccuparsi per il denaro, quel qualcuno era Sydney.

«Per citare una persona che ho appena conosciuto, e che penso mi piaccia nonostante alcune limitazioni, neanche per sogno.»

«Una frequentatrice professionista di feste?»

«A dire il vero, le feste non mi piacciono. Né le riunioni numerose.» Lo fissò e spinse indietro la testa, facendo ondeggiare i capelli color paglia e gli orecchini d'oro. «Sto per laurearmi alla Wellesley.»

«Ah, Boston. Non ci sono mai stato.» Appoggiò i gomiti alla ringhiera e la guardò mentre lei guardava giù verso le luci scintillanti. «Ma sei veramente di New York? Non sapevo che esistesse un animale simile, qui.»

«In parte hai ragione. Benché viva qui da tutta la vita, sono nata nel Maryland.»

«Sei a casa per il weekend?»

«Mmm mmm. Prendo il treno delle sei del mattino per tornare al campus. Mi laureo fra tre settimane.»

Lui guardò l'orologio. «Cinque ore e mezzo. O ci separiamo adesso senza conoscerci meglio oppure andiamo a prendere il traghetto e ci godiamo una veduta romantica di New York. Poi facciamo colazione all'*Automat* e ti accompagno alla Grand Central Station in tempo per prendere il treno e scoprire a che punto siamo.»

«A che punto siamo? Dieci minuti di conversazione e ci chiediamo a che punto siamo?»

Lui annuì.

Sydney rise. «Vivo a New York da quasi vent'anni e non ho mai fatto nessuna di queste cose.»

«Hai una giacca?» chiese Jordan. «Dov'è?»

L'afferrò per la mano e lei lo condusse al guardaroba. «Non dobbiamo salutare nessuno», disse. «I padroni di casa non sanno nemmeno chi c'è.»

«Io non so nemmeno chi siano i padroni di casa.»

Lei lo prese per il braccio. «Questa è New York.»

La serata era abbastanza mite e Sydney si limitò a buttarsi la giacca sulle spalle, allungando il passo per mettersi al pari con lui.

«Come arriviamo al traghetto?» chiese Jordan.

«Sei tu che mi hai invitata... non lo so. Non sono mai stata a Staten Island.»

«Mai?»

«Perché diamine avrei dovuto andarci?»

Rise. «Non lo so. I film lo fanno sembrare una cosa estremamente romantica.»

«Perché i traghetti sono romantici, credo. Be', scopriamolo.» Sydney alzò una mano e si precipitò verso il marciapiede mentre un taxi svoltava l'angolo con uno stridio di freni. «Il tassista saprà dove andare.»

Durante il viaggio verso il centro, Sydney apprese che il padre di Jordan era proprietario di un negozio di ferramenta a Elk Park, nell'Indiana, dove il padre di suo padre vi si era trasferito da Friendship, nel Maine, dopo aver conosciuto sua nonna, la cui famiglia abitava a Elk Park dalla metà del 1880.

Nessuno in famiglia capiva perché Jordan volesse diventare attore, ma lui sapeva fin dai tempi del liceo che era quanto desiderava fare. Un altro allievo della Northwestern, un anno più avanti di lui a scuola, era Charlton Heston, che stava già ottenendo particine a teatro. Diversi anni prima, Patricia Neal si era diretta sulla costa occidentale e aveva sfondato nel cinema, recitando con Gary Cooper in *La fonte meravigliosa*.

«La Northwestern ha una buona reputazione in fatto di recitazione», osservò Jordan, prendendo la mano di Sydney, «ma non voglio ricalcare le orme di Pat e darmi al cinema. Si faranno anche più soldi lì, ma è a Broadway che aspiro. Senti, non voglio più parlare di me. Parliamo...»

«Di me? Sono stata in Europa per tre volte. Il resto della mia vita l'ho trascorso qui e nel Maryland. Frequenterò la specializzazione a Filadelfia.»

«Pennsylvania University?»

Sydney annuì.

«Sono colpito. Non è facile entrarci.»

Il tassista svoltò e praticamente gridò: «Eccovi».

Ebbero fortuna. Un traghetto sarebbe partito dopo dieci minuti. Non c'erano quasi passeggeri a quell'ora, e Sydney e Jordan, senza alcun accordo verbale, salirono la scaletta di ferro fino al ponte superiore vuoto, tutto per loro. Da un altoparlante la musica fluiva attraverso la notte.

Quando fu annunciata la partenza si appoggiarono al parapetto, e il traghetto si diresse lentamente verso il mare aperto. Il chiaro di luna danzava sull'acqua.

«Penso sempre di riuscire a vedere l'Europa», osservò Sydney.

«No. Da questo punto si guarda verso il Sud America.»

Lei piegò la testa e lo fissò. «Come mai ne sai più di me su questa mia parte del mondo?»

Nell'aria si diffuse la voce inconfondibile di Frank Sinatra.

Jordan si girò e tese le braccia. Sydney vi si abbandonò, muovendosi al ritmo lento della musica in sottofondo. Le piacque la sensazione delle sue braccia che, stringendola, la guidavano abilmente. Non doveva nemmeno concentrarsi per seguirlo. Lui l'attirò a sé mentre Sinatra cantava.

Lei chiuse gli occhi e pensò che Jordan aveva un buon profumo. Probabilmente era solo il dopobarba, ciò nondimeno, le piaceva. Può anche essere un campagnolo, pensò, ma ha qualcosa.

Smise di ballare e lui la guardò con aria interrogativa. Slegando le maniche della giacca che si era annodata intorno al collo, Sydney la gettò su una panchina. Non che facesse troppo caldo: voleva solo stargli più vicina, sentirlo mentre ballavano.

Prendendole una mano, la fece girare su se stessa. Ballarono come se l'avessero già fatto molte volte. Non c'era nessuno a guardarli. Solo una leggera brezza li seguiva intorno al ponte superiore. Non smisero di ballare neanche quando la voce di Sinatra si spense. Ballarono al ritmo delle onde che si frangevano contro lo scafo; i loro corpi si intrecciarono per un attimo prima che lui la facesse girare di nuovo.

Mentre si avvicinavano a Staten Island la sirena del traghetto suonò. Quando Jordan attirò Sydney a sé, la circondò con le braccia e premette le labbra contro le sue, lei chiuse gli occhi, cingendogli il collo e schiudendo la bocca al morbido, caldo contatto. Le si svuotò la mente nel rendersi conto che, forse per la prima volta, veniva realmente baciata.

Quando il traghetto urtò contro i piloni si guardarono e, mano nella mano, scesero la scaletta fino al pontile di legno, precipitandosi verso il chiosco che fungeva da biglietteria. Jordan infilò un dollaro nella mano dell'affaticato inserviente in divisa che cercava di farsi passare per un ufficiale di marina, e corsero di nuovo indietro senza mai fermarsi, risalendo le scale di accesso al ponte finché non rimasero senza fiato. Poi scoppiarono a ridere, ansimando e appoggiandosi al parapetto. Alcune voci fluttuarono lungo la scaletta, ma ciò non impedì a Jordan di attirarla a sé.

L'impeto forte del suo bacio smentiva la morbidezza delle sue labbra e, quando si separarono, Sydney disse a voce bassa: «Qualunque cosa vi insegnino laggiù a Elk Park, mi piace».

Jordan la teneva ancora fra le braccia quando raccolsero la sua giacca. «Be', le ragazze di Elk Park non baciano così. Né di nessun altro luogo, se per questo.»

Un gruppo di quattro ragazzi e due ragazze si precipitò sul ponte, chiacchierando animatamente.

Sydney e Jordan non parlavano, limitandosi a fissare il molo di Staten Island vivacemente illuminato, appoggiandosi al parapetto e tenendosi abbracciati. Quando il traghetto uscì di nuovo dalla darsena si guardarono sorridendo, poi Sydney gli posò la testa sulla spalla.

«Non ti conosco nemmeno», disse lui mentre si stavano avvicinando alla banchina di Manhattan, «eppure ho l'impressione di non aver mai conosciuto nessuno come te.»

«Non credo di essere così diversa, anche se me lo ripetono da tutta la vita. Non riesco proprio a capire.»

«Forse non dal tuo punto di vista. Non credi che i nostri nipoti saranno felici di apprendere come ti ho vista la prima volta, mentre ballavi sopra un pianoforte?»

Sydney alzò il volto verso quello di lui. «Baciami di nuovo. Mi piace l'effetto che mi fanno i tuoi baci.»

Lui si chinò e incontrò la sua bocca. Il gruppo dall'altra parte del ponte non prestava loro attenzione. Jordan si girò in modo da prendere Sydney fra le braccia e lei sospirò, pensando che non si era mai sentita così quand'era stata baciata in precedenza. Le sue braccia la facevano sentire sicura e, nello stesso tempo, i suoi baci le facevano desiderare di gettare al vento quella sicurezza.

La barca urtò contro il molo e si separarono. Jordan guardò l'orologio. «Giusto il tempo per fare colazione all'*Automat*. Mi hai preso in giro, vero, quando hai detto di non aver mai mangiato lì?»

«No, non ci ho davvero mai mangiato.»

«Ne conosco uno vicino alla Grand Central», spiegò. «Ma a te la scelta: andarci a piedi o pagare tu il taxi. Non ho abbastanza soldi per il taxi e la colazione.»

«Opto per il taxi», disse Sydney. Quando uscirono dalla stazione dei traghetti, al posteggio ne trovarono diversi. «Voglio che mi inviti tu, la mia prima volta all'*Automat*.»

«In verità, questa non è l'ora in cui servono i piatti migliori», asserì mentre il taxi si spingeva a nord attraverso le strade deserte. «I loro fagioli stufati sono favolosi.»

«Fagioli stufati?»

Sydney pagò l'autista quando fermò di fronte a *Horn & Hardart*, realizzando che era la prima volta che pagava un taxi, o qualunque altra cosa, quand'era con un uomo. Alzò lo sguardo su Jordan che le tendeva la mano per aiutarla a scendere dal taxi. Be', se è l'aspetto che conta, Jordan ha le carte in regola, si disse. Non conosceva nessuno tanto attraente. Perché la gente non si ferma per strada a guardarlo? si chiese. Quando entrarono all'*Automat* pressoché deserto, gli altri avventori si girarono a guardarlo, e Sydney li capì. E capì anche il suo modo di baciare. Be'... era certamente valsa la pena di pagare il taxi.

Jordan fece un cenno in direzione dei presenti. «Visto? Ti stanno guardando tutti. Sei sempre al centro dell'attenzione?»

Sydney scoppiò a ridere. «Questo ti serva di lezione. Credevo che stessero guardando te.»

«Sono forse io che indosso un vestito rosso così attillato da sembrare cucito addosso e una scollatura che arriva fin quasi all'ombelico?» Le prese la mano per condurla verso il distributore di piatti pronti. «Quanto tempo abbiamo? Dovrai passare a prendere una borsa e cambiarti d'abito, non è così?»

Sydney era affascinata dalle piccole vetrine che contenevano tanta varietà di cibi. «Non mi porto mai una borsa quando torno a casa. E posso indossare questo sul treno.»

Lui inarcò le sopracciglia. «In pieno giorno?»

«Certo. Non mi conosce nessuno. E se invece mi conoscono, non ne saranno sorpresi. Su, dove sono questi fagioli stufati?»

«Alle cinque del mattino?»

Lei si strinse nelle spalle, sbirciando in ogni vetrina. «Ah, guarda, sono qui. Adesso che cosa faccio?»

«Aspetta un minuto. Mi sono dimenticato di cambiare il mio dollaro in monete.»

Il suo dollaro? Ma lo vide dare alla donna al banco due biglietti da un dollaro e ricevere in cambio una manciata di monetine.

Sydney infilò cinque monete da cinque cents nella scanalatura e la vetrina si aprì. Tirò fuori un piatto di fagioli che avevano un profumo delizioso. «A me i fagioli stufati neppure piacciono.»

«E allora perché li hai presi?»

«Mi hai detto che erano buoni.»

«Anche il pane nero. Prendi un succo d'arancia per evitare lo scorbuto.»

«Ho bisogno di caffè, se devo rimanere sveglia. Devo studiare per un esame, questo pomeriggio, una volta sul treno.»

«Studiare che cosa?» chiese lui mentre sedevano a un tavolino con il ripiano di marmo.

Sydney tirò fuori un libro dalla tasca della giacca. «Questo.»

Lo guardò. «In che cosa ti laurei?»

«Oh, Dio, chi lo sa? Volevo laurearmi in Inglese perché ho passato la vita a leggere e a scrivere, ma poi sono passata a Scienze politiche. E adesso sto per laurearmi con una doppia specializzazione: Storia e Scienze politiche.»

«E che cosa intendi fare?»

Si strinse nelle spalle. «Questi fagioli sono deliziosi. Divini.» Imburrò il pane nero e bevve un sorso di caffè. «Non lo so.»

«Che cosa devo fare per rivederti?»

Si piegò verso di lui, un gomito sul tavolo, una tazza di caffè nell'altra mano. «Baciami di nuovo», disse. «Mi piace il modo in cui baci.»

Lui si guardò intorno nella grande sala quasi deserta e si chinò per sfiorarle le labbra.

«Be', non è esattamente quel che avevo in mente, ma per ora può bastare.»

Le sorrise. «Come farò per rivederti?»

«Scrivimi alla Wellesley.»

«Risponderai?»

«Quanto sai essere convincente nello scrivere?»

«Sotto che nome ti trovo sull'elenco telefonico di Manhattan?»

«Non siamo sull'elenco.»

«Non stai collaborando molto.»

«Quando torno in città, dopo la laurea, se passo da New York per recarmi a Oberon vengo a cena nel ristorante in cui lavori.»

«Da *Giorgio*. Non di martedì o mercoledì, sono le mie serate libere. Altrimenti, lavoro lì dalle quattro fino alla chiusura.»

Sydney si appoggiò allo schienale della sedia e lo studiò. «Sei veramente un buon attore?»

Jordan posò una mano sulla sua. «Devo pensarlo, non ti pare? Quando mi daranno una parte te lo farò sapere, così potrai venire a vedermi e decidere da te. Sì, credo che un giorno il nome Jordan Eliot brillerà sull'insegna di un teatro.»

Le porse un pacchetto di sigarette, ma Sydney scosse il capo. «Un'abitudine che non ho mai preso.»

«Ti spiace se fumo?»

«No, se poi non mi bacerai.»

Jordan inarcò un sopracciglio, la guardò e infilò di nuovo il pacchetto nel taschino della camicia. «D'accordo, aspetterò.»

Lei annuì. «Grazie. Detesto il gusto delle sigarette e l'odore del fumo.»

«Non posso dire di non essere stato avvertito. Hai tutta una serie di cose che ti piacciono e non ti piacciono.»

«Già, tutta una serie.»

Jordan spinse indietro la sedia. Avrebbe voluto baciarla ancora e ancora. «Se andiamo ad aspettare il tuo treno, potremo baciarci davanti a tutti i treni in partenza, e la gente non ci presterà attenzione.»

Sydney sorrise. «È una splendida idea. Persino migliore di quella d'essere venuti qui a mangiare fagioli stufati e aver ballato durante la traversata verso Staten Island.»

Tenendosi per mano, percorsero l'isolato fino alla Grand Central Station. Prima di entrare nella cavernosa stazione, Jordan si girò e la circondò con le braccia, baciandola lentamente, languidamente. Sydney sospirò.

Poi lui la precedette lungo le scale. «Abbiamo ancora mezz'ora. Andiamo.» Trovarono un cancello attraverso il quale si stava riversando la gente, e lui la prese di nuovo fra le braccia posando la bocca sulla sua. Nessuno fece loro caso.

Passeggiarono intorno all'intero perimetro della grande sala d'aspetto, fermandosi a baciarsi davanti a ogni cancello aperto.

«Dio», fece Sydney, «chi avrebbe mai pensato che la Grand Central fosse il posto più erotico del mondo?»

«Hai ragione», ammise Jordan. «Quello che desidero in questo momento è buttarmi sul pavimento e fare l'amore con te.»

«Mi sembra un'idea fantastica», sussurrò lei. «Impossibile, ma fantastica.»

«Merda», disse lui. «Andiamo a cercare un angolino buio dove baciarci sul serio.»

E così fecero, aggrappandosi appassionatamente l'uno all'altra.

«Cristo», mormorò Jordan.

«Mi sembra di recitare in un film rosa», osservò Sydney. «È tutto molto sciocco, voglio dire. Ci stiamo comportando come dei bambini.»

«Quello che provo io non è da bambini», ribatté lui, «ma non riesco a resistere. Vieni, andiamo a cercare il tuo treno.»

La gente stava già salendo a bordo e il vapore sbuffava sibilando dalla locomotiva.

«Hai qualcosa per scrivere?» chiese Sydney.

«No.»

«Neanch'io. Allora non ha senso darti il mio numero di telefono.»

«Lo troverò», fece lui. «E se non lo trovassi, cercami tu da *Giorgio*. In che giorno ti laurei?»

«L'8 giugno.»

«Da *Giorgio* il 9. Sarò lì.»

Mentre Sydney stava per salire sul treno, lui l'afferrò, baciandola come se non potesse più lasciarla andare.

«Allora, abbiamo capito a che punto siamo?»

Sydney gli sorrise.

«Non posso rispondere per te», disse, continuando a tenergli la mano mentre si arrampicava sul primo gradino. «Ma io ho capito.»

«In vettura, si parte!» gridò il capotreno.

* * *

Salutò Jordan Eliot con la mano, un'ultima occhiata attraverso il finestrino spruzzato di fango e polveroso, mentre il treno cominciava a uscire sbuffando dalla stazione buia. Numerose persone la stavano fissando, così si strinse il cappotto addosso, cercando di nascondercisi dentro. Chiuse gli occhi e si rannicchiò contro il sedile. Oh, Dio, come si sentiva bene.

Jordan Eliot.

Sydney Eliot.

Sbarrò gli occhi. Cosa diavolo stava pensando? Signora Eliot? La moglie di un cameriere? Di un aspirante attore? Qualcuno che sei ore prima non conosceva nemmeno... Ai suoi genitori sarebbe venuto un colpo.

E poi scoppiò a ridere. Una notte romantica trascorsa ballando con un uomo che sapeva veramente baciare, veramente, ed era pronta a legare la sua vita a quella di lui? Doveva essere impazzita.

Scosse la testa come per schiarirsi le idee. Magnetismo animale, ecco cos'era. Era bello, ballava divinamente, aveva un piacevole senso dell'umorismo e i suoi baci le accendevano un fuoco dentro. Ecco che cos'era.

Chiuse gli occhi, dormì per tutto il viaggio fino a Boston, e superò brillantemente l'esame.

2

«DEV'ESSERTI andata bene», disse Monday Pearson sulla porta del bagno, osservando Jordan radersi. «Sono tornato a casa verso le cinque e non c'eri ancora.» Aveva gli occhi iniettati di sangue anche alle tre e mezzo del pomeriggio. Mentre guardava il riflesso di Jordan nello specchio, beveva succo di pomodoro.

Monday faceva il cameriere da *Giorgio* e divideva con Jordan l'appartamentino di due stanze in Bleecker Street. Era di Falfurias, nel Texas, e potevi tagliare il suo accento con il coltello, nonostante i quattro anni a Stanford. Jordan era costantemente impressionato dall'intelligenza di Monday, che lui cercava per lo più di nascondere. Altrettanto impressionante era il suo senso dell'umorismo, la parte di sé che mostrava al mondo.

Jordan guardò l'orologio. Dovevano essere al lavoro entro mezz'ora. Avevano finito dopo le undici la sera prima ed erano andati a un party di gente che Monday aveva conosciuto chissà dove. Monday conosceva sempre gente nuova e si trascinava dietro Jordan, dopo il lavoro. Ma, a meno che non stessero scritturando attori per una nuova commedia, Jordan poteva dormire fin dopo mezzogiorno. Monday invece sedeva alla macchina per scrivere ogni mattina alle nove. Non si muoveva finché non aveva scritto cinque pagine. «Che sia merda o no», ripeteva, «mi sforzo di scrivere cinque pagine.» Buttava via più della metà di quello che scriveva e riscriveva tutto quello che invece teneva, spesso anche sette od otto volte.

Jordan si chiedeva perché Monday dovesse vivere a New York per affermarsi come scrittore. Pensava che ci sarebbe riuscito più facilmente se avesse vissuto nei boschi o in montagna dove non c'erano tante distrazioni. Monday però sosteneva di avere bisogno di New York, e Jordan ne era lieto. Era facile vivere con Monday, che gli offriva una vita sociale. Gli piacevano le notti dopo il lavoro quando non uscivano, quando sedevano a bere birra e a risolvere i problemi del mondo. Monday promise a Jordan che un giorno avrebbe scritto una commedia da premio Pulitzer, che lui avrebbe potuto interpretare.

Nel frattempo, scriveva la mattina, lavorava la sera e se la spassava la notte.

«Ho incontrato una ragazza.»

Monday piegò la testa di lato e studiò Jordan mentre riponeva l'occorrente per radersi. Monday si portava a letto un sacco di ragazze ogni settimana, ma sapeva che Jordan non aveva mai trascorso tutta la notte fuori da quando, nove mesi prima, avevano cominciato a dividere l'appartamento.

«Te la sei scopata?»

«Ho fatto di meglio.»

«Niente è meglio che scopare.»

«Riesci a ricordarti i nomi di tutte le ragazze con le quali sei andato a letto in quest'ultimo mese?»

Monday scosse il capo. «Non riesco neppure a ricordare il nome di quella di due sere fa.»

«Sydney Hamilton... ricorderò a lungo il suo nome. Una ragazza di classe.»

«Le ragazze di classe non te la danno.»

«Monday, amico mio, sei di mentalità ristretta, e non sei ancora uno scrittore di successo perché affronti solo le emozioni più grossolane. Non sai che cosa siano le questioni di cuore.»

«Le questioni di cuore servono a far vendere libri e film, ma ti rovinano la vita.»

«Rendono anche la vita degna di essere vissuta.»

«Devi solo farti una bella scopata, caro Jordie. Non confondere le tue ghiandole con le emozioni.»

Jordan non era affatto confuso. Sapeva di voler rivedere ancora Sydney. Fischiettava mentre si annodava il cravattino nero che esigeva *Giorgio*, e stava ancora fischiettando quando scese con Monday le quattro rampe di scale verso il caldo sole di un pomeriggio di maggio a Greenwich Village. «New York è il più bel posto del mondo», disse.

«Oh, Cristo.» Monday gli diede una pacca sulla schiena.

Sydney era furiosa con se stessa. Qualunque cosa stesse facendo – studiando per un esame, giocando a tennis o a bridge, leggendo, passeggiando attraverso il campus con un'amica – Jordan Eliot le appariva davanti. Per non parlare di come ricordava i suoi baci quando andava a letto la sera e chiudeva gli occhi.

Non era mai uscita con qualcuno che non avesse frequentato una scuola privata. L'unico maschio di sua conoscenza che non fosse uno studente di college era suo fratello, Evan, che non aveva i voti sufficienti e non gliene importava. Tutti i maschi che conosceva erano destinati a una vita come quella che aveva sempre conosciuto. Sarebbero diventati avvocati, dottori, agenti di cambio o si sarebbero occupati delle loro aziende o di quelle del loro padre. O non avrebbero fatto niente. Avrebbero veleggiato intorno al mondo con gli yacht, trascorrendo estati in barca a vela e inverni sugli sci. Avrebbero indossato vestiti costosi con camicie bianche, o magari azzurrine per i più audaci.

Non sarebbero andati a un party esclusivo in blazer e ascot.

Non avrebbero mai mangiato in un *Automat*, neppure a colazione; non ci sarebbero nemmeno mai entrati in un *Automat*.

E non sarebbe mai venuto loro in mente che prendere il traghetto per Staten Island potesse essere il colmo del romanticismo.

Avrebbero pranzato da *Giorgio*, non fatto il cameriere lì.

Sydney si chiese se Jordan potesse averla mai servita, qualche volta. Non notava mai i camerieri.

Nessun uomo che conosceva avrebbe mai pensato di diventare attore. Non era un po' da rammolliti? Eppure guarda quelli che avevano sfondato: Clark Gable forse non era più nel fiore degli anni, ma nessuno avrebbe mai potuto definirlo poco virile. Gary Cooper. Cary Grant. Eleganti.

Ma recitare non era quello che facevano gli uomini seri. Era finzione, non parte del mondo reale.

Che cos'era il mondo reale? Forse non ne aveva idea. Aveva condotto una vita protetta, lo sapeva. Aveva dunque il diritto di giudicare quello che era reale e quello che non lo era? E quanti di quei cloni delle scuole private che conosceva da una vita l'avevano mai baciata come l'aveva baciata Jordan, le avevano fatto scorrere il sangue come gliel'aveva fatto scorrere lui?

Chiuse gli occhi e ricordò il loro primo ballo sul traghetto, proprio come Fred e Ginger in un film romantico. Niente di quello che aveva provato prima l'aveva colpita come l'aveva colpita lui con quell'espressione divertita sul suo splendido viso.

Si stava comportando come si comportano gli uomini, che si innamorano di un viso invece di una persona?

Amore? Mio Dio, si disse. Che sciocchezza. Non conosceva nemmeno Jordan Eliot.

Eppure non riusciva a cancellare dalla mente la sua faccia, i suoi baci o come si era sentita fra le sue braccia.

Trascorse l'intera settimana con lui. Ovunque andasse e qualunque cosa facesse, lui l'accompagnava.

Così, non rimase sorpresa di vederselo davanti nell'atrio del pensionato, quando scese per la colazione sabato mattina. Era dall'altra parte della sala, come al party della domenica precedente, appoggiato alla parete, ma questa volta senza la sigaretta in bocca. Visto che era stato con lei in ogni stanza, per tutta la settimana, non gli fece neppure un cenno, ma proseguì finché la sua voce non l'arrestò. «Non mi saluti neanche?»

Sydney raggelò. Era impazzita o era veramente venuto da lei? Si girò lentamente, sapendo che sarebbe scomparso, se avesse guardato bene.

Ma lui non scomparve.

Rimase lì sorridendo, in pantaloni spigati e camicia a righe, un maglione buttato sulle spalle.

«Mi hai trovata.»

«È stato facile. Ma anche se non lo fosse stato, ti avrei trovata lo stesso.»

Si guardarono per un minuto, poi Sydney si abbandonò fra le braccia di Jordan.

Lui la baciò e continuò a farlo anche mentre altri studenti passavano loro accanto, ridacchiando.

«Ho pensato», aggiunse infine, «che se eri così prossima agli esami non avrebbe fatto molta differenza, e poi a questo punto non potresti rimanere bocciata. Ho scambiato i miei giorni con un altro: posso restare con te fino a lunedì mattina.»

«Ho un impegno stasera.»

«Cancellalo.»

Sydney scoppiò a ridere, sentendosi infinitamente felice mentre gli prendeva la mano. «Hai fatto colazione?»

«Non ho nemmeno cenato, ieri sera.»

Trangugiò una colazione a base di uova, pancetta, frittelle, succo d'arancia e tre tazze di caffè. «Questo è quello che mangiavo di solito dopo aver spalato neve per un'ora, prima di colazione», raccontò sorridendo.

«Non mi sono sbagliata.» Sydney sorrise a sua volta, sorseggiando il suo caffè.

«Su che cosa?»

«Consideravo dei campagnoli tutti quelli che stanno oltre un raggio di cinquanta chilometri da New York.»

«Voi newyorchesi siete convinti che la vita non esista oltre un raggio di cinquanta chilometri. Siete voi i limitati. Sei giovane, devi crescere.»

Adesso aveva capito: la stava provocando. «Quanti anni hai tu, signor Esperienza? Ventiquattro, venticinque?»

«Venticinque. Sono venuto a New York lo scorso giugno, una settimana dopo la laurea. Prima del college, ho trascorso tre anni in Marina. Nel Pacifico meridionale, poi in Giappone per un anno, dopo la guerra. Mi aspettavo che i newyorchesi fossero così raffinati che non avrei potuto aprire bocca. Invece li ho trovati molto limitati, molto divertenti, e ho intenzione di trascorrere lì il resto della mia vita.»

Accese una sigaretta, poi la guardò, ricordò e la spense. «Non m'importa di diventare realmente ricco. Voglio semplicemente recitare.»

«Aspiri a diventare una star?» Sydney si vergognò rendendosi conto che il suo era un sorriso condiscendente. Sembrava che tutti quelli provenienti dagli Stati Centrali volessero diventare stelle del cinema o scrivere il grande romanzo americano. L'entroterra era pieno di sognatori.

Jordan scosse la testa, spingendo indietro la sedia. «Be', io non voglio fare del cinema, a meno che un film ogni tanto non mi permetta di guadagnare a sufficienza per vivere agiatamente. Non capita molto spesso a Broadway.»

«Ah, tu sei un purista? Reciti per l'arte.»

Jordan inarcò le sopracciglia. «Si direbbe che non mi approvi.» Si alzò in piedi.

«Lasciami pagare il conto», disse lei. «A meno che tu non sia il tipo d'uomo che non lascia pagare alle donne.»

«Che tipo d'uomo sarebbe? E poi ho speso tutti i miei soldi per venire qui.»

Sydney posò un biglietto da cinque dollari sul tavolo e prese il conto.

«Accidenti, sei un po' eccessiva. Cinque dollari di mancia per una colazione in un posto come questo?»

«Avrei detto che, come cameriere, l'avresti giudicata una virtù.»

«Si direbbe che abbiamo cominciato a discutere.»

«Spero di no. Non vedo l'ora che tu mi baci di nuovo.»

Uscirono nel sole di maggio. «Vuoi vedere Boston?» chiese Sydney.

Jordan scosse il capo. «Voglio dedicarmi soltanto a te. Era un lago quello che ho visto? Potremmo affittare una barca, o sederci semplicemente al sole e guardarci negli occhi.»

«Dio, sei così romantico», fece Sydney, posandogli una mano sul braccio. «Continua. Mi piace.»

Attraversarono il campus fino al lago Waban.

Quando non furono più visibili da nessuno, lui si fermò e la prese fra le braccia. «Non ho fatto che pensare a te, per tutta la settimana. Chiudevo gli occhi e ricordavo i tuoi baci.»

Lei ridacchiò. «Credevo di essere soltanto io la pazza.»

«Ma tu lo sei. Non ho mai conosciuto nessuno come te. Sei così spensierata, e non ti importa di quello che pensa la gente...»

«Non è del tutto vero», ribatté. «Non mi importa di quello che pensa di me la gente che non conosco. Ma sarai lieto di sapere che mi sono sentita un po' imbarazzata sul treno, con quell'abito rosso.»

«Oh, balle», esclamò Jordan, imitando James Stewart. «Sono deluso.»

La baciò di nuovo e lei si sciolse. In pieno giorno, sotto la calda luce del sole.

«Vuoi che sia presente il giorno della tua laurea?»

«Oh, Dio no.» Sydney si piegò all'indietro per guardarlo con finto orrore, passandosi una mano fra i capelli per scostarli dal viso. «Ti ho appena conosciuto. E non lo imporrei a nessuno.»

«Se è importante per te, voglio venire.»

«Be', non lo è. Le cerimonie formali non lo sono mai. Nemmeno i miei genitori si divertiranno tanto. Dopotutto, ogni membro della mia famiglia, Dio sa da quanto tempo, si è sempre laureato. Non si tratta di una grande cosa. Solo la fine di qualcosa e l'inizio di qualcos'altro.»

«Filadelfia», disse lui, sedendosi sotto un albero del prato che dava sul grazioso laghetto. «Quando ci andrai?»

«Non prima dell'autunno», rispose. «E poi sono solo un paio d'ore da New York, sai.» Il suo sorriso era canzonatorio. «Abbastanza vicino da poter venire alla tua prima.»

«Be', se non altro sarai in città per tutta l'estate.»

Sydney scosse la testa e i capelli le ricaddero sul viso. «Nessuno, assolutamente nessuno, resta a New York in estate. Puoi friggere le uova sul selciato e l'umidità è terribile.»

Lui le prese la mano e la tirò accanto a sé. «Che cosa fai? Sei una di quelle che va a Bar Harbor o Newport?»

«No.»

Jordan trasse un sospiro di sollievo.

«Vado a Oberon.»

L'attirò più vicino. «Oberon?»

«È un'isola in Chesapeake Bay.»

Rimase silenzioso per un minuto, fissando il sole che scintillava sull'acqua. Poi disse: «Oberon è il re delle fate in *Sogno di una notte di mezza estate*».

Sydney annuì e sorrise. «Anche. Oberon è il posto più magico del mondo. È un paese fatato.»

«Avete un cottage estivo lì o che cosa?»

Sydney si girò perché non potesse vederla sorridere. «Più o meno. A volte ci andiamo anche per Natale. Papà ci va sempre in autunno per la caccia alle oche e alle anatre.»

«Gli uccelli acquatici svernano lì più che in qualsiasi altra parte del mondo», osservò Jordan, come se fosse un fatto che aveva memorizzato molto tempo addietro per un quiz di geografia, e lei si rese conto di quanto amava la sua voce.

«Non sei come la maggior parte degli attori», osservò Sydney a voce alta. «Non sei presuntuoso ma sembri avere molta fiducia in te stesso.»

«Speranza, più che fiducia. Mi sono concesso tre anni. O la spunto nei prossimi due o m'invento qualcos'altro da fare. Mi metto a insegnare, magari. Mio padre insegnava. Insegnava Storia, prima di realizzare che poteva fare molti più soldi con un negozio di ferramenta.»

«Allora perché vorresti metterti a insegnare?»

«Buona domanda», rispose Jordan. «Mia sorella è insegnante. E sai quanto guadagna? Duemilaquattrocento dollari. Duemilaquattrocento dollari l'anno. Io ne faccio di più soltanto con le mance, come cameriere da *Giorgio*.»

Sydney fu sul punto di dire che la sua rendita era superiore a quella cifra, ma poi ci ripensò.

«Be', il denaro non è tutto», fece lui. «Ma sarebbe bello non dover trascorrere tutta la vita condizionato dal poter o non poter permettermi un taxi o un treno fino a Boston. Non voglio diventare miliardario. Posso aver fiducia in me stesso, ma non sarò mai della categoria di Tracy, Cooper, Gable o altri del genere. Nessun attore teatrale di Broadway è tanto ricco. Mi accontenterei di vivere agiatamente. Mia moglie non ha bisogno di pellicce.»

Sydney era divertita al pensiero di portare Jordan a casa con sé a conoscere suo padre. Erano agli antipodi. D'un tratto disse: «Scommetto che ti piaceva Roosevelt, non è vero?»

Lui la guardò in maniera curiosa. «Era un eroe. Anche Truman è piuttosto in gamba.»

Sydney mosse la mano come a obiettare. «Truman potrebbe, dico, potrebbe, essere un buon sindaco di una piccola città. Ma presidente degli Stati Uniti?»

«Vedrai.» Jordan scosse la testa. «La storia renderà giustizia al nostro Presidente, un giorno.»

«Quanto a Roosevelt, sono stata educata a pensare che dopo Hitler e Stalin, e forse John L. Lewis, Roosevelt fosse l'uomo peggiore dell'universo.»

Jordan rise. «Mi stai prendendo in giro, non è vero?»

Sydney scosse il capo e gli rivolse un ironico sorriso.

«Affatto. Il Paese sta andando in rovina con queste amministrazioni democratiche.»

Lui la guardò un minuto, poi l'attirò a sé, la testa di lei sulla sua spalla. «Sydney, non parliamo di politica. Voglio conoscerti, ma non cominciamo con cose su cui non andiamo d'accordo. Parliamo di cose che hanno a che fare con noi, non con il mondo intorno. Lasciamo da parte politica, religione, moralità e filosofia, d'accordo?»

«Che cosa c'entra la moralità?»

«Politica significa moralità.»

«Jordan Eliot, probabilmente sei molto più interessante di tutti i ragazzi con cui sono uscita.»

«Non siamo ancora mai usciti.»

«Baciami di nuovo.»

Dolcemente lui la spinse a terra, e il sole le disegnò il volto, attraverso le foglie verde oro della primavera. «Hai la bocca più espressiva del mondo», disse. «Mi piace guardarla e toccarla. Potrei baciarti fino alla fine dei tempi.» Poi la sua mano le carezzò il seno sinistro. Lei chiuse gli occhi.

Voleva che la baciasse lì, voleva sentire la sua lingua contro la pelle, ma lui non andò oltre.

Poco dopo Jordan disse: «Passeggiamo o facciamo qualcosa. Non sopporto l'effetto che mi fai».

«Non posso invitarti su in camera mia.»

«Per fortuna», ribatté lui, cingendola con un braccio mentre ritornavano verso il campus.

Quando partì il lunedì mattina, con il treno delle sette e venti, disse: «Non posso permettermi di venire, il prossimo weekend».

Sydney gli cingeva il collo con le braccia. «Non voglio rivederti fin dopo la laurea. Mancano solo due settimane. Non potrei affrontare la mia famiglia se mi sbattessero fuori di qui adesso. Puoi prenderti una settimana di vacanza?»

«Niente paga? Non posso permettermelo.»

«Inventa qualcosa e vieni a Oberon con me, quando avrò finito qui. Passa una settimana in paradiso con me.»

«Chi altri ci sarà?»

«Forse Big Mommy, mia nonna, sarà già lì. In genere ci va per il Memorial Day. I custodi, invece, vivono lì tutto l'anno. Permettimi di mostrarti il posto che amo di più al mondo.»

«Be', vale la pena di perdere il lavoro per questo», ribatté lui, baciandole le palpebre.

«Allora», disse Sydney, non volendo lasciargli andare le mani, «dove ti passo a prendere?»

«Chiamami da *Giorgio*, ci metteremo d'accordo.»

«In vettura!» gridò il capotreno. Jordan si staccò da Sydney e salì i gradini. Lei lo guardò percorrere il corridoio, prendere posto vicino al finestrino, cercare invano di aprirlo, lo sguardo intrecciato con il suo.

Gli soffiò un bacio mentre il treno cominciava a muoversi. Lui allungò il collo per poterla vedere a mano a mano che la distanza fra loro si allungava, salutandola con la mano finché non poterono più vedersi.

«L'ho fatto», disse Sydney a voce alta, osservando il treno che stava sparendo dalla vista. Si era ripromessa di essere la prima del suo gruppo a non innamorarsi, mentre erano al college. E non si era dovuta sforzare nemmeno troppo. Nessuno, fra le decine di ragazzi con i quali era uscita negli ultimi quattro anni, le aveva toccato il cuore. E adesso, nello spazio di una settimana, l'aveva completamente perduto per l'uomo più improbabile che avesse mai conosciuto.

«Jordan Eliot», disse mentre usciva dalla stazione nella fresca mattinata di maggio. «Signora Eliot.»

E sapeva, ne era più che sicura, che lo sarebbe diventata. Sydney Hamilton Eliot, moglie di un attore emergente. Moglie di un cameriere.

Rise fin sull'orlo dell'isterismo. Ecco che cos'era tanto divertente nella vita: non sapevi mai che cosa stava per succedere. Valeva certamente la pena di svegliarsi la mattina.

Fece la ruota in mezzo alla strada e quando una coppia sorrise e la indicò, gridò loro, agitando le mani nell'aria: «Sono innamorata!»

3

NEI quattro anni che Sydney trascorse a Wellesley, Oliver non era mai andato a trovarla. Sua madre era andata due volte, una mentre si stava recando a Kennebunkport. Ma Sydney si era recata a New York almeno una volta al mese. Silvie, sua madre, le aveva però assicurato che suo padre non sarebbe mancato alla laurea, e Sydney dava per scontato che arrivassero in aereo, perché Oliver non usava mai la macchina quando poteva raggiungere un posto più in fretta.

Silvie telefonò quattro giorni prima della cerimonia per dire che sarebbero arrivati sabato sera sul presto, in macchina, con la speranza che lei tornasse con loro la domenica. Oliver non poteva aspettare fino a lunedì per ritornare in città; sarebbero partiti domenica pomeriggio subito dopo la consegna delle lauree, e Sydney avrebbe potuto far spedire il suo bagaglio.

E Sydney era d'accordo: se fossero tornati a New York domenica sera, lunedì avrebbe avuto il tempo di preparare i bagagli per l'estate a Oberon, e partire martedì. Chiamò Jordan, che le aveva telefonato due volte la settimana da quando si erano visti.

«Vieni via con me?»

«Mi amerai lo stesso se resterò disoccupato?»

«Chi ha parlato di amore?» Be', se non altro aveva nominato la parola. «Se verrai via con me, e saresti sciocco a non farlo, ti passerò a prendere dove diavolo abiti, verso le otto di martedì mattina.»

Le diede l'indirizzo di Bleecker Street. «Il Village? Avrei dovuto immaginarlo.»

«Così mi basta rotolare giù dal letto per andare a lavorare.» Naturalmente, era soltanto a uno o due isolati da *Giorgio*. *Giorgio* e *Mama Leone* erano i due più famosi ristoranti italiani di New York, e si trovavano entrambi al Greenwich Village.

«Facciamo alle sette», propose Sydney. «Ci vogliono circa sei ore di macchina per arrivare laggiù.»

Quando arrivarono i suoi genitori, suo padre era al volante di una Packard decappottabile rosso fuoco, così poco da lui che Sydney scoppiò a ridere.

«Accidenti, papà, che cosa ti è successo?»

«Cambiamento di vita», rispose sua madre. Silvie Hamilton sembrava sempre appena uscita da una copertina di *Vogue*. Anche quando si abbronzava a Oberon o sulla loro terrazza, al ventiseiesimo piano in Park Avenue, pareva che stesse aspettando la regina da un momento all'altro. No, si corresse Sydney, lei stessa sembrava la regina, solo che aveva più gusto in fatto di moda. Sydney non aveva mai visto sua madre spettinata. Anche quando, da bambina, si infilava nel letto dei genitori al mattino presto, sua madre sembrava sempre pronta per un'udienza. Sydney si chiese, e non per la prima volta, come mai Evan, suo fratello, e non lei, avesse ereditato l'aspetto della madre e i suoi modi eleganti.

Crescendo, Sydney cercò di diventare una signora come sua madre. «Sii te stessa», la incalzava Silvie. «Non devi essere come me o qualcun altro. Non c'è una persona al mondo su cui devi fare colpo. Sii quello che vuoi essere.»

Così sua madre aveva raramente disapprovato le bravate in cui la figlia si era trovata coinvolta, con tanto di fotografie sui giornali. Mai sul *Chronicle*, naturalmente; non aveva una rubrica mondana. Per la verità, neanche Oliver l'aveva mai sgridata. Dava un'occhiata al *News* – era abbonato a tutti i giornali di New York e li sfogliava a colazione, leggendoli più accuratamente sulla sua limousine mentre si recava in ufficio –, e non erano le bravate di Sydney che gli facevano scuotere la testa, bensì il fatto che il *News* trovasse che il tuffo di Sydney completamente vestita nella piscina del senatore Morton facesse più notizia di un avvenimento politico.

O quando il principe ereditario di – santo cielo, non riusciva nemmeno a ricordare che paese fosse –, aveva bevuto champagne dalla sua scarpetta. Al contrario, quando il povero Evan aveva un po' ecceduto e il *News* aveva pubblicato la sua foto e commentato le bravate di un ragazzo ricco e sfaccendato, allora a Oliver era venuto un infarto. «Ma papà», diceva Sydney, cercando di difendere Evan. «Non ti agiti mai quando io faccio la stessa cosa.»

«Oh, questo è diverso», farfugliava Oliver.

«Perché?»

«Perché, cara», diceva Silvie, posando una mano su quella di Sydney attraverso il tavolo della prima colazione, «tu sei una ragazza, e alle ragazze è concesso di essere frivole.»

«Non credo di essere così frivola», obiettava Sydney. «Ho il massimo dei voti a scuola.»

Oliver la guardava da sopra il giornale. «Perché Evan non può emularti in questo senso?»

Povero Evan. Non riusciva mai a emergere. Era stato sbattuto fuori anche da Colgate, nonostante Oliver avesse offerto una consistente donazione. Oliver lo aveva mandato in Europa, sperando che ne rimanesse positivamente influenzato, e aveva mandato il fratello minore di sua moglie con lui. Zio Billy aveva solo dodici anni più di Evan, e non aveva mai lavorato un giorno in vita sua. Ma ogni tanto tornava utile, e accompagnare Evan in Europa era appunto una di queste volte. Tutti amavano zio Billy, compreso Oliver, che lo manteneva volentieri secondo il tenore di vita gradito al cognato. Il padre di Silvie e Billy aveva perso tutto nel 1929 e non si era più ripreso. Solevano andare a trovarlo nella casa di cura alla periferia di Yaphank, quand'erano piccoli e il nonno era ancora vivo. Da quello che ricordava Sydney, zio Billy abitava con loro da sempre, nella grande camera da letto in fondo al corridoio del piano superiore, con una terrazza che si affacciava sulla città che amava tanto.

Una volta se ne andò per sposare una ricca signora e visse con lei un paio d'anni, ma poi ritornò. Anche la sua ex moglie voleva bene a Billy. L'unico momento in cui Sydney lo vedeva, però, era a cena un paio di volte la settimana. Non sapeva dove trascorresse la maggior parte del suo tempo. Non gli piaceva andare a Oberon. «Cielo, la campagna!» diceva, battendosi la fronte, come se non potesse immaginare un destino peggiore.

Sydney ed Evan avevano trascorso tutte le loro estati con i nonni paterni. Big Daddy e Big Mommy. Big Daddy non aveva mai realmente lavorato. Non aveva mai dovuto farlo. Poteva restarsene tranquillamente seduto sulla veranda a Oberon e, quando si alzava due ore dopo dalla *chaise longue*, aveva guadagnato altri centomila dollari. Natale era il momento più gioioso dell'anno per gli Hamilton, e Big Daddy faceva sempre tagliare il pino più grande dell'isola. Fino a nove anni Sydney era stata convinta che fosse Babbo Natale ad addobbarlo, perché quando andava a letto la vigilia non c'era ombra del pino. Adesso, tornando con il pensiero a quei tempi, Sydney immaginava quanto dovevano aver lavorato tutti quegli adulti per addobbare l'albero e quanto a lungo dovevano essere rimasti alzati per poter fare una così magnifica sorpresa ai bambini.

Big Daddy era morto da tre anni, ormai, e vivere laggiù sola in mezzo alla baia non era la cosa più sicura del mondo, così anche Big Mommy si trasferì nell'appartamento di Park Avenue. Lei e zio Billy sedevano a giocare a Canasta o a fare un doppio solitario fin dopo il ritorno di Evan a casa alle prime ore del mattino. Capitava di sentirli ridere insieme fin quasi all'alba. Nessuno dei due era più visibile, però, fin dopo mezzogiorno.

Il sabato della laurea era il primo giorno dell'anno in cui la temperatura aveva raggiunto i trenta gradi. Sydney non aveva avvertito Silvie e Oliver, sperando che fosse una gradita sorpresa, ma sapeva dove sedevano fra il pubblico. Quando si alzò per il suo discorso di commiato, fu lieta di scorgere l'espressione di meraviglia dipinta sui loro volti.

A cerimonia conclusa, mentre laureati e genitori si stavano cercando, Sydney scorse la madre agitare il braccio al di sopra della folla. Silvie indossava un tailleur di seta bianca con una sciarpa a pois blu intorno al collo. Gli orecchini di perle a goccia accentuavano i pochi capelli d'argento alla tempia sinistra. Sydney pensò che sua madre stava invecchiando con grazia, così come faceva ogni altra cosa. Quanti anni aveva, ora? Quarantasei?

«Cara, siamo così orgogliosi di te!»

«Be', anche tu hai tenuto il discorso di chiusura della tua classe proprio qui. Ti sei laureata in questo stesso posto?»

«In questo stesso posto.» Silvie sorrise, cingendo la figlia con un braccio. «È una figlia mediocre quella che non riesce a fare meglio della madre.»

Ma tu non hai sfruttato tutte le tue doti, pensò Sydney. Hai sposato papà e hai avuto Evan e me, non hai sfruttato per nulla la tua magnifica intelligenza.

Due ore dopo, quando Sydney ebbe stivato più bagaglio possibile nel baule della decappottabile, erano pronti a partire. Oliver le tirò le chiavi della macchina. «Vuoi guidare?»

Sydney sorrise. «Ti fidi?»

«Non ha importanza», le sorrise lui di rimando. «È tua.»

«Oh, papà, che meraviglia!» strillò, e girò intorno alla macchina per baciarlo.

«È stata un'idea di tua madre», spiegò Oliver, annuendo verso Silvie.

Sydney baciò anche lei. «È per questo che siete venuti in macchina, allora?»

«Naturalmente terrai la capote abbassata, non è vero? E la mia pettinatura nuova andrà a farsi benedire.»

«Domani andrai comunque dal parrucchiere, mamma.» Silvie andava da Pierre ogni lunedì e venerdì; ci andava da una vita.

La macchina ronzava sommessamente mentre divorava chilometri.

«Mama», che era come Silvie chiamava Big Mommy, «non vede l'ora che tu vada a Oberon. Quando parti? Immagino che non riuscirò a vederti.»

Sydney si voltò a guardare la madre. Oliver stava cercando di sonnecchiare sul sedile posteriore. «Vorrei andarci martedì.»

Silvie sospirò. «Be', io vi raggiungerò per la fine del mese. Temo che non potremo stare insieme fino ad allora.»

Sydney posò una mano sul braccio della madre. Si sorrisero. «Quando ritorna a casa Evan?»

Silvie si strinse nelle spalle. «Qualunque cosa suggerisca tuo padre, Evan fa esattamente il contrario.»

«Avrei dovuto suggerirgli di farsi sbattere fuori dal college», gridò Oliver nel vento che lo colpiva in pieno viso.

«Non ha mai avuto voglia di studiare», dichiarò Silvie.

«Ma è un ragazzo intelligente», osservò Sydney, difendendolo.

«Intelligente a ottenere quello che vuole senza lavorare», tuonò Oliver. «Ottiene sempre ciò che vuole.»

«Non se occorre disciplina», aggiunse Silvie. «E poi, vedi, lui e Sydney non devono fare per forza le stesse cose. Quando le fanno, lui arriva sempre secondo.»

«Zio Billy non lavora, ma tu non sembri prendertela», disse Sydney.

«Se Evan fosse divertente anche solo la metà di Billy, non me la prenderei, magari. Ma manca di senso dell'umorismo.»

Era vero. Evan mancava di fascino, benché possedesse una certa intensità, nonostante la pigrizia.

Una parte di Sydney riconosceva che casa sua non era una casa comune; ciononostante, la dava per scontata. C'era un ascensore che serviva solo l'attico, diviso su due piani; a nessun altro era permesso usarlo. Si apriva al ventiseiesimo piano su una piccola anticamera dove fiori freschi in un alto vaso accoglievano sempre gli ospiti. La porta di legno riccamente scolpita immetteva in un soggiorno, che era grande quanto la metà dell'atrio di Penn Station. Da bambini, Sydney e Evan vi avevano pattinato intorno e giocato a biglie, avevano dato feste di compleanno e ascoltato la madre legger loro storie prima di coricarsi. Sembrava tuttavia che un bambino non ci avesse mai messo piede, tant'era in ordine. Non c'era mai un granello di polvere, né riviste o giornali fuori posto. Nonostante il suo aspetto immacolato, grazie al gusto con il quale era stato arredato, era un ambiente caldo. Sydney lo amava molto, anche se non come la biblioteca a pannelli di legno che faceva da sfondo perfetto alle collezioni dei maestri del Rinascimento di Oliver. Durante l'inverno, ogni volta che Sydney entrava nella stanza, un fuoco brillava nel grande camino.

Di sera pranzavano nella formale sala da pranzo, anche quando non c'erano ospiti. Erano state date delle feste in cui non soltanto nella sala da pranzo, ma anche nell'enorme soggiorno erano stati disposti tavolini da sei con al centro una candela e un cameriere a disposizione per ogni gruppo. C'era sempre qualche ospite a cena.

Adesso c'era sempre Big Mommy, e spesso si faceva vedere anche zio Billy per pranzo. Spesso c'era qualche dignitario in visita che Oliver invitava a casa per cena, dopodiché lui e l'ospite sparivano nel suo studio con l'odore di sigari che permeava tutto il piano inferiore.

Big Mommy, d'altro canto, giocava a carte in biblioteca tre volte la settimana. E ogni volta c'era gente diversa. Il venerdì sera era d'uso, come da anni, il poker. A quella serata prendeva parte anche Carlos, l'autista di Big Mommy, che era con lei da più di vent'anni e partecipava a quelle partite da altrettanto tempo. Tenevano un loro conto. Alla fine dell'anno, se Carlos doveva a Big Mommy del denaro, la portava fuori a cena e le offriva un mazzolino di fiori. Quando invece era lei a dovergliene, lo mandava in vacanza. In quel modo, Carlos aveva visitato le Barbados, la Grecia, la Spagna, il Messico e Majorca.

Big Mommy avrebbe voluto che Oliver avesse ereditato un po' del suo atteggiamento egualitario: a lui non sarebbe mai passato per la mente di giocare a carte con il suo autista.

Ma la stanza dove si riunivano tutti prima o poi durante il giorno o la sera, era la familiare saletta della colazione. Lì erano serviti colazione e pranzo, benché il pranzo consistesse quasi sempre in un buffet a cui poteva accedere chiunque e a qualunque ora. A volte non compariva nessuno, ma il buffet era sempre pronto. Era la stanza più solare, diceva Big Mommy, giallo limone con fiori dipinti sulle pareti. Chessie, il retriever, passava gran parte del suo tempo in quella stanza, dove la gente inciampava nel suo tappetino. Poteva girare in tutte le sedici stanze dell'appartamento, ma sapeva che prima o poi qualcuno lì gli avrebbe dato una carezza. Il maggiordomo, Warren, gli dava gli avanzi e lo portava a passeggiare tre volte al giorno, trovando in lui un grosso aiuto per conoscere signorine che andavano anch'esse a zonzo per il parco. Warren era con la famiglia da prima che nascesse Sydney e, anche se doveva avere quarantacinque o cinquant'anni, sembrava tuttora sulla trentina. Fungeva anche da cameriere per Oliver e a volte pareva che sapesse quello che avrebbe fatto o detto prima ancora che Oliver lo pensasse. Le idee politiche di Warren erano le stesse di Oliver e considerava le sue dichiarazioni come parola divina. Solo in fatto di religione divergeva dal pensiero di Oliver, non avendo mai trovato nessuna valida ragione per rinunciare alla sua fede cattolica. Warren, da quello che ne sapeva Sydney, aveva un unico difetto: le corse dei cavalli. Trascorreva un'ora ogni mattina a studiare il programma e a parlare al telefono delle corse del pomeriggio. Ma Sydney non aveva mai notato disappunto quando il suo cavallo perdeva o gioia quando vinceva. Warren aveva una faccia assolutamente priva d'espressione, tuttavia lei e Evan gli erano sempre stati molto affezionati. Aveva raccontato loro favole per farli addormentare quand'erano bambini e Silvie trascorreva fuori la serata. Al sabato li portava al Museo di storia naturale, al Planetario, allo zoo o al *Radio City Music Hall*, e non aveva mi mostrato di annoiarsi in loro compagnia. Gli raccontava aneddoti divertenti e li faceva stare al loro posto senza mai una parola brusca.

«Vorrei sapere come fa», soleva ripetere Oliver. «Non si comportano mai così bene quando lei non c'è.»

«È un segreto, signore», rispondeva Warren.

Sydney non aveva mai cercato di capire quel segreto. Le veniva naturale comportarsi bene quando c'era Warren. Come ricompensa avrebbe potuto salirgli in braccio dopo il film e bere cioccolata calda mentre lui sorseggiava una birra dalla bottiglia. Ogni tanto, lui prendeva in braccio anche Evan, sebbene Oliver avesse messo in chiaro che i ragazzi non devono essere coccolati. Lui stesso si limitava a stringere la mano a suo figlio, sebbene Silvie lo abbracciasse e lo chiamasse il suo caro birbante.

Di sopra, al secondo piano dell'attico, in cima al lungo scalone, c'erano le camere da letto. Quella di zio Billy in fondo al corridoio, poi quella di Evan, quella di Sydney e, al di là del corridoio, quella che era diventata la camera di Big Mommy. Dall'altra parte del corridoio Oliver e Silvie avevano la loro enorme camera da letto e i due spogliatoi, grandi quasi quanto le tre stanze da bagno.

Altrettanto ampia era la stanza dei giochi, dove Evan e Sydney avevano trascorso da bambini molti pomeriggi piovosi, lei dilettandosi a dipingere con i colori a olio e Evan a schizzare gli acquerelli dappertutto. Nessuno dei due aveva particolare talento artistico. A Evan piaceva suonare il piano, ma Sydney conosceva a malapena le scale. Evan suonava a orecchio qualunque cosa, ma si ribellava al pensiero di prendere lezioni. Al pomeriggio Sydney amava raggomitolarsi in una delle grandi poltrone ad ascoltare Evan improvvisare. A volte cantava e lei pensava che avesse una splendida voce. Ma non cantava mai davanti a nessuno, eccetto lei. Sydney aveva sempre trovato Evan il più bel ragazzo del mondo, benché sorridesse di rado. Il più bello, sì, finché non era comparso Jordan Eliot.

Sydney vagò con lo sguardo nell'unica casa che aveva mai conosciuto, e si rese conto che se avesse sposato Jordan Eliot non avrebbe più vissuto in un posto come quello.

Vi aveva vissuto per tutta la vita, ma niente lì le faceva scorrere il sangue nelle vene come il suono della voce di Jordan, o i suoi baci. In tre brevi settimane era quasi come se niente contasse più veramente a eccezione di quell'aspirante attore che sbarcava il lunario servendo ai tavoli di un ristorante italiano.

4

VESTITA con pantaloni di gabardine grigio fumo, una camicetta di seta grigio perla molto attillata e sandali argentati, Sydney suonò il campanello della casa in arenaria.

Attraverso il citofono giunse l'inconfondibile voce di Jordan. «Sei tu, Sydney?»

«Chi altri?»

«Sali al quarto piano.»

L'ingresso era buio, il tappeto delle scale logoro mentre saliva, appoggiandosi alla ringhiera. Jordan stava in cima alle scale e le sorrideva. Non lo vedeva da più di due settimane e le tremarono le ginocchia. Si fermò a metà rampa, la mano che stringeva la ringhiera, le gambe malferme. Era questo l'amore? Ricominciò a salire le scale, lentamente. Quando arrivò in cima, lui la prese fra le braccia e la baciò.

«Buongiorno.»

«Mmm», rispose lei.

«Mi sei mancata», sussurrò Jordan. «Ti ho pensata ogni minuto.»

Chiuse gli occhi mentre la bocca di lui incontrava di nuovo la sua. Poi propose: «Entra. Ho già preparato i bagagli e sono pronto. Vuoi un caffè prima di partire?»

«Pensavo che avremmo potuto mangiare per strada. Conosco un fantastico ristorantino nel New Jersey a circa un'ora da qui.»

Lo seguì nell'appartamentino scarsamente ammobiliato ma estremamente pulito. Sydney sentì l'acqua scorrere e, mentre Jordan spariva in camera da letto per prendere la sacca, un altro giovanotto mise fuori la testa dal bagno. Aveva in mano uno spazzolino da denti e disse: «L'unica cosa al mondo che mi abbia fatto alzare dal letto a quest'ora è il pensiero di vedere com'è la donna più eccitante del mondo».

«Mai giudicare dall'aspetto», gli sorrise Sydney. «È tutto dentro.»

«Direi di no», ribatté il prestante giovanotto con i capelli a spazzola. «Sono Monday... Monday Pearson.»

«Monday?» Dev'essere un nome d'arte, pensò. «Un altro attore?»

«No. Cameriere.»

«Ah, *Giorgio*.»

«Esatto. Mi raccomando, che ritorni fra una settimana.»

«Altrimenti?»

«Altrimenti.»

«Va bene, prometto.»

Jordan uscì dalla stanza con un maglione gettato sulle spalle e una sacca nella mano sinistra. «Andiamo», disse, prendendola per mano.

Quando Sydney si diresse verso la Packard rossa, Jordan si fermò ed emise un fischio.

«Regalo di laurea», spiegò Sydney. «Se sarai carino con me, più tardi te la faccio guidare.»

Mentre scivolava al posto del passeggero, Jordan chiese: «Che cosa fa tuo padre?»

Sydney innestò la prima e si avviò dolcemente.

«Si occupa di giornali.»

«Be', è qualcosa di più di un reporter se ti ha fatto un regalo come questo per la laurea.»

Il traffico non era pesante fuori da Holland Tunnel. Veniva tutto dall'altra parte, verso la città.

Sydney infilò una mano nel cassetto portaoggetti e tirò fuori un flacone. «Lozione solare», disse, porgendola a Jordan. «Se non la usi, quando arriveremo sarai rosso come un'aragosta.»

«Parlami dunque di questo luogo sacro», fece lui prendendo il flacone.

Sydney scosse la testa, e i capelli le volarono sugli occhi. «No, non ancora.»

Si fermarono da *Borden*, il ristorantino lungo la strada dove a Sydney piaceva fare colazione. Mentre mangiava avidamente le sue cialde al latte ricoperte di fragole fresche, Jordan disse: «Sai, a parte quel weekend a Boston, non ho visto nient'altro della East Coast. Non so assolutamente nulla di Chesapeake Bay».

«Insieme allo Yangtze, è il più grande estuario del mondo.»

La guardò e scoppiò a ridere. «Non è il genere d'informazione che mi aspettavo. Che cos'è un estuario? Dove un fiume si getta nell'oceano?»

Lei annuì. «Direi che è una buona descrizione, anche se un po' inadeguata.»

«Be', istruiscimi.»

«Andiamo, se hai finito.» Posò due dollari sul tavolo. Sperava che il fatto che pagasse lei i conti non lo irritasse. Quando uscirono nel sole di giugno, già caldo alle nove e mezzo, Sydney gli tirò le chiavi della macchina. «Vuoi guidare il mio nuovo giocattolo?»

Jordan scivolò nell'automobile e accese il motore. Prima di partire le sorrise. «Un amore.»

«Io o lei?»

«Tu.» Accelerò e partì.

Non parlarono molto mentre sfrecciavano attraverso il New Jersey. Nel primo pomeriggio avevano attraversato Filadelfia e Wilmington e si stavano dirigendo verso la fertile terra scura del Maryland. Jordan le prese la mano mentre percorreva l'autostrada.

«Penserai di esserti trasferito in un altro Paese», lo ammonì Sydney. «La baia separa ogni cosa. Durante il fine settimana dal resto del Paese arrivano folle di gente in traghetto da Baltimora e Annapolis.»

«Perché ci vengono?»

«Le spiagge di Ocean City e Rehoboth. Stanno iniziando la costruzione di un ponte attraverso gli stretti e immagino che questo cambierà la faccia dell'intera costa orientale. Non credo che mi piacerà.»

«Una bella terra», osservò Jordan. «Che cosa coltivano?»

«Tabacco, semi di soia. Questo genere di cose. Quelli che vivono vicino all'acqua ne traggono sostentamento: ostriche, granchi... Non puoi dire d'aver vissuto finché non hai mangiato un tortino di granchio della baia.»

«A me sembra comunque di cominciare a vivere adesso», disse lui, portandosi la sua mano alle labbra.

Sydney ebbe la sensazione di dissolversi dolcemente, mentre sospirava soddisfatta.

«I miei giorni più belli li ho vissuti a Oberon», disse. «Sono lieta che tu abbia deciso di venire.»

«Quant'è grande quest'isola?»

«Settemila ettari.»

«È un villaggio di cottage estivi o ci vivono anche i pescatori?»

«Devi aspettare di arrivarci.»

«E come la raggiungiamo?»

«In barca, sciocco. In che altro modo si raggiungono le isole?»

«Vai in barca a vela?»

Annuì. «Naturalmente. Ho trascorso qui ogni estate della mia vita. Ma noi non ci arriveremo a vela. Non è molto lontano dalla costa, solo tre chilometri.»

«Non sono mai stato su una nave.»

«Le navi sono grandi, noi abbiamo solo delle barche. Le navi attraversano l'oceano. Be', forse anche certe barche. Ma nessuna delle nostre è abbastanza grande per poter essere considerata una nave. Nessuna delle nostre barche è più grande di una skipjack.»

«Nessuna delle vostre barche? Una skipjack?»

«Le skipjack sono barche per la pesca delle ostriche. Sono belle. Servono a dragare il fondo della baia. Qui si raccolgono più ostriche che in qualsiasi altra parte del mondo. Le vedrai. La *Titania* ha più o meno la stessa grandezza. È la nostra barca a vela.»

«*Titania.* Ma certo! Era regina quando Oberon era re.»

Sydney sorrise. «C'è sempre stata una *Titania* ancorata a Oberon. Dal 1682.»

«Mi stai prendendo in giro.»

«No, è vero. La mia famiglia è proprietaria dell'isola da allora.»

Jordan non fece commenti, ma rallentò mentre raggiungevano Chestertown. «Si direbbe che anche questa città sia qui da allora.»

«Non è carina? Guarda tutte queste vecchie case coloniali. Non credo sia cambiata molto dai tempi della Rivoluzione.»

«Quanto manca?»
«Circa un'ora. La barca è stata fatta uscire dal rimessaggio invernale e ci sta aspettando. Ho fatto sapere a Walter che saremmo stati qui oggi.»
«Dunque sei americana fin da quei tempi lontani.»
«Fin da quei tempi lontani.»
«La tua famiglia è proprietaria di un appezzamento di terreno da duecentocinquant'anni?»
Sydney annuì.
«È fenomenale. Che diavolo fa tuo padre?»
«È proprietario del *New York Chronicle*, ma non gli rende nulla. Anzi, deve continuamente metterci soldi.»
Jordan si batté la fronte. «È l'editore di quel giornale conservatore? Mio Dio!» Si girò a guardare Sydney con una nuova espressione sul volto. «Ah, quegli Hamilton.»
«Non potremmo essere solo tu e io per una settimana?» chiese Sydney.
In risposta, lui le circondò la spalla con il braccio, attirandola a sé e chinandosi per baciarle i capelli. Viaggiarono così finché Sydney non disse: «Svolta a destra, al cartello che indica St. Michaels».
St. Michaels era un villaggio sul mare di duecentoventiquattro anime con una banchina lungo la quale erano attraccate decine di barche di tutte le dimensioni. «I pescherecci tornano a quest'ora del pomeriggio. Escono all'alba. Ecco, entra in quel cantiere.» Un'insegna rovinata dalle intemperie, con una scritta sbiadita, indicava WALT'S MARINA.
Non appena Jordan frenò, Sydney balzò giù dalla macchina. «Lasciamo la macchina qui.»
Un uomo alto, dalle spalle larghe, aprì la porta di una bicocca che gli serviva da ufficio e sorrise a Sydney. «Non sei più la mia piccolina, vero?»
Sydney si abbandonò al suo possente abbraccio. L'uomo guardò Jordan e disse: «La conosco da prima che nascesse».
Walt aveva preparato la barca che gli Hamilton usavano per raggiungere la loro isola, un lucente cruiser bianco con tende e finiture blu.
«Vi stanno aspettando. Martin è venuto a rifornirsi di generi alimentari questa settimana.» Walt teneva gli occhi su Jordan.
Sydney li presentò.
«Era ora che portassi qui un uomo. Sono anni che aspetto.» Si chinò e sussurrò nell'orecchio di Sydney: «Dev'essere qualcuno molto speciale».
Il sorriso di Sydney rivelò che Walt ci aveva azzeccato. Balzò con grazia dentro la barca e annuì a Jordan. «Vieni. Ci vuole circa mezz'ora.»
«Per percorrere tre chilometri?»
«A volte venti minuti. Può darsi che oggi sia una di quelle volte.»

L'acqua era calma, non l'immobile specchio del crepuscolo, ma non c'era brezza. Faceva caldo. Caldo e umido.

«Andiamo. Carichiamo queste valigie.» Era ansiosa che Jordan vedesse Oberon.

Jordan sedette su una sedia di tela che Sydney gli aveva indicato mentre lei stava al timone, facendo scoppiettare il motore. Walt lanciò loro la cima che aveva tenuto la barca legata al molo, e Jordan la prese. Più che osservare i dintorni, studiava Sydney, che era intenta a manovrare la barca fuori del porticciolo. Alzando lo sguardo, Jordan vide che le rive del fiume erano punteggiate da enormi ed eleganti case coloniali.

La barca si muoveva lentamente mentre Sydney studiava il fiume. «Costeggiamo il fiume per circa un chilometro prima di dirigerci verso il mare aperto. Non è come l'oceano. La baia è profonda solo sei metri, benché si verifichino violentissime tempeste.»

Jordan rivolse la sua attenzione al paesaggio, impressionato dalle dimensioni delle splendide case e dagli ettari di terra che le circondavano. Denaro. Vecchio denaro, pensò. Fascino. Sperava che Oberon non fosse così, non così appariscente. Non avrebbe saputo come comportarsi col tipo di persone che possedevano quelle immense tenute.

Dunque Sydney era una di quegli Hamilton che facevano parte da sempre dell'alta società di New York. E non ne facevano solo parte, la guidavano e ne scrivevano le regole. Un'immagine confusa affiorò nella sua mente. Un paio d'anni prima, la sua fotografia era su *Life*: si era tuffata vestita nella piscina di qualcuno suscitando un gran scalpore. Dunque, era quella Sydney Hamilton.

Adesso stavano attraversando velocemente il mare aperto, con il vento di bolina. I gabbiani giravano in tondo sopra le loro teste, seguendo la barca. Jordan non riusciva a sentire quello che Sydney stava gridando, così si alzò dalla sedia e la raggiunse. Stava indicando qualcosa.

«Laggiù. Ecco Oberon.»

Davanti a loro gli alberi sembravano levarsi dall'acqua. «Laggiù, a destra, ecco il nostro bosco. Lo chiamiamo Martha's Forest, più di quattrocento ettari di querce. Legna che non è mai stata tagliata. Ci sono anche un paio di piccoli laghi. È primordiale.»

«Chi è Martha?»

«Vedrai la sua tomba. Lei e suo marito furono i primi Hamilton, qui. Ci sono venuti in canoa per sfuggire agli indiani. Lei era incinta e partorì qui, a Martha's Forest. In seguito, comprarono l'isola. Be', in effetti si è trattato di un'assegnazione di terre. È così che l'abbiamo avuta nel 1682.»

Sydney virò a sinistra dell'isola. Jordan si sentì ansimare mentre cominciavano a dirigersi verso riva. Sulla punta meridionale spiccava un'immensa casa di mattoni a tre piani, con sei alte colonne bianche di fronte alla sezione centrale, mentre ampie ali si estendevano con grazia su entrambi i lati. Un lungo prato anteriore digradava verso il molo. Al di là della casa c'erano altre costruzioni di mattoni.

Sydney osservava la reazione di Jordan. «Amo Oberon più di ogni altro posto sulla Terra.»

Ne capiva il perché. «Mica male.»

«Mica male, veramente.»

Come un fantasma, una donna in un abito bianco ondeggiante si stava avvicinando al molo.

«Quella è Big Mommy», spiegò Sydney con evidente piacere. «Una delle persone più meravigliose del mondo. È la madre di mio padre.»

Jordan si girò a guardare Sydney. La sua eccitazione era palpabile, i suoi occhi brillavano di felicità.

«Durante l'inverno abita con noi a New York. Il Memorial Day segna l'inizio della sua estate e viene qui.» Il tono di voce di Sydney si era fatto improvvisamente triste. «Mio fratello e io siamo sempre venuti qui, appena finiva la scuola. Questa è la prima estate che Evan non è qui. Mi manca già.»

«Minore o maggiore?»

«Minore di due anni. Lui e zio Billy sono in Italia, o forse in Francia. In Europa, in ogni modo.»

«A fare che cosa?»

Sydney spense il motore dopo essersi accostata alla banchina. Sembrava la cosa più facile del mondo. «Oh, non saprei. Per vedere l'Europa, credo.»

Big Mommy stava in piedi in fondo al molo, in attesa di Sydney e Jordan. Lui la fissò. L'abito bianco le arrivava alle caviglie e intorno ai capelli bianchi portava un fazzoletto di chiffon bianco annodato con grazia. Il suo viso era bianco come il gesso, e con quegli occhi scuri assomigliava a un personaggio dei cartoni animati.

Sydney saltò giù dalla barca e corse lungo la stretta banchina di legno con le braccia tese. Nonna e nipote si abbracciarono come se non si vedessero da secoli. In realtà, Sydney aveva visto Big Mommy durante il weekend in cui aveva conosciuto Jordan.

«Ti ho portato una sorpresa», sussurrò all'orecchio della nonna.

«Vedo.»

Sydney si girò e allungò un braccio verso Jordan, che si stava avvicinando, cercando di mantenersi in equilibrio sulle sottili assi di legno per non cadere in acqua. «Jordan Eliot, Big Mommy.»

Jordan tese la mano alla pallida apparizione. I suoi occhi pesantemente truccati ne accentuavano l'aspetto eccentrico. «Lei non gioca a poker, vero?»

Scosse la testa.

«Lo temevo. Be', e poi immagino che lei sia incollato a Sydney.»

«Incollato?» le fece eco stridula Sydney. «Be', forse è così.» Prese la mano di Jordan, e i tre risalirono il prato in direzione della grande casa.

«Vuoi che porti le valigie?» chiese Jordan.

«No, si occuperà di tutto Martin. Dio, che caldo. Be', forse è meglio che prendiamo la tua sacca. Ti sei portato il costume da bagno, vero?»

Jordan annuì, e, lasciandole la mano, si girò per ritornare alla barca.

«Non hai neanche bisogno di dirmelo», fece Big Mommy. «Sei innamorata. Tutti e due lo siete.»

«Non ne sono sicura», rispose Sydney. «Ecco perché l'ho portato qui. L'ho conosciuto solo il mese scorso e voglio vedere come stiamo insieme qui prima di decidere se continuare... o no.»

Big Mommy rise. «Parli come se la testa avesse a che fare qualcosa con il cuore. Dimenticatene, cara. Credo sia già troppo tardi. Probabilmente è accaduto nei primi dieci minuti del vostro incontro. Puoi parlarmene più tardi. Ha gli occhi più azzurri che abbia mai visto.»

Aveva anche il più bel corpo che Sydney avesse mai visto. Non aveva mai pensato che i corpi maschili potessero essere belli finché non lo vide tuffarsi in piscina dal trampolino in un costume da bagno che non nascondeva niente. Avrebbe voluto vederlo nudo. Era sorpresa. Pensieri simili non le erano mai passati per la mente.

Jordan fece un tuffo carpiato in avanti e sparì nell'acqua. Quando riaffiorò era accanto a lei. «Sono qui per ottenere l'approvazione?»

«Non ho mai avuto bisogno di approvazione per quello che faccio o per chi mi piace. No. Sei qui perché desidero stare con te.»

«Tua nonna è... diversa.»

Sydney scoppiò a ridere e si girò di schiena, lasciandosi galleggiare. «Veste di bianco, null'altro che bianco, da sempre. Non è assolutamente convenzionale. Mio padre lo è. E anche mia madre, moltissimo. Eppure mamma e Big Mommy vanno meravigliosamente d'accordo. Big Daddy e Big Mommy, loro erano veramente diversi. A lui non importava mai di quello che indossava. Era molto distaccato, tranne che con Big Mommy. Non gli piaceva avere gente intorno. Si trasferirono qui circa dieci anni fa, vivendoci per tutto l'anno, finché Big Daddy non è morto. Qui c'è il cimitero degli Hamilton. Duecentosessantotto anni di Hamilton. Domani ti mostro tutto.»

Martin apparve sul terrazzo reggendo un vassoio d'argento con sopra shaker e bicchieri. Lo posò sul tavolo sotto l'ombrellone.

«Devo servire, signorina Sydney?»

Guardò Jordan. «Ti piace il daiquiri?»

«In questo momento mi piace qualunque cosa.»

Martin sentì e riempì due bicchieri, avvicinandosi al bordo della piscina e porgendone uno a Sydney.

Jordan raggiunse a nuoto Martin, che gli porse l'altro bicchiere e li lasciò.

«Mmm», fece Jordan, sorseggiando. «Parlami di Martha.»

«Ah», disse Sydney, posando il suo bicchiere sul bordo della piscina e issandosi fuori dall'acqua. Con le gambe penzoloni, disse: «Dunque, vuoi che cominci dall'inizio?»

«Be', si stavano nascondendo dagli indiani che gli avevano bruciato la capanna dove vivevano, ed era il 1672...»

Quand'ebbe finito, era trascorsa un'ora e mezzo. Il sole era basso nel cielo e avevano bevuto la brocca di daiquiri.

Jordan era ancora sdraiato pigramente sulla sdraio, e Sydney era rannicchiata accanto a lui.

«È tutto vero?» chiese.

Sydney si strinse nelle spalle. «La Bibbia di famiglia elenca nascite, morti e matrimoni di tutti gli Hamilton, ma non conosco i particolari. Sappiamo che Martha e suo marito raggiunsero l'isola a remi per sfuggire agli indiani e si nascosero nella foresta dove Martha partorì. Negli archivi di famiglia abbiamo i documenti originali della petizione rivolta a lord Baltimore per la terra che lui vendette loro per poco più di quanto gli olandesi pagarono Manhattan.»

«Ciò che so della mia famiglia non va oltre i miei nonni», disse Jordan. «Dalla Pennsylvania raggiunsero l'Illinois con un carro trainato dai buoi negli anni intorno al 1880 o 1890, ma più indietro non vado. Indiani? Sono tedesco, francese, inglese? È straordinario che tu possa rintracciare i tuoi avi così direttamente.»

«Mi sono sempre sentita speciale per questo», ammise Sydney.

«Tu sei speciale», mormorò Jordan mentre si chinava a baciarla. «La persona più speciale del mio universo.»

«Domani», disse Sydney «ti mostrerò tutto.»

«Lo aspetto con ansia», rispose Jordan mentre la governante annunciava che il pranzo sarebbe stato servito entro dieci minuti.

«Meglio vestirsi», disse Sydney alzandosi. «Niente di formale, ma qualcosa di diverso dai costumi da bagno.»

«Sono asciutti. Perché no, allora?»

«Non a Oberon», sorrise Sydney. In realtà, avrebbero anche potuto non indossare niente, per quello che la riguardava.

5

«NON salgo su un cavallo da quand'ero bambino e andavo alla fattoria di zio Andrew, nell'Iowa», disse Jordan, ma Sydney giudicò che montava Chester molto bene e teneva anche le redini nel modo giusto.

«È come andare in bicicletta», dichiarò. «Andremo al passo, magari un po' al trotto, ma niente di impegnativo.»

«Questo è un sollievo», ammise lui con un sorriso.

Percorsero un sentiero, a nord dietro gli edifici e i prati. Sydney puntò il dito. «Quella era la fucina del fabbro. Laggiù è dove lavorava il falegname.» Era un piccolo edificio in buone condizioni, con una finestra in alto come unica fonte di luce.

Jordan ne rimase colpito. C'erano abbastanza edifici da formare un piccolo villaggio.

«Là è dove vivevano i servi a contratto», proseguì Sydney, accennando a una casa a due piani ben conservata.

«A contratto?»

«Vedi», disse Sydney, guardandolo come se avesse semplicemente dimenticato la storia, «la gente emigrava qui e, per rimborsare le spese di viaggio, si impegnava a servire per sette anni.»

Jordan annuì. «Un'altra forma di schiavismo», osservò.

«Perlomeno non ci servivamo dei prigionieri, come facevano tanti.»

Jordan apparve sorpreso.

«Be', fino alla Rivoluzione, ci siamo presi tutti i criminali per cui l'Inghilterra non aveva posto. Migliaia di prigionieri britannici furono mandati qui come braccianti per i padroni delle piantagioni. Laggiù», indicò il punto estremo di quello che era adesso un campo di fieno, «quelle erano le capanne degli schiavi.»

Mentre attraversavano il prato in direzione degli alberi imponenti che offrivano un po' d'ombra, Jordan additò qualcosa davanti a sé. «Mio Dio, guarda quel mulino! È immenso.»

Sydney sorrise. «Fu costruito all'inizio del 1700», dichiarò orgogliosa. «È ancora in uso.»

«Perché così grande?»

«Perché lo si potesse vedere dalla terraferma. Vedi, quando non è in funzione, forma una X. Agli inizi del 1700, tutta questa baia era infestata dai pirati. Qui sull'isola, si godeva di una visione chiara del sud della baia e si poteva scorgere per primi le navi straniere che si spingevano a nord. Così si mandava un servo a cambiare la X del mulino con una croce, un segnale per gli abitanti della terraferma che i pirati stavano arrivando: 'Pericolo, nascondete gli oggetti preziosi'.»

Jordan le sorrise. «Come fai a sapere tutte queste cose?»

Si strinse nelle spalle. «Aneddoti tramandati negli anni. Brani di storia nella Bibbia di famiglia. Vecchi ritagli di giornale.»

«Giornali?»

«Certo. Erano molto civili da queste parti.»

Sydney e Jordan proseguirono in silenzio per qualche minuto.

«Tua nonna è eccezionale.»

Sydney annuì. «È vero! Immagino che ti stia chiedendo perché veste in quel modo singolare...»

«Singolare è la parola giusta.»

Sydney rise, piena di una felicità che non riusciva a controllare. «La storia risale a quando Big Daddy le disse che si era innamorato di lei la prima volta che l'aveva vista vestita di bianco, con una rosa rosa in mano. Le ha mandato rose rosa ogni sabato della loro vita e, dal giorno del loro matrimonio, lei si è sempre vestita di bianco. Quanto al suo trucco da fantasma, con gli occhi bordati di nero, non saprei. Non ha mai dovuto rendere conto del suo aspetto a nessuno, e ormai nessuno la riconoscerebbe vestita o truccata in maniera diversa. Big Daddy non faceva che ripeterle che era bella, probabilmente ogni giorno del loro matrimonio.»

«Lo è.»

«Era la figlia di un senatore. Suo padre era il senatore della Virginia, e incontrò Big Daddy quand'era laureando all'università della Virginia. A un ballo a Charlottesville, dove abitava Big Mommy. Non aveva che diciassette anni.»

Arrivarono al margine degli alberi e seguirono il sentiero che serpeggiava fra cornioli, azalee e rododendri, tutti ormai sfioriti.

«Questa dev'essere Martha's Forest», disse Jordan.

«Soltanto il limitare. Il punto in cui Martha partorì e dove costruirono la loro prima casa è un po' più in là, vicino al laghetto. È là che ho imparato a nuotare e a cercare di prendere i pesci con le mani. Mi affascinava.»

Un cervo attraversò il sentiero davanti a loro. Sydney tirò le redini del cavallo e Jordan la imitò. Qualche secondo dopo, un cerbiatto, impacciato sulle gambette sottili, volò attraverso l'aria dietro sua madre. Sydney non mancava mai di stupirsi a quella vista.

Jordan si chinò a baciarle l'orecchio e i loro cavalli si urtarono. Sydney girò la testa e le loro labbra si incontrarono.

«Mmm», sospirò.

«Sono contento che tu non sia un tipo ritroso», osservò Jordan. «Tante ragazze si divertono a fare giochetti; ti stuzzicano, ti costringono a dar loro la caccia. Tu sei onesta. È una delle tue più belle virtù. Fra le tante, potrei aggiungere. Soprattutto le tue gambe. Quelle sono un altro magnifico pregio.»

«Jordan Eliot, scommetto che non hai mai dovuto dare la caccia a una ragazza. Chi fuggirebbe da te?»

Lui continuò a sorridere. «Su, voglio vedere la casa di Martha.»

Sydney mise il cavallo al trotto, chiedendosi se Jordan sapesse che cosa fare. Si girò per controllare se non stesse rischiando di cadere e vide che se la stava cavando piuttosto bene.

Dopo qualche minuto, il riflesso del sole che brillava sull'acqua luccicò attraverso gli alberi. Sydney arrestò il cavallo e scivolò giù dalla sella.

«Lo fai sembrare molto semplice», commentò Jordan.

«Vuoi aiuto?» chiese lei con occhi beffardi.

Jordan balzò a terra, se non con altrettanta grazia, neanche troppo goffamente. Quando raggiunse la riva del lago si fermò, osservando l'acqua limpida e il cobalto del cielo che vi si rifletteva. «Questo dev'essere il posto più tranquillo del mondo», osservò in tono sommesso.

Sydney sedette, avvolgendosi le redini del cavallo intorno al polso. «Qui è dove ho imparato a nuotare», dichiarò. «Qui è dove Martha e Samuel bevevano, dove prendevano l'acqua per innaffiare il loro orto. È quanto considero puro. Forse è questo che Oberon rappresenta per me: purezza. Anche in questi tempi febbrili, è un rifugio per me, lontano dalla follia del mondo, un luogo che rimane costante, innocente. Qui non c'è nessuno dei vizi del mondo.»

Jordan fece girare il suo cavallo, gli passò le redini sul collo, poi sedette accanto a Sydney e le prese la mano. «Un paese fatato?»

«Non esattamente», rispose lei, spaziando con lo sguardo sul laghetto. «Big Mommy dice che se adesso viviamo la nostra vita nel modo giusto, il futuro baderà a se stesso. Dobbiamo pensare al presente, se il futuro dovrà avere un significato, dimostrare che non abbiamo vissuto le nostre vite invano. Ma il futuro è affidato a noi e noi dobbiamo vivere in modo puro adesso, o quello che ne deriverà sarà il caos che noi stessi abbiamo creato.»

Jordan rifletté un minuto e annuì. «Mi piace questa teoria. Se Oberon, come microcosmo del mondo, è conservato con cura o, come dici tu, con purezza, allora il futuro non sarà contaminato. Tua nonna allude all'ambiente o all'interiorità dell'uomo?»

Sydney lo guardò e capì, senza alcun dubbio, che l'avrebbe amato per sempre. «Forse le due cose vanno insieme.»

«Non peccare di avidità», disse Jordan. Passarono cinque minuti prima che chiedesse: «Così gran parte dell'isola è foresta?»

«Oh, no. Sul lato settentrionale ci sono almeno centoventi ettari di palude. È dove svernano gli uccelli. Papà viene qui a caccia ogni autunno, ma rimane sulla terraferma. Non permette che si cacci a Oberon. Per anni i club di caccia hanno cercato di convincerlo ad affittare la palude durante la stagione delle anatre. Non capisco come papà possa andare a caccia quando proibisce che lo si faccia sulla sua terra.»

«Un mistero, non è vero?» ammise Jordan.

«Quand'ero piccola, un'estate papà insegnò a me e a Evan a sparare. Diventammo entrambi così bravi che colpivamo sempre il bersaglio. Quando papà decise di portarci a caccia di anatre, ci sembrò un'idea fantastica. Ci consideravamo degli adulti. A mamma venne un colpo. Era sicura che ci saremmo sparati a vicenda per errore o che ci avrebbe colpiti un altro cacciatore. Ma papà ci fece indossare berretti rossi come quello che portava lui. Ero sorpresa che mi insegnasse a sparare e mi portasse con sé, perché è di idee molto ristrette su ciò che è corretto per una ragazza. Per settimane Evan e io non riuscimmo a pensare ad altro.»

Sydney rimase silenziosa per un minuto, e Jordan attese. Gli sembrò che il racconto di quel periodo le riuscisse difficile. Si chiese se non sarebbe scoppiata a piangere.

«Ci alzammo molto prima dell'alba, dovevano essere le tre, e ci fermammo a St. Michaels per prendere Walt, che ci avrebbe guidati nel posto migliore. Era molto in su lungo il fiume, e quando superammo un'ansa ci apparve la più bella vista di cui avessi mai goduto. C'erano uccelli acquatici a migliaia. Splendide oche canadesi, così grosse da non crederci. E anatre... Mio Dio, erano migliaia. Le loro grida erano così forti che non riuscivi a sentire quelle di nessun altro. Ci spingemmo in un nascondiglio e non dovemmo aspettare molto. Ero tranquillissima. E poi accadde la cosa più traumatica che riesca a ricordare. Quei fantastici uccelli, e gli smerghi, i germani reali con i loro fantastici colori... Hai mai visto gli smerghi con il ciuffo o con il petto rosso?»

Jordan non aveva mai sentito parlare di simili uccelli.

«Non volevo spararagli, volevo dipingerli. Ma papà ci stava mostrando che cosa fare ed Evan li colpiva mentre si alzavano dall'acqua, sparandogli come se fossero bersagli al tirassegno, e papà diceva: 'Su, cara, prendi la mira'. Ma non potevo. Il fucile mi rimase in grembo finché papà non si chinò e lo prese, poi mi circondò con le braccia e me lo mise fra le mani, costringendomi a prendere la mira. Quella parte fu facile. Oh, com'era bello quell'uccello! Volevo volare da lui, diventarne parte, ma papà continuava a bisbigliare, a dirmi di premere il grilletto. Lo centrai al primo colpo, osservando quel grande magnifico uccello cadere dal cielo, turbinare giù sulle foglie secche, così morto da non poter mai più prestare la sua bellezza al mondo. E scoppiai in lacrime. Papà era indignato, ma Walt tese le braccia e io mi ci rannicchiai e gli posai la testa sulla giacca. Mi tenne stretta e mi lasciò piangere, passandomi le dita fra i capelli, sussurrando: 'Capisco, piccola. Capisco'.»

I suoi occhi brillavano di lacrime, anche tanti anni dopo, e Jordan allungò un braccio per attirarla a sé, così come doveva aver fatto Walt. I cavalli si mossero, irrequieti, accanto a loro.

«Non ho mai ripreso in mano un fucile. Quell'anno non riuscii neppure a mangiare il tacchino del Ringraziamento.» Alzò lo sguardo su Jordan per vedere se aveva capito.

Jordan la strinse più forte e le baciò le palpebre, il naso, posò la bocca sulla sua. «Qualora non l'avessi già detto», fece, «mi sono innamorato di te. Devi saperlo.»

«Oh, Jordan», la voce di Sydney non era che un bisbiglio, «credo sia accaduto la prima sera che ci siamo conosciuti. Al termine della corsa in traghetto. Queste cose accadono davvero così in fretta?»

In risposta, lui la baciò di nuovo. Poi si alzò tirandola con sé. «Su. Mostrami il resto dell'isola. Mostrami la casa che Martha e Samuel costruirono con le loro mani.»

Rimontarono in sella e guidarono i cavalli lungo un tranquillo sentiero. «Ci sono solo dei resti, laggiù», spiegò lei, mentre attraversavano i boschi. A circa quindici metri dal lago, riparate da un boschetto di querce, c'erano le rovine della prima dimora degli Hamilton a Oberon. Pietre grigie delimitavano un piccolo spazio dove aveva vissuto la famiglia.

«Pensa che cosa significa poter guardare un posto dove sai che la tua famiglia ha piantato le sue radici centinaia d'anni fa», disse Jordan.

«Duecentosessantasette anni fa, per l'esattezza.»

«Fantastico», ammise lui con un sorriso. «Credo che io non saprò mai chi sono.»

«Ti prego, non farti scoraggiare.»

«Niente e nessuno è abbastanza forte per questo.»

Sydney rise. «Non mi sembra che tu abbia dovuto inseguirmi troppo strenuamente. Non mi hai ancora vista correre, vero?» Avvicinò maggiormente il cavallo al suo, e gli tese la mano.

«Sai che cosa vorrei fare in questo preciso momento? Buttarti a terra, magari in quella casa costruita dai tuoi antenati, e fare furiosamente l'amore con te.»

«Buffo, stavo provando anch'io lo stesso desiderio.»

Jordan sospirò. «Non è ancora il momento.»

«No?» fece lei delusa.

«Non ancora», ripeté Jordan. «Non ancora. Ma quando arriverà, illumineremo il cielo, Sydney.»

«È una promessa?»

«È una promessa. L'aurora boreale impallidirà al confronto.»

Non parlarono più mentre i cavalli ritornavano lentamente attraverso i boschi, lungo la riva del lago. L'incantesimo era nell'aria.

6

SYDNEY nuotò attraverso il laghetto con forti bracciate, girandosi per galleggiare sulla schiena, lasciando che il sole le bruciasse la pelle chiara che, nel giro di un paio di settimane, sarebbe stata dorata. Non sapeva se si era mai sentita più felice. Di nuovo a Oberon per un'altra estate. Jordan. Sospirò appagata e aprì gli occhi, voltandosi per raggiungere a nuoto la spiaggia, ma lui le era accanto.

«Mi piace guardarti», disse. «Appartieni a questo posto, non è vero?»

«Vediamo chi arriva prima a riva?»

«No», rispose lui, scuotendo la testa. «Non voglio fare niente in fretta, questa settimana. Sto assaporando ogni minuto e spero che duri in eterno.» Cominciarono a nuotare insieme, lunghe, lente bracciate, che increspavano appena l'acqua. Quando fu abbastanza bassa perché potessero rimanere in piedi, lui le porse la mano facendola girare verso di sé per baciarla. I suoi seni premevano contro il suo petto. La prese fra le braccia e la trasportò a riva, adagiandola all'ombra di un albero dalle foglie immobili nel caldo del tardo pomeriggio.

La guardò negli occhi, poi le abbassò le spalline del costume da bagno, scoprendole i seni. Si chinò, le racchiuse il capezzolo destro fra le labbra e lei gemette lievemente. Poi le fece scivolare una mano fra le cosce.

«Non faccio che pensare a te», sussurrò, baciandole il capezzolo.

Lei arcuò la schiena e serrò le natiche sollevandosi.

Lui la guardò intensamente negli occhi prima di abbassare di nuovo la bocca sulla sua. Poi spinse indietro la testa e sorrise.

Lei gli circondò il collo con le braccia e lo attirò di nuovo a sé, baciandolo. Le piaceva il suo sapore, il suo odore. «Tu sì che sai baciare», disse. «La maggior parte degli uomini non lo sa fare.»

Jordan piegò il capo e corrugò la fronte. «Hai baciato molti uomini?»

Sydney sorrise. «Abbastanza da sapere che sei impareggiabile.»

Le strinse il seno sinistro e le baciò le palpebre, l'orecchio, e poi dolcemente il collo.

«Nel caso tu te lo stia chiedendo», disse Sydney, «voglio fare l'amore con te.»

«So che lo vuoi», disse lui. «Lo sento. Ma non lo farò, non fino in fondo.»

Abbracciata a lui, Sydney chiese: «Non vuoi?»

«Non essere sciocca. Guardami: sai che lo voglio. Fisicamente, perlomeno. No, non ancora.»

«E un giorno?» Era delusa.

«Per l'amor del cielo!» esclamò Jordan, alzandosi e incamminandosi verso l'acqua. «Sydney, tuo padre mi ucciderebbe. Un cameriere che gli violenta la figlia. Guardati intorno», continuò, disegnando un arco con il braccio. «Non appartengo al tuo ambiente, Sydney. Sono così innamorato di te che i miei pensieri si confondono. E adesso, vedo tutto questo, Oberon, e mi rendo conto di quello che significa... più soldi di quanto abbia mai potuto sognare.»

Lei scoppiò a ridere, ma non era una risata felice. «È così ironico. È da quando ho quattordici anni che i ragazzi cercano di portarmi a letto. E il primo a cui voglio dire di sì mi dice di no.»

«Avrei fatto l'amore con te fin dalla prima sera in cui ci siamo conosciuti. O a Wellesley. Ho sognato di fare l'amore con te ogni notte e circa trentadue volte al giorno, da quando ci siamo incontrati. Ma non sapevo che tu portassi con te tutto questo.»

«In altre parole, se Oberon non appartenesse alla mia famiglia... Oh, questa è bella. Ti ho condotto qui per un weekend idilliaco e invece tu ti fai abbattere. Non mi devi sposare, sai. Fare l'amore con me non ti impone nessuna catena.»

Si girò a guardarla. «Hai ventun anni... Dovremmo fare l'amore e poi io dovrei allontanarmi nel tramonto come se nulla fosse stato?»

«No», ribatté lei imbronciata. «Non potrei mai far finta che non sia successo niente.»

«Mi hai mai nominato ai tuoi genitori? Hanno idea che sono qui con te, questo weekend? Che sono entrato nella tua vita?»

«No», ammise lei.

Jordan si avvicinò e le sedette accanto, prendendole la mano. «Sono entrato nella tua vita, non è vero?»

«Eccome!» Sydney gli sorrise. «Rispondi a una domanda: tu hai scritto a casa di me?»

Toccò a lui sorridere. «No.»

«Vuoi che i miei genitori ti diano il permesso scritto di fare l'amore con me?»

«Forse tutto questo mi ha un po' sbalestrato», fece. «Credevo che venissimo in un cottage estivo, non su un'intera isola con una dimora come questa.»

«Così, in altre parole, dovrei aspettare a farmi deflorare da un uomo che abbia altrettanto prestigio della mia famiglia? E se la settimana prossima lo facessi, poi tu torneresti a fare l'amore con me? Sei impossibile.»

Jordan le sorrise, chinandosi per sfiorarle le labbra. «Non vuoi proprio capire...»

«Siccome la capacità di misurare la direzione del vento e la velocità è fondamentale, il tuo primo passo per imparare a fare vela è cercare di essere sensibile e consapevole del vento.»

«E come faccio?»

«Lo senti», rispose Sydney. «Se ti concentri riesci ad avvertirlo. Puoi guardare l'acqua e osservare le increspature. Puoi sentirlo sul tuo volto.»

Jordan guardò Sydney mentre manovrava abilmente la piccola imbarcazione. «Su, alziamo le vele. Credo che alzeremo per ultima la scotta perché il boma non impedisca il movimento. Ecco, alza il fiocco...»

«Che cosa?»

«Quelle cime. Alziamo le vele con quelle lì, adesso, bene. Alzale e fissale a una galloccia.»

Jordan si chiedeva come Sydney potesse fare sei cose in una volta quando lui non riusciva a concentrarsi neanche sul compito che gli aveva affidato.

«Quando queste vele saranno alzate, potremo andare sperando che non sbattano troppo.»

Dopo qualche minuto, Jordan disse: «È bello mollare gli ormeggi del mondo».

Sydney lo guardò e sorrise. «Non ti annoierò con tutti i termini tecnici durante la tua prima gita in barca. Rilassati e divertiti. È una giornata perfetta: ci abbronzeremo e vedrai com'è bella questa parte del mondo. Voi potete avere le Montagne Rocciose...»

«Le hai mai viste?»

Sydney ammise di non averle viste. «Comunque, per me questo è il più bel posto del mondo.»

«Possiamo nuotare?»

«No. Ci sono le meduse in questo periodo dell'anno.»

Jordan si sdraiò sul ponte, le mani dietro la testa, e osservò Sydney al lavoro. Sei settimane prima non avrebbe potuto immaginare di veleggiare attraverso Chesapeake Bay insieme alla donna con cui sapeva di voler trascorrere la vita.

«Che cosa fa innamorare una persona di un'altra?» pensò a voce alta.

Sydney si scostò i capelli dagli occhi e non lo guardò. «Il sesso?»

«No. Quello probabilmente ne fa parte, ma... sai una cosa? Veniamo da mondi così diversi, tuttavia quando sono con te ho la sensazione di essere tornato a casa. Non nella casa in cui sono cresciuto, ma nel luogo dove mi sento appagato. Dove l'altra mia metà è rimasta ad aspettare che mi unissi a lei.»

Sydney lo guardò e gli sfiorò il braccio con il dito del piede, tenendo le mani sul timone. «Accidenti, Jordan, è meraviglioso. È questo l'effetto che ti faccio?»

«Tra le altre cose.»

«Più tardi ti mostrerò alcune delle altre cose.»

«Promesse, promesse», disse lui baciandole il dito.

«Mi piaci, Jordan Eliot», disse Big Mommy, «anche se probabilmente ha poca importanza.»

«Ma certo che ne ha», ribatté Sydney.

Stavano prendendo il caffè con la crostata ai mirtilli, dopo un cena a base di prosciutto della Virginia al forno.

«Non dovrebbe averne», disse sua nonna. «Se vi amate veramente non dovrebbe importarvi quello che pensano gli altri.»

Sydney si chiese se Big Mommy stesse cercando di dirle qualcosa.

«Io non ho mai conosciuto mia nonna», disse Jordan, «ma dovessi scegliere, che ne direbbe di adottarmi?»

«Ci sono forse altri modi per arrivare alla stessa cosa», rispose lei alzandosi. «Bene, è ora di andare a dormire. Devo leggere un po'. Non riesco ad addormentarmi senza un libro fra le mani. Un tempo ci riuscivo, ma da quando è morto tuo nonno...»

Jordan si alzò e si chinò a baciarle la guancia.

«Sei molto brillante», osservò l'anziana signora. «E hai un senso dell'umorismo che manca agli uomini della mia famiglia, a eccezione di mio marito. Lui ne aveva. Credo sia l'elemento più importante del carattere. Mi è piaciuto ridere con te, questa settimana. E spero di rivederti. Probabilmente non sarò alzata quando partirai domattina, ma ritorna. Anche se lei non vuole, vieni a trovare me. Non sono troppo vecchia per apprezzare un bel giovanotto, per di più dotato di così buone maniere.»

Erano le tre passate quando Jordan e Sydney si coricarono. Rimasero seduti sul molo fin quasi a mezzanotte, tenendosi per mano e baciandosi, osservando le luci sull'acqua. Parlarono di tutto ciò di cui pensavano di non aver parlato. Dio. Musica. Furono contenti di scoprire che entrambi sbadigliavano all'opera o al balletto, ma amavano le commedie musicali. Pensavano che Marlon Brando fosse l'attore emergente più dinamico del palcoscenico americano.

Le diverse opinioni politiche le accantonavano. Non avevano importanza. Era ciò che condividevano che li univa. Ed erano uniti, pensavano, in tutto tranne che nella cosa suprema, benché la desiderassero entrambi follemente.

A mezzanotte nuotarono in piscina, e Sydney lo provocò. «Non vado in camera a mettermi il costume, perché tu possa decidere se ti piace o non ti piace il mio corpo.»

Rimase sul bordo della piscina illuminata e si spogliò, cercando di non sentirsi imbarazzata, sperando che a Jordan piacesse quel che vedeva. Non aveva mai cercato di sedurre qualcuno, prima.

E non ci riuscì, anche se si toccarono e si baciarono sott'acqua. «Sono pazza di desiderio», disse Sydney.

Fecero tutto tranne quello.

Quando partì, il giorno dopo, Sydney lo osservò sparire nella nebbia del primo mattino. Lo aveva accompagnato all'autobus per Easton, e mentre tornava a St. Michaels, si rese conto che la sua vita aveva imboccato una nuova direzione. Si chiedeva dove l'avrebbe condotta.

Sebbene non l'avesse visto recitare, sapeva con assoluta certezza che avrebbe sfondato. Un sorriso le illuminò il volto mentre affidava la macchina a Walt e attraversava la baia fino a Oberon.

L'estate assunse una sua routine. Oberon era l'unico posto dove Sydney la tollerava. Forse perché, a eccezione dell'ora di cena, la routine a Oberon era basata sulla mancanza di routine. La cena era sempre alle sette e mezzo, e ci sarebbe voluto un terremoto per interrompere la routine di Nettie a questo proposito.

Di solito la sua colazione era così abbondante da sfamare un esercito, e sia che ci si alzasse alle sei e mezzo o alle dieci, la colazione disposta sulla lunga credenza della sala da pranzo era sempre calda. Avena, carne tritata e patate, uova strapazzate con cipolle, cipolle fritte, biscotti, marmellata di fragole fatta in casa e conserva di lamponi. E la domenica panini alla cannella e pancakes di mele venivano aggiunti al buffet. Che Sydney fosse lì sola o fossero in una ventina, restava sempre abbastanza da sfamare un esercito. Gli avanzi venivano dati a Brandy e Sherry, i due retriever bianchi e marroni di Chesapeake Bay che facevano parte di Oberon da quando Sydney aveva undici anni.

Quell'estate trascorse più tempo del solito con Big Mommy. La nonna era una delle *grandes dames* della società newyorchese, ma a lei non era mai importato. Non le interessavano l'arte e i musei. Preferiva mandare un assegno a un istituto di carità piuttosto che partecipare a uno di quei pretenziosi balli benefici. Big Daddy le aveva sempre ripetuto: «Non devi far colpo su nessuno. Possediamo terra in questo Paese da prima che diventasse una nazione. Accidenti, ti ho sposata perché non ti piacevano le feste». Lo diceva fra il serio e il faceto. Chiunque li conoscesse, sapeva che Big Mommy e Big Daddy erano sempre stati molto focosi nei loro rapporti. Sydney ricordava quando aveva diciott'anni e Big Mommy ne aveva sessantotto. Non aveva mai avuto il coraggio di parlare di sesso con i suoi genitori, così chiese a Big Mommy: «A che età si perde l'interesse per il sesso?»

Dopo un'occhiata acuta, Big Mommy sorrise sorniona e rispose: «Te lo farò sapere».

Sydney pensava che fosse la risposta più bella del mondo.

In quel momento, sedevano sulla veranda posteriore, guardando il laghetto.

«Mi piace l'idea che frequenti una specializzazione. Sei una tal gioia», osservò sua nonna. «Hai sempre idee che tua madre e io non abbiamo mai avuto il coraggio di mettere in atto.»

«Accidenti, credevo che tu e mamma aveste avuto una vita meravigliosa. Non sei stata felice?»

Big Mommy annuì. «Felice come poteva esserlo una donna della mia generazione, credo. Ma ho letteralmente passato la vita a guardare. Tuo nonno e io abbiamo avuto un matrimonio felice perché l'ho sempre assecondato in qualunque cosa volesse fare. È così che ho trascorso la mia vita. E anche tua madre. Oh, credo sia stata felice anche lei. Ma felice non è lo stesso che appagata.»

«Il massimo della mia vita, a parte i figli, è stato prendermi cura di questa casa. Non molto di cui vantarsi, non credi?»

«Come puoi parlare così? Questa è la più bella casa del mondo, grazie a te. Tu e Big Daddy avete viaggiato ovunque...»

«Sydney, l'ho assecondato, ma ho fatto ben poco per conto mio. A tuo nonno sarebbe venuto un infarto.»

Sydney si girò a guardare la nonna.

«Voglio vivere ancora un po' per vedere che cosa farai della tua vita.»

«Be', penso che farò quello che avete fatto tu e mamma.»

Big Mommy mosse la mano nell'aria come per scacciare l'idea. «Forse farai quello che abbiamo fatto noi, ma farai anche qualcos'altro. Il mondo sta cambiando per le donne. Ha iniziato a cambiare con la guerra. Non si sono accontentate di tornare a lavare i piatti, senza guadagnare soldi né prendere decisioni. Vedrai: molto presto le donne inizieranno a vivere una vita diversa. E questo sconvolgerà gli uomini. Frequenta la specializzazione. Fa' qualcosa del tuo cervello e della tua istruzione.»

«Mi stai dicendo di non sposarmi?»

«No, naturalmente. Ma fa le cose che tua madre e io non abbiamo mai avuto la forza d'animo di fare.»

«Ma voglio un marito e dei figli. Voglio quello che avete voluto voi.»

Big Mommy annuì. «Questo va bene, ma avrai di più. Voglio rimanere al mondo per vedere. Sia io che tua madre siamo laureate, e che cosa abbiamo fatto delle nostre lauree? Ma tu, tu frequenterai un corso di specializzazione.»

«Big Mommy», disse Sydney mentre si alzava e andava a mettere i piedi nell'acqua. «Mi spiace deluderti, ma sono innamorata.»

Big Mommy rimase silenziosa per un momento, poi disse: «Lo so».

«Sono follemente innamorata.» Sydney alzò le mani in aria, tendendosi il più possibile.

Sua nonna sospirò. «Potrei dire che prova anche lui la stessa cosa. Non riesce a staccarti gli occhi di dosso.»

Sydney non poteva vedere l'espressione sulla faccia della nonna, così si girò verso di lei.

Big Mommy sorrise. «Be', se non altro è una piacevole novità per questa famiglia. Ma dimmi, devi sposarti precipitosamente e dimenticare la specializzazione?»

«Lo conosco soltanto da un mese. Può darsi che lui non ci pensi neppure al matrimonio. Non ha un centesimo.»

«A tuo padre verrà un attacco isterico.»

Sydney annuì e scivolò nella piscina.

«Il fatto che sia povero ha certe attrattive, sai», disse Big Mommy. «Perlomeno è istruito, e del Middle West! Mi piace. E poi lo trovo delizioso. Rinfrescante, dopo tutti quei giovanotti che sono entrati e usciti da casa per anni. A me non dispiace che tu sia innamorata di Jordan Eliot. Spero solo che tu continui a studiare. Le donne avranno bisogno di essere più istruite per svolgere le stesse mansioni...»

«Se lo sposerò, sarò probabilmente la fonte principale di sostentamento.» Sydney infilò la testa sott'acqua. Quando riaffiorò, aggiunse: «Per la verità, non aveva mai sentito parlare di noi. Grazie a Dio, non siamo conosciuti come i Vanderbilt o i Rockefeller. Naturalmente, loro sono molto più ricchi e appariscenti di noi».

«Devono provare ciò che sono. Noi non abbiamo mai dovuto farlo.»

«Noi? Big Mommy, tu non eri una Hamilton.»

Big Mommy scosse la testa, gli occhi scuri sorridenti. «E non sapevo chi fossero gli Hamilton finché non mi sono innamorata di tuo nonno. Grover Cleveland divenne presidente per la seconda volta; il padre di Big Daddy diede una festa in suo onore e ci invitò. Mio padre, come sai, era senatore della Virginia, così venimmo qui in barca in un bellissimo sabato pomeriggio di giugno. In piedi sul molo, sotto una bandiera che sventolava nel vento, c'era tuo nonno. Il mio cuore prese a battere più in fretta ancor prima che attraccassimo. Non avevo idea, quando lo avevo conosciuto l'inverno precedente, che avesse tanti mezzi. Non aveva l'aria di essere il figlio del proprietario di un posto come questo. Pantaloni e giacca erano sgualciti, come lo sono stati per il resto della sua vita. Per George l'abbigliamento non è mai stato importante.»

Sydney se lo ricordava. Sembrava sempre che Big Daddy fosse appena rotolato giù dal letto.

«Ma stava lì in piedi, con la brezza che gli scompigliava i capelli e quei graziosi baffetti... In oltre cinquant'anni non ho mai visto come stava senza baffi. E quando mi prese la mano per aiutarmi a scendere dalla barca e mi guardò con quegli occhi colore del mare e mi sorrise... Rimanemmo a fissarci come se non esistesse nessun altro al mondo, e sai, da allora è stato veramente così. Per tutti e due. Ma non sapevo proprio chi fossero gli Hamilton, e non me ne importava. Credo che il primo a cui sia importato è tuo padre, e non sono i soldi o la condizione sociale che gli importa. Lui vuole essere potente e influente. È per questo che ha comprato quel giornale. Vuole convertire il mondo alle sue idee.»

«È lui che ha smesso di invitare qui i Presidenti, non è vero?»

Big Mommy scosse la testa. «Be', non siamo conosciuti per essere egualitari, Sydney. Pensava, e giustamente, che Roosevelt ci stesse conducendo verso il caos economico.»

«Big Mommy, a me sembra che lui ci abbia piuttosto salvati dal caos economico, e dalla Depressione.»

«Solo perché è scoppiata la guerra. Pensava che il governo dovesse aiutare la gente, invece di lasciare che la gente aiutasse se stessa.»

«Forse è giusto, però», ribatté Sydney. «Jordan dice che la politica ha a che fare con la moralità.»

Big Mommy rifletté un momento e poi sorrise. «Pensavo che la moralità consistesse nel voler dormire con qualcuno e non farlo.»

«Forse anche questo è politica», rispose Sydney malinconica.

7

Il cielo plumbeo rifletteva l'umore di Sydney.

Mentre attraversava il campus – così diverso dalla serenità e dalla bellezza di Wellesley –, si chiese perché si trovasse lì, a Filadelfia.

Niente di quel che studiava per i suoi corsi la interessava. Di solito le piaceva imparare; aveva sempre sognato di diventare importante un giorno. Ma adesso non riusciva a pensare che a Jordan, a centocinquanta chilometri di distanza.

Guardò l'orologio: undici meno dieci. Se Jordan e Monday erano andati a qualche festa, probabilmente stava ancora dormendo. O magari stava facendo un provino.

Mentre camminava in fretta per scaldarsi, una sciarpa avvolta intorno al collo e il cappotto di pelo di cammello tenuto stretto intorno a sé, capì che un giorno, sperava presto, Jordan avrebbe avuto un'opportunità. E quando l'avesse avuta, sarebbe diventato famoso. Non lo aveva nemmeno mai visto recitare, ma sapeva che doveva essere meraviglioso. Era preoccupato di vivere in un mondo di sogno, ma Sydney sapeva che un giorno il suo nome avrebbe brillato a lettere luminose sopra l'insegna di un teatro.

E se avesse dovuto adattarsi a qualcosa di meno entusiasmante? A qualcosa che gli permettesse semplicemente di guadagnare del denaro? pensò. Lo avrebbe desiderato lo stesso, avrebbe desiderato lo stesso diventare la signora Eliot?

Jordan si stava concedendo un altro anno e mezzo. Lei avrebbe conseguito il suo master per allora, e avrebbe potuto trovare un buon lavoro e mantenere entrambi e sposarsi e... E che cosa?

Ai suoi genitori sarebbe venuto un colpo. Anche se lui non ce l'avesse fatta e avesse deciso di diventare banchiere. Un banchiere con una specializzazione in recitazione? Be', qualcos'altro allora. Un insegnante? Oh, cielo, suo padre non sarebbe mai passato sopra a una cosa simile. Quanto guadagnavano gli insegnanti? Quarantottomila dollari al massimo?

Che cosa faceva la gente comune? Che cosa faceva tutta quella gente che viveva negli appartamenti intorno al campus, che viveva a Boston in case del periodo coloniale, che viveva in case di arenaria a New York... Che cosa facevano tutti quanti?

Be', non poteva decidere al posto di Jordan che cosa avrebbe fatto se lui fosse stato costretto a rinunciare al suo sogno. Doveva chiedersi se lei avrebbe potuto vivere a quel modo, in una minuscola casetta senza cameriera, lavando ogni sera piatti e pannolini, domandandosi se avevano abbastanza soldi per andare al cinema.

Si sarebbe accontentata di Jordan e nient'altro? Non sarebbe stato divertente abitare per un po' in un piccolo appartamento, vivere come faceva il resto del mondo, come stava facendo in quell'appartamentino che aveva ora? Aveva insistito lei per quella scelta. «No, papà, niente cameriera, grazie. Un piccolo appartamento di due stanze, vicino al campus. Lascia che me la sbrighi da sola.»

Sembrava un gioco, come quando da bambina giocava alla casa. Aveva comprato un libro di cucina e stava imparando a cucinare, cosa che nessuna donna della sua famiglia aveva mai fatto. Era divertente decidere che cosa avrebbe mangiato ogni sera. Le piaceva andare a fare la spesa nel piccolo negozio italiano di alimentari in fondo all'isolato. Non era mai stata in un negozio di alimentari.

Non le piaceva molto usare l'aspirapolvere o spolverare, però. O sgelare il frigorifero, come aveva dovuto fare la settimana scorsa.

Aveva arredato lei stessa l'appartamento, senza il consiglio di nessuno, e ne era orgogliosa.

Avrebbe voluto decidersi a invitare un paio di compagni a cena. Qualcosa di semplice come spaghetti e un'insalata, vino rosso, pane italiano.

Ma, una volta a casa, non desiderava altro che sedersi e sognare di Jordan. Voleva soltanto chiudere gli occhi e rivedere l'azzurro dei suoi. Sentire le sue labbra sulle sue, le sue braccia intorno a sé.

Big Mommy aveva detto: «Va' a letto con lui prima di sposarlo». A sua difesa aveva aggiunto che il sesso era una parte importante del matrimonio e se non era piacevole prima, lo sarebbe stato ancor meno dopo.

Sydney si chiedeva se, una volta che lei e Jordan fossero andati a letto insieme, avrebbe ancora pensato tanto a lui. Quella tensione non sarebbe, almeno, diminuita? Quand'era con Jordan, avrebbe voluto spogliarsi e fare l'amore. Si chiedeva se gli sarebbe piaciuto il suo corpo. Se da nuda l'avrebbe giudicata bella. Lei sapeva com'era lui, l'aveva visto in costume da bagno.

I suoi seni sarebbero stati abbastanza grandi da piacergli? Avrebbe saputo che cosa fare? Lui aveva già esperienza: come sarebbe stata, lei, in confronto alle altre donne che poteva aver avuto? Sarebbe stato paziente? *Oh, Dio.*

Forse avrebbe dovuto andarsene e tornare a New York, dove avrebbe potuto vedere Jordan ogni giorno. Grazie a Dio, mancavano solo due settimane e mezzo alle vacanze di Natale.

Jordan non sarebbe tornato a Elk Park. C'era molto da fare da *Giorgio*, in quel periodo. Lui e Monday stavano pensando di dare un party per Natale, desiderava che lei conoscesse alcuni dei loro amici.

Sydney gli aveva detto: «Evan e zio Billy saranno a casa per Natale. Vuoi trascorrerlo con noi? Impazziranno tutti e due per te, lo so. E desidero tanto che tu li conosca. Promettimi che verrai a trascorrere il Natale con noi».

«Non sarebbe meglio che lo chiedessi ai tuoi genitori?»

Rise. «No, naturalmente. Se io ti amo, loro saranno felici di averti lì. Ti prego. Di' che verrai.»

Era più che consapevole che i genitori di Sydney non avevano reagito entusiasticamente quando l'aveva portato a casa a cena, dopo l'estate trascorsa a Oberon. Sydney aveva aspettato che Big Mommy fosse ritornata a New York, in modo che lei e Jordan avessero un alleato.

Dopo cena, quando Jordan se n'era andato, il padre aveva detto a fior di labbra, in tono sprezzante: «Elk Park? Middle West?»

«Suo padre è proprietario di un negozio di ferramenta?» Silvie aveva sorriso a denti stretti. «Che divertente!»

Probabilmente nessuno dei due aveva mai messo piede in un negozio di ferramenta, o in una città come Elk Park, aveva riflettuto.

Ma lui avrebbe sposato Sydney. Cristo! Non aveva mai desiderato tanto qualcuno in vita sua. La voleva fra le braccia, nel suo letto. Voleva vederla svegliarsi, voleva baciarle i seni, voleva... voleva tutto di lei.

Ma poteva chiederle di andare a vivere in un appartamento privo di acqua calda, come il suo in Bleecker Street? Chiederle di comportarsi come qualsiasi altra giovane donna, essere sua moglie e occuparsi della casa? Probabilmente non aveva neanche mai fatto un letto in vita sua. Merda. Perché doveva provenire da una famiglia così piena di soldi?

Si disse che forse uno dei provini che aveva sostenuto la settimana scorsa avrebbe avuto buon esito.

A mezzogiorno del giorno dopo, il 28 novembre 1949, mentre Sydney tornava da lezione, suonò il telefono.

La voce di Jordan era eccitata. «Prendo il treno delle due», disse. «Sarò lì in tempo per una delle tue cenette.» Era la sua serata libera.

«Una delle mie cenette, eh? Devi essere disperato.»

«Gli spaghetti che abbiamo mangiato un paio di settimane fa erano favolosi. Neanche *Giorgio* li fa meglio.»

Avrebbe dovuto precipitarsi fuori a comprare pelati, aglio, cipolla e lasciarli cuocere a fuoco lento per tutto il pomeriggio. Comprare chianti, pane italiano e parmigiano. Così, avrebbe saltato il suo seminario delle quattro.

Sydney trascorse il pomeriggio a cucinare, fece un lungo bagno profumato e provò un vestito dopo l'altro. Alla fine scelse un paio di pantaloni di flanella grigia e un golfino di cachemire bianco. Si spazzolò i capelli finché non brillarono. L'unico trucco che portava di solito era il rossetto, ma aggiunse un po' di belletto. Non era la prima volta che desiderava essere bella. Quand'era con Jordan, lui la faceva sentire bella. Le diceva che lo era.

Apparve sulla soglia con un mazzolino di violette e una bottiglia di champagne.

Lei lo guardò: aveva il volto radioso, gli occhi zaffiro che le sorridevano, illuminando la stanza e il suo cuore.

Entrò nella stanza, gettò il cappotto su una sedia e le offrì le violette con la mano sinistra, mentre stringeva lei e lo champagne nel suo braccio destro, chinandosi a baciarla.

«Hai un buon profumo», le mormorò nei capelli.

«Tu baci bene», disse lei, prendendo le violette. «Questa è una gioia inaspettata. Non ci sono abituata, a metà settimana.»

«Non volevo soltanto vederti», spiegò Jordan, indietreggiando. «Avevo un motivo.»

«Non mi interessa il motivo, purché tu sia qui.»

«Ti interesserà appena lo saprai invece», ribatté lui, «ma ora, apriamo lo champagne.»

«Non sono brava. Aprilo tu, mentre io prendo i bicchieri.»

Andò in cucina e sentì il tappo saltare mentre cercava due bicchieri da vino. Mamma e papà usavano le flûte. Non avrebbero mai usato bicchieri da vino per lo champagne.

Offrì i bicchieri a Jordan, che vi versò lo champagne. Poi si mise in ginocchio, alzò in alto il bicchiere e, sorridendo, disse: «Mia diletta, sono qui per chiederti di sposarmi».

«Jordan! Hai ottenuto una parte.»

Il sorriso gli riempiva il volto, gli traboccava dagli occhi, e lui allungò un braccio per attirarla a sé. «Su, rispondimi sì o no? Hai intenzione di farmi diventare più pazzo di quanto già non fai?»

Sydney si inginocchiò sul pavimento, guardandolo in viso. «Raccontami. Ogni dettaglio.»

«Andiamo in scena a New Haven fra sei settimane. Sei pronta? La stella è Leonard Matisse, e io faccio la parte di suo figlio. È la storia di un padre e di un figlio.»

«Oh, cielo», Sydney inghiottì. «Dev'essere importante.»

«È stato lo stesso Matisse a scegliermi.» Jordan sembrava scoppiare d'orgoglio. «È una bellissima commedia.»

«Ti sposo. Certo che ti sposo. Ti sposerei anche se non avessi ottenuto una parte.»

«Quello che pensavo è che potremmo fissare le nozze per giugno, quando avrai finito qui. Per allora le cose dovrebbero essersi sistemate, e io avrò un po' di tempo per noi. Finché non si va in scena mantengo il mio lavoro da *Giorgio*. Posso continuare a lavorare al ristorante dalle sei alla chiusura. Guadagno più lì che recitando. Ma sono sulla strada giusta, cara. Siamo sulla strada giusta.»

Si alzò in piedi, posando il bicchiere sul tavolo. Poi la fece alzare e girare su se stessa. «Ti voglio con me durante questo viaggio. Ho bisogno di te al mio fianco, nella mia vita. Voglio dividere tutto con te.»

«Oh, Jordan, è meraviglioso.»

«Lo so. L'ho saputo soltanto alle undici. Sono corso a casa a dirlo a Monday e a telefonare a te. Dio, Sydney, non riesco quasi a pensare.»

Era magnifico vederlo così esultante. Ma a un tratto lui smise di sorridere. «Ai tuoi genitori non piacerà, vero?»

«Jordan, se io sono felice, sono sicura che saranno felici anche loro. Papà misura l'uomo che dovrei sposare dal suo denaro e dal prestigio della sua famiglia, non dal mio amore per lui. Mamma, be', vedremo. Ma indipendentemente da quello che penseranno gli altri, io ti sposerò. Trascorrerò la mia vita con te.»

«Non so se riuscirò ad aspettare fino a giugno», disse lui, abbracciandola.

«Sai che cosa mi ha detto Big Mommy?»

Lui inarcò un sopracciglio e chiese: «Che cosa?»

«Che dovrei venire a letto con te prima di sposarti.»

Jordan indietreggiò e strizzò gli occhi, sorridendo. «Ha detto questo?»

«Sì esattamente. Le ho risposto che una volta avevo cercato di sedurti, ma non c'ero riuscita. Dato che ci sposiamo, che differenza può fare un pezzo di carta?»

Scoppiò a ridere. «Devi nutrirmi, prima. È tutto il giorno che non mangio. E forse dopo potremo discutere di questo... consiglio.»

La luce al neon color fucsia che proveniva da fuori continuava a lampeggiare nella stanza buia. Jordan stava sulla porta, un braccio appoggiato allo stipite.

«Non so perché sei imbarazzata. Hai il più bel corpo del mondo.»

Sydney si girò a guardarlo intimidita, gli abiti disseminati sul pavimento intorno a lei. Avrebbe voluto spegnere la luce, ma lui aveva voluto vederla spogliarsi così erano scesi a questo compromesso.

Jordan stava in piedi sulla soglia, e incominciò a svestirsi. Sydney non aveva mai visto un uomo nudo. Oh, sì, Evan quand'erano bambini. Ragazzini. Ma più nessuno da allora. Adesso si guardavano l'un l'altra attraverso la stanza.

Jordan andò lentamente verso di lei e le prese i seni fra le mani.

«È bello», sussurrò Sydney.

«Sì», ammise lui, attirandola a sé, la bocca che incontrava la sua. Sydney sentì la sua nudità, la sua erezione.

Prendendola fra le braccia, Jordan la trasportò verso il letto e ve la adagiò.

La luce tremolante che proveniva dall'esterno danzò sul suo corpo mentre Jordan si sdraiava accanto a lei, appoggiandosi a un gomito per accarezzarla. «Dio, come sei morbida.» Si chinò a baciarle un seno.

Sydney era già molto eccitata quando la mano di Jordan le scivolò lungo il corpo per fermarsi poi tra le sue gambe, mentre con la bocca continuava a baciarle il seno.

Lei gemette.

Jordan le montò sopra, e lei allargò istintivamente le gambe. Le luci al neon fuori della finestra si riflettevano all'interno della stanza, blu, verdi e viola.

«Forse non sarà l'aurora boreale», mormorò Jordan, «ma andrà bene per ora.»

«Andrà bene per sempre», sussurrò Sydney mentre entrava in lei. Non avrò mai bisogno di nient'altro, pensò.

8

«PAPÀ, sai quello che stai dicendo?»

Oliver spinse indietro la testa e guardò Sydney.

«Stai dicendo che l'unica ragione per cui un uomo può amarmi è il tuo denaro. Papà, guardami. Non sono brutta!» Dalla voce sembrava che stesse per scoppiare in lacrime.

Oliver schiuse le mani strette a pugno e si avvicinò per posarle sulle spalle di Sydney.

«Tesoro, non è questo che voglio dire. Ma non avrai alcun dubbio se sposerai qualcuno della tua classe sociale...»

«La nostra classe sociale! Papà, per carità, questa è l'America.»

Oliver scosse il capo e si allontanò da Sydney, tornando al suo divano di pelle preferito davanti al camino dello studio.

«Un attore, Sydney. Mio Dio. Assolutamente inaffidabile. Privo di senso pratico. Non sarà mai in grado di mantenerti nel modo...»

«Nel modo in cui sono abituata? Papà, tu pensi che io non abbia nessuna spina dorsale? Non ho bisogno del denaro per essere felice.»

Oliver la interruppe con una brusca risata. «Aiuta.»

«Forse sì. Ma guarda i milioni di americani, di gente nel mondo, che vivono con molto meno di quanto abbiamo noi. Voglio provarci, papà.»

«Sydney, siediti un minuto. Cerca di calmarti e parliamo razionalmente.»

Il cuore di Sydney stava pompando così in fretta che non pensava si sarebbe mai calmata.

«Su, parliamo di cose pratiche.»

Sydney sospirò.

«Novantanove probabilità su cento, no, novecentonovantanove su mille, ecco quali sono le probabilità che ha questo giovanotto di non riuscire a guadagnare a sufficienza per mantenere una famiglia. Un giorno, a meno che non si aspetti che lavori tu per mantenerlo, dovrà affrontare la realtà e decidere di guadagnarsi il pane. In che modo? Tornando nell'Indiana, a lavorare nel negozio di ferramenta di suo padre? Accetteresti, cara? Una cittadina del Middle West?»

Il pensiero non allettava molto Sydney. Come la maggior parte dei newyorchesi, che pensava che qualsiasi cosa oltre un raggio di quaranta chilometri da Manhattan fosse campagna, dove non c'era cultura, ma solo partite di baseball, picnic e chiacchiere da cittadine di provincia. Come si poteva vivere senza i musei, i teatri e le feste a cui erano abituati i newyorchesi?

No, Sydney non riusciva a immaginarsi in una piccola città. Soprattutto per come Jordan gliela dipingeva. «Non vuole ritornare in una piccola città, papà. Senti, è un ragazzo istruito. Si è laureato con il massimo dei voti alla Northwestern University.»

«In che cosa, Inglese? Come può guadagnarsi da vivere con quel genere di laurea?»

«Voi assumete continuamente persone laureate in Inglese!»

Oliver annuì. «E nessuna di esse potrebbe mantenerti.»

Sydney scosse la testa come se suo padre fosse un caso disperato. «Papà, come mai i padri sembrano sempre più interessati a come le loro figlie se la caveranno finanziariamente sposandosi che ai loro sentimenti?»

«Sydney, sei così giovane. Non ti rendi neppure conto di quanto una cosa abbia a che fare con l'altra.»

«Forse è così, papà, ma preferiresti che sposassi qualcuno con un padre e un nonno miliardari e che fosse un imbranato...»

Oliver rise. «Imbranato? Questa è nuova. La versione al maschile di oca giuliva. Evan ne ha certamente fatto il pieno, ma perlomeno non ne ha sposata nessuna. Ha più buon senso.»

«Preferiresti che andassi semplicemente a letto con Jordan? Andassi a vivere con lui e aspettassi che qualcuno della mia classe sociale si faccia avanti? Papà, so che non è questo che vuoi dire. Ti prego, pensa alla mia felicità. Ho ventun anni e non sono mai stata innamorata prima. So che Jordan va bene per me. So che in vita mia non amerò nessun altro come amo lui.»

Oliver scosse di nuovo la testa e serrò le labbra. «Alle tua età le ghiandole hanno spesso il sopravvento sul buon senso.»

Sydney fissò suo padre. «Anche a tua madre piace.»

«Mia madre non ha mai avuto senso pratico nella vita.»

«Di chi è la colpa?»

«Be', neanche tu ne avrai bisogno, se sposerai un uomo che potrà prendersi cura di te.»

Sydney pensò che avrebbe anche potuto mettersi a urlare.

«Facciamo così. Manda il tuo giovanotto a parlare con me. In ufficio. Vediamo», aggiunse mentre guardava l'agenda sulla sua scrivania. «Che cosa ne dici di giovedì? Dopodomani.»

«Ha le prove, giovedì. Di giorno è libero soltanto il sabato. Alla sera lavora da *Giorgio*.»

«Un cameriere», commentò Oliver, sprezzante.

«Potrebbe venire qui a pranzo sabato, non ti pare?»

«No, Sydney. Voglio parlargli senza che tu sia presente.»

Sydney rise. «Cercherai di comprarlo come hai fatto con le ragazze di Evan?»

«Sarebbe un'idea.»

«Non dirmi che non ci avevi già pensato. Be', papà, se si farà comprare, sarà un modo per farmi smettere di amarlo. Credo che non sia il tipo. Credo anche che mi ami molto più di qualsiasi somma di denaro. Se questo è quanto cercherai di fare, mi sento tranquilla. Nella sua vita il denaro non viene al primo posto.»

Oliver si chinò in avanti, i gomiti sulla scrivania. «E quali sarebbero le sue priorità?»

«Oh, papà, è straordinario. Non nega che il denaro sia importante per la sicurezza e la libertà. Ma pensa che amare il proprio lavoro e sentire che sta dando un contributo alla società sia altrettanto importante.»

«Che beneficio trae la società dagli attori?»

«Non parlare così. Innanzitutto, guarda quanta gente ama il teatro e il cinema. Gli attori procurano piacere alla gente, papà, e lo sai. Ma non è solo questo che intende. Vorrebbe fare abbastanza soldi...»

«Ahhh.»

«...da essere in grado di offrire un contributo considerevole alla società e al mondo. Si interessa anche di ecologia...»

«E di che cos'altro?»

«Dell'ambiente. Pensa che l'inquinamento ci farà sparire dalla faccia della Terra.»

Oliver rise. «Un pazzo, lo pensavo.»

Sydney si alzò in piedi, tesissima. «Oh, papà, non puoi essere così esasperante. Ma vedrai, gli chiederò di venire da te sabato.»

«Nel mio ufficio.»

Un luogo dove avrebbe potuto intimidire Jordan o qualsiasi altro ragazzo abbastanza coraggioso da chiedere la mano di Sydney.

«D'accordo, affronterà l'arcaico rituale di chiederti la mia mano, come se tu fossi così onnipotente da assicurare la mia mano a chiunque tu voglia? No, papà, lo potrai conoscere, ma che tu approvi o no, io sposerò Jordan Eliot.»

Oliver non portò mai Jordan a pranzo: lui se ne andò molto prima.

Il padre di Sydney non perse tempo ad arrivare al punto. «Centomila dollari non sono abbastanza? Cinquecentomila dollari? La bellezza di mezzo milione?»

Jordan fissò l'uomo dall'aspetto aristocratico che sarebbe diventato suo suocero. «Vede, signore, credevo che questo accadesse soltanto nei film di serie B. Non sapevo che i padri facessero realmente queste cose. Chiariamolo subito: la posizione economica di sua figlia mi ha fatto esitare. So che non potrò mai darle quello a cui è abituata, ma non crede che sua figlia possa adattarsi alla vita dell'americano medio? Io credo di sì, signore. Credo che Sydney possa fare qualunque cosa si metta in mente di fare. Sarei disposto a scommetterci.»

«Forse, ma l'amore si spegne in appartamenti privi di acqua calda...»

«Non resteremo a lungo in appartamenti privi d'acqua calda, signore. Forse un anno al massimo. Se non avrò guadagnato a sufficienza perché Sydney possa smettere di lavorare...»

«Sydney lavorare?»

«Sì, signore. Non vuole sprecare la sua istruzione, ed è disposta a contribuire al nostro mantenimento finché non sarò in grado di provvedere io. Mi accontenterò di un altro anno per vedere se riuscirò a sfondare in teatro, signore...»

Oliver rise, senza entusiasmo. «E poi che cosa?»

Jordan esitò. «Non ho ancora preso in considerazione le possibilità, signor Hamilton. Ma mi sono posto un termine. E se per allora non sarò riuscito a guadagnarmi da vivere con il teatro, non ne farò soffrire Sydney. Farò qualcos'altro.»

«Tipo?» continuò a incalzarlo Oliver.

Jordan scosse la testa, sostenendo lo sguardo dell'uomo più anziano. «Non lo so, ancora. Ma se non avrò successo, secondo i miei standard perlomeno, per il 1° gennaio 1952 abbandonerò sperando di non dover guardare indietro.»

«Mancano quasi due anni da adesso. Che cosa farà, allora? Tornerà nell'Indiana?»

«Per carità. No, non lo so. Qualcosa qui a New York, preferibilmente, se teme che Sydney debba trasferirsi. Mi piacciono le grandi città, signore.»

«Sa quanto costa vivere a New York con quello che immagino definisca un lavoro medio?»

Jordan si chinò in avanti. «Medio è un termine che non applico mai a me stesso, signor Hamilton. Se così non fosse, sua figlia e io non saremmo innamorati. Niente in noi è medio, signore. Le mie entrate possono essere medie secondo i suoi standard, ma la mia vita non sarà mai media, che abbia un mucchio di soldi o no. Sposerò sua figlia, signore e, dato che diventeremo parenti, spero che riesca a farsene una ragione.»

Oliver scosse la testa. «Non ci riesco. E farò tutto ciò che è in mio potere per contrastare questo matrimonio. Non darò più un centesimo a Sydney, signor Eliot.»

Jordan rise. «Non credo sia sufficiente per scoraggiare lei, o me. Non mi sono mai aspettato che una donna contribuisca finanziariamente al matrimonio.»

«La escluderò dal testamento, e non avrà un bel niente. I vostri figli non avranno niente. E non parteciperò alle nozze.»

Ma qualcuno aveva più potere di Oliver. Silvie gli disse che sua figlia avrebbe avuto un gran matrimonio, e che sarebbe stato lui ad accompagnarla all'altare. Ebbero la lite più furibonda dei loro ventitré anni insieme.

«Non avrà un centesimo.»

«Questo dipende da te», disse Silvie. «Ma le nozze dipendono da me.»

Così, senza un sorriso sul volto, con il corpo rigido e il portamento eretto, Oliver affrontò le formalità di consegnare Sydney a Jordan il 28 giugno 1950, in quello che i rotocalchi definirono «il matrimonio dell'anno, se non del decennio».

Jordan era estasiato e i suoi genitori, sua sorella, suo cognato e i loro tre figli erano letteralmente intimiditi. Come lo erano le sue due zie da parte di padre e i loro mariti, e le sorelle di sua madre con le loro famiglie, compresa una mezza dozzina di bambini sotto i dodici anni.

Silvie insistette per ospitarli al *Plaza*. Non chiese i soldi a Oliver, ma provvedette volentieri Big Mommy.

«Bene», disse Big Mommy a Silvie dopo il matrimonio, quando si trovarono a Oberon insieme. «Lascerò i miei soldi a Sydney.»

Silvie rise. «Non dirglielo. Lascia che sia una sorpresa. In questo momento credono che l'amore stia trionfando sul denaro e si sentono superiori. A me lui piace. Oliver resterà sorpreso: Jordan sfonderà.»

Lei e Big Mommy avevano entrambe presenziato alla prima della commedia e ne erano rimaste molto colpite. Inoltre Big Mommy lo trovava delizioso. «Ha la testa sulle spalle anche se fa l'attore», ripeté più e più volte. E poi non si era mai comportato come se il suo trucco o i suoi abiti fossero fuori del comune.

«Farò in modo che Oliver le lasci metà dell'isola o lo escluderò dal testamento», dichiarò Big Mommy, sorridendo malignamente.

Ma entrambe le donne furono concordi nel mantenerlo segreto.

«Sydney vale dieci volte Evan», ammise sua nonna. «E invece so che Oliver ha già sborsato più di un milione di dollari per quel vostro sciupone di figlio.»

Silvie alzò lo sguardo. «Un milione di dollari? Oh, mamma, devi esserti sbagliata. Evan si è cacciato in un paio di piccoli impicci. Un milione? Non avrai capito bene.»

Big Mommy annuì. «Un giorno qualcuno dovrà insegnare a quel giovanotto a usare i preservativi.»

Silvie la guardò sbalordita. Nessuno aveva mai pronunciato quella parola a voce alta con lei, e non si aspettava certamente che fosse sua suocera a farlo.

«Cresci, mia cara», disse Big Mommy alla nuora, ma con dolcezza.

«Oliver è come tanti uomini. Pensa che le donne non debbano conoscere i sordidi fatti della vita. Che cosa credono che siamo, comunque? Bambole di porcellana? Non so da chi abbia preso, certamente non da suo padre. Oliver è troppo virtuoso. Ed Evan, troppo poco. Buffo, non è vero? Permette a suo figlio di fare qualunque cosa, lo toglie da qualsiasi impiccio. Ma sua figlia, che non ha mai fatto altro che renderlo orgoglioso di lei, non può sposare l'uomo che vuole.»

«Un giorno», disse Silvie, «Sydney e Jordan dimostreranno a Oliver che si è sbagliato.»

«Be', non lo ammetterà mai, ne sono sicura», ribatté Big Mommy. «È così testone.»

Silvie scoppiò a ridere.

«Dimmi», fece Big Mommy, «non che siano affari miei. Ma non riesco a immaginare Oliver ridere mentre fa l'amore, o sbaglio?»

Silvie rimase di stucco. No, certo che non rideva. Ridere mentre facevano l'amore?

9

ZIO Billy – William Seabright Holister – ed Evan Hamilton erano una strana coppia, sotto certi aspetti.

Nessuno dei due aveva mai lavorato per mantenersi o poteva anche solo immaginare di farlo.

Erano degli snob. Billy non era snob come Evan, sebbene non riuscisse a capire la gente che non aveva soldi o viveva fuori dei confini dell'isola di Manhattan. Non riusciva a capire la gente che non sentiva elevarsi l'anima all'opera, non apprezzava il teatro di Broadway, non leggeva gli ultimi best-seller, non trascorreva le estati agli Hamptons o a Newport, e non andava in Europa ogni anno. La *season* a Londra era un dovere per zio Billy.

Era cresciuto con un modo raffinato di esprimersi, indossava gli abiti più costosi, fatti su misura per lui, e dava sempre l'impressione di essere un uomo ricco e arrogante.

Non era nessuna delle due cose. Trattava la servitù con grande rispetto, prendendo persino un bicchierino in cucina con loro prima di coricarsi, o il caffè in un pomeriggio d'inverno. Sebbene si aspettasse di essere servito da loro, non li trattava come se non fossero esseri umani. Si sapeva infatti che giocava a carte con loro, e ascoltava persino l'opera il sabato pomeriggio con Warren, quando non era al Metropolitan.

La servitù amava zio Billy. Diceva sempre alla cuoca, vero o falso che fosse, che il pasto era eccellente. Se restava a casa fino a sera inoltrata, invitava Warren a guardare la televisione nuova di zecca insieme a lui. E insieme bevevano scotch e fumavano.

Non era mai senza sigarette, che faceva roteare in un lungo bocchino, perfino più lungo di quello di Roosevelt.

Billy e sua sorella Silvie, maggiore di una decina d'anni, avevano avuto infanzie dorate, anche se non contemporaneamente. Erano cresciuti a Oyster Bay, e Billy aveva frequentato Amherst. Primeggiava a scuola studiando poco, facendo un'intensa vita sociale, con un atteggiamento ottimista verso tutto e quasi tutti.

L'unica cosa che aveva sempre studiato assiduamente era il pianoforte, per il quale aveva una passione. Ben presto si rese conto che non avrebbe mai suonato Beethoven o Mozart se non meccanicamente, così decise di diventare l'animatore delle feste suonando Cole Porter persino meglio dello stesso Cole Porter.

Aveva l'abilità di far sorridere la gente. Era spiritoso, intelligente e anche premuroso. Il suo umorismo non era mai a spese di qualcun altro. Aveva un aspetto abbastanza comune, con i capelli biondo rossicci e un viso piuttosto affilato, ma con gli zigomi sporgenti per cui gli Holister erano famosi. Nonostante l'atteggiamento teatrale e tutto il suo snobismo, Billy sembrava sincero. E quando gli parlavi, ti guardava rapito come se null'altro esistesse al mondo.

Ricordava nomi e facce, e benché uscisse sempre con donne interessanti, rimase coinvolto sentimentalmente soltanto una volta. Di solito restava amico con le donne con le quali era uscito.

Quando si verificò il crollo del 1929, Billy aveva solo quattordici anni. Non ne rimase per nulla toccato, chiedendosi anzi perché suo padre, che aveva perso tutto, compresa la casa di Oyster Bay, fosse caduto in un tale stato di depressione da renderlo inabile. I suoi genitori lo mandarono infatti a vivere con la sorella e il marito, e la loro figlioletta di due anni, nell'appartamento di Park Avenue in cui sarebbe rimasto per il resto della sua vita.

L'unica cosa per cui Billy mostrava una certa passione, a parte il pianoforte, era la sua famiglia. Amava Oliver, Silvie, Sydney ed Evan nella misura in cui era capace di amare. Detestava andare a caccia, ma imparò a usare il fucile per poter accompagnare Oliver a Oberon.

A Billy piacevano le comodità, ma per la sua famiglia, compreso suo cognato, avrebbe camminato sui tizzoni ardenti. In cambio, Oliver gli passava una buona rendita annuale, senza mai costringere Billy a chiedere denaro, ma porgendogli un assegno a Capodanno che era libero di spendere come voleva. Era una somma principesca.

Lui e suo nipote Evan avevano delle caratteristiche simili, sebbene fossero diametralmente opposti.

Evan era un tipo arrogante. Molti erano convinti che li guardasse letteralmente dall'alto in basso, ed era vero, ma questo dipendeva in parte dalla sua miopia. Dall'età di otto anni, Evan era costretto a portare gli occhiali, e questo lo rendeva furioso. Nessuno però lo chiamò mai «quattr'occhi»: un'occhiata di Evan Hamilton poteva incenerire.

Era uno spaccone. Picchiava i bambini più piccoli di lui e non altrettanto ricchi. Non era un ragazzone, ma gli piaceva battersi, e l'unica cosa in cui si era impegnato nelle sue varie scuole era stata la lotta.

Gli piacevano anche altri sport, come il polo, l'equitazione, lo sci. Era l'unico nella sua famiglia ad andare in barca a vela meglio di Sydney, e guidava le automobili al massimo della loro potenza.

L'anno del suo diciassettesimo compleanno accumulò contravvenzioni per un ammontare di quattromilaseicentosettantacinque dollari. A Oliver venne un colpo. Gli sequestrò la patente e lo diffidò dal guidare le macchine della famiglia, pensando di impartirgli una lezione.

Alla servitù Evan non piaceva. Sembrava che non li considerasse esseri umani; li trattava con disprezzo se non veniva fatto immediatamente quello che voleva.

Trascorreva ore ad agghindarsi davanti allo specchio, a comprarsi abiti, cercando di apparire elegante come zio Billy. E quasi ci riusciva, ma era privo delle qualità accattivanti dell'altro. Evan non era gentile, non possedeva alcun senso dell'umorismo. Su niente, e soprattutto su se stesso.

Andava spesso fuori dei gangheri, ma mai come quando giocava e perdeva. Quando lui e Billy arrivarono a Monaco, ne furono entrambi felici: a Billy piaceva quello stile di vita e a Evan piaceva la tensione.

Gli piacevano anche le donne che giocavano, perché scoprì che di solito andavano a letto indiscriminatamente con qualsiasi uomo ricco e prestante.

Quando Evan aveva quindici anni, Oliver sborsò a una ragazza di ventun anni centomila dollari perché abortisse o desse il bambino in adozione. A diciassette anni, Evan disse a suo padre che doveva sposarsi e lo presentò a Lurlene, che aveva conosciuto a Copacabana. Lurlene gli disse che era incinta, ed Evan capì nell'istante in cui Oliver la incontrò, che se ne sarebbe liberato. Lurlene non sarebbe diventata una Hamilton.

Dopo una terza esperienza analoga, Oliver comprò a Evan una decina di preservativi e chiese a Billy se era disposto ad andare con lui in Europa. «Ti prego, riforniscilo di preservativi. Possibile che quel ragazzo non abbia alcun buon senso? E presentalo a donne della sua classe sociale, capito Billy?»

«Non andranno a letto con lui.»

Oliver alzò gli occhi al cielo e sospirò. «Da chi avrà mai preso? Non certo da me.»

«Non guardarmi a quel modo. Neanche dalla mia famiglia, se per questo.»

Conoscevano entrambi la verità: nessuno di loro sarebbe andato a letto con le donne che prediligeva Evan. «Trova qualche aristocratica laggiù», aggiunse Oliver.

Una giovane aristocratica sexy che abbia bisogno di soldi, pensò Billy. Immaginava che fosse anche quello che pensava Oliver. Una donna di cui almeno non si sarebbero vergognati se fosse diventata una Hamilton.

«Giocherà», disse Billy al cognato.

«Lo so. Fa' in modo che non esageri, d'accordo?»

Salparono a bordo della *Queen Elizabeth*.

Evan non trattava Billy come uno chaperon, e difatti Billy era troppo occupato a divertirsi per prestare molta attenzione al nipote. Ma lui non si divertiva ai tavoli da gioco o nel letto di qualcuno, lui si divertiva a mescolarsi alla prima classe, pranzare al tavolo del comandante e, be'... il comandante lo trovò così simpatico che lo invitò per tre sere di fila. Billy si univa all'orchestra e improvvisava al pianoforte. Non c'era canzone che non conoscesse.

Tuttavia, nonostante lo charme di Billy e l'arroganza di Evan, era quest'ultimo che attraeva le donne. Passavano il braccio intorno alle spalle di Billy, gli sorridevano e scherzavano con lui, ma erano attratte dall'espressione cupa e imbronciata di Evan Hamilton. Anche senza sapere che era uno degli Hamilton.

I suoi occhi sorridevano raramente. Appariva remoto e distante, ma nello stesso tempo sembrava sempre a caccia, come un leone che insegue la femmina. I suoi capelli biondi e i suoi occhi azzurri mascheravano il pericolo che si celava sotto quell'aria da ragazzo. Il genere di donne verso le quali si sentiva attratto avvertiva il senso di sfida che c'era in lui e riteneva che la loro vera tempra sarebbe affiorata se fossero riuscite a domarlo. Perché sapevano che era tipo da essere domato.

Non si fermava per nessuna di loro; passava fra le donne come il fuoco attraverso la foresta. O perlomeno non si fermò fino a Montecarlo. Sia lui sia Billy amavano la Riviera.

Billy amava le spiagge, gli alberghi e il genere di gente che alloggiava in quegli alberghi.

Evan amava i tavoli da gioco. E i bar.

Amavano entrambi le feste e il ballo, ed erano invitati a balli mascherati e a picnic. Essere un Hamilton aveva i suoi vantaggi.

E fu lì che Evan alla fine si fermò per una donna.

Veronique Beauchamp era la ragazza più straordinaria che zio Billy avesse mai visto. Aveva una figura che faceva girare la testa a ogni maschio nella sala: sembrava che il vestito bianco attillato le fosse stato cucito addosso e l'abbagliante candore accentuava la sfumatura dorata della sua pelle.

Come Evan, aveva i capelli biondi, che portava raccolti in un morbido chignon intrecciato di fiori. I suoi occhi erano lo specchio di quelli di Evan. Azzurri. Azzurro acciaio. Evan osservò che la sua ampia bocca generosa, coperta da un rossetto troppo rosso, era fatta per baciare.

«Uno a cento che è di quel colore dappertutto», commentò zio Billy, accendendosi una sigaretta.

«Chi è?» Evan non riusciva a staccarle gli occhi di dosso.

«Vuoi che lo scopra?»

Lui annuì e zio Billy si alzò, prendendo il cappello di paglia.

Evan la vedeva soltanto di schiena, bronzo nudo contro il vestito bianco, ma era sicuro di vedere onde di calore scintillare sopra la sua testa.

Non tentò neppure di sedurla. Gli era stato riferito che era difficile attrarre la sua attenzione. E che non aveva bisogno dei soldi degli Hamilton.

Ogni sera vestiva di bianco, esattamente come Billy. Indossava abiti con profonde scollature che mostravano i suoi seni rotondi, sodi. Non portava reggiseno e, quando gli abiti erano molto aderenti, lasciavano intravedere i capezzoli. Rideva raramente, come Evan.

Sua madre era inglese e suo padre era morto durante la guerra. Era il suo patrigno ad avere il titolo di conte.

A Evan non interessava da dove proveniva la sua famiglia, per lui era una principessa. Rallentò il passo per Veronique. Agì con calma.

10

QUELLO che affascinava Veronique era che l'ombroso giovane americano non le prestava nessuna attenzione.

Era troppo giovane per lei, in realtà, lo sapeva; non poteva essere più vecchio di lei. Ma non era abituata a essere ignorata da uomini di quell'età, e di qualunque età, a dire il vero.

Non era gay, di questo era certa, ma non le dimostrava il minimo interesse. Si concentrava sul gioco, e la prima sera in cui lo notò vinse piuttosto consistentemente. La sera dopo perse, ma con grazia, e la cosa non sembrò turbarlo affatto. Le piacque.

Sorrideva a stento. Il suo sguardo si aggirava per la stanza, senza mai posarsi su di lei, sebbene i loro occhi si fossero incontrati per una frazione di secondo. Non era bello, ma terribilmente attraente. Si chiedeva se avesse mai avuto una donna; come dovevano essere i suoi baci.

Di solito doveva respingerli, gli uomini. Questo pareva guardarle attraverso.

Evan mandò Billy accanto a lei al tavolo di *chemin de fer* e, con i suoi soliti modi affascinanti, Billy cominciò a conversare. Ecco, pensò lei, l'uomo che dovrebbe interessarmi. Sulla trentina, elegante, cortese, gioviale. Sembrava un signore nato, ed era qualcuno che i suoi genitori avrebbero certamente approvato.

Ma non stava cercando di sedurla. Si limitava a chiacchierare superficialmente. Tuttavia, quando si allontanò dal tavolo, Veronique sapeva che Evan era incredibilmente ricco, che suo padre era proprietario di uno dei giornali più prestigiosi di New York e che il giorno dopo sarebbe salpato a bordo dello yacht della contessa Schiapparelli.

Nel giro di un'ora ottenne anche lei un invito.

Che giornata noiosa! Lui non si era fatto assolutamente vedere. Per Veronique, le persone a bordo erano anziane, spettegolavano di gente che aveva l'età dei suoi genitori, e aveva dovuto respingere le attenzioni di uomini che avevano almeno quarant'anni.

Annoiatissima, Veronique decise di pranzare sola da *El Meson*, dove non avrebbe dovuto vestirsi con particolare cura. Sapeva di avere i capelli in disordine e la pelle secca dopo il sole della giornata. Non si sarebbe recata ai tavoli da gioco: avrebbe pranzato e si sarebbe ritirata in camera sua a farsi le unghie e un lungo, rilassante bagno.

Mentre sorseggiava il vino, entrarono l'uomo che le era stato accanto la sera prima e il giovane biondo. I due si trattennero vicino al maître, in attesa di un tavolo, quindi l'uomo più anziano la additò, annuì, e si fece strada attraverso la sala, mentre il giovane, con aria visibilmente annoiata, lo seguì al suo tavolo.

Oh, merda, pensò Veronique. E io con un aspetto simile...

«Che piacere rivederla, signorina. Non ricordo esattamente il suo nome. Mi permetta», disse Billy, presentandosi. «E questo è mio nipote, Evan Hamilton.»

Evan pensò di non avere mai visto una donna più bella. Gli piaceva il modo in cui sporgeva le labbra sensuali, il rosso vivido del rossetto, i capelli che le ricadevano scarmigliati sul collo. Appariva come doveva apparire subito dopo aver fatto l'amore.

«Possiamo unirci a lei?» chiese Billy, scostando la sedia.

«Naturalmente», rispose Veronique. «Cominciavo a commiserarmi, qui tutta sola.»

«Dev'essere stato per scelta», osservò Billy, guardandola con palese ammirazione ma senz'ombra di insolenza.

«È così.» Veronique si girò a guardare Evan, che si stava accendendo una sigaretta senza prestarle attenzione. Gli occhi del ragazzo stavano passando in rassegna il ristorante.

«Il suo inglese è eccellente», asserì poi, continuando a non guardarla.

«Sono mezza inglese», rispose. «Ho trascorso gli anni della scuola in Inghilterra, detestandoli.»

Billy ed Evan ordinarono i drink, quindi il giovane prestò finalmente attenzione alla donna che sedeva di fronte. «Non l'ho vista ieri sera?» chiese. L'aveva vista ogni sera da quando erano arrivati.

«Può darsi», rispose lei, provando un senso di tensione al petto. Non si era mai sentita così forzatamente attratta. «Ho conosciuto il suo amico, ieri sera.»

«Billy», disse Billy.

Mente Evan la osservava, lei si sentiva come se la stesse spogliando, come se sedesse nuda davanti a lui, eppure il suo sguardo non si era posato sulla sua scollatura. Non aveva lasciato i suoi occhi o la sua bocca.

Parlarono molto poco, con Billy che sosteneva quasi da solo la conversazione. Si rendeva chiaramente conto di quello che stava succedendo e, dopo lo chateaubriand, si scusò, dicendo che doveva incontrare qualcuno ai tavoli da gioco.

Veronique ed Evan si fissarono. La gamba di lui sfiorò la sua ma lievemente, e lei si domandò se fosse voluto.

«Balliamo insieme?» chiese Evan.

«Che cosa ne dici di una passeggiata sulla spiaggia? C'è la luna.»

Lui la seguì fuori del ristorante, e percorsero il boulevard fino alla spiaggia.

«La tua prima volta in Europa?» chiese lei, rabbrividendo impercettibilmente, totalmente esposta di fronte a quell'uomo.

«È tutta la settimana che mi guardi. Ti ho vista», disse Evan.

«Pensavo non mi avessi nemmeno notata.»

«Dove alloggi?»

Indugiò a guardarla negli occhi, che sembravano insondabili al chiaro di luna. Poi allungò una mano e le passò le dita sul braccio. Nient'altro.

Veronique si aspettava che la baciasse. Quando non lo fece, si dispiacque di non aver optato per il ballo per sentirsi circondata dalle sue braccia. Rimasero a fissarsi l'un l'altra, poi lui si girò, guardando nel buio, verso l'acqua. «Posso accompagnarti a casa?»

Quando Evan le aprì la porta con la chiave che gli aveva dato, si inchinò lievemente, e disse: «A domani. O magari dopodomani?» poi si girò e se ne andò.

Veronique rimase a bocca aperta, sbalordita. Sapeva che avrebbe potuto averla. Ogni uomo che l'aveva avuta, l'aveva desiderata insaziabilmente. Sapeva di essere brava. Che non l'avesse neppure desiderata? Non c'era modo di sapere quello che pensava, lui e quei suoi occhi azzurri, freddi come il Mare del Nord.

Nei tre giorni successivi lo cercò: pranzò in ristoranti diversi ogni volta; andò in un casinò diverso ogni notte. Vagò attraverso i bar dell'albergo. Si odiò.

La quarta sera, eccolo, al tavolo da gioco 21. Alzò lo sguardo su di lei e sorrise, ma stentatamente. Veronique ricorse a tutta la sua forza di volontà per non attraversare la stanza.

Billy non c'era.

Evan la guardò attraverso la sala: le sue spalle erano nude, la curva dei suoi seni chiaramente visibile sotto l'attillato chiffon avorio.

Si recarono a Parigi con la sua Karmann Ghia color argento. Billy, sul sedile posteriore, apprezzava il paesaggio; Evan e Veronique avevano occhi soltanto per loro stessi.

«*Mon Dieu!*» esclamò il padre di Veronique, quando gli dissero che volevano sposarsi. «*Un enfant!*»

Ma Veronique non si sarebbe fatta dissuadere. Né lei né Evan avrebbero aspettato.

Oliver e Silvie li raggiunsero per la cerimonia, e Oliver tirò un sospiro di sollievo. Offrì loro un generoso assegno come regalo di nozze, così che Evan pensò di restare in Europa ancora per un po'. I suoi genitori non ebbero nulla da ridire. Si sarebbe calmato adesso che era sposato, anche se era molto giovane. Aveva compiuto ventun anni tre giorni prima del matrimonio.

Veronique era certamente bella, ma Silvie la trovò arrogante e menefreghista, anche nei riguardi dei suoi genitori.

«Che genere di donna ti aspettavi che scegliesse Evan?» chiese Oliver pensando comunque che Veronique e i suoi genitori rappresentavano un grosso passo in avanti rispetto alle ragazze che aveva liquidato in passato.

Billy ritornò a New York. Se l'era veramente spassata e non aveva perso denaro al gioco. Giocare, comunque, non era il massimo per lui: aveva apprezzato l'esperienza e la gente che aveva conosciuto. Tutta gente del suo tipo.

Evan sapeva senza bisogno di chiederlo che Veronique non era vergine. Il pensiero lo eccitava. Avrebbe avuto qualcosa da offrirgli. Ascoltò l'acqua della doccia scorrere e accese una sigaretta.

Avrà comprato una splendida camicia da notte bianca, immaginò. Una camicia che avrebbe dovuto stuzzicarlo ed eccitarlo, come se ne avesse avuto bisogno. Era pronto a scommettere che avrebbero potuto restare a letto ventiquattr'ore. E fare l'amore, amore lecito. Non lo aveva mai fatto. Mai.

La doccia smise di scorrere.

Il letto era pronto: lenzuola di raso rosso borgogna, nella suite riservata alle lune di miele.

Il suo corpo fremette al pensiero. Avrebbe lasciato che si coricasse per prima. Sperava che non insistesse per spegnere la luce: voleva vedere quel corpo, vedere se era abbronzata dappertutto, voleva guardare quei seni sodi e compatti, passarci sopra la lingua, prenderli in bocca. Ma ci sarebbe andato piano.

La porta del bagno si aprì. Evan spense la sigaretta e si girò.

Veronique stava sulla soglia, le gambe divaricate, le mani sui fianchi.

«Cristo!» esclamò. Non aveva mai visto un corpo così bello.

Niente camicia da notte bianca. Niente di niente.

Si portò le mani sotto i seni e, sorridendo invitante, attraversò lentamente la stanza, gli occhi che non abbandonavano i suoi. Lui, tuttavia, lasciò vagare i propri: era abbronzata dappertutto.

La prese fra le braccia e la trasportò verso il letto, strappandosi di dosso il pigiama, incontrando le sue labbra. Dio, sapeva di buono. Amore. Lo affascinava. Le dita di Veronique scivolarono sulla sua schiena mentre lo attirava a sé. Lui serrò la bocca sul suo seno sinistro, assaporandone la dolcezza.

«Non avere fretta», gli sussurrò.

Non aveva intenzione di averne.

È mia, continuava a ripetersi. Tutto questo è mio. Qualcosa che si era procurato da solo. Qualcosa – qualcuno – che lo amava. La più bella donna del mondo. Sentì le sue unghie nelle spalle, sentì le sue gambe strette intorno a lui, sentì la sua bocca sulla propria.

Piano, rammentò a se stesso. Hai tutta la vita.

Quando, infine, capì che era al culmine, quando entrò in lei a occhi chiusi, disse: «Merda!» Se a voce bassa o alta, non lo seppe mai.

In quell'istante, come con tutte le altre ragazze con cui era stato, fu la faccia di Sydney che vide, i bassi gemiti di Sydney che udì.

Cominciò a muoversi freneticamente, aprendo gli occhi per guardare la splendida donna che adesso era sua moglie, molto più bella di quanto potesse mai essere sua sorella, molto più bella di qualsiasi donna, in qualsiasi posto. Vide le goccioline di sudore sul suo labbro superiore, la sentì arcuare la schiena, muoversi insieme a lui, e a un tratto ebbe voglia di farle male. Veronique, dopotutto, non aveva cancellato quell'immagine.

La penetrò in profondità fino a quando non vide la sorpresa nei suoi occhi. Ma era troppo tardi per fermarsi, e i suoi occhi si appannarono mentre continuava a spingere, cronometrandosi come se si trattasse di una pulsazione. Quando la sentì stringersi intorno a lui e udì il suo grido estatico, si concesse di venire.

Un diluvio. Un maledetto diluvio.

Evan si accese una sigaretta e giacque, il braccio sinistro sotto la testa, fissando il soffitto.

Veronique si raggomitolò nell'incavo del suo braccio e passò la gamba sopra la sua, facendo le fusa soddisfatta. Dopo qualche minuto lui disse: «Vuoi scendere ai tavoli?»

Il suo mormorio fu negativo. «Adesso? Sono le due del mattino.»

Evan respinse l'impulso di alzarsi, vestirsi e uscire dalla stanza per scendere nella sala da gioco dove avrebbe potuto ordinarsi un drink. Diversi drink. Ma sapeva che scendere da solo non sarebbe stato accettabile la sera delle sue nozze.

Soffiò un anello di fumo, osservandolo dissolversi nell'aria, chiedendosi come doveva essere stata la prima notte di nozze di Sydney.

Chissà se erano già stati a letto insieme prima del matrimonio? Se Sydney aveva tremato? Se aveva indossato una camicia da notte di seta bianca, con il pizzo che le aderiva ai seni?

Tre settimane dopo, a mezzanotte, quando lui e Veronique ebbero fatto l'amore per la terza volta, come ogni giorno, le disse che sarebbe sceso a fare un rapido giro al tavolo 21. Il suo smorzato «Bene» gli disse che stava per addormentarsi.

Prima di raggiungere i tavoli, compì una deviazione al bar per un drink. Sullo sgabello accanto a lui c'era la diciannovenne Giselle, che aveva già fatto la sua apparizione come comparsa nell'ultimo film di Fellini, non ancora uscito. I suoi scuri occhi liquidi si posarono su Evan.

Non arrivò mai al tavolo da gioco.

Quando Veronique si svegliò alle sette del mattino, mormorò: «Ti sei alzato terribilmente presto».

Era completamente vestito. Lei non realizzò che erano gli stessi abiti che aveva addosso quand'era uscito, sette ore prima.

Lui sorrise al pensiero che non molti uomini avevano avuto tante erezioni nelle ultime ventiquattr'ore. Perlomeno non aveva avuto la visione di Sydney. Neppure una volta.

Ma non si era neppure concesso di chiudere gli occhi.

11

BENCHÉ Jordan e Sydney avessero trovato un piccolo appartamento in Christopher Street, lasciando solo Monday nella casa di Bleecker Street, cercavano di mangiare tutti insieme quasi ogni giorno. Di solito era dopo mezzanotte, al termine dello spettacolo di Jordan.

Sydney si aggirava sentendosi perennemente stanca. Arrivava a casa verso le sei, proprio mentre Jordan si stava preparando per raggiungere il teatro con la metropolitana. Quasi tutte le sere avevano circa mezz'ora per dividere gli avvenimenti della giornata. Non che Sydney avesse molto da raccontare sul suo lavoro da *Bonwit*. Il direttore del suo reparto aveva notato il suo fiuto per la moda e l'aveva dirottata verso un lavoro che, benché non la eccitasse o stimolasse, non la annoiava. Ma non vi trovava niente di sufficientemente affascinante da riferire a Jordan.

Non appena lui si recava a teatro, alle sette, Sydney si addormentava. La sveglia suonava alle dieci, prendeva la metropolitana per i quartieri alti e incontrava Jordan al St. James, nei pressi di Broadway. Non era mai stata dietro le quinte, e ogni sera, quando Tim, il portiere, la salutava, si sentiva attirata in una magica orbita.

Dopo lo spettacolo, insieme a buona parte dei membri del cast, si dirigevano verso un bistrot aperto fino a tarda notte o da *Sardi*. Se erano stati appena pagati, si abbuffavano e sedevano fin dopo le due a ridere e a godersi la compagnia. Ogni tanto si univano a loro anche le star dello spettacolo.

Di notte, Sydney e Jordan facevano l'amore. Lui poteva dormire fin quasi a mezzogiorno, ma la sveglia destava alle sette un'invidiosa Sydney, che a volte riusciva ad aprire a stento gli occhi.

Ma i weekend... Ah, i weekend. Splendidi, fantastici weekend! Girovagavano per le strade della città, facendo colazione nei *delis* con pane e salmone, delizie fino allora sconosciute a Jordan. Passeggiavano per Central Park oppure in centro, attraverso Battery Park, anche d'inverno quando il vento forte e umido dell'Atlantico li faceva gelare fino al midollo.

Spesso trascorrevano le domeniche pomeriggio al cinema, a vedere film stranieri d'avanguardia, passando poi ore a sezionarli mentre mangiavano hot dog da *Nathan*. Di solito Monday li accompagnava. Poi tutt'e tre ritornavano in Christopher Street dove Sydney preparava vin brulé o cioccolata calda e gli uomini i pop corn.

Monday aveva la sensibilità e il buon senso di andarsene alle nove della domenica sera, a volte anche prima. Allora Jordan e Sydney facevano il bagno nell'enorme vasca con i piedi a zampa di leone, concedendosi poi altre delizie terrene.

Evan condusse a casa la sua famiglia per Natale. Lui e Veronique avevano un figlio, Peter, e lei era di nuovo incinta, benché non si vedesse ancora. Nell'ultimo anno e mezzo, mentre Veronique era in attesa del bambino, Evan aveva avuto undici donne, di cui una di ventott'anni maggiore di lui.

L'alto tenore di vita che conducevano era gradito a entrambi. Amavano giocare a Montecarlo, sciare a Gstaad, e Veronique si infuriò quando il medico le disse che non era sicuro sciare nelle sue condizioni. Così vennero a New York sia per Natale sia per la stagione teatrale.

Sydney si entusiasmò quando apprese che Evan sarebbe tornato a casa con moglie e figlio. Si sarebbero trattenuti per sei settimane a casa di Oliver e Silvie. Sydney confidò a Jordan che, malgrado i difetti, Evan era stato la persona più importante della sua giovinezza. Sebbene fosse quasi di due anni minore, avevano imparato a cavalcare insieme in Central Park, e Evan era un miglior cavallerizzo, persino migliore di Sydney. Avevano formato una coppia affiatata, con Warren che praticamente era l'unica altra persona in grado di penetrare il loro scudo. Quando trascorrevano i sabati con lui al *Radio City Music Hall* o al *Roxy*, oppure a pattinare al Rockefeller Center, o al Museo di storia naturale, i tre ridevano insieme di segreti che nessun altro conosceva.

D'estate, senza Warren, si sentivano soli. Trascorrevano lunghi, pigri pomeriggi sulla loro piccola barca a vela, la *Windsong*, che sfiorava leggera l'acqua. Gettavano l'ancora in piccole baie e se ne stavano sdraiati con le mani sotto la testa a fissare gli alti alberi e le nuvole bianche che si rincorrevano nel cielo, parlando di migliaia di cose, esplorando insieme l'universo.

Quando, si chiese Sydney, avevano incominciato ad allontanarsi? Evan non le aveva nemmeno mai scritto una volta nei quattro anni che era rimasto in Europa. Si era chiesta che genere di donna fosse quella moglie che l'aveva tenuto all'estero per tutti quegli anni.

Quando incontrò Veronique, capì. Veronique era la più bella donna che Sydney avesse mai visto. Ma i suoi occhi erano imperscrutabili, e Sydney sentiva di non poter arrivare a lei. Vestiva con eleganza e la gente si fermava a guardarla. Seguiva con lo sguardo Evan ovunque andasse, ma si parlavano di rado. Nessuno dei due prestava alcuna attenzione a Peter, ci pensava la bambinaia. Evan e Veronique andavano a teatro, nei night, e finivano sempre sulle cronache mondane.

Un giorno Evan fece visita a Sydney, senza Veronique, e dopo un'occhiata in giro non ci tornò più. Avrebbe anche potuto essere un estraneo per come si dimostrava scostante.

Cionondimeno, lui e Jordan non si urtarono, come aveva temuto.

Era il primo Natale che Sydney non passava a Oberon. Big Mommy,

Silvie e persino Oliver sapevano che quel Natale non era come gli altri; la gioia era in gran parte sfumata. Per tutto il giorno, Big Mommy e Silvie si chiesero che cosa stesse facendo Sydney, come stesse passando la festa, se le erano piaciuti i cento regali che Silvie e Big Mommy le avevano scelto con tanto affetto. Almeno erano con lei con lo spirito.

Jordan quasi svenne nel vedere cento regali! Sydney non ne apprezzò nessuno, perché ce n'erano soltanto due per Jordan, uno di Big Mommy e uno di Silvie, a parte quelli in arrivo dall'Indiana. Si sentiva imbarazzata e viziata. D'altro canto, dentro di sé capiva perché sua madre e sua nonna si stavano comportando così.

Separatamente, sia lei sia loro si auguravano che il prossimo Natale venisse dichiarato un armistizio, e potessero trascorrere tutti la festa a Oberon, a dispetto di Oliver. Nessuno si sentiva a suo agio con Evan e Veronique, che si trattennero a Oberon solo tre giorni, prima di ritornare alla vita allegra di Manhattan.

Sydney si era così affezionata ai membri del cast della commedia di Jordan che provò una fitta di delusione quando, l'estate successiva, lui ottenne una parte molto più impegnativa in una commedia diretta da George Abbott, che gli assicurò il successo. Jordan era al settimo cielo.

Nelle sei settimane di prove non ci furono più riunioni a tarda notte. Sydney ne sentì la mancanza e la normalità entrò brevemente nella loro vita. Lei e Jordan ritornavano a casa ogni sera più o meno alla stessa ora, e cucinavano la cena a turno. Sydney imparò a preparare soufflé, crêpe e costolette di maiale, mentre Jordan si concentrava sulle lasagne e su una salsa per gli spaghetti che metteva sul fuoco prima di recarsi alle prove e lasciava cuocere tutto il giorno.

Una volta la settimana si recavano da Monday, che ordinava al ristorante cinese. Sydney odiava la cucina cinese, ma non aveva il coraggio di dirglielo.

Quando la commedia debuttò a New Haven, prima di andare a Boston, Filadelfia e Baltimora, Sydney ebbe dieci giorni per sé. Alla sera, andava a cena dai suoi in Park Avenue.

Sua madre non l'aveva rimproverata per essersi rifiutata di andare a Oberon per Natale, perché Oliver era tuttora inflessibile. Lei e Big Mommy avevano salito le quattro rampe di scale per andare a trovarla dopo il suo trasferimento in Christopher Street, ma non avevano manifestato il proposito di ritornarci.

Quando Sydney pranzava a casa dei genitori, Oliver si comportava come se non fosse mai andata via e non ci fosse Jordan nella sua vita. Non le chiedeva mai del lavoro o di suo marito, parlava solo di politica.

«Ci vuole tempo», ripeteva Big Mommy, quando Sydney accennava a come si sentisse imbarazzata con suo padre.

Big Mommy partì per Oberon alla fine di maggio, due giorni dopo che Sydney scoprì di essere incinta di due mesi.

Aveva paura di dirlo a Jordan. Che cosa avrebbero fatto senza il suo stipendio? Non capiva come potesse essere rimasta incinta: si era messa ogni volta il diaframma. A parte, be'... Forse era stato quell'unica sera in cui aveva bevuto troppo e si era addormentata pesantemente; Jordan l'aveva svegliata poco prima dell'alba e aveva voluto fare l'amore mentre era ancora mezza addormentata. Oh, cielo, era stata sbadata un'unica volta...

Ma Jordan era apparso felice.

Silvie si offrì di pagare loro l'affitto di un appartamento con ascensore e acqua calda, indipendentemente da come l'avrebbe presa Oliver. Ma Sydney e Jordan rifiutarono, volevano cavarsela da soli.

Silvie riuscì però a convincere Sydney ad andare dal dottor Beckwith, e a lasciarle pagare la parcella. Sua figlia e suo nipote avrebbero dovuto ricevere le cure migliori.

Il 4 novembre, la sera della prima, Oliver accompagnò lei, Big Mommy, Monday e Sydney a vedere la commedia, che ottenne applausi entusiastici e ottime critiche. Il 5 novembre Jordan si era trasformato nel beniamino di New York. Sydney scoppiava di orgoglio. E ormai era abbastanza grossa, anche se il bambino non sarebbe nato che alla fine di dicembre o ai primi di gennaio.

Oliver non fece commenti né sulla commedia né sull'interpretazione di Jordan, ma Big Mommy scosse la testa come a dire: «Visto? Tempo. Te l'avevo detto. Concedigliene ancora un po'. Un nipotino, questo genere di cose».

Oliver si mostrò soddisfatto quando Sydney lasciò il lavoro e cominciò a «comportarsi come una donna», in attesa del parto.

Adesso che Jordan era abbastanza richiesto sul palco, cominciò a cercare insieme a Sydney un appartamento decente al Village, tanto amato da entrambi.

Il lunedì dopo il Ringraziamento, l'agente di Jordan, Michael Cross, telefonò per dirgli che la Metro voleva che facesse un provino cinematografico.

«Niente da fare», rise Jordan.

«Via, Jordy.» A parte Monday, era l'unico che chiamasse Jordan così. «Non ti nuocerà di certo. Servirà ad arricchire il tuo curriculum. Il grande capo, Millard Watson, ha visto il tuo spettacolo l'altra sera e pensa che potresti essere adatto per quella bomba di romanzo, *Bent Willows*. Sarà il film del secolo, se si può credere alle voci.»

Jordan esitò un momento. «Quale parte?»

Mike rise; era riuscito ad agganciarlo. E Cristo, Hollywood pagava molto più di Broadway. «Nicholas.»

Nicholas? Nonostante fosse convinto che il cinema non fosse che un figlio bastardo del teatro, Jordan sentì il cuore sussultargli in petto. «Be', penso che non mi nuocerà.»

«Non ti nuocerà!»

«Ehi, Mike, è il mio momento magico.»

«Lo so, lo so. Il beniamino di Broadway, non è vero?»

La faccia di Jordan era su metà dei settimanali cittadini e in gennaio sarebbe apparsa anche su quelli nazionali. Ciò che i media amavano di lui era che si comportava esattamente come doveva comportarsi un primo attore.

Aveva quel qualcosa di inafferrabile che faceva sciogliere le donne, ma i critici non nominavano neppure il suo aspetto. Ammiravano il talento che irradiava dalle luci della ribalta, la voce con cui accarezzava anche l'ultima fila del teatro.

«D'accordo», continuò Mike. «Non ci vorrà più di un paio d'ore. Basta che tu vada in quel deposito del Jersey dove stanno girando. Watson dice che c'è Felicia Mountbank in città; può darsi che sia disposta a fare coppia con te per il provino. Non potrebbe andarti meglio, anche se è abbastanza vecchia da essere tua madre. Be', tua zia, perlomeno. Giovedì... un momento, ecco l'indirizzo.»

Ma Jordan era così preso dal suo ruolo e dalla reazione del pubblico ogni sera che dimenticò quasi di andare al deposito nel Jersey. Si dimenticò perfino di dirlo a Sydney e gliene parlò a cose fatte, mentre stavano cenando con Monday quella sera, dopo lo spettacolo.

Nessuno vi attribuì troppa importanza, benché sapessero che il protagonista di *Bent Willows* era una stella nel firmamento più brillante. «Per carità, Jordan», osservò Monday pensando al futuro di tutti loro, «non vorrai trasferirti fra quei venditori di sogni, vero?»

«No», rispose Jordan con fermezza.

Nessuno di loro riusciva a immaginare di poter vivere in un luogo che non fosse Manhattan, il centro del mondo, dove tutto quello che si poteva desiderare nella vita era condensato su un'isoletta che per loro costituiva l'intero universo.

«So che Jordan sarà imbarazzato, ma è così importante...» disse Silvie a Sydney, con un braccio sulle spalle della figlia mentre facevano colazione insieme. «Per il tuo bene, per il bene della famiglia, avrai sicuramente questo bambino a Oberon.»

Sydney detestava il pensiero di interrompere una simile tradizione. L'aveva già fatto Evan, i suoi due figli erano nati in Europa. «Quando ne ho parlato con Jordan, ha detto che pensava che dovrei averlo all'ospedale. Che cosa accadrebbe se ci fossero delle complicazioni?»

Silvie annuì. «Lo so, cara. Tutte noi che abbiamo partorito sull'isola ci abbiamo pensato. Ma nessuno se ne intende più del dottor Beckwith, e al primo segno di complicazioni, papà ha detto che terrà pronto un elicottero. Ma ho parlato con il dottor Beckwith e ha detto che sei forte come un cavallo, che tutto sembra a posto, e che lui è disposto a venire a Oberon per il parto, come ha fatto quando io ho avuto te ed Evan.»

Sydney sospirò.

«Oh, mamma, se solo non ci fosse questa storia fra papà e Jordan. Possibile che papà non veda che sono felice? Non ha nessuna importanza? E guarda quanta strada ha fatto Jordan nell'ultimo anno e mezzo.»

Silvie posò la mano su quella della figlia. «Tesoro, credo che lo veda, ma ha un'enorme difficoltà ad ammettere che si è sbagliato. Perfino con se stesso. Forse quando Jordan diventerà il padre di suo nipote...» S'interruppe. «Dovrai semplicemente avere questo bambino a Oberon. Non vorrai che questa sia la prima generazione a infrangere la tradizione. È già molto grave che i figli di Evan siano nati in Francia!»

«Oh, mamma, lo desidero anch'io. Lascia che ne parli a Jordan. E poi, naturalmente», un sorriso illuminò il viso di Sydney, «dovremo trascorrere il Natale lì, perché i tempi sono molto vicini.» Dato che conosceva il momento esatto del concepimento, sapeva che il bambino sarebbe nato intorno al 28 dicembre, benché il dottor Beckwith le avesse detto che non sempre significava qualcosa.

«La chiamerai Holly se è una bambina?» chiese Silvie.

Sydney fece una smorfia. «Ne dubito. Siamo ancora incerti. Credo che lo chiameremo Christopher se sarà un maschio.»

«In ricordo di Christopher Street?»

Sydney annuì. Erano stati così felici nel loro primo appartamento.

Jordan fece buon viso a cattivo gioco, sebbene ci fosse tensione ogni volta che lui e Oliver si trovavano nella stessa stanza. Oliver si comportava come se Jordan fosse invisibile. Sydney chiese a sua madre e a Big Mommy di non farle così tanti regali, non più di quanti ne facessero a Jordan. Suggerì anzi che li facessero tutti al bambino.

Jordan dovette andarsene il pomeriggio di Natale, prese il traghetto per Baltimora e volò a New York appena in tempo per lo spettacolo serale. Così, non poté assistere alla nascita della loro bambina, Ashley Hamilton Eliot, che venne al mondo all'1.33 del 26 dicembre, ancor prima dell'arrivo del dottor Beckwith. Oliver si recò in barca da Walt, e insieme si precipitarono a Easton a prelevare l'ostetrico. Walt voleva portare Sydney all'ospedale, ma non riuscì a tenere testa a Oliver.

Sydney ebbe un travaglio di sole tre ore e mezzo, e il parto fu facile. La bambina nacque circa tredici minuti dopo l'approdo del dottor Clarke a Oberon.

Quando Jordan arrivò, quel pomeriggio, aveva altre novità.

«Parto per Hollywood il 3 gennaio», annunciò, stringendo in braccio sua figlia.

«Il 3 gennaio!» Sydney sbatté le palpebre.

«Non li ho nemmeno avvertiti che lascio il teatro questa settimana.» Baciò la testolina di Ashley, la cui morbida peluria lo fece sorridere. «Non so come troveranno da rimpiazzarmi così in fretta.»

«Vuoi lasciare New York? Jordan, non puoi farlo! Hai appena raggiunto il successo. New York ti ama.»

«Sarà solo per sei mesi, Syd. Gli dirò che per allora sarò di ritorno. Dio, questa commedia continuerà in eterno; non posso rinunciare alla parte di Nicholas, e poi mi pagheranno trecentomila dollari! Sai quanto ci vorrebbe per guadagnarli a Broadway? Un terzo di milione di dollari per sei mesi di lavoro!»

Si avvicinò al letto con Ashley e la posò fra le braccia di Sydney. «Non appena potrai viaggiare, tu e la bambina mi raggiungerete laggiù. Sì, lo so, cara, non è quanto desidero nemmeno io, ma è la strada per la fortuna e la fama.» Rise. Stava accadendo molto più in fretta di quanto avesse immaginato. «Sarà solo per pochi mesi. Un'avventura. Neppure tu sei mai stata in California. Qualcosa di nuovo ed eccitante!»

Si diresse verso la valigia e tirò fuori una macchina fotografica. «Le donne della mia vita, immortalate per la posterità. Io, padre! Oh, che anno è stato il 1951!»

Si avvicinò e sedette accanto a Sydney, gli occhi traboccanti di tenerezza. «Riesci a immaginare la felicità che mi hai dato? Forse arriverò ad amare questa nostra figlioletta più della mia stessa vita, quando la conoscerò, ma niente, mai, potrà eguagliare quello che provo per te.»

Sydney alzò il viso per farsi baciare. «Mi chiedo se potremo mai essere felici come lo siamo stati», disse.

«Questo è soltanto l'inizio», le sussurrò Jordan nei capelli.

* * *

Nessuno di loro si sorprese quando Evan telefonò per annunciare che lui e Veronique stavano per divorziare.

Due giorni dopo la sentenza di divorzio, il *Daily News* pubblicò una fotografia di Evan con una guardarobiera che aveva conosciuto in un nightclub di Zurigo. Non poteva essere paragonata a Veronique fisicamente, non aveva soldi, ma sorrideva molto e aveva una splendida figura. Anche Veronique l'aveva, però non aveva mai sorriso molto.

Evan girò la Francia e l'Italia per tre mesi in compagnia di Deirdre, prima di piantarla in un albergo di Vienna un nevoso mattino.

12

CON Ashley stretta a sé, Sydney scese dall'aereo nel sole di febbraio. Le palme ondeggiavano nella brezza leggera. Si guardò intorno in cerca di Jordan.

Monday le fece cenno con la mano, mentre correva verso di loro. Avvicinandosi, strinse fra le braccia lei e Ashley e disse: «Jordan è sul set oggi, così ha mandato me».

Sydney si sentì stringere il cuore, sebbene fosse lieta di vedere Monday. Come sempre, sembrava aver dormito con i vestiti addosso e aveva i capelli scarmigliati.

Si trovava lì già da due settimane, perché Jordan gli aveva trovato un lavoro agli studi. «Non è un gran lavoro», le disse Monday guidandola verso il nastro dei bagagli, «e non che faccia ancora niente di creativo, ma guadagno di più e l'ambiente è migliore che da *Giorgio*.»

Quando Sydney indicò i suoi bagagli, Monday si lanciò in avanti e li afferrò. «Vieni», disse. «La macchina non è lontana.»

La macchina era una Oldsmobile decappottabile giallo limone. «Jordie e io l'abbiamo comprata insieme, visto che nessuno dei due poteva permettersene una. Non è una bellezza?»

Jordan non aveva mai accennato al fatto di aver comprato una macchina.

«Aspetta di vedere dove abitiamo. Piscina, palme, buganvillee, ibisco...»

«Abitiamo?» chiese Sydney mentre Ashley apriva gli occhi e cominciava ad agitarsi.

«No, non abito con voi», sorrise Monday. «Ma ho un appartamento, uno studio, dall'altra parte della piscina. Accidenti, è un paradiso. Anche i poveri diavoli possono vivere in mezzo ai fiori. Dio, Sydney, perché mai vivere all'Est con inverni freddi ed estati umide?»

Sydney dovette ammettere che era un piacevole cambiamento rispetto al febbraio di New York. Mentre viaggiavano, osservò le case dipinte in ogni sfumatura dell'arcobaleno. Giardini rigurgitavano di fiori che non aveva mai visto. «Los Angeles non sembra così città come New York.»

«No. Si estende all'infuori, più che all'insù. Pochi grattacieli, che non meritano neppure questo nome. Guarda, aranci, limoni. Sydney, è stupendo qui.»

Si fermò davanti a un lungo e basso complesso di appartamenti, circondato da prati lussureggianti e alberi di eucalipto. Ashley cominciò a piangere.

«Devo allattarla», disse Sydney.

«Be', siamo arrivati», asserì Monday, svoltando in uno spazio fra due appartamenti. «Non c'è bisogno di garage, qui, si parcheggia sotto la tettoia. Laggiù, a sinistra, è dove abitate voi. L'arredamento non è un granché, ma lo compensano altre cose.»

Che l'arredamento non fosse granché era dir poco, pensò Sydney dopo che Monday l'ebbe lasciata sola perché potesse allattare tranquillamente Ashley. Mentre la bambina succhiava rumorosamente il suo seno, Sydney si guardò intorno. La moquette era verde avocado, le tende e i muri bianco sporco. Il divano e una poltrona imbottita erano entrambi color oro. Non di suo gusto, ma poteva sopportarlo per un po'. Si sarebbero trattenuti solo pochi mesi.

L'appartamento era composto da un piccolo soggiorno, una cucina con un tavolo di formica, sedie e un frigorifero color avocado, e due camere da letto. Jordan aveva già sistemato una culla nella più piccola e meno luminosa, che conteneva anche un letto singolo e un cassettone d'acero.

Nella loro camera c'erano due letti gemelli, che Jordan aveva avvicinato. Letti gemelli? si disse. Come potevano fare l'amore? Come poteva dormire fra le sue braccia? Be', forse avrebbero potuto concedersi il lusso di acquistare un letto matrimoniale.

Sistemò Ashley nella culla e si avvicinò alle valigie. Monday le aveva proposto di raggiungerlo in piscina, quando Ashley si fosse addormentata.

Si tolse gli abiti invernali e infilò il costume da bagno. Com'era pallida! Avrebbe fatto meglio a chiedere a Monday un po' della sua crema solare o sarebbe diventata rossa come un peperone.

Afferrò un asciugamano, controllò Ashley e uscì in piscina, dove Monday, in pantaloncini scarlatti, la stava aspettando con un drink in mano.

Le lanciò un'occhiata di apprezzamento. «La maternità sembra donarti.»

Sapeva di avere i seni più pieni, e le era quasi tornato il vitino. Sperava che Jordan se ne accorgesse. Non facevano l'amore da circa un mese prima della nascita di Ashley. Lui era partito per Hollywood prima che Ashley compisse dieci giorni.

«Hai delle splendide gambe, Sydney», le disse Monday.

Sorrise. «Sono più o meno le prime parole che mi ha detto Jordan.»

«Capisco perché.» Ma non stava guardando le sue gambe. I loro sguardi si incontrarono. «Jordan è un uomo fortunato.»

«Sembri un personaggio degli anni Trenta.»

«Hollywood mi fa quest'effetto.»

«Non dovresti essere al lavoro anche tu?»

«No. Sono le tre passate. Gli scrittori non scrivono dopo le tre. E poi, a dire il vero, non sto ancora facendo niente. Vado in ufficio alle nove, e tempero matite, sorrido alla gente, vado al distributore dell'acqua e spero che qualcuno ricordi il mio nome; poi ritorno nel mio ufficio e dico alla segretaria di andare a prendermi il caffè, metto in ordine i miei blocchi e aspetto.»

«Aspetti che cosa?»

«Non lo so ancora. Se non succede niente, continuo a guardare le segretarie.»

«Sai, nelle donne c'è qualcosa di più dell'aspetto.»

Monday fece una smorfia. «Continui a ripetermelo. Anche mia madre me lo diceva. È ciò che amano pensare le donne. Ma io guardo una donna dal collo in giù e, se quello che vedo mi piace, guardo all'insù.»

«Mi chiedo perché tu mi piaccia, Monday. Sei così grossolano. Così insensibile per essere un aspirante scrittore.»

«Che cosa vuoi dire con aspirante?»

«Be', che cosa hai mai scritto da quando ti conosco?»

«*Touché*. Bene, vuoi tuffarti? Ti sfido fino in fondo alla piscina.»

«Lascia che mi ci abitui prima. Poi sarò io a sfidarti.»

C'erano due giovani donne dall'altro lato della piscina, sedute a chiacchierare sotto un ombrellone. Nessun altro. «Alla sera, quando la gente torna dal lavoro, è affollato.»

«A che ora torna a casa Jordan?»

Monday si strinse nelle spalle. «Dipende dal numero di riprese. Dev'essere sul set alle sei per il trucco. Di solito torna a casa fra le sei e mezzo e le nove.»

Sydney spaziò con lo sguardo oltre la piscina, al di là del tetto dell'edificio a un piano, fra gli alberi che bloccavano il rumore del traffico. Che genere di vita sarebbe mai stata quella di moglie di un attore cinematografico? Be', neppure quando lei lavorava tutto il giorno e lui andava a teatro ogni sera era stato il massimo. Se non altro adesso avrebbero cenato insieme e sarebbero stati liberi nei weekend. Che male c'era a cenare tardi? Da bambina, non avevano mai cenato prima delle otto.

Chiuse gli occhi e si tuffò nell'acqua, fresca e tonificante. Quando risalì in superficie pensò che una balena si fosse tuffata nella piscina, ma era soltanto Monday che era saltato dentro di piedi. Quando gareggiarono, lui la batté di brutto. Doveva rimettersi in forma. Per le sette aveva allattato di nuovo Ashley, si era fatta una doccia e aveva indossato il vestito nuovo di seta verde acqua e le scarpe di tela in tinta. I suoi occhi nocciola parevano verdi come l'abito.

Si sentiva eccitata come una ragazzina che si preparava per il ballo studentesco. Non vedeva suo marito da trentadue giorni.

Quando varcò la soglia, alle otto e mezzo, fu bellissimo rivederlo, anche se aveva un aspetto stanco. Con la mano ancora sulla maniglia, le sorrise. «Sei fantastica!» esclamò prima di attraversare la stanza, prenderla fra le braccia e baciarla.

Senza aggiungere altro, la trasportò in camera da letto. Peccato per il mio bel vestito nuovo, pensò Sydney. Dopo due minuti era completamente spogliata.

Sorrisero, nudi, allungando le mani per accarezzarsi, strofinandosi l'uno contro l'altra, baciandosi.

«Dio, la sensazione del tuo corpo contro il mio. Non esiste sensazione migliore al mondo», mormorò Jordan.

«Vuoi scommetterci?» fece lei, ridendo mentre si sdraiava, attirandolo sopra di sé.

Lui si chinò a baciarle i seni; poi insinuò la mano destra fra le sue gambe, accarezzandole prima di chinarsi a baciarla fra le cosce.

«È il paradiso», sussurrò lei.

Era passato troppo tempo. Più tardi avrebbero potuto prendersela con calma, adesso lo voleva.

Lui si inginocchiò sopra di lei, gli occhi che fissavano i suoi. Sydney alzò lo sguardo e disse: «Vieni».

Lentamente, stuzzicandola, la toccò, si ritrasse ed entrò in lei, si ritrasse di nuovo e poi la penetrò in profondità mentre lei si arcuava sollevandosi per incontrarlo. Poi gridò: «Non fermarti!» e lui affondò un'ultima volta. La calda, meravigliosa sensazione la travolse. «Oh, non smettere», sussurrò di nuovo. Lo udì gemere, e capì che era venuto anche lui.

Rimase adagiato sopra di lei, i respiri affannosi. Dopo qualche minuto, la fece rotolare con sé e giacquero su un fianco con le gambe intrecciate. Lei chiuse gli occhi e Jordan le baciò le palpebre. «Neanche recitare può essere paragonato a questo», disse, accarezzandole un seno, circondandola con le braccia e facendole scorrere le dita fra le natiche. «Mi sei mancata. Quando non sei con me è come se si fosse spenta la luce.»

«È più soleggiato qui che in qualunque altro posto.»

«Può darsi, e adesso che ci sei tu lo sarà ancora di più.»

Si udì il piagnucolio di Ashley. Jordan balzò su e, sceso dal letto, corse nudo nell'altra stanza. Ritornò dopo un minuto con la figlia. «È bella!» esclamò. «Ti assomiglia.»

Era vero. Era indubbiamente figlia di Sydney. Una Hamilton.

«Ecco», disse Jordan porgendole la bimba. «Allattala.»

«Ha mangiato meno di tre ore fa.»

«Non importa. È sveglia e voglio vederti allattarla. Non ho avuto questo piacere, lo sai.»

Sydney si portò la bimba al seno sinistro, e la piccola cominciò a succhiare rumorosamente.

Jordan sedette in fondo al letto e sorrise. «Tu sei mia. Siete entrambe mie. Vorrei essere un pittore. Non ho mai visto niente di più bello.»

Nelle prime settimane, Sydney ebbe molto da fare con Ashley e la cucina. Monday veniva da loro a cena ogni sera e insisteva per portare il vino e il pane francese.

Raramente Sydney partecipava alla conversazione. Non era come ai vecchi tempi di New York, quando loro tre discutevano di politica o del significato dell'universo. Jordan e Monday adesso discutevano dei film, degli studi e di gente di cui lei non aveva mai sentito parlare.

Non stavano più alzati fino a tardi la sera, perché Jordan aveva realmente bisogno di otto ore di sonno, se voleva apparire in forma davanti alla cinepresa. E dopo pranzo doveva imparare le battute del giorno successivo.

Non avevano vita sociale. Sydney non incontrò nessuna delle persone di cui gli uomini chiacchieravano. Nel pomeriggio, quando Ashley dormiva, Sydney sedeva accanto alla piscina, acquistando un'abbronzatura dorata. Aveva scoperto una biblioteca a dieci isolati di distanza e, con Ashley in carrozzina, vi si recava una volta la settimana e si riforniva di nuovi libri. Le sembrava di trascorrere la vita a leggere.

Be', questo sarebbe durato fino alla fine del film di Jordan. Non oltre giugno, aveva detto.

Un pomeriggio le telefonò Evan. «Domani vado alle Hawaii e ho pensato di passare di là per venirti a trovare.»

«Oh, che bella notizia.»

«Prenota in qualche buon ristorante per cena.»

Non ne conosceva nessuno. «Non posso lasciare Ashley sola», disse. «Dovrai provare la mia cucina.»

Evan rise. «Non riesco neppure a immaginarla, ma d'accordo. Non sarò solo. Ci sarà qualcuno con me.»

«Una nuova donna?»

«Chi altri? Naturale. Non preoccuparti di venirmi a prendere all'aeroporto. Ho una prenotazione al *Beverly Hilton*. Prenderemo un taxi. Ci vediamo verso le sette.»

«Magnifico. Dimmi, però, sei felice?»

«Cristo, Syd, che cos'è la felicità? Voglio andarmene da New York. Allontanarmi dalla famiglia. Mi stanno facendo impazzire.»

Sydney trafficò tutto il giorno per la cena. Il suo più grosso problema in cucina era avere tutto pronto contemporaneamente. Non aveva ancora imparato l'arte di sedere a bere per un'ora con gli amici prima di servire la cena, ma decise che se avesse optato per le lasagne si sarebbero cotte mentre chiacchieravano. Sperava che Jordan tornasse a casa presto.

Dall'espressione degli occhi di Evan quando aprì la porta, capì che doveva pensare che vivesse nei bassifondi. Il suo sguardo passò frettolosamente in rassegna l'appartamento e poi osservò: «Credo che stiate scherzando».

Dietro di lui c'era una giovane – molto giovane, pensò Sydney –, bionda, che aveva sul volto un sorriso perpetuo, decise Sydney prima che la serata si concludesse. Non era una donna che Evan avrebbe sposato. Era una vacanza hawaiiana. Forse faceva parte della terapia di cui si aveva bisogno dopo un divorzio.

La amareggiava ancora il pensiero che Oliver non avesse battuto ciglio quando Evan aveva deciso di sposarsi, o avesse sborsato più di mezzo milione a una donna francese, ma l'avesse praticamente diseredata per aver sposato un attore. Un bell'americano, ben educato, che lavorava sodo e non avrebbe mai accettato un centesimo da Oliver, anche se glieli avesse offerti.

«È solo momentaneo», fece per dire Sydney, poi decise che non aveva bisogno di scusarsi. Quella era la vita che aveva scelto e non la rimpiangeva.

Evan si guardò intorno.

«Stai cercando un drink?» chiese Sydney. «Vieni in cucina.»

Evan versò da bere per sé e per Louise. «Ecco.»

«Non sono mai stata a Hollywood», disse Louise, infilando il dito nel suo drink. «E nemmeno alle Hawaii.»

«Hai uno splendido aspetto», disse Evan alla sorella.

«Sono felice», rispose lei. «Mi piace fare la mamma.»

Prese Ashley dalla culla e insistette perché Evan la tenesse in braccio. Non era un ruolo in cui si sentiva a suo agio, benché avesse due bambini suoi. «Vedi mai Peter e Dianne?»

Scosse la testa. «Non sono più tornato in Europa da quando ci siamo separati.» Guardò nel bicchiere. «Veronique si è risposata.»

Sydney lo fissò. Impossibile sapere quello che provava. Era sempre stato così. Proprio in quel momento, Monday e Jordan si fermarono davanti alla casa. Jordan si precipitò attraverso la porta, tendendo la mano per stringere quella di Evan, passandogli un braccio intorno alla spalla, comportandosi come se fossero stati vecchi amici. A Louise disse: «Evan ha sempre avuto un *penchant* per le belle donne».

«Un *penchant*?» fece lei, ma nessuno la illuminò.

Monday sbirciò nella cucina. «Ah, la tavola è preparata per cinque. Non ne ero sicuro. Vado a cambiarmi.»

Scomparve.

«Ti sei dato al cinema, dunque», commentò Evan, sedendosi sul divano e accarezzando il posto accanto a sé. Louise sedette e accavallò le gambe, il drink in una mano. Evan le posò la mano sul ginocchio, ma non le prestò nessun'altra attenzione.

Sydney studiò suo fratello mentre parlava con Jordan. Era così magro, e sul suo viso c'era un'ombra di arroganza. C'era sempre stata, anche da bambini. Erano sempre stati sicuri di sé, ma si augurava di non avere anche lei quell'aria imperiosa. E ultimamente, lì a Hollywood, non provava più lo stesso senso di sicurezza. Si sentiva isolata. Aveva chiacchierato con un paio di giovani mogli che abitavano nello stesso complesso, ma sembrava che non avessero niente in comune. Per quanto amasse Ashley, non le piaceva sedere a chiacchierare di pannolini e di ricette, o dei pettegolezzi su chi andava a letto con chi. Evan stava parlando della pesca subacquea che aveva appena fatto in Florida. Era ansioso che cominciasse la stagione del polo e pensava di parteciparvi quell'anno, adesso che aveva fatto ritorno nei cari vecchi Stati Uniti d'America. Si stava recando alle Hawaii per le pesca al marlin. Non sapeva se sarebbe tornato per mare o in aereo, ma non era affatto ansioso di rimettere piede a New York. «Papà continua a cercare di insegnarmi il mestiere di editore.» Per il quale lui non nutriva alcun interesse.

Più tardi, quando Evan e Louise se ne furono andati, Monday osservò: «Non lo biasimo. Se non avessi bisogno di lavorare, non lo farei».

«Staresti a scrivere tutto il giorno. Quello è lavoro.»

«No, per me non lo è.»

«Non deve piacerti, allora, per essere lavoro?»

Intervenne Jordan. «Io lavoro tutto il giorno e mi piace. Non vorrei mai fare qualcos'altro.»

Con ciò andò a letto. «Studio le mie battute domattina. Sono troppo stanco adesso.» Era mezzanotte passata.

Quando tornò a casa la sera dopo, per quanto stanco, era eccitato. «Mi ha chiamato il mio agente, oggi. Mi ha offerto il ruolo di protagonista in un film.»

Sydney gli buttò le braccia al collo. «Che gioia!» Ma poi pensò: questo significa rimanere qui.

«Se la cosa andrà in porto», disse, prendendo una birra dal frigorifero. «So che detesti vivere in un appartamento. Che cosa ne diresti di comprare una casa? Perché non prendi la macchina uno di questi giorni e non vai a dare un'occhiata in giro?»

Be', questo l'avrebbe reso più accettabile.

«Tu svolgi il grosso del lavoro e poi la domenica possiamo andare a vederla insieme. Sarò in grado di dare un buon anticipo, se la cosa si realizzerà.»

«Che genere di parte è?» chiese Sydney, rannicchiandosi accanto a lui sul divano.

«Non la mia parte ideale, a dire il vero. È un film di azione e avventura. Mike ha detto che mi avrebbe fatto avere il copione per domani. Dovrebbe piacermi, anche se non è drammatico. E a lui piacciono i soldi, come a tutti gli agenti.»

La cifra era così sbalorditiva che avrebbero potuto permettersi una casa di sette stanze in una zona ricca d'alberi.

13

Nel giro di due anni avevano lasciato quella casa, e Sydney sperava di rimanere di nuovo incinta.

Jordan aveva girato un film dopo l'altro, finché non era diventato una delle star più pagate di Hollywood. Solo dopo l'ultimo film si era preso una vacanza, sostenendo di essere stremato e di aver bisogno di una pausa.

Volarono alle Hawaii e fu lì che Sydney rimase incinta. Erano solo loro tre e, sebbene non potessero passeggiare per strada o fare colazione sul patio del *Royal Hawaiian* senza che una folla si radunasse intorno a loro, erano lontano dalla vita alienante di Hollywood.

Quando vi fecero ritorno, si trasferirono in una casa che gli ricordava, per le proporzioni se non per lo stile, una di quelle grandi dimore che aveva visto lungo il fiume nel Maryland, la prima volta che Sydney lo aveva condotto a Oberon. Non imponente come Oberon, non altrettanto immensa, ma la loro nuova casa aveva una decina di camere, senza contare le cinque stanze da bagno. Sydney insistette per arredare lei stessa la casa, sostenendo che l'avrebbe aiutata ad annoiarsi meno. Jordan andava al lavoro prima dell'alba e spesso non era a casa che dopo il tramonto.

Quand'era a casa, era quello che Sydney pensava dovesse essere il padre perfetto. Non era mai troppo stanco per giocare con Ashley, per cantarle una canzoncina, per abbracciarla, per condurla a fare un giro sul pony che le aveva regalato per Natale. Era anche un marito affettuoso, premuroso.

Sydney trascorse mesi ad arredare la casa, stanza dopo stanza, trasformandola in una dimora favolosa e confortevole. Le piaceva.

Dopo aver completato l'arredamento, si accorse di essere di nuovo disoccupata. Per quanto adorasse Ashley, trovava inutile occuparsi di una bambina piccola più di un certo numero di ore al giorno. Jordan la incalzava a giocare a tennis al club, e lei lo faceva. Le piaceva l'esercizio, ma la conversazione generalmente verteva su chi otteneva quali ruoli o su chi andava a letto con chi, e questo la faceva impazzire.

Sydney scoprì di stare scivolando sempre di più nel ruolo di sua madre e sua nonna. Cercava di non prendersela per il lavoro eccitante di Jordan, mentre lei era relegata a svolgere compiti da massaia, a giocare a tennis e a golf.

Al brunch della domenica si intrattenevano solitamente con la coprotagonista di Jordan e con chiunque fosse il suo uomo del momento, insieme ad altri amici del cast. Sydney si soffermava spesso a guardare la donna, sempre bella, e a interrogarsi sulle loro scene d'amore. Si erano baciati quella settimana? Aveva significato qualcosa?

Le domeniche erano sempre piene di risate e si beveva sempre champagne accanto alla piscina. Nell'anno in cui avevano abitato a Beverly Hills non c'era mai stata una domenica in cui Jordan non avesse voluto avere ospiti. Ma Sydney si scopriva a poco a poco invisibile, un'appendice nella vita di una star.

I compagni di lavoro di Jordan erano indubbiamente gentili con Sydney, ma non le rivolgevano mai una domanda su se stessa. Non la includevano mai nelle loro conversazioni e, dato che parlavano sempre di cose che accadevano al lavoro, lei non poteva unirsi ai loro discorsi.

Monday invece si inseriva perfettamente, sebbene non avesse alcuna parte nel film che interpretava Jordan, e adorava i brunch. Chiacchierava sempre con lei, anche se sembrava percepire il suo senso di non appartenenza.

L'unico momento in cui si sentiva veramente vicina a Jordan era quando facevano l'amore, che facevano con immutata passione, fantasia e abbandono. A volte Jordan la svegliava mentre era ancora buio, prima di recarsi agli studi e la prendeva fra le braccia. Spesso tornava a casa dal lavoro e diceva: «Devo fare l'amore con te prima di cena». La domenica mattina, Sydney si svegliava spesso prima di lui e lo osservava dormire, respingendo le coperte perché potesse guardare il suo corpo nudo, accarezzarlo, baciarlo fino a farlo svegliare.

Sapeva che milioni di americane sognavano di lui, e sapeva che era sexy come lo immaginavano, e anche di più.

Quand'erano stati in vacanza alle Hawaii, aveva chiesto: «Va bene per te se non mi metto il diaframma?»

Lui aveva sorriso. «Credo che possiamo permetterci un altro figlio. Ti piacerebbe?»

«Ashley ha due anni. Penso sia ora.»

Questo avrebbe risolto la sua irrequietezza, si era detto Jordan. Non riusciva a capirla. Nei loro cinque anni di matrimonio si erano trasferiti da un appartamento di Manhattan al quarto piano, senza acqua calda, a una grande tenuta di Beverly Hills. Sydney poteva vivere di nuovo la vita a cui era stata abituata; poteva fare quello che voleva. Gli piaceva il fatto di non poter camminare per strada o entrare in un negozio o in un ristorante senza che una folla gli si riunisse intorno, ma gli mancava la privacy dell'anonimato. Comunque gli riusciva tuttora difficile credere che gli fosse capitato tutto così in fretta e così facilmente. Prima, Sydney. Poi, Ashley. Successo, fama, ricchezza. Era l'uomo più fortunato del mondo.

Se solo l'irrequietezza che sentiva in Sydney avesse potuto essere alleviata. Forse un secondo figlio sarebbe servito allo scopo. Eppure era una madre e una moglie perfetta. E queste cose venivano prima di tutto il resto.

La loro sfrenata passione sessuale era qualcosa di inimmaginabile. Nessuno avrebbe mai potuto supporlo, incontrandola. Appariva sempre così regale, così distaccata. Stavano insieme da cinque anni e il loro desiderio non era diminuito. Era la vita migliore che avrebbe potuto sperare, e lo sapeva. Perché non la pensava così anche Sydney? Perché non ne era affascinata quanto lui? Non aveva più bisogno di scusarsi con i suoi genitori per l'uomo che aveva sposato.

Non che si fosse mai scusata. Era stata magnifica per come aveva tenuto loro testa. E Jordan aveva notato che ultimamente si erano ammorbiditi, incalzandoli ad andare a Oberon per Natale. Forse quella era stata la cosa più dura per lei, i Natali lontano da Oberon. Si era recata all'Est soltanto una volta da quand'erano lì, a trascorrere l'estate a Oberon con sua nonna.

Gli era sembrato un'eternità, con anche Ashley lontana. Quand'erano ritornate alla fine di settembre, la gioia era rientrata nella sua vita. Si rendeva conto che, per quanto potesse crearsi un rapporto o una passione momentanea con l'attrice coprotagonista, nessuna poteva realmente competere con Sydney e con il suo amore per lei e per Ashley.

Ma la sua irrequietezza lo confondeva e a volte lo irritava. Che cosa diamine voleva? Non era una questione di denaro, lo sapeva.

Diceva di sentirsi inutile, ma a lui sembrava che fosse perennemente occupata. Golf, tennis. Le prime cinematografiche a cui partecipavano. La loro era certamente una vita affascinante. Gli piaceva alzare lo sguardo sulle insegne e vedere scritto JORDAN ELIOT IN... Sapeva che anche Sydney ne andava orgogliosa.

Assaporava ogni sua giornata di lavoro. Amava anche i ruoli che richiedevano acrobazie, sebbene si fosse sempre visto nei panni di attore serio. Non aveva certamente mai pensato di restare a Hollywood.

Rimase deluso quando Sydney annunciò che sarebbe tornata a Oberon per la nascita del bambino.

«Sarò nel pieno delle riprese», protestò lui. «Non mi sarà possibile arrivare per il parto.»

Ma Sydney si mostrò irremovibile. «Tutti gli Hamilton sono nati lì dall'inizio dei tempi.»

«La moglie di Evan non ha avuto lì i loro figli. E poi, i nostri non sono Hamilton», ribatté lui.

Sydney scosse il capo. «Un giorno i nostri figli possiederanno Oberon. Sono Hamilton.»

«Tuo padre ha detto che ti ha esclusa dal testamento.»

Sydney scosse di nuovo la testa. Sapeva che l'isola sarebbe passata ai suoi figli e a quelli di Evan, anche se non a lei e a Evan.

«Non c'è neppure un ospedale. Quello di Easton non può essere paragonato a nessuno di quelli che abbiamo qui. Se qualcosa andasse male?»

«Mamma e papà faranno venire il dottor Beckwith. Suo padre ha fatto nascere Evan e me. Lui ha fatto nascere Ashley.»

«Non è neppure ostetrico.»

Sydney guardò il marito. «Pensi davvero che la mia famiglia non possa avere il miglior medico disponibile?»

No, non lo pensava.

«Sono sana come un cavallo. E ho avuto facilmente Ashley. Il dottor Melby non prevede nessuna complicazione.»

Jordan le prese la mano. «Vuoi privarmi del piacere di stare con te?»

Ci aveva pensato. «Temo di sì. Il fatto è che devo avere i miei figli sull'isola. Abbiamo sempre fatto così. È una tradizione.»

Jordan lo sapeva. Era lo svantaggio di aver sposato un membro di una delle famiglie più vecchie del Paese. La tradizione lo lasciava indifferente. Non significava nulla per lui. Lui voleva solo essere con sua moglie al momento del parto, non a più di quattromila chilometri di distanza.

«Merda», borbottò.

Era seduto sul loro grande letto. Sydney gli lanciò un'occhiata, poi si avvicinò all'armadio che occupava l'intera parete. Aprì un'anta e studiò i suoi abiti da sera. Non era ancora così grossa da dover indossare vestiti premaman, ma aveva bisogno di qualcosa di sciolto. Dovevano andare a un party offerto da Monday al *Romanoff*. La sua prima commedia sarebbe andata in scena a Broadway in novembre, così aveva deciso di dare una festa di addio per pochi amici.

I pochi amici si erano rivelati quasi un centinaio.

Quando ballò con Sydney, Monday disse: «Lacey Stafford ha accettato di interpretare il ruolo principale. L'avresti mai detto?»

Sydney era contenta per lui. «Chissà, forse riuscirai a prenderti un fine settimana e a venire a Oberon, quest'estate.»

«Dunque te ne vai nonostante quello che pensa Jordan?»

Annuì. Non aveva nessuna intenzione di sentirsi in colpa. Sarebbe rimasta adagiata su un letto che guardava verso gli alberi di Martha's Forest, dov'era nato il primo Hamilton, e avrebbe dato alla luce il suo secondogenito, come aveva fatto con Ashley. E se era un maschio, sperava che Jordan le permettesse di chiamarlo Hamilton. Hamilton Eliot. Non era così male come nome. E se era una femmina... Be', sperava che fosse un maschio, in modo da avere la coppia.

«Ti invidio, tu torni a New York», disse a Monday.

«L'afa dell'estate, la fredda neve dell'inverno. La pioggia e il bagnato. Eccome se mi invidi.»

«È così, invece. L'energia e l'eccitazione, il cambio di stagioni.»

«Non sei felice qui, vero? Non come lo siamo stati io e Jordie.»

Sydney scosse il capo, e smisero di ballare mentre la musica cessava. «Non sono importante qui. Quasi nessuno mi conosce. Sono la moglie di Jordan, questa è la mia unica identità. E l'altro giorno al tennis ho sentito due donne chiedersi fino a quando sarebbe rimasto sposato con me, visto le fantastiche attrici con le quali lavora ogni giorno. Sono tornata a casa e mi sono guardata allo specchio, nutrendo per la prima volta dei dubbi su me stessa.»

«Oh, Dio, Sydney, l'aspetto non è tutto!»

Lo guardò, sbalordita. «Tu non sei mai uscito con una donna che non fosse bella.»

«Sì, quando ti ho conosciuta posso anche aver pensato che non eri uno schianto, ma dopo cinque minuti che parlavo con te, ho visto una bellezza interiore. Brillava come un faro.»

«Che cosa mi è successo, allora? Da quando ho udito quella conversazione, mi sento incolore.»

«Be', non hai più la *joie de vivre* che avevi all'Est. Eri sempre allegra, allora, sempre piena di idee e di voglia di divertirti. Qui, ti comporti come se stessi aspettando, in panchina; come se non facessi parte della vita. Non diffondi più la tua luce interiore.»

Non le piaceva il ritratto che aveva appena dipinto. «Be'», disse, «faccio abbastanza parte della vita da essere di nuovo incinta.»

Forse questo non era esattamente il modo giusto di dirglielo, ma si era sentita eccitata quando aveva cominciato a sospettarlo e soddisfatta quando il medico glielo aveva confermato quella mattina.

Eppure, mentre Jordan la prendeva fra le braccia e la faceva roteare, gli occhi scintillanti, capì che la descrizione di Monday era giusta. Si riconosceva. Era in panchina, e la cosa non le piaceva.

Forse avrebbe potuto cercare di rimediare dopo la nascita del bambino.

14

Jordan irruppe attraverso la soglia, gli occhi pieni di eccitazione. Mancavano solo due settimane alla fine delle riprese di *Desert Stars*. Sydney sperava che ci fosse un mese di pausa tra un film e l'altro: lui aveva respinto numerose offerte, dicendo che i copioni non lo attiravano. Forse sarebbero potuti tornare all'Est. New York o Oberon, poco importava. Un posto dove l'aria fosse fresca e ci fossero nuvole nel cielo. Un posto che la tonificasse.

«Mi è stato offerto il più bel copione del mondo», gridò. «E non solo questo, lo gireranno in esterni.»

La prese fra le braccia e la fece roteare. «Andiamo in Africa!»

«Andiamo?» Sapeva che non alludeva a lei, ma alla troupe cinematografica.

«Noi. Tu e io. O almeno, spero che tu venga. Sarà girato in Congo, e ci vorranno dai quattro ai sei mesi. Mio Dio, l'Africa! Riesci a crederci?» Jordan era raggiante. Si diresse al tavolo dell'anticamera e cominciò a battervi sopra come se si trattasse di un bongo.

Sydney lo osservava, un misto di piacere e sgomento nel cuore. Il suo entusiasmo era infantile e faceva parte del suo fascino.

«Via, Syd. Gli ho detto che non ci sarei andato a meno che non includesse anche te. Sarà un'occasione unica, e il copione, mio Dio, è un sogno. E sai chi sarà la mia coprotagonista? Lili Davidson. Questo film non può essere un fiasco, voglio dire, con un copione simile e Kirk O'Malley come regista.»

L'afferrò, la baciò e cominciò a ballare intorno alla stanza.

«Non posso venire», disse Sydney, «e lo sai.»

Lui si fermò con un piede a mezz'aria. «Che cosa vuoi dire con 'lo sai'? Non vedo nessuna ragione perché tu non possa venire.»

«Non condurrò le bambine laggiù dove potrebbero prendersi ogni genere di malattia.»

«No, no, certo che no», sorrise. «Lo so. Pensavo che avremmo potuto chiedere a mia madre di prendersene cura in nostra assenza.»

«Lasciare le bambine per più di quattro mesi? Mezzo anno, magari? Lasciarle proprio mentre Juliet sta cominciando a camminare? Quando Ashley ha bisogno di me? Oh, non posso. Non ci voglio neppure pensare.»

«Non puoi permettere alla maternità di limitare il nostro amore, cara. Dobbiamo rimanere aperti all'avventura. E poi, ho detto che non ci sarei andato se non fossi venuta anche tu. Non resterò senza di te per tutto quel tempo.»

«E io non resterò senza le bambine per tutto quel tempo.»

Jordan sedette sul divano e le prese la mano. «Mia madre sarà felice di poterle conoscere meglio. E io ho bisogno di te. Forse più di quanto ne abbiano loro. Non ci andrò se non verrai.»

Sydney ritrasse la mano. «Questo è un ricatto!»

Jordan si alzò e le si avvicinò prendendola fra le braccia, abbassando lo sguardo su di lei.

«Sai d'aver perduto l'entusiasmo che avevi per la vita. Hai bisogno di un cambiamento. Credo che l'esserti dedicata così alle bambine senza fare nient'altro ti abbia nuociuto. Abbiamo bisogno di un'avventura, qualcosa di diverso. Vieni con me; partecipa al mio lavoro, partecipa alla mia vita. Cerca di capire quello che faccio e perché provo quello che provo.»

«Capisco perché ami il tuo lavoro. Lo ritengo una bellissima cosa.»

«Ma tu non ne fai parte. Anche quando abbiamo qui i miei amici, tu non sembri mai partecipare. Vieni con me, Syd. Ti prego.» La circondò con le braccia. «Ti amo. Voglio che tu faccia parte di ogni cosa.»

Quando non disse niente, aggiunse: «Potrai tornartene a casa ogni volta che sentirai la mancanza delle bambine».

Sydney sospirò. «Be', allora come posso dire di no?»

«Non puoi», ribatté lui, baciandola in modo da farle capire che non avrebbe mai potuto restargli lontana per sei mesi.»

Erano a malapena passati da Heathrow, senza neanche pernottare a Londra. Ma trascorsero tre giorni a Roma, e Jordan se ne innamorò come se n'era innamorata lei quando c'era stata da ragazza. «Via, ammettiamolo», disse lui. «Tu sei una ragazza di città.»

Era vero. Amava Oberon, ma era una ragazza di città. Roma la riportò in vita, e cercarono di approfittarne al massimo.

«Il sole è diverso, qui», osservò Jordan, eccitato dal fatto di trovarsi per la prima volta sul suolo europeo.

Il sole era diverso anche in Africa. Trascorsero quattro notti a Nairobi, a sufficienza per rifornirsi delle cose di cui avevano bisogno in Congo. Jordan era deluso. «Credevo che sarebbe stata... be'... africana. Invece, è una città. Guarda quante macchine e quanti edifici alti ci sono.»

«Sei innamorato dell'idea del selvaggio, credo», osservò Sydney.

«Be', il Congo non sarà certamente così...» ruotò il braccio intorno, «...così civilizzato.» Gli occhi di Jordan assunsero un'espressione sognante. «Laggiù ci saranno gorilla, elefanti e leoni.»

Il Congo. Sydney aveva visioni di sanguisughe e i lenti fiumi dalle acque torbide, alberi dai rami carichi di serpenti, scimmie e neri corpi luccicanti. Si rifornì di spray per gli insetti e creme per il sole.

Il giorno dopo l'albergo cominciò a riempirsi dei membri della loro troupe. A sera, Lili Davidson era l'unica a non essere ancora arrivata.

«Lascia fare a Lili», borbottò Kirk O'Malley, il regista. «Mi hanno detto che avrei rimpianto il giorno in cui l'ho scelta.»

«E perché l'hai scelta?» chiese Jordan. Non aveva mai incontrato Lili.

Kirk lo guardò, inarcando un sopracciglio. «Hai letto il copione. Riesci a immaginare qualcuno più adatto di lei?»

Sydney non aveva mai avuto occasione di conoscere Kirk O'Malley e ne rimase affascinata nel momento stesso in cui posò gli occhi su di lui. Era basso e tarchiato, con un fisico simile a quello di un gorilla, ma aveva il sorriso più accattivante che avesse mai visto. Continuava a masticare sigari, che non accendeva mai. Folti baffi neri sottolineavano le sue grosse labbra sensuali.

«È un uomo terribilmente sexy», disse a Jordan mentre si preparavano per andare a letto.

Jordan rise divertito. «Sexy? Kirk? È bruttissimo. Adesso capisco perché ti piaccio io.»

Sydney si tolse l'abito di lino, già spiegazzato, e lo appese nell'armadio. Si sfilò le scarpe e le lasciò dov'erano cadute.

«Non ho detto che è bello. Ho detto che è sexy. È molto virile. Quando parla, ti fissa come se fossi l'unica persona al mondo. Scommetto che a letto è fantastico.»

«Mio Dio», fece Jordan sdraiandosi e aspettando che Sydney finisse di togliersi il trucco. «Credo che ti sia presa una cotta per lui.»

«No.» Sydney lanciò il fazzolettino di carta nel cestino dei rifiuti e si girò verso il marito, a cui non importava comunque più nulla del regista.

«Ho semplicemente fatto un'osservazione a livello viscerale.»

«Solo perché un uomo ha l'aria sexy non vuol dire che muoia per lui. Tu sei l'unico uomo di cui ho bisogno nella mia vita.» Si posò le mani sui fianchi e andò lentamente verso di lui.

Jordan sorrise.

Gli si mise a cavalcioni e si portò le mani sui seni.

«Quando avrò finito con te, stanotte», disse Jordan accarezzandola, «non riuscirai nemmeno più a pensare a un altro uomo.»

«Non penso mai a quel modo agli altri uomini», ribatté Sydney mentre cominciava a muoversi contro di lui.

Lili Davidson non era bella. E questo sorprese Sydney, perché sullo schermo irradiava bellezza.

Lili Davidson era sicura di sé senza essere arrogante. I suoi abiti erano così costosi da sembrare semplici e adatti a qualsiasi occasione. Anche in camicetta di seta bianca e pantaloni beige, si vedeva che aveva una figura fantastica. Non portava calze sulle gambe abbronzate e i suoi sandali erano sottili striscioline in pelle di Gucci. Le mani erano affusolate e prive di difetti.

Sydney si chiedeva se i suoi denti fossero veri, tant'erano perfetti. Non aveva mai visto occhi come quelli di Lili, che andavano dal blu al verde in un batter di ciglia.

Anche la gente che non sapeva chi fosse si girava a guardarla. Lei sembrava non notarlo.

La sua voce roca, che era familiare a più di centocinquanta milioni di americani, affascinava il suo pubblico.

Kirk O'Malley, chiaramente ipnotizzato da lei quanto Sydney, fece le presentazioni. Lili sorrideva a ogni persona mentre Kirk faceva i loro nomi. Il suo sguardo era solenne e grave.

«Va bene», disse Kirk quand'ebbe finito. «Ho sentito che può ricordare il nome di tutte le persone che le ho presentato. Tutte...» aggiunse, girandosi e contando rapidamente le persone nella grande sala da pranzo, «...quarantaquattro. È vero?»

Lili rise, un suono basso e profondo. Guardò la prima persona che le era stata presentata. «LeVar Hailey...» disse senza alcuna esitazione. Quando i suoi occhi incontrarono quelli di Jordan, sorrise. «Be', lei è esattamente come nei suoi film.»

Ma quando arrivò a Sydney, corrugò la fronte. «Mio Dio, questo dev'essere un lapsus freudiano. Lei è sua moglie, lo so, ma non riesco proprio a ricordare il suo nome. Un vuoto di memoria.»

«È una nuova malattia?» chiese qualcuno, ridendo.

«Un modo per dire che non riesco a ricordare un accidenti», spiegò Lili.

Jordan sorrise. «Il nome di mia moglie è Sydney.»

Lili la studiò. «Non lo dimenticherò più. Scusami.»

E Sydney avvertì guai.

Ma i guai non sarebbero stati quelli che sospettava.

* * *

Un bimotore li portò a Stanleyville, in Congo. Da lì si diressero a sud in macchina fin dove le strade erano percorribili, poi viaggiarono su terreno accidentato prima di passare alle barche.

L'aria umida era soffocante. Sydney si sentiva oppressa, gli alberi altissimi formavano un baldacchino sopra di loro.

Le scimmie strillavano e si dondolavano di ramo in ramo, seguendoli lungo il fiume, che si snodava come un serpente attraverso la giungla.

Quando arrivarono al loro accampamento, più o meno permanente, almeno per i futuri quattro mesi, Sydney cominciò a rilassarsi. In ogni capanna erano state preparate delle brandine e lei si disse che doveva essere un po' come accamparsi a casa, qualcosa che tuttavia non aveva mai fatto. Ma era determinata a fare la brava, a partecipare pienamente alla vita di Jordan. A diventare parte di quello che riteneva fosse l'aspetto più importante della sua esistenza.

«Se avete intenzione di indossare pantaloncini», disse loro l'aiuto regista, «spruzzatevi di repellente per gli insetti.» Era lì da oltre due settimane per organizzare l'accampamento.

Come avevano fatto a scoprire quell'angolo remoto di mondo? si chiedeva Sydney.

Innervosita dall'umidità, si sdraiò a riposare. Quando si svegliò, Jordan non c'era. Si spruzzò sul volto e sul collo dell'acqua da un secchio e si domandò che cosa indossare per cena. Se c'erano tanti insetti, forse era meglio non indossare pantaloncini. Optò per pantaloni cachi e camicia di cotone uguale che aveva comprato da *Abercrombie and Fitch*. Le avevano assicurato che era *de rigueur* in Africa.

Erano appena le sei, ma stava già scendendo l'oscurità. Ai tropici non c'è il lento, spettacolare tramonto del sole. Scende semplicemente la notte. E la notte è lunga quanto il giorno.

Ma era ancora l'imbrunire quando Sydney uscì dalla tenda e si avviò verso il luogo dove sedeva la maggior parte della troupe, fumando e bevendo da alti bicchieri. Jordan accarezzò la poltroncina di tela accanto a sé e gridò: «L'ho tenuta per te».

Stava chiacchierando con la sua coprotagonista, che diceva che girare in esterni era esaltante.

«Ho detto sì ancor prima di leggere il copione, quando ho saputo dove avremmo girato e che il regista sarebbe stato Kirk. È il più innovativo che ci sia. Non l'avevo mai incontrato prima di due settimane fa. Il fatto che ci sia tu, poi, è stato un po' come la ciliegina sulla torta. È da molto tempo che ammiro il tuo lavoro.» Senza riprendere fiato, Lili si chinò in avanti e sorrise a Jordan. «Buonasera, Sydney.»

Si guardarono l'un l'altra. Indossavano lo stesso identico completo. «Ammiro il tuo gusto per i vestiti oltre che per gli uomini», osservò Lili ridendo. «Ovviamente siamo venute ben preparate. Devi esserti fermata anche tu a New York, per equipaggiarti appropriatamente. Sei favolosa.»

Sydney sorrise, incapace di resistere alla sua cordialità. «Devo dire la stessa cosa di te.»

«Non è eccitante?» La voce roca di Lili attirava l'attenzione ogni volta che parlava. Ruotò il braccio disegnando un arco. «Mentre crescevo a Webster, a New York, non mi sarei mai sognata di sedere un giorno nelle foreste dell'Africa. Dov'è un altro drink?»

«Che cosa vuoi bere, Syd?» chiese Jordan mentre appariva un nero in pantaloncini e impeccabile giacca bianca.

Sydney diede l'ordine direttamente a lui e poco dopo, lì, nel cuore del continente nero, l'uomo ritornò con un gin tonic spruzzato di lime.

La cena, o meglio il buffet, servito sopra un lungo tavolo coperto di tovaglie bianche, consisteva in carne cotta lentamente per ore, cipolline dolci, tenere carote e una verdura che Sydney non riuscì a identificare, ma che era aspra e dolce nello stesso tempo.

«Hai già lavorato per Kirk?» chiese Lili a Jordan.

Lui scosse il capo. «So che improvvisa man mano che si procede. È un genio, naturalmente. Ha paura di te, lo sapevi?»

Questo non sembrò sorprendere Lili. «Tutti ne hanno prima di conoscermi. E tu?» sbatté le lunghe ciglia nere. Sydney pensò che, in fondo, Lili non le sarebbe piaciuta. Tutto nella vita delle star come lei e Jordan gravitava intorno a loro. Forse era questo che aveva rovinato il loro rapporto. Per la prima volta ammise fra sé che c'era qualcosa che non funzionava nel loro matrimonio. Lei e Jordan stavano imboccando strade diverse. No, questo non era esatto: lui stava seguendo la sua strada e Sydney non stava andando da nessuna parte.

Jordan rise in risposta alla domanda di Lili. «Se prima ero intimidito, adesso non lo sono più.»

Lili gli sfiorò brevemente il dorso della mano. «Bene. Ho la sensazione che formeremo una coppia magica.»

Proprio in quel momento sopraggiunse Kirk O'Malley. Si guardò intorno e fece un cenno con il capo all'uomo seduto accanto a Lili. L'uomo balzò in piedi e gli offrì la sua sedia. Kirk accettò e sedette di fronte a Lili e a Jordan.

«Va bene, parliamo di domattina. Voglio girare quel primo bacio mentre non vi conoscete ancora e vi sentite imbarazzati. Spero che lo si noti e che il pubblico ne rimanga affascinato.»

Jordan e Lili si guardarono.

Più tardi, mentre Sydney e Jordan si sistemavano sulle loro brandine, avvolti dalle zanzariere, Jordan disse: «Bene, abbiamo decollato. Che cosa ne pensi di Kirk e Lili?»

«Non lo so.» Non le piaceva dormire su una brandina, con Jordan dall'altra parte della capanna, anche se a pochi metri di distanza.

«Non lo sai? Mio Dio, sono dei giganti.»

Sydney si chiese come si sarebbe sentita l'indomani, osservando suo marito baciare quella donna che ammirava tanto.

15

LILI aveva ragione. Lei e Jordan formavano una coppia magica, e non fu nemmeno necessario rivedere le prime riprese per capirlo.

Ma Lili poteva estraniarsi nell'istante stesso in cui la cinepresa cessava di riprenderla.

Poi Jordan divenne il suo amico, il suo confidente, e lei tentò di includere anche Sydney. Le stringeva il braccio mentre passeggiavano, andava a pranzo con lei. Le sedeva accanto a colazione. Sydney aveva l'impressione di essere corteggiata, e la cosa non le dispiaceva affatto. Lili era l'unica persona che si comportava come se fosse importante anche lei.

Lili trattava i cameramen, la guardarobiera, il truccatore, i membri della troupe con una cordialità insolita per una celebrità. Non era mai capricciosa e sapeva a memoria le battute, come Jordan. Erano dei professionisti. Accettava le direttive; ne discuteva con Kirk quando non era d'accordo, ma lo faceva con cortesia. Suo malgrado, Sydney provava simpatia per lei. Molta.

A causa dell'atteggiamento di Lili, che si comportava come se tutto fosse una meravigliosa avventura, Sydney non osava lamentarsi a voce alta per l'umidità e gli insetti. Si innamorarono tutti di Lili. Compreso Kirk O'Malley. Sydney lo vide accadere proprio lì, davanti ai loro occhi.

Ciononostante, Sydney pensava che si sarebbe messa a urlare se avesse dovuto veder girare di nuovo un'altra scena.

E cominciò a bere.

Non appena le riprese della giornata erano finite, tutti si dirigevano al bar, sistemato in una tenda sotto un albero di okuame. Bevevano fino a sera inoltrata. Bevevano per molte ore. Eppure al mattino presto non si notavano postumi di sbronze o occhi rossi.

Spesso Sydney si recava al bar in pieno pomeriggio e si versava un drink robusto. Poi tornava nella loro capanna e si sdraiava sulla brandina. E in men che non si dica, Jordan la stava svegliando per dirle che era di nuovo ora di un drink prima di cena.

Scriveva settimanalmente alle bambine, cercando di parlare di cose divertenti. Descriveva gli alberi giganteschi, i coccodrilli che scivolavano lungo le rive, gli ippopotami che sollevavano le loro brutte teste in mezzo al fiume. Descriveva anche Lili, Kirk e Arthur, il cameraman claudicante, e tutti gli altri membri della troupe, portatori, camerieri e chef compresi, che portavano cappelloni bianchi anche in mezzo alla foresta.

Una sera dopo cena, mentre sedevano intorno al fuoco designato a tenere lontano gli insetti, Lili si lasciò cadere sulla sedia accanto a quella di Sydney e disse: «Non sono affari miei, ma...»

Sydney piegò la testa di lato e guardò la donna.

«...stai bevendo troppo», aggiunse senza mezzi termini.

Sydney distolse lo sguardo e fissò il fuoco.

«Sei annoiata», proseguì Lili. «Lo capisco. Non sopporterei nemmeno io di sedere qui giorno dopo giorno, senza far nulla, senza partecipare, limitandomi a osservare... Mi farebbe impazzire. Pensiamo dunque a qualcosa che ti tenga occupata.»

Invece di risentirsi per l'intrusione di Lili, Sydney avvertì il suo calore. Qualcuno l'aveva notata, qualcuno si curava di lei. «Mi mancano le mie bambine», disse.

«Anche a me mancherebbero, se ne avessi. Ma quello che importa è trovarti qualcosa da fare. Ci osservi tutto il giorno lavorare e poi alla sera o impariamo le battute per il giorno dopo o ci mettiamo a parlare di film. Dev'essere dura per il tuo matrimonio. Ho giurato che non mi sarei mai sposata. Essere attori significa sottrarre troppo di se stessi agli altri. Non si ha tempo per gli altri.»

«Non vuoi sposarti? Lili, non sai che cosa perdi.»

Lili scosse il capo. «Non ho detto che non voglio avere legami. Non posso immaginare la mia vita senza un uomo, ogni tanto. Mi piace il sesso, mi piace la passione e l'eccitazione che deriva da nuove relazioni. Ma svolgo quest'attività da troppo tempo per non sapere che quando giro un film la gente che lavora con me è la mia famiglia. Ma fra un anno non ricorderò quasi i loro nomi. Ogni passione che provo adesso si dissolverà quando il film sarà finito. Kirk, per esempio, è il miglior amante che ho conosciuto, ma l'anno prossimo?»

«Sei innamorata di lui?»

Lili rise. «Solo per quanto mi concedo di esserlo. Se mi concedo troppo a una persona, poi non ho più nulla da dare sullo schermo.»

Sydney sorrise. «Vuoi fare la dura, ma non lo sei, sai?»

Lili annuì. «Certo che lo so. Mi lascio realmente coinvolgere dalle persone, e m'importa di loro. Ma non è detto che le persone di cui mi importa ora siano necessariamente le stesse di cui mi importerà l'anno prossimo. Una volta finito questo film, sarà finita anche fra me e Kirk. Lui si dedicherà alla sua prossima star e io vedrò quello che accadrà.»

«Ha sempre una relazione con tutte le sue star?»

«No, non sono stata giusta con lui. Non ha questa reputazione. E io lo trovo affascinante. È così bizzarro, così impulsivo. Non ho mai lavorato per un tipo come lui. Mi fa provare emozioni che non sapevo di poter avere. E in quanto a Jordan, Dio, è fantastico. È uno dei pochi attori che mi fa provare il desiderio di migliorarmi. Cerca di capire, Sydney, non sono innamorata di lui, ma lo sono quando recito con lui. Ha senso tutto questo?»

Sydney non ne era sicura.

«Quando stiamo girando una scena, diventa il personaggio che interpreta. Si comporta così anche a casa?»

Sydney annuì. «Sono lieta che tu capisca. Sì, non si libera completamente del personaggio quando abbandona il lavoro. Però qualche volta è dura.»

«Che Dio mi protegga dallo sposare un attore! Mi rifiuto persino di avere una relazione con loro. Preferisco andare a letto con un cameraman piuttosto che con un attore. Chiunque, ma non un attore.»

Sydney la guardò. Come mai lei era così subordinata e mansueta nel mondo di Jordan? La sua energia era stata come prosciugata, e sapeva che non dipendeva soltanto dall'umidità della giungla. Il suo unico vero ruolo era fare la madre, e lì non poteva interpretare neppure quello. Per quanto amasse la maternità, non era sufficiente.

Essere lì con Jordan, così lontano dalle bambine, non l'avvicinava al suo mondo, benché sedesse tutto il giorno a osservare lui e la gente con cui lavorava. Se mai, si sentiva più lontana. Un'osservatrice, non una partecipante.

I loro lettini erano troppo stretti per tenersi abbracciati. Una o due volte la settimana, quando Jordan scivolava nel suo letto e facevano l'amore, era inibita, perché qualsiasi mormorio poteva essere udito da chiunque nell'accampamento. Era semplicemente sesso, non amore. Mancava della passione e delle sfrenatezza che lei e Jordan ci mettevano di solito. Non riusciva mai a lasciarsi andare.

Sydney si rendeva conto di non essere la donna di cui si era innamorato Jordan. Era stato attratto da una donna in rosso che ballava sopra un pianoforte, sicura di sé, innamorata del mondo, pronta alla sfida. E adesso non vestiva mai di rosso e non si sentiva mai così sicura.

Bere non era una soluzione, serviva solo a deprimerla di più.

Lili faceva quello che poteva. Un giorno un membro della troupe incespicò in una scimmia morta, che stringeva fra le zampe il suo cucciolo. Lo portò sul set.

«Ah, qualcosa per Sydney», osservò Lili, prendendo l'animaletto e portandolo a Sydney che sedeva sotto un albero accanto al fiume. «Guarda, un bambino per te!»

Sydney tese le mani per prendere la creaturina miracolosamente in vita.

«Non so che cosa fare di una scimmia», ribatté. Sembrava quasi umana.

«Neanch'io», le fece eco Lili, «ma pensavo che se fossi riuscita a trovare una bottiglia e a farti preparare un po' di latte in polvere o qualcosa del genere...»

La scimmia sopravvisse. Il cameraman messicano la chiamò Mono, e dopo pochi giorni la bestiola seguiva Sydney dappertutto e beveva dal suo biberon improvvisato.

Mono dormiva con lei e, quando passeggiava, le dava la mano.

«Siete veramente una bella coppia», le diceva Jordan con un sorriso.

Ma Mono non bastava a riempire le sue giornate. Avrebbe voluto poter passeggiare, ma camminare lungo gli stretti sentieri era pericoloso. E quando la troupe si spostò per girare più su lungo il fiume, Sydney fu lasciata sola per una settimana senza nulla da fare e ben poche persone con cui parlare.

Ciò le diede il tempo di riflettere. Si chiese che cosa non andasse, non solo nel suo matrimonio ma in se stessa.

Si chiese se quella vita, all'apparenza tanto vuota, assomigliasse a quella condotta da Big Mommy e sua madre.

Come mai lei non si divertiva? Perché non apprezzava la vita? Era sposata con l'unico uomo che avesse mai amato, aveva due belle bambine che adorava, sedeva in mezzo all'Africa a veder girare un film, ma era annoiata a morte. Si era sentita annoiata anche in California; adesso poteva ammetterlo.

C'era tanto in lei che non veniva utilizzato, che sarebbe andato sprecato. In qualche modo, lungo la strada, si era come smarrita.

Quando Jordan ritornò, dopo cinque giorni lungo il fiume, giorni pieni di visioni di cascate, animali, villaggi, Sydney gli disse che sarebbe tornata a casa.

Sorpreso, la guardò. «Ti mancano le bambine. Mancano anche a me.»

«Fra le altre cose.»

«Che cosa vorresti dire?» chiese, inarcando un sopracciglio come faceva sempre quand'era perplesso.

«Manco a me stessa.»

«Eh?»

Sedette sul letto. «Questa è la tua vita, Jordan, non la mia. Me ne sto seduta qui tutto il giorno a non far nulla. Senza avere mai niente a cui pensare. Ho bisogno di fare qualcosa per sentirmi appagata.»

«Appagata? Mio Dio, non hai tutto ciò che una donna possa desiderare?»

Sydney sospirò. «Non tutte le donne si sentono appagate a essere soltanto mogli e madri.»

«Sydney...» C'era pena nella sua voce. Le si avvicinò e le sedette accanto, prendendole la mano. «Pensavo di essere riuscito a darti tutte le cose a cui eri abituata.»

«Questo è vero. Non mi manca nulla di ciò che il denaro possa comprare.»

«Allora?»

«Oh, non lo so, Jordan. So però che mi sento appagata soltanto a metà. Ti amo. Amo Juliet e Ashley. Ma non sto facendo niente. Guardami. Ho perduto tutta quell'allegria di cui ti eri innamorato. Non faccio più nulla spontaneamente. Non ho un lavoro che mi stimoli.»

«Non hai bisogno di lavorare. Abbiamo abbastanza denaro perché tu possa fare quello che vuoi.»

«E questo dovrebbe rendermi felice?»

Le passò un braccio intorno. «Io sono felice. Perché non puoi esserlo anche tu? Conduciamo la stessa vita.» L'attirò più fortemente a sé.

«No, non è vero. Stiamo conducendo la tua vita. Solo, che tu la vivi e io osservo.»

«Tornerai? Trascorrerai un mese con le bambine e poi tornerai qui? Ti prego, Syd. Forse è a causa dell'umidità che ti succede tutto questo.»

«Ti mancano solo due mesi di riprese. Posso andare a prendere le bambine e trascorrere l'estate a Oberon.»

«In che senso Oberon è così diverso da qui?»

Sydney scosse il capo, incapace di rispondere. «Le bambine staranno con me. Altri due mesi lontano da loro è davvero più di quanto possa sopportare.»

«Ma puoi sopportare due mesi lontano da me?»

Si chinò a baciarlo. «Vedremo.»

Quella notte, quando fecero l'amore, non le importò che un grido le fosse sfuggito dalla gola. Oh, nessuno poteva farle quello che le faceva Jordan.

Tre mattine dopo, due aiutanti neri trasportarono lei e le sue valigie lungo il fiume, fino a Stanleyville, dove trovò un aereo diretto a Nairobi, e poi a Francoforte. Da lì telefonò ai suoi genitori, e zio Billy disse che sarebbe andato nell'Indiana a prendere le bambine e che l'avrebbero attesa all'aeroporto.

Caro zio Billy. Detestava l'interno. Non riusciva a credere che si fosse offerto di volare proprio nell'Indiana. Ma voleva bene alle bambine e aggiunse persino che se si fosse recata a Oberon, avrebbe potuto raggiungerle per una settimana nei giorni più caldi d'agosto, quando Manhattan era insopportabile.

Lontana dai Tropici, Sydney ritornò a essere quella di prima. Si chiedeva se ciò dipendesse anche dall'essere lontana da Jordan e dal suo genere di vita. Le piaceva l'idea di fare qualcosa da sola. Aspettava con ansia di rivedere le bambine. Avrebbero trascorso giornate e settimane insieme. Si sarebbero divertite a modo loro, avrebbe insegnato ad Ashley a cavalcare e a Juliet a nuotare, anche se aveva solo due anni. Avrebbero fatto dei picnic a Martha's Forest, e le avrebbe portate in barca a vela.

Mentre iniziava a fare programmi per l'estate, sentiva scorrere l'eccitazione nelle vene. E Jordan ne era escluso.

16

La figura snella di zio Billy fu la prima cosa che vide Sydney scendendo la scaletta dell'aereo. Stava davanti alla folla, vestito con un impeccabile abito grigio, tenendo per mano Ashley. Quando la bambina vide sua madre, lasciò andare zio Billy e cominciò a correre verso di lei. Con un balzo, lui riuscì a riafferrarla.

La posò a terra mentre Sydney si avvicinava e si inginocchiava a braccia tese.

Oh, Dio, pensò, la maternità è come un idillio.

Si raddrizzò e si chinò a baciare zio Billy, che non era molto più alto di lei. «È una gioia reincontrarti. Sono più di tre anni che non ti vedo.»

«La maternità sembra donarti», osservò lui con il suo tono di voce raffinato. Nessuno, sentendolo parlare, anche brevemente, avrebbe dubitato che fosse un aristocratico. «Juliet è a casa con Silvie. Un aeroporto non è posto per bambini.»

Sydney si mostrò d'accordo. «Non so dirti quanto ti sono grata che tu sia andato nell'Indiana a prendere le bambine.»

«Ho portato Warren con me. Riesci a vedermi con un bambino in aereo, voglio dire?»

Sydney scoppiò a ridere immaginando i due uomini che cercavano di occuparsi di Ashley e Juliet. «Non ci riesco proprio.» E due uomini così rigidi, sebbene ognuno di loro avesse un delizioso senso del ridicolo. «Come hai fatto?»

«Non te lo dico», sorrise zio Billy.

In macchina, mentre Ashley sedeva in grembo a Sydney, Billy osservò: «Sei dimagrita. Stai bene?»

«È stata l'umidità. Anche senza far nulla non smettevi di sudare. L'Africa e io non siamo fatte l'una per l'altra.»

«E tu e Jordan?»

Billy era troppo astuto. Si comportava come se non gli importasse della gente, ma era sempre il primo a vedere attraverso le facciate.

«Credo di sì.» Sydney amava il profumo dei capelli di Ashley.

«Dov'è papà?» chiese la piccola.

«Sta ancora girando un film.» Sydney strinse la figlia a sé. «Andremo a Oberon e lui ci raggiungerà lì durante l'estate.»

«Magari anch'io.» Zio Billy accese una lunga sigaretta in un bocchino ancora più lungo. Sydney tirò giù il finestrino. «È da troppo tempo che non sto un po' con te.»

«Credevo che detestassi restare lontano da Manhattan.»

Billy aveva circa dieci anni più di Sydney, ma lei lo aveva sempre considerato come parte della generazione di sua madre. «È così, ma ho deciso di allargare i miei orizzonti. Avrei dovuto venire a trovarti a Hollywood mentre eri lì.»

«Non è troppo tardi. Ci torneremo in settembre al rientro di Jordan.»

Billy batté le palpebre e disse dolcemente: «Oh, davvero?»

«Ti piacerebbe imparare a cavalcare?» chiese Sydney ad Ashley.

Gli occhi di Ashley si illuminarono per l'eccitazione. Amava tutti gli animali, anche quelli che strisciano. «Oh, sì, mamma, sì, sì.»

«Sono troppo vecchio per imparare?» chiese Billy.

«Mio Dio, che razza di cambiamenti stai facendo con il sopraggiungere della mezza età?»

Billy si girò a guardarla, gli occhi fiammeggianti. «Ho trentasei anni. Non mi sembra di essere un uomo di mezza età.»

Sydney rise e gli posò una mano sul braccio. «Scusami. È solo che io mi sento vecchia.»

«Be'», sbuffò lui, poi le sorrise. «Non si è mai troppo vecchi per imparare nuove cose. Voglio che porti in barca a vela anche me.»

«Credevo soffrissi il mal di mare.»

«Be', ci sono delle medicine, adesso. Ho intenzione di venire a Oberon per una quindicina di giorni, le prime due settimane di agosto, e tua madre ha detto che verrà anche lei a trascorrervi tre settimane in luglio. Nessuno di noi ti ha vista abbastanza, sai.»

«Lo so.» Eppure aveva atteso con ansia di poter trascorrere un po' di tempo sola con le bambine e Big Mommy, di avere tempo per riflettere, per guardarsi dentro, per valutare il suo matrimonio.

Voleva di più dalla vita di quello che aveva adesso, voleva sentire che stava facendo qualcosa.

Sydney non sapeva in che cosa consistesse la differenza, ma provava un appagamento che non provava da anni. Le sue giornate erano così piene che non aveva quasi il tempo di sedersi.

Era magnifico andare di nuovo a cavallo. Era sicura che la giumenta con la quale era cresciuta non si ricordava di lei, ma ciò nondimeno sembrava tutto così familiare e... così meraviglioso. Silvie la raggiunse per tre settimane in luglio.

«È tanto tempo che non ti vedo, e voglio approfittare finché sei qui», disse allegramente Sydney.

Ma non fu con sua madre che si alleggerì la coscienza. Nuotò dei pomeriggi con Silvie, e Silvie giocò con Juliet mentre Sydney e Ashley cavalcavano. Ashley imparò a montare come Sydney, quasi fosse nata sulla sella.

Facevano picnic su tutta l'isola, allontanandosi a cavallo diverse volte la settimana con un cestino che preparava Nettie, sempre pieno di gradite sorprese. Inoltre, Ashley e Sydney nuotavano nei laghetti che punteggiavano l'isola mentre Juliet sonnecchiava. Tutte e tre sedevano poi fra le canne a osservare le oche rimaste lì dopo l'inverno, che non volavano più verso nord. A Oberon gli uccelli erano considerati dei gioielli.

Un giorno scoprirono un gabbiano che non riusciva a volare se non a breve distanza dal terreno. Aveva un nastrino giallo legato alla zampina sinistra e da esso penzolava un piombo che lo appesantiva troppo perché potesse levarsi in volo.

Ogni volta che cercavano di avvicinarsi, il gabbiano volava via, rimanendo però a pochi centimetri da terra.

Sydney disse: «Torneremo domani e aspetteremo tutto il giorno, se necessario, e gli porteremo da mangiare».

Non avrebbe condotto Juliet e dubitava persino che Ashley, a soli quattro anni, avrebbe avuto la pazienza di conquistarsi la fiducia dell'uccello.

Ma madre e figlia ritornarono presto il mattino dopo, e trovarono l'uccello che cercava ancora di alzarsi in volo.

«Mamma, lo salveremo?»

«Cercheremo di farlo, cara. Ma dovremo essere molto pazienti.»

Sedettero a gambe incrociate, con davanti pop corn e briciole di pane. Altri gabbiani si precipitarono verso di loro, per nulla intimoriti. Ma quello con il peso alla zampa schiamazzava spaventato.

Dopo due ore che sedevano sulla riva del fiume, il gabbiano cominciò ad avvicinarsi.

Sydney era colpita dal comportamento della figlia. Ashley non aveva quasi mosso un muscolo per tutto il tempo.

«Ti raccomando», sussurrò Sydney, «non cercare di prenderlo se si avvicina abbastanza per mangiare. Dovremo farlo tornare diverse volte. Deve avere fame. Non avrà trovato molto da mangiare, visto che non è in grado di volare. Non dire niente e non muoverti.»

Per due ore, mentre teneva lo sguardo fisso sull'uccello, sua figlia non fece nessuna delle due cose.

Il gabbiano muoveva diversi passi verso di loro, fissando il cibo, poi i suoi occhi tondi si posavano su di loro e ritornava indietro. Ma ogni volta si avvicinava un po' di più. Alla fine allungò il collo e trangugiò una briciola. Sydney si chiese se Ashley stesse respirando, tant'era immobile.

Dopo un'altra mezz'ora, quando l'uccello si fu messo comodamente a mangiare, Sydney allungò così in fretta una mano che Ashley non se ne accorse quasi, e afferrò l'uccello che schiamazzò cercando di beccarla. Ma lei afferrò l'altra zampina e disse ad Ashley: «Presto, le forbici. Attenta a non tagliargli la zampa, ma fallo più in fretta che puoi».

Con gli occhi sbarrati, Ashley tagliò la fettuccia, il cuore in tumulto, sperando di non fargli male. Il piombo cadde a terra e Sydney lasciò andare l'uccello che volò nel cielo sopra di loro, emettendo forti grida prima di librarsi sull'acqua, calarsi e afferrare un pesciolino argento con il becco.

L'espressione sulla faccia di Ashley era estasiata.

«L'abbiamo salvato, vero, mamma?»

«Sì, cara.» Sydney provava un immenso orgoglio, sia per quello che avevano fatto che per sua figlia.

«Credo che questo sia il giorno più felice della mia vita», asserì Ashley mentre tornavano verso la grande casa, mano nella mano.

17

JORDAN non tornò a casa né in luglio né in agosto né in settembre. Sydney ricevette soltanto una lettera in quel periodo, in cui le diceva che il film richiedeva più tempo del previsto, che le mancava, e in cui le chiedeva se non era disposta a tornare da lui almeno per qualche settimana. Le raccontava che Kirk e Lili discutevano ma non poteva dire che litigassero veramente; personalmente pensava che si fossero innamorati.

Aggiungeva che una volta finito il film gli sarebbe piaciuto prendersi un paio di settimane in più e andare in Kenya e sul Kilimangiaro.

Non gli sarebbe certamente piaciuto vivere in Congo. Dio, era così afoso, ma le cose che aveva sentito sul Kenya...

«Vivere in Kenya!» esclamò Sydney dopo aver letto la sua lettera a Big Mommy. «Cielo, come gli vengono certe idee?»

La nonna non fiatò.

«Be', se per la fine di settembre non sarà tornato, dovrò pensare a mandare Ashley all'asilo. Compirà cinque anni a Natale.»

Big Mommy la guardò. «Pensi di ritornare in California?»

«L'unica cosa che rendeva sopportabile vivere lì era Jordan...» Sydney scosse il capo. «No, credo che resterò con mamma e papà. Hanno molto spazio.»

«Be', potrei levare le tende prima e tornare adesso, invece che fra un mese. Faremo il viaggio tutti insieme. Telefonerò a Carlos di venirci a prendere.»

Quando raggiunsero New York, Silvie aveva già preso accordi perché Ashley frequentasse Chapin, la stessa scuola che aveva frequentato Sydney. Poi decisero che non avrebbero avuto bisogno di una bambinaia, non con loro tre che si prendevano cura di Juliet.

La prima cosa che Sydney lesse sul *Daily News* fu che Jordan e Lili stavano vivendo un idillio nelle lontane terre d'Africa. Sapeva che non era vero, ma la giornalista affermava che da quando Sydney se n'era andata Jordan si sentiva solo, e aveva saputo che Jordan e Lili stavano bruciando di passione nel continente nero.

Sydney sapeva che si trattava di Lili e Kirk. Forse nessuno credeva al fatto che qualcuno come Lili potesse innamorarsi di... Be', era un po' come la bella e la bestia.

O Jordan le aveva mentito per coprire la sua relazione con Lili? No, non era tipo da fare una cosa simile. Assolutamente no.

Gli scriveva ogni settimana, raccontandogli delle bambine e di come lei e Ashley avessero salvato un gabbiano, delle nuove parole di Juliet e delle piccole cose che rendevano la sua vita così gradevole. Molto più gradevole di quanto fosse stata in California. Era di nuovo se stessa, lì.

La prima telefonata che fece fu a Monday, che aveva preso in affitto un appartamento al Village. Si incontrarono per cena da *Mama Leone* e lui le disse che per quanto amasse la California, non esisteva un posto come New York, persino in estate. Si sentiva ritemprato con tutto quello che c'era da fare e da vedere, e pensava che se la commedia avesse avuto successo si sarebbe comprato un appartamento al Village e magari una casa sulla Costa. Non sarebbe certamente ritornato a lavorare per gli studios alle medesime condizioni di prima. D'ora in poi si sarebbe dedicato soltanto ai suoi copioni. Niente contratti.

«Non credere a quello che raccontano di Jordy sui giornali», le disse.

«Non ci credo. Lili è innamorata del regista.»

«Certo», fece Monday. «Quando ritorna a casa, Jordan?»

Sydney si strinse nelle spalle. «Ha intenzione di restare e scalare il Kilimangiaro.»

Gli occhi di Monday si accesero. «Accidenti!»

«A volte mi chiedo come tu sia diventato un commediografo. Il tuo vocabolario è così limitato.»

«Su, su. Non fare la permalosa. Arrabbiata perché non ritorna subito a casa?»

«Credo di sì.»

«Be', prendila dal verso giusto. Questo ti permette di trascorrere più tempo a New York. Detesti la California.»

Lo guardò. «Si vede così tanto?»

«Sì. E neppure la California è più bella di New York a settembre.»

«È divino qui, in questo momento.»

«Andremo a vederci un paio di film insieme. Quello nuovo di Jordan, quello che ha finito di girare lo scorso inverno, sarà nei cinema fra dieci giorni. Vuoi venire a vederlo con me?»

«Naturalmente.»

«Porta anche Big Mommy, se vuoi.»

Monday e Big Mommy si piacevano.

«Anche Billy?»

«Certamente, ci divertiremo.»

«Ho pensato di andare al giornale e vedere quello che fa papà tutto il giorno. L'ultima volta che ci sono stata, dovevo essere ancora una ragazzina. Non ci ha mai incoraggiati ad andare a trovarlo.»

Monday le rivolse una strana occhiata.

Il film di Jordan ebbe un gran successo di cassetta.

E Oliver corrugò la fronte quando Sydney lo mise alle strette, chiedendogli: «Papà, se venissi al giornale domattina, mi porteresti fuori a pranzo?»

Oliver alzò lo sguardo, sorpreso. Stava leggendo il *Los Angeles Times* nel suo studio. «Chiama la mia segretaria in mattinata e controlla se ho degli appuntamenti.»

«Be', voglio venire al giornale che tu abbia appuntamenti o meno.»

Abbassando la testa per guardare Sydney, gli occhiali gli scivolarono sulla punta del naso. «Qualche particolare ragione?»

Sydney si strinse nelle spalle. «Voglio vedere com'è. Sono dieci anni, credo, che non vengo nel tuo ufficio.»

«Uhm.»

«Non vuoi che la famiglia si interessi a quello che fai?» chiese Sydney, rannicchiandosi nella grande poltrona di fronte a lui.

Oliver posò il giornale. «Vorrei che se ne interessasse Evan, invece di non far niente della sua vita.»

«Neanch'io sto facendo niente della mia.»

«È diverso. Nessuno pensa che tu debba lavorare.»

Sydney si studiò le unghie. «Perché no?»

«Non essere sciocca, Sydney. Le donne devono occuparsi dei loro figli, delle loro case e dei loro uomini.»

«Oh, papà, dentro di te devi pur sapere che è una dichiarazione ridicola. Non tutte le donne devono fare la stessa cosa.»

Oliver annuì come se stesse riflettendo. «Le donne che sono costrette a lavorare farebbero la firma per essere nella tua posizione. Sydney, sii soddisfatta di vivere la vita che tua madre e tua nonna hanno vissuto. Metti al mondo un altro bambino.»

Sydney cercò di respingere la rabbia. «Non stai rispondendo alla mia domanda. Mi farai fare un giro se vengo domani nel tuo ufficio?»

«Ti farò accompagnare da qualcuno, se non avrò tempo io. Nessuno in questa famiglia ha mai dimostrato molto interesse, prima.»

«Non ho nient'altro da fare, e perlomeno tu incontri continuamente persone interessanti.»

«Be', adesso che Ike è presidente, c'è stato un miglioramento. Il Paese non andrà in rovina tanto in fretta.»

«Tu frequenti le persone che reggono il destino del mondo.»

Oliver corrugò la fronte e la guardò di nuovo da sopra gli occhiali. «Mia cara, io sono uno di quelli che reggono il destino del mondo.»

Sydney lo studiò. Avendolo sempre dato per scontato e non sapendo come fossero gli altri padri, lo vide d'improvviso in una nuova luce. Era così imperturbabile che l'aveva spesso giudicato ottuso. Come poteva essere uno di coloro che dirigevano il mondo? Raramente parlava di lavoro a casa e difficilmente nominava le persone con le quali aveva a che fare ogni giorno. Parlava sempre di politica e Sydney, da quando aveva sposato Jordan, aveva deciso che non sempre suo padre aveva ragione. O almeno, non secondo il suo criterio.

Sembrava non voler ammettere che qualcuno con meno denaro, meno istruzione, di colore diverso o non protestante, potesse contare qualcosa. E forse, nella sua orbita, non contava. Forse era per questo che il suo giornale era sempre in difficoltà finanziarie.

Era convinto che chiunque volesse un lavoro, potesse ottenerlo. Era sicuro che Dio fosse dalla parte degli Alleati durante la guerra, e che Dio fosse repubblicano. E bianco.

Gli piacevano le donne. Ma gli piacevano al loro posto, e sapeva esattamente dov'era il loro posto. La cosa buffa era che a Oliver piacevano soprattutto le donne intelligenti. Tuttavia, dovevano mantenere il loro ruolo tradizionale nella vita. E le donne della sua vita, seppure intelligenti, non lo avevano mai contestato!

Finora.

E lei si stava interrogando. Non necessariamente sul ruolo delle donne, ma sul suo. Amava Jordan e le bambine, ma si rendeva sempre più conto che aveva bisogno di qualcos'altro. Di che cosa, non ne aveva idea, ma voleva certamente vedere quello che facevano gli uomini ogni giorno, gli uomini d'affari. Dietro le porte chiuse alle donne.

Voleva essere in grado anche lei di reggere il destino del mondo.

«Convinci Evan a venire con te», disse Oliver, «e annullerò qualsiasi appuntamento abbia per pranzo.»

Evan, che era ritornato a New York e aveva un appartamento sulla Settantaduesima strada, si rifiutò di andare. «Sai che cosa farà papà. Cercherà di cacciarmelo in gola. Di farmi sentire inferiore...»

«Inferiore? Non credo.»

Evan annuì. Era vestito impeccabilmente come sempre. «Tu e zio Billy potete vivere la vostra vita senza far nulla, ma è convinto che io debba fare qualcosa. Ritengo che la parola 'dovere' sia la parola più disgustosa del linguaggio. Sydney, non m'importa un cazzo se il mondo va a gambe all'aria. Non ci posso fare nulla. Non m'importa di quello che fa la massa dell'umanità o di quello che dovrebbe fare. Non ho una coscienza sociale, Sydney. M'importa solo dei numero uno. Punto e basta.»

«Sei molto grossolano.»

«Se lo dici per offendermi, non funziona. Penso che siamo stati messi su questa terra per essere i più felici possibile. Ed è quanto faccio. Inseguire la felicità.»

«Funziona? Sei felice?»

«Dammi una definizione di felicità. Certo, sono felice. Vado dove voglio, faccio quello che voglio.»

«Che cosa vuoi?»

Evan schiacciò la sigaretta nel posacenere di ceramica nera che era più grande di un piatto da tavola. «Varia da momento a momento. Quello che voglio adesso è andare al *21* per cena. Vuoi venire?»

Sydney scosse la testa. «No. Sono solo venuta a chiederti se mi accompagneresti al giornale, domani.»

«Avresti potuto telefonare per questo.»

«Bene, grazie!» Si alzò e si avvicinò al fratello per dargli un bacio sulla fronte. «Mi fa anche piacere vederti. Non ci frequentiamo da anni. Da prima che ci sposassimo, in realtà.»

Lui le prese la mano. Alzando lo sguardo su di lei, disse: «Se le donne nella mia vita fossero state come te, mia cara, non andrei in giro per il mondo a cercare qualcosa che mi deluderà sempre».

«Non potrei sopportare una persona pigra come te.» Sydney si avvicinò alla sedia sulla quale aveva posato la giacca. «Voglio un uomo con grinta.»

«Io ho grinta», obiettò Evan. «Anche se non in fatto di buone azioni o di lavoro.»

Sydney alzò le braccia per infilarle nelle maniche della giacca.

Evan osservò: «La maternità ti ha realmente giovato, sorellina. Hai un aspetto fantastico».

«Detto da te, è veramente un complimento.»

«Come fai con il sesso, con Jordan così lontano?»

«Sono solo quattro mesi», ribatté Sydney. Non aveva mai parlato di sesso se non con suo marito. Il fatto che Evan avesse tirato in ballo l'argomento la metteva a disagio.

«Solo quattro mesi? Che cosa pensi che faccia lui?»

Sydney era sbigottita. «Quello che faccio io, immagino.»

Non c'era allegria nella risata di Evan. «Non essere così sicura. Io non potrei mai stare quattro mesi senza sesso. È un uomo o no?»

«Grazie mille», disse Sydney, andandosene.

L'edificio che ospitava il *New York Chronicle* era imponente anche se Sydney pensava che avesse bisogno di una rinfrescata. Aveva più di cento anni ed era stato costruito dal suo bisnonno, il magnate dell'edilizia.

Mentre passava attraverso le massicce porte di quercia, aperte da un nero in uniforme, il luogo le apparve come una reliquia dei tempi passati. L'atrio, deserto fuorché per una scrivania con dietro una donna dai capelli grigi, era asettico. Pavimenti di marmo, muri di marmo, una serie di ascensori lungo la parete sullo sfondo. Era così tanto tempo che non andava più lì che aveva dimenticato com'era.

La donna annuì sbrigativamente a Sydney.

«Sono qui per vedere il signor Hamilton.»

La donna passò in rassegna un elenco di nomi sul blocco posato sulla scrivania. «Il suo nome?»

«Signora Eliot.»

La donna alzò di scatto la testa, tutta un sorriso. Il nome di Jordan era un «apriti sesamo» dappertutto.

«Oh, lei è la figlia del signor Hamilton. Prego, salga pure. Trentesimo piano.»

Be', forse non era il nome di Jordan, ma quello di suo padre.

Quando le porte dell'ascensore si aprirono all'ultimo piano, Sydney fu catapultata in una stanza con due scrivanie e una donna dall'aria matronale dietro a ognuna. Una di esse era al telefono, l'altra la guardava con aspettativa.

«La signora Eliot?» chiese, alzandosi in piedi.

Sydney annuì.

«Da questa parte», disse la donna, precedendo Sydney lungo il corridoio di sinistra. Tutti gli uffici avevano porte aperte a eccezione di quello in fondo, che apparteneva a suo padre.

La donna bussò lievemente alla porta e poi disse a Sydney: «Può entrare. La sta aspettando».

Oliver era chinato in avanti, sulla sua scrivania, e stava parlando con un uomo seduto di fronte a lui. Guardò Sydney ma continuò a parlare per altri cinque minuti, mentre Sydney aspettava. Poi si alzò in piedi e la indicò all'uomo dicendo: «Adam, ricorda mia figlia Sydney?»

Adam Yarborough, direttore responsabile, si alzò immediatamente, stringendo forte la mano di Sydney, abbracciandola con gli occhi. I suoi capelli ondulati, castano scuro, erano brizzolati sulle tempie e portava occhiali dalla montatura di corno. Sydney apprezzò il suo sorriso oltre che la sua stretta di mano.

«Non la vedo da quand'ero bambina.»

«Gli anni sono stati indulgenti con lei», mormorò Adam. Poi si rivolse a Oliver e disse: «Me ne occupo io; avrò l'informazione che desiderava per le quattro».

«No», ribatté Oliver. «Prima farà fare un giro a mia figlia. Posso aspettare, per quell'informazione.»

Adam inarcò le sopracciglia. «Assegnerò quella storia a Chad.»

«Buona scelta. Mandi pure chi vuole. Quello è il suo reparto, non il mio.»

Adam diede un'occhiata all'orologio e poi chiese a Sydney: «Che cosa vuole vedere?»

«Che cosa c'è da vedere?»

«Venga. Mi segua. Forse questo è il modo migliore per farlo.»

Mentre scendevano nel suo ufficio al sesto piano, Sydney spiegò: «Pensavo che fosse ora di vedere quello che fa mio padre e dove lo fa. Tutti questi anni e non ho la più pallida idea di quello che succede qui al giornale».

«A mia moglie non importa di quello che succede qui», ribatté Adam.

«Credo che non importi neanche a mia madre. Papà pensa che il posto di una donna...»

«...sia a casa? Be', suo padre non è il più moderno degli uomini, vero? Darei qualunque cosa perché mia moglie si interessasse a quello che faccio.»

«Anche mio marito», ammise Sydney.

Adam Yarborough si girò a guardarla.

Quand'ebbero finito il giro, Adam riaccompagnò Sydney nell'ufficio di Oliver. Suo padre era al telefono e le disse che non poteva portarla fuori a pranzo; non poteva allontanarsi almeno per un'altra ora.

«Posso aspettare», disse lei, sedendosi su una sedia.

«No», fece Oliver rivolgendosi ad Adam. «L'accompagni lei. Vi raggiungo appena possibile.»

Sydney non gradì di essere rifilata a un uomo che aveva cose più importanti da fare.

«Non importa», disse. «Non siamo obbligati a pranzare insieme, papà.»

Ma dalla voce trapelava il suo risentimento.

Con la schiena rivolta verso Oliver, Adam la guardò e sorrise. «Venga», disse. «Il *London Grill* ha le migliori bistecche che ci siano in questa parte della città. E io mi porto sempre un fazzoletto extra per le fanciulle in difficoltà.»

Oliver inarcò le sopracciglia e guardò Adam. Non aveva idea di che cosa stesse parlando il suo direttore responsabile.

18

SYDNEY prese l'abitudine di passare dall'ufficio di suo padre diverse volte la settimana. Immaginava che gli uomini la considerassero una scocciatura, ma era la figlia del boss, per cui erano invariabilmente gentili. Nessuno aveva realmente del tempo da passare con lei, così Sydney si teneva sullo sfondo osservando quello che facevano, pensando che sarebbe stato un bene se avesse imparato a scrivere a macchina. Che cos'altro aveva da fare mentre aspettava Jordan?

Benché Sydney sapesse che non approvava, Oliver non obiettò sul fatto d'averla intorno. Spesso, a mezzogiorno, la chiamava e la invitava fuori a pranzo.

Non aveva mai visto tanto suo padre.

Lo osservava al lavoro e vedeva un uomo diverso da quello che aveva conosciuto, anche se si mostrava sempre molto sicuro di sé. In un'attività dove gli uomini gridavano per la maggior parte del tempo, rispondevano al telefono a perdifiato e si precipitavano fuori dell'edificio con le sigarette che gli ciondolavano dalla bocca, suo padre era un'isola di calma.

Adam Yarborough era il suo intermediario. Oliver non aveva molto a che fare con la conduzione quotidiana del giornale. Questo era compito di Adam, che si muoveva – in maniche di camicia, colletto aperto, cravatta di traverso – fra i reporter, abbaiando con chi lo scontentava. Era sempre in movimento, raramente alla scrivania, dove il suo telefono suonava di continuo.

Nei giorni in cui Sydney compariva in ufficio, Oliver invitava spesso Adam a pranzo con loro, e lei si sentiva parte di qualcosa, benché sapesse di non esserlo veramente. Con il passare delle settimane, fu attratta nel loro mondo, recandosi in ufficio sempre più regolarmente. Oliver non faceva commenti, ma Sydney ci avrebbe giurato che gradiva il suo interesse e persino la sua compagnia.

Quando doveva incontrare qualche personaggio importante, Oliver prese l'abitudine di includerla, avvertendola la sera prima. Sydney cominciò a rendersi conto che ormai era la benvenuta, se voleva esserlo. E lei lo voleva.

L'unica a commentare tutto questo era Silvie, che diceva: «Ti invidio. Sono nata troppo presto. Sei fortunata. Oggi, se si impegnano, le donne possono fare qualunque cosa».

Lei e Big Mommy cominciarono ad andare a teatro una volta la settimana. Oliver e Silvie andavano generalmente alle prime e alle feste che seguivano lo spettacolo. Il teatro aveva sempre fatto parte della vita di Sydney, e adesso trovava Broadway molto più eccitante del cinema. Ricordava i primi anni del suo matrimonio con Jordan, quando la sua vita faceva parte della scena di Broadway. Come era stato divertente!

Le piacevano anche i forti venti di novembre e la fitta pioggia mista a neve. Davano alla città un brio che il clima assolato della California meridionale non aveva.

Il giorno dopo aver ricevuto una cartolina da Jordan, una cartolina del Kilimangiaro in cui le diceva che l'aveva scalato fino in cima, lui le apparve improvvisamente di fronte. Quel sabato pomeriggio, Sydney tornò a casa tardi dopo aver giocato con le bambine nel parco, ed eccolo lì in piedi davanti al fuoco della biblioteca. Sembrava più alto di quanto Sydney lo ricordasse, più bello, e in tutto simile alla stella del cinema che era. Sentì il cuore balzarle in petto. Ashley gli corse intorno con le braccia tese e lui si chinò per prenderla in braccio, gli occhi traboccanti di felicità.

«Come sta la mia bambina?» sussurrò, baciandola, abbracciandola.

Juliet allungò una mano e afferrò quella di Sydney. Aveva due anni e mezzo e non vedeva suo padre da quasi nove mesi. Infilò un dito in bocca e lo fissò attraverso la stanza, sopraffatta dalla timidezza.

Jordan sorrise, continuando a stringere Ashley, e chiese: «La mia principessa mi ha dimenticato?» Posò dolcemente Ashley a terra e attraversò la stanza in direzione della figlia minore. Si inginocchiò davanti a lei e disse: «Mi sei mancata».

Allora Juliet scoppiò a piangere e si abbandonò fra le sue braccia. Lui rise e si raddrizzò, tenendola stretta. Allungò la mano per stringere quella di Ashley e fissò Sydney negli occhi, chinandosi a baciarla.

«Temevo che mi aveste dimenticato tutte.»

Quella sera, dopo che le bambine furono andate a letto, Sydney e Jordan si recarono da *Giorgio*, sia in ricordo dei vecchi tempi sia perché Jordan aveva detto: «Non voglio dividerti con i tuoi genitori, stasera».

Era come innamorarsi di nuovo. Le venne la pelle d'oca quando Jordan le prese la mano e la guardò negli occhi. Il desiderio, represso per tutti quei mesi, irruppe con violenza e lei disse: «Oh, Dio, Jordan, come mi sei mancato».

«Telefona ai tuoi genitori e digli che non torniamo, stasera. Andiamo al *Plaza* o al *Waldorf* e facciamo l'amore per tutta la notte. Voglio baciare ogni singola parte del tuo corpo. Voglio annusarti, berti, amarti fino alla fine del mondo.»

Sydney si sentì sciogliere dal desiderio. Ancor prima che arrivasse l'insalata, andò a telefonare a sua madre per dirle che avrebbero passato la notte in albergo. Silvie rise e commentò: «Oh, essere giovani di nuovo». Non riusciva a immaginare sua madre e suo padre che facevano quello che avrebbero fatto lei e Jordan. Chiuse gli occhi per calmarsi e tornò al tavolo.

Giorgio li servì di persona, orgoglioso del suo ex dipendente.

«Monday viene almeno una volta la settimana», riferì a Jordan. «Gli ho detto che offro io il party per la prima della sua commedia.» Si sarebbe detto che i due giovani fossero suoi figli.

«Bene», disse Jordan, continuando a stringere la mano di Sydney mentre la guardava attraverso le candele. «Ti racconto gli ultimi pettegolezzi africani.»

Sydney gli sorrise. Non le importava di che cosa parlasse purché continuasse a guardarla a quel modo.

«Kirk e Lili stanno per sposarsi.»

Ciò la fece raddrizzare di colpo. «Mi ha detto che non si sarebbe mai sposata. Che il mese prossimo o l'anno prossimo...»

Jordan annuì, ridendo. «Be', l'amore fa strane cose. Ed essere così lontani... chissà se durerà? Ma giuro che sembrava molto innamorata, forse persino più di lui. E pensare che lui è così brutto e lei è così...»

«Affascinante.»

«Sì. Questo dimostra che l'aspetto non è tutto. Forse è per questo che il film è dinamite. Ha accettato ogni piccola direttiva che le ha impartito. Qualche volta faceva a modo suo e allora Kirk scuoteva la testa come per dire, 'se pensi sia giusto, per me va bene'.»

«L'avresti mai detto?» osservò Sydney, sebbene il suo cuore fosse altrove. Non le importava di quello che accadeva a un membro della troupe. Tutto quello che voleva era guardare Jordan, baciarlo, sentirlo nudo contro di sé. Voleva muovere i fianchi contro i suoi, sentirlo entrare in lei e penetrarla in profondità...

Le stava raccontando della sensazione straordinaria che aveva provato in cima al Kilimangiaro. Ma avrebbe voluto che ci fosse stata anche lei. Niente sembrava perfetto senza di lei.

Jordan si raddrizzò, lasciandole la mano mentre il cameriere portava le melanzane al forno. I suoi occhi scintillarono di piacere alla vista del cibo.

«Sydney», continuò, alzando la forchetta, «dovresti vedere gli animali selvatici. Mio Dio, è incredibile. Gazzelle, elefanti, leoni. Non ci sono parole per descriverlo.»

Sydney osservò la sua faccia mentre descriveva lo scenario e gli animali che lo avevano così affascinato. Tutti al ristorante lo stavano guardando, ma lui non sembrava accorgersene. Si stava concentrando sul racconto di ciò che lo aveva ipnotizzato e che voleva dividere con lei.

Più tardi, quando andarono al *Plaza*, chiusero a malapena la porta dietro di loro prima di cominciare a strapparsi gli abiti di dosso, venendo sfrenatamente insieme. La tenerezza arrivò più tardi, dopo che ebbero dormito, avvinti l'uno all'altra. Verso le tre del mattino si svegliarono entrambi e fecero di nuovo l'amore lentamente e teneramente, dopo che fuoco e passione si erano esauriti.

Alle otto fecero un'altra volta l'amore, ridendo nel farlo, felici e appagati.

Con l'omelette del Room Service, Jordan annunciò: «E adesso la grande sorpresa».

Sydney lo guardò con aspettativa.

«Sei pronta per questo?»

«Sono pronta per tutto», rispose.

«Hai letto *Pilgrim's Creek*?»

Naturalmente l'aveva letto. Dal numero di copie vendute, si sarebbe detto che l'avesse letto quasi ogni americano. Era stato il best seller dell'anno prima, ed era ancora in classifica.

«Julian», disse sorridendo. «Sarò Julian.»

Probabilmente la figura più romantica immaginabile, pensò Sydney cupamente. Tutto quello che disse fu: «Non sei abbastanza vecchio».

«Perché credi che ci siano esperti del trucco?»

«E quando è accaduto?»

Per un secondo Jordan percepì il suo umore, benché non lo capisse. In realtà, non lo capiva neanche Sydney.

«Quand'ero a Nairobi, dopo aver scalato la montagna. Non so come mi abbia rintracciato, ma mi ha telefonato Seth Burgess, il regista. La comunicazione era pessima, così gli ho promesso che lo avrei richiamato appena fossi ritornato alla civiltà. Ma lui ha detto che si sarebbe tenuto in contatto con Mike per i particolari del contratto e per il compenso. Voglio parlare con Mike prima, dirgli che questa volta voglio una compartecipazione. Che sia un buon film o no, verranno tutti a vederlo, solo per via del libro. E gli ho detto che prima voglio vedere il copione.»

Sydney smangiucchiava un pezzetto di pane. «Ma sai che lo farai comunque.»

«Naturalmente.» Gli occhi di Jordan brillavano più di quelli di chiunque altro. «Come si può rifiutare una cosa del genere? Tuttavia, lasciando intendere che avanzerò delle richieste, il compenso sicuramente salirà. Gesù, Sydney, fra un po' saremo miliardari.»

Forse adesso mio padre sarà un po' più cordiale, pensò Sydney, ma si chiedeva perché non fosse felice.

«Dove sarà girato?»

Jordan rise e le prese la mano. «Negli studios, cara. Di nuovo a casa.»

A casa? Los Angeles era casa?

Jordan si alzò, si chinò a baciarla lievemente sul collo, poi si diresse al telefono per chiamare il suo agente, Mike.

Quando riagganciò dopo mezz'ora, scosse la testa, un'espressione sbalordita negli occhi. «Approvazione del copione, approvazione della coprotagonista, dieci per cento degli incassi e un milione di dollari in anticipo.»

Sydney si era rannicchiata di nuovo nel letto, ascoltando soltanto per metà le chiacchiere di Jordan.

«Naturalmente», continuò lui, «Seth vuole Sally Miramar, ma se non ottiene la mia approvazione, prenderà in considerazione ogni suggerimento che potrò offrire.»

«Sally Miramar?»

«Chi diamine non la vorrebbe come coprotagonista?» Un sorriso gli illuminò la faccia. «Gesù, Syd, avrò trentatré anni il mese prossimo e guarda dove sono arrivato.»

«Ne dimostri all'incirca ventidue.»

«Allora sei troppo vecchia per me, signorina.»

In un certo senso, forse lo era. Aveva appena compiuto ventott'anni, e Jordan aveva dimenticato il suo compleanno.

«Vieni», disse, «è sabato. Andiamo a prendere le bambine e portiamole a Jones Beach a passeggiare nel vento.»

Ashley e Juliet non si staccavano più di qualche passo da Jordan, preferendo tenerlo per mano mentre gli saltellavano accanto. Le spinse sulle altalene. Poi si tolsero tutti le scarpe, e benché fosse freddo e grigio, sguazzarono nell'acqua, saltando sopra le onde.

«Prendiamo una casa sull'oceano», propose Jordan inginocchiandosi accanto alle bambine, mostrandogli come costruire un castello di sabbia. Le loro grida di gioia riempivano l'aria.

«Dove? A Cape Cod?»

Jordan apparve sconcertato. «Cape Cod? Oh, no, intendevo vicino a casa. Magari a Malibu o Pacific Palisades, a Newport Beach. Possiamo guardarci intorno. Non riprendo a lavorare che fra un mese, anche se dovrò andare laggiù fra due settimane per incontrare Seth. Perché non approfittare di un paio di settimane tranquille e cercare la villetta giusta? O una casa più grande, se preferisci.»

Sydney sentì uno spruzzo di pioggia.

19

In quel periodo Oliver si sforzò di essere cordiale. Non poteva ignorare il successo di suo genero e una mattina arrivò persino a conversare con lui a colazione, perché erano gli unici a essere alzati presto, e promise che in primavera sarebbe andato a trovarli in California.

Jordan pensava che Sydney fosse eccitata all'idea, ma invece lei disse: «Non verrà».

«Forse sei prevenuta.»

«No», ribatté lei, sedendosi sul letto e prendendogli la mano. «Perché neanch'io ci verrò.»

Un'espressione stupita apparve sul volto di Jordan. «Non vieni dove? In California?»

Sydney annuì, una lacrima che le brillava all'angolo dell'occhio. «Non ritorno laggiù con te.»

Jordan la fissò e in quel momento lei pensò che le si sarebbe spezzato il cuore. «Jordan, non posso.»

«C'è qualcun altro?»

«Oh, Gesù, perché la gente deve sempre pensare a questo? No, sai che non c'è nessuno.»

«Allora che cosa c'è?»

Sydney sospirò, affranta. «La stessa vecchia storia. Oh, Jordan, sono lacerata. Ti amo. Dio, come ti amo. Ti amo più di qualunque altra cosa al mondo. Non amerò mai più nessuno come amo te, ma mi perdo nella tua vita. Affogo. Scompaio. Non rimane più nulla di me. Devo trovare la mia direzione, fare qualcosa di mio, non essere semplicemente tua moglie. Non posso soltanto mandare avanti la casa per te e i tuoi amici.» Scoppiò in lacrime. Oh, Dio, pensò. Sapeva fin da quando si era svegliata quella mattina che ci sarebbe stato quel confronto. Jordan partiva fra due giorni per la California e pensava che lei e le bambine lo avrebbero accompagnato, che lei sarebbe stata felice di trascorrere il suo tempo a cercare una villa sul mare.

«Sydney, quello che hai detto è pazzesco. Puoi fare tutto quello che vuoi in California. Trovare lì la tua direzione, con me e le bambine. Merda, stai dicendo che vuoi restare qui con Ashley e Juliet?» Un'espressione incredula gli si dipinse sul volto. «No», disse con voce ferma. «No, Sydney, no. Non lo prenderò neppure in considerazione.»

«Jordan, non sta a te prendere in considerazione la mia vita.»

L'abbracciò, attirandola più vicino. «Sai che un amore come il nostro sono in pochi ad averlo. Sydney, non puoi buttarlo via.»

Lei stava piangendo adesso. «Rinunceresti alla tua vita per me? Torneresti a lavorare in teatro a Broadway? Questo è quello che hai sempre desiderato fare.»

«No, naturalmente, tesoro. Dovrei rinunciare a tutto quel denaro? Sei pazza?»

«E alla fama!»

«Anche alla fama», ammise lui. «Mi piace, cara. Il mondo è la mia ostrica.»

«Lo so. E io sono uno dei granelli di sabbia. Ebbene, Jordan, ti amo, ma voglio anch'io che il mondo diventi la mia ostrica.»

Lui indietreggiò e sedette sul bordo del letto, fissandola. «Farò finta di non aver sentito, Syd. Non mi farò privare della moglie che amo e delle figlie che adoro perché vuoi diventare te stessa, qualunque cosa questo significhi. Sydney, farò di tutto per aiutarti, tutto ciò che desideri. Ritorna in California e riproviamoci. Potrai fare qualunque cosa in California.»

Così ritornò con lui. Dopo due giorni, Jordan era di nuovo immerso nei progetti per il nuovo film e trascorreva più tempo con Seth Burgess che con la sua famiglia. Ma la rassicurava: «I weekend, cara. Gli ho detto che i weekend sono sacri. Nel mentre, tu continua a cercare di capire che cosa desideri fare, e io ti appoggerò completamente».

Appoggiarla completamente consisteva nell'intrattenere di nuovo gli amici ai brunch domenicali, non parlare d'altro che del film attuale, e studiare le battute fino a tarda sera. Sydney cercava di impegnarsi, ma era sopraffatta da una forma di astenia. Ashley sembrava più chiusa che a New York, dove era stata strappata da una scuola che aveva appena cominciato a piacerle. L'unica che sembrava veramente felice era Juliet. Non faceva più capricci, prestava attenzione a qualunque cosa le dicesse Jordan, ed era affettuosa con sua madre. Ma richiedeva tutta la sua attenzione e, dal momento che Sydney non riusciva a trovare nient'altro da fare, trascorreva un'insolita quantità di tempo con Juliet. Si vergognava perché, sebbene amasse la figlia, non riusciva a sentirsi appagata trascorrendo l'intera giornata con una bambina di due anni e mezzo.

Doveva ammettere però che non aveva mai realmente cercato di trovare un lavoro in California. La giudicava una causa persa in partenza. Tuttavia, all'improvviso, cominciò a capire che cosa voleva fare: voleva lavorare al *Chronicle.* Voleva imparare tutto quello che c'era da imparare. Voleva essere in grado di fare delle cose da sola, prendere decisioni, essere parte di un grande quadro. Sapeva che avrebbe dovuto cominciare con poco. Ma in cuor suo sapeva anche che voleva provarci.

Voleva lavorare per suo padre e voleva farlo a New York, a più di quattromila chilometri dall'uomo che amava.

Tornarono per la prima di Monday. Jordan sottrasse tre giorni al film che non avevano ancora cominciato a girare. Le critiche lodarono la commedia, ma giudicarono la regia un po' pesante. Dicevano che Clem Howard non era adatto al ruolo di protagonista, sebbene Sydney lo avesse trovato delizioso. Le critiche erano comunque varie e contrastanti.

«Dalla faccia di Monday si direbbe che la commedia abbia riscosso solo critiche negative e debba chiudere domani», osservò Sydney il giorno successivo alla prima.

«Non hai idea di che cosa significhi avere una brutta critica.»

Sydney rise. «Neanche tu.»

«Ho la sensazione che la commedia andrà avanti per un periodo rispettabile», osservò Jordan a voce alta. «Forse i produttori dovranno semplicemente sostituire Clem Howard.»

«Saresti perfetto in quel ruolo», azzardò Sydney.

Jordan rise. «Monday dice che scrive ogni ruolo di protagonista come se lo dovessi interpretare io. Sydney, sai che cosa paga Broadway? Sai quanta gente vede una commedia rispetto a un film? Cara, dimenticatene.»

«No», ribatté lei, facendosi coraggio, «non lo dimenticherò. Perché intendo rimanere. Se mi amassi, proporresti a Monday di rimpiazzare quell'Howard.»

Jordan ansimò. «Merda, avrei dovuto saperlo. Non saremmo mai dovuti tornare qui.»

Sydney scosse il capo. «Sarei tornata comunque. Voglio essere a Oberon per Natale. Sono stanca di Natali senza neve. Sono stanca di sole tutto l'anno. Sono stanca di tennis, cocktail e solitudine.»

Jordan le posò le mani sulle spalle. «Dobbiamo riparlare di tutto questo? Sydney, non posso andarmene. Sono nel pieno di un grosso film, veramente grosso.»

«Tutti i tuoi film sono grossi, veramente grossi.»

«Dovresti esserne contenta. Io lo sono.»

«Be', anch'io voglio essere nel pieno di un film veramente grosso.»

Jordan si batté la fronte con la mano. «Dunque è questo? Vuoi recitare anche tu?»

«Oh, Jordan, no, non è affatto questo. Parlavo metaforicamente. Non voglio recitare in alcun film. Voglio recitare nella vita.»

La fissò.

«Vorrei sapere che cosa fare per renderti felice. Lo farei, ti garantisco che lo farei.»

Sydney gli si avvicinò, circondandolo con le braccia. «So che lo faresti, caro. Ma non puoi. Nessuno può, eccetto me. Voglio fare io qualcosa, non farmi fare cose dagli altri.»

Il giorno dopo Jordan tornò in California da solo.

E per tre anni Sydney lesse sui rotocalchi le sue avventure. Hedda Hopper stravedeva per lui, e riferiva le sue più recenti storie d'amore sulla sua cronaca mondana di Hollywood. Nessuna di queste storie d'amore sembrava durare a lungo. Si trattava di solito delle sue coprotagoniste, le più affascinanti star dello schermo.

Jordan volava all'Est a trovare le bambine diverse volte l'anno, alloggiando sempre al *Plaza*, e chiedeva che le bambine rimanessero con lui. Loro amavano le sue visite. Le portava allo zoo, al circo o al *Radio City Music Hall*. Trascorreva tutto il suo tempo a New York con loro. Ogni anno le portava con sé nell'Indiana per una settimana, a trovare i suoi genitori. E ogni anno, almeno una volta, cercava di convincere Sydney a tornare in California con lui.

Per quanto le battesse forte il cuore quando sentiva la sua voce al telefono o lo vedeva sulla soglia, Sydney rifiutava. Ma pranzava con lui al *21* – e i tabloid li sorprendevano sempre, chiedendosi se gli Eliot stessero per riconciliarsi – e non riusciva a resistere ad andare a letto con lui. Dopotutto, erano ancora sposati. E poi, dove avrebbe trovato la passione e il fuoco che provava per Jordan? Non appena la baciava era perduta.

«Ti amo ancora, sai», gli disse, dopo aver fatto l'amore al *Plaza*, con Juliet e Ashley addormentate nella stanza accanto.

«Non riesco a capire.» Jordan si accese una sigaretta, nonostante l'odio di Sydney per l'odore del fumo. «Se mi ami, perché non restiamo insieme?»

Sydney sgusciò fuori del letto e si avviò alla finestra, guardando fuori verso Central Park. Lui sprimacciò il cuscino, vi si appoggiò e fissò il suo corpo nudo stagliato contro le luci della città. Merda, nessuna, assolutamente nessuna lo eccitava come Sydney. Che diamine aveva? Non era certamente bella come la maggior parte delle sue altre donne.

Tuttavia non avevano più molto in comune. Il fuoco che aveva sentito in lei quella notte di otto anni prima adesso si manifestava soltanto a letto.

Era così coinvolta in quel dannato giornale che non esisteva più nient'altro. Parlava più di politica e di economia di quanto non parlasse delle piccole cose realmente importanti della vita quotidiana. Persino Monday l'aveva notato e aveva osservato con Jordan che Sydney era cambiata.

Anche lui stava cambiando, e se ne compiaceva. In un certo senso sapeva che se avesse ripreso la vita che conduceva prima di andare in Africa nulla sarebbe stato diverso. Sarebbe stato padre, marito e attore, magari persino in quell'ordine.

Ma non aveva venduto la grande casa di Beverly Hills, in cui viveva da solo, offrendo ancora sontuosi brunch domenicali accanto alla piscina. I rotocalchi avevano ragione: aveva avuto una serie di avventure con le più affascinanti donne di Hollywood. Non una di loro però, gli aveva toccato il cuore.

Comprò una villa a Malibu e cominciò a trascorrervi i fine settimana, solitamente da solo, a meno che Monday non fosse sulla West Coast.

Vagava per la spiaggia al tramonto, e in quei momenti era sopraffatto da un senso di solitudine senza Sydney e le bambine.

A volte s'infuriava mentalmente con la moglie, che gli negava la paternità. Amava Ashley e Juliet. Non voleva vederle solo tre o quattro volte l'anno. Voleva essere un padre, fare parte della loro vita mentre crescevano.

Ogni tanto ricordava i vecchi tempi, i tempi successivi al loro matrimonio, quando avevano vissuto con pochi soldi e lui aveva recitato parti minori nelle commedie. Salvo che per i *matinée* del mercoledì e del sabato, avevano vagato per le strade della città, scoprendosi a vicenda e ridendo di continuo. Sydney gli aveva detto che allora lei era stata parte della sua vita come non lo era mai stata in California.

Lui pensava che non ci avesse provato. Si rendeva conto che essere sposati con un attore, un attore di Hollywood, non poteva essere facile. Ma non gli piaceva quello che stava accadendo a Sydney, che si allontanava da lui ogni anno di più. E anche le bambine, benché lo amassero teneramente. Mai erano più felici di quando lui veniva a New York.

In quel momento, Jordan osservava la moglie stagliata contro le luci della città, fumando una sigaretta. Sospirò. «Syd, sono tre anni che ti rifiuti di venire in California. Credo sia ora di divorziare.»

Voleva scuoterla? Pensava che chiedendole di porre fine alla loro relazione lei sarebbe rinsavita? Voleva una risposta.

Lei non si girò neppure a guardarlo, ma rimase a fissare la città che amava. Dopo un minuto dichiarò: «Lo so. Sapevo che sarebbe successo, prima o poi».

«Solo se non riesco a convincerti a tornare a vivere insieme.»

«Non finché stai a Hollywood.»

Jordan scattò a sedere e schiacciò la sigaretta. «Cristo, perché no? Io ti amo, tu mi ami. Che cosa c'è?»

Sydney scosse la testa e si girò per andare a sedersi di nuovo sul letto. «Te l'ho detto. Mi perdo, quando vivo la tua vita.»

«Come diamine puoi perderti?»

Lei rifletté un minuto. «Se non ti fosse andata così bene e avessi dovuto accettare qualcosa che non ti appagava, non avresti vissuto una vita di frustrazione e insoddisfazione?»

«La maggior parte del mondo lo accetta.»

«Io non sono la maggior parte del mondo.» Fece per prendergli la mano, implorandolo di capire. «E neanche tu. Tu hai trovato la tua nicchia. Io ho bisogno di trovare la mia.»

«Essere moglie e madre non ti basta?»

Sydney esitò. «Essere marito e padre non ti basta?»

«Cristo, non mi offri una possibilità per saperlo.»

«Be', ci sarebbe? Rinunceresti alla carriera e verresti a vivere a New York? Potresti farlo, Jordan?»

«No, naturalmente.»

«Bene...»

«Non sono una donna.»

Sydney sospirò. «Ma io sì, per cui dovrei essere soddisfatta di un ruolo limitato? Non posso, Jordan. Voglio ottenere il massimo da me stessa. Esattamente come te.»

«Sembri una di quelle suffragette che tengono comizi agli angoli delle strade.»

«Non è nelle mie intenzioni. Non posso. Non posso parlare per gli altri. Mi dispiace. Vorrei essere soddisfatta del mio ruolo di moglie e di madre, ma ci ho provato e mi ha quasi fatto impazzire. Non sopporto di non essere nessuno.»

Jordan allungò la mano per toccarle un seno, chinandosi a baciarlo. Anche se avevano appena trascorso ore a fare l'amore, ciò bastò a riaccendere il suo desiderio. Lei gli montò sopra.

«Questo è ridicolo», sussurrò lui.

Sydney lo ammise. Ma si abbandonò lo stesso con bramosia al suo abbraccio.

20

«MERDA», esclamò Sydney a voce alta. «Non può essere. Non può assolutamente essere.»

E invece lo era.

Lo sapeva, senza aver bisogno del test. Era incinta. Non sapeva come potesse essere accaduto, perché usava il diaframma ogni volta che lei e Jordan facevano l'amore. E l'ultima volta era stato quando avevano deciso di divorziare. Il mese scorso.

Non dovette neppure aspettare sei settimane per esserne sicura. Le bastò avere cinque giorni di ritardo e capì.

Sedette sul letto. Che cosa fare? Non poteva certamente chiedere al dottor Beckwith di aiutarla. Ne sarebbe rimasto sconvolto. E non voleva andare in Svezia o dove diavolo andava la gente per fare aborti sicuri.

Eppure era proprio quello che desiderava fare. Non lo avrebbe detto a Jordan né a nessun altro. Non si sarebbe rovinata la vita per poche ore di piacere... estasi, forse.

Era ora che divorziassero, e questo non solo lo avrebbe rinviato, ma avrebbe aumentato i suoi sensi di colpa nell'allevare un altro figlio senza padre. Juliet la faceva sentire già abbastanza in colpa. Si chiedeva se la piccola sarebbe stata diversa se lei e Jordan fossero rimasti insieme. Si comportava, anche a quella giovane età, come se fosse risentita con la madre per aver lasciato il padre. Eppure Juliet era circondata d'amore.

Sydney scosse il capo come se cercasse di schiarirsi le idee. Preoccupiamoci di questa gravidanza indesiderata per ora, va bene? si disse.

Non aveva idea di dove sbattere la testa. Avrebbe dovuto contattare il dottor Beckwith?

Merda. Sarebbe certamente volata in un Paese straniero, piuttosto di finire in un sordido vicolo ad affidarsi a qualche ciarlatano con le unghie sporche. Non avrebbe rischiato la vita per liberarsi di quel bambino. Doveva esserci un modo sicuro.

Con chi avrebbe potuto parlarne? Non con sua madre, ovviamente. Cielo, riusciva a immaginare la sua reazione! Silvie, oltretutto, pensava che il divorzio fosse immorale, sebbene Oliver sembrasse sollevato al pensiero che Sydney lasciasse Jordan. Niente poteva convincerlo che Jordan non ambisse ai soldi degli Hamilton, anche se Jordan aveva già accumulato un bel gruzzolo suo.

Cionondimeno, Sydney non avrebbe chiesto un centesimo per gli alimenti. Dopotutto, era lei che lo lasciava. Aveva un lavoro remunerativo, anche se non bastava per mantenere il loro stile di vita. Immaginava che Jordan avrebbe comunque insistito per mantenere le bambine. Voleva fare parte della vita delle figlie.

«Dannazione», esclamò a voce alta. Doveva pensare a come abortire, non lasciar vagare la mente a quel modo.

Zio Billy? Avrebbe potuto parlare con lui? Doveva intendersene di queste cose, anche se magari solo per sentito dire.

Chiese a Warren di farla chiamare da Billy in ufficio, quando si svegliava, e di dirgli che sperava che facesse pranzo con lei.

«Sydney», disse Billy, alzandosi dal suo posto. «Questo è un piacere inaspettato.»

«Be', non so se lo considererai ancora un piacere, quando ti dirò perché sono qui», fece Sydney, sedendosi.

«Oh?» Billy indossava pantaloni grigio chiaro, blazer blu e una camicia a righe rosse e blu.

«Billy, nessuno a New York ha più classe di te.»

Lui sorrise. «Faccio del mio meglio.»

«No, non è così. Fa parte della tua natura.»

«Mangio solo un'insalata.» Era ciò che Billy mangiava a pranzo ogni giorno. Un'insalata e un panino, ogni volta che pranzava al ristorante, che era almeno il sessanta per cento delle volte.

«Ecco perché sei così in forma.»

Posò i gomiti sul tavolo e si chinò verso di lei. «Mi sembri un po' sciupata. Qualcosa non va?»

«Saprai, naturalmente, che Jordan e io stiamo per divorziare...»

Annuì. «Era quasi ora. Hai vissuto castamente troppo a lungo. È ora che tu ti rifaccia.»

«Castamente? Be', non è del tutto esatto, Billy.»

«Eh?» Inarcò un sopracciglio.

Era a lui che doveva dirlo? Be', doveva provarci.

«Sono incinta.»

Billy sbarrò gli occhi e la fissò. «Il mio uso della parola castità non era del tutto appropriato, vedo. Perché lo dici proprio a me, Sydney?»

«Be', non desidero questo bambino. Sono solo di quattro settimane...»

«Sei sicura? Hai fatto un test?»

Scosse il capo. «No, ma lo so. Quando Jordan è stato qui l'ultima volta, e cioè circa un mese fa, abbiamo...be', capisci.»

Billy annuì.

«Spero che tu non mi chieda perché intendiamo divorziare se ci fa ancora piacere andare a letto insieme.»

Billy sorrise. «È il genere di domanda che ti rivolgerebbe mia sorella, non io.»

Attese che proseguisse. Sorseggiando il suo vino bianco, lei si sorprese di scoprire che aveva gli occhi traboccanti di lacrime. «Oh, Billy, non voglio avere questo bambino.»

Lui disse: «E vuoi il mio aiuto o il mio consiglio?»

«Aiuto.» Poi, dopo che il cameriere ebbe portato loro il cibo, aggiunse: «Credo di aver bisogno di qualcuno con cui parlare e non conosco nessun altro che non si atteggerebbe a giudice».

«Ti senti immorale?»

Sydney allungò la mano sinistra attraverso il tavolo e sfiorò il braccio di Billy. «Sì.» E ricominciò a piangere.

Billy si guardò intorno. «Se hai intenzione di fare una scenata, è meglio che usciamo di qui.»

«No, no», disse Sydney, con voce stridula. «Sto bene. È solo che penso che quello che voglio fare sia peccato.»

«Peccato?» Billy le sorrise. «Be', vuoi che facciamo una discussione metafisica sul peccato? Solo perché è illegale, non significa che sia peccaminoso. Il peccato ha più a che fare con la moralità o con la legalità? E se tu pensi che sia peccato, lo è davvero?»

Sydney scoppiò a ridere. «Va bene, non useremo questa parola. Ma mi sento male lo stesso. E ho paura.»

«Sei assolutamente sicura di non volere questo figlio?»

«Sì. A meno che un aborto non metta a repentaglio la mia vita. Non voglio altri legami con Jordan. Sto iniziando una carriera...»

Billy inarcò nuovamente un sopracciglio.

«D'accordo, certo, con papà. Ma ciononostante, mi sto facendo strada. Ho trascorso tre anni lì ogni maledetto giorno e non voglio che vada tutto sprecato.»

«Lo ami ancora, Jordan?»

Sydney si strinse nelle spalle e rifletté per un momento. «Più di quanto immagino che amerò qualunque altro uomo. Ma non a sufficienza da soffocare.»

«Be', ognuno è fatto a modo suo. Io non ho mai pensato di dover lasciare la mia impronta nel mondo. Sono felice di farmi trascinare dalla corrente.»

Aveva finito di mangiare e Sydney aveva a malapena cominciato. «Vuoi sapere se so di qualche modo...»

«Sì. Conosci così tanta gente, e sembra che tutti ti raccontino i loro segreti...»

Billy sorrise. «E non ti sei mai chiesta se sono rimasto coinvolto in qualcosa del genere?»

«No, non ci ho neppure pensato. Voglio solo sapere se c'è qualcuno sicuro da cui potrei andare, invece di finire in qualche altro Paese o qualcosa di simile.»

«Che cosa ne diresti di un weekend alle Bermuda con me?»

«È legale, lì?»

«Non è questo il problema. C'è una clinica dove vanno tutti. È sicuro. È costoso. È rapido, soprattutto a meno di sei settimane. Fino a sei settimane non si è neppure sicuri della gravidanza.»

Come faceva a intendersene tanto?

«Potremmo partire venerdì mattina e ritornare lunedì mattina, e nessuno ne saprebbe niente. Cinquemila dollari.»

«Cinquemila?» O cielo, non aveva una somma simile.

«Ho io quella cifra», fece lui, osservando l'espressione della sua faccia. «Ma è soltanto un prestito. Un giorno potrai ripagarmi.»

«Non penserai che quello che sto facendo è sbagliato?»

«Sydney, mia cara, non trasformarmi nella tua coscienza. Decidi tu se è giusto o sbagliato. Io sono pronto ad aiutarti, qualunque cosa tu decida.»

«Be', non riesco a farmene una ragione, zio Billy.»

Billy si accese una sigaretta e Sydney respinse il fumo.

«Il fatto è che non lo voglio.»

«Allora, non averlo.»

«Non mi sembra giusto.» Billy non riusciva a capire se Sydney stesse parlando con lui o con se stessa. «Nella vita di un uomo, questo non potrà mai accadere.»

«Be'...» Gli occhi di Billy passarono in rassegna la stanza. «Non dire mai. A volte si ripercuote anche sulla vita di un uomo.»

Sydney piegò la testa di lato e lo studiò. Si chiedeva se qualcuno conoscesse realmente Billy.

«Non lo dirai a Jordan?»

«Be', quando verrai a patti con la tua coscienza, e se vorrai ancora recarti alle Bermuda, fammelo sapere e provvederò io ai biglietti e all'albergo. In altre parole, mi occuperò io di tutto.»

Sydney si sentì più rilassata. «Fallo», disse. «Non voglio più doverci pensare. Andiamo via insieme per una vacanza?»

«Esattamente. E io tornerò abbronzato. Alla sera andrò a ballare e può darsi che faccia anche qualche bella nuotata. Tu tornerai e non ti sentirai debole o traumatizzata, a meno che tu non voglia flagellarti. È molto semplice, te l'assicuro.»

«Ti è già capitato di farlo?»

«Una o due volte», fu la sua risposta. Sydney non chiese altro. «Ti ho detto ultimamente che ti voglio bene?»

Lui sorrise e le accarezzò la mano. «L'hai fatto fidandoti di me. E sai anche che anch'io ti voglio bene, o non avresti mai avuto il coraggio di parlarmi come hai fatto. Ne sono lusingato, Sydney. Non c'è nulla che non farei per la famiglia, dovresti saperlo.»

Tre giorni dopo, venerdì pomeriggio, Sydney e Billy partirono per un weekend alle Bermuda.

Per tutto il volo, Sydney si sentì male. Sperava di non vomitare. Non era la nausea tipica della gravidanza, ma la sensazione di colpa che la faceva star male. Quel continuare a chiedersi che cosa stesse facendo. Non aveva mai dovuto interrogarsi sulla sua moralità in precedenza.

«Che cosa c'è?» chiese Billy. «Hai le nocche bianche. Ti tieni aggrappata ai braccioli del sedile come se questo fosse il tuo primo volo. Stai bene?»

Sydney non aprì gli occhi, ma sussurrò: «Non lo so».

Sentì la mano dello zio sulla sua. «Tesoro, se ci stai ripensando...»

«No», rispose, scuotendo con veemenza la testa. «No, non voglio questo bambino. Voglio che la mia vita vada avanti, non indietro.»

«È il tuo corpo, la tua vita. Questo non riguarda nessun altro. Personalmente, credo sia un peccato mettere al mondo un figlio non desiderato, non amato. Mi sembra strano che proprio la gente che è contro l'aborto, che sostiene che i figli non desiderati debbano nascere, siano gli stessi che vogliono la pena di morte. Non ha assolutamente senso.»

Sydney non ci aveva mai pensato.

«A papà verrebbe un colpo, se lo sapesse, non è vero?»

Aprì gli occhi quando Billy scoppiò a ridere.

«Altro che colpo», ammise. «Ma l'etica, ehm, ristretta di tuo padre non deve essere per forza la tua.»

Buffo, Sydney aveva sempre ritenuto Billy un puritano e adesso lui definiva Oliver di mentalità ristretta.

L'ospedale assomigliava a un albergo di lusso; la sua stanza era molto elegante. Sabato mattina, quando fu accompagnata lungo il corridoio fino all'ascensore, pensò che almeno non era una stanzetta clandestina con alti rischi di infezione.

Quando poi l'anestesista le tenne la mascherina sul viso e le disse di inspirare profondamente, fu certa che sarebbe morta mentre affondava sempre di più in un turbinante vortice nero.

Non riuscì a vedere il medico, e capì che non avrebbe mai più rivisto i suoi figli né Billy né... Perse conoscenza.

Al suo risveglio vomitò per un'ora, a causa degli effetti dell'anestesia, ma non provò alcun male. Un'infermiera le suggerì di sdraiarsi un po' al sole o sotto un ombrellone.

Per compensare il fatto di aver mangiato tanto poco durante il viaggio, divorò una grossa bistecca e fissò le altre donne, ricche donne provenienti da tutto il mondo.

Sydney si chiese come si comportassero in simili circostanze donne che non potevano permettersi cinquemila dollari per un weekend. Sì, aveva scelto la strada giusta.

Quando Billy e l'autista passarono a prenderla, domenica pomeriggio, lui la guardò negli occhi e le chiese: «Stai bene, cara?» Non rivolse altre domande ma la intrattenne per tutto il viaggio fino a New York con il racconto di come tre donne più anziane avessero cercato di adescarlo la sera prima.

«Quello che non ho mai capito», si lagnò, «è come Evan sia sempre corteggiato da donne giovani e belle, mentre io vengo tempestato dalle disperate. Sono molto più bello di Evan, non è vero?»

«Verissimo», ammise Sydney. E anche molto più gentile, pensò.

Sei mesi dopo non era più la signora Eliot. Riassumendo il suo nome da ragazza, tornò a essere Sydney Hamilton.

E abbandonò l'appartamento dei genitori. Si spostò di soli cinque isolati, in una casa in arenaria con un piccolo giardino sul retro. Comprò alle bambine un cucciolo, che chiamarono Cooper.

La bambinaia, Bernice, aveva una stanza al quarto piano, che ospitava anche Ella, la cuoca. Sotto la supervisione di Ella, veniva ogni giorno una donna delle pulizie.

Il soggiorno, lungo e stretto, aveva divani e poltrone a fiori che spiccavano su un fondo rosso e verde bosco, e quadri impressionisti alle pareti; mentre la moquette e i cuscini della sala da pranzo erano di un luminoso rosso scuro. Quando Juliet lo vide, chiese il rosso anche per la sua stanza, un acceso color ciliegia. Accanto alla sua c'era la camera da letto di Ashley, in tinte pastello. A otto anni aveva gusti definiti come quelli della sorella, ma non si assomigliavano in niente.

Benché fossero così diverse, erano comunque molto unite. Ashley era paziente con Juliet e cercava di assecondarla.

Il sabato mattina, come un tempo aveva fatto per la loro madre, Warren accompagnava le bambine a lezione di equitazione. Sydney aveva comprato ad Ashley un pony quando aveva sei anni, ma quando ne ebbe quasi otto, passò a un cavallo, che cavalcava impavida.

Juliet era come Evan per ciò che riguardava lo studio: i libri non erano il suo pane. Doveva sempre essere attiva. Era una bambina lunatica, che a volte si ritirava in se stessa dove nessuno riusciva ad avvicinarla. Aveva problemi di disciplina persino all'asilo, perché si ribellava a ogni genere di autorità. L'unica da cui si lasciava comandare era Ashley, e qualunque cosa la sorella desiderasse da lei, Juliet obbediva. Era espansiva al punto da rendersi ridicola. Baciava sempre tutti: la cuoca, la madre, la sorella, i nonni e gli zii. Le piaceva essere abbracciata e coccolata.

Sydney faceva in modo di tornare a casa per le sei, e generalmente ci riusciva, in modo da cenare sempre con le figlie. E se le capitava di essere invitata a cena, cercava di uscire il più tardi possibile per poter rimboccare loro le coperte.

D'estate, quando le bambine erano a Oberon con Silvie, Sydney le raggiungeva per il weekend e trascorreva lì due settimane idilliache in agosto. Tutt'e tre andavano quotidianamente a cavallo, giocavano in piscina, andavano in barca a vela e a raccogliere molluschi.

L'estate in cui Sydney divorziò, Evan la raggiunse sull'isola, fermandosi lì per la prima volta da quand'erano ragazzi.

Era venuto per stare due settimane e finì per rimanervi quattro, dopo che Sydney se ne fu andata alla fine di agosto. Promise che avrebbe riportato a casa le bambine la settimana successiva, in tempo per la scuola.

Ma mentre era lì, non le accompagnò mai in barca a vela o a raccogliere molluschi, sebbene si unisse a loro quando andavano a cavallo o nuotavano. Sedeva sulla *chaise longue* nel cortile anteriore che si affacciava sulla baia o in quello posteriore accanto alla piscina. E beveva.

Sydney lo aveva notato immediatamente. «Bevi troppo», gli disse.

«Non cominciare a rimbrottarmi», rispose lui con gli occhi chiusi, mentre era sdraiato al sole.

Sydney studiò il corpo del fratello, magro e abbronzato. «Hai le più belle gambe che abbia mai visto in un uomo», osservò con una risata.

Lui non aprì gli occhi ma ribatté pigramente: «Abbiamo sempre avuto un bel corpo, tu e io. È l'esercizio». Aveva installato una palestra nel suo appartamento.

Ashley e Juliet si stavano allenando a fare tuffi dall'altra parte della piscina.

«Come te la cavi con il sesso, sorellina?» chiese Evan.

«Credo che tu abbia una mente a binario unico. Non hai nient'altro a cui pensare?»

«Tu e Jordan andate ancora a letto insieme quando viene in città?»

«Questi non sono affari tuoi.»

Le sue risposte non sembrarono turbare affatto il fratello. «Sei nella primavera della vita, Syd. Non hai ancora trent'anni. Hai intenzione di sprecarli questi tuoi anni?»

«Non hanno esattamente martellato alla mia porta, ma ho accompagnatori per le feste, per andare a teatro e per quando ho bisogno di qualcuno.»

«Sì, Monday Pearson. Te la intendi con lui? Con il miglior amico di Jordie?»

«Oh, Evan», gemette lei, non sapendo se ridere o mostrarsi irritata.

Non voleva «intendersela» con nessuno. Non voleva altre gravidanze né altri dibattiti morali.

«Sesso e amore non sono le cose più importanti del mondo», sentenziò Sydney.

«Sì?» chiese suo fratello. «E allora quali sono?»

21

«SA, Sydney, lei si fa ogni giorno più bella», asserì Adam Yarborough. Stava appoggiato alla porta e stringeva fra le dita una sigaretta, osservandola seduta alla scrivania.

Lei gli sorrise, la mente preoccupata.

«Non ha intenzione di venire alla festa?» chiese. Erano le due del pomeriggio della vigilia di Natale e c'era in corso la solita festa. «Non vorrà che la giudichino un tipo altezzoso che non si mescola con la gente comune, vero?»

«Credo che non lo pensino affatto.»

Sebbene Sydney intimidisse spesso le persone che lavoravano al *Chronicle*, era molto amata. Oliver era soltanto rispettato; non lo conoscevano abbastanza per amarlo o per odiarlo. Lui era il grande capo che sedeva di sopra, mostrando raramente la faccia dove si svolgeva il lavoro quotidiano.

Era Adam che conoscevano. Oliver e Adam conferivano quotidianamente e toccava ad Adam mettere in moto le politiche autorizzate da Oliver. Adam non sempre aveva tatto, ma era molto franco. Quand'era furioso, te lo faceva capire. Dava sfogo alla sua ira e poi era finita. Non portava mai rancore, e quando facevi qualcosa di sbagliato, te lo diceva. Pochi di coloro che lavoravano al giornale ripetevano i loro errori.

L'incompetenza era un'altra cosa. Né Oliver né Adam mostravano pazienza verso l'inefficienza, la pigrizia o la mancanza di abilità. Adam concedeva di solito tre avvertimenti, dopodiché il malcapitato liberava la scrivania e si cercava un altro posto.

Sydney non glielo chiese mai, ma si domandava spesso perché Oliver avesse tanta fiducia in Adam. Era un buon giornalista, di questo ne era consapevole, condivideva le idee politiche di Oliver, ma non si muoveva nei suoi stessi ambienti sociali.

Viveva al centro di Manhattan, sebbene Sydney non avesse idea se si trattasse di una casa in arenaria o di un appartamento. Aveva un paio di figli, già ragazzini. Aveva incontrato sua moglie una volta, ma non riusciva nemmeno a ricordare dove; una donna piuttosto bella ma incolore. Doveva essere stata graziosa quando si erano conosciuti al college, ma adesso era sfiorita benché non potesse avere più di quarant'anni.

Ciò che turbava di più Sydney, e la ragione per la quale non aveva stretto una vera amicizia con Adam, era che se ne sentiva attratta benché mancasse di una qualità che riteneva vitale: l'abilità di ridere di se stesso e del mondo. Non era un bell'uomo. Alto circa due metri, la sua faccia era troppo lunga per essere considerata bella, le sue labbra troppo sottili e severe, il suo naso troppo aquilino. I capelli biondo rossicci erano pettinati con la riga e gli occhi color whisky sbirciavano da occhiali bordati di corno, conferendogli l'aspetto di un professore di college, come in effetti era stato suo padre.

«Bene, andiamo a scioglierci un po' e a fare un brindisi con gli impiegati?» le chiese a un tratto Adam.

La trattava sempre come se non fosse del tutto reale, semplicemente la figlia del boss e non una persona indipendente. Nei tre anni e mezzo che aveva lavorato al giornale, ufficialmente o no, poteva dire che prestava orecchio soltanto per metà ai suoi suggerimenti e poi faceva quel che voleva, quello che Oliver sanzionava. Non aveva mai mostrato reale considerazione per le sue idee.

Aveva sentito Oliver dire, più di una volta, che Adam era il figlio che avrebbe voluto fosse Evan. Sapeva che se fosse stata la figlia che voleva Oliver, ora sarebbe stata sposata con qualcuno che giocava a polo la domenica pomeriggio, aveva uno studio a Wall Street o era almeno un medico di Park Avenue. Il fatto che suo padre tollerasse la sua presenza in ufficio ogni giorno, affidandole compiti secondari e prestandole orecchio ogni tanto, era tutto ciò che poteva sperare.

Le capitava di chiedersi perché non andasse a cercarsi un vero lavoro altrove. Ma amava il giornale, malgrado gli atteggiamenti di Oliver e Adam.

«Venga», disse Adam, tendendole la mano. Sydney rimase così sorpresa dal suo gesto che si alzò in piedi e lui la prese per il braccio, guidandola fuori dell'ufficio.

Guardò l'orologio. «Non posso trattenermi a lungo. Devo prendere un aereo per il Maryland.»

«Tutti preferirebbero essere a casa a decorare l'albero e a incartare gli ultimi regali. Ma suo padre non è qui, così credo che sarebbe carino se lei facesse atto di presenza.» Oliver non presenziava mai ai party dell'ufficio. «Un drink non le farà male. Dopotutto, l'aereo aspetterà. L'aereo è suo. Mi accerterò che parta in tempo per arrivare prima che laggiù faccia buio. Che cosa ne dice?»

Sydney inarcò le sopracciglia.

In verità, si divertì tanto che fece aspettare il pilota per mezz'ora.

Si sorprese quando Adam le disse: «Sono le tre e mezzo. Meglio che l'accompagni a Teterboro. Le sue bambine non la perdoneranno, se arriverà tardi».

Come faceva a sapere che era lì che l'aspettava l'aereo? Come faceva a sapere quello che provavano Ashley e Juliet? Ma aveva ragione.

«Venga», disse. «Le chiamo un taxi.»

Sydney si stupì quando la seguì sul taxi. Sarebbe stato buio entro un'ora; erano i giorni più corti dell'anno.

«Anche i suoi figli la staranno aspettando», disse, ma era lieta della sua compagnia. I due drink le avevano procurato un certo stordimento, e si sentiva gentile verso il mondo.

«Trovo sempre ragioni per ritardare il mio rientro a casa, anche la vigilia di Natale.»

Non seppe che cosa dire.

«Ceni con me una sera, Sydney. Si rende conto che non ci conosciamo quasi?»

Le strade erano affollate di gente che cercava di andarsene da Manhattan e di tornare a casa a Long Island, nel Connecticut o nel New Jersey.

Una volta a Teterboro, Adam aiutò Sydney con i pacchi che doveva portare a Oberon, accompagnandola all'aereo e gridando al di sopra del rombo dei motori.

«Si goda le sue vacanze», disse con un sorriso.

«Grazie», rispose. «Anche lei.»

La sorprese quando si chinò e le sfiorò la guancia con le labbra. «Spero che Babbo Natale sia buono con lei. Ha fatto la brava ragazza, quest'anno.»

Ragazza. Era una donna adulta con due figlie e lui la chiamava ragazza. Ciò nondimeno, lo osservò lì in piedi mentre l'aereo aspettava di partire, e pensò a lui durante il volo, chiedendosi come sarebbe stato il suo Natale, che cosa avrebbe regalato ai suoi figli, se a sua moglie sarebbe piaciuto quello che aveva scelto per lei.

Si chiese che cosa avrebbe provato se le labbra di lui avessero sfiorato le sue, invece di sfiorarle soltanto la guancia, se avessero indugiato e se le sarebbe piaciuta tale sensazione.

Sapeva anche che doveva smettere di pensare a cose simili. Lavoro e piacere non andavano d'accordo. E non intendeva certamente mettersi fra suo padre e Adam, non voleva che cose sgradevoli rovinassero il futuro di Adam al *Chronicle*. E, soprattutto, lui era sposato.

Tuttavia, finché non fu il momento di atterrare, si domandò perché le avesse proposto di cenare insieme... e come sarebbero stati i suoi baci.

22

Il regalo di Natale di Oliver a Sydney fu più di quanto lei avesse mai osato sperare.

Le fu presentato in una grossa scatola che pesava una tonnellata. Insistette perché lo aprisse per ultimo. Mentre slegava il nastro e svolgeva con cura l'allegra carta rossa e oro, lui disse compiaciuto: «L'ho incartato io stesso».

Silvie gli lanciò un'occhiata curiosa. Difficilmente sceglieva lui stesso un regalo. Pensava sempre lei agli acquisti di Natale.

C'era una scatola più piccola dentro a quella grossa, e una ancora più piccola in questa. Dopo aver aperto sei scatole, Sydney trovò la Pagina della Domenica del *Chronicle* legata con un nastro a un grosso blocco di cemento. Lo girò e rigirò guardando il padre.

«Ho messo il blocco di cemento per confonderti», disse suo padre con un largo sorriso.

«Be', sono confusa.» Sydney non riusciva a capire che idea avesse Oliver del divertimento, anche dopo tutti quegli anni.

Oliver continuò a scuotere la testa. «Ti piace? È quello che desideravi?»

Sydney si strinse nelle spalle. «Non capisco.»

«Ti sto offrendo la Pagina della Domenica.»

Mentre lo guardava a bocca aperta, gli occhi le si riempirono di lacrime e una le scivolò sulla guancia. «Oh, papà.» Poi scoppiò a piangere, a piangere realmente. Si precipitò verso il padre, abbracciandolo e ripetendo: «Oh, papà».

«È una ricompensa», disse, chiaramente compiaciuto della reazione di Sydney. «E una prova di fiducia.»

Evan ebbe una Jaguar nuova.

Sydney si alzava con nuovo entusiasmo per affrontare la giornata. Per quanto volesse essere alla sua scrivania per le otto, si costringeva a restare a casa finché Ashley e Juliet non uscivano per andare a scuola. Big Mommy non riteneva sicuro che ci andassero a piedi, così insistette per mandare Carlos e la Rolls ogni mattina e ogni pomeriggio.

Sydney non vedeva la necessità di avere una macchina in città. Se ne aveva bisogno, c'erano sempre disponibili quelle della nonna e dei genitori.

Neanche zio Billy vedeva tale necessità. Naturalmente, non sapeva neppure guidare. E adesso che Oliver disponeva di un aereo della società, Sydney si recava sempre a Oberon in aereo. L'anno dopo, il 1960, sarebbe stato l'ultimo anno di presidenza di Ike. Personalmente, lei faceva il tifo per quel giovane Kennedy, senatore del Massachusetts, sebbene non lo dichiarasse mai a voce alta, e certamente non di fronte a suo padre. Quando aveva cominciato ad allontanarsi dal modo di pensare di suo padre? Jordan aveva qualcosa a che fare con ciò? O aveva iniziato a pensare in maniera indipendente al college?

Il 2 gennaio, Sydney cominciò ufficialmente il suo nuovo lavoro. E quel giorno Oliver le fece un altro regalo: un nuovo ufficio più grande, al tredicesimo piano. Era un ufficio d'angolo, con finestre che si affacciavano a nord sulla città e verso il fiume Hudson.

Aveva trentun anni e per la prima volta in vita sua si stava guadagnando da vivere. Per la prima volta in vita sua aveva la responsabilità di qualcosa. Promise a se stessa che la Pagina della Domenica sarebbe diventata la più letta della città.

Sedette alla sua scrivania, incerta se concentrarsi sul lavoro o dedicarsi al nuovo arredamento dell'ufficio, quando bussarono alla porta.

Senza attendere risposta, Adam entrò. Le sorrise e le porse un mazzolino di violette. Sydney aveva sempre amato le violette. «Credo che le congratulazioni siano di dovere.»

«Accidenti, Adam, è molto gentile.» Prese il bouquet e lo tenne in mano mentre parlavano.

«Sono venuto a offrirle una segretaria. Ne avrà bisogno, naturalmente. Ho una candidata. È superqualificata e credo che andrete d'accordo.»

Sydney piegò la testa. Non ci aveva neppure pensato. «Be', avrò almeno un colloquio con lei», disse. Era questo il modo di Adam di spiarla, di cercare di controllarla? Non si fidava del tutto. Non sapeva neppure se le piaceva.

«Il suo nome è Kelley. Mary Kelley. La mando su.»

Continuò a trattenersi sulla porta.

«C'è qualcos'altro?» chiese Sydney in tono brusco.

«Sì», rispose lui. «Che cosa ne dice di cenare insieme, una sera? Lavoriamo nella stessa azienda.»

«Amo cenare con le mie bambine», rispose Sydney. Si chiese perché gli stesse rendendo le cose così difficili.

Lui tossì. «Che cosa ne dice allora di pranzare?»

Che cosa voleva da lei? Adesso che suo padre le aveva conferito una certa statura, pensava che Adam volesse qualcosa. Ed era più che consapevole che la sua attrazione per lui sarebbe stata letale. Era un uomo sposato. E la Pagina della Domenica non aveva assolutamente niente a che fare con lui.

Tuttavia, era il braccio destro di Oliver. «Pranzo va bene», rispose.

«Oggi?»

«Perché no?» fece. «All'una?»

«All'una? Qualche preferenza?»

«Mi faccia una sorpresa. Mi piace che siano i miei uomini a scegliere.» Immediatamente realizzò di aver detto una cosa stupida. I miei uomini? Quanti uomini c'erano nella sua vita? Si rese conto di aver impostato la questione su un rapporto maschio-femmina, invece che su un rapporto di lavoro. Si sarebbe presa a calci.

Lui la portò da *Lindy*, un ristorante in cui non era mai stata benché fosse famoso, e parlò solo del giornale e di politica. Disse che se poteva esserle in qualche modo di aiuto, non doveva far altro che chiedere.

Dopo che l'ebbe ascoltato per quasi un'ora, Sydney incrociò le braccia e si chinò sul tavolo. «Si rende conto che quello che sta dicendo è che non crede che io sia in grado di affrontare questo lavoro?»

«Non sto dicendo affatto questo. Sto dicendo che lavoriamo entrambi per suo padre, adesso, e che se ha bisogno di aiuto, sono disponibile. Tutto qui.»

«Questo giornale è la sua vita, non è vero?»

Annuì. «Questo giornale è la mia vita.»

«E sua moglie e i suoi figli?»

«Che cosa c'entrano loro?»

«Si direbbe che gli uomini non considerino mai le famiglie importanti quanto il lavoro. Le danno per scontate, temo. Lei li aiuta in ciò di cui hanno bisogno?»

Adam si appoggiò alla sedia, distogliendo lo sguardo. «Gli garantisco ciò di cui hanno bisogno. Percepisco un buon stipendio, mia moglie ha conti aperti nei migliori negozi, i miei figli frequentano scuole private, come chiunque se lo possa permettere in questa città. Ci prendiamo una vacanza di due settimane ogni anno e andiamo dovunque mia moglie desideri andare. Porto i miei figli all'apertura della stagione di baseball. Ci rechiamo a New Haven per assistere alle partite di Yale, visto che sono la passione del mio figlio maggiore. Credo di essere un padre ragionevolmente buono.»

«Credo invece che lei sia sulla difensiva. È anche un marito altrettanto buono?»

Perché si stava intromettendo in quella parte della sua vita?

Adam prese il caffè e lo sorseggiò, gli occhi fissi nei suoi. Dopo un po' rispose: «Non credo che i rapporti con la mia famiglia la riguardino».

Sydney si sentì cogliere di sorpresa ma fu in un certo senso lieta della sua risposta. «Non credo che mi riguardino, in effetti. E non credo che le mie necessità riguardino lei. So badare a questo lavoro. Ho molte idee, e intendo attuarle. Se riterrò che ci sia qualcosa che non riesco a fare e in cui potrà aiutarmi, naturalmente mi rivolgerò a lei. Ma in questo momento non prevedo niente. La Pagina della Domenica e la direzione quotidiana del giornale hanno poco a che fare.»

Adam le sorrise. «Non pensavo che fosse un osso così duro, Sydney.»

«Le sue parole suonano come un insulto, ma il tono della sua voce le trasforma in un complimento.»

«In questo momento», rispose lui, respingendo la sedia, «non so in che senso le ho pronunciate. Ma stia tranquilla, questa è l'ultima volta che le offro il mio aiuto.»

«Grazie», disse Sydney. «Grazie per avermelo offerto e per capire che desidero sbrigarmela da sola.»

«Oh.» Si alzò in piedi. «È questo che ho capito?»

«Be', non può essere stupido e avere un simile impiego.» Anche Sydney si alzò e si incamminò per uscire dal ristorante. In quel mentre, scorse Estelle Parrington e si fermò a salutarla. Non le presentò Adam. Estelle corrugò la fronte e sorrise come un gatto sornione mentre osservava Sydney allontanarsi, seguita da Adam.

Sydney si girò, infilò la mano sotto il braccio di Adam e gli sorrise in maniera accattivante. Rise fra sé, sapendo che Estelle si stava probabilmente chiedendo chi era. Non appena furono fuori e Adam chiamò un taxi, Sydney disse: «Se ha fretta, lo prenda pure. Io vorrei camminare».

C'era sentore di neve nell'aria; era freddo e umido. Sydney si avviò con passo veloce, pensando che percorrere a piedi i dodici isolati sarebbe stato più rapido che cercare di combattere con il traffico cittadino.

«Aspetti», gridò Adam, rincorrendola.

Sydney infilò le mani guantate nelle tasche del cappotto di cachemire grigio e cominciò a canticchiare.

«Non si comporta da persona ricca», osservò Adam, mettendosi al passo con lei.

Sydney rise. «Innanzitutto, questo è il mio primo lavoro ben retribuito. In secondo luogo, come si comportano le persone ricche?»

«Non camminano.»
«Sa una cosa? Credo che essere ricchi consista nel poter fare quello che si vuole. E io ho voglia di camminare.»
«Il suo primo lavoro...» borbottò Adam. «Come ha vissuto fino adesso?»
«Non che la riguardi, ma grazie a un fondo fiduciario che mi ha lasciato mio nonno.»
«Non è ricca, eh? E non c'è nulla che mi riguardi?»
«Direi di no.» Sydney allungò di nuovo la mano e gli prese il braccio mentre camminavano insieme con passo veloce. «Ma, Adam, credo che sarebbe carino se noi due cercassimo di essere amici. Non conosco nessun altro che si interessi alle stesse cose a cui mi interesso io o con il quale possa parlare di quest'azienda.»
«Non alludevo ad altro, in realtà», ribatté lui, «quando le ho detto di rivolgersi a me in caso di bisogno.»
Sydney annuì, sentendosi più benevola verso di lui di quanto lo fosse mai stata. «Devo aspettare di avere bisogno? E se volessi semplicemente discutere di qualcosa con lei?»
«Gesù, Sydney, mi sta prendendo in giro? Prima mi dice di restare fuori dalla sua vita e poi mi chiede di diventare amici.»
«Non avrei mai dovuto bere a pranzo. Devo ricordarmene. Mi offusca la mente e mi fa venir voglia di schiacciare un pisolino. Va bene, non dirò più niente.»
Il 2 gennaio 1960, in una giornata in cui il cielo color peltro non lasciò cadere più di una decina di fiocchi di neve su New York, Sydney si sentì enormemente felice, stordita dalla crema di whisky, dalle sue nuove responsabilità e dal fatto di poter dividere la sua gioia con qualcuno. Il destino volle che quel qualcuno fosse Adam Yarborough.

Alle tre, una donna di sei o sette anni più giovane di Sydney bussò alla porta aperta del suo ufficio.
«Sono Mary Kelley», disse in tono sommesso. Indossava un tailleur nero con camicetta rossa e piccoli orecchini di perle nere. I capelli color ebano le arrivavano alle spalle con una frangetta che le copriva la fronte. Portava occhiali sfumati e un luminoso rossetto scarlatto.
«Entri», disse Sydney, indicando la sedia di fronte alla sua scrivania. «Sto cercando di decidere come arredare questa stanza e come tramutare la Pagina della Domenica in qualcosa di diverso da quella degli altri giornali. Pensa che siano ugualmente importanti?»

Mary sedette accavallando le gambe. «È un test?»

Sydney scosse il capo. «No, solo un riflesso del mio stato mentale.»

Si guardarono. Sydney si appoggiò alla poltrona girevole. «Mi dica qualcosa di sé.»

«Sono di Filadelfia. Laureata a Bryn Mawr, che ho frequentato grazie a una borsa di studio. Seguo un corso serale alla Columbia University...»

«Allora, perché fa la segretaria? Mira a essere superqualificata?»

«No.» Il sorriso di Mary era sereno. «Voglio diventare la segretaria di qualcuno che mi investa di importanti responsabilità, che si chieda che cosa farebbe senza di me, e scopra motivi di sfida che rendano la mia vita eccitante.»

Sydney rimase silenziosa per un minuto, guardando la ragazza che ricambiò il suo sguardo. «Che cosa dunque pretenderebbe da me e da questo lavoro, se dovesse diventare la mia segretaria?»

«Imparare. Sostituirla come direttore della Pagina della Domenica quando lei diventerà direttore del giornale.»

Sydney emise un gridolino. «Non sgomiterà, per caso?»

«Me l'ha chiesto lei. Se lavoriamo insieme, scoprirà che sono onesta al punto di mancare di tatto.»

«Scommetto che si è laureata *summa cum laude*.»

Mary sorrise, mostrando denti così bianchi che Sydney pensò che avrebbe potuto posare per la pubblicità di un dentifricio. «Bingo!»

«Adoro le persone intelligenti.» Sydney si alzò e si avvicinò per guardare fuori sulla sua città. «Non ho esattamente idea di come si svolgerà questo lavoro, o di quello che farò. Avrò bisogno del suo numero di casa e mi aspetto che sia disponibile. Se viaggerò, può darsi che desideri che mi accompagni e che si occupi di tutti i dettagli. Vorrò la sua opinione se gliela chiederò, ma non ci rimanga male se non gliela chiederò. Qualcuno oggi, il suo ex capo, mi ha definita un osso duro. Ed è quanto mi aspetto di diventare in questo lavoro. Dovrà essere piena di iniziativa e anticipare i miei bisogni e i miei desideri.» Si girò a guardare Mary. «Nel lavoro, ovviamente. Ha famiglia?»

«Vuol sapere se sono sposata?»

Sydney annuì.

«No. Non ho neppure un fidanzato. Vado a scuola tre sere la settimana, e inoltre non ho incontrato nessuno che anteporrei a un lavoro che mi eccita.»

«Non so se questo la ecciterà. Al momento non ho idea di che piega assumerà. Pensavo di aver bisogno di qualcuno che mi scrivesse le lettere...»

«Sono rapidissima in dattilografia. Batto centodieci parole al minuto.»

Sydney sedette di nuovo. «Non l'annoia?»

«Se fosse l'unica cosa che faccio, potrebbe. E in effetti è quanto ho fatto ogni giorno al piano di sotto, in redazione.»

«Come si sente a lavorare per una donna?»

Mary scoppiò a ridere. «Come se fossi morta e andata in paradiso.»

«Bene.» Sydney allungò la mano attraverso la scrivania e la porse a Mary. «Affare fatto. Vediamo di trovare una scrivania e rendere l'anticamera un po' più gradevole. Forse la prima cosa da fare è decidere come arredare questo posto. Sarebbe carino coordinare la sua area di lavoro e la mia.»

Gli occhi di Mary scintillavano.

«Dove abita?»

«Al Village. Christopher Street.»

Dove avevano abitato lei e Jordan. Non andava più al Village da anni. Monday aveva ancora un appartamento lì, benché non stesse molto a New York.

«Va bene», disse Sydney. «Dia un'occhiata all'anticamera e pensi a come la vorrebbe arredata. Chiamerò l'Ufficio del personale e dirò di assegnarla a me. Preferirei che mi chiamasse Sydney, invece di signora Hamilton.»

Mary si alzò in piedi, sentendosi congedata. «Comincio domani?»

«No, comincia subito. Qualunque cosa abbia lasciato incompiuta al piano di sotto, non importa. Colpa di Adam che me l'ha raccomandata.»

«Quel lavoro non mi interessa. Questo sì.»

«Segretaria invece di reporter?»

«La strada per un futuro eccitante senza confini.»

Sydney sperava che Mary non rimanesse delusa.

Mentre Mary spariva oltre la porta, Sydney prese un blocco e buttò giù alcuni appunti. Da quando suo padre le aveva affidato quell'incarico, la sua mente non riusciva a smettere di produrre nuove idee. Forse avrebbe telefonato a Denton Walker per vedere se gli sarebbe interessato creare una nuova immagine fotografica al giornale.

Prestò poca attenzione a Juliet e Ashley mentre le raccontavano della loro giornata durante la cena, ma si sforzò di non concentrarsi sul lavoro finché non ebbe rimboccato loro le coperte e letto una storia. Benché avessero camere separate, di solito chiedevano di dormire insieme.

Poi scese e accese il televisore per vedere che cosa stesse succedendo nel mondo. Ma non arrivò mai al notiziario perché davano un film di Jordan e sedette ipnotizzata, come sempre quando lo vedeva sullo schermo.

Il suo cuore sussultò nel vederlo. Si sciolse sentendo la sua voce. Abbracciò un cuscino mentre guardava la sua eroina in quel modo inimitabile. Oh, Jordan, pensò, non potrò mai amare nessuno come ho amato te. Forse non potrò mai amare di nuovo.

Quando il film terminò, trasse un sospiro che assomigliava di più a un gemito. Spense e cominciò a fissare il vuoto, pensando che razza di sciocca era stata.

Si alzò e, come una sonnambula, spense le luci e andò a letto. Scivolando fra le lenzuola, sotto il copriletto, fissò attraverso la stanza il suo riflesso nello specchio.

Calmati, si disse, guardando i suoi capelli arruffati, la bocca corrucciata. Se fossi ancora con lui, non saresti al tredicesimo piano in un ufficio tutto tuo, a dirigere la Pagina della Domenica di uno dei più vecchi, più rispettati e più noiosi giornali di New York.

Bene, nessuno avrebbe mai più detto che la Pagina della Domenica era noiosa. Se ne sarebbero presto accorti.

E non avrebbe potuto farlo come moglie di Jordan.

23

MOLTO prima che l'arredamento dell'ufficio fosse ultimato, Sydney e Mary capirono che il loro rapporto era qualcosa di speciale. Mary era una persona tutta d'un pezzo, eppure possedeva uno straordinario senso dell'umorismo, e Sydney si scoprì a ridere spesso al lavoro, qualcosa che le era assolutamente nuovo. Era sempre stata così tesa mentre cercava di compiacere suo padre con mansioni che non portavano a nulla. Adesso, venire a lavorare ogni giorno era una gioia.

Denton Walker si mostrò interessato a rinnovare l'immagine della Pagina della Domenica e cominciò a vivere praticamente nell'ufficio di Sydney. Lui, Sydney e Mary arrivavano simultaneamente alle nove, trascorrevano la mattinata insieme e pranzavano insieme. Sydney decise a un certo punto che se voleva concludere qualcosa doveva trovare uno spazio di lavoro per Denton al di fuori del suo ufficio.

Conosceva Denton dai tempi di Wellesley, quando lui frequentava la

Boston University. L'aveva conosciuto tramite un'amica, Amy McLaughin, che usciva con lui regolarmente. Le compagne di Amy avevano minacciato di farlo sospendere perché Denton era di colore.

In realtà, Denton era color caffè. Aveva più bianco che nero nel suo albero genealogico, pensava Sydney, perché i suoi lineamenti erano caucasici, ma la società aveva decretato che Denton non era bianco. Denton non cercò mai di farsi passare per un bianco, era orgoglioso del suo retaggio. Amy, che era follemente innamorata di lui, lo considerava l'uomo più bello, gentile e intelligente del mondo.

Anche Sydney la pensava come lei. Riusciva facilmente a capire perché Amy se ne fosse innamorata. Ma Denton non era pronto per il matrimonio e decise, dopo essersi diplomato in Inglese, che voleva fare il fotografo, così partì per la Francia, dicendo ad Amy di aspettarlo o di trovarsi qualcun altro. Lei scelse la seconda soluzione.

Quando Sydney e Denton raggiunsero i trent'anni, lui si era fatto un nome come uno dei migliori fotografi di moda di Francia, e decise che era ora di tornare nel suo Paese d'origine e vedere se riusciva a sfondare anche lì. Nel giro di tre anni disponeva di un elegante appartamento in East Eighties e aveva più lavoro di quanto fosse in grado di affrontare. Ogni persona che posava per lui se ne innamorava, uomini compresi.

Sydney non sapeva niente della sua vita privata da quando lui e Amy avevano smesso di vedersi, ma la sua carriera era nota, e si erano sempre mantenuti in contatto.

«Invece che a una guerra, mi dedicherò alla nuova immagine del tuo giornale, Sydney.»

«Che cosa vorrebbe dire?»

«Sono stanco di fotografare belle donne.»

«Poverino», mormorò Mary.

Denton alzò lo sguardo su di lei dal pavimento, dove sedeva circondato da decine di schizzi. «Se ci fosse una guerra, andrei a vedere quello che succede. Azione. Interesse umano.»

«Allora, finché non ne scoppia una, mi concederai un po' del tuo tempo?»

«No», le sorrise. «Non paghi abbastanza. Me ne occuperò soltanto per un mese o giù di lì finché non decolliamo, finché non ottieni l'immagine che desideri.»

«Non so neppure che immagine desidero.»

Annuì. «Finché non otterrai l'immagine che ci entusiasma. Qualunque essa sia.»

«Voglio anche un nuovo nome. Non semplicemente Pagina della Domenica del *New York Chronicle.*»

«Mi sembra giusto», ammise Denton.

Sydney lasciò Denton e Mary e telefonò a Miranda Collins, che non aveva mai sentito parlare di Sydney. Ma non esisteva probabilmente una sola persona negli Stati Uniti che non avesse sentito parlare di Miranda Collins. Era la conduttrice del *CBC Morning Show.* Aveva cominciato come redattrice, fino a diventare la prima donna della storia a presentare una popolare trasmissione televisiva del mattino.

Sydney dava per scontato che tutte le chiacchiere che aveva sentito su di lei fossero vere: Miranda divorava i suoi collaboratori; a lei interessavano soltanto il potere e la sua posizione. Be', bisognava essere dei pescecani per farsi strada a New York.

Quando Sydney spiegò chi era alla segretaria di Miranda, la donna le ritelefonò.

«Vuole scrivere un articolo su di me?»

«No», rispose Sydney. «Ho altre cose in mente. Non c'è nessuna possibilità che si possa pranzare insieme?»

La sentì sfogliare pagine prima di rispondere. «Sono occupata per le prossime due settimane. Ha fretta?»

«Abbastanza. Che cosa ne dice di cenare insieme?»

«Vado a letto alle nove», rispose Miranda, e Sydney la immaginò sorridere.

«Sei e mezzo, a casa mia.» Diede a Miranda il suo indirizzo. La sentì confabulare con qualcuno sullo sfondo. «Signora Hamilton?» disse poi. «Non credo che il suo giornale e io...»

Miranda era nota per le sue inclinazioni liberali, sebbene il suo show mattutino fosse molto obiettivo nei servizi di carattere politico.

«Le mie figlie sono ben educate, e servirò il miglior soufflé che lei abbia mai mangiato.»

Sydney aveva chiesto a Mary di scoprire quali fossero i cibi preferiti di Miranda.

La donna rise. «Svolge i suoi compiti a casa, vedo. D'accordo. Che cosa ne dice di mercoledì alle sei e mezzo?»

Sydney ritornò dai suoi collaboratori e disse a Denton e Mary: «Voglio che veniate a cena da me, mercoledì. Sei e mezzo».

«Sei e mezzo?» esclamò Denton. «Nessuno mangia a quell'ora.»

«Le mie figlie e Miranda Collins vanno a letto alle nove.»

«Miranda Collins? Che cosa significa?»

«Vieni e lo scoprirai. Desidero che vi conosciate.»

* * *

Denton e Mary erano già lì quando arrivò Miranda, con un visone che le arrivava alla caviglia. Fiocchi di neve erano ancora attaccati alla pelliccia.

Di persona era anche più sbalorditiva di come appariva in televisione. Sembrava più giovane e possedeva una grazia che non si notava mentre sedeva dietro la scrivania.

Sydney le presentò Mary, Denton e le bambine. Miranda sembrava a suo agio.

«Che gioia! Non si tratta di una cena formale, dunque!» Da come si guardava intorno, sembrava colpita. «Che bell'appartamento», esclamò, dirigendosi verso il camino e allungando le mani davanti a sé per scaldarsi. «Sono venuta a piedi», spiegò, «dato che sono solo sei o sette isolati.»

Denton le preparò uno scotch e soda, con una spruzzatina di limone.

«Questi sono i miei assistenti», spiegò Sydney. «Ma pensavo che avremmo fatto meglio a conoscerci un po' prima di passare agli affari, dopo cena.»

Poiché Miranda si coricava alle nove, Sydney aveva ordinato che la cena venisse servita alle sette. Dal tono vivace della conversazione capiva che Denton, Mary e Miranda si intendevano piuttosto bene.

Dopo il soufflé, l'insalata e le crêpe Suzette per dessert, le bambine augurarono la buonanotte e sparirono.

Sydney disse: «Caffè e affari in salotto?»

Spiegò a Miranda che si occupava della Pagina della Domenica, che intendeva cambiarla completamente, e le fece alcuni esempi delle idee che aveva già messo in atto. Chiese a Denton di spiegare quella che riteneva dovesse essere l'immagine del giornale. E poi disse a Miranda: «Lei è la migliore intervistatrice del momento, e lo sa. L'intero Paese lo sa. Vorrei che scrivesse per noi».

Miranda scoppiò a ridere. «Che scrivessi?»

«Se lo preferisce, ci consegni il nastro di un'intervista. Non intendo affidargliene una alla settimana, ma che cosa ne dice di un paio al mese? Diventerebbe il nostro servizio speciale. 'Miranda Collins intervista...' Riusciremmo ad accaparrarci personaggi a cui altri giornali non arriverebbero mai.»

Miranda si appoggiò allo schienale della poltrona, accavallò le lunghe, belle gambe e sorseggiò il suo caffè.

Dopo qualche attimo di silenzio, sorrise e disse: «Non ci sono abbastanza ore nella mia giornata per tutto quello che ho da fare. Perché dovrei accettare?»

Sydney si strinse nelle spalle. «Non per denaro, benché possa pagarla bene. Vanità? Non necessariamente. Non esiste una ragione, speravo solo che potesse interessarle.»

«Fa dunque venire qui questo magnifico uomo pieno di talento e quest'acuta giovane donna, mi inserisce in un confortevole quadretto famigliare e poi mi corteggia per qualcosa che faccio da tutta la vita. Ho cominciato scrivendo per altri, sa.»

«Senza alcun riconoscimento», s'intromise Mary.

«Potrebbe interessarci anche un'intervista con qualcuno con cui ha parlato in televisione. Ci mostri qualcosa su queste persone che la maggior parte della gente non conosce. Niente di spiacevole, naturalmente. Ma non sta a me suggerirle come deve comportarsi.»

«Qual è il *focus* di questo... che cos'è? Una rivista?»

«*Focus*», ripeté Mary. «Il nome è perfetto.»

Focus uscì il 15 marzo, con in copertina una magnifica fotografia di Miranda Collins scattata da Denton Walker.

La settimana successiva, tutti gli inserzionisti strepitavano per avere spazio, e nel giro di sei mesi *Focus* guadagnava in annunci pubblicitari più di qualsiasi altro giornale di New York.

Sydney trasferì Mary nell'ufficio accanto al suo, facendone la propria assistente e assumendo un'altra ragazza, Andrea, come segretaria di entrambe. Denton era partito per l'Indonesia. Per allora Mary si era innamorata follemente di lui, sebbene avesse detto a Sydney che il suo amore era senza speranza. «Ha fotografato le donne più belle del mondo. Non ho alcuna chance.»

Così si sorprese di ricevere settimanalmente lettere da lui.

Sydney aveva visto poco Adam dal loro pranzo ai primi di gennaio. A fine maggio, quando il successo di *Focus* era assicurato, quando Oliver era passato dall'ufficio di Sydney e si era complimentato con lei, Adam salì nel suo ufficio. Sydney e Mary stavano chine sulla scrivania a studiare la disposizione di una pagina, quando bussò alla porta aperta e chiese: «È qui che stanno le ragazze di successo?»

Guardò Mary. «Hai fatto in fretta a farti strada nel mondo.»

Lei gli sorrise. «L'aveva previsto.»

Adam annuì. «Ho spesso ragione.»
Sydney scoprì di essere contenta di vederlo.
«Sono venuto a vedere se riesco a convincerla a uscire a cena», le disse.
Quando lei esitò, si rivolse a Mary. «Hai cenato con me. Dille che non sono un grosso lupo cattivo, che non ti ho sedotta e che ti ho dato uno splendido consiglio... una delle ragioni per le quali ti trovi dove ti trovi oggi.»
Mary annuì. «È tutto vero.»
«Se si può fare dopo le otto.»
«Certo che si può fare dopo le otto. Anche dopo le nove, se le è più comodo.»
«Potrei addormentarmi addosso a lei. E sarei così affamata da non rappresentare una compagnia molto piacevole.»
«Che cosa ne dice di venerdì?»
Sydney si chiese se sua moglie non avrebbe avuto niente da ridire. L'inizio del weekend e lui usciva a cena con la figlia del boss?

«Accidenti, che splendore!» esclamò Adam.
Accenni d'estate erano nell'aria. Le foglie perdevano il verde primaverile e si facevano più scure, e Park Avenue assomigliava a un miraggio sotto la luce dei lampioni. Li aspettava un taxi e, mentre attraversavano la città, Adam disse: «Mi domando perché non abitino tutti qui».
A volte se lo domandava anche Sydney, sebbene ricordasse come fosse Los Angeles d'inverno, quando la neve riempiva il cielo di New York e il sole illuminava il paesaggio dorato della California. Ma Los Angeles non l'aveva mai eccitata come la eccitava New York. Nessun luogo l'aveva mai riempita di tanta energia.
Cenarono al *Passepartout*, dove un trio suonava musica degli anni Quaranta e Cinquanta e la bistecca era la più tenera che Sydney avesse mai assaggiato.
Era la prima volta, le sembrava, che Adam non la trattava con condiscendenza. Non faceva che lodarla, ammirandola per come aveva catturato in fretta l'attenzione del pubblico con *Focus*, e per come era riuscita a centrare l'immagine.
«L'immagine è di Denton Walker», disse Sydney. «Sono felice di quello che ha escogitato.»
Parlarono di lavoro per tutta la cena. Sydney trovava stimolante essere con Adam, discutere con qualcuno che parlava il suo linguaggio.

Mentre aspettavano il dessert, Adam chiese: «Balla?»

Si muoveva con grazia e maestria, stringendola lievemente finché non suonarono qualcosa di più lento.

Sydney era terribilmente consapevole della sua vicinanza. La sua mano sulla schiena la tratteneva lievemente ma con fermezza, e la cosa le riusciva gradita. La sua gamba, guidando quella di lei, era più vicina di quanto dovesse essere. E sapeva che stava pensando a lei come a una donna, almeno mentre ballavano.

Sydney si sentì sollevata quando, pur continuando a stringerle la mano, Adam la riaccompagnò al tavolo.

«Cantano mai per lei, Sydney?»

Con la forchetta a mezz'aria, chiese: «Cantano che cosa?»

«Canzoni d'amore.»

Provò un brivido lungo la spina dorsale. Oh, accidenti, non voleva nulla di personale con quell'uomo. Non aveva tempo per cose simili. E certamente non con un uomo sposato, che oltretutto lavorava per suo padre.

«Ho chiuso con l'amore», rispose, assaporando il gusto delle pere al vino. «Ho già abbastanza da fare. Non potrei mai inserire un uomo nella mia vita.»

Lui sorseggiò il suo caffè e continuò a fissarla. «Non è quello che le ho chiesto. Sta rispondendo in maniera cerebrale. Le ho chiesto se le dedicano mai canzoni d'amore.»

«Non sono sola», disse Sydney, girando di nuovo intorno alla domanda.

«Sola! Ah!» Adam prese la forchetta e cominciò a mangiare la sua torta al cioccolato.

«Che significa quel tono di voce?» Sapeva che non avrebbe mai dovuto chiederlo, che non avrebbe mai dovuto permettere alla conversazione di virare a quel modo.

«Vivere con qualcuno non allevia la solitudine», ribatté lui. «Sono molto più solo da sposato di quanto lo fossi da scapolo.»

Sydney fissò la pista da ballo deserta. Non avrebbe rivolto altre domande del genere.

Finirono il dessert in silenzio. Adam ordinò dell'altro caffè.

«Ho visto la sua fotografia sulla cronaca mondana di altri giornali. Va spesso alle prime teatrali. Sempre al braccio di qualche uomo.»

«Probabilmente Monday», rispose lei. «Monday Pearson è un amico di vecchia data. Ci divertiamo sempre insieme. Non ci mancano mai argomenti di cui chiacchierare, e ci facciamo un sacco di risate.»

«Così né lui né nessun altro le ha rapito il cuore?»

«Cielo, come lo fa suonare romantico. No, la cosa non mi interessa, Adam. Ho le mie figlie e la mia carriera. Nessun uomo mi sopporterebbe. Voglio fare cose di testa mia. Agli uomini non piace avere una parte di secondaria importanza.»

«Com'è per le donne da secoli.»

Sydney lo guardò. «Bene, bene. Da lei non me l'aspettavo. Molto colpita.»

«Vorrei colpirla. Non credo di esserci mai riuscito.»

«Be', papà pensa che il sole sorga e tramonti su di lei. Uno in famiglia non è sufficiente?»

Adam non rispose. Respinse invece la sedia e si alzò, porgendole la mano. «Un altro ballo?»

Quando il suo braccio la circondò e il suo corpo si mosse contro il suo mentre ballavano, Sydney gli domandò: «Che cosa fa sua moglie mentre lei è fuori con un'altra donna?»

«Mi chiedevo quando ci sarebbe arrivata», mormorò lui.

Ma non le diede una risposta.

Quando lasciarono il ristorante lui fece chiamare un taxi, ma Sydney lo prevenne. «Non le va di camminare? È una bella serata.»

Adam le prese la mano. «Volentieri.»

Mentre camminavano, Sydney si sentiva felice. «Mi sono molto divertita stasera, Adam.»

«Lo dice come se ne fosse sorpresa.»

«Sì, è così. Vede, non so nemmeno dove abita.»

«Possiamo passarci davanti.»

«No», fece Sydney. «Abita in centro, dunque.»

«Sono sull'elenco.»

«Non sono mai stata curiosa.»

«Forse adesso lo sarà.»

Lo guardò. «Forse. Sarebbe disdicevole, non è vero?»

Non le rispose neanche questa volta ma infilò la mano sotto il suo braccio. C'era poco traffico per strada, e l'aria era primaverile. Ci impiegarono più di un'ora a raggiungere la casa in arenaria di Sydney. «Vuole entrare?» chiese lei.

«Anche se voglio, non lo farò», rispose Adam. «Tornerò a casa a piedi.»

La mattina seguente apparve nel suo ufficio mezzo minuto dopo il suo arrivo.

«Credo debba sapere che non mi sono addormentato prima delle cinque.»

Sydney inarcò le sopracciglia. «È per questo che ha un aspetto così orribile?»

«Sì», rispose lui, girando sui tacchi e scomparendo.

Non ne rimase sorpresa. Per la prima volta da quando Jordan aveva abbandonato il suo letto, Sydney aveva giaciuto sveglia, chiedendosi come sarebbe stato avere Adam accanto a sé, sentire le sue mani sul suo corpo. E anche lei aveva avuto difficoltà ad addormentarsi.

24

PIÙ tardi quel giorno, le telefonò Monday. Era appena tornato da Hollywood, e doveva aggiornarsi sugli ultimi avvenimenti. Aveva comprato il Chronicle all'aeroporto ed era entusiasta di Focus.

«È fantastico», disse. «L'ultima volta che ti ho sentita, ci stavi lavorando sodo, non eri neppure sicura di come ti saresti orientata. Spero che New York abbia mostrato il suo apprezzamento. È l'unica cosa valida in quel giornalaccio di tuo padre. Immagino che tu sia già impegnata, ma va in scena *Olive Branches* questa settimana, come credo tu sappia.»

«Non sono impegnata», rispose. «Non va mai in scena niente in estate. Non ne ho mai sentito parlare.»

«Fuori Broadway», spiegò Monday. «Ci lavora un mio amico. Il mondo è strano, Sydney, o almeno lo sono gli uomini di New York. Non capisco proprio come tu non abbia tutte le serate occupate.»

«Ti sei espresso da vero amico.»

«Allora siamo d'accordo per venerdì? Mangiamo qualcosa dopo?»

«Venerdì è la mia peggior giornata, il giorno in cui *Focus* va in stampa.»

«Stai dicendo di no?»

«Monday, ti ho mai detto di no?»

«Be'», sapeva che stava sorridendo, «forse è meglio che impari a rivolgere altre domande.»

«Perché non passi di qui in settimana, a vedere il mio ufficio? Vieni a vedere quello che faccio.»

«Forse passerò. Sarà un piacere rivederti, Sydney. Come sempre.»

Alle quattro del pomeriggio successivo Monday arrivò, indossando pantaloni rosso vino e una camicia gialla con le maniche arrotolate. La salutò con un caloroso abbraccio, facendola roteare. «Accipicchia, hai un'aria importante in questo grande ufficio.»

«E tu, amico mio, sei una meraviglia. Direi che diventi ogni giorno più bello.»

Entrò Mary, le mani cariche di cartelline, gli occhiali di traverso, il rossetto consumato a quell'ora del pomeriggio. Non appena scorse Monday, si fermò. «Oh, scusa, Sydney...» E indietreggiò verso la porta.

«No, vieni a conoscere uno dei tesori della mia vita.» Sydney li presentò e Mary sbarrò gli occhi. «Monday Pearson, il commediografo?»

Monday annuì, compiaciuto di essere riconosciuto.

«Mi è piaciuto molto *Wind Chimes*.»

Era andata in scena l'anno prima ed era ancora in cartellone. In quel momento, apparve Adam, anche lui in maniche di camicia. Guardò prima Sydney, poi i mucchi di giornali sparpagliati per la stanza, quindi Monday. Non arrivò mai a Mary.

Sydney infilò una mano sotto il braccio di Monday e lo presentò ad Adam. «Sydney mi ha parlato di lei», disse.

«Spero che non le abbia detto tutto», ribatté Monday. «Syd e io ci conosciamo da molto tempo.»

«Adam è il direttore responsabile del giornale», spiegò Sydney a Monday.

«Be', dev'essere molto soddisfatto del suo successo.»

«Non è sotto la mia giurisdizione. Non ho niente a che fare con la Pagina della Domenica e con *Focus*. Ha fatto tutto da sola, e l'ammiro per questo.»

Sydney provò un insolito piacere alle parole di Adam.

«Non l'avrei mai fatto senza la qui presente mano destra», disse Sydney, accennando a Mary. «Fa tutto lei. Io suggerisco e lei mette in atto. Naturalmente anche lei ha delle splendide idee.»

Proprio in quel momento suonò il telefono e rispose Sydney. Gli altri tre presero a conversare.

La telefonata era dell'editore del *Cleveland Plain Dealer*. Sydney lo aveva conosciuto due anni prima e cercava di ricordare com'era.

«Ci piace come si presenta il suo *Focus*. Ci siamo adoperati anche noi per trovare qualcosa di interessante per il nostro giornale della domenica, ma niente da fare. Quanto vuole perché possiamo inserire il suo *Focus*?»

Sydney sedette. Non ci aveva mai pensato, non aveva mai pensato che potesse essere divulgato attraverso il Paese. «Non saprei», rispose. «Devo parlarne con l'amministrazione.»

«Ebbene, ci pensi. Saremo lieti di inserirlo il weekend del Labor Day. Le sarei grato se mi desse una risposta per fine settimana, in un modo o nell'altro. Lo troviamo eccellente. Ha fatto uno splendido lavoro. Nessuno ha mai realizzato qualcosa del genere. Dove attinge le sue idee?»

Sydney scosse il capo. «Informazione confidenziale», rispose, sorridendo nel telefono. «Sono lusingata, signor Jorgenson. Le telefonerò venerdì prossimo, anche se non potrò darle una risposta definitiva.»

«Naturalmente, si renderà conto di quanto potrà aumentare la tariffa delle inserzioni se i suoi clienti avranno una copertura nazionale.»

Credeva davvero che non ci avesse pensato?

«Eccome!» disse, riagganciando.

«Di che cosa sta sorridendo? Sembra un gatto che si è mangiato un canarino», osservò Adam.

Glielo disse.

«Questo è un avvenimento da festeggiare. Via, sono quasi le cinque. Offro da bere a tutti», propose Monday.

I drink portarono alla cena, e dopo Monday suggerì: «Perché non andiamo tutti a vedere *Olive Branches*, venerdì sera?»

Sydney avrebbe voluto tagliargli la lingua, Adam avrebbe certamente rifiutato.

Ma non rifiutò, e il mattino dopo Mary disse: «Devo comprarmi un vestito nuovo?»

Per un verso, Sydney era contrariata. Voleva Monday per sé. Voleva sapere della West Coast, sapere di Jordan, raccontare a Monday tutto quello che le era successo. Per l'altro, pensava che sarebbe stato divertente vedere di nuovo Adam in un ambiente diverso.

Olive Branches fu una delusione. L'amico di Monday era bravo, ma la commedia pessima. Prima della fine del secondo atto, i quattro abbandonarono furtivamente il teatro.

Monday li portò in un piccolo bar di cui non avevano mai sentito parlare, non troppo lontano da Chinatown.

Sydney osservò Mary che, niente affatto stanca, sembrava divertirsi molto. Se non per qualche pranzo, Sydney non era mai uscita con Mary.

L'abito color smeraldo faceva apparire di un verde scintillante i suoi occhi nocciola. La gioia di vivere di Monday era contagiosa.

Benché Adam si appoggiasse allo schienale della sedia e sorseggiasse tranquillamente il suo drink, si stava chiaramente divertendo ad ascoltare gli aneddoti di Monday e rideva con lui. Chissà perché Sydney aveva pensato che avrebbero potuto scontrarsi; Monday invece includeva Adam nella conversazione, tirandone fuori il meglio. Adam, così sicuro di sé nel lavoro, era scialbo fra la gente. Sydney pensava che potesse dipendere dal fatto che era fuori del suo elemento. Monday, d'altro canto, sembrava a suo agio ovunque, e faceva sentire così anche gli altri. Era lieta che la loro amicizia fosse durata anche dopo il divorzio.

«Vieni a Oberon con me per il weekend», propose Sydney. «Le bambine sarebbero felici di vederti, e io muoio dalla voglia di parlare con te per ore.»

Lui allungò la mano attraverso il tavolo, fra Adam e Mary, e strinse quella di Sydney. «Ne sarei felice», disse. E agli altri: «Oberon è il posto più idilliaco del mondo».

Sydney era contenta al pensiero di avere Monday per sé durante il weekend. Sarebbero andati in barca a vela e le bambine avrebbero giocato con lui. Poi lei e Monday si sarebbero seduti al buio, guardando l'acqua e parlando di Jordan.

Dopo un tuffo in piscina a mezzanotte avrebbero bevuto un drink prima di coricarsi, e Monday le avrebbe raccontato la sua nuova commedia.

Sarebbe rimasta a letto sveglia, pensando a quello che le aveva detto di Jordan, vedendo l'ex marito con gli occhi della mente, chiedendosi che cosa stesse facendo in quel momento. Stava dormendo con una donna con cui quel giorno aveva fatto l'amore sul set? Era felice e appagato?

Le uniche volte che lo sentiva era quando telefonava alle bambine. Telefonava loro regolarmente, e ogni tanto passava da New York. Non voleva rimanere di nuovo coinvolta nella sua vita. Non era giusto per nessuno dei due.

Immaginava che Jordan avesse fatto l'amore con decine di donne dal giorno della loro rottura. E lei non aveva mai nemmeno baciato un altro uomo. Ma, d'altronde, nessun uomo le aveva fatto realmente delle avance. Aveva trentatré anni. Inaspettatamente, si compatì. Aveva sempre pensato di avere molto, Ashley e Juliet, un lavoro affascinante, le persone con cui lavorava. Ma a un tratto si sentì privata di qualcosa. Le erano stati negati amore e sesso, e si rese conto che non erano la stessa cosa.

Ma non aveva più conosciuto un uomo che la tentasse con il sesso o con l'amore. Certo, viveva in un mondo di uomini, circondata tutto il giorno, anno dopo anno, da uomini. Eppure nessuno di quegli uomini l'aveva invitata a uscire.

Per la prima volta da quando aveva lasciato la California, si sentì poco attraente.

Forse era un po' ingiusta con se stessa.

Ma non sarebbe stato piacevole farsi baciare di nuovo? Non sarebbe stato bello avere le mani di un uomo sul suo corpo, sentire la lingua di un uomo sul suo seno? Sapere che lo eccitava e lo appagava?

Sotto il tavolo, sentì la gamba di Adam sfiorare la sua. Lo guardò, ma lui stava fissando Monday attraverso il tavolo, il quale stava raccontando qualcosa che faceva ridere.

Si interrogò su di lui. La settimana prima aveva detto che era più solo da sposato di quanto lo fosse stato da scapolo. Dunque il suo matrimonio non era soddisfacente. La trovava attraente? E che cosa provava lei per lui?

Respinse quei pensieri e riprese ad ascoltare Monday.

25

ASHLEY e Juliet accolsero Monday a braccia aperte e gli si aggrapparono al collo senza lasciarlo andare. La prima cosa che Monday volle fare, prima ancora del brunch, fu una nuotata, e Ashley e Juliet corsero a mettersi anche loro in costume.

Nel pomeriggio, andarono in barca a vela e gettarono l'ancora in una piccola baia dove le bambine lanciarono le lenze in acqua. Le spalle di Sydney cominciarono ad arrossarsi e sapeva che per la fine del weekend lei e Monday sarebbero stati doloranti.

Domenica mattina andarono a cavallo, anche se lei e Monday erano rimasti alzati fin dopo le due. Non gli aveva volutamente chiesto di Jordan, e Monday lo aveva nominato soltanto brevemente dicendo che lo aveva visto spesso, che avevano discusso della sua nuova idea per la commedia, e che non pensava fosse seriamente legato a qualcuno.

Anche Monday non aveva una donna in particolare. La scrittura era un'amante gelosa. Certo, continuava a frequentare donne, ma solo alle sue condizioni. Non sopportava di averne una sempre intorno, non quando scriveva e pensava. Forse dopo aver vinto un Pulitzer avrebbe potuto concentrarsi su altre cose della vita. Ma avrebbe dovuto essere una donna molto rara per concedergli lo spazio di cui aveva bisogno, e l'eccitazione che pretendeva. Tutte le nuove relazioni erano eccitanti, ma presto diventavano noiose.

«Eppure mantieni le amicizie per anni.»

«Certo, perché con gli amici ci si può fermare un attimo. Non appena si comincia a darsi reciprocamente sui nervi, ognuno si riprende la sua vita. Le amicizie durano più a lungo degli amori. Le amicizie non assorbono tutto il tempo, e non provocano quelle angoscianti emozioni a livello viscerale, se non molto di rado. Sydney, sai quanto è stato saggio da parte nostra non andare mai a letto insieme? Non credere che non ci abbia pensato. Immagino che ogni uomo che ti conosce ci abbia fatto un pensiero. Ma una volta che il sesso entra nel quadro, l'amicizia cambia. Non rovinerò mai la nostra amicizia con una scopata, e neanche con una relazione più lunga. Tu e io dureremo per sempre. Ho bisogno della tua amicizia, come ho bisogno di quella di Jordy. L'amicizia dev'essere alimentata. Non si approfitta di un amico.»

«So di alcune amicizie che si sono tramutate in amore, ed è stato fantastico.»

«Sì, certo.»

Aveva ragione. Per quanto amasse e apprezzasse Monday, non aveva mai desiderato andare a letto con lui. Lo adorava, ma non ne era innamorata. Le illuminava la vita quando appariva all'improvviso, e le piaceva così.

«E Adam?» chiese Monday.

«Adam? Oh, lavoriamo semplicemente insieme. E poi è sposato.»

«Non si direbbe da come ti guarda.»

«Davvero?»

«Via, Sydney. Devi essertene accorta.»

«Be', a parte il fatto che è marito e padre, non si scoperebbe la figlia del boss più di quanto tu ti scoperesti un'amica.»

Monday scosse la testa e sorseggiò il suo Bailey Irish Cream. «Hai ragione, naturalmente. Ma non c'è nessun uomo in particolare per te, Sydney?»

«Nessun uomo in particolare. Nessun uomo in generale.»

«Perché sei tu a non volerne.»

«È dura sostituire Jordan.»

Monday scosse il capo.

«Non che la cosa mi riguardi, ma non hai avuto altri uomini?»

«Soltanto Jordan.» La voce di Sydney era dolce. Chiunque avrebbe detto dal suo tono che era ancora innamorata di lui.

«Deciditi», disse Monday. «Va' a letto con qualcuno. Non devi esserne innamorata. Le donne complicano il sesso e la vita così assurdamente. Va' semplicemente a letto con qualcuno, Sydney. Conceditelo. Se vuoi essere più sicura, scegli qualcuno che sai a priori di non poter avere. Adam, per esempio.»

Sydney rise. «Non potrei mai tentare di sedurre un uomo sposato.»

«Non ti sto suggerendo di sedurlo. Può semplicemente accadere. Sarete entrambi consapevoli, ancor prima di mettervi orizzontali, che non ne nascerà niente. Questo renderà le cose più facili al mattino, quando andrete a lavorare nello stesso posto.»

«Oh, Monday, non parlare così.»

«Be', sembra intelligente, e tu hai sempre ammirato l'intelligenza. Ha un bell'aspetto. Un po' tranquillo, ma ascolta. La maggior parte degli uomini non sa ascoltare.»

«Monday, caro, tu mi influenzi in modo assolutamente immorale.» Eppure Sydney non se ne sentiva offesa. Si era già chiesta come sarebbe stato farsi baciare da Adam.

Al mattino, Nettie preparò loro un picnic e si recarono a cavallo oltre Martha's Forest, nuotando nel laghetto al limitare del bosco mentre i cavalli strofinavano il muso nel trifoglio. Entrambe le bambine cavalcavano bene, sedendo erette in sella, galoppando davanti alla madre e a Monday.

«Sono bambine splendide, Sydney. Capisco perché a Jordan si spezza il cuore al pensiero di averle così lontane.»

«Bene. Fammi sentire in colpa.»

«Se io fossi il padre di queste piccine, non sopporterei di vederle solo un paio di volte l'anno.»

«Potrebbe vederle ogni settimana, se volesse.»

Monday annuì. «Credo di sì, ma dovrebbe vivere quattromila chilometri più vicino.»

«Questa è una sua scelta.»

«Non esattamente. È piuttosto una tua scelta. La maggior parte delle mogli sono contente di vivere dove le porta il lavoro dei loro mariti.»

«Diciamo che sono disposte a farlo.»

«Scusa, capisco che ti sto irritando. Ma certo, Sydney, tu non sei come la maggior parte delle donne.»

«Io non sono unica. Vedrai sempre più donne prendere in mano la loro vita.»

Monday si limitò a guardare il cielo e gli alberi mentre i loro cavalli camminavano a fianco a fianco. Dopo un po' disse: «Oberon è uno dei più bei posti del mondo, immagino».

«Per me, lo è.»

Quando Sydney arrivò al lavoro, lunedì mattina, Mary l'accolse dicendo: «Ho saputo che hai trascorso uno splendido weekend».

«Le notizie viaggiano in fretta. Come hai fatto a saperlo?»

«Monday mi ha chiamato ieri notte.» Mary aveva un largo sorriso sul volto.

«Ah, così», disse Sydney, sedendosi dietro la scrivania e sorridendo alla sua assistente. Alla sua amica.

«Ah, così, certo. Mi ha svegliata.»

«E non ti sei arrabbiata?»

«Mi sono arrabbiata per non essere riuscita a riaddormentarmi.»

«Le telefonate a tarda notte fanno quest'effetto. Ma una parola di avvertimento: amo Monday; è uno dei miei amici preferiti, ma non crede nei rapporti a lungo termine. Entra e esce dalla vita delle donne come... come una ventata.»

Mary fece una smorfia. «Sono pronta per un po' di distrazione, temporanea o meno. Non voglio ancora sposarmi. Non mentre sto affrontando una carriera così eccitante. Ma grazie per l'avvertimento. Personalmente, non riesco a immaginarmi in lizza con tutte quelle stelline hollywoodiane con cui esce.»

«Non so con chi esca adesso, ma era solito frequentare le ragazze più stupide e vacue che abbia mai conosciuto.»

«Forse è pronto per una donna attraente e intelligente.»

Sydney prese i documenti sulla scrivania.

«Preferirei non credere a quello che ho appena detto», fece Mary, porgendole un altro fascio di carte. «Bene, sono lieta, comunque, che tu abbia trascorso un buon weekend.»

Sydney si apprestò a lavorare. Quel giorno doveva iniziare a preparare il layout e vedere quali articoli erano previsti. Miranda Collins era stata certamente un'idea brillante, i suoi pezzi erano sempre puntuali, sempre esattamente della lunghezza giusta, sempre divertenti e intuitivi. Sydney guardò l'orologio. Miranda ormai non doveva più essere in onda. Le telefonò agli studi e fissò un appuntamento per mercoledì a pranzo. Forse un weekend l'avrebbe invitata a Oberon. Sia lei sia Mary avevano molto simpatizzato con Miranda. La sua fama di boriosa, per quello che la riguardava, era del tutto infondata. Sydney era andata due volte a trovarla alla CBC, durante il suo show. Era stato molto divertente. Miranda e le persone con cui lavorava ridevano spesso e si aiutavano a vicenda. Sydney non aveva visto Miranda perdere una sola volta il controllo o prendersela con qualcuno. Dalle sei e mezzo alle nove del mattino era inavvicinabile, perché si concentrava sulle persone con cui doveva parlare o su quanto sarebbe venuto dopo. Era sempre molto ben informata sugli ospiti, rivolgeva domande azzeccate e intelligenti, nei limiti, ovviamente, di un'intervista di dieci minuti.

Scese in amministrazione per discutere qualcosa e poi ritornò al tredicesimo piano e percorse il corridoio fino all'ufficio di suo padre.

Erano ritornati insieme in aereo la sera prima, ma chiacchieravano raramente. Sydney si chiedeva se le avesse affidato *Focus* per scrollarsela di dosso.

«Papà», disse, sedendosi sulla sedia davanti a lui. Appariva imponente dietro l'enorme scrivania, con i grattacieli di New York che si stagliavano alle sue spalle. «La settimana scorsa ha chiamato il *Cleveland Plain Dealer* per chiedere se potevano inserire *Focus* nel giornale.»

Oliver alzò lo sguardo su di lei. «Eh?»

«In amministrazione mi hanno suggerito una cifra che per loro potrebbe essere adeguata», aggiunse. «Non credo sia abbastanza.»

Gli occhi di suo padre scintillavano. «Gli è dunque piaciuto, eh?»

«Se riuscissimo a interessare altri giornali, potremmo aumentare le tariffe dei nostri inserzionisti. Potrebbe diventare una cosa a livello nazionale.»

Oliver tossì. «Apprezzo la tua iniziativa, Sydney, ma in realtà, solo perché il *Cleveland*... Voglio dire, il *Cleveland* non è la nazione.»

«È uno dei giornali più rispettati.»

Oliver annuì. «Ma il *Cleveland*?»

Sydney si strinse nelle spalle e la sua voce assunse un tono di difesa. «Be', è un inizio.»

Oliver annuì. «Esattamente, Sydney. Ti dirò una cosa allora. È una tua creatura? Richiedi quello che vuoi. Che affondi o nuoti è irrilevante per me. Fa' quello che desideri.»

Dunque, le cose stavano così. Pensava che la Pagina della Domenica di Sydney fosse zero. O almeno lo fosse stato.

Si alzò in piedi. «Siamo usciti da una situazione deficitaria, sai.»

«Lo so. Decidi tu, Sydney.»

Come mai non si sentiva lusingata? Era stata felice quand'era entrata nel suo ufficio con la notizia.

Prese l'ascensore e scese al sesto piano. Si diresse verso l'ufficio di Adam, aspettando che finisse di parlare con due persone. Poi entrò, chiuse la porta e sedette, raccontandogli che cos'era successo e chiedendo il suo consiglio.

«I giornali delle grandi città hanno tutti una Pagina della Domenica», spiegò Adam, «ma attenta a *Focus*. Comparirà in giornali come *The Portland Oregonian*, *The Detroit Free Press*, *The Sacramento Bee* e così via. Vedrà, Sydney. Cleveland è soltanto l'inizio. *Focus* si diffonderà in tutto il Paese.»

«Oh, Adam, lo pensa davvero?»

Accese una sigaretta. «L'ho capito fin dalla prima edizione che lei aveva qualcosa di speciale. Sì, lo penso davvero. Fioccheranno inserzioni pubblicitarie a livello nazionale. Potrebbe anche finire con il fare quattrini a palate.»

«Tutto questo è una promessa?»

Gli occhi di Adam si addolcirono. «È quanto prometterei se potessi, Sydney.»

«Le mie bambine sono via durante l'estate. Potrei uscire a cena, una sera.»

Adam si chinò a controllare l'agenda.

«Un momento», disse Sydney, piegandosi verso di lui. «Lo dirò a voce alta, ma dovrebbe esserne già consapevole. Prima di dire sì per la cena, lei sa come lo so io che potremmo provare a giocare con il fuoco.»

I loro sguardi si incontrarono ma Sydney non riuscì a capire che cosa stesse pensando. Posò di nuovo gli occhi sull'agenda. «*Focus* viene impaginato il venerdì. Vuole che festeggiamo quel giorno?»

«Parto sabato mattina per Oberon, lo sa. Venerdì scorso abbiamo fatto troppo tardi. Mi sono sentita stanca per tutto il weekend.»

«Facciamo domani, allora.»

Sydney sorrise e si alzò. Quando raggiunse la porta e posò la mano sulla maniglia, Adam disse: «Sydney, per quello che riguarda il fuoco a cui ha fatto riferimento... non mi importa di bruciarmi».

Lei sentì la pelle d'oca formarsi sul braccio sinistro e attraverso le spalle, poi la sentì scendere lentamente lungo la spina dorsale.

26

«SEGUIAMO strade separate», asserì Adam.

«Che effetto ha sui suoi figli?»

«Non credo ne abbia. Ceniamo tutti insieme almeno tre volte la settimana. Andiamo insieme in chiesa la domenica. Ma Shirley e io non avremmo nulla di cui parlare se non avessimo i ragazzi. Ultimamente ha accennato a voler trovare un lavoro...»

«Che genere di lavoro?»

«Chi lo sa? Qualcosa che le occupi la mente. Mi sembra un'ottima idea. A volte, anche se non parliamo quasi mai, sembra che guardi la televisione in attesa che io torni a casa, come se le illuminassi la vita.»

Sydney finì il suo camembert e sorseggiò l'espresso. «Ed è così?»

Lui rise. «Da quanti anni mi conosce? Sono tipo da illuminare la vita di qualcuno? Tutto quello che voglio fare quando torno a casa è togliermi le scarpe, tirare su i piedi e addormentarmi davanti al televisore. Uso tutta la mia energia al lavoro.»

Sydney ne dubitava. Ma l'energia andava alimentata, e il suo matrimonio non sembrava ardere troppo per nessuno dei due.

«Dov'è andato in vacanza, l'anno scorso?» Le aveva detto che era sempre sua moglie a scegliere le località di vacanza.

«Una casetta sul lago Umbagog, nel Maine, sulla riva del New Hampshire.»

«Che cosa faceva?»

«Io e i ragazzi pescavamo. Andavamo tutti quanti in canoa o in barca a nuotare. Ho anche comprato un fucile e io e i ragazzi ci divertivamo a sparare ai bersagli.»

«E sua moglie che cosa faceva?»

Adam sbarrò gli occhi. «Non lo so. Faceva passeggiate e leggeva molto. Perché diamine vuole sapere che cosa faccio in vacanza, Sydney?»

Si strinse nelle spalle. «So così poco di lei fuori del lavoro. Pensavo che fosse ora di saperne di più.»

«Non esisto fuori dal lavoro.»

«Non ci credo. Esiste, stasera. Esisteva la settimana scorsa a *Olive Branches*, e tutti l'hanno giudicata un'ottima compagnia. Non ho mai parlato molto con lei negli anni perché pensavo che avremmo litigato su tutto, ma certamente non perché mancava di personalità.»

Adam apparve sorpreso. «Su che cosa dovremmo litigare noi due?»
Sydney ridacchiò. «Politica, fucili, leggi, guerra, il genere di libri che leggiamo, religione.»
«E sesso? Pensa che discuteremmo su questo?»
Lo guardò. «Allora ci ha pensato anche lei.»
Erano entrambi tranquilli e si fissavano negli occhi. «L'ho conosciuta quando aveva diciassette anni», disse. «Quindici anni fa, esatto?»
«Più o meno.»
«Sydney, da allora non ho fatto che pensare a lei in quel senso.»
«Diamine, Adam Yarborough!» Allungò la gamba e sfiorò la sua, ma lievemente.
«Fino a due settimane fa, ero convinto di non avere una possibilità.»
Silenzio. Sydney sorseggiò il caffè, incontrando il suo sguardo.
«E adesso?»
Allungò una mano e la posò sulla sua. «Adesso, non faccio che pensarci.»
«Non si rende conto che questo non porterebbe a nulla? E se diventassi esigente? Le donne lo sono quasi sempre nelle relazioni sessuali, mi ha detto Monday. Sono la figlia del suo capo. E se venisse licenziato per una cosa simile? Ne varrebbe la pena? Non ci si può rovinare la vita professionale per una scopata.»
«Sarei disposto a rischiare molto di più», ribatté lui con voce profonda.
«Pensavo che non ci fosse molto nella sua vita, a parte il lavoro.»
«Non c'era.»
«E se lo facessimo... e non ci piacesse? Come ci affronteremmo domani?»
«Dio, Sydney, devi proprio tirare in ballo tutte queste possibilità?» Per la prima volta le aveva dato del tu.
«Non sono mai andata a letto con nessuno a parte Jordan.»
Adam si appoggiò allo schienale. «Bene, che sia dannato.»
Sydney respinse la sedia. «Portami a casa, Adam.»

Sulla porta, lui chiese: «Posso entrare?»
«Decidi tu», rispose lei, girando la chiave.
«Mi sono chiesto spesso come fosse casa tua. Come vivi.» La seguì all'interno.
«Non sei mai stato a casa dei miei?»
«Sì, ma loro non sono te.»

Prima che potesse accendere la luce, lui la fece girare e l'attirò a sé. Lei si mosse fra le sue braccia, sentì sulle labbra il gusto del caffè che avevano appena bevuto, e sospirò.

«È bello», disse, in un bisbiglio.

Lui la strinse più forte mentre abbassava di nuovo la bocca sulla sua. Sydney sentiva il suo cuore battere forte, la gamba che si muoveva contro la sua, le braccia che la tenevano stretta.

Gli cinse a sua volta il collo. Lui le baciò le palpebre, il collo e poi le prese la testa fra le mani, baciandola appassionatamente.

«È da tanti anni che desidero farlo», disse Adam dolcemente.

Sydney sentì il suo respiro farsi affannoso. «Oh», fece, prendendolo per mano e guidandolo nel soggiorno. Accese la luce.

«Ti va un brandy?»

«Non ne ho bisogno.»

Rimasero a guardarsi, sorridendo, poi lui l'attirò di nuovo a sé, i respiri che si mescolavano. Le diede un piccolo bacio e la guardò di nuovo, gli occhi che cercavano una risposta.

«Dov'è la tua camera da letto?» chiese.

«Di sopra, seconda porta a destra.»

La prese fra le braccia, ridendo e facendo i gradini a due a due.

La posò a terra perché potesse accendere la luce. «Permettimi di spogliarti», mormorò.

Cominciò a sbottonarle la camicetta, lentamente, baciandola nel farlo. Lei se la sfilò e la gettò a terra. Facendole scivolare le mani dietro la schiena, Adam le slacciò abilmente il reggiseno. Poi smise di baciarla e indietreggiò. «Voglio guardarti.»

Sydney rimase immobile, sentendosi bella per la prima volta dopo anni.

«Oh, Dio», fece lui, chinandosi a sfiorarle con la lingua il seno sinistro.

Un piccolo gemito sfuggì dalla bocca di Sydney, che prese a slacciargli i bottoni della camicia.

Per un secondo, prima che i loro corpi nudi si sfiorassero, si guardarono negli occhi.

«È passato tanto tempo», mormorò Sydney mentre i suoi seni sfioravano il petto di lui.

«Non ne avevo idea. Pensavo che andassi a letto con ogni uomo con il quale ti vedevo.»

Sydney non rispose, ma cominciò a slacciargli la cintura mentre lui le faceva scivolare la gonna lungo le gambe, sul pavimento. Lei se ne liberò e gli tirò giù la lampo dei pantaloni, accarezzando la sua erezione. Adam trasse un profondo sospiro.

Rimasero così, finché lui non l'attirò a sé, le mani che le accarezzavano i seni. Poi la sollevò di nuovo, trasportandola verso il letto, senza smettere di baciarla. Quando si adagiò accanto a lei, le sue mani erano sul suo corpo, lievi ma decise, la sua bocca le baciava l'orecchio, il collo, mentre lei cominciava a muoversi ritmicamente contro di lui, esplorandolo con le dita.

«Accidenti, Sydney, come posso essere un buon amante, quando mi fai questo?»

«Entra dentro di me», sussurrò. «Sarai un buon amante dopo.»

Le montò sopra, muovendosi contro di lei, finché non la infiammò di desiderio e Sydney lo attirò a sé, sollevandosi per incontrarlo.

Sapeva come eccitarla, stringendole le natiche con le mani mentre incontrava la sua lingua, facendola dondolare in un ritmo che le pulsava attraverso il sangue. Sydney sentì una calda ondata levarsi dentro di sé, impazzì di desiderio, chiuse gli occhi e gridò: «Non fermarti!»

Poi giacquero lì, respirando pesantemente. Lui rotolò su un fianco e rimasero tranquilli.

Infine disse: «Gesù, Sydney, non mi sarei mai sognato che potesse essere così bello. Non la prima volta, questo è certo».

«Ah, vuoi dire che ce ne sarà una seconda?»

Le sue dita le sfiorarono il ventre. «Potrei diventare dipendente.»

«Credo che ci siano dipendenze peggiori.» Gli prese le dita e gliele baciò, a una a una.

«Hai un bel corpo», osservò lui.

«Anche il tuo è bello. O lo sapevi già?»

Rise. «Nessuno me l'ha mai detto.»

Sydney scattò a sedere e buttò le gambe oltre la sponda del letto.

«Mi abbandoni?»

«Scendo a prendere un goccio di vino, ma promettimi che non te ne andrai già.»

«Già?» I suoi occhi le sorrisero. «Prometto.»

Quando ritornò, Adam era sotto la doccia. Sydney sedette sul letto e sprimacciò il cuscino dietro di sé. Allorché apparve sulla soglia disse: «Gesù, sei l'immagine della lussuria».

Si avvicinò e le prese il bicchiere di vino dalle mani, chinandosi a baciarle la fronte. «Torna a letto, Sydney. Voglio baciarti ovunque.»

«Questo è un invito che non ho intenzione di rifiutare.» Si rannicchiò accanto a lui. «Credo che tu non abbia mai passato sei anni senza sesso, non è vero? Non puoi immaginare come sia bello dopo tanta rinuncia e privazione.»

«Voglio sopperire a tutta quest'astinenza», asserì lui. «Magari persino in una sola notte.»

Fece per chiedergli se non doveva tornare a casa. Era quasi mezzanotte. Ma poi pensò che non erano fatti suoi. E inoltre voleva quello che le aveva promesso: voleva essere baciata dappertutto. Voleva sentirlo entrare ancora in lei. Ancora e ancora.

Erano le tre del mattino quando si addormentarono. Avrebbero potuto dormire tutto il giorno, se la sveglia non avesse suonato alle sette.

«È cambiato per sempre, sai», furono le prime parole di Adam quando si raddrizzò per baciarla. «È stata la notte più atletica che abbia avuto da anni.»

«E ti lamenti?» Gli sfiorò la guancia con le dita. «Non riesco neppure a ricordare quando ho gioito così l'ultima volta. Il buon sesso mi fa sentire in splendida forma.»

«Ed è stato buon sesso», le fece eco lui.

«Certamente.»

Adam le accarezzò il seno sinistro, poi si chinò a baciarlo facendole scivolare la mano lungo il ventre e le cosce. E mentre le sfiorava il seno con la lingua, Sydney sentì il fuoco riaccendersi in lei.

«Sono le sette», mormorò. «Non cominciare qualcosa che non puoi finire.»

«C'è una prima volta per tutto», osservò Adam. «Non sono mai arrivato tardi in tutti i miei anni al *Chronicle*.»

«Bene», disse lei, muovendosi mentre le sue dita la esploravano. «Adesso è troppo tardi per fermarsi, questo è sicuro.»

Più tardi fecero la doccia insieme. «La mia cameriera resterà scioccata», ridacchiò Sydney. «Non mi sono mai svegliata insieme a un uomo.» Decise di indossare un vestito in jersey rosso vivo. Molto attillato e ben diverso da quello che indossava solitamente al lavoro. E scarpe rosse in tinta. Adam rise del suo abbigliamento.

Focaccine alla crusca, spremuta d'arancia e caffè aspettavano in sala da pranzo.

«Io non mangio mai niente di più, ma immagino che tu faccia una colazione abbondante», disse Sydney.

«Non oggi», rispose lui. «Forse non dovremmo arrivare in ufficio contemporaneamente.»

«Oh, via.» Sydney sorrise. «Quante migliaia di persone lavorano in quell'edificio? Potremmo esserci incontrati a un isolato di distanza o davanti al palazzo. Non scendiamo nemmeno allo stesso piano.»

«Questo mi rimette al mio posto, non è vero? Io sono al sesto e tu sei di sopra con i pezzi grossi.»

«Non cominciare...» Sydney spalmò marmellata di fragole sul suo panino.

Non si erano neppure seduti, ma erano rimasti in piedi, pronti a scattare da un momento all'altro. Adam bevve il suo caffè nero. «Sai benissimo che dopo papà sei la persona che ha più influenza lì dentro.»

Lui annuì. «Lo so. Ma sarai tu a lasciare un'impronta nel mondo, tu con il tuo *Focus*.»

Sydney sorrise. «È sensazionale, non è vero? Pensi che altri giornali seguiranno l'esempio del *Cleveland*?»

«Aspetta e vedrai», disse Adam. «Vieni, andiamo. Se ci sbrighiamo, riesco a conservare il mio primato di puntualità.»

«Dovrei comprare una macchina per avere qualcuno che ci accompagni al lavoro in occasioni come questa.»

«Questo significa che ci saranno altre notti come quella di ieri?»

«Dipende da te. Credo sia ovvio che l'ho apprezzato.»

Quando uscirono dalla porta senza aver visto la cameriera, Adam chiese: «Ti disturba che io sia sposato?»

Sydney rifletté un momento mentre camminavano, sperando di scorgere un taxi libero. «Non mi piacciono i bugiardi, e tu dovrai mentire a tua moglie.»

Adam non fiatò.

«Non è così? Dovrai mentire.»

Stavano sull'angolo cercando di fermare i taxi che sfrecciavano loro accanto. Infine se ne fermò uno e Adam aprì la portiera. Sydney salì e lui la seguì, prendendole la mano dopo aver impartito le direttive al tassista. «È probabile. Sì, le mentirò.»

Dall'espressione dei suoi occhi, Sydney capì che desiderava baciarla di nuovo. Ma non lo fece. Invece si appoggiò allo schienale del taxi che si stava aprendo un varco con il clacson attraverso il traffico di New York, e le strinse forte la mano. Sydney non si sentiva così bene da molto tempo.

* * *

La volta successiva in cui Sydney lo rivide fu alle quattro del pomeriggio.

Quando Adam apparve sulla soglia, Sydney ordinò ad Andrea: «Non passarmi telefonate».

Adam chiuse la porta dietro di sé. «Vieni qui», disse.

Sydney si alzò e gli si avvicinò, lentamente, arrendendosi ai suoi baci.

«Cristo, una notte a letto con te e non ho pensato ad altro per tutto il giorno. Non so nemmeno quali saranno i titoli di domani.»

«A me è successo esattamente il contrario. Non so dove ho trovato l'energia per sbrigare tanto lavoro», disse in tono scherzoso.

Lui le prese la faccia fra le mani. «Voglio che tu sappia che non ho mai trascorso una notte più bella. Mai.»

Non sembrava che fosse stato alzato per tre quarti della notte.

«Dopo il lavoro vado a casa, mangio qualcosa, e probabilmente mi addormenterò come un sasso.»

«Così, non dovrei neppure telefonarti?»

«Adam, non telefonarmi mai da casa tua, mai. D'accordo? Quando ti parlo, non voglio immaginarti lì. Quella è una parte della tua vita a cui non voglio neppure pensare.»

«Non sentirti mai un secondo violino.»

«Quello che sento è che abbiamo trascorso un momento stupendo. Mi piacerebbe ripeterlo se ti sarà possibile allontanarti e se lo desideri. Non mi sento condizionata. Non provo alcun senso di colpa per aver commesso adulterio, che è esattamente quello che ho fatto.»

«Anch'io, lo sai.»

«La tua moralità è qualcosa di cui non devo rispondere io. Ma sarò in grado di dormire la notte senza sentirmi colpevole. Mi è piaciuto quello che abbiamo fatto, e non verrò impiccata per questo.»

«Ti è piaciuto?»

Lei sorrise. «Moltissimo.» La sua voce era morbida.

Adam si guardò intorno. «Un giorno, verrò qui e ti farò sdraiare su questo elegante tappeto. E scoperemo come pazzi, proprio qui nel tuo ufficio.»

«Promesse, promesse», rise lei mentre si alzava in punta di piedi per baciarlo. «Adesso, vattene. Ho ancora del lavoro da sbrigare.»

«Domani sera, prima che tu parta per Oberon?»

«Il venerdì è la mia giornata più occupata.»

«Non resterò per tutta la notte.»

«Mi porti fuori a cena, prima?»

«Ah, puoi essere comprata.»

Sydney rise e indietreggiò, girandosi e dirigendosi verso la sua scrivania. «Lascia la porta aperta. Andrea si starà già chiedendo perché è rimasta chiusa così a lungo.»

«Non ha il minimo indizio.»

«Hai ragione. *Adios*.»

Ma una volta che Adam se ne fu andato, fissò per diversi minuti il punto in cui era rimasto in piedi. Dio, era piacevole pensare di fare di nuovo del sesso. Era stato un periodo così lungo, così vuoto. Forse adesso poteva persino vedere i film di Jordan e non piangere. Quello che la sorprendeva di più era pensare a che amante passionale fosse Adam. Non l'avrebbe mai immaginato. Non sembrava possedere alcuna tenerezza.

Domani sera. Che gioia! Domani sera l'avrebbe toccata di nuovo, lei avrebbe sentito i suoi baci, un uomo l'avrebbe desiderata. E la cosa più bella era che lei desiderava lui. Follemente.

27

DOPO il weekend a Oberon, per quanto si fosse rilassata e rinvigorita, Sydney non vedeva l'ora di ritornare in città e da Adam. Non si sentiva così viva da anni, consapevole del proprio corpo e delle proprie necessità. Avrebbe proposto ad Adam di andarla a prendere all'aereo, se non ci fosse stato suo padre, ma era sicura che Oliver non avrebbe approvato.

Avrebbe preferito non aver detto ad Adam di non telefonarle.

Lunedì non venne nel suo ufficio fin quasi all'ora di chiusura. Lo attese tutto il giorno. Erano le cinque passate quando entrò con un aspetto stanco e disfatto.

Si lasciò cadere sulla sedia davanti alla sua scrivania.

«Si direbbe che tu abbia avuto una giornata pesante», disse lei, osservando i suoi occhi iniettati di sangue dietro gli occhiali.

«Non la giornata, ma il weekend.»

«Guai a casa?»

«No, qui.» Indicò la propria testa. «Sembra che non riesca a pensare ad altri che a te.»

«Oh, tutto qui» sorrise lei, felice.

«Che cosa ne dici di cenare insieme? Tre giorni senza di te è più di quanto riesca a sopportare, si direbbe.»

Quando Sydney esitò, Adam aggiunse: «Ho telefonato a casa e ho detto a Shirley che avrei fatto tardi».

«Volentieri.» Si stava già chiedendo come se la sarebbero cavata quando le bambine fossero ritornate per la scuola. Be', mancavano ancora sei o sette settimane. Forse lei e Adam si sarebbero piantati, per allora.

Corrugò la fronte. Era andata a letto con lui due volte in una settimana, e stava già pensando alla fine.

«Bene, sei pronta? Se lo sei, prendo la giacca e ci troviamo nell'atrio.»

«Sarò giù fra dieci minuti.» Mentre Mary entrava, Sydney si corresse: «Facciamo quindici».

Adam salutò Mary e se ne andò.

«È diventato molto cordiale, ultimamente», commentò Mary, posando una cartellina sulla scrivania di Sydney. «Vuole conoscere il segreto del tuo successo?»

«Ne dubito.» Sydney indicò la cartellina. «Non può aspettare fino a domattina?»

«Anche molto di più.» Mary le fece l'occhiolino e disse solo: «Ci vediamo domani. Buonanotte».

Sydney allungò la mano per sfiorare l'amica. «Aspetta un secondo. Abbiamo passato tutta la giornata insieme, ma non ho sentito una parola sul tuo weekend.»

«Sembravi preoccupata.»

«Hai visto Monday?»

La faccia di Mary s'illuminò. «Non solo l'ho visto, ma ho trascorso il weekend con lui.»

«E?...»

«Ed è stato divino.»

«Oh, santo cielo. Che cosa avete fatto?»

Mary rise. «Abbiamo passeggiato per Central Park, poi Monday ha cucinato delle leccornie cinesi, e per lo più io ho studiato il soffitto.»

Sydney scoppiò a ridere. In parte era contenta della piega che avevano preso le cose. Mary non era come le ragazze con le quali Monday di solito usciva. Nello stesso tempo, sperava che non le si spezzasse il cuore.

Che il suo cuore venisse sfiorato e magari spezzato era qualcosa che non aveva preso in considerazione, benché andasse a letto con un uomo sposato.

* * *

Adam la lasciò poco prima di mezzanotte, dicendo mentre si infilava la camicia: «Non ho nessuna voglia di andarmene, lo sai, non è vero?»

Sydney sorrise. «Adam, non sono possessiva. Ma qualunque cosa stia succedendo fra di noi riaccende in me qualcosa che era rimasto spento in tutti questi anni.»

«Tu non sei l'unica ad avere avuto anni spenti», ribatté lui. «Posso aver fatto del sesso con Shirley, ma tu tocchi in me qualcosa che lei non ha mai toccato. Passo il mio tempo pensando a te, cercando di ricordare com'è il tuo corpo, come sono le tue reazioni. La tua naturalezza è qualcosa di nuovo per me.»

Sedette sul letto accanto a lei. «Mi pensi quando non siamo insieme?»

«Ti ho pensato per tutto il weekend», rispose Sydney, dandogli un piccolo bacio. «E ho sentito la tua mancanza tutto il giorno.»

«Devi andare a Oberon tutti i weekend?»

Annuì. «Mi fa piacere. Cinque notti la settimana in città non sono sufficienti?»

«Voglio passare di nuovo tutta la notte con te.»

«Be', organizzati.»

Si alzò e prese la giacca, appesa allo schienale della sedia. «Più facile a dirsi che a farsi.»

«Lo so.»

La abbracciò e l'attirò a sé per baciarla. «Cristo, non ho proprio voglia di andarmene. Non ne ho mai abbastanza di te.»

«Baci bene, Adam.»

«Che cosa ne dici di venerdì?»

Sydney lo baciò, annuendo, e poi si avvicinò all'armadio per tirar fuori un kimono di seta lilla che s'infilò. «Ti accompagno alla porta.»

Mentre scendevano la scala ricurva, tenendosi per mano, Adam disse: «Una volta, Sydney, perché non mi inviti a Oberon? Ne sento parlare da quando sono venuto a lavorare per il giornale».

«E papà non ti ha mai proposto di venirci per un weekend? Forse potrei rimediarti un invito, ma solo se porti la tua famiglia. Papà crede nella santità del matrimonio.»

«Anch'io», disse Adam.

«Io pure. Ma penso che se il tuo matrimonio avesse funzionato, adesso non saremmo qui. Né aspetteremmo con ansia di strapparci i vestiti di dosso appena entriamo in questa casa.»

«Fatico a tenermeli addosso anche quando entro nel tuo ufficio.»

Adam stava in piedi di fronte alla porta e la prese di nuovo fra le braccia. «Non voglio portare mia moglie e i miei figli a Oberon. Voglio stare con te. Mi ha sempre incuriosito. Ho visto le fotografie, ma ho sempre desiderato vederla di persona. Non invitate molta gente laggiù, vero?»

Sydney scosse il capo. «È il nostro rifugio. Un tempo invitavamo i Presidenti, ma papà ha smesso con Roosevelt. E naturalmente, detestava Truman. Ike gli piace, ma Ike vola a Camp David per il weekend. Se verrà eletto Kennedy, a papà verrà un altro dei suoi colpi. Non ha mai invitato un democratico o un cattolico.»

«Io sono repubblicano e metodista.»

«Oh, caro», fece Sydney mentre gli baciava la punta del naso.

Lui rise e aprì la porta. «Buonanotte, amore mio.»

Sydney rimase sulla soglia, osservandolo mentre si allontanava lungo la strada.

Buonanotte, amore mio?

Martedì Sydney non vide affatto Adam. Lei e Mary lavorarono di continuo facendosi persino mandare dei panini dal bar. Le telefonò dall'ufficio alle quattro del pomeriggio, e disse semplicemente: «Mi manchi».

Miranda telefonò per chiedere se potevano cenare insieme, e Sydney accettò di incontrarla alle sette al *Tartuffe*.

Miranda, fantastica in un abito blu reale a pois bianchi con un'enorme ruche intorno al collo, disse: «Si ricordi, voglio essere a casa e a letto per le nove».

«Come fa a vivere una vita piena alzandosi alle quattro e mezzo del mattino?» chiese Sydney mentre ordinavano due daiquiri.

«Io amo la mia vita. Non la cambierei per niente e nessuno, per quanto delizioso fosse. Be', potrei rinunciare a questo turno del mattino se mi venisse offerto un posto nel notiziario della sera, ma per ora è abbastanza improbabile. Così, non compaio molto sulla scena sociale. Questo può aspettare, Sydney cara. Per ora non ho desideri che non siano stati esauditi.»

Sydney studiò il menu. «Che fortuna!»

Miranda allungò una mano e la posò sul braccio di Sydney. «Che cosa significa? Che i desideri della sua vita non sono stati esauditi?»

Sydney la guardò attraverso il tavolo. «Non si sente sola, a volte, anche quando è circondata dalla gente?»

«Oh, cara, ero molto più sola nei dieci anni in cui sono rimasta sposata di quanto non lo sia stata da allora.»

Adam aveva detto qualcosa di simile.

«Ho un cane», proseguì Miranda. «Ogni volta che entro in casa, scodinzola e mi segue, anche quando vado al gabinetto. C'è un feeling tra di noi. Capisce quando sono triste e viene a sedersi accanto a me, fissandomi con amore con quei grandi occhi scuri. Quando prendo il guinzaglio saltella di gioia. Dorme a letto con me, il più vicino possibile. Mi dà amore incondizionato e io sono il centro della sua vita. No, non sono sola. Non sono mai sola. Non lo sono da anni e anni.»

Apparve il cameriere. Sydney ordinò scaloppine di vitello, Miranda una *quiche*.

«Ho portato i miei articoli del mese prossimo.» Sorrise. «Non è orgogliosa di me? Scommetto che nessun altro è così in anticipo come lo sono io.»

«Gliene sono grata», disse Sydney, sorseggiando il suo drink. Le piaceva molto Miranda. Ogni volta che si incontravano la loro amicizia sembrava approfondirsi.

«Voglio il suo ex marito nel mio show», dichiarò Miranda, «e non riesco neppure a trovarlo. Ho saputo che sarebbe passato da New York, tornando dal Kenya.»

«Oh, davvero?» Jordan non le aveva fatto sapere che sarebbe stato in città.

«Lei non sa niente, allora? Se lo sentisse, può dargli il mio numero di telefono? L'unico momento in cui concede interviste volentieri è quando deve lanciare un nuovo film.»

Quando Sydney arrivò a casa, poco dopo le nove, si versò un Bailey e accese il televisore. Per la prima volta in tutta l'estate si sentì sola. Niente Ashley e Juliet. Niente Adam. Niente cane.

Sedeva guardando lo schermo mezza addormentata, quando squillò il telefono.

«Salve, principessa.» Nessuno, a parte Jordan, la chiamava così.

Dannazione! Perché il cuore le batteva così forte? Pensava di aver superato quello stadio. Aveva sperato che andando a letto con Adam sarebbe riuscita a liberarsi di lui.

«Qualcuno mi ha detto che saresti passato da New York.»

«Sono a Oberon.» La sua voce era gioiosa come sempre. «Sapevo che le bambine erano qui e, dato che dovevo atterrare al Dulles, ho pensato di farvi una capatina prima di venire a New York. Vieni questo weekend?»

«Era nei miei programmi.»
«Bene. Allora potremmo tornare insieme a New York domenica e trascorrere il weekend in famiglia. Per te va bene?»
«Naturalmente.»
«Non sei molto loquace stasera, vero?»
«Jordan, non mi hai lasciato dire una parola. Sarò felice di vederti e di stare con le bambine.»
«Tua nonna mi tratta come se fossi ancora un membro della famiglia.»
«Nessuno mi ha mai perdonato di aver divorziato da te.»
«Eccetto tuo padre, eh? È stato contento, immagino.»
Sì, Oliver non aveva mai accettato Jordan.
«Acqua passata. Papà vola lì ogni venerdì e io generalmente arrivo il sabato mattina.»
«Non puoi venire venerdì anche tu?»
«Jordan, è il giorno in cui impagino *Focus*.»
«Devi essere lì per forza?»
Sydney esitò. Forse se avessero lavorato veramente sodo nei due giorni successivi... «Vedrò che cosa posso fare. Ma non prometto niente.»
«Provaci. Sarei felice di vederti, Sydney. È passato troppo tempo. Ho sentito che stai avendo un grande successo.»
«Grazie, Jordan. Ci proverò.»
«Rimarrò deluso, e anche le bambine, se non potrai venire venerdì. Sabato potremmo fare un picnic e andare in barca a vela.»
Mary sarebbe stata felice di assumere il controllo della situazione. In quanto a lei, avrebbe potuto lavorare fino a tardi il giorno dopo e giovedì.

«Mi piacerebbe provarci», disse Mary.
Lo facevano insieme ogni settimana. Mary ne sapeva quanto Sydney su *Focus*.
«Lavoreremo fino a tardi, stasera.»
«No.» Mary scrollò il capo. «C'è in città la madre di Monday, e non posso tirarmi indietro.»
Sydney la guardò. «Vi frequentate solo da tre settimane.»
Mary si strinse nelle spalle.
«Va bene, lavorerò io stasera e domani ci daremo da fare entrambe. Non devo partire fino a venerdì pomeriggio, comunque.»
Mary annuì proprio mentre stava suonando il telefono.
«È l'*Omaha Nebraskan*», annunciò Andrea.

Il direttore responsabile disse che aveva visto alcune copie di *Focus* e che aveva parlato con il *Cleveland* e con Adam Yarborough. Sarebbe stato interessato a inserire *Focus*. Potevano discuterne?

Dunque Adam stava cercando di aiutarla.

«Sì, certo.» Un sorriso apparve sul volto di Sydney.

Dopo aver riagganciato e dato a Mary la notizia, telefonò ad Adam. «Credo di doverti ringraziare.»

Lo informò della telefonata.

Riuscì quasi a vederlo sorridere. «E non sarà l'ultima, signora Hamilton. Sei libera almeno per un drink dopo il lavoro?»

«No. Devo lavorare, stasera.»

«Oh?»

«Venerdì partirò presto con papà per il Maryland.»

Un momento di silenzio e poi Adam chiese: «Qualche ragione particolare?»

«C'è Jordan. Mi ha telefonato per chiedermi se non potevo anticipare e andare sabato in barca a vela con lui e le bambine.»

Una pausa. «D'accordo.» Adam riagganciò.

Alle sei e mezzo, quando Sydney era l'unica persona rimasta al tredicesimo piano, Adam irruppe attraverso la porta aperta. La sbatté dietro di sé e rimase lì, con gli occhi fiammeggianti.

«Non sono mai stato consumato così da una donna. No ho mai provato gelosia in tutta la mia vita. Ma da quando mi hai detto che avresti rivisto Jordan questo weekend mi sento pronto a esplodere.»

Sydney lo fissò.

«Non dirmi che è ingiusto o sleale. Lo so. Ho un'altra donna da cui torno a casa ogni sera. Sei tu che dovresti essere gelosa, e il fatto che tu non lo sia mi fa impazzire. Il mio lavoro ne sta soffrendo, sto perdendo la ragione, e non riesco a pensare che a te.»

Si avvicinò alla scrivania e le ordinò: «Alzati».

Sydney piegò la testa per un momento, poi fece come le aveva chiesto. Come le aveva ordinato.

«Una volta ti ho detto che sarei salito qui e ti avrei scopata sul pavimento. Bene, quel momento è arrivato.»

Girò intorno alla scrivania e la prese fra le braccia, la bocca sulla sua, ruvida e impetuosa. «Dannazione, Sydney, ti ricorderai di quello che stiamo per fare stasera durante tutto il tuo dannato weekend con Jordan Eliot.»

28

Fu così, ma non completamente. Nei tre giorni e nelle tre notti successive, Sydney si aggirò come in trance.

Mentre si toglieva la camicia, Adam aveva detto: «Ti scoperò fino a farti uscire di senno».

Be', non l'aveva fatta uscire di senno, ma da allora il suo cervello non aveva più funzionato molto bene.

Era qualcosa che stava accadendo fra lei e Adam, si disse, perché dopo tutti quegli anni il sesso aveva rialzato la testa. Avevano fatto l'amore. Amore? Non credeva che l'amore avesse qualcosa a che fare con tutto quello. Era stata sola così a lungo che adesso si stava rifacendo, con abbandono.

Dopo due ore con Adam sul tappeto Aubusson, le riuscì impossibile rimettersi a lavorare. Lui l'aveva previsto. Così erano usciti a cena e avevano bevuto un paio di drink, con la gamba di lui contro la sua mentre cenavano.

«Come farò a far uscire *Focus* con te che mi fai queste cose?»

«Forse è per via di *Focus* che facciamo queste cose», ribatté lui con la bocca piena di trota. «Sei l'unica donna di mia conoscenza che si interessa alla stessa cosa di cui mi interesso io.»

«Sesso, vuoi dire?»

Lui rise. «Sydney, mia cara, tu mi fai delle cose che non sono mai venute in mente a nessun'altra donna.»

«Povero bambino», ribatté lei, prendendogli la mano, girandogli il palmo e baciandoglielo. «Mi piace il tuo stile. Mi fai dimenticare il mondo reale.»

«Tutto qui?»

«Non voglio gonfiare a dismisura il tuo ego. Se le mie emozioni non ti sono perfettamente chiare, allora sei cieco. Se *Focus* questa settimana sarà inferiore al solito, sarà colpa tua.»

«No. Prenditela con Jordan per averti convinta a lasciare la città nel giorno in cui *Focus* viene impaginato. Non lo faresti per me.»

Sydney sorseggiò il caffè.

«Adam, non cominciare. Senti, se mi offrirai di nuovo qualcosa come stasera, può darsi che sia disposta a volare persino in Arabia.»

Si appoggiò alla sedia e sorrise.

* * *

Pranzò con lui venerdì prima di partire per Oberon. Lei e Mary avevano *Focus* sotto controllo. Mary sapeva esattamente che cosa fare e Sydney decise che preferiva pranzare con Adam piuttosto che mostrare di non avere fiducia in Mary.

«Aggiungi *The Sacramento Bee* alla lista», disse Sydney. «Grazie.»

«Che cosa ti fa pensare che io abbia a che fare con ciò?»

«Lo so.»

«Mi sono limitato a inviare delle copie di *Focus* ad alcuni direttori responsabili che conosco bene. Le nostre riunioni annuali ci permettono di mantenere ottimi contatti.»

Sydney si chinò in avanti. «Te ne sono molto grata, Adam. È tutto così esaltante. Non credo che la vita potrebbe essere più eccitante.»

«E io ne faccio parte?»

«Certo che ne fai parte. Ehi, perché hai sempre bisogno di essere rassicurato? Le mie azioni non parlano da sé?»

Adam si affrettò a scuotere la testa. «Credo di aver pensato così tanto a te che stento a credere che tutto questo sia vero. Mi elettrizzi, Sydney. I weekend sono lunghissimi. Penso a te e a te sola. Ho difficoltà a sentire quello che mi dice Shirley. Partecipo alla vita dei ragazzi, ma è come se non ci fossi. Voglio venirti a prendere all'aereo.»

«Papà non approverebbe, lo sai.»

«Immagino.»

«No, meglio aspettare fino a lunedì. Probabilmente Jordan tornerà con noi. Penso che resterà da me, dato che si tratta di così poco tempo. Quindi, domenica sera è da escludere.»

Adam le lanciò un'occhiataccia, ma non fiatò.

Sydney guardò l'orologio. «Devo scappare. Ho detto a papà che ci saremmo incontrati alle tre e mezzo a Teterboro.»

Si guardò intorno. Non c'era nessuno che li conoscesse. Si chinò a sfiorargli le labbra.

«Non mentire. Almeno, non di domenica.»

«Non mi piace affatto mentire.»

«Lo so», disse Sydney, alzandosi. «Per te è molto più dura.»

Lui le prese la mano e la trattenne mentre uscivano dal ristorante. «Ti chiamo un taxi.»

«Grazie», disse, stringendogli la mano.

* * *

Quando l'aereo cominciò a sorvolare la ricca terra scura del Maryland settentrionale, Sydney si sentì come ipnotizzata.

Sorprendentemente, Oliver chiacchierò per quasi tutto il volo. Sapeva del *Bee* e del *Nebraskan*. La stupì, dicendo: «Sono orgoglioso di te, Sydney. Non avrei mai immaginato che si potessero fare tanti quattrini con il supplemento della domenica».

Ciò fu anche meglio della prima notte con Adam, e aveva pensato che niente avrebbe potuto superarlo.

Walt smise di fare quello che stava facendo e disse: «Vi accompagno io».

Da quando era stato aperto il *Bay Bridge*, aveva più lavoro di quanto potesse sbrigare da solo e adesso aveva assunto due uomini. Lui e Oliver andavano a caccia insieme in autunno, e interrompeva qualunque cosa stesse facendo nei venerdì estivi in cui arrivava Oliver per accompagnarlo sull'isola. Di solito si tratteneva per cena.

La sua marina, ingranditasi enormemente, era piena di barche che durante i weekend abbandonavano sempre gli ormeggi.

Come le accadeva ogni volta che sapeva di vedere Jordan, Sydney provava un senso di vuoto al petto e allo stomaco. Perché dopo tanto tempo si sentiva ancora come anni addietro? Possibile che non riuscisse a cancellarlo dalla sua vita? Non le aveva mai fatto quello che Adam le aveva fatto martedì sera. Forse avrebbe dovuto tenerlo a mente per tutto il weekend.

Non era più stata a letto con lui da quando aveva abortito. Una volta divorziati, Jordan non le aveva più fatto avance di carattere sessuale, ma il loro rapporto aveva tuttora un forte grado di intimità. Non si sentiva mai su un piano completamente platonico con lui.

Sebbene andasse a Oberon ogni weekend estivo e ciascuno avesse la sua vita, qualcosa la toccava sempre in profondità quando si spingeva lì. Oberon era il posto più bello del mondo, anche se non c'erano montagne, canyon di rocce rosse o imponenti abeti. Ma a Chesapeake sentiva una tranquillità, un senso di appartenenza...

Non appena ebbero aggirato la punta e apparve la casa, vide delle figure correre attraverso il prato, agitando le braccia.

Quando si fermarono presso la banchina, il cuore di Sydney batteva come le ali di una farfalla.

«Oh», fece Oliver. «Quell'uomo non uscirà mai dalla tua vita?»

«È il padre delle mie bambine.»

«Avresti dovuto trovare un uomo come Adam, se non potevi sposare qualcuno come noi.»

«Adam?»

Oliver si schermò gli occhi con la mano. Prima che potesse lasciare la barca, Jordan vi saltò dentro, salutando appena Oliver. Prese Sydney fra le braccia e le sorrise, dicendo: «Bene, bene. Sembri l'immagine del successo». E le piantò un bacio sulla guancia.

Oliver scese sul molo e si chinò a sussurrare qualcosa alle nipotine, la cui attenzione era concentrata sui genitori.

Sydney ricordò a se stessa che tutto quello non lo avrebbe potuto ottenere come signora Eliot. Il mio successo personale, si disse. Tienilo a mente.

Walt li seguì con un cestino di pesce, il suo contributo settimanale per i venerdì sera.

Jordan si dedicò alle figlie per tutto il weekend. Non c'erano regole e ore prestabilite per coricarsi in estate, per cui alle undici erano tutt'e quattro in piscina a schizzarsi a vicenda. Poi Jordan fece loro i suoi tradizionali racconti, e le tre donne della sua vita sedettero assorte, affascinate da quello che lui narrava.

Quando le bambine andarono a letto, intorno a mezzanotte, e lei e Jordan sedettero sul patio a sorseggiare vino, disse: «Ho visto Monday un fine settimana. Esce con la mia assistente e non ho più avuto sue notizie».

«Poverina. L'hai avvertita?»

«Ho cercato di farlo. Ma a che cosa serve? Lo conosci. Le fa letteralmente impazzire. Ma lei non è come le altre: è intelligente.»

«Forse ha trovato l'anima gemella.»

Rimasero in silenzio mentre le lucciole brillavano nell'oscurità.

«E tu, Sydney? Nessun uomo nella tua vita?»

Sicuro. Un uomo sposato, pensò fra sé. Scosse la testa. «Non realmente.»

«Tutta questa meraviglia andata sprecata...»

«Non direi che le cose stiano esattamente così. Mi sto facendo un nome in campo giornalistico.»

Jordan annuì. Lei dovette controllare l'impulso di accarezzargli i capelli ondulati.

«Ma ti conosco abbastanza da sapere che hai bisogno di un po' di calore umano. Hai bisogno di amore.»

«Non ne hanno bisogno tutti?»

Lui annuì. «Forse. Ma non conosco gli altri come conosco te.»

«Ovviamente la mancanza di amore non è qualcosa di cui tu soffri, se devo credere ai rotocalchi.»

«Amore o sesso? Non sono la stessa cosa.»

Stava imparando. «Monday sostiene che una volta che il sesso entra nel quadro, le donne lo confondono con l'amore.»

Jordan sorrise. «C'è del vero in questo. Ma, no, Syd, non mi sono innamorato di nessuna. Il mio cuore appartiene ancora a te.»

«Oh, Jordan, per carità, sembra il dialogo di un film di serie B.»

«Ti sto soltanto dicendo quello che provo. Quello che ho sempre provato.»

«Ma questo non esclude altre donne dalla tua vita.»

«Vero. Sono un maschio sano e normale. Non si tratta solo di sesso, ho bisogno di compagnia. Qualcuno che condivida le cose che mi interessano.»

«È questo che non siamo più riusciti a fare dopo che ci siamo trasferiti all'Ovest. La tua colonia cinematografica non mi ha mai inclusa.»

«Non ti è mai interessato farne parte.»

«Dobbiamo trascorrere questo poco tempo a discutere?»

«Scusa. Ho passato molto tempo a chiedermi come avremmo potuto restare insieme, e che cosa fosse andato storto e perché.»

Quando Sydney non rispose, Jordan osservò: «Sono delle splendide bambine. Mi mancano nella vita quotidiana, ma tu stai facendo un buon lavoro. Sono affettuose e carine».

«Juliet è piuttosto difficile.»

«È soltanto birichina.»

«È lunatica. L'unica che sembra capirla è Ashley.» Sydney si alzò. «Vado a letto, se domattina vogliamo andare in barca a vela presto. Nettie ci preparerà un picnic. Vuoi partire verso le nove?»

Jordan rimase seduto. «Resto qui fuori ancora per un po'. Per assorbire maggiormente la magia di Oberon.»

Sydney gli teneva la schiena girata quando Jordan aggiunse: «Ti sei fatta più bella, Sydney. È stupendo stare con te. Prometto che domani non discuteremo».

«Dovei sei diretto, questa volta?»

«A casa, ma fra due mesi gireremo in Thailandia. Ci resteremo per quattro o cinque mesi. Poi, sto pensando di comprare della terra in Kenya.»

«Comprare della terra in Africa?» Si girò a guardarlo. «Jordan, devi essere pazzo.»

Lui sorrise. «Non fa parte del mio fascino? Sai che cosa stanno combinando laggiù siccità e cacciatori? Molto presto tutti quegli splendidi animali selvatici, compresi elefanti e leoni, si estingueranno, se non li proteggiamo. E io farò quello che posso.»

«Una tua riserva personale?»

«Il tuo tono indica che lo trovi strano, ma è esattamente quello che voglio avere.»

Sydney scrollò il capo. Jordan non aveva nessun senso pratico.

Mentre giaceva nel suo letto a baldacchino, così alto da dover usare una scaletta per salire, non riusciva ad addormentarsi. Cercava di pensare a quello che aveva fatto con Adam. Martedì sera si era sentita con le ali ai piedi, così appagata da non riuscire a rivolgere il pensiero altrove. Perché adesso non riusciva a concentrarsi su di lui ed era dominata dal pensiero di Jordan?

29

QUANDO, lunedì mattina, arrivò in ufficio, Adam la stava aspettando. Per un secondo Sydney si sentì irritata. Che la stesse controllando?

Aveva le gambe accavallate, le maniche arrotolate come sempre, e appariva perfettamente a suo agio nel suo ufficio. Lui e Mary stavano prendendo il caffè, ridendo di qualcosa. Sydney guardò l'orologio. Erano le nove meno cinque.

Mary le porse l'edizione di *Focus* del giorno precedente. Prima ancora di salutarli, Sydney sedette alla scrivania e l'aprì. Vi diede una rapida scorsa e mentre stava per dire buongiorno suonò il telefono.

«*The Daytona Sands*», le disse Andrea.

Sydney sapeva già quello che volevano.

Adam attese che finisse, attese che si complimentasse con Mary per il giornale del giorno prima, e poi quando Mary se ne andò per qualche minuto, chiese: «Sei libera, stasera?»

«Non lo so, Adam. Mi sento oppressa. Facciamo un'altra volta?»

«Maledizione, lo sapevo. È da tutto il weekend che lo so. Dalla settimana scorsa, ancora prima che ti recassi là. Nessuno può essere all'altezza di quella grande star di Hollywood, non è vero?»

Sydney lo fissò. «Adam, ho da lavorare.»
Rimase lì per un minuto, prima che Sydney aggiungesse: «So che me lo vuoi chiedere. No, non sono stata a letto con Jordan. Non è neppure rimasto a casa mia, ieri sera. Ma dimmi: da quando noi due abbiamo scopato, hai scopato anche tua moglie?»
La bocca di Adam si tese. Sydney pensò che doveva essere la prima volta che si esprimeva in quel modo. «Non hai il diritto di essere geloso», proseguì. «Il nostro rapporto è senza condizioni. Quello che facciamo quando non siamo insieme non deve interessarci. Che tu faccia l'amore con tua moglie o no è irrilevante. Quello che conta è il modo in cui stiamo insieme, Adam. Resta fuori dalla mia vita, e io non interferirò nella tua.»
Sydney prese la tazza di caffè che Mary aveva lasciato sulla scrivania e lo sorseggiò con i gomiti sul ripiano. Guardò Adam.
«Bene, abbiamo cominciato splendidamente questa settimana.»
Una settimana prima aveva atteso con ansia di rivederlo, di sentire i suoi baci. Adesso aveva i nervi a fior di pelle, come li aveva avuti per tutto il weekend.
Abbassò il capo mentre Adam usciva.
Mary entrò con il suo solito fascio di documenti. «Un weekend estenuante?»
Sydney scrollò il capo. «No. Sono solo di cattivo umore. Se ti stacco la testa, non farne un caso personale, e se domani sarò ancora così, scuotimi.»
Alle cinque telefonò ad Adam. «Ehi, mi dispiace per come mi sono comportata stamattina. Tu non c'entri. Non avevo il diritto di prendermela con te e dirti le cose che ti ho detto.»
«Avevi talmente centrato il problema che non ho potuto arrabbiarmi», disse. «Ma grazie per aver telefonato.»
«Non voglio passare la notte sveglia, ma sono disponibile per un rapido drink, se ti fa piacere.»
«Alle sei.»
«Va bene. Fammi uno squillo quando stai per andartene.»
Percorsero tre isolati fino a un piccolo bar che non era frequentato da quelli del giornale. Era una soffocante serata di luglio.
Quando ordinarono i loro drink e sedettero a loro agio nella penombra, Adam disse: «Devo chiedertelo, Sydney. Sei ancora innamorata di lui dopo tutti questi anni?»
Sydney esitò. «Adam, sono io che l'ho lasciato. Mi sembrava di affogare, non sapevo più chi ero. Non ero niente, soltanto la sua ombra.

Non lo sopportavo. Eppure lo amavo... Oh, come lo amavo. Ma non a sufficienza da vivere la mia vita come un'appendice, credo.»

«Non hai risposto alla mia domanda.»

Sydney prese il suo whisky e lo fece girare, sbirciandovi dentro. «Non lo so, Adam. Credo di no, ma quando lui è con me mi sento come turbata. C'è tensione. Un tempo era eccitante, ma adesso è stressante. Sono stata sarcastica per tutto il weekend, esattamente come lo sono stata stamattina.»

Le prese le mani. «Autodifesa, mia cara. Con lui e con me. Ci tieni a distanza per non ferirti.»

Sydney lo guardò negli occhi. Sorseggiò il suo drink, una mano ancora nella sua, gli sguardi intrecciati. «Adam, non sapevo che fossi così sensibile.»

Lui rise. «Non so se lo sono, Syd.»

«Non chiamarmi così, per favore.»

«D'accordo.» Ritirò la mano e ordinò un altro drink.

Non dissero nulla per qualche minuto, poi lui chiese: «Che cosa ne dici di domani sera?»

«Vado dagli Harriman a cena.»

Ci fu un istante di silenzio, poi lui riprese: «Un mondo completamente diverso dal mio».

«Probabilmente non è più interessante del tuo.»

«Di che cosa parlerete?»

«Politica, con le nomination presidenziali così prossime. Parleremo tutti di questo. Naturalmente tu sei per Nixon, non è vero?»

«Conosci perfettamente le mie tendenze politiche.»

«Be', gli Harriman non sono repubblicani, benché non dubiti che molte delle persone che saranno lì domani stiano dalla tua parte. La gente con cui socializzo ama il *Chronicle*. Sposa tutte le loro cause.»

«E chi altri intratterrai?»

Sydney sorrise e gli passò le dita sul dorso della mano. «Te. Sei l'unico che intrattengo da molto, molto tempo.»

«Mercoledì sera?» le chiese.

Rifletté un momento. «Chiama tua moglie, ora. Mangiamo un boccone e andiamo a casa mia a fare follemente l'amore.»

«Merda, tu mi disorienti.» Ma si alzò e si diresse vero la cabina telefonica.

Finirono con il non mangiare affatto.

30

NEI due anni successivi, quarantasei giornali di tutto il Paese inserirono *Focus*. Poi divennero il doppio. Durante quel periodo, a Silvie fu diagnosticato un tumore inoperabile. Nel giro di tre mesi arrivò a pesare solo quarantaquattro chili e dopo quattro mesi era morta. Oliver ne rimase sconvolto e non andò in ufficio per tre settimane, quindi decise di ritirarsi dal suo mondo.

Chiamò Sydney nel suo studio e disse: «Ho una proposta da farti».

«Papà, non prendere decisioni affrettate.»

Era tutta la vita che si chiedeva perché lei e suo padre non fossero più legati. Avrebbe voluto amarlo. O meglio, lo amava e si era chiesta perché lui non la amasse altrettanto. Non c'era alcun cameratismo nel lavoro. Avrebbe infatti potuto lavorare per altri, e in un altro edificio.

«Voglio smettere di lavorare così tanto. Ho sessantaquattro anni. Diventerò presidente del consiglio di amministrazione.»

Sydney ascoltava, sentendo che stava per succedere qualcosa di importante. Non le avrebbe certamente proposto di sostituirlo, non aveva mai avuto una tale fiducia in lei. E poi, non avrebbe mai permesso a una donna di dirigere il suo giornale, la sua creatura.

«Siediti», disse. «Credo che questa sarà una conversazione piuttosto lunga.»

Sydney sedette, accavallando le gambe, guardando il padre invece della spettacolare vista fuori della finestra.

«Parliamo di Adam.»

«Adam?» Dunque le cose stavano così. Avrebbe nominato editore Adam.

«Sì. Credi che non sappia quello che sta accadendo fra voi due da un paio d'anni?»

Sydney si sentì arrossire. Stava per rimproverare la figlia trentacinquenne?

«Se non avessi approvato, credi che te l'avrei lasciata passare?»

Non seppe che cosa dire.

«Adam è il più brillante giornalista del momento.»

«È bravo, lo so, papà.»

«Se non altro il tuo gusto in fatto di uomini è migliorato.» Oliver alzò le spalle e si chinò in avanti. «Sei innamorata di lui?»

Sydney trasse un profondo sospiro. «Non lo so, papà. A volte credo di sì.»

«E lui è innamorato di te?»

Si alzò e si avvicinò alle finestre, guardando la città. «Ho cercato di tenere quella parola fuori del mio vocabolario, negli ultimi due anni.»

«Devo chiederglielo io?»

«Preferirei di no.»

«Perché?»

Si girò a guardarlo. «La risposta potrebbe non piacermi. Inoltre, come potrebbe essere onesto?»

«Vorrei saperlo.»

«Papà, non sono affari tuoi.»

«Sì, lo sono. Quello che farò di questo giornale riguarda te e Adam.»

«Lo pensavo o non staremmo facendo questa conversazione.»

«Ti darò quello per cui ti sei impegnata tanto negli ultimi dieci anni. Sposa Adam e vi farò coeditori.»

Sydney ritornò alla sua sedia.

«Sembri dimenticare che è sposato.»

«Se non lo fosse, avrei parlato prima. L'hai mai incontrata?»

Sydney scosse il capo. «Una o due volte. In mezzo a una stanza affollata, diciamo.»

«Allora non la conosci?»

«Non realmente.»

«Adam non la ama. Non come io amavo Silvie. Tu e lui siete una coppia perfetta.»

«Ha dei figli, sai.»

«Sono abbastanza grandi. Uno è a Yale e l'altro è pronto ad andarci in autunno.»

«Magari non vuole lasciarla.»

Oliver accese un sigaro. Sydney ne detestava l'odore.

«Magari pensa di non poterti avere.»

«Mi ha quando vuole.»

«Ne dubito. Va bene, Sydney, questa è la mia proposta. Perché non ne parli con lui? O preferisci che lo faccia io?»

«Oh, cielo, papà, no. Mi stai mettendo in una posizione terribile.» Esitò e chiese: «Che cosa farai se non vorrà sposarmi?»

«Sono pronto a scommettere che vorrà farlo, che ama te e non sua moglie.» Le ammiccò.

Non dimostrava sessantaquattro anni. Forse cinquantacinque.

«Ti piacerebbe essere sposata con lui?»

Sydney rifletté un momento. «Sono molto soddisfatta della mia vita anche così.»

«Se lo nominerò coeditore voglio che faccia parte della famiglia.»

Sydney desiderava talmente il lavoro che lo stava già assaporando.

«Quanto tempo mi concedi, papà?»

«Quanto ne hai bisogno?»

«Non lo so.»

«Che cosa ne dici di due settimane? Un mese al massimo. Io personalmente sono convinto che stiate benissimo insieme. Potete darvi ciò di cui avete bisogno.»

Mentre Sydney stava per uscire, suo padre disse: «Hai intenzione di chiedergli di sposarti?»

«Non ho idea di quel che farò. È stato così improvviso.»

«Un suggerimento? Parla della vostra relazione e del suo futuro prima di dirgli che vi voglio sulla testata. Altrimenti, non saprai mai, indipendentemente da quello che ti dico io o ti dice lui, se ti sposerà per il potere o per te, d'accordo?»

Sydney avrebbe dovuto rifletterci.

«Ci penserò io alla signora Yarborough. Non sarà mai a corto di denaro.»

«Mi stai comprando un marito, papà?»

«Se è quello che serve.»

Dannazione. L'aveva messa fra l'incudine e il martello.

«Non pensi che ce la farei da sola?»

Un momento di silenzio. Oliver abbassò lo sguardo sulla sua scrivania ingombra, poi alzò di nuovo la testa. «Ce la faresti?»

«A volte credo di sì.»

«Non penso che tu sia pronta.»

Forse aveva ragione.

Mentre apriva la porta, Oliver aggiunse in tono calmo: «Sydney, hai già dimostrato di saper lavorare in un mondo di uomini e di farlo spesso meglio di loro. Ma non sei pronta per fare da sola».

«E Adam lo è?»

«Adam sa quello che ci vuole per pubblicare un giornale. Deve ancora imparare la differenza fra essere caporedattore ed essere editore, ma a entrambi piacciono le sfide. No, non lo farei editore da solo. È un giornale a carattere familiare, e voglio che Adam sia parte della famiglia.»

«Va bene, papà. Ma non dirgli niente finché non avrò avuto il tempo di pensarci.»

«No, naturalmente.»

* * *

Adam era al telefono, ma lei entrò e chiuse la porta dietro di sé. Lui le ammiccò e le fece cenno che avrebbe concluso la telefonata fra un minuto. Sedette.

Quando riagganciò, disse: «Questo è un piacere inaspettato. Non passi da me quasi mai».

«Nei nostri due anni insieme non ti ho mai chiesto molto, vero?»

«Non mi hai chiesto quasi niente. Non ricordo anzi che tu abbia mai fatto nessuna richiesta. Che cosa ho da darti?»

«Puoi lasciare la città per il weekend?»

«Dimmi perché.»

«Voglio che tu venga a Oberon.»

«Mio Dio!» esclamò. «Finalmente! Dev'essere una cosa seria.»

Gli sorrise. «Intendo averti tutto per me per un weekend. E voglio mostrarti Oberon.»

«Ho sempre desiderato vederla.»

«Lo so.»

«Chi altro viene?»

«Solo noi due. E la governante, naturalmente.»

«Non rinuncerei mai a questo weekend.»

«Venerdì verso le tre?»

«Mi organizzerò.»

«Di' a tua moglie dove vai.»

La guardò.

«Che cosa c'è, Sydney?»

«Non devi per forza dirle che saremo soli. Ma avrà certamente sentito parlare di Oberon. Dille che ci vai.»

«Perché?»

«Non lo so esattamente, ma dimmi che lo farai.»

Annuì con un'espressione confusa negli occhi.

Mentre Sydney stava per andarsene, Adam chiese: «Non ti rivedrò fino ad allora?»

«Sono solo due giorni. No, non credo. Mangeremo un boccone all'una e partiremo subito dopo. Arrivederci.»

Aveva bisogno di tempo per riflettere.

Voleva quel giornale. Voleva diventare editore. Voleva il potere, il controllo, l'influenza. Ma forse suo padre aveva ragione. Non era pronta per quel lavoro da sola. Aveva ancora molto da imparare, e le persone da cui doveva imparare erano suo padre e Adam.

Ma sposare Adam? Come l'avrebbe presa? Non avevano mai parlato di matrimonio, non avevano mai usato la parola amore.

Passare ogni notte insieme? Sorrise. La loro passione non era affatto diminuita. Adam continuava a essere un amante tenero e fantastico, ed erano completamente disinibiti insieme.

Anche durante l'anno scolastico, quando le bambine erano a casa, cercavano di fare l'amore due volte la settimana, e una volta la settimana lui si tratteneva per la notte, puntando sempre la sveglia per andarsene prima che Ashley e Juliet si svegliassero. Le bambine si erano affezionate a «zio Adam», e lui ogni tanto cenava persino con loro. A volte, la domenica pomeriggio, loro tre lo incontravano a Central Park, allo zoo o al Museo di storia naturale. Adam comprava il gelato alle bambine e le trattava come se fossero adulte.

Voleva sposarlo? Trascorrere l'eternità con lui? Rinunciare alla libertà che amava tanto? La sua vita sarebbe davvero cambiata? Adam poteva inserirsi nella sua vita, insieme alle bambine? Sarebbe stato lì a pranzo e a cena, e sarebbe stato un corpo caldo accanto al suo ogni notte, ma avrebbero smesso d'incontrarsi la domenica pomeriggio nel parco o in qualunque altro luogo. E il sesso ne avrebbe risentito?

Ma era davvero importante? Non c'erano forse tutti i presupposti perché potesse essere uno splendido matrimonio, con tante cose da condividere? Il potere che avrebbero avuto? Le decisioni che avrebbero potuto prendere insieme? Ma l'amore? Se Adam l'amava veramente, non avrebbe dovuto essersi già separato dalla moglie?

E lei lo amava? Certamente non come aveva amato Jordan, ma Adam si muoveva nel suo stesso mondo, mentre Jordan no.

Marito e moglie editori. Sorrise fra sé. Quanto avrebbe fatto sensazione, eh? Ma avrebbe anche cambiato il loro rapporto. Ne era certa. Avrebbero lavorato nella stessa arena.

L'avrebbe sposata solo per ottenere la carica, il titolo? Poteva essere comprato? E lei sarebbe stata disposta a sposarlo lo stesso se non ci fosse stato di mezzo l'incarico?

Doveva pensarci ancora.

Adam era soltanto il terzo uomo che portava con sé a Oberon. Prima Jordan, poi Monday, e adesso quest'uomo che avrebbe potuto diventare suo marito e suo socio.

Walt lo squadrò attentamente. Gli aveva telefonato per dirgli di preparare la barca, perché ne avrebbe avuto bisogno quel weekend. La folla del weekend non era ancora arrivata, sebbene la gente che veniva ad aprire le case estive gremisse già il Bay Bridge.

«Ho informato Nettie del nostro arrivo. Ci avrà preparato una splendida cena. Le ho detto che si trattava di un'occasione speciale.»

«Sì, eh?» Gli occhi di Adam spaziavano nei dintorni. «Non pensavo che fosse così bello.»

«Te lo ripeto da anni quant'è bello.»

Mentre Sydney prendeva il timone e accendeva il motore, lui le si affiancò. «Non ti ho mai immaginata portare una barca.»

«Sono brava», disse.

«C'è qualcosa in cui non sei brava?»

«Molte cose. Ma quando sono brava, sono brava sul serio.»

Le rimase accanto, passandole un braccio intorno alle spalle, guardando lungo entrambe le rive del fiume mentre proseguivano verso ovest.

Il vento le scompigliava i capelli, ma Sydney si sentiva bene. Forse la cosa avrebbe funzionato. Forse Adam sarebbe stato disposto a lasciare sua moglie. Forse avrebbe desiderato sposarla.

Ma era anche pervasa da un senso di colpa. Quando aveva detto a suo padre che si sentiva a disagio all'idea di rovinare il matrimonio di Adam, lui aveva ribattuto: «Se fosse un matrimonio solido, tu e lui non avreste questa relazione da due anni. Se pensassi anche solo per un momento che Adam è innamorato di sua moglie, non suggerirei questa... ehm, unione».

Questo l'aveva fatta sentire meglio. Ricordava come Adam le avesse detto che si era sentito più solo da sposato che da scapolo.

Non avevano mai realmente parlato di Shirley e delle condizioni del suo matrimonio. Non era sembrato importante. Adesso lo era.

Se quel weekend non avesse funzionato, fra loro sarebbe finita. Oh, non voleva che accadesse. Aveva tratto grande gioia dalla loro relazione. Le aveva dato stabilità e, nello stesso tempo, eccitazione. Ma non c'erano state responsabilità. Erano stati entrambi consapevoli di non essere il centro della vita dell'altro.

Il sole che batteva sulle sue spalle era piacevole. Spinse indietro la testa e disse: «Baciami, Adam. Ho bisogno che mi baci».

Lui si chinò e posò la bocca sulla sua. Sydney rise. «Mi sento straordinariamente felice.»

Adam le circondò le spalle con le braccia, cingendola mentre la barca sfiorava l'acqua, lasciando il fiume e dirigendosi nella baia.

«Vedi quella terra laggiù?» Sydney indicò Oberon. «È là. Il luogo più perfetto dell'universo.»

«Così, questo è il tuo rifugio.»

«Voglio fartelo vedere tutto. Domattina prendiamo il fuoristrada e ti mostro i laghi, i cervi, Martha's Forest, il faro e...»

«Sei una persona diversa. Sento che ti stai rilassando fra le mie braccia. Questo posto ti fa provare qualcosa di speciale, non è vero?»

Annuì, con il cuore che le batteva come sempre all'impazzata mentre superavano la punta e appariva la casa.

«Eccome!»

Adam afferrò le loro valigie quando Sydney accostò all'ormeggio, balzando fuori per legare la cima al molo.

Le passò le valigie e lei allungò una mano per aiutarlo.

«Pensa se cadessi in acqua», disse. Sembrava di buon umore.

«Ti salverei. Sono un'ottima nuotatrice.»

«Che tu ci creda o no, anch'io.»

«Vieni», disse, e gli prese la mano. Non portava mai una valigia. Aveva lì tutto quello che le occorreva. Eccetto un diaframma, pensò in preda al panico. Non ne aveva mai bisogno lì e se n'era dimenticata.

Nettie li accolse sulla soglia, chiamando Robert perché portasse di sopra la valigia di Adam. «L'ho messo nella stanza verde.»

«No», la corresse Sydney, «trasferiscilo in quella grande accanto alla mia.»

Quando Nettie scomparve, Adam osservò: «Credo che tu l'abbia scioccata».

«Su, lascia che ti mostri la casa, o prima vuoi rinfrescarti?»

«Posso aspettare. Mio Dio, Sydney, è così che vive l'altra metà della gente, non è vero?» Poi, sbirciando nell'immenso soggiorno, rise. «L'altra metà della gente? L'un per cento o anche meno.»

Sydney lo prese per mano e lo trascinò attraverso il soggiorno, facendolo passare davanti ai dipinti impressionisti e alle fotografie di famiglia che punteggiavano le pareti.

La piscina non era ancora stata riempita, ma Sydney sapeva che Robert la stava preparando per l'estate. «Bene, possiamo usare la Jacuzzi», propose.

«Non sono mai entrato in una Jacuzzi.»

«Ti aspetta una sensuale delizia. Poi facciamo un bagno prima di andare a letto. Così saremo caldi e tranquilli.»

«Solo stare con te è una delizia veramente sensuale.»

Passeggiarono attraverso la casa e al di là della piscina, fino al limitare del bosco. Sydney si tolse i sandali e camminò scalza sul prato appena tagliato. Alzò le braccia e saltellò. Adam aveva gli occhi fissi su di lei.

«Immagino che tu non voglia sentirtelo dire», asserì. «Ma hai idea di quanto io ti ami disperatamente?»

Sydney si immobilizzò e chiuse gli occhi. Non si rese conto di avere le mani strette a pugno finché Adam non soggiunse: «Lo sapevo. Ho rovinato il weekend prima ancora che sia cominciato, non è così?»

Sydney aprì gli occhi e lui le stava davanti.

«Scusa. So che non vuoi legami. So che ci muoviamo in mondi diversi, ma vedendoti così piena di gioia, così ragazzina, non sono riuscito a frenarmi. Probabilmente è l'effetto che mi fa questo posto.» L'abbracciò. «Ti ho rovinato la giornata, mi dispiace. Non sono riuscito a tenere la bocca chiusa un minuto di più.»

Lei lo guardò negli occhi che la stavano scrutando intensamente. «Adam, non sono io ad aver paura dei legami. Sei tu. Tu hai legami, sei sposato. Non volevo che ti sentissi oppresso da me. Ti amo anch'io.»

Era vero? Mentre lo diceva decise che doveva essere vero. Con chi altri poteva vivere una vita così piena di possibilità?

Lui la baciò con una tenerezza che le arrivò al cuore. Anche lei lo abbracciò, attirandolo a sé.

«Oh, Adam, è così bello.»

31

PRANZARONO tardi e quando finirono era ormai buio.

Non avevano smesso di parlare per tutto il pomeriggio, e Sydney era sorpresa che non avessero mai nominato il giornale o il lavoro.

«Che cosa ne diresti di fare una passeggiata fino al mare», propose Sydney, «e poi tornare qui a bere un brandy nella Jacuzzi?»

«Mi sembra di aver abbandonato la realtà», rispose Adam, alzandosi e prendendole la mano.

Attraversarono l'ampia distesa di prato fin giù al molo, camminando lungo la piattaforma di legno. Sydney si sedette, togliendosi le scarpe e immergendo i piedi nell'acqua fredda.

Adam sedette accanto a lei. La serata era calda. Non c'era un alito di vento ed echi di chiacchiere lontane giungevano attraverso l'acqua, dove luci dondolanti indicavano le imbarcazioni all'ancora.

«Mi sembra di essere tornato indietro di quarant'anni, alla mia infanzia. Non che dove vivevo fosse così bello, qui c'è un che di pittoresco, qualcosa di idilliaco.»

«Adam, credo che tu sia schizofrenico.»

Lui la guardò, senza riuscire a vedere il suo viso nell'oscurità. «Perché mi piace qui?»

«No. In ufficio sei brusco, gridi, sei iperattivo, impaziente. Qui sei gentile, sensibile, tenero.»

Si chinò a baciarla. «Ma sei così anche tu. Nessuno di quelli che lavorano con te crederebbe che sei la persona che conosco io.»

Sydney non era d'accordo. Pensava che la gente con cui lavorava percepisse il genere di donna che era veramente.

«Tu mi illumini la vita», aggiunse lui.

«Ti rendo la vita complessa?»

«Non hai idea quanto.»

Sedettero sul molo tenendosi per mano, senza parlare, ascoltando i lontani suoni smorzati. Poi Sydney disse: «Andiamo. Comincia a far freddo. La Jacuzzi ci riscalderà».

«Non ho portato un costume da bagno.»

Sydney si girò verso di lui, sollevandosi a baciargli il collo, e rise. «Non essere sciocco. Non c'è nessuno. Non hai bisogno di indossare un bel niente.»

L'area della piscina era illuminata. Sydney spense le luci e lasciò solo quelle che rischiaravano la Jacuzzi.

Cominciò a sbottonarsi la camicetta, lasciandola cadere sul tavolo del patio.

Adam si guardò intorno. «Sei sicura che siamo soli?»

«E se non lo fossimo?»

«Ho un'educazione molto borghese. Non sono moderno come te, in queste faccende.»

«Bene, cominciamo a renderti un po' cosmopolita, allora. Hai vissuto a New York per più di vent'anni. Credo sia ora.» Sydney si era spogliata e scivolò nella vasca. «È splendido. Vieni a fare l'amore con me.»

Adam la raggiunse, ammettendo che era la cosa più vicina al paradiso. L'acqua lambiva i seni di Sydney, e Adam le sedette di fronte, dicendo: «Mi piace guardarti».

«Mi fai sentire bella quando mi guardi così.»

«Lo sai. Potrei guardarti per sempre.»

Gli si avvicinò, raggomitolandosi per sedersi sopra di lui, i seni contro il suo petto. Gli circondò il collo con le braccia e avvicinò la bocca alla sua, esplorandolo con la lingua. «Facciamo con calma», disse. «Facciamo in modo che sia il più meraviglioso possibile.»

Più tardi, rise. «Ho dimenticato gli asciugamani.» Così attraversarono la casa sgocciolando, salirono di corsa nella camera di Sydney e si sdraiarono sul letto a bere brandy. Le loro mani erano intrecciate quando Adam disse: «Mi stai viziando come non ha mai fatto nessuno».

Sydney si girò dalla sua parte, appoggiandosi a un gomito. «Adam, non voglio più essere il secondo violino.»

Silenzio mortale.

Lei sentì il suo corpo irrigidirsi. Adam posò il bicchiere vuoto sul tavolino da notte accanto a lui e disse: «Questo significa due cose. O mi hai invitato qui per dirmi addio, oppure mi stai chiedendo di sposarti».

«Che cosa preferiresti?» Era sorpresa di sentirsi lo stomaco così annodato.

Lui stava fissando il soffitto, e per un momento non rispose. «Non si tratta solo di quello che preferisco io. Ci sono altre persone, altre cose da considerare.»

«Ma non era questa la mia domanda.»

Adesso fu lui a girarsi verso di lei, lo sguardo così intenso che Sydney ne rimase sorpresa.

«Sydney, se dipendesse da me, trascorrerei il resto della mia vita con te. Dovresti saperlo.»

«Questa è la risposta che volevo sentire. Voglio dividere la mia vita con te, Adam. Non voglio più che tu debba lasciare casa mia a mezzanotte, mentire a Shirley. Non voglio più chiedermi se stai facendo l'amore con lei dopo che mi hai lasciata. Ho scoperto che sto diventando gelosa e possessiva.»

Lui l'abbracciò. «È qualcosa che speravo da anni, ma non credevo che l'avrei mai sentito.»

«Ti ho portato quaggiù per chiederti di sposarmi. So che non è così semplice per te. So che hai figli e moglie da considerare. Ma la gente divorzia.»

«Innanzitutto, non ho mai fatto l'amore con Shirley dopo aver lasciato te. Non posso toccarla dopo essere stato con te. Non la voglio nel mio letto. Tuttavia, qualche volta ho fatto l'amore con lei, ma solo quando l'iniziativa partiva da lei, solo perché non sospettasse che due volte la settimana andavo a letto con la donna più sexy del mondo.» Fece una breve pausa. «Rimango sveglio tutta la notte, turbato al pensiero che tu non mi voglia nella tua vita più di due volte la settimana. Prendo a pugni il cuscino e Shirley pensa che sia frustrato dal lavoro e debba prendermi una vacanza. Non posso dirle che sono innamorato della figlia del mio boss, che ha più denaro di quanto io potrò mai guadagnare, che si muove in sfere sociali che io non conosco neppure, con persone che il mio giornale nomina nei suoi titoli di testa. Non posso dirle che mi tortura il pensiero di essere soltanto un giocattolo per te, non qualcuno con il quale saresti orgogliosa di dividere la tua vita. Sydney, essere innamorato di te, per quanto mi abbia fatto sentire vivo, non è stato positivo per il mio ego.»

Era sbalordita. «Ti ho mai dato motivo di pensare queste cose? Sono assolutamente ridicole.»

«Non mi hai mai detto che ti importava, che mi amavi. Pensavo...»

Si raddrizzò per guardarlo. «Adam Yarborough, voglio essere tua moglie. Sarò orgogliosa di essere la nuova signora Yarborough. Ma come possiamo liberarci dell'attuale?»

Aveva la risposta pronta. «Ho messo da parte dei soldi per un paio d'anni, nel caso fossimo mai arrivati a questo punto. Le offrirò del denaro per divorziare. Le lascerò l'appartamento, tutto quello che possiedo. I ragazzi sono abbastanza grandi per cui non dovremo lottare per loro, ma...»

Sydney non disse una parola sull'offerta di suo padre. Poteva dirglielo più tardi. Invece esclamò: «Labor Day! Sposiamoci in settembre, qui a Oberon. Hai cinque mesi per sistemare le cose».

«Cercherò. Dio, cara, stento a crederci. A tuo padre verrà un colpo.»

Scosse la testa. «Ho la sensazione che papà approverà. Sei come un figlio per lui. Più di quanto lo sia Evan.»

«Vieni qui», disse lui, sorridendo. Affondò la testa fra i suoi seni e la mano fra le sue gambe. «Oberon è magica.» La sua voce era smorzata.

Dal suo appartamento Adam si trasferì in uno studio, ma trascorreva il tempo libero a casa di Sydney. L'amicizia fra lui e Ashley si approfondì, perché Adam discuteva con lei di libri e di storia, cose che affascinavano la tranquilla e introversa ragazzina. Doveva portare gli occhiali, ma invece di vergognarsi, ne era orgogliosa.

Juliet gli tirò un calcio, una volta. Non voleva che stesse sulla soglia quando Sydney le leggeva le storie la sera, o quando le rimboccava le coperte. Si rifiutava di dormire in camera sua e voleva sempre stare con Ashley.

Quando Sydney cercava di conversare con Adam, Juliet le andava a sedersi in grembo, richiedendo la sua attenzione.

«È gelosa», diceva Sydney. «Non la punirò. Ignoreremo i suoi capricci.» Ma faceva in modo di dedicare a Juliet più attenzione e di darle più affetto. A poco a poco Juliet si addolcì, ma la sua espressione era perennemente imbronciata.

«Non sei il mio papà», diceva ad Adam con la voce arrabbiata.

«Non sto cercando di esserlo», ribatteva lui. Aveva letto che nei secondi matrimoni i figli erano spesso il problema più grosso, e questo lo preoccupava.

Sydney disse a suo padre: «Credo che sarebbe un bel regalo di nozze parlare con Adam dei tuoi piani».

Oliver annuì. Adam si era già rivolto a Oliver, chiedendogli la mano di sua figlia. E lui aveva risposto: «Il mio più grande sogno è diventato realtà, Adam. Benvenuto nella nostra famiglia».

Nessuno dei due accennò mai a Sydney che Oliver aveva offerto ad Adam un milione di dollari da consegnare alla moglie. Per una cifra simile, alla fine Shirley acconsentì a recarsi a Juarez e a divorziare durante il weekend.

«In questo caso», pensò Sydney a voce alta, «perché non ci sposiamo il 4 luglio, a Oberon?»

Così, il 4 luglio 1961, nel centottantaseiesimo anniversario della Dichiarazione di Indipendenza, Sydney divenne la seconda signora Yarborough, con suo padre, zio Billy, Mary, Monday, Miranda, Warren e Walt come ospiti d'onore, e Ashley e Juliet come damigelle. Come sempre, né Sydney né Oliver sapevano dov'era Evan. L'ultima volta che avevano avuto sue notizie era nelle isole greche o da qualche parte sul Nilo, ma questo risaliva a due mesi prima. Era ancora con la moglie numero tre, che non aveva mai portato in America a conoscere la famiglia. Lei aveva avuto il loro secondogenito l'inverno prima.

Sydney cercò di ricordare da quanto tempo non vedeva suo fratello. Cinque anni? Di più? Non doveva risentirsi con lui perché non era presente al suo matrimonio, forse non ne era neppure a conoscenza.

Era accaduto tutto molto più in fretta di quanto lei e Adam avessero immaginato.

Dopo la cerimonia, Oliver disse ad Adam che come regalo di nozze sarebbero diventati coeditori del giornale. Chiese soltanto che sulla testata Sydney usasse anche il nome Hamilton. Sydney Hamilton Yarborough.

Mio padre è un attore consumato, pensò Sydney.

Quando andarono a letto, quella sera, Adam, che aveva il viso tirato e gli occhi seri, chiese: «Lo sapevi, non è vero?»

Sydney sorrise. «Papà me ne aveva accennato. Lo trovo un bel regalo, no?» Aveva pensato che sarebbe stato molto più entusiasta.

Era un grosso passo avanti.

Gli si avvicinò e lo circondò con le braccia mentre si sedeva sulla sponda del letto. «Pensa, Adam. Tanto potere e tanta influenza. Non è eccitante? Avremo l'attenzione di tutta New York.»

«Perché limitarsi a New York? Che cosa ne dici del mondo?» Ma non stava sorridendo. Non sembrava neppure contento.

Si chinò a baciarlo, ma le sue labbra non si mossero. «È per questo che mi hai sposato, Sydney? Oliver non avrebbe affidato il giornale a te sola? Ero l'unica strada perché potessi diventare editore?»

Il sangue le si raggelò nelle vene.

«Adam, sarà bellissimo insieme, diventeremo importanti e potenti, e potremo parlare di tutto. Continueremo inoltre a fare il più bel sesso del mondo. Saremo una coppia famosa. Ma ti avrei sposato anche senza tutto questo.» Gli sorrise. «Be', forse no, se non avessimo potuto continuare a fare questo splendido sesso.»

Lui la guardò negli occhi. «Dubito», disse in un bisbiglio. «Dubito molto.»

Sydney buttò la giacca del tailleur di raso bianco su una sedia. Si tolse il reggiseno, poi si sfilò la gonna e le mutandine. Prese la mano di Adam e se la posò sul seno.

«Merda, Sydney, quello che mi fai...»

Quand'ebbero dimostrato di poter fare ancora meravigliosamente l'amore anche se erano sposati, Adam mormorò sul punto di addormentarsi: «Editori del *New York Chronicle*!»

«Stai per diventare una delle persone più potenti di New York.»

«Anche tu.»

«Formeremo una forza compatta. Adam e Sydney Yarborough.»

Ci fu silenzio. Sydney stava quasi per chiudere gli occhi, quando Adam soggiunse: «Anche se hai preso il mio nome, io adesso sono un Hamilton, non è vero?»

32

«STIAMO perdendo centomila dollari l'anno?» Sydney stentava a crederlo.

Oliver non sembrava preoccupato. Investiva nel giornale da anni. Ma Sydney non aveva mai partecipato alle riunioni dei pezzi grossi.

Adam guardò le cifre. Oliver sembrava deciso a difendere la sua creatura davanti ai nuovi editori. «Abbiamo un pubblico a metà fra il *Times* e il *Daily News*.»

Il sospiro di Sydney indicò la sua esasperazione. «Che genere di pubblico sarebbe, dunque?»

«Sydney, so quello che stai pensando, quello che hai sempre desiderato. L'ho capito nel momento in cui hai inventato *Focus*. Vorresti rivolgerti a un pubblico molto più numeroso.»

«Perderesti più di quello che stai perdendo, se non fosse per *Focus*. Se desideriamo incrementare la nostra pubblicità, vi dico io a chi dovremmo rivolgerci. Alle donne!»

L'espressione sul volto di Oliver era quasi un ghigno.

«Perché dici questo?» chiese Adam.

«Perché le donne sono le vere consumatrici. Lo sai come lo so io... le donne comprano tutto in famiglia...»

«A eccezione delle macchine», la interruppe Adam.

«Be', ne scelgono il colore. Ho svolto delle ricerche di mercato fin da quando mi hai sbattuto quelle cifre sulla scrivania, papà. Le donne amano gli annunci pubblicitari. Guarda la folla nei negozi quando pubblicizzano una buona svendita. Dobbiamo rivolgerci a loro.»

«Le donne non leggono i giornali.»

Sydney guardò il padre a bocca aperta.

Lui continuò. «Non sanno neanche cosa diavolo accade nel mondo. Votano per Kennedy perché è un bell'uomo, non per quello che rappresenta.»

Sydney, che era l'unica nella stanza a non essere seduta, si lasciò sfuggire un gemito. «Siete entrambi convinti che le donne siano delle teste vuote...»

Adam allungò una mano benché fosse a una certa distanza da lei, e scrollò la testa. «Sydney, si interessano semplicemente di altre cose. La famiglia, la cucina, le chiacchiere...»

«Mi sembra chiaro che tu non hai molto rispetto per la mia categoria, vero?» ribatté Sydney.

La stanza era silenziosa. Poi Adam disse: «Tu non sei esattamente il modello tipico di donna, mia cara».

Oliver si piegò in avanti, guardando sua figlia. «Sydney, non vorrai che il nuovo giornale sia pieno di réclame di pappette...»

«Pappette? Questo sarebbe dunque tutto ciò a cui pensiamo? Cibo per bambini? Moda?»

Di nuovo nessuno dei due uomini fiatò.

«Meglio perdere denaro e rivolgersi strettamente agli uomini d'affari che non comprano il *Times*, i reazionari politici, quelli che preferiscono il passato al futuro, quelli che comprano le obbligazioni garantite in oro. Lo sapete, voi due, che siete entrambi indietro con i tempi?»

«Sydney, se mi costa centomila dollari l'anno, va bene. Ho comprato questo giornale quarant'anni fa per essere certo che il pubblico afferrasse il mio punto di vista. Sono troppo pochi a questo mondo quelli che si preoccupano di pensare. E se posso sostenere il pensiero di qualcuno lungo i binari giusti, allora non m'importa di perdere denaro.»

Sydney scosse la testa e si avviò alla porta. Poi si girò. «Papà, perché ci hai nominati editori se quello che diciamo noi non ha nessuna importanza?»

Oliver la fissò. «Quello che dice Adam ha senso per me. Quasi sempre.»

Gli occhi di Sydney si riempirono di lacrime mentre usciva dalla stanza, sbattendo forte la porta dietro di sé.

Una sera, Sydney disse ad Adam: «Non riesco a conciliare il tuo atteggiamento verso le donne con quello che hai verso me e le bambine».

«Che cosa vorresti dire?»

«Ci tratti come se fossimo importanti soltanto per te.»

«E perché no? Lo siete. Importanti per me.»

«Ma non abbastanza importanti da poter aiutare a governare il mondo?»

Lui rise, seppure imbarazzato. «Sydney, mia cara, nulla per me conta quanto te.»

«Non è così che puoi uscirne.»

«Vieni qui», disse Adam allungando una mano verso di lei.

«Va' al diavolo», scattò Sydney alzandosi e uscendo dalla stanza.

* * *

Quando quell'anno Jordan venne a trovare le bambine, portandole al *Plaza* per qualche giorno, Adam chiese: «Andrai a trovarlo?»

Sydney sentì la tensione nella sua voce. «Caro, non ti è chiaro? L'ho lasciato io, e ho sposato te. No, non ci andrò. Senti, non possiamo essere civili? Sembravate entrambi cordiali, ieri sera, quand'è venuto a prenderle.»

Adam annuì. «Mi è sembrato molto cortese.»

Ma Sydney cominciò a intuire che Adam non era geloso soltanto di Jordan. Ogni volta che andavano da qualche parte, quando tornavano a casa si lamentava di qualcosa. «Dovevi ballare così spesso con Nelson Rockefeller?» per esempio, e frasi simili.

Sydney cercava sempre di placarlo, benché la sua gelosia la facesse impazzire. «Adam», diceva. «Non ho sposato nessuno di loro, non ti pare?»

«No, perché non ti avrebbero dato quello che volevi.»

Lei lo baciava, passandogli la lingua sulle labbra. «Tu sei quello che volevo.»

«No, non è vero. Io ero un mezzo per arrivare al giornale, e lo sai.»

«Avevamo una relazione già da molto tempo. E non aveva niente a che fare con il *Chronicle*.»

Cominciava allora a slacciargli la cintura e la sua gelosia si placava facendo l'amore, ma Sydney si sentiva sempre più irritata dal suo atteggiamento.

Confidò a Mary che sia come moglie di Adam sia come editore del *Chronicle* si sentiva impotente. L'unica volta che si era davvero sentita importante era quando era stata direttore di *Focus*.

«Lo rivuoi indietro?» chiese Mary.

«Sì», sorrise Sydney. «Ma è impossibile. E poi, tu stai facendo un ottimo lavoro.»

«Potrei volere un po' di tempo libero», disse Mary.

«Quanto tempo vuoi?»

«Un mese, magari.»

«Be', sarebbe divertente per me. Potrei dirigerlo io per quel periodo. Hai intenzione di sposarti o qualcosa del genere?»

«Qualcosa del genere.» L'espressione di Mary era un misto di confusione e piacere.

«Tu e Monday andate a fare un lungo viaggio?»

«Vado a Hong Kong.»

Sydney sbatté le palpebre. «Hong Kong? Cielo, a fare che cosa?»

«Denton.»

«Denton chi? Denton Walker?»

«Mi ha telefonato da Saigon. Dice che ha bisogno di un po' di riposo e mi ha chiesto di raggiungerlo a Hong Kong.»

Sydney si chinò attraverso il tavolo e afferrò il braccio di Mary. «Denton? E che ne è di Monday?»

«Che ne è? Non siamo sposati. Non ha nemmeno mai pronunciato quella parola. Sono libera di andare dove mi pare e con chi voglio.»

«Non sapevo nemmeno che Denton fosse ancora nella tua vita.»

«L'ho visto quand'è venuto qui l'estate scorsa.»

«Non me l'hai detto.» Sydney c'era rimasta male.

«Denton è rimasto qui solo per una settimana, e Monday era in California. A volte passano mesi senza che riceva una telefonata da parte sua. So che quando Monday è in California esce con donne favolose. Non sono l'unica della sua vita.»

Sydney sapeva che era vero. «Quando parti?»

«Se per te va bene, fra due settimane.»

Non era un gran preavviso, ma sarebbe stato molto divertente occuparsi nuovamente di *Focus* per un mese. Adam e Oliver sarebbero probabilmente stati lieti di togliersela di torno.

«Domani mattina scendo nel tuo ufficio per programmare il tutto», disse Sydney. Accarezzò la mano dell'amica. «Buona fortuna, cara.»

33

NEL 1962, quando Lyndon Baines Johnson divenne vicepresidente degli Stati Uniti, perse l'immenso potere che aveva esercitato per molti anni come capo del Senato. Lui e il Presidente non simpatizzavano, anzi probabilmente si odiavano. Così cercava di trovare altre cose da fare, dal momento che Kennedy lo escludeva da gran parte dei suoi piani decisionali.

La segretaria di Sydney le disse che c'era il Vicepresidente al telefono.

«Signora Yarborough», il forte accento texano le arrivò all'orecchio, «sono il Vicepresidente.»

Sydney aveva votato per lui e per Kennedy, senza dirlo né a suo padre né ad Adam. Non poteva immaginare di votare per Nixon. Le sue idee e le sue convinzioni ormai erano diverse rispetto a quelle con cui era cresciuta, e Nixon non le sembrava degno di fiducia. Era strano. Non sapeva definire in che senso, ma...

«Sì, signor Johnson?»

«Sono nella sua bella città, e vorrei fare un giro di tutti i giornali.»

Perché diamine? si chiese. «Sì, signore.»

«Che cosa ne dice di oggi a mezzogiorno? Sconvolge i suoi piani?» La sua voce era sorprendentemente calda.

Sydney guardò l'agenda. «No. Sarei felice di accompagnarla in giro.»

«Sarò lì per mezzogiorno in punto.»

Sydney non lo disse né ad Adam né a Oliver. Suo padre avrebbe persino potuto proibire l'ingresso di Johnson nell'edificio. No, sapeva che non poteva farlo, ma il Vicepresidente aveva certamente una ragione per essersi rivolto a lei invece che a suo marito o a suo padre.

L'unica persona a cui lo disse fu Mary. «Pensi che voglia fare un giro dell'edificio? Non è questo che gli interessa probabilmente, ma può darsi che tu non riesca a scoprire le sue ragioni. Se sarà qui per mezzogiorno, dovrai offrirgli qualcosa da mangiare.»

«Che cosa ne dici di un panino al pollo?»

Mary rise, ma Sydney era seria. Ordinò panino al pollo, birra e Coca-Cola, sottaceti e patatine. Johnson era un uomo del popolo. E poi, era ciò che ordinava di solito Sydney quando non aveva appuntamenti per pranzo.

Avvertì il portiere, che, con molta discrezione, accompagnò il Vicepresidente degli Stati Uniti nel suo ufficio al tredicesimo piano.

La sua stretta di mano fu cordiale, ed era più imponente di quanto avesse pensato. «Mi permetta di presentarla al presidente e al mio codirettore», disse Sydney.

«So chi sono.» Scosse il dito della sua grossa mano verso di lei. «Faccia pure. Ma è lei che sono venuto a conoscere.»

Si sentì lusingata.

Oliver non si alzò neppure. Adam perlomeno sorrise e attraversò la stanza per andare a stringere la mano a Johnson, lanciando un'occhiata interrogativa a Sydney.

«Le faccio fare un giro dell'edificio», disse lei. «Sono sicura che i dipendenti saranno eccitati di conoscere il Vicepresidente.»

«Abbiamo sentito belle cose su questa piccola signora, a Washington», disse Johnson.

Benché a Sydney non piacesse essere chiamata «piccola signora», fremette di piacere. Che cosa potevano saperne di lei a Washington?

«Bene», disse Adam, ritornando alla sua scrivania e prendendo la giacca dallo schienale della sedia. «Vi accompagno.»

«Non è necessario, Adam», ribatté Sydney. «Ma se proprio vuoi, raggiungici per pranzo. Nel mio ufficio.»

Adam apparve confuso, ma rimase dietro la scrivania.

«Ti chiamo quando siamo pronti», disse lei, sorridendogli dolcemente. Il brivido del potere la pervase.

Non sapeva se Johnson fosse veramente interessato a quel giro, ma stringeva le mani a tutti, con un sorriso cordiale e una parola gentile per ognuno. Emanava un'energia incredibile.

«È una visita ufficiale, questa?» chiese Sydney.

Il Vicepresidente scosse il capo. «Affatto. volevo semplicemente fare visita a chi detiene il potere vero, la stampa.»

Sydney sorrise. «Perché io? Noi siamo un giornale conservatore, che è sempre stato contro la sua amministrazione.»

«Lei?» Il suo volto sorrideva. «Si dice che stia cambiando. Con lei abbiamo una possibilità. E se l'abbiamo, desidero conoscerla. Nessuna possibilità con suo padre, fazioso com'è.» Poi tossì. «Non intendevo offenderlo. Ma lei marcia per i diritti civili. Lei va in televisione e si dichiara a favore dell'aborto...»

«Be', sarebbe più corretto dire a favore del diritto della donna a scegliere», precisò. «Credo che ci siano modi migliori per non avere figli, ma l'aborto dovrebbe essere una scelta possibile.»

«Visto?» disse Johnson. «È a questo che alludevo. L'ho vista a *Meet the Press* e sono rimasto colpito. Le uniche altre donne che la pensano come lei sono Patterson e Graham», aggiunse, facendo il nome degli editori di *Newsday* e *The Washington Post*.

«Kay Graham e io non siamo sulla stessa linea di Alicia», spiegò.

«Non ancora», annuì. «Ma lo sarete. Fiaccole nascoste.»

Carino, pensò Sydney con un impeto di simpatia per quel texano espansivo ma modesto.

Si comportò anche come se l'idea di mangiare panini al pollo nel suo ufficio fosse la cosa più interessante che potesse fare quel giorno. Sydney sapeva che Adam era a disagio. Johnson non poteva accorgersene, ma lei sì.

«Che cosa voleva?» chiese Adam quando il Vicepresidente se ne andò.

«Non ne ho la più pallida idea», rispose Sydney. «Ha detto che era venuto a New York per conoscere tutti gli editori.»

«Come mai non Oliver, allora?» Sydney notò che non aggiunse: «o me».

«Mi aveva vista a *Meet the Press* e gli ero piaciuta.»

«Oh, capisco», fece Adam. Era rimasto imbarazzato dalle opinioni di Sydney e dalla sua franchezza.

La seconda volta che Sydney ebbe notizie di Johnson fu nel 1964, quando divenne presidente degli Stati Uniti per sette settimane. Le telefonò a casa il secondo giovedì sera di gennaio.

«Ero qui seduto a leggere quegli editoriali sul suo giornale», disse, «e ho pensato che avrei fatto bene a telefonare alla piccola signora per dirle quanto li apprezzo.»

«Non si ecciti troppo. Ho dovuto battermi per farli inserire. Dicono che lei se la stia cavando bene; non approvano certo le politiche democratiche.»

«È un inizio», fece lui. «Vorrei che venisse a trovarmi la settimana prossima. Vorrei che conoscesse mia moglie. Venga a pranzo.»

«Posso portare mio marito?»

Johnson rise. «Certamente. Se pensa che la proteggerà.»

Sydney detestava l'idea che gli uomini tramutassero il lavoro in flirt.

Adam non poté rifiutare un invito alla Casa Bianca; mostrò anzi una certa eccitazione al pensiero. Volarono a Washington con l'aereo di Oliver e la first lady li condusse a fare un giro della Casa Bianca prima di pranzo.

A tavola, con sua sorpresa, erano solo loro quattro. Il Presidente disse: «Non ho speranza che la legge per i diritti civili passi al Congresso. Ci sarebbero più possibilità se io fossi ancora a capo del Senato».

«Diritti civili? I diritti dei negri, vuol dire, signore?» La voce di Adam era educata, ma Sydney si sentì così imbarazzata che avrebbe voluto tirargli un calcio; la tavola però era troppo grande.

Johnson si girò verso di lui, la voce forte e lo sguardo fiero.

«Ci sono tuttora grosse sacche di povertà in questo nostro magnifico Paese, e voglio spazzarle via. Il colore della pelle non dovrebbe avere importanza. Gente povera costretta a chiedere buoni per il cibo... È umiliante. Questo è un Paese grande e ricco, e voglio che i poveri non siano abbandonati. Diritti dei negri? Forse, signor Yarborough, ma fondamentali per tutti gli esseri umani.»

Sydney notò che aveva chiamato Adam signor Yarborough, ma chiamava lei Sydney.

In una cosa Adam e il Presidente concordavano: la guerra in Estremo Oriente non poteva essere sospesa e l'America non poteva mostrarsi debole. L'America aveva vinto ogni guerra che aveva intrapreso, e di conseguenza considerava morali tutte le guerre che intraprendeva. Naturalmente, la moralità avrebbe trionfato, perché Dio era sempre dalla sua parte.

Sydney avrebbe voluto chiedere che cosa c'era di morale nell'uccidere giovani uomini per il comunismo, quando neppure li minacciava.

«Sembrerebbe», disse Sydney, «che qualunque cosa con un accenno di comunismo debba essere spazzata via ovunque mostri la sua testa nel mondo. Penso ci siano cose peggiori che la minaccia del comunismo. Non si impadronirà mai del mondo.»

I due uomini la guardarono.

«Che cosa c'è di peggiore?» chiese Adam.

«Be', il comunismo non mi piace», si affrettò a dire Sydney. «Ma ci sono Paesi in cui i dittatori non sono comunisti, come in tante nuove nazioni africane. Noi tendiamo a sostenere chiunque, purché non sia comunista. Come Sukarno. O in Cile.»

«Vorrebbe che abbandonassi questa guerra?» chiese il Presidente.

«Ha detto che l'avrebbe fatto.»

«L'ho detto, non è vero?»

In realtà, il pranzo si concluse con una nota piacevole, e Adam venne via dicendo che c'erano alcuni punti su cui avrebbe persino potuto concordare con il Presidente. «Anche se non mi piace come ti guarda.»

«Oh, per carità, Adam. Pensi che ogni uomo con cui parlo sia pronto a portarmi a letto. Mi hai guardata bene? Non sono bella.»

«Lo sei dopo che cominci a parlare.»

«Be', non ho intenzione di restare zitta.»

«Ah», rise Adam, chinandosi per prenderle la mano, «se qualcuno sapesse come sei forte a letto, ogni maschio di questo dannato Paese ti desidererebbe.»

Ma facevano l'amore sempre di meno. Perché erano entrambi troppo stanchi la sera o perché lei provava così tanta disperazione per le loro differenti opinioni? Stava cambiando e Adam no, ecco che cos'era.

Ogni volta che vedeva un vecchio film di Jordan in televisione, non voleva che dopo Adam la toccasse. Voleva giacere a letto e ricordare com'erano i baci di Jordan e come il suo corpo reagiva alle sue mani, alla sua lingua, alle sue dolci parole.

Era stato Jordan a stimolarla a pensare in maniera diversa. A farla pensare con la sua testa. A non ripetere soltanto le idee che Oliver le aveva inculcato in testa, ma a occuparsi di chi aveva meno denaro di lei, meno libertà, meno istruzione. E quando poi aveva cominciato a studiare e a leggere di queste cose, quando aveva aperto la mente a questi problemi, non aveva più potuto tornare indietro. Era anche stato il primo a farle realizzare che le risorse del pianeta erano limitate e andavano protette.

Qualche mese dopo, quando Mary tornò da un altro viaggio in Estremo Oriente, e Monday aveva appena trascorso un mese a New York, Sydney invitò l'amica a pranzo. «Monday è al corrente di Denton?»

Mary scosse il capo. «Non esattamente. Ho mentito. Be', non ho realmente mentito, diciamo che ho commesso un peccato di omissione. Crede che tutti i miei viaggi siano per il giornale. Hong Kong, Singapore, Australia... non ho esattamente detto questo, ma...»

«Se ti chiedessero contemporaneamente di sposarti, chi accetteresti?»

Mary scosse il capo. «Per carità, Sydney. E poi, nessuno dei due me lo chiederà mai. Ho una relazione con due uomini che detestano la parola matrimonio. Neanch'io sono sicura in proposito. Non voglio rinunciare al mio lavoro. Sono entrambi molto virili, sai. Pensano che le donne siano qui per rendere piacevole la vita degli uomini.»

Due mesi dopo Mary le disse: «Sono incinta».

«Oh, Dio. Sai di chi?»

Mary annuì. «È di Denton. Sono sicura del momento.»

«Come ti senti in proposito?»

«Vuoi dire come farò a dirglielo?» Mary si chinò attraverso il tavolino. «Ci ho pensato molto, da quando ho incominciato a sospettarlo. Ne sono felice, Sydney. Voglio il figlio di Denton.»

Sydney apparve stupita. «Dunque l'avrai?»

Mary annuì. «Sì.»

«Glielo farai sapere?»

«No so. Non voglio che si senta obbligato a sposarmi, ma d'altro canto, non devo fargli sapere che sta per avere un figlio?»

Sydney si chiese se Mary stesse pensando di abbandonare *Focus*. Mary rispose alla sua domanda silenziosa. «Spero che questo non significhi che devo lasciare il lavoro.»

Sydney fu pervasa da un'ondata di sollievo. «Fa' tutte le cose che devi. Ti appoggerò. È chiaro che non voglio che tu te ne vada. Siamo nel 1964, dopotutto. Le donne possono lavorare e avere anche una famiglia.»

Ma Denton Walker fu ucciso da una bomba prima di sapere che Mary aspettava suo figlio. E Monday le sorprese entrambe offrendosi di sposare Mary e di fare suo il figlio che doveva nascere.

«Nessuno crederebbe mai che un bambino nero sia suo figlio, e gliel'ho detto. Naturalmente non voglio sposarlo, ma riesci a crederlo? Pensavo che si sarebbe arrabbiato...»

«Non sapevo che fosse un così splendido cavaliere.»

«Mi ha detto che il pensiero di perdermi per un altro uomo gli ha fatto capire che è innamorato di me. Credo, comunque, che a Monday piacciano le situazioni drammatiche. Ma non lo sposerò.»

«Dunque avrai un bambino illegittimo?» chiese Sydney.

«Sì», rispose Mary, «e non me ne vergogno affatto.»

Sydney ammirava l'amica.

«Cercherò di fare tutto. Sarò mamma, lavorerò e non rinuncerò alla mia libertà per un uomo.» Sembrava che ne fosse orgogliosa, ma invece soffriva per la morte di Denton Walker, e avrebbe sofferto per molto tempo ancora, dopo la nascita di suo figlio.

La persona che cambiò di più fu Monday. Comprò un appartamento a New York, vendendo quello di Greenwich Village. Fece dell'East Coast il suo quartier generale, smise di frequentare stelline e, sebbene non la vedesse quotidianamente, chiamava Mary ogni giorno. Fu il primo a vedere suo figlio, David. Si offrì di fargli da padrino.

34

SYDNEY apprese da numerosi giornali che Jordan aveva comprato della terra in Kenya, e glielo confermò lui stesso quando passò da New York. «Trascorro lì la maggior parte del mio tempo libero. Stiamo costruendo un lodge...»

«Costruendo con chi?»

Jordan rise. «Non con una donna, amore, non con una donna. Sto costruendo un lodge da offrire ad alcune organizzazioni che lottano per la protezione degli animali selvatici. Gli elefanti stanno per estinguersi in Africa. Incredibile! 'Vieni a trascorrere un paio di settimane nelle regioni selvagge dell'Africa e innamorati di quello che deve essere protetto!' Potrebbe essere una buona propaganda per la causa. Dovresti venire a vedere, Syd. È così bello. Stavo per comprare della terra in

Tanzania per poter esser vicino al Kilimangiaro, ma politicamente preferisco il Kenya. Dal mio lodge si potrà comunque vedere la montagna. È vicino al Tsavo Wildlife Refuge.»

Questo non significava niente per Sydney. «Non ti annoi laggiù?» chiese.

«Annoiarmi?» Jordan rise. «Sono più occupato di quando ero a Hollywood. Comincio a capire perché ti sentivi a quel modo. No, Syd, il Kenya non mi annoia. L'anno prossimo, quando il lodge sarà abitabile, spero di poter avere le bambine per l'estate e andare in Africa. Voglio che la vedano prima che sia rovinata. Voglio mostrargli questo posto che amo tanto e fargli vedere alcune delle cose che mi sono più care al mondo.»

Un'estate senza le bambine? Ma sapeva che le avrebbe lasciate andare.

Sydney e Adam furono invitati alla Casa Bianca a uno degli ultimi pranzi offerti da Johnson.

Il Presidente e Adam concordavano soltanto sulla guerra. Sydney e Johnson non concordavano su quel punto, ma erano d'accordo praticamente su tutte le altre politiche. Tuttavia, non era più così sicura su quello che provava personalmente per lui.

Si erano incontrati a una cena da mille dollari a testa per raccogliere fondi a favore del senatore Javits e, con sua sorpresa, Sydney era seduta accanto al Presidente sul podio. Lui le sorrise e si chinò a sussurrarle: «Non ho portato mia moglie perché sapevo che avrei visto lei, stasera». Quando la gamba di lui sfiorò la sua sotto il tavolo, lei si scostò bruscamente. Non le fece altre avance, ma l'allusione non le era piaciuta. Si chiese se tutti gli uomini di potere cercassero di abusarne.

Quando Adam l'accompagnò alla Casa Bianca, Sydney aveva scelto con cura un abito da sera azzurro chiaro di Cassini che donava alla sua carnagione. Il signor Howard le aveva suggerito di portare un toupet con piccole ciocche sfuggenti all'altezza delle orecchie. Big Mommy le aveva proposto di indossare i pendenti di brillanti che facevano parte della sua collezione, chiusa in una cassetta di sicurezza da oltre cinquant'anni.

«Mio Dio, sei favolosa!» La voce di Adam era estasiata. «Se lui è il Presidente, tu sembri una principessa!» Era lieta che non l'avesse paragonata alla regina.

Sydney studiò il proprio riflesso nello specchio. Aveva trentanove anni, ma il suo vitino era ancora invidiabile e pensò che Adam aveva avuto ragione, dieci anni prima, dicendole che con l'età migliorava.

Il Presidente lo confermò. «È molto bella, Sydney», asserì baciandola sulla guancia e trattenendole la mano.

Un gruppo scelto dall'Air Force suonò musica degli anni Quaranta e Cinquanta. Sydney era seduta al tavolo con l'ambasciatore britannico, Shirley McLaine, Leonard Bernstein, il senatore O'Malley e la moglie del ministro del Tesoro. La conversazione era stimolante, e Sydney non ne aveva mai abbastanza.

Dopo cena, furono accompagnati nella East Room, dove erano state sistemate delle poltrone e vennero intrattenuti da un trio.

Stava ballando con il senatore McCalum quando s'intromise il Presidente e la fece turbinare intorno alla stanza.

«È un bravissimo ballerino, signor Presidente.»

Gli anni gli avevano fatto pagare il pedaggio, e le rughe sulla faccia erano pronunciate, ma c'era una luminosità nei suoi occhi mentre la teneva stretta, più stretta del necessario. Sydney pensò che era è veramente voluminoso, anche se l'abito perfetto ne nascondeva lo stomaco.

«Meglio tenerla stretta, mia cara», le mormorò fra i capelli.

Quando l'orchestra passò da una melodia all'altra, lei si augurò che s'intromettesse qualcuno, prima di rendersi conto che nessuno poteva sottrarla al Presidente degli Stati Uniti. Infine, quando la musica s'interruppe, Sydney tese la mano e disse: «Grazie, signor Presidente», e fece per allontanarsi. Ma il Presidente le circondò la vita con un braccio e fece per abbandonare la pedana con lei, quando fortunatamente si imbatterono nel senatore Javits.

«Questo non è il nostro prossimo ballo?» chiese il senatore.

Sydney, più tardi, lo ringraziò. Era anche un ottimo ballerino, e ballare con lui non la metteva così a disagio.

In taxi, tornando al *Shoreham* quella sera, Sydney propose: «Adam, i giornali non sono le uniche fonti di informazione. Compriamo una radio o una stazione televisiva».

Essendo un giornalista vecchio stampo, Sydney sospettava che l'idea fosse inaccettabile per Adam. Guardava raramente la televisione e non ricordava nemmeno l'ultima volta che aveva acceso una radio.

Jordan considerava Hollywood come un figlio bastardo del teatro di Broadway, e Adam giudicava la televisione nello stesso modo. «Semplice divertimento, non notizie», diceva in tono sarcastico.

Al mattino, mentre stavano precipitosamente consumando la prima colazione per prendere l'aereo ed essere in ufficio per le nove e mezzo al massimo, Sydney accennò di nuovo all'idea. «Sai, una stazione radio a Binghamton o una televisione a San Francisco.»

«Binghamton?» La voce di Adam si incrinò.

In aereo, durante il volo di quaranta minuti, si limitarono a leggere i giornali.

Quella sera a cena Adam disse: «Binghamton è fuori discussione. Dobbiamo concentrarci sui posti dove c'è veramente il potere».

Sydney inarcò un sopracciglio e piegò la testa.

Quella sera fecero l'amore ridendo in un bagno di schiuma e poi sul folto tappeto del bagno.

Dopodiché, per la prima volta da quello che ricordava Sydney, Adam accese il televisore della loro camera da letto. Sedettero nudi, tenendosi per mano, commentando il notiziario delle undici prima di girarsi l'uno verso l'altra e fare di nuovo l'amore.

Sei settimane dopo, Adam entrò nell'ufficio di Sydney e sedette davanti alla sua scrivania.

Accavallò le gambe e le sorrise. «Tanti auguri», disse.

A colazione Sydney aveva pensato che si fosse dimenticato del suo compleanno o la credesse sconvolta per la notizia della vittoria elettorale di Nixon.

«Grazie», fu tutto ciò che riuscì a dire con un sorriso.

«Qualcosa per tirarti un po' su.» Posò un fascio di documenti sulla sua scrivania.

Lei li guardò. «Che cosa sono?»

«Siamo proprietari della KPTV di Chicago», annunciò. «Pensavo che ti avrebbe fatto piacere.»

Sydney lo guardò; aveva un'espressione ansiosa sul volto. Si sforzò di sorridere. Alzandosi, girò intorno alla scrivania e si chinò a baciarlo. «Che caro!»

Si chiese perché non si sentisse più soddisfatta. Le aveva dato retta, per una volta. Ma non l'aveva neppure consultata. Parte del divertimento sarebbe stata proprio nel cercare la stazione giusta, volando attraverso tutto il Paese e parlando con proprietari e manager.

Invece le aveva tolto di mano quel piacere.

«Tuo padre e io abbiamo deciso che era un buona idea. Adesso potrai divertirti a dirigerla.»

Un nuovo giocattolo.

Era sempre questo che le offrivano. Giocattoli. *Focus*. Il suo nome sulla testata come coeditore. Nessuna reale responsabilità, solo qualcosa per tenerla occupata e toglierla di mezzo.

Una stazione televisiva a Chicago. Se avesse dovuto andarci spesso, non sarebbe più stata loro d'intralcio. Né Oliver né Adam consideravano la televisione reale. «Il piccolo schermo», dicevano con fare denigratorio.

Giocattoli. Perché no? Dopo tutto le donne non erano capaci di occuparsi delle cose importanti della vita. Bastava guardare al Congresso. Quante donne c'erano? Quanti giudici erano donne?

Be', gliel'avrebbe fatta vedere. Ma non avrebbe passato troppo tempo a Chicago. Sarebbe rimasta lì senza permettere che la ignorassero.

Una parte di lei era furiosa perché Adam non l'aveva consultata. Un'altra ammetteva che aveva cercato di essere carino. Era stata lei a suggerire di espandersi in campo televisivo. Probabilmente non gli era stato facile convincere Oliver ad aderire all'idea.

Sorrise raggiante al marito. «Sarà molto divertente», osservò a voce alta. «Mi piacciono le nuove sfide.»

Adam era raggiante. «Speravo che la prendessi così.» Tese la mano per sfiorarle la guancia.

35

«PER l'amor del cielo», il tono di Sydney era molto alto, una delle poche volte che Juliet lo ricordasse a quel modo. «Mi stai facendo impazzire. Da quando sei tornata dall'Africa... o meglio da quando Ashley è andata a Cornell. Di qualunque cosa si tratti, niente di quello che faccio va bene, niente di quello che penso è giusto, niente...»

Juliet, con voce così bassa che Sydney faticò a sentire, disse: «Credevo che fosse esattamente il contrario. Tu non approvi niente di quello che faccio io».

«Ma è chiaro! Vuoi uscire fino a ore impossibili anche durante i giorni di scuola...»

«Non sono solo i giorni di scuola. Tu vuoi che torni a casa a mezzanotte anche durante i weekend.»

«Cara, non hai ancora diciassette anni.»

Sua madre la faceva impazzire. Era così antiquata... «Ogni ragazzo con il quale esco ha o i capelli troppo lunghi o indossa jeans troppo stretti...»

«Indossano sempre jeans. Nel gruppo dei ragazzi della tua età nessuno si veste più decentemente?»

«Oh, ma', per carità.»

«Questa è un'altra cosa. Detesto ma'. Non puoi chiamarmi mamma?»

Juliet guardò Sydney con gli occhi socchiusi. «Oh, sei così fuori moda. Nessuno chiama più le proprie madri mamma.»

«Potresti provarci, visto che a me piace.»

Juliet non l'avrebbe mai fatto.

Sydney aveva letto che questa era chiamata resistenza passiva. Si trattava di disobbedienza civile, piuttosto.

«Ti stai facendo buttare fuori della scuola.»

Juliet studiò la parete dietro la madre.

«Non hai mai consegnato i compiti a casa da quando è cominciata la scuola. Sono sei settimane.»

Juliet si guardò le scarpe. «La scuola è noiosa. Non c'è niente da imparare lì.»

Sydney fece un lungo sospiro. «Quando hai acquisito tutta questa grande saggezza?»

Juliet sapeva che Sydney non si aspettava una risposta.

La donna si avvicinò e si pose di fronte alla figlia.

«L'unica cosa a cui pensi sono i ragazzi», disse. «Spero che tu stia attenta.»

«Perché non mi procuri un diaframma, se hai così paura?»

«Oh, buon Dio.» Sydney avvicinò una sedia e sedette accanto alla figlia, passandole una mano sul braccio.

Juliet si ritrasse.

«Non penso soltanto ai ragazzi», disse. «Penso a un sacco di cose.»

«Tipo?» Sydney si sforzava di non mostrare quanto fosse realmente arrabbiata e frustrata.

«Oh... ai valori, a quello che è giusto e sbagliato, questo genere di cose.»

Anche il vocabolario di Juliet era diventato limitato, ultimamente.

«Fammi un esempio.»

«Non capiresti.»

«Non capirei i valori? Provaci, Juliet.»

Juliet rifletté un momento e poi cominciò a farfugliare.

«Oh, sai, come gli animali. Tu spendi soldi in pellicce, e papà spende soldi perché gli animali non debbano morire, perché non si estinguano.»

Sydney la studiò.

Dopo un minuto, Juliet fece un altro esempio. «La tua idea del successo è avere potere. Non ti concedi mai di vivere. Non sembri mai divertirti. Non sai parlare d'altro che di affari o di politica.»

Sydney si appoggiò all'indietro e guardò la figlia.

«Tu pensi che fumare erba sia immorale, che dormire con un ragazzo senza essere sposati sia deplorevole...»

«Oh.» Sydney tese la mano ma non toccò Juliet. «Come ti vengono queste idee? È solo che io non credo nel fare sesso senza assumersi responsabilità morali, compresa la possibilità di una gravidanza.»

Juliet guardò la madre. «Che cosa intendi dire con responsabilità morali?»

Sydney sospirò e si strinse nelle spalle. «Il sesso è per gli adulti e non tutti siamo in grado di affrontarlo allo stesso modo. Che cosa succede se il ragazzo ti dice che ti ama solo per portarti a letto e poi ti lascia? Sei in grado di accettarlo? E se rimani incinta? Sei pronta a decidere se vuoi un figlio illegittimo, se vuoi darlo in adozione, se vuoi abortire, se sei disposta a sposare quel ragazzo?»

«Gesù, mamma, non pensi a tutte queste cose mentre sei presa dalla passione.»

«È appunto quello che voglio dire. Non sei pronta per questo genere di responsabilità. Sei preparata a fargli prendere ogni volta delle precauzioni, sei preparata a metterlo anche tu in pratica...»

«Ma non gli toglie tutto il romanticismo?»

«Il sesso non è soltanto romantico. Per venti minuti di piacere, molte donne si sono rovinate la vita.»

«Venti minuti?» Juliet rise. «Dio, mi dispiace per te.»

Sydney si controllò per non schiaffeggiarla. Non era mai stata tentata di farlo prima, sebbene Juliet fosse sempre stata una bambina difficile. E adesso, bastava guardarla per capire quanti ragazzi la corteggiavano, o l'avrebbero corteggiata. Quella nuvola di capelli color ebano intorno alla testa, quel viso a forma di cuore con due occhi innocenti e seducenti insieme. Quel corpo, nessuna diciassettenne avrebbe dovuto essere così sviluppata, così... così piena. Avrebbe voluto chiederle se era ancora vergine, ma non osò. Avrebbe voluto sapere se sua figlia faceva uso di droghe, ma aveva paura della risposta.

«Sai com'era diversa l'Africa?» chiese Juliet, le dita intrecciate. Indossava i suoi soliti Levi's attillati e un top che pareva esserle stato cucito addosso. «Era pura. L'aria era pura, pulita, niente fabbriche o macchine che la inquinassero. La gente innocente...»

«...e affamata.» Sydney avrebbe voluto mordersi la lingua.

Juliet stava ammonendo la madre con gli occhi. «La gente si vuole bene. Si prendono cura l'uno dell'altro. Non importa loro del denaro o del potere. Vivono alla giornata. Mangiando e svolgendo il loro lavoro, ma il lavoro non ha mai il sopravvento sulla loro vita. Non gli interessa salire la scala sociale, non pensano mai...»

«Non pensano mai.» La voce di Sydney era stanca.

«Oh, mamma, sei tu che non pensi. Be', pensi solo alla politica, non alla moralità.»

«Tesoro», disse Sydney, posando una mano sul ginocchio di Juliet. «Politica e moralità sono la stessa cosa.»

«Tu pensi a quanta gente compra il tuo giornale, alle tariffe delle inserzioni pubblicitarie e a vincere i premi Pulitzer. Tu non pensi agli individui. Vai in giro con gente che non pensa all'altra gente, che...»

A un tratto Sydney smise di sentire la voce della figlia. Sua figlia non aveva idea di ciò in cui credeva lei, quello che pensava di star facendo per il mondo. Apparentemente non era riuscita a trasmettere i suoi valori e i suoi giudizi morali a sua figlia; non aveva avuto alcuna influenza.

«Hai lasciato papà per poter fare quello che volevi. Per poter diventare famosa e potente. Non ti è neppure mai importato di averlo ferito, non è vero? Hai sposato Adam solo per avere il controllo totale del giornale, non è così? Non sai neanche che cosa significhi la parola amore!»

Ciò interruppe i pensieri di Sydney.

Forse era vero. Forse era lì che aveva sbagliato. Forse non sapeva che cosa significasse l'amore.

Forse non sapeva amare disinteressatamente.

«Pensi che non ti abbia amata a sufficienza, vero?»

Gli occhi di Juliet erano fiammeggianti. «Se tu mi avessi amata, non avresti mai lasciato papà. Saremmo stati una famiglia. Non avresti avuto bisogno di possedere il giornale, avresti potuto essere qui...»

«Ehi, basta. Dimmi una sola volta in cui mi volevi e io non c'ero. Dimmi quando tu e Ashley avevate dei problemi e io non ero lì ad ascoltarli.»

La faccia di Juliet si corrugò. «Non ci sei mai stata per me. Non sai che l'unica cosa veramente importante al mondo è l'amore. I soldi non contano. Non contano affatto.»

La bocca di Sydney si aprì. Aveva sempre creduto che una delle cose che aveva fatto meglio fosse la madre. «Oh, per l'amor del cielo, ho allevato una hippy. 'L'unica cosa che conta è l'amore e il piacere del momento.'»

Juliet la ignorò. «Papà è un vero padre. O lo sarebbe stato se gliel'avessi permesso. Ma tu gliel'hai impedito; gli hai strappato la cosa più preziosa del mondo. Se papà fosse sempre stato con noi... se tu avessi anteposto noi a te stessa...»

Sydney si alzò e guardò Juliet. Poi si diresse al telefono e compose il numero di Jordan in California.

Lui rispose al secondo squillo.

Sydney non perse tempo con i preliminari. «Sembra che la nostra secondogenita preferisca vivere con te. Vuoi provarci?»

Jordan, colto di sorpresa, rispose: «Un minuto, Syd. Concedimi un minuto. Sono impreparato per questo».

Sydney guardò Juliet attraverso la stanza.

La ragazza sedeva a bocca aperta, lo sguardo intrecciato con quello della madre. «La vuoi o no?»

«L'ho sempre voluta, ma conosci la mia vita qui. Comincerò a girare fra un paio di settimane. E non sono sicuro se sarò qui o in Canada.»

«Si lamenta per metà del tempo, non consegna i compiti a casa da sei settimane, va male in ogni materia. Eppure è una delle ragazze più brillanti che abbiano frequentato Chapin.»

«Mio Dio, che cos'è successo?»

«Chi lo sa, Jordan. Tutto quello che so è che non arrivo da nessuna parte con lei. Pensa che io sia una cattiva madre e tu un gran padre. Che tu abbia dei valori e io no.»

«Oh, Cristo, Syd, smettila. Dev'essere lì nella stanza e stai cercando di punirla. Che cos'è successo?»

La voce di Sydney era gelida, ma il suo cuore correva all'impazzata. «Non ho idea di quello che è successo. Non ha alcun rispetto per me, ed evidentemente non l'ha mai avuto.»

«Oh, per carità, è una ragazzina. Quando mai i ragazzi hanno rispettato i genitori?»

«Rispondimi. La vuoi o non la vuoi?» Non sapeva nemmeno che risposta volesse. Voleva essere in grado di dire a Juliet: «Tuo padre è troppo occupato»? Voleva punirla per averla ferita? O voleva che Jordan e Juliet stabilissero un rapporto, sperando che Juliet trovasse delle risposte?

«Passamela, va bene? So che è lì. Lo capisco dal tono della tua voce.»

Sydney allungò il ricevitore a Juliet. «Tuo padre vuole parlarti.»

Juliet in California non si sentiva così sola come si sentiva a New York. Nessuno le diceva che era troppo giovane per fumare, che i suoi vestiti erano troppo corti o l'obbligava a far venire il suo ragazzo a prenderla a casa perché sua madre potesse conoscerlo.

Quando suo padre era partito per Vancouver per girare un film, lei aveva dovuto promettergli che sarebbe rimasta a casa ogni venerdì sera per ricevere la sua telefonata, per sapere se stava bene, se aveva bisogno di qualcosa. Lui la amava, lo sapeva. Gli importava che stesse bene, l'abbracciava e la baciava spesso. Le parlava come se fosse un adulto. Lei lo apprezzava, ma a volte avrebbe voluto essere ancora bambina. Quel tempo, però, era passato. Troppo tardi per stargli seduta in braccio e farsi cullare fino ad addormentarsi. Troppo tardi perché lui le risolvesse tutti i problemi.

Cercava di andare a scuola tutte le mattine, anche se non in orario. E in quel liceo pubblico, il primo che frequentasse, c'erano altri come lei, e lei gravitava intorno a loro, andava con loro in spiaggia, e cominciò a sentirsi parte di un gruppo per la prima volta nella sua vita.

Un pomeriggio sulla spiaggia, quando erano usciti da scuola presto, un paio di ragazzi troppo grandi per essere della scuola arrivarono lì e cominciarono a parlare con le ragazze.

«Sono punk», disse uno dei ragazzi di Beverly Hills. Avevano i capelli lunghi e pareva che uno di loro non se li fosse mai pettinati. Fumavano erba apertamente. Erano abbronzati e muscolosi. Surfer e motociclisti. «Andiamo nel deserto la domenica mattina», disse uno di loro a Juliet. «Vuoi venirci anche tu?»

Il suo modo di guardarla le faceva paura, ma nello stesso tempo l'attraeva. «Sì, perché no?» rispose.

«Mi chiamo Cool Wellington», le disse.

«Cool?» rise. «Dove hai pescato un nome simile?»

«Suono in una band il sabato sera», spiegò. «Dovresti venire a sentirmi qualche volta.»

«Certo», rispose.

«Ogni tanto gruppi famosi vengono nel locale dove suoniamo e scelgono uno di noi per sostituire chi se n'è andato. Accidenti, la settimana scorsa è venuto Johnny Mars.»

Stava cercando di fare colpo su di lei. Johnny Mars. Sicuro.

«Un paio di settimane prima è venuto quello che arrangia la musica per Joan Baez.»

Annuì, non credendo a una parola. Non importa, pensò.

«Sei carina», disse il ragazzo, abbassando lo sguardo sul suo costume da bagno. Le sembrò di non avere addosso nulla.

«Anche tu non sei male», rispose.

«Una bella coppia, eh?» Rise e fece per prenderle la mano. «E non conosco nemmeno il tuo nome.»

«Julie», disse Juliet. Nessuno l'aveva mai chiamata a quel modo. «Julie Elliot. Con due l.»

«Vuoi che ti passi a prendere domenica mattina?»

«No. Ci troviamo da qualche parte.»

«Ti troverò un casco. Non ha importanza che cos'altro indossi.»

A sua madre sarebbe venuto un colpo. Cool aveva capelli che gli arrivavano sotto le spalle, striati di biondo dal sole, e il suo costume da bagno era così ridotto e attillato che non lasciava niente all'immaginazione.

Le allungò una sigaretta, e lei l'accettò, aspirando. Era erba. Era bello. Tirò un'ultima boccata.

«Brava», disse lui, studiandola.

«Non sono brava», lo contraddisse.

Sorrise. «Tanto meglio.»

36

NON aveva mai sperimentato niente del genere. Il vento le sferzava la faccia. Un senso di allegria le pervadeva il corpo, eccitando la sua mente in un modo nuovo, sconosciuto. Si sentiva parte delle cose: degli alberi che le passavano accanto come pali del telefono, delle margherite gialle, delle colline ondulate e dei rettilinei nel deserto.

Verso mezzogiorno, si fermarono sopra un dirupo ombreggiato da pioppi, che si affacciava su una vallata sabbiosa interrotta da un ruscello cristallino. Grossi uccelli neri vi giravano sopra con le ali aperte, emettendo le loro grida acute e penetranti.

Tutti i motociclisti, per lo più accompagnati da ragazze, infilarono le mani nelle borse delle selle e tirarono fuori decine di confezioni da sei. Juliet non aveva mai visto tanta birra in un solo posto se non in un negozio di alimentari.

«Chi guida più?» chiese a Cool, girandosi.

«Oh, non torneremo fino a sera, e per allora sarà evaporata. Dormiremo un po'. Be', ti è piaciuto?»

«È stato meraviglioso.» Juliet accettò la bottiglietta di birra che Cool le porse dopo averla stappata con i denti. «È forse la cosa più bella che abbia mai sperimentato.»

Lui socchiuse gli occhi e la studiò. «Be', cara, non è molto che sei con me», disse con un sorriso perverso.

Juliet sistemò il casco sul sedile e si passò una mano fra i capelli aggrovigliati. Il sole batteva sulla terra bruciata. Era caldo ma non umido, come nel Maryland in estate.

Cool indicò con la testa gli altri motociclisti. Si avvicinarono ad alcuni seduti in cerchio, a gambe incrociate, che bevevano birra e ridevano in modo rauco. La presentò ad alcuni di loro, che si limitarono ad annuire fissandola dal collo in giù.

«Vai ancora a scuola?» le chiese Cool, quando si furono seduti anche loro.

Juliet annuì, poi gli chiese a sua volta: «Come mai tu non sei nell'esercito? Credevo che tutti i ragazzi che non andavano a scuola fossero militari».

Cool fissò l'orizzonte. «Io no. Andrò in Canada, in Svezia o magari in galera, prima di andare a combattere laggiù.»

Juliet lo studiò. «Anche in galera?»

Non rispose.

Sedettero così per quasi un'ora, ascoltando le barzellette, le risate, la conversazione sboccata. Il sudore cominciò a scorrerle sul collo, fra i seni.

Cool la guardò. «Vuoi andare laggiù?» chiese, facendo segno in direzione del canyon. «A fare una nuotata?»

«Va bene.»

Cool si alzò, allungò una mano per aiutarla e afferrò due bottiglie di birra. Scesero lungo il precipizio, che non era ripido come Juliet aveva immaginato. Non volle pensare a come sarebbero risaliti.

«Ci sono serpenti qui intorno?» chiese.

Cool non rispose. Quando raggiunsero il fondo del canyon la prese per mano, guidandola verso i pioppi e il ruscello. Se ne vedeva il fondo dalle pietre color rame.

Sedettero sulla riva e lasciarono penzolare i piedi nell'acqua. Era fresca e Juliet aveva voglia di tuffarsi e nuotare lasciandosi trasportare dalla corrente. Cool le offrì una birra, ma ne aveva già bevute tre e rifiutò. Lui la stappò di nuovo con i denti e chiese: «Vuoi entrare?»

«Va bene.»

Cool si alzò e si tolse la maglietta e i jeans. Non portava le mutande e il suo corpo era completamente abbronzato. All'improvviso la cosa la spaventò. Avrebbe voluto alzarsi e correre via. Ma Cool le sorrise. «Quello che vedi è quello che hai.»

Juliet si alzò e mentre si sbottonava lentamente la camicetta comprese che quel semplice atto lo eccitava. Gettò a terra la camicetta e tirò giù la lampo dei jeans. Una parte di lei gioiva per essere in grado di eccitare un uomo così facilmente. Le dava un senso di potere, benché sapesse che era sempre l'uomo ad avere il controllo della situazione.

«Gesù», disse Cool, «hai delle tette enormi. Togliti il reggiseno.»

«No», ribatté lei, balzando nell'acqua che le arrivava appena sopra le ginocchia. Avanzò di qualche passo e si sdraiò, alzando i piedi per lasciarsi trasportare.

Cool l'afferrò per un piede e la strattonò. «Dove credi di andare?» chiese sorridendo. Lasciò scivolare la mano lungo la sua gamba, facendole perdere l'equilibrio. Juliet avrebbe voluto respingerlo, ma nello stesso tempo provava un brivido sotto il suo tocco.

«Mi piace che non parli molto», disse Cool, avvicinando la bocca alla sua. Lei chiuse gli occhi. Baciare era la cosa che le piaceva di più, ma la maggior parte dei ragazzi con i quali era stata se ne intendeva poco di baci. Cool la baciò, ma come se fosse qualcosa che a quel punto doveva fare, non perché lo eccitasse realmente. Circondandola con le braccia le slacciò il reggiseno, poi abbassò la bocca sui suoi seni. Cercando di strapparle furiosamente le mutandine, la trascinò fuori dell'acqua, sulla riva. Prima che lei potesse rendersene conto, fu tutto finito. Rotolando via da lei, Cool giacque ansimante sotto i pioppi, soddisfatto. Juliet rimase dov'era, supina, fissando gli alberi le cui foglie merlettate si stagliavano contro il sole.

Il ruscello gorgogliava. In lontananza sentiva le risate e le grida dei motociclisti.

Alla fine, lui disse: «Potrei insegnarti qualcosa».

Juliet pensò che alludesse al sesso. D'altra parte non aveva fatto niente, era solo rimasta sdraiata. Ma non era questo. «Vuoi imparare a guidare una moto? A farlo da sola? O preferiresti imparare a suonare la chitarra? Sono bravo. Molto bravo.»

«Devo scegliere? Una cosa o l'altra?»

Cool si girò e si appoggiò a un gomito. «Vuoi imparare tutte e due le cose? Sì. Ti insegnerò tutte e due le cose.»

Juliet chiuse gli occhi. E se ne avessi voglia, pensò, io ti potrei insegnare a baciare. Ma non credeva che ne valesse la pena; quel ragazzo non l'avrebbe mai infiammata. Perché allora sprecare energia? *Risparmia i tuoi sforzi per imparare cose nuove.*

Il mese successivo, Juliet trascorse più tempo studiando la chitarra e imparando a guidare la motocicletta di Cool che non a scuola.

Jordan le telefonò un sabato. «Ho cercato di mettermi in contatto con te per tutta la notte», disse.

«Ero all'*Ambrosia.*»

«E dov'è?»

«Un posto dove suonano band emergenti. Nuovi numeri. Una specie di ritrovo per attori e musicisti.»

«Oh, magnifico. Proprio il genere di persone da frequentare!» Ma non proseguì. Juliet era sola, e sapeva che era colpa sua se non era lì a fare il padre. A Sydney sarebbe venuto un colpo se avesse saputo che l'aveva lasciata sola. Ma la signora Harkin passava la notte nel piccolo appartamento sopra il garage, per cui lui sapeva sempre se Juliet stava bene.

«Papà, voglio imparare a suonare la chitarra.»

«Va bene.»

«Ma questo vuol dire che ho bisogno di una chitarra...»

Rise. Nessuna delle sue figlie gli aveva mai chiesto denaro, prima. «Ecco il numero della mia carta di credito. Prendi la migliore che hanno.»

Non si spinse a tanto, ma Cool gliene mostrò una che avrebbe comprato lui se avesse avuto i soldi. Tornata a casa la ordinò per telefono, dando all'impiegato il numero della carta di credito di Jordan. Non aveva ancora invitato Cool a casa, incontrandolo sempre davanti a scuola alle tre, sulla spiaggia o all'*Ambrosia.* Ci andava ogni venerdì e sabato. La domenica andavano in moto.

Non sapeva che cosa le piacesse di più, se suonare la chitarra o andare in moto lungo le strade di campagna che portavano nel deserto, con il vento che le sferzava il viso.

Juliet usò di nuovo la carta di credito di Jordan per comprarsi un completo di pelle da indossare in motocicletta, come quello che indossavano le altre ragazze.

Un sabato sera, mentre sedeva sola al tavolino aspettando che la band di Cool iniziasse a suonare, un uomo alto e massiccio con uno Stetson in testa e giacca western ricamata entrò all'*Ambrosia.* Era circondato da altri quattro uomini, tutti imponenti, con sigarette in bocca, grandi cappelli e stivali da cowboy. I camerieri si affaccendarono intorno a lui come api intorno al miele. Quando sedette, al di sopra della sala fumosa, Juliet realizzò che era Johnny Mars: Cool le aveva detto la verità. *Figuriamoci! Johnny Mars in un posto come questo!*

Si comportava come un re. Lo guardavano tutti e lo sapeva, ma non faceva niente per attirare l'attenzione su di sé. Gli uomini con lui erano educati, bevevano solo birra, niente di più forte. Johnny ascoltò l'attore comico, ma non rise. Stava aspettando qualcos'altro.

Quando arrivò il gruppo di Cool, tutti gli uomini al tavolo di Johnny lo guardarono, e ci fu probabilmente un segnale, perché tutti sedettero più eretti e, studiandoli, si capiva che stavano ascoltando. Ascoltando e guardando.

Quando i numeri della band terminarono, Johnny disse al cameriere di accompagnare Cool al suo tavolo. Juliet osservava, trattenendo il fiato. Non aveva mai visto una star della musica country-western.

Cool non suonava country, ma rock puro. Juliet non se ne intendeva molto di quel genere di musica, perché era cresciuta con Schubert, Mozart e Frank Sinatra, ma sapeva che Cool era bravo.

Cool sedette al tavolo con Johnny Mars e i suoi amici e fece cenno di sì con il capo. Fu tutto ciò che lei riuscì a vedere. Stava di fronte a Johnny e non la guardava. Si piegò sul tavolo per ascoltare Johnny dire qualcosa, e poi si raddrizzò. Gli uomini intorno a Johnny si alzarono e l'uomo si alzò a sua volta in piedi. Era grande e grosso.

Tese la mano e Cool balzò in piedi, allungandosi per afferrarla. Continuava ad assentire con il capo e, quando si girò, Juliet vide che stava sorridendo.

Tutti osservarono Johnny Mars allontanarsi. Dopo che se ne fu andato, fu come se qualcuno avesse spento la luce.

Cool si guardò intorno, vide Juliet al suo solito tavolo e la raggiunse, incapace di cancellare il sorriso dal volto.

«Hai visto?» chiese. «Johnny Mars! Sai una cosa?» Sedette al tavolo, benché riuscisse a contenere a stento l'eccitazione. «Ha detto che era tornato per vedere me. Per ingaggiarmi! Comincia un tour il mese prossimo, e vuole che vada anch'io, che faccia parte della sua band. Gesù, l'avresti mai creduto?»

Juliet cercò di provare qualcosa, ma la sua principale preoccupazione era che non avrebbe più avuto lezioni di chitarra né avrebbe più sentito il vento sferzarle la faccia. Non avrebbe avuto niente da fare durante i weekend, nessuno con cui andare in spiaggia dopo la scuola.

«Vado a casa sua domani per cominciare le prove con la band. Ha detto che dovrò suonare giorno e notte finché non partiremo.»

Juliet si chiese che cosa ne sarebbe stato di lei.

Be', se non altro, suo padre stava per tornare. Natale era fra due settimane, e Jordan venerdì sera le aveva detto al telefono che avrebbero interrotto le riprese del film e lei avrebbe fatto meglio a incominciare a pensare che cosa avrebbe voluto per Natale perché, per Dio, sarebbe stato il primo Natale che trascorrevano insieme, da che ricordava lei. Avrebbero comprato un albero e l'avrebbero decorato insieme, rifacendosi di tutti gli anni perduti. Avrebbero preparato anche il tacchino arrosto e ne avrebbero avanzato a sufficienza per giorni. Jordan aveva pensato che, adesso che lei aveva diciassette anni, a Capodanno le avrebbe persino permesso di rimanere alzata a bere champagne.

Quando aveva riagganciato, Juliet si era detta che suo padre non la conosceva proprio. Nemmeno lui era mai stato quello che lei aveva desiderato fosse.

Era la prima volta che si permetteva di pensarlo.

37

JULIET non sentì affatto la mancanza di Cool. Aveva Jordan tutto per sé e non riusciva a ricordare quand'era stata così felice.

Nei dieci giorni prima di Natale, suo padre si diede a spese pazze, comprando di tutto per Ashley e per Sydney. Perlustrarono i negozi di Rodeo Drive, e in tutti Jordan fu immediatamente riconosciuto e prontamente assistito.

Quand'ebbe concluso il turbine di acquisti, rivolse la sua attenzione all'albero, chiedendo l'opinione di Juliet finché non trovarono quello che sembrò loro perfetto.

Dopo aver finito di decorare l'albero lei e Jordan sedettero a bere sidro caldo. Lo ammirarono, vi girarono intorno osservandolo da tutte le angolazioni.

«So che è banale ma, dopotutto, non è questo il Natale?» asserì Jordan. Poi mise un disco di canti di Natale e cominciò a canticchiare.

Juliet pensava che si stesse comportando come un ragazzino.

Le chiese di suonare *Jingle Bells* alla chitarra e rimase stupito quando lei fu in grado di improvvisare. Risero molto.

Jordan pensava che non si dovesse lavorare a Natale, così la vigilia aveva lasciato libera la signora Harkin di andare a Glendale da suo figlio. Quando Juliet si svegliò, lui era già in cucina a riempire il tacchino. Il profumo si diffuse attraverso la casa per tutta la mattina.

Per colazione servì le ciambelle insieme a melone, papaia con lime, caffè e spremuta d'arancia. «Non sapevi che il tuo vecchio possedesse simili talenti, vero?»

No, non lo sapeva. Sembrava che Jordan fosse sempre felice, pieno di energia. Juliet non ebbe bisogno né di erba né di birra, e beveva caffè tutto il giorno, insieme a suo padre.

Lui prese un bicchiere di vino prima di cena e le disse che, quando avesse compiuto diciott'anni, avrebbe permesso anche a lei di farlo.

Appena ritornato dal Canada le aveva chiesto come stesse andando a scuola.

«Bene», aveva risposto lei, ed era una bugia.

«Molto diverso da Chapin?»

«Mi piace di più.»

Le aveva dato trecento dollari, perché potesse scegliere i regali da mandare a sua madre, ad Ashley, a zio Billy e ad Adam, oltre che al nonno, ma il resto Juliet lo spese per Jordan. Desiderava vederlo prendere un regalo da sotto l'albero e aprirlo. Voleva vedere come avrebbe reagito a qualcosa che aveva scelto lei, anche se con i suoi soldi.

Gli comprò una cravatta che le piaceva particolarmente, e un paio di eccentrici occhiali da sole, che in California tutti sembravano portare sempre. Poi si sforzò di trovare qualcosa che non avrebbe potuto comprarsi, che nessun altro avrebbe potuto regalargli.

La mattina di Natale, c'erano per lui regali da parte di persone che non aveva mai conosciuto, ma di cui aveva sentito parlare. E ce n'erano una montagna da parte di Sydney, due di Ashley, diversi da Big Mommy, uno da zio Billy e uno con la firma di Oliver sul biglietto, anche se Juliet sapeva che era stato acquistato da sua madre.

Quando furono circa a metà regali scartati, Juliet non riuscì più a contenersi.

«Papà, ho qualcosa per te che non è sotto l'albero. Voglio dartelo adesso, però. Siediti un minuto.»

«Posso prendere una tazza di caffè, prima?»

Quando Juliet ritornò con la chitarra, Jordan era seduto sul divano e la guardava trepidante. Lei sedette sul pavimento, a gambe incrociate, e cominciò a cantare e a suonare, chiudendo gli occhi come faceva spesso quando si perdeva nella musica.

Veniva da un luogo lontano,
come un'ombra che si parava nel cielo,
lo conoscevo pur non avendolo mai incontrato, ma sapevo perché.

Lentamente il mio cuore ha aperto un sentiero di luce,
lentamente il passato ha trovato il suo equilibrio.

Lentamente
il mio cuore ha aperto un sentiero di luce,
lentamente
il passato
ha trovato
il suo equilibrio,
lentamente
siamo stati liberi di chiedere, senza scontrarci.

Quando finì, ci fu silenzio. Juliet alzò lo sguardo e vide gli occhi di Jordan pieni di lacrime. «L'hai scritta tu, vero?»

Lei annuì, sentendo affiorare una lacrima.

Lui si alzò e andò a inginocchiarsi accanto a lei, circondandola con le braccia e attirandola a sé. «Oh, tesoro, questo è il più bel regalo che abbia mai ricevuto.»

Juliet fu sul punto di scoppiare in lacrime.

«Non sapevo che potessi scrivere qualcosa del genere. La mia piccolina...»

«È la prima canzone che ho cercato di comporre.»

«Hai fatto centro», osservò lui, sorridendole. «L'hai già trascritta? Voglio incorniciare le parole.»

«Sì», rispose lei. «L'ho trascritta per te.»

«La conserverò per sempre. Per sempre. Nessuno ha mai scritto una canzone per me. E una così bella canzone... Sei una poetessa, sai?»

Jordan fece una breve pausa, poi disse: «Adesso è il mio turno. Se potessi avere qualcosa che desideri, che cosa vorresti?»

«Oh, papà, essere qui con te. Oggi è la giornata più bella della mia vita.»

«Una cosa. Una cosa che si possa comprare.»

Juliet scrollò il capo perplessa, i capelli che le ricadevano sugli occhi. «Ho tutto», disse.

«No», sorrise suo padre. «Non è vero. Ti manca qualcosa di cui ho sentito parlare negli ultimi dieci giorni.»

Lei rifletté un momento. No, non poteva essere. «Oh, papà, non l'avrai fatto!»

«Vieni», disse Jordan, alzandosi e avvicinandosi per aiutarla ad alzarsi a sua volta. «Andiamo a guardare in garage.»

Una lucente Harley-Davidson Heritage Soft Tail rosso vino era parcheggiata fra la Mercedes nera di Jordan e la sua Porsche argento.

Juliet rimase lì, a bocca aperta, prima di avvicinarsi e passarvi sopra le mani, guardare il sedile di pelle, accarezzarla.

Jordan era raggiante. «Puoi cambiarla, se il colore o la linea non ti piacciono», disse. «Puoi avere ciò che vuoi, ma il venditore ha detto che questa era la migliore in assoluto. Ho scelto il colore che mi piaceva, ma possiamo riportarla domani e cambiarla con...»

«Oh, no.» Juliet non riusciva quasi a parlare. «Mi piace così com'è.»

Mentre stavano mangiando il tacchino, telefonò Cool.

«Buon Natale», disse, un ovvio sorriso nella voce.

«Salve.» Era morto, per quello che la riguardava.

«Volevo salutarti. Mi manchi.»

Quando Juliet non rispose, Cool domandò: «Hai passato un buon Natale?»

«Magnifico.»

Perché non gli diceva della motocicletta?

«Debuttiamo a Minneapolis il 10. Poi andiamo a Madison.»

«Così a nord in inverno?»

Fu all'incirca tutto quello che gli disse.

«Questa è la vita, tesoro», rispose lui, invece di salutarla.

Juliet usciva con la moto ogni giorno, ma non trascorreva fuori molto tempo. Voleva rimanere con suo padre, che era sempre a casa. Non avrebbe iniziato un nuovo film fino a febbraio, e sarebbe stato girato lì, a casa, a Hollywood. Non sapeva come avrebbe reagito il suo pubblico: avrebbe fatto la parte di un truffatore. Un truffatore onesto, però, o non avrebbe accettato la parte.

«Quando girerò questo nuovo film potremo pranzare insieme ogni sera, anche se me ne andrò prima che tu ti svegli per andare a scuola.»

Juliet chiese se avrebbe potuto portare la moto, quando si fossero recati a Malibu il 30.

«Ma certo. Stavo pensando di dare un piccolo party per la fine dell'anno. Non troppa gente. Ma vorrei che incontrassi alcuni miei amici.»

Dal tono sembrava che desse la festa in suo onore.

Juliet pensava di avere tutto quello che desiderava al mondo. Si svegliava ogni giorno sorridendo, e ogni giorno provava quella sensazione, sempre. Suo padre, la sua chitarra, la sua moto. Non riusciva a immaginare di desiderare qualcos'altro.

Jordan aveva invitato solo dodici persone per la fine dell'anno. Una coppia aveva impegni precedenti, ma dieci accettarono e portarono gli amici.

Juliet amava la casa sulla spiaggia; aveva un tono familiare che le piaceva molto. Era una semplice struttura in legno a due piani, che dava sull'oceano, con un balcone al secondo piano, dove c'erano le camere da letto. Jordan l'aveva arredata quasi spartanamente, in vetro e pelle nera. Si entrava direttamente in cucina e poi, lungo il patio con vista sull'oceano, c'erano il soggiorno e la zona pranzo.

Quell'anno il tempo era sufficientemente mite da poter tenere aperte le porte in vetro del patio, e l'odore della salsedine penetrava nella casa. Un'organizzazione di catering aveva provveduto a mandare qualcuno all'ultimo momento.

Alan Hawke venne con sua moglie, mentre Paul Mellon apparve con un uomo molto prestante che Juliet giudicò piuttosto effeminato. Ma era un conversatore spiritoso e intelligente. Arrivarono anche Carole Cooper e suo marito, e Juliet rimase a bocca aperta, anche se cercò di non darlo a vedere. Carole Cooper era stata coprotagonista di Jordan in due film. Non era affatto bella come sembrava al cinema, ma c'era in lei un'eccitazione che la poneva subito al centro dell'attenzione.

Colmò Juliet di grandi attenzioni, dicendo: «Ho sentito parlare molto di te e di tua sorella. È magnifico per tuo padre averti qui. So quanto gli siete mancate in tutti questi anni».

Juliet la trovò simpatica.

Ma la donna che la lasciò completamente sbalordita non arrivò che alle undici.

Non suonò il campanello, ma entrò direttamente, sentendosi ovviamente a casa. Indossava un vestito di chiffon bianco e portava un paio di orecchini d'argento che ondeggiavano mentre parlava. Sorrideva cordialmente e la sua voce era così fievole che bisognava chinarsi verso di lei per udirla. Sembra una ragazzina, pensò Juliet. I suoi grandi occhi azzurri erano innocenti e fiduciosi e, quando infilò la mano sotto il braccio di Jordan, gli sorrise come se dividessero un segreto. Lui si chinò a baciarle la guancia, felice del suo gesto affettuoso.

Juliet sapeva chi era. La sua fotografia era apparsa sulla copertina di ogni rivista del Paese, da *Time* a *Harpers's Bazaar* a *Vogue*. Si chiamava Hildy Vandenberg.

«Vieni», sentì dire Juliet da suo padre. «Vieni a conoscere l'altra donna della mia vita.»

Hildy tese le mani, un sorriso sulle grandi labbra sensuali.

«Aspettavo con ansia questo momento. Mi dispiace di non aver potuto passare il Natale con voi, ma vado sempre a Austin, a casa dei miei.» Aveva un lieve accento texano.

Per la prima volta da quando si trovava in California, Juliet provò freddo.

«Tuo padre non riusciva a concludere niente il venerdì sera, finché non parlava con te al telefono.»

Così, era anche lei a Vancouver. Jordan non l'aveva mai nominata. Recitava anche lei nel film, o era solo lì con lui?

Per Juliet, la serata si concluse lì. Non ricordò molto della conversazione. Non ricordò di che cosa ridesse la gente o chi altri ci fosse. Ricordò solo mezzanotte, suo padre le versò un bicchiere di champagne e si chinò a baciarla prima di baciare Hildy, mentre veniva annunciato il 1969.

«Quando avrò finito questo film», disse Jordan, «se Hildy e io saremo liberi da impegni, mi piacerebbe che tutti e tre andassimo in Africa. Vorrei mostrarle la casa, farle vedere come dovrebbe essere la natura. Credo che le piacerà, non pensi?»

Juliet non rispose.

«A te piacerà, lo so. Forse appena finita la scuola. Una specie di regalo per il diploma.»

«Ne sarei felice», asserì Hildy in un soffio.

Juliet bevve quattro bicchieri di champagne, benché Jordan non se ne fosse accorto. E, mentre il party era ancora in atto, verso le tre, salì in camera sua e si addormentò senza neanche spogliarsi.

Quando si svegliò, aveva un terribile mal di testa. Poteva vedere l'oceano dal letto e decise che per quanto fosse freddo, si sarebbe tuffata brevemente in acqua. Sarebbe servito a svegliarla, a iniziare bene l'anno.

Si fermò in cucina, in costume da bagno, e si versò un po' di succo d'arancia. Poi corse lungo la spiaggia nella fresca aria mattutina, sapendo che se avesse infilato un dito nell'oceano, non ci sarebbe più entrata. Così si tuffò nell'acqua gelida, sotto un'onda. L'oceano era calmo. Grigio, calmo e freddo.

Un tuffo e basta. Risalendo in superficie, si girò e corse fuori dell'acqua, vedendo suo padre che la salutava.

Era sul balcone, il petto nudo, con addosso soltanto i pantaloni del pigiama. Era certa che stava sorridendo. Felice.

Juliet ricambiò il saluto nel momento in cui Hildy apparve al fianco di suo padre, indossando la giacca del suo pigiama, respingendo i capelli arruffati con la mano sinistra, bella anche senza trucco, gli occhi assonnati. Guardò l'oceano e cinse Jordan per la vita. Gli arrivava a malapena alla spalla. Jordan le circondò le spalle con il braccio e si chinò a baciarla brevemente, prima di salutare di nuovo la figlia.

Juliet non lavò neppure i piatti. Fece una doccia, si versò un po' del caffè rimasto e mangiò un panino duro senza burro. Trovò trecentoventiquattro dollari nella giacca che Jordan aveva lasciato appesa nell'armadio dell'anticamera, e arrotolò in un asciugamano alcuni indumenti che aveva portato a Malibu. Li infilò nella borsa della moto, legò la chitarra con una corda che trovò in garage, e gridò: «Vado a fare un giro».

«Fra mezz'ora saranno pronte le crêpe per colazione», le gridò di rimando Jordan lungo le scale.

Juliet non rispose.

Avrebbe comprato le mappe per strada, passando da uno Stato all'altro. Qual era il prossimo? Nevada? Utah? O forse Oregon? Sperava che non avesse già cominciato a nevicare, perché si sarebbe diretta a nordest. Minneapolis era al centronord del Paese. Di questo era certa. Decise di attraversare il Nevada. Le piaceva il deserto, e forse lì non stava nevicando, anche se probabilmente nel Montana sì.

Le piacevano i lunghi rettilinei nel deserto. Si disse che avrebbe amato ogni minuto di quella corsa attraverso il Paese.

38

JULIET realizzò di non aver mai saputo che cosa significasse realmente la parola freddo.

Però le strade erano sgombre. Bagnate, ma sgombre. La neve era ammucchiata sui margini delle strade, ma per tutto il percorso verso nord, dal Kansas all'Iowa, non trovò mai neve sulla carreggiata. Tuttavia copriva i campi e i marciapiedi, e il ghiaccio pendeva dagli alberi, scintille di cristallo contro un cielo limpido e azzurro.

Si alimentava soprattutto con cracker spalmati di burro di arachidi e succo d'arancia, pagando sei dollari a notte in motel a buon mercato, risparmiando il denaro per la benzina e per quando raggiungeva una grande città.

Le autostrade erano perfette.

Non nevicò fino a Minneapolis. Aveva pensato che sarebbe stato facile scoprire dov'erano Johnny Mars e la sua band ma tutto quello che riuscì a sapere fu che avrebbero debuttato all'auditorium cinque giorni dopo.

Che cosa fare fino ad allora?

Il terzo giorno, rinchiusa nel suo solito motel, pensò di telefonare ad altri alberghi, e naturalmente rintracciò la band di Johnny in uno dei migliori. Lasciò un messaggio per Cool, sperando che la richiamasse.

Il portiere di notte la svegliò alle tre del mattino per dirle che la volevano al telefono, più giù lungo il corridoio. Si strinse addosso la giacca di pelle e incespicò lungo il corridoio scarsamente illuminato.

«Tesoro, che cosa ci fai a Minneapolis?» Il piacere di Cool era evidente, sebbene avesse la voce impastata.

«Sono venuta a sentirti.» Perché non sapeva dove altro andare. O chi altri volesse realmente vederla.

«Vengo a prenderti subito.»

«No», farfugliò Juliet. «Sono ancora addormentata. Rimandiamo a domattina.»

Cool rise. «Non ci svegliamo fino alle due.»

«Be', verrò io al tuo albergo per quell'ora.»

Le diede il numero della sua stanza.

Non era preparata a quello che trovò: la stanza di Cool era occupata da altri tre ragazzi e due ragazze. C'erano solo due letti matrimoniali, Cool e uno degli altri uomini dormivano sul pavimento, sopra alcune coperte.

Non sembrava affatto turbato, e l'abbracciò sorridendo. Lei pensò che fosse drogato, come tutti gli altri. Non si sbarbava da diversi giorni e aveva i capelli arruffati, come gli abiti in cui aveva dormito.

«Accidenti, è una gioia vederti. Aspetta, mi lavo i denti e andiamo a mangiare qualcosa. Non riesco a crederci.»

Qualcuno si svegliò e si girò a guardare con chi stesse parlando. Una delle due donne era a seno scoperto.

«Sono con la band?» chiese lei mentre scendevano con l'ascensore.

«No», rispose Cool. «Non ci sono donne con la band. Viaggiano con noi, diciamo, e dopo un paio di città se ne vanno.»

Nel bar, Cool ordinò un hamburger, e Juliet prese un sandwich con pancetta, lattuga e pomodoro, il cibo più sostanzioso che avesse mangiato da quando aveva lasciato Malibu.

Cool non le chiese come fosse arrivata lì, né che cosa l'avesse fatta decidere a venire. Le raccontò com'era bello essere con Johnny, disse che la band era come una famiglia. Che girare in pullman – e Johnny ne aveva due enormi, uno per gli strumenti musicali e uno per i ragazzi –, era il modo giusto di vivere. Il modo giusto di vedere il Paese. Avevano un mangianastri sul pullman, giocavano a carte e chiacchieravano. Nel tardo pomeriggio suonavano, provavano dei nuovi suoni. Cool pensava di essere molto migliorato da quando si era unito alla band ventinove giorni prima. Non aveva mai conosciuto ragazzi migliori di quelli della band. Erano come fratelli. Niente gelosia, si aiutavano l'un l'altro.

Cool le disse che quella sera avrebbero provato all'auditorium e la invitò ad andare con lui per capire di che cosa stesse parlando.

E Juliet capì: la musica le entrava attraverso i pori e si agitava dentro di lei, facendole pulsare il sangue e battere il cuore secondo il ritmo. Il ragazzo che suonava l'armonica la faceva parlare, la faceva cantare. Non aveva mai sentito un'armonica suonare a quel modo.

Johnny non era agghindato, quella sera, aveva solo una camicia di cotone verde acqua e un paio di jeans. Indossava una grande cintura all'apparenza indiana, con una grossa borchia argento che reggeva nel mezzo una pietra turchese. Gli stivali da cowboy erano graffiati e, da sotto il collo aperto della camicia, spuntava una polo turchese.

Non aveva una voce particolarmente bella, ma sapeva usarla in maniera tale da farne apprezzare ogni sillaba, da far provare un brivido a ogni strofa. Ti faceva sciogliere.

Johnny era grande e grosso, eppure si muoveva sul palco con infinita grazia. Quando smise di cantare e cominciò a suonare la chitarra, battendo il piede al ritmo della musica, Juliet pensò che le sarebbero scoppiati i vasi sanguigni. Juliet dovette togliersi il maglione di Cool.

Più tardi camminarono nella notte battuta dalla neve fino a un bar che era familiare a tutti loro.

Si ritrovò seduta proprio di fronte a Johnny. Dopo che si fu guardato intorno, dopo che ebbe ordinato, i suoi occhi si posarono su di lei e rimase tranquillamente a osservarla. Lei ricambiò il suo sguardo. Era certamente un uomo affascinante, sui trentacinque anni. Da vicino, aveva un'aria stanca. I suoi occhi sorridevano raramente.

Dopo circa mezz'ora, fece un cenno con il capo a Cool. «È tua?»

Cool rise. «Non lo so. Ma ha percorso circa tremila chilometri per venirmi a vedere.»

Johnny inarcò le sopracciglia, poi tese la mano verso di lei e disse: «Balliamo».

La pista da ballo era grande più o meno come un francobollo.

«Hai un nome?» le chiese.
«Julie Elliot.»
L'attirò a sé e si mosse sulla pedana. Emanava energia e Juliet notò che la gente li stava fissando. Probabilmente a Minneapolis non arrivavano troppe star.
«Ti può pizzicare la polizia?» le chiese.
Juliet non capì che cosa volesse dire.
«Hai meno di diciott'anni?» spiegò.
«No», mentì. «Li ho appena compiuti.»
«Hai classe», osservò lui. «Non sei come le altre.»
«Non sono mai come nessun altro», ribatté lei.
«Da quanto tempo conosci Cool?»
«Un paio di mesi.»
Johnny sorrise, ma non con gli occhi. «Non sei molto ciarliera.»
Julie non disse nulla.
La strinse talmente che sentì la fibbia della cintura.
«Passerai la notte con Cool?»
«Non la passerò di certo in una camera d'albergo affollata. Ho la mia stanza, in un motel.»
«Passerai la notte con lui, se verrà nel tuo albergo?»
Juliet alzò lo sguardo su di lui. «Francamente, non credo che come trascorro le mie notti sia affare tuo.»
Quando ritornarono al tavolo, cominciarono a far girare una sigaretta. «Marijuana», mormorò Cool quando gliela passò. Lei aspirò profondamente. «Erano settimane.»
Johnny Mars la fissava dall'altra parte del tavolo. Una cosa le piaceva: la guardava dritto negli occhi, non guardava il suo seno. Si comportava come se non avesse nemmeno notato il suo corpo, eccetto quando la stringeva, ma gli piaceva quello che vedeva nei suoi occhi. Nessun uomo l'aveva mai guardata così.
Quando si lasciarono erano le due passate, e Juliet riusciva a stento a tenere gli occhi aperti.
«Non passo la notte a letto con altra gente», disse Juliet a Cool. «Se vuoi stare con me, vieni nel mio albergo. Se non vuoi stare con me, ci vediamo domattina.»
Cool sorrise. «Non voglio stare con te? Sei pazza o che cosa?»
Disse agli altri che si sarebbero rivisti il giorno dopo.
Johnny si alzò e uscì prima di ogni altro, solo.
Cool non sa proprio baciare, pensò Juliet, non per la prima volta. Se resterò un po' di tempo con lui, sarà meglio che cominci a insegnargli.

Ma quando ne trovò la forza, lui era già dentro di lei e, dopo cinque minuti, stava russando, supino, un sorriso sul volto.

A Juliet non importava. Lo faceva solo per avere qualcuno vicino. Per esser con qualcuno. Lo faceva per compiacerlo, perché non la piantasse. Si chiedeva se anche Hildy Vanderberg provasse le stesse cose, quando faceva l'amore con Jordan.

Cercò di immaginare sua madre e suo padre farlo, ma non ci riuscì. Cercò di immaginare sua madre a letto con Adam, e si chiese se le piacesse o lo facesse solo per compiacerlo. Si chiese che cosa fosse tutto quel chiasso sul sesso. Come fosse un orgasmo e che cosa si dovesse fare per arrivare a ottenerlo. E se era bello come aveva sentito, se ne valeva la pena.

Pensò a Johnny Mars. Pensò a come la faceva sentire quando cantava, con quella voce graffiante che le penetrava nell'anima.

Non era come gli uomini più giovani del gruppo. Non concedeva nulla di sé. Le aveva detto che era taciturna, ma neppure lui sprecava troppe parole.

Mentre se ne stava lì, un'aria che non riconobbe prese a ronzarle nella testa, e le parole le uscirono da chissà dove.

In una grigia tempesta di neve
ho deglutito per dimenticare la paura
il freddo mi corteggiava.

Pensò a Johnny sul palcoscenico, un faro che danzava su di lui, e si chiese come avrebbe cantato quelle parole. Che conoscesse la paura?

Dopo Minneapolis ci fu Madison, nel Wisconsin, e poi Cedar Rapids, nell'Iowa. Una città dopo l'altra, attraverso il paesaggio invernale.

Juliet trascorreva i pomeriggi seduta nei teatri deserti, al buio, ascoltando le prove. Oppure viaggiavano in autobus, dormendo o giocando a carte, parlando di niente, strimpellando la chitarra o ascoltando l'armonica. Avrebbe voluto prendere la sua chitarra e suonare, vedere che cosa poteva imparare, ma non osava. Anche se non si fossero presi gioco di lei, si sarebbe sentita una sciocca.

C'erano sempre un paio di altre ragazze sul pullman, sebbene non sempre le stesse. Le ragazze che la band raccoglieva erano intercambiabili. Non ricordava mai i loro nomi. A volte passavano la notte sul pullman, e Juliet sentiva i risolini nell'oscurità, sentiva i gemiti e sapeva ciò che stava succedendo proprio lì.

Per lo più erano alticci. Come lei. Per cui quando una notte Larry

Martin, il suonatore di armonica, venne a sedersi accanto a lei, non si sorprese quando le sfiorò il ginocchio con la mano. Non disse nulla, ma lui continuò a farfugliare qualcosa come: «Non sei come le altre». Era stanca di sentirselo dire. Avrebbe voluto sapere che cosa fare per essere come le altre. Si era sempre chiesta come fare a essere come l'altra gente.

Ma quando la mano di lui si mosse lungo la sua gamba, disse: «A Cool non piacerà quello che stai facendo».

«E a te?» mormorò Larry, chinandosi a baciarle il collo.

«Si arrabbierà con te.»

«No, non si arrabbierà. È uno scambio che facciamo spesso.»

Lei si raddrizzò e si guardò intorno, ma non poté vedere al buio, non sul fondo, comunque.

«Sì, è là dietro con la bionda. È tutto a posto.» Le sue mani si spostarono verso il suo inguine. Juliet non capiva perché non lo fermasse. Era furiosa con Cool. Che cosa diavolo stava facendo là dietro con un'altra ragazza?

Lui si dimenò sul sedile e le strinse un seno. Poi passò il braccio sopra di lei e premette il bottone del sedile reclinabile. Le montò sopra, baciandola in maniera appiccicosa.

E poi lo sentì contro di sé, lo sentì tirarle i jeans, slacciare i suoi, sentì la carne di lui contro la sua, il suo pene fra le sue gambe, lo sentì entrare in lei senza alcun preambolo, senza niente di niente. Poi lo sentì spingere, grugnire e afflosciarsi contro di lei, giacendo lì per un minuto, prima di ritrasferirsi sul sedile accanto al suo e tirarsi di nuovo su la lampo dei pantaloni.

In seguito, la sua armonica non le fece più lo stesso effetto.

La sera successiva, dopo il concerto a Bloominghton, nell'Indiana, dove avrebbero trascorso la notte in un albergo, non fu Larry ad avvicinarsi. Al buio, in un night club pieno di fumo dov'erano andati dopo lo spettacolo, fu Johnny Mars a dire a Cool: «Trovati qualcun'altra, stanotte».

Nessuno le chiese niente, e Cool non disse di no. Le lanciò una rapida occhiata e annuì. Johnny tese la mano e si alzò, trascinandola con sé.

«Vieni», disse, facendo strada verso l'ascensore.

Johnny non era come gli altri. Non era come nessun uomo che aveva conosciuto. Lui traeva piacere a eccitarla, a farle cose che la facevano gemere, che la facevano muovere sotto di lui, a mostrarle cose che non aveva mai immaginato. E sapeva baciare. Oh, eccome se sapeva baciare. Non voleva che si fermasse, voleva che quella sensazione continuasse all'infinito.

Per un uomo grande e grosso come lui, era sorprendentemente gentile, e quando le stava sopra non le posava mai completamente addosso il suo peso. E continuò a farle quelle cose fino all'alba.

Forse è questo che si intende per fare l'amore, si disse Juliet.

Mentre una scheggia di pallido rosa striava l'orizzonte a oriente, cadde in un sonno agitato.

La sera dopo, Johnny Mars disse a Cool: «Trovati un'altra donna. Per sempre».

Cool non obiettò nemmeno.

39

DA allora Juliet restava sempre nella stanza di Johnny, sedeva con lui sul pullman. Mangiava con lui. E di notte andava nel suo letto, imparando cose sconosciute. Non solo sul sesso. Johnny passava ore anche a insegnarle a suonare la chitarra.

Una volta conosciuta come la donna di Johnny, nessuno degli altri ragazzi della band si avvicinò più. La lasciarono in pace. Erano cordiali, ma sapevano di non poterle ronzare intorno. Persino Cool.

Per il suo diciottesimo compleanno, dopo aver fatto l'amore, Johnny chiese:«Vuoi che ci sposiamo?» Sedette sul bordo del letto, prese il portafoglio e tirò fuori una bustina di polvere bianca.

Sposarsi? Essere la signora Mars?

Invece di rispondere, Juliet chiese: «Che cosa stai facendo?»

Johnny stava tirando una pista di coca. «Via, bambina. Me l'hai già visto fare.»

Lei giurò di no.

«Quando?»

«Di tanto in tanto.»

«No, quando vuoi sposarti, voglio dire?»

«Be', potremmo farlo stasera. Dove siamo?» Erano in una città diversa ogni sera. «Non so quali siano le leggi, qui. Abbiamo bisogno di un esame del sangue? È necessario un periodo di attesa? Dobbiamo essere a Nashville, questo weekend.»

«Nashville? Che cosa ci facciamo a Nashville?»

Johnny allungò una mano, ridendo. «Be', che cosa pensi che faremo? C'è il Grand Ole Opry, naturalmente. Resteremo lì per un paio di settimane, ma se ci sposeremo a Nashville, non ci sarà nessuna privacy. Sarà un grosso avvenimento.»

Sposare Johnny Mars? Avere i figli di Johnny Mars? «Questo significa che dovrò restare a casa mentre tu viaggerai?»

«No, la nostra vita non cambierà affatto. La renderà soltanto legale.»

«E perché dobbiamo renderla legale?»

«Ehi, ragazza», lui l'attirò a sé, abbassando la bocca sulla sua. «Credevo che tutte le donne desiderassero sposarsi.»

«Non lo so, Johnny», rispose. «Mi piacciono le cose così come sono.»

Lui si staccò e lei vide un'espressione di rabbia nei suoi occhi. «Senti quelle ragazze gridare ogni notte? Sai che cosa darebbe ognuna di loro per essere la signora Mars? Venire nel mio letto ogni notte? E tu stai dicendo che non sai se vuoi sposarmi?»

«Siamo insieme soltanto da poco più di un mese. Non credi che dovremmo conoscerci meglio?»

«Che cosa c'è da conoscere? Merda, hai diciott'anni. Non sai niente della vita.»

Lui si alzò e andò in bagno. Non chiuse la porta, ma aprì la doccia. Juliet rimase lì, rendendosi conto che era arrabbiato. Sarebbe stata la fine, se avesse detto di no? Che cosa avrebbe fatto, allora?

Aveva bisogno di parlare con Ashley. Non aveva chiamato nessuno della sua famiglia da quando aveva lasciato Los Angeles. Aveva spedito soltanto delle cartoline per far sapere a Jordan che stava bene.

Cercò di svuotarsi la mente. Erano quasi le due, ma sapeva che non sarebbe riuscita ad addormentarsi. Infilò una mano sotto il letto e tirò fuori la chitarra di Johnny. Raddrizzandosi, nuda, a gambe incrociate, improvvisò un'aria che non aveva mai sentito prima, inventando le parole. Chiuse gli occhi, come faceva quasi sempre quando la musica fluiva in lei. Vedeva le immagini, i fiori di cui cantava. Non vide Johnny sulla soglia, che si asciugava e la guardava a bocca aperta.

Prima che finisse, chiese: «Come mai ignoravo che sapessi cantare? E che canzone era?»

Juliet s'interruppe, aprendo gli occhi. Aveva un bell'aspetto e per una volta i suoi occhi erano dolci, quasi sorridenti.

«Non so cantare», rispose. «Mi stavo solo divertendo.»

«Be', non è una gran voce, ma è buona.» Johnny si avvicinò al letto e sedette accanto a lei, prendendole la chitarra. «Canta con me.»

La timidezza prese il sopravvento. «Mi stai prendendo in giro?»
Lui si chinò e prese la chitarra. «Forza», disse, mentre suonava. Cominciò a cantare dolcemente, come faceva sul palcoscenico. Scosse la testa come a dire «Su, per favore».

Cantarono insieme e, dopo una strofa, Juliet cominciò a rilassarsi. Era piacevole. Per lei questo era più vicino all'amore del sesso. Si sentiva vicina a Johnny, e gli posò una mano sulla gamba.

«Dannazione, è bello», disse lui, sorridendo entusiasta. «Mi è venuta un'idea. Troviamo un'altra ragazza, in modo che voi due facciate da coro. Creiamo un nuovo sound.»

«Oh, Johnny, non posso farlo! Non posso cantare davanti alla gente. Non sono così brava.»

«Non abbastanza forte da cantare da sola, ma perfetta per un duo. Via, bambina, lavoreremo insieme. Tu e io canteremo insieme. Questo è il mio regalo di nozze per te. Canteremo insieme, tu e io.»

Trovarono l'altra ragazza, Grace Eakins, a Nashville, in attesa di sfondare. Era una cantante molto più esperta di Juliet, e si trovava lì con la speranza di avere successo. Fare da corista a Johnny Mars non era esattamente quello che Grace aveva avuto in mente, ma era il primo gradino della scala, e Johnny era un cantante di primo piano. A Juliet piaceva. Era bello avere un'altra donna come membro permanente del gruppo. E a quell'epoca era diventata la signora Mars.

Tutti, nel mondo della musica country, vennero al matrimonio. Nessuno commentò, nemmeno in privato, che Juliet era abbastanza giovane da poter essere la figlia di Johnny Mars. E lei non lo disse ai suoi genitori finché non fu tutto fatto, finché non finì sui giornali e in televisione.

Quando Juliet si decise a telefonare ad Ashley, sua sorella scoppiò in lacrime. «Oh, Julie, come hai potuto farlo senza di me? Avrei mollato tutto per venire.»

Juliet non rispose.

«Ci siamo preoccupati da morire per te. Com'è? Lo ami molto?»

Juliet scosse il capo, anche se Ashley non poteva vederla. «Sta facendo di me una ragazza del coro», disse, come se ciò spiegasse tutto.

«Tu, una cantante?» Ashley non rise, ma sembrò stupita.

«È inutile che tu me lo dica; so di non essere una cantante, ma questo rende felice Johnny. Lo vede come qualcosa che possiamo fare insieme.»

E gli dava equilibrio. Beveva meno, fumava meno erba. Non usava nemmeno più la polverina bianca. Il guaio era che Juliet non riusciva a capire quand'era davvero su di giri. E quando beveva, insisteva perché lo facesse anche lei. Dormiva sempre fino a tardi, svegliandosi a metà pomeriggio, quando si svegliava Johnny, e immaginava che facessero del sesso ogni notte, ma per lo più non riusciva a ricordare.

«Sei felice?» chiese Ashley.

Per qualche secondo non ci fu risposta, poi Juliet rispose con una domanda: «Che cos'è la felicità, Lee?»

Ashley cambiò argomento. «La mamma è sempre molto preoccupata per te. Impazzisce quando non sa dove sei. Sarebbe carino se la chiamassi.»

«Non ho niente da dirle.»

«Oh, Santo Dio, mamma non è come pensi che sia. Ti vuole bene. Tu non gliel'hai mai permesso. Chiamala e dille quello che hai detto a me. Dove sei, che adesso fai la cantante, che sei al sicuro.»

«Ci penserò», promise Juliet prima di riagganciare.

Sarebbero rimasti a Nashville fino ad agosto, per fare un album, per organizzare una nuova tournée, adesso che avevano un coro.

«Sono stanca di mangiare sempre fuori», disse Juliet. «Non possiamo prenderci una casa con una cucina?» Benché avessero preso un appartamento invece di restare in albergo, Johnny non mangiava mai lì. Mangiava un boccone prima di lavorare per sette od otto ore in una sala prove, cercando il suono giusto prima di registrare. Poi voleva stare con i ragazzi, stare con la band, mangiare con loro, bere con loro, fumare con loro. E voleva sempre che ci fosse anche Juliet. Veniva anche Grace. Juliet pensava che andasse a letto con Cool. Ma forse ci andava con tutti, come aveva fatto anche lei per un breve periodo. Prima che subentrasse Johnny.

Johnny. Pensava di non conoscerlo affatto. Dividevano il letto da quasi quattro mesi, e non si era fatta ancora un'idea. C'era qualcosa di nascosto sotto l'uomo che vedevano tutti, al di là della voce e dell'aspetto per cui le donne impazzivano.

Lo trattavano con rispetto. Era sempre al centro dell'attenzione. Quando parlava lui, non lo faceva nessun altro. Quando si arrabbiava, il che non accadeva spesso, la sua ira era qualcosa di temibile. Dopo si scusava sempre, stringendo il ragazzo in un abbraccio, dicendogli che gli voleva bene e non sapeva che cosa gli avesse preso.

Juliet pensava che fosse un guscio vuoto alla ricerca di qualcosa che lo riempisse. Non aveva idea di perché la desiderasse.

Voleva che il «nuovo sound» fosse pronto per la tournée di agosto. Juliet pensava che tutto quello che avevano in comune fosse lo sforzo per armonizzare le loro voci, l'impegno a suonare la chitarra con più raffinatezza, e scopare.

E quando lo faceva, lei adesso si estraniava. Giaceva lì, ripetendo i soliti movimenti, gli occhi fissi sul soffitto oppure chiusi, mettendo insieme parole, concentrandosi su di esse invece che su ciò che stava facendo Johnny.

«Sei la miglior scopatrice che abbia mai conosciuto», le disse una notte. «Non desidero nemmeno più le altre donne.»

«Anch'io non desidero altri uomini», dichiarò lei, chiedendosi come potesse essere una brava scopatrice quando soltanto il suo corpo era presente.

Lui si girò e prese una bottiglia dal tavolino da notte, bevendo a canna, poi gliela porse.

«Non ne ho bisogno», disse Juliet.

«Bisogno? Merda, neanch'io, ma mi piace. Un goccetto. Non mi va di bere da solo.»

Un goccetto tirò l'altro, e fecero le due del pomeriggio.

E in quel modo trascorsero due anni.

40

NELLA primavera del suo ultimo anno di università, Ashley osservava fuori della finestra le campanule che punteggiavano i prati del campus.

Era difficile concentrarsi sugli studi. Grazie a Dio, mancava solo un mese alle vacanze estive. Si chiedeva se chiamare o meno sua madre.

O doveva affrontarlo da sola?

Roger non ci sarebbe stato, lo sapeva. Ne era quasi sicura, anche se si era offerto di accompagnarla. Pensò a lui mentre la tenda ondeggiava nella brezza.

Lo aveva incontrato a un party due mesi prima, quando era stata l'unica a non fumare gli spinelli che venivano fatti passare. Aveva provato l'erba e il gusto non le era piaciuto, non le era piaciuta l'idea di qualcosa che le annebbiasse la mente, che alterasse la sua visione della realtà. Non voleva essere condizionata da niente. Ecco perché non aveva mai provato le sigarette.

Roger era appena ritornato al campus dopo undici mesi in un penitenziario federale dell'Oklahoma. Non aveva mai sentito parlare di lui, ma la gente al party sedeva a gambe incrociate, formando un cerchio sul pavimento, ascoltandolo come se possedesse tutta la saggezza del mondo. Candele illuminavano la stanza buia.

«La parte più dura di quest'esperienza è stata la mancanza di privacy», aveva detto. «Cento uomini in una camerata di letti a castello con i gabinetti da una parte, senza porte, senza intimità. Luci accese tutta la notte. Mai un maledetto secondo di privacy.»

«Accidenti!» fece una ragazza.

«Nessuno ha cercato di violentarti?» chiese qualcuno.

«No», rispose Roger, mentre Ashley lo studiava. Non riusciva a vedere il colore dei suoi occhi al buio, ma riusciva a distinguere la sua faccia squadrata con un ciuffo di capelli neri e dritti che gli ricadeva sulla fronte. Danzanti fiammelle di candela si riflettevano sui suoi occhiali privi di montatura.

«Che cosa facevi tutto il giorno?»

«Mi annoiavo. La monotonia e la mancanza di privacy sono le due cose che possono far impazzire maggiormente, lo sapevate? Leggevo molto. Ci lasciavano andare in biblioteca ogni giorno. Ho probabilmente acquisito più istruzione lì che qui.»

«Sei libero adesso?»

«No.» Roger non aveva bruciato soltanto la sua chiamata alle armi, ma era uno dei cinque che avevano dato fuoco al distretto locale. «Mi aspetta un processo fra quattro mesi, a meno che non mi arruoli. Ma non lo farò.»

«Perché non vai in Canada?»

«Perché voglio lottare per le mie convinzioni», dichiarò, e fu questo che conquistò Ashley.

«Disobbedienza civile», mormorò. «Henry David Thoreau.»

«E Gandhi e Martin Luther King.» Guardò nel buio verso di lei.

Sebbene non avesse avuto modo di parlargli di nuovo alla festa, mentre stava cercando il cappotto alla una e mezzo del mattino, lui la trovò e fece: «Non conosco nemmeno il tuo nome».

Glielo disse.

«Potrei accompagnarti a casa?»

«Abito in collina, a Risley.»

Lui annuì. «Va benissimo», sebbene stessero cadendo grossi, umidi fiocchi di neve.

Le piaceva parlare con lui. Era intelligente e serio, ma aveva un acuto senso dell'umorismo. Ashley non aveva indossato gli stivali perché alle otto non nevicava, così scivolò per tutta la strada lungo la collina fino al ponte che passava sopra la gola, vicino al suo pensionato. Lui le stringeva il braccio per sorreggerla.

«Sono orgoglioso dei miei genitori», le disse. «Per poco non morivano quando sono finito in prigione, ma mai una volta mi hanno suggerito di rinunciare. Mi hanno educato a combattere per ciò in cui credo.»

Rimasero a rabbrividire per il freddo, con i piedi bagnati, sotto il lampione stradale in fondo al ponte, a osservare i grossi fiocchi che cadevano lentamente sul terreno.

Lui chiese: «Vuoi andare al cinema, domani sera? Ho sentito che *M*A*S*H** è molto bello».

Lo era davvero. Lo davano proprio in fondo al vicolo dove abitava lui.

Il giorno dopo, quella domenica mattina, apparve a Risley Hall alle nove, proponendo di andare a pattinare sul lago al di là della strada. Poi presero una cioccolata calda e chiacchierarono per tutto il pomeriggio. Era certamente uno dei ragazzi più interessanti con cui era uscita.

Il modo per sedurre Ashley Eliot era affascinarla intellettualmente. Non solo con l'intelligenza, ma dimostrando di essere una persona d'onore e di principi.

Solo in un secondo tempo, lei cominciò a studiare l'aspetto di Roger. Sembrava il ragazzo della porta accanto. Era snello e ben fatto; vestiva con cura, non in jeans sbiaditi o pantaloni di velluto come la maggior parte dei suoi coetanei. Le sue scarpe erano sempre lucide, e i suoi capelli castani erano più corti di quelli della maggior parte dei ragazzi. I suoi occhi avevano il colore del mare in giornate di tempesta, grigioverdi. Ad Ashley piacevano le sue lunghe dita affusolate. Gli disse che assomigliavano alle mani di un chirurgo.

«In effetti, stavo studiando per diventare medico, prima di essere mandato in prigione. Ma nessuna università di Medicina accetterà più un ex detenuto. Così, penso che opterò per l'insegnamento, prenderò il dottorato in un altro modo.»

«Non guadagnerai altrettanti soldi.»

Lui annuì. «Forse è meglio così. Se il denaro è l'obiettivo principale di una persona, credo che quella persona abbia un'etica molto discutibile.»

Roger si stava avvicinando al cuore di Ashley e non ne era neppure consapevole.

Era di Liberty, nel Missouri, e pensava che fosse la più bella città al mondo.

Doveva essere molto carina, si diceva Ashley. Che bello vivere lì, fare parte degli Stati centrali, dividerne i valori.

«Solo che tutti lì pensano che io sia un rosso», le spiegò. «Tutti, tranne i miei genitori. Nessun'altra persona in città simpatizza con me. Adesso, quando torno a casa, non mi parlano nemmeno. I miei genitori hanno intenzione di trasferirsi a St. Louis. Amici che conoscono da tutta la vita si sentono dispiaciuti per loro, pensando che devono aver fatto qualcosa di sbagliato per avere un figlio come me.»

Un mese dopo aveva smesso di nevicare, e giganteschi tulipani Red Emperor avevano fatto capolino con le loro testoline fuori del terreno, mentre i lillà profumavano l'aria. Sedevano nella Olds blu scuro di Ashley, sopra un promontorio che si affacciava sul lago Cayuga. Roger mise una mano fra le gambe di Ashley, e lei non la spostò. Lui l'attirò a sé e la baciò, facendole scivolare le dita lungo la gamba, accarezzandone la morbida carne. Quando le sfiorò le labbra con la lingua, lei aprì la bocca, apprezzando il gusto di tè al limone e il profumo del suo dopobarba.

Sentì i suoi capezzoli indurirsi e sperò che le baciasse i seni, sperò che la sua mano non smettesse di fare quello che stava facendo. Lo sentì sussurrare: «Toccami», e lei allungò la mano per accarezzarlo. Le sue gambe si dischiusero, invitandolo.

«Oh, Cristo», mormorò lui. Spinse indietro la testa e la guardò, sebbene lei non riuscisse a vedere i suoi occhi nella notte. «Questa non è la miglior posizione per questo genere di cose.»

Ashley si sbottonò la camicetta. «Baciami», disse, i seni invitanti. Si appoggiò al sedile.

Roger, invece, accese il motore, uscendo in retromarcia dallo spazio in cui erano incuneati e scendendo la collina. Si recò al *Lake Breeze Motel*, al margine della città. Mentre s'infilava nel posteggio, le lanciò un'occhiata. «Tutto a posto?»

Ashley era stata pronta a far l'amore quindici minuti prima, ma adesso, con le luci scintillanti, la mancanza di intimità, le mani di lui che l'accarezzavano, non era più sicura. «Non lo so.»

Lui spense il motore e la guardò sotto la luce al neon. «Non siamo obbligati a farlo, sai. Dimmi, sei... L'hai mai fatto?»

Ashley scosse la testa.

«È quello che pensavo», le sorrise. «Ma non voglio che tu faccia qualcosa che non vuoi fare. Desidero fare l'amore con te. L'ho desiderato fin dalla prima sera che ti ho vista. Ma solo se lo desideri anche tu. E non mi va di farlo rattrappito in una macchina. Non mi va neanche molto di farlo in un motel da quattro soldi, ma non conosco alternative.»

Era gentile. Estremamente gentile. Ashley stava cercando di capire se fosse o meno innamorata di lui. Quando lui la toccava, quando la baciava, annullava ogni altra cosa al mondo.

Abbottonandosi la camicetta, aprì la portiera della macchina e scese. «Possiamo almeno vedere quello che succede.»

Lui scese dalla sua parte e disse, al di sopra dell'auto: «Se vuoi tirarti indietro, se non vuoi farlo, non smetterò di vederti. Non mi arrabbierò».

«Stai cercando di dissuadermi?»

«Accidenti, no», sorrise Roger, dirigendosi verso l'ufficio del motel e pagando per la stanza. Quando ritornò, disse, facendo dondolare una chiave: «Stanza undici, in fondo al corridoio».

Roger volle lasciare la luce accesa, per poterla vedere. «Vedere è parte del fare l'amore», spiegò. La baciò e lentamente le sbottonò la camicetta. Poi rimase in mezzo alla stanza e si spogliò. Lei non aveva mai visto un uomo completamente nudo.

«Hai un bel corpo», osservò, cercando di respingere il nervosismo.

«È quanto dovrei dire a te», le sorrise.

Ashley era sorpresa di non sentirsi imbarazzata, perché non era mai stata nuda davanti a un uomo, se non al medico di famiglia. Ma il modo in cui Roger la baciava la eccitava e la spingeva a desiderare di sentirlo dentro di sé.

Non le fece neppure molto male. Ma non suonarono le campane. Il male le impedì di raggiungere l'orgasmo al quale il suo corpo sembrava tendere. Ma Roger lo raggiunse, e Ashley rabbrividì estasiata per la loro unione.

Poi, quando giacquero l'uno accanto all'altra, tenendosi per mano, lui spense la luce e disse: «Restiamo ancora un po'. Restiamo tutta la notte. Rifacciamolo domattina, quando non ti farà più male. Quando potrò darti quello che tu hai dato a me».

Era molto premuroso. Lei fu sul punto di dire: «Ti amo», ma non lo disse. Si addormentò con lui rannicchiato accanto a lei.

Era ancora buio quando si svegliò, sentendo le sue mani che le accarezzavano i seni, sentendo la sua erezione contro di sé. Con un sospiro, si girò sulla schiena.

«Lascia che ti mostri altre delizie terrene.»

Questa volta le fece cose di cui non aveva mai sentito parlare e arrivò all'orgasmo così prepotentemente che si sentì gridare: «Oh, Dio!»

«Sì», disse lui, «così.»

Mentre il cielo s'imperlava anticipando l'alba, Roger le posò la testa sul ventre, guardandola. «Andrei in prigione anche per te», disse. Era la prima volta che diceva qualcosa sui suoi sentimenti per lei.

Nonostante il disagio, Ashley si sentiva così felice che pensava di poter scoppiare.

Il suo freddo atteggiamento intellettuale volò fuori della finestra. Si era sforzata in ogni modo di non subire nessuna forma di condizionamento, ma adesso, in brevissimo tempo, rimase condizionata dalle braccia di Roger. Non aveva mai creduto che il corpo di un uomo potesse darle tanto piacere.

I suoi studi ne soffrirono. Quando cercava di leggere, quello che vedeva davanti a sé non erano le parole, ma gli occhi di Roger, e il modo in cui la guardava. Non riusciva a pensare che ai suoi baci.

Voleva portarlo a Oberon, una volta finita la scuola. Avrebbero potuto fare l'amore su tutta l'isola. Voleva sdraiarsi con lui sulla morbida terra sotto gli alberi di Martha's Forest. Voleva nuotare con lui nei piccoli laghi. Voleva portarlo in barca a vela e fare l'amore circondata dall'acqua. Voleva che lui vedesse Oberon, che dividesse con lei il luogo che amava di più. Voleva che diventasse parte di tutto ciò, parte di lei.

Ma non riuscì mai a parlargli di quel posto. Non menzionò mai Oberon, benché lo immaginasse continuamente lì.

Mentre osservava fuori della finestra le campanule che impallidivano nel tramonto, Ashley pensò al pomeriggio trascorso con lui, quando gli aveva detto: «Credo di essere incinta».

Dopo la prima notte, quando avevano così inaspettatamente fatto l'amore, lui aveva sempre usato un preservativo, perciò si erano sentiti sicuri.

Silenzio.

Poi: «Come puoi esserlo?»

«Dev'essere successo quella prima notte. Credo di essere di poche settimane. Non mi è venuto il ciclo.»

«Sei andata da un medico?»

Ashley scosse la testa. «Ho pensato di parlarne prima con te.»

«Be', merda!» esclamò Roger, guardando in lontananza, dietro di lei.

Non era pronta ad avere un bambino, a lasciare la scuola, a essere madre. Pensava di essere innamorata, ma non era pronta a rinunciare alla sua vita e a dedicarsi alla maternità. Avere un marito che poteva tornare in prigione?

Anche se si fosse girato e avesse detto: «Bene, sposiamoci. Ti amo», non pensava che fosse quanto desiderava. Ma non avevano nemmeno mai parlato d'amore.

«Bene», disse Roger lentamente, guardandola con occhi inquieti. «Quanto costa abortire? Potrei pagarne la metà. È anche un mio problema, voglio dire.»

Ma Ashley non aveva idea di quanto costasse un aborto.

«Tu... tu non vuoi avere questo bambino, spero.»

Lei scosse il capo. «Non realmente.»

«Troveremo un modo. Verrò con te, se vuoi.»

Pensò che fosse premuroso da parte sua.

«Hai delle remore?» chiese. «Non sei una persona religiosa, vero?»

Ashley scosse di nuovo il capo pensando che lui non sapeva quasi niente di lei.

«Farò alcune telefonate», disse. «E verrò con te, se vuoi.»

Anche Ashley fece una telefonata. A Sydney.

«Ami questo ragazzo?» chiese sua madre.

«Non lo so.»

«Che cosa prova lui per te?»

«Non lo so.»

«Tesoro, sarò lì domani per mezzogiorno.»

«Non sei obbligata a venire.»

«Verrò. In questo momento, niente è più importante. Ho avuto un aborto anch'io, molti anni fa, e non l'ho affrontato da sola. Non voglio che tu sia sola.»

Sua madre aveva avuto un aborto? Proprio sua madre?

«Arriverò domattina presto. È molto semplice, cara. Adesso che è legale è una procedura sicura. Non come un tempo.»

«Sei delusa di me?»

Sydney le comunicò il suo calore anche a chilometri di distanza. «Cara, sai che non è così! Se tu avessi pensato che lo sarei stata, non mi avresti telefonato. Non preoccuparti, non è pericoloso. Naturalmente, non vorrai avere un bambino a meno di non essere sposata e desiderare veramente di farlo venire al mondo. Sarò lì fra le undici e mezzogiorno.»

Ashley riagganciò, sentendosi meglio, Grazie a Dio, aveva la madre che aveva. Adesso aveva una vaga idea del perché Sydney si astenesse sempre dal giudicare. Sua madre una volta aveva abortito! Era accaduto prima che conoscesse Jordan? Dopo che avevano divorziato? E se così, era Adam il padre? O c'era stato qualcun altro nella vita di sua madre?

Roger non le telefonò, il giorno dopo.

Sydney accompagnò Ashley in un ambulatorio per la pianificazione famigliare. Prima, Sydney aveva chiesto ad Ashley se non avrebbe preferito andare a New York e rivolgersi al loro ginecologo. Quando la figlia rispose che preferiva farlo lì e tornare a scuola lunedì, Sydney capì e non fece pressioni.

Fissarono un appuntamento per il mattino successivo; Ashley lasciò l'ambulatorio alle quattro del pomeriggio e trascorse la notte in albergo, con Sydney.

Ashley sapeva che non avrebbe mai dimenticato il fatto che sua madre fosse venuta a condividere quel momento con lei.

Non aveva mai amato nessuno più di quanto sentì di amare sua madre in quel momento.

Roger non la richiamò più. Una volta lo vide camminare attraverso il campus, e lo salutò con la mano. Lui guardò dritto davanti a sé.

41

JOHNNY la trattava gentilmente solo quand'erano a letto o quando l'aveva al braccio e si recavano da qualche parte. La gente li guardava, e Juliet ne era consapevole, non solo perché lui era Johnny Mars, ma perché lei era lei.

Non che fosse crudele con lei, ma per lo più la ignorava. Quando pranzavano soli, molto raramente, non avevano mai niente da dirsi.

Lei si stancò presto delle fredde sale per le prove e di cantare sempre le stesse canzoni.

Si sentiva imprigionata. A volte si chiedeva che cosa stesse facendo. Perché non se ne andava? Ma non trovava mai la risposta. Era comodo, e perlopiù non doveva pensare. Inoltre, era riuscita a vedere buona parte degli Stati Uniti. Aveva visto metà dei campus universitari del Paese, e le era piaciuto. Si chiedeva spesso se non avesse fatto male a non frequentare l'università.

Quello che piaceva a Johnny erano le grida e gli applausi assordanti. Juliet non capiva perché lui e il resto della band dovessero sniffare cocaina per sentirsi su di giri. L'adorazione dei fan avrebbe dovuto bastargli. Quello che le piaceva nel fatto di cantare con la band, con Johnny e Grace, era il ritmo. Il suo corpo diventava vivo con la musica. La musica l'accarezzava e le parole le entravano dentro, parole che di solito parlavano di un amore perduto. E di solitudine.

Forse non aveva mai conosciuto l'amore, ma la solitudine la conosceva molto bene. Sembrava portarla sempre con sé.

Si era rifiutata di provare qualcosa di più forte della cocaina o dell'erba. Pensava che Johnny facesse anche uso di eroina, ma sperava di no. Cool sì, di questo era sicura. Cool e un paio d'altri. Lui non le prestava più la minima attenzione. Se la faceva con un bel faccino dopo l'altro, una ragazza diversa in ogni città in cui approdavano; a volte anche due insieme nelle cittadine universitarie. Si domandava se avesse imparato a baciare.

Una delle cose positive in Johnny era che non faceva mai sesso in modo affannoso. Lui sapeva fare l'amore. Inventava sempre qualcosa di nuovo e Juliet immaginava di sapere ormai tutto in fatto di sesso. In un certo senso, si riteneva fortunata.

Eppure, non era felice.

Trascorreva ore da sola in camere d'albergo. Esplorava ben poco di ogni nuova città; a volte non le distingueva l'una dall'altra.

Sedevano nei bar, nelle sale da ballo e nei bistrot fino al mattino, sia che tenessero concerti oppure no. Dormivano durante il giorno, con Johnny che si svegliava quasi sempre dopo le tre. Spesso, drogata anche lei, gli rimaneva sdraiata accanto e fissava i raggi dorati del sole che filtravano attraverso le tende dell'albergo, chiedendosi in quale città si trovassero.

Quando era pulita, quando aveva soltanto bevuto alcol e soffriva dei postumi di una lieve sbronza, si alzava e si vestiva senza svegliarlo. Scendeva nel bar dell'albergo, trangugiava spremute d'arancia e poi andava a vagabondare per le strade.

Trascorreva ore a suonare la chitarra, con nuove parole che dalla testa passavano direttamente alle sue dita, parole di cui non era consapevole finché non le uscivano dalla bocca.

Un tardo pomeriggio d'inverno, quando Johnny entrò da chissà dove, si fermò sulla soglia e chiese: «Che canzone è?»

«Non lo so», rispose lei, continuando a suonare.

Lui corrugò la fronte. «È tua?»

Johnny trovava sempre divertente il fatto che Juliet suonasse con nuove parole e nuovi accordi. Ma prestava raramente attenzione a quello che faceva.

«Sì.»

Sedette sul letto e ascoltò. «Ha delle parole?»

«Più o meno.»

«Cantamele.»

Sapeva che si sarebbe probabilmente preso gioco di lei, ma quando Johnny le diceva di fare qualcosa, la faceva.

Juliet cominciò a cantare, con quella sua voce roca che non poteva riempire un teatro, ma poteva far smettere alla gente di parlare per ascoltarla, per captare ogni parola, ogni sfumatura.

Mentre cantava, Johnny non si mosse né sembrò respirare. Alla fine le si avvicinò e si inginocchiò accanto a lei. «Accidenti, bambina. Fantastica! Puoi trascriverla?»

«Sì, pensò di sì».

«La mostro ai ragazzi. Chissà, forse potremmo suonarla.»

Juliet alzò lo sguardo su di lui con gli occhi sbarrati. «Vuoi dire cantarla davanti alla gente?»

«Bambina», disse lui, chinandosi a baciarla. «Scommetto che se la canto io finirà in classifica.»

E fu esattamente ciò che accadde.

Juliet non seppe, perché non scriveva mai a casa e non telefonava per mesi, che la settimana in cui la sua prima canzone andò in classifica fu la settimana in cui Big Mommy morì, a novantaquattro anni.

Morì nel sonno, dopo una notte di poker.

Sebbene infinitamente rattristata per aver perso quella che considerava «la sua rocca», Sydney decise che Carlos era ancora più addolorato per la perdita della nonna. Era così disperato che non poté guidare la macchina durante il corteo funebre. Insistette per volare a Oberon con Oliver, Sydney e zio Billy, e sedette presso la tomba, nel piccolo cimitero circondato di pini, il volto rabbuiato e impassibile dietro gli occhi che sembravano spenti.

Nel suo testamento, Big Mommy lasciò la sua Rolls, e Carlos, a Sydney. Voleva assicurarsi che lui avesse un lavoro, e non capiva perché Sydney fosse stata tanti anni senza un'automobile. Inoltre lasciò a Carlos centomila dollari: in caso non avesse voluto lavorare con Sydney, ne avrebbe comunque avuti a sufficienza per un po'. Ma Carlos non sarebbe andato in nessun luogo. «Non saprei che cosa fare se non facessi parte della famiglia Hamilton», disse a Sydney.

* * *

Zio Billy, che partecipava alle partite di poker del venerdì da oltre quindici anni, insistette perché Carlos continuasse a giocare con il gruppo. Con il tempo, Carlos cominciò a sorridere di nuovo, ma non ritrovò più la gioia che era solito mostrare. Una parte della sua vita era sepolta a Oberon.

Quando Juliet apprese finalmente della morte della bisnonna, due mesi dopo, pianse per ore. Anche se non vedeva la bisnonna da tre anni, sapeva che qualcosa di insostituibile aveva abbandonato la sua vita.

Aveva anche paura per se stessa, che fosse ormai troppo tardi per riconquistare la sua identità. Aveva vent'anni, la sua prima canzone era stata un successo, ma non aveva affatto una vita sua.

Non disse a Johnny che Big Mommy le aveva lasciato mezzo milione di dollari. Fece finta che non ci fossero e li lasciò in una banca di New York, accumulando interessi.

Non sapeva che cosa farne.

Sydney si chiedeva come Big Mommy avesse giudicato la sua vita e la sua progenie. Evan era al terzo matrimonio. Il suo terzo figlio, l'unico della seconda moglie, era responsabile della morte di un altro ragazzo, che aveva investito con l'entrobordo del padre mentre faceva sci d'acqua. Sydney aveva la sensazione che Oliver fosse intervenuto e avesse sborsato una somma alla famiglia, perché non avevano chiesto i danni.

Malgrado i ripetuti sforzi di incontrare Juliet, offrendosi persino di raggiungerla dove si trovava, Sydney non vedeva la figlia da più di tre anni. Juliet faceva uso di droga, ne era sicura. Leggeva di lei sul *Daily News* o su quei giornali scandalistici che si trovano al supermercato. Tutte le rock star erano drogate. E quelle foto di Juliet, che adesso si faceva chiamare Julie, sposata con un uomo con il doppio dei suoi anni...

Ammise con se stessa che Juliet era diventata una bellezza. Benché lei e Adam non vedessero la televisione, una sera Ashley le telefonò da Ithaca e disse: «Mamma, Julie è in televisione. Gira su Canale 11, stanno trasmettendo un concerto di Johnny Mars».

Il cuore di Sydney sussultò e si portò la mano alla gola mentre le lacrime le pungevano gli occhi. La sua bambina, Juliet, lì davanti a milioni di persone, che cantava. Cielo, Julie che cantava in televisione. Una Hamilton che si mostrava a quel modo. Be', era anche figlia di Jordan, no? Ed era bellissima, anche se pareva che i suoi capelli non venissero mai pettinati.

E quel Johnny Mars, suo genero, si dava molto da fare. Sydney capiva che la sua essenza magnetizzava Juliet. «Ha qualcosa di speciale», disse ad Adam, che stava facendo le parole crociate dalla sua parte del letto. «Non ti sembra?»

Adam alzò lo sguardo. «Per me quella non è musica», commentò. «Anche se è meglio del rock. Se non altro, le parole le capisco.»

«È più vicino di età a me che a lei.»

«È quello che voleva, no? Una figura paterna.»

Sydney si girò a guardarlo. «Non ci avevo mai pensato.»

«No, infatti», ammise Adam, studiando il giornale piegato di fronte a sé.

Dopo il concerto, quando spense il televisore, Sydney disse: «Ashley è l'unica a essere venuta su nel modo giusto. I figli di Evan sono degli scellerati. E Juliet fa… quello che fa. Sono contenta che Ashley sia cresciuta così bene».

«Bene?» chiese Adam.«Definisci un aborto crescere bene?»

Be', non c'è niente di cui vergognarsi, pensò. Ma non lo disse. Sapeva come la pensava Adam in proposito. Era come infrangere uno dei dieci comandamenti. Eppure anche lui ne aveva infranto uno, ma non glielo ricordò.

Spense la luce dalla sua parte del letto e si tirò le coperte sulle spalle.

Adam continuò il suo cruciverba.

42

«MAMMA.» La voce di Ashley giunse eccitata attraverso le linee telefoniche. «Hai sentito la notizia?»

Dal timbro della sua voce doveva trattarsi di qualcosa di bello. «Quale notizia, cara?»

Sydney stava uscendo dall'ufficio quando Dominique aveva detto: «Sua figlia sulla linea tre».

Dominique aveva istruzioni di interromperla, se Ashley e Juliet telefonavano. Ashley le telefonava raramente in ufficio, e Juliet mai. Nemmeno a casa.

«Papà è stato proposto per un Academy Award. Ho cercato di telefonargli a casa, ma la governante ha detto che non era ancora tornato dal Kenya.»

«Be', conosci tuo padre», disse Sydney. «È sempre in qualche altro posto.» Ma sedette. «Aveva ricevuto la nomination anche cinque anni fa, comunque.»

«Lo so», disse Ashley, la voce piena d'orgoglio. «Due nomination. Non è magnifico? Be', ho pensato che volessi saperlo.»

«Certo, cara. Certo.»

«Mancano ancora due mesi all'assegnazione dei premi, ma accidenti, spero di riuscire a contattarlo quanto prima.»

«Quando ci riuscirai, fagli le mie congratulazioni.»

«Spero che Julie lo sappia.»

Perfino Ashley adesso la chiamava Julie.

Ma Sydney vide Jordan prima di Ashley. Passò da New York, fermandosi una sera prima di volare sulla costa. Le telefonò e chiese: «Libera per cena?»

Di solito Adam l'accompagnava quando si vedeva con Jordan. Ascoltava mentre parlavano delle ragazze, compiangendosi a vicenda per Juliet, chiedendosi perché non si facesse mai viva con nessuno dei due.

Ma quella sera voleva Jordan per sé. Non voleva dover sedere fra i due uomini con l'impressione di camminare su una corda tesa. Adam avrebbe colto ogni segno d'affetto e poi le avrebbe detto che era ancora innamorata di Jordan, e che Jordan ovviamente non si era mai risposato perché la amava ancora.

E lei allora avrebbe ripetuto, come aveva fatto decine di volte durante il loro matrimonio: «Adam, per carità, ricorda che sono stata io a lasciarlo».

«Sì, ma non perché non lo amavi.»

«Perché non potevo vivere con lui», avrebbe risposto, come sempre.

Quella sera, voleva essere sola con Jordan in un posticino tranquillo. Avrebbero parlato delle figlie e della sua vita. Si chiedeva se Ashley gli avesse mai detto dell'aborto, o se fosse un segreto fra lei e sua madre. E Adam.

«Una cosa rapida», le aveva detto, perché il suo aereo partiva alle sei e mezzo. «Possiamo vederci prima, alle cinque e mezzo, magari?»

Decisero di incontrarsi all'*Auberge*, non lontano dal *Plaza*; non sarebbe certamente stato affollato a quell'ora.

Quando disse ad Adam che non era invitato, lui si limitò ad annuire, rispondendo: «Va bene». Avrebbe mangiato un boccone con Steve Castor, il suo direttore responsabile. Dovevano parlare di un paio di cose e non avevano avuto il tempo di farlo per tutto il giorno.

Ma non pranzò sola con Jordan. Lui portò con sé una donna che sembrava abbastanza giovane da essere sua figlia.

Sydney si sentiva come se fosse stata presa a calci nello stomaco. Leggeva di Jordan e delle sue donne da anni, ma non ne aveva mai incontrata nessuna.

Gelosia. Dunque era questo che provava dopo tutti quegli anni. Da quanto tempo erano separati, ormai? Diciott'anni? Eppure si sentiva ferita perché lui aveva portato un'altra donna, sebbene lei avesse sempre portato Adam.

Quando Sydney accennò alla nomination, Jordan annuì.

«Buffo, ma non sembra neppure parte di me. Ho finito quel film un anno e mezzo fa. Appartiene al passato,ormai. Non è nemmeno uno di quelli di cui vado più orgoglioso. L'avevo accettato per poter lavorare di nuovo con Kirk O'Malley. Anche lui è stato proposto.» Così come il film.

«Che peccato che Lili non riesca più a trovare lavoro. Rimane tuttora una delle più grandi attrici con cui abbia lavorato.»

«Perché allora non riesce più a trovare lavoro?»

Jordan si strinse nelle spalle. «Ha la mia stessa età. Quarantott'anni. Troppi per la maggior parte delle attrici. Ma non per gli attori.»

«Sono ancora sposati, vero? Straordinario!»

Annuì. «Uno dei matrimoni più duraturi di Hollywood, con gran sorpresa di tutti.»

E poi chiese: «Che cosa sai di Juliet?»

«Niente», rispose sua madre. «Sento solo parlare di lei. Era in televisione un paio di mesi fa.»

«C'era un concerto di Johnny, e la nostra bambina cantava con un'altra donna. Suonava la chitarra e cantava, senza quasi nulla addosso. Be', un paio di jeans, ma con sopra ben poco.»

Jordan rise. «Lo show business è una malattia di famiglia. Li ho visti a Hollywood, quand'erano lì, l'anno scorso. Lui non ha detto molto. Neanche la nostra bella figliola, ma dovrei essere contento che perlomeno mi siano venuti a trovare. Comunque ho la sensazione che sia stata un'idea di Johnny, non di Juliet.»

La ragazza seduta accanto a lui, Brenda, aveva a malapena detto una parola.

«Che cosa ne pensi di Ashley?» chiese Jordan.

Sydney rise. «Be', le ho parlato la settimana scorsa. Le ho chiesto se c'era un uomo nella sua vita e lei ha risposto: 'Non mi senti frignare, no?' Allora è segno che sta bene.»

«Mi chiedo se Juliet sia felice...»

«Me lo chiedo anch'io.»

Quando si separarono, Jordan la baciò sulla guancia, poi Brenda gli prese il braccio mentre percorrevano i pochi isolati fino al *Plaza*. Fiocchi di neve stavano cadendo dolcemente, e uno si sciolse su una guancia di Sydney. O era una lacrima?

La vita è davvero complicata, si disse. Se lo amava, perché non era rimasta con lui? Perché non si era accontentata di essere la signora Eliot, moglie e madre? In questo modo il suo cuore non si sarebbe spezzato ogni volta che lo vedeva di persona o in un film, e forse Juliet sarebbe andata al college. E avrebbe telefonato a mamma e papà ogni domenica sera. Si chiese se davvero sarebbe andata così, se fosse rimasta in California e non avesse cercato di lasciare la sua impronta nel mondo.

Quando ritornò a casa, Adam la stava aspettando. Dall'espressione del suo viso capì che traboccava di gelosia e voleva sapere tutto quello che Jordan le aveva raccontato. Invece disse: «Dio, ti ho cercata dappertutto. Tuo padre è in ospedale».

Lo afferrò per il braccio. «Che cos'ha avuto? Un infarto?»

«L'ha investito una macchina. Stavo aspettando che tornassi prima di recarmi all'ospedale. Ancora cinque minuti e me ne sarei andato.»

Sydney pensò che forse Adam amava Oliver più di lei.

«Carlos sta aspettando», aggiunse Adam. «Lo chiamo.»

Oliver era costretto a letto, gambe e bacino rotti. Il medico dubitava che potesse riprendere a camminare.

Sydney lo pregò di andare a vivere con loro, ma suo padre rifiutò, abituato al suo appartamento e alla sua casa. Propose invece che fossero Sydney e Adam a trasferirsi da lui. Un giorno la casa sarebbe stata loro in ogni caso. Se volevano fare delle modifiche per lui andava bene, ma non avrebbe vissuto da nessun'altra parte.

Sydney e Adam ne discussero. Sydney doveva ammetterlo, quell'appartamento, quell'attico che occupava gli ultimi due piani dell'edificio che suo nonno aveva costruito, era parte di lei. Non come Oberon, ma aveva sempre amato quella casa; la vista dal ventiseiesimo piano; i giardini pensili che sua madre e Big Mommy avevano creato e di cui Warren si curava ancora.

Ad Adam piaceva l'ostentata opulenza di quella casa. «Come ragazzo di campagna del Midwest, il lusso mi attira», ammise.

Anche Jordan era del Midwest. Sydney si chiese perché suo padre avesse così inflessibilmente osteggiato uno e approvato l'altro.

Quando si era sposata con Adam, Sydney non aveva comprato mobili a cui fosse particolarmente affezionata, ma sapeva che molte cose nella casa dei genitori erano superate, così si apprestò a rinnovare tutto, tranne la camera da letto e lo studio di Oliver.

Assunse due persone per prendersi cura di lui, e sistemò l'infermiera di notte nella camera attigua a quella del padre.

Era un paziente terribile, esigente, collerico, sempre in attesa che Adam e Sydney tornassero a casa per fargli un resoconto dettagliato della giornata.

Tra i suoi impegni al giornale, le richieste di suo padre e il nuovo arredamento della casa, Sydney era sempre sfinita. Si era perfino dimenticata di guardare la consegna degli Oscar, finché Oliver non aveva mandato l'infermiera a interrompere la loro cena con l'annuncio che l'assegnazione dei premi sarebbe stata trasmessa in televisione. Anche se lo show sarebbe durato più di tre ore, pensava che a Sydney sarebbe interessato.

Era la prima volta che suo padre riconosceva i meriti di Jordan o il suo successo.

Sydney ordinò che la cena venisse servita in biblioteca, dove mangiarono e ascoltarono discorsi di ringraziamento interminabili e banali. Adam, pur non avendo lasciato la stanza, si dedicò esclusivamente alla lettura di tutti i quotidiani del Paese, finché non fu il turno di Audrey Hepburn. «E il vincitore è...» L'attrice aprì la busta e i suoi occhi luminosi si riempirono di piacere nel dire: «Jordan Eliot!»

Un fragoroso applauso indicò che era un attore popolare.

Sydney provò una stretta al cuore, e non si rese neppure conto di essersi posata la mano sul petto.

Il discorso di Jordan fu banale come tutti gli altri, ma lei pensò che non era mai stato così bello.

Quando concluse, Jordan guardò dritto verso di lei e disse: «Possono anche non avere nulla a che fare con questo premio, ma voglio ringraziare le mie figlie, Ashley e Juliet, per esistere, e la loro madre, per aver avuto fiducia in me quando nessun altro ne aveva».

Sydney, in lacrime, non si accorse di aver sussurrato: «Oh, Jordan», finché Adam non le passò accanto, sbattendo la porta dietro di sé.

43

IN tutti i suoi anni alla Cornell, come studentessa universitaria e poi alla scuola di specializzazione di Veterinaria, Ashley non aveva mai preso un voto inferiore al 28. Ma con gli uomini avrebbe potuto prendere anche un 15.

Il primo anno alla scuola di Veterinaria ebbe una relazione con un professore di Chimica organica, un bell'uomo sulla trentina inoltrata, con capelli biondo-rossicci e occhi verdi, l'insegnante più brillante che avesse mai avuto. Era innamorato della sua materia, e suscitava uno straordinario entusiasmo nei suoi studenti.

Alla fine del trimestre, dopo che Ashley ebbe concluso il suo corso, una sera le telefonò. «Generalmente non mi va di uscire con i miei studenti», disse, «ma tu non segui più le mie lezioni. Vorrei tanto rivederti. Che cosa ne dici di pranzare insieme, una sera?»

A quella ne seguirono molte altre. Andarono al cinema e alle partite di football, che l'annoiavano a morte, ma Ashley cercava di farsi piacere tutto ciò che piaceva a Whit. Lui le disse che avrebbe potuto eccellere nella ricerca, perché non ci pensava?

«No, voglio diventare veterinario.»

«Potresti diventarlo e fare anche ricerca.»

«No», disse lei. «Ho sempre saputo quello che volevo fare.»

Ogni sera, quando l'accompagnava a casa, aspettava che lui la baciasse. Ma non accadeva mai.

«Hai una delle menti migliori di tutta l'università», le disse. E non era esattamente quello che desiderava sentire.

Una sera, quasi al termine dell'anno scolastico, Whit propose di an-

dare in barca al crepuscolo. «Porto la cena. C'è la luna piena, stanotte.»
Finalmente, pensò Ashley, finalmente.
La notte era calda. Non c'era quasi vento e, mentre galleggiavano al chiaro di luna dopo una cena a base di aragosta e champagne, Whit le disse: «Ti voglio».
Lei sorrise. «Dovresti darti un po' da fare, sai. Non ci resterei male, se mi baciassi.»
Lui si chinò e la cinse con un braccio, la bocca sulla sua. Ma fu tutto. Le loro labbra si sfiorarono appena.
«Sei vergine?» le chiese.
«No. E tu?»
Rise. «Vieni, torniamo al mio appartamento.»
Ma una volta lì, Whit accese le luci e disse: «Allora?»
Il suo appartamento assomigliava a una cella monastica: spartano, ordinato e in tenui color terra.
«Potresti essere un po' più romantico», suggerì Ashley, senza nemmeno sapere se lo desiderava ancora, sebbene ci avesse pensato per mesi.
«Mi piacerebbe fare l'amore con te.» Credeva davvero che le parole da sole fossero sufficienti ad accendere la sua passione?
La prese per mano e la condusse lungo il corridoio fino alla sua camera da letto, che conteneva soltanto un futon e una scrivania, con una lampada nell'angolo.
Whit cominciò a spogliarsi, ammucchiando ordinatamente gli abiti sulla scrivania. Quando fu nudo, si sdraiò sul futon e la guardò mentre si toglieva le scarpe e si sfilava il maglione bianco a collo alto e i jeans.
Lui allungò una mano e spense la luce.
«Toccami», sussurrò.
«Baciami», disse lei.
Lo fece. Ma come prima, la sua bocca era chiusa, le sue labbra rigide. Non era un bacio, erano soltanto bocche premute insieme.
Non le toccò i seni, e non l'accarezzò.
Lei giaceva lì, in attesa.
Stavano a fianco a fianco, senza sfiorarsi, quando lui disse: «Non posso baciarti. Non mi piace, voglio dire… mi smonta».
Be', pensò Ashley, questo è strano.
«Da ragazzo, mia madre mi stringeva sempre al seno, quando veniva a darmi il bacio della buonanotte. Cominciai a odiare il suo seno. Mi sentivo soffocare. E a sedici anni, una notte, m'infilò la lingua in bocca. Sobbalzai e gridai. Le dissi di non rifarlo mai più, e lei cadde in ginocchio, implorandomi di non dirlo a mio padre. Sono normale, Ashley,

assolutamente normale. Mi piace il sesso. Solo non mi piacciono i seni, e ogni volta che bacio una donna mi ricorda mia madre, e non riesco più a fare niente.»

Allora la afferrò e le montò sopra, penetrandola prima che Ashley potesse rendersene conto. Si mosse con frenesia, con abbandono, le mani premute sul letto accanto al viso di lei, per non pesarle addosso. Niente di tutto ciò la eccitò. Non ci furono baci né carezze.

Ashley cominciò a muoversi con lui, cercando di alimentare un po' di desiderio, ma non funzionò. Quando lui venne, emise a malapena un gemito.

Giacquero l'uno accanto all'altra e, con voce scossa, lui chiese: «Non sei venuta, vero?»

No, non era venuta.

Whit non le telefonò più, e quando ritornò in autunno, non si incontrarono nemmeno.

Ashley si comprò un cane, un batuffolo bianco e nero. Non ci impiegò molto a trovargli un nome. Boo Boo. Ashley e Boo Boo divennero inseparabili. Tranne che alle lezioni, Boo Boo l'accompagnava dappertutto e divenne la mascotte più popolare del campus.

Dormivano insieme, e Ashley si svegliava spesso con le zampe di Boo Boo intorno al collo. Al sabato, quando si recava nel laboratorio solitamente deserto, l'accompagnava anche Boo Boo.

Era quasi mezzogiorno, un sabato di gennaio, quando una voce disse: «Devo chiarirmi con il tuo cane prima di invitarti a pranzo?»

Lei alzò lo sguardo, gli occhiali di traverso mentre respingeva i lunghi capelli dal viso. Era rimasta così assorta nel lavoro, che rimase disorientata per un secondo.

In piedi sulla soglia c'era uno degli studenti più vecchi del suo corso. Jonathan Seibert doveva avere quasi trent'anni; alto e magro con capelli castani, caldi occhi scuri, e il viso allungato.

«Salve», disse lei.

«Ti ho cercata dappertutto. Pranziamo insieme?»

Perché no?

«Concedimi un'altra mezz'ora», disse.

«Certo.» Sorrise e la sua espressione da ragazzo le piacque. Un po' come Robert Redford, ma non altrettanto bello. «Ritorno fra mezz'ora.»

«Possiamo prima accompagnare a casa Boo Boo.»

«No, lasciala venire.» Le piaceva già.

Andarono in un piccolo ristorante italiano sulla collina che si affacciava sul lago. La vista era spettacolare, le colline coperte di neve e di pini. Sotto di loro, il lago Cayuga si estendeva come un lungo dito a nord, nei boschi.

«Non sono mai stata quassù. Non sapevo nemmeno che questo posto esistesse.»

«Non è molto che è aperto», spiegò Jonathan. «Ho un debole per i ristorantini italiani.»

Aveva insegnato Scienze per cinque anni, le disse, in una cittadina chiamata Morris, su verso le Catskills. Ma insegnare non rendeva, così aveva deciso che preferiva gli animali ai ragazzi del liceo.

Era cresciuto ad Albany, ma non gli piacevano le grandi città. Voleva esercitare in una cittadina di campagna, dove mucche e cavalli avrebbero fatto parte della sua professione quanto cani e gatti. Comunque, la sua passione erano i cavalli. Non se n'era mai potuto permettere uno, ma aveva intenzione di acquistarlo quando fosse diventato veterinario.

«C'è un'area in cui vorresti specializzarti?» le chiese.

«Mi piace lavorare con gli uccelli.»

«Uccelli?» ripeté con voce incrinata.

«Dove sono cresciuta, gli uccelli sono davvero importanti. Mia nonna curava gli uccelli con le ali spezzate, o quelli che i gatti o altri predatori avevano ferito. Credo che gli uccelli siano una delle creature più belle della natura. Potrei stare a osservarli per ore.»

«Perché allora non diventare ornitologo?»

Ashley se l'era chiesto spesso. «Voglio curare. E poi, mi piacciono tutti gli animali.»

«Non riusciresti mai a guadagnarti da vivere dedicandoti solo agli uccelli», rise lui.

La condusse in numerosi altri ristoranti: greci, messicani, cinesi, persino in uno giapponese. In cambio, lei lo invitò spesso a casa sua.

«Dio, non sono mai stato in un appartamento da studente così ben arredato», commentò la prima volta che vi mise piede.

«Sei un'ottima cuoca», le disse poi. «La tua cucina potrebbe rendermi dipendente.»

Durante i fine settimana non c'era quasi mai. Andava a casa, a trovare gli amici. Prendeva l'autobus il sabato mattina e ritornava la domenica sera tardi.

Andava bene per Ashley, perché questo le concedeva il tempo di rimettersi in pari con il lavoro che non riusciva a fare nelle sere che trascorreva con Jonathan durante la settimana, vale a dire quasi ogni sera.

Facevano ricerca insieme e discutevano dei loro progetti individuali. E si baciavano molto. Tre mesi dopo, una sera, dopo aver lavato i piatti, mentre sedevano sul divano con Boo Boo ai piedi di Ashley, Jonathan le disse: «Dovresti sapere che voglio fare l'amore con te».

Ashley gli sorrise. «Mi chiedevo che cosa ti trattenesse dal domandarmelo.»

Jonathan la circondò con le braccia e si chinò a baciarle il collo. Ashley sentì il suo respiro nell'orecchio mentre la pelle d'oca le copriva il collo e le braccia. Lui allungò una mano per stringerle un seno.

Ashley girò il viso verso quello di lui, che abbassò la bocca sulla sua, sfiorandole il ventre con la mano.

Lei aveva dimenticato com'era piacevole essere toccati. E le sfuggì un piccolo gemito.

«Vieni», disse, alzandosi e prendendolo per mano. «La camera da letto è più confortevole.» Ma si fermò in bagno per inserire il diaframma. Mai più una gravidanza indesiderata.

Jonathan ci sapeva fare. Si muoveva con calma, baciandole il viso, il collo, le orecchie, i seni. Poi le baciò il ventre e l'interno delle cosce. Le baciò le ginocchia e le percorse con la bocca tutte le braccia.

La portò al culmine più e più volte, ma si fermava prima di farla venire, così che alla fine ebbe un orgasmo con una forza assolutamente insolita. Ashley gridò, chiedendosi perché assomigliasse più a un gemito di dolore che di piacere.

«Gesù», disse lui quando giacquero esausti, «sei formidabile.»

«Vale lo stesso per te», ribatté Ashley. «Accidenti, sai come far godere una ragazza.»

La mattina dopo, Ashley sedeva in classe senza sentire quello che diceva il professore, ricordando ciò che le aveva fatto la lingua di Jonathan la notte prima. Rabbrividiva in previsione della notte successiva.

Telefonò a sua madre per dirle che si era innamorata. Non l'aveva mai detto di nessun uomo, neanche di Roger.

«Quando me lo fai conoscere?» chiese Sydney.

«Forse lo porterò a Oberon quest'estate.»

«Oh, allora è una cosa seria.»

«Be', non ne abbiamo ancora parlato, ma lo inviterò. Credo che debba lavorare in estate per guadagnarsi da vivere, ma forse potrà prendersi la prima settimana dopo la chiusura delle scuole.»

Ai primi di maggio, un mese prima della pausa estiva, Ashley affrontò l'argomento con Jonathan.

Fu come se gli calasse un velo sugli occhi. «Non posso», disse.

«Hai una buona ragione?» Ashley gli passò un dito sul petto nudo. Si chinò a baciarlo. «Vorrei che conoscessi mia madre.»

«Non posso», ripeté.

«Be', possiamo fare un'altra volta durante l'anno?»

«Non posso», disse lui di nuovo.

«Non puoi o non vuoi?»

Jonathan si mise a sedere sul letto, staccandosi da lei. «Oh, merda, Ashley, sapevo che avrei dovuto dirtelo. Speravo che non fosse ancora il momento.»

«Dirmi che cosa?» Si raddrizzò anche lei, guardandolo intensamente.

«Sono sposato.»

Lei si sentì come se le avessero sferrato un calcio nello stomaco. Lo fissò.

«Mia moglie lavora perché io possa continuare gli studi. Insegna arte. Il suo lavoro e un piccolo fondo fiduciario lasciatomi da mio nonno mi consentono tutto questo. Ecco dove vado durante i fine settimana. A casa da lei e da mio figlio, Caleb.»

Per un secondo, Ashley pensò che avrebbe anche potuto vomitare. Fece un profondo respiro. Si rese conto di avere i pugni chiusi e, mentre li guardava, spinse indietro il braccio e colpì Jonathan in piena mascella.

Lui balzò dal letto. «E questo che cosa vorrebbe dire? Non abbiamo mai parlato di futuro. Lo so che ti è piaciuto. Dimmi che non ti sei divertita quanto me. Credi che andare a letto con un ragazzo voglia dire tenerlo in pugno? Fare l'amore non significa niente di permanente. Cristo, Ashley, ho trascorso i più bei cinque mesi che riesca a ricordare. Sei fantastica. Se non fossi sposato, Cristo, ti sposerei subito. Tu sei...»

«Fuori di qui», disse lei, la voce gelida e controllata. «Fuori dalla mia vita.»

Ashley si ripeté per tutta l'estate, tutta la lunga, idilliaca estate a Oberon, che non stava curando il proprio cuore infranto. Jonathan aveva ragione. Sesso e amore avevano poco a che fare con le promesse. Avrebbe dovuto saperlo.

Boo Boo le leccava la mano, correva accanto a lei quando Ashley andava a cavallo, camminava sui prati con lei e amava andare in barca a vela. I cani davano amore incondizionato. Nessun uomo lo faceva. Ashley si chiese se gli uomini conoscessero il significato della parola amore.

44

NAUSEA. Cercò di aprire gli occhi, ma la stanza cominciò a girarle intorno e vomitò di nuovo. L'odore la faceva quasi svenire.

Si chiese dove fosse. L'ultima cosa che ricordava... Buon Dio, che cos'era l'ultima cosa che ricordava?

Sentiva male in tutto il corpo. Riusciva a muoversi a stento. Tastò con il palmo della mano destra, per sentire qualcosa. Qualunque cosa. Un tappeto... Era sdraiata sul pavimento.

Cercò di aprire di nuovo gli occhi, ma erano come incollati. Dov'era stata? Oh, ricordò. Si era allontanata da sola per andare a vedere i Presidenti, sul Monte Rushmore. Impressionante.

Pensare che un uomo avesse scolpito tutto ciò, fosse stato capace di rendere differenti le espressioni dei loro occhi, i muscoli delle loro guance. Juliet si era resa conto di essere in presenza di qualcosa di straordinario. I musei l'annoiavano, ma il Monte Rushmore l'aveva entusiasmata. Era rimasta lì con i suoi stivali foderati di pelliccia e la giacca a vento, sola in quella giornata glaciale con il parco deserto, e aveva passato ore a fissare le grandi facce di pietra, affascinata.

Aveva avuto freddo. Non si era resa conto del freddo che aveva preso, ma rabbrividì per tutto il percorso in macchina fino al motel. Forse avrebbe trovato Johnny sveglio.

Johnny non soltanto era sveglio, ma aveva bevuto. Nel momento in cui Juliet era entrata nella stanza, prima ancora che potesse togliersi la giacca, aveva preso a schiaffeggiarla facendola barcollare contro il muro.

Ricordò che l'aveva picchiata e picchiata, dicendole cose orribili. Che era una puttana, che non sapeva nemmeno che cos'era la lealtà, altrimenti non avrebbe mai venduto le sue canzoni ad Hank Williams e a Patsy Cline. Che diavolo pensava? Si era preso cura di lei in tutti quegli anni. Ogni canzone che scriveva apparteneva a lui. Anche lei apparteneva a lui.

Be', forse gli era appartenuta un tempo, si era detta. Ma adesso non più.

Involontariamente, Juliet alzò il braccio e si portò la mano davanti alla faccia come per proteggersi.

* * *

Doveva andarsene da lì. Lontano da Johnny. Lontano da lui prima che tornasse. L'aveva già picchiata in precedenza, ma mai così.

Si sforzò di aprire gli occhi e si guardò intorno. Fissò a fatica il soffitto che girava sopra di lei. Non poteva essere lo stesso motel dove alloggiavano. Quello non puzzava di vomito e urina.

Mosse la testa, che le fece male.

Chiuse gli occhi. Doveva andarsene prima che Johnny ritornasse. Vagamente lo ricordò ringhiare: «Implori per una dose? Va bene, bambina, questa è l'ultima per cui implorerai. Per te non ci sarà più niente, bambina. Siamo arrivati al capolinea. E io me ne sarò andato da un pezzo. La chiameranno overdose. E pensare, bambina, che sono io a essere in overdose per te. Maledetta, sleale sgualdrina».

Non ricordò nient'altro. Si girò su un fianco e ogni centimetro del suo corpo prese a dolerle. Sull'anta dell'armadio al di là della stanza vide uno specchio. Vi strisciò, piangendo per il dolore.

Davanti allo specchio, alzò la testa e studiò il suo riflesso, riconoscendosi a stento. I suoi occhi erano tutto un livido nero e blu. Naturale che avesse fatto fatica ad aprirli: erano come due fessure in una faccia devastata. Le sue labbra insanguinate erano così gonfie e spaccate che non riusciva a muoverle. La camicetta strappata e le braccia chiazzate. I capelli una massa aggrovigliata.

L'odore di urina e vomito, realizzò, non provenivano dalla camera del motel, ma da lei.

Ebbe un conato. Aveva disperatamente bisogno di acqua.

Strisciando fino al bagno, riuscì a prendere a stento un bicchiere. Si alzò pian piano, aggrappandosi al lavandino, riuscendo faticosamente ad aprire l'acqua e a riempire il bicchiere. Soltanto un sorso, si disse, sapendo che altrimenti avrebbe vomitato di nuovo.

Giacque sul freddo pavimento di piastrelle chissà per quanto tempo. Dopo un po', si tirò su sopra la vasca e fece scorrere l'acqua. Non riusciva a sopportare l'odore. Doveva farsi un bagno.

Quando tornò a letto, il fetore aleggiava ancora nella stanza. Si arrampicò fra le lenzuola, ma cominciò a tremare così forte che le battevano i denti.

Fu ore dopo, o forse il giorno dopo, che riprese coscienza. E capì di avere bisogno d'aiuto. Alzò il telefono accanto al letto e chiamò Ashley.

«Lee, sto male.»

«Dove sei?»

«Non lo so.»

«Che cosa vuol dire non lo sai?»

«Aspetta un minuto.» C'erano dei fiammiferi nel portacenere accanto al telefono. Li prese e cercò di leggere la scritta. «Credo di essere al *Custer Inn* di Rapid City, nel South Dakota.»

«Che diamine ci fai lì?»

«Non lo so.» Le ci volle tutta la sua concentrazione e la sua energia per tenere stretto il telefono.

«Qual è il numero di telefono?»

Juliet studiò la bustina di fiammiferi e lo lesse ad Ashley. «Lee, credo che mi abbiano fatto un'overdose di proposito. Ho guardato nell'armadio, Johnny se n'è andato. Credo che abbia cercato di uccidermi...»

«Oh, Gesù Cristo, Juliet. Rapid City, South Dakota. Ci si può arrivare in aereo?»

«Non lo so.»

«Va bene, rimani lì. Telefono al motel. In che stanza sei?»

Juliet cercò di pensare. «Non lo so. Non so nemmeno se i fiammiferi appartengono a questo posto. Forse non mi trovo affatto qui.»

«Non muoverti. Chiamo il motel. Se fra quindici minuti non mi avrai sentita, richiamami.»

Ashley riagganciò.

Juliet rimase lì, non più tremando, ma affamata.

Dopo qualche minuto, bussarono alla porta. Juliet disse debolmente: «Avanti».

Una chiave girò nella toppa e un uomo di mezza età con la barba infilò dentro la testa. Il suo naso si arricciò all'odore. Si guardò intorno e vide una Juliet distrutta sotto le coperte. «Buon Dio! Mi ha detto di non entrare per i prossimi cinque giorni. Ha detto che qualcuno aveva bisogno di privacy per scrivere un libro. Mi ha pagato cinque dollari e se n'è andato in piena notte.»

Suonò il telefono.

Era Ashley, che disse: «Il direttore si prenderà cura di te e in un modo o nell'altro, tempesta di neve o no, sarò lì domani. Non so come, ma ci arriverò. Non preoccuparti, cara. Ci sarò».

Juliet scoppiò a piangere.

E adesso? si chiese Ashley, riagganciando. Come diavolo ci arrivo a Rapid City, South Dakota? Era all'Ovest, questo era tutto ciò che sapeva. Gli aerei volavano fin lì?

Chiamò sua madre.

«Oh, mio Dio», esclamò Sydney. «Lasciami chiamare un'agenzia di viaggi. Vediamo che cosa si può fare.»

«Mamma, non vuoi venire?»

Ci fu un momento di silenzio. «Vorrei saperlo anch'io, Ashley. Non ho mai saputo che cosa fare con Juliet. Mi accusa per tutti i suoi problemi. È sempre stata arrabbiata con me perché ho lasciato vostro padre. Peggiorerei la situazione, temo. Forse sarebbe meglio telefonare a tuo padre. Ha sempre preferito lui.»

«Ma, mamma, quando l'ha avuto...»

«Cara, se n'è andata perché non poteva averlo tutto per sé. Ma per Juliet lui è il cavaliere dall'armatura splendente. Perché non lo chiami, mentre io scopro come arrivare in quel posto dimenticato da Dio?»

«Mamma, credo che Johnny l'abbia picchiata. Il direttore ha detto che è in condizioni pietose. Era in quel motel da giorni.»

«Oh, cielo. Forse dovrei mandar lì il dottor Beckwith.» La voce di Sydney tremava di preoccupazione e rabbia. «Sai quello che vorrei fare veramente. Vorrei correre là, prenderla fra le braccia e dirle che andrà tutto a posto.»

Ashley strinse forte il telefono. «Allora perché non lo fai?»

Udì Sydney sospirare. «Perché non andrà tutto a posto. Juliet mi darebbe della bugiarda e troverebbe qualcos'altro per prendersela con me.»

«Non credo che tu ti stia comportando nel modo giusto.»

«Cara, non ne sono sicura nemmeno io. Sto solo sfogando le mie frustrazioni. Chiama papà e vedi se può venire lì.»

Ma Ashley non riuscì a trovare Jordan. Ricordò che aveva telefonato settimane prima, dicendo che sarebbe andato da qualche parte, un Paese di cui non rammentava il nome, e che avrebbe scritto o telefonato, ma finora non aveva fatto nessuna delle due cose.

Quando lo riferì alla madre, Sydney disse: «Lasciami telefonare a Monday. Sa sempre dov'è Jordan».

Monday disse a Sydney che Jordan era alle Seychelles.

«Perché deve sempre scegliere questi stramaledetti posti per girare i suoi film?»

In quel momento entrò Billy. Sydney gli spiegò la situazione. «Ashley sta venendo qui in macchina da Ithaca. Deve volare a Chicago e lì cambiare aereo. E se sta nevicando, com'è previsto, non si sa neppure se riuscirà ad atterrare a Rapid City. Mio Dio, proprio in South Dakota!»

«Dov'è il Dakota? Non è la terra di Buffalo Bill? Dev'essere orribile. Che cosa ci faceva lì?»

«E chi lo sa? Non si sa mai niente con Juliet.»

«Un momento», disse Billy all'improvviso. «Andrò con Ashley. Juliet potrebbe avere bisogno di sostegno morale. Ho visto più tossicomani di lei, ne sono certo. Che linea aerea e a che ora?»

Sydney sapeva quanto Billy detestasse lasciare Manhattan. «Sta partendo da Ithaca proprio in questo momento. Potete prendere il volo delle sei e trenta in coincidenza con quello per Rapid City alle sette del mattino.»

«Potremo stare al *Palmer House*. Se nevicherà, prenderemo un autobus da lì.» Billy non sembrava neppure sconvolto, era anzi più intraprendente del solito. «O noleggeremo una macchina.»

«Certo... vi vedo proprio voi due guidare attraverso una bufera di neve. Be', caro, mi sentirò meglio se andrai con lei. Che cosa faremmo senza di te, Billy?»

«Spero che non lo scopriate mai.»

Benché il direttore avesse ripulito la stanza e portato a Juliet tè, spremuta d'arancia e toast, l'odore permaneva. Su istruzioni di Ashley, aveva chiamato un medico, che l'aveva trasferita personalmente all'ospedale. Aveva un braccio fratturato, il naso rotto ed era consigliabile che un oftalmologo le controllasse gli occhi.

Quando Ashley arrivò, nel tardo pomeriggio del giorno dopo, il medico pensò che Billy fosse il padre. Raccomandò che Juliet venisse affidata a un centro di disintossicazione.

«Disintossicazione?» ripeté Ashley.

«Droga e alcol», rispose il medico. «Si sta uccidendo. Oppure il giovanotto che le ha fatto questo ha cercato di ucciderla. Ha bisogno di essere recuperata, e se non lo farà da sé, vi consiglio di farlo voi per lei.»

Disse loro che il miglior posto per quel genere di cose si trovava a St. Louis, ma era costoso.

Billy gli domandò di telefonare per vedere se potevano ricoverarla subito.

Juliet non discusse. Era così contenta di rivedere Ashley e Billy che scoppiò in lacrime. Ma a tutte le loro domande rispose soltanto: «Non lo so».

Ashley avrebbe voluto fare causa a Johnny Mars, ma Billy le disse che era impossibile. «Pensa ai titoli sui giornali», disse. «Una Hamilton trascinata in tutto questo? Tua madre non lo sopporterebbe.»

Il suo buon senso prevalse.

«Mamma sa?» chiese debolmente Juliet.

«Sì», rispose Ashley.

«Era troppo occupata per venire?»

Ashley coprì la mano di Juliet con la sua. «Dovresti sapere che non è questa la ragione.» Ricordò fra sé quando la loro madre aveva piantato tutto ed era corsa per stare con lei al momento dell'aborto.

«Crede», disse Billy, «di essere lei la ragione per cui ti droghi e ti cacci in questi pasticci.»

Quando nessuna delle due ragazze disse niente, Billy continuò. «Sydney è convinta che non l'hai mai perdonata per aver lasciato vostro padre, che cerchi sempre di sfuggirla e che se fosse venuta avrebbe solo peggiorato la situazione.»

Juliet sapeva che quella era soltanto una scusa. Sua madre considerava il *Chronicle* più importante della figlia minore.

45

OLIVER era in grado di pranzare con loro, anche se sulla sedia a rotelle. Sydney era sorpresa. La malattia lo aveva ammorbidito, addolcito. Aveva pensato che sarebbe diventato più burbero, perdendo il potere, non avendo più il controllo della situazione.

Invece, sembrava apprezzare l'ora di pranzo, in cui rivolgeva domande acute a proposito del *Chronicle*. Adam riferì che non erano esattamente in attivo, ma che non stavano perdendo più di sessantamila dollari l'anno.

«In parte», dovette ammettere Adam, «è grazie alla stazione televisiva di cui si occupa Sydney. L'ha completamente riorganizzata ed è riuscita a convincere alcuni inserzionisti a espandersi nel mercato di New York.»

Sorrise a Sydney attraverso il tavolo, un sorriso affettuoso e interminabile che a lei sembrò persino sciocco. Allora si chinò sul tavolo e chiese: «Adam, ti senti bene?»

Dalla sua espressione, si sarebbe detto che gli si fosse infilato qualcosa in gola. Ma continuava ad avere quel sorriso vacuo, reggendo la forchetta a mezz'aria. La mano non si muoveva affatto.

Con il cuore che le batteva più in fretta, Sydney si alzò e fece il giro del tavolo, afferrandolo per le braccia, fissandolo negli occhi. «Adam, caro, ti senti bene?» Sapeva che non stava bene.

Il panico la travolse.

Oliver chiese: «Che cosa c'è?»

Sydney gridò: «Warren! Chiama il dottore!»

«Che cosa c'è, signorina Sydney?»

«Non lo so.» Il cuore le stava martellando in petto. La mano di Adam era ancora alzata.

«Oh», fece Sydney impaziente, «lo chiamo io.» Si precipitò lungo le scale verso l'agenda che teneva sulla scrivania e compose il numero del dottore.

«Spiacente. Questa è la segreteria telefonica. È un'emergenza?»

Sydney assicurò che lo era, e corse in sala da pranzo per aspettare che il medico richiamasse. Cosa che avvenne sorprendentemente nel giro di tre minuti.

«Non so di che cosa si tratta», pianse quasi al telefono. «Non si muove da cinque minuti. Dio, Jeff», gridò, «che cosa succede?»

«Arrivo subito.» Sentì risate e musica sullo sfondo e immaginò che fosse fuori a cena.

Quando nel giro di mezz'ora arrivò, la mano di Adam era scesa, ma stringeva ancora la forchetta e il suo sguardo vacuo indicava che dovunque fosse il suo corpo, la sua mente era altrove.

Il dottor Beckwith chiese a Warren di aiutarlo ad adagiarlo sul pavimento. «Chiamo l'ospedale e chiedo un'ambulanza. Dovrò fare alcuni test ma, mia cara, sospetto che si tratti di un colpo apoplettico.»

«Ma è giovane!»

Beckwith scosse la testa e si diresse al telefono.

«Lo accompagno in ambulanza, nel caso che riacquisti conoscenza», disse Sydney.

Lo stupido sorriso ora era sparito e Adam era incosciente. Aveva la pelle grigia e Sydney aveva paura a chinarsi per vedere se stesse respirando.

«Avrebbe dovuto toccare a me, non a lui», continuava a ripetere Oliver. «Non ha ancora cinquant'anni, mio Dio.»

Sydney gli tenne la mano fredda per tutto il percorso fino all'ospedale.

Si chiedeva se fosse morto, se il freddo del suo corpo fosse penetrato in lei, perché rabbrividiva e continuava a battere i denti.

Il dottor Beckwith le disse di aspettare. Le sembrò un'eternità. Arrivò un'inserviente e le chiese se voleva del caffè. No. Non poteva ingoiare niente. Aveva lo stomaco chiuso. Sedeva o passeggiava avanti e indietro, abbracciandosi stretta.

Quando finalmente arrivò il medico, la cinse con un braccio e la guidò lungo il corridoio fino alla stanza dov'era stato trasportato Adam. «È un colpo apoplettico, mia cara. Non so quanto sia grave o se riprenderà a parlare e a camminare.»

Mentre entravano nella stanza, Sydney vide che Adam si trovava in un letto con le sbarre. «Gli abbiamo somministrato della paraldeide», disse.

«Morirà?» chiese lei.

«È troppo presto per dirlo. Ma è giovane. La domanda è se resterà un vegetale o recupererà.»

«Oh, Dio», gemette Sydney mentre si girava verso la spalla del medico e scoppiava in lacrime. Lui le accarezzò la schiena.

«Meglio che chiami i suoi figli», disse Sydney. Avrebbe aspettato fino al mattino per avvertire Ashley, ma i figli di Adam lo dovevano sapere subito.

Sydney temeva di finire in pezzi e di non riuscire più a ritrovare l'equilibrio.

I due uomini più forti e inflessibili della sua vita dipendevano adesso da lei. Nessuno dei due voleva rimanere solo.

Erano spaventati, lo capiva. E annoiati. Stavano a letto tutto il giorno in attesa del momento in cui lei li avrebbe messi al corrente sulle cose che un tempo erano state il centro della loro vita.

Guardava Adam dormire. Lui la pregava di dormire nella sua stessa stanza, ma lei doveva riposare. Dirigeva il giornale, adesso, e non sapeva dove trovare l'energia.

Sedeva accanto al suo letto, ora che era in grado di parlare. Poteva vedere la televisione, e trascorreva gran parte del suo tempo a farlo, mentre in passato l'aveva derisa. Che capisse o no tutto quello che succedeva o che vi prestasse realmente attenzione, non importava.

Poteva parlare, ma il suo lato sinistro era paralizzato. Sydney lo osservava quando dormiva e pensava a quanto gli era affezionata. Ciò che aveva incrinato il loro matrimonio erano le continue discussioni.

Avevano litigato per Martin Luther King e per Nixon, che Sydney detestava. Avevano discusso sulle marce per i diritti civili, sull'assistenza sanitaria, su Juliet, sull'esistenza di Dio.

Adesso scopriva che tutte quelle discussioni le mancavano.

I modi dispotici di suo padre invece non le mancavano affatto. Era diventato sottomesso, quasi ossequioso, pregandola, seppure silenziosamente, per un po' del suo tempo quand'era a casa.

Sydney propose di sistemare un piccolo tavolo rotondo in camera di Adam, e lei e Oliver pranzavano lì adesso, mentre l'infermiera imboccava Adam. Naturalmente volevano sapere quello che succedeva al giornale. Oliver aspettava con ansia la sua copia ogni mattina. Con sua gran sorpresa, non cercava però di dirigerlo dal letto.

Alle nove, Sydney si addormentava nella stanza di quando era bambina, adesso che Adam occupava la loro camera. Era tesa al massimo. Non aveva più una sua identità, aveva quasi dimenticato chi era. Figlia di Oliver. Moglie di Jordan. Direttore di *Focus*. E adesso moglie di Adam Yarborough.

«Non mi risposerò più», disse a voce alta. Nel matrimonio si era persa, due volte. Si chiese se avesse realmente amato Adam. Lui aveva sempre desiderato essere amato da lei, lo sapeva. Ma Dio, era di mentalità così ristretta, così bigotto, così uguale a suo padre. Né lui né suo padre erano stati eccellenti uomini d'affari, ma il denaro non era la loro principale preoccupazione. La propaganda lo era.

Bussarono lievemente alla porta. «C'è qui suo fratello.» La voce di Warren era sommessa.

Evan?

«Scendo subito», disse, prendendo la vestaglia.

Evan si era già servito del suo solito bourbon e aveva acceso una sigaretta, benché sapesse che le dava noia. Sedeva in biblioteca, nella poltrona a schienale alto, con un piede appoggiato sul ginocchio destro.

«Evan», disse, entrando e chinandosi per baciarlo sulla guancia. Profumava di costoso dopobarba e assomigliava, come sempre, a una pubblicità di Brooks Brothers.

«Come sta Adam?» chiese.

«Credo stia morendo. E anche papà è in terribili condizioni.»

Evan scosse il capo. A quarantadue anni era snello come a diciotto, ma la sua faccia, dopo tanti anni trascorsi al sole, era segnata e rugosa.

Sydney sedette sul divanetto di fronte al fratello. Il calore del fuoco era piacevole, e anche lo scotch. Forse doveva berne un goccio più spesso. «Non sapevo che fossi tornato negli Stati Uniti.»

«Sono arrivato questo pomeriggio.»

«Papà sta già dormendo.»

«Sono venuto per vedere te. Lui lo vedrò domani.»

Ah, si disse Sydney. Vuole qualcosa, ci scommetto.

«Come stanno le ragazze?» chiese.

«Ashley si è laureata, come saprai. Non è molto che te ne sei andato E Juliet, be' forse di lei non hai saputo.»

Lui si chinò in avanti, gli occhi intensi. «Le è successo qualcosa?»

Sydney annuì. «È stata ricoverata in un centro di St. Louis.»

«Un centro?» gracchiò Evan. «Di disintossicazione, vuoi dire?»

«Alcol e droga. È una lunga storia.»

«Gesù.»

Sydney sapeva che Evan faceva uso di marijuana, e da quel che le risultava, di cocaina.

«Raccontami.»

Gli raccontò il più brevemente possibile senza lasciar trasparire alcun sentimento.

«Si riprenderà?»

«Lo speriamo. Ci sono andata una volta al mese, da quando si trova lì, ma fra Adam e papà riesco a malapena ad andare in ufficio.»

Evan trasse un profondo sospiro. «L'ufficio. È per questo che sono venuto.»

«Avrei dovuto sapere che non era per me.»

Gli occhi di Evan fiammeggiarono. Si chinò in avanti. «Non cominciare. Quand'eravamo bambini il mio sole sorgeva e tramontava con te. Eri la mia vita, tutta la mia vita. E poi...»

«...e poi siamo cresciuti.»

«Sì, sempre il fratellino. Sempre quello che non è mai stato al passo con la sorella così capace, così sicura di sé. La sorella che ha sposato il ragazzo che ha vinto un Oscar...»

«Molto tempo dopo che abbiamo divorziato.»

«...ed è diventata un importante editore.»

«Non sono mai stata a capo di niente, qualunque sia la tua convinzione. Nonostante quello che c'è scritto sulla testata, finché papà non è stato costretto a letto, l'editore era lui. Non ha mai ceduto un briciolo di potere se non ad Adam... A me mai.»

«Eppure tu sei la prima donna...»

«Non dimenticare Dolly Schiff e Alicia Patterson, e a Washington, Kay...»

Evan la interruppe con un gesto della mano. «Rompicoglioni, tutte quante. Mai soddisfatte di essere donne normali. Be', credo sia ora di pretendere la mia parte, con il vecchio fuori combattimento.»

Sydney lo fissò.

«Voglio venire a lavorare al giornale.»

Lei scoppiò a ridere.

«Non sono esattamente un deficiente. Credo che potremmo dividere le responsabilità, dato che con Adam morente e papà invalido, assumerai ovviamente tu la direzione. Pensavo di poterti aiutare.»

Sydney appoggiò la testa allo schienale e guardò suo fratello. «Dunque, dopo che ho passato quindici anni a imparare il mestiere, tu ti aspetti di venire qui a fare quello che faccio io?»

«Be', con te.»

«Evan, devi essere impazzito. Sai che genere di background ci vuole?»

«Papà non ne aveva, quando ha comprato il giornale.»

Quando Sydney non ribatté, continuò. «La gente dice che scrivo magnifiche lettere.»

Lei non seppe se ridere o compiangerlo.

«Immagino che tu non sappia che il giornale perde continuamente soldi. Non è la strada per diventare ricchi.»

Ci fu un momento silenzio e poi, a labbra strette, Evan disse: «Non ti credo. Neanche per un minuto».

«Saremmo molto più ricchi se papà non avesse mai comprato questo giornale. Ci ha investito milioni.» Glielo lasciò assorbire e poi si strinse nelle spalle, aggiungendo: «Avremmo molto di più se non avesse pagato per i tuoi peccatucci, per i tuoi viaggi, gli alimenti per le tue mogli e il mantenimento dei tuoi figli. Credo che abbia sborsato altrettanti milioni».

Evan alzò lo sguardo. «Sono suo figlio. Che cos'altro avrebbe dovuto fare? Merda, non è soltanto tuo padre.»

La cosa la colpì per la prima volta. Dal giorno in cui aveva finito gli studi e sposato Jordan, suo padre non le aveva mai dato un centesimo. Aveva lavorato per tutto ciò che aveva ottenuto. E Evan stava insinuando che era lei la fortunata.

«Parlerò con papà, chiarirò con lui, allora. Sono suo figlio. L'erede legittimo, per così dire.»

Gli occhi di Sydney fiammeggiavano. «L'erede legittimo perché sei maschio?» Si chiese all'improvviso se era così che la vedeva Oliver. Si era rifiutato di lasciarle prendere le redini, concedendole un'unica possibilità: sposare Adam se voleva aiutarlo a dirigere il giornale o...

Non poteva certo pensare di lasciare il giornale a Evan, o sì? Se Adam fosse morto per primo, avrebbe davvero potuto lasciarlo a suo fratello? Avrebbe certamente incluso anche lei, anche se tanto tempo prima aveva giurato che non le avrebbe lasciato un centesimo in eredità.

Ma adesso che avevano lavorato tanti anni insieme, anche se non approvava il suo progressivo cambiamento politico...

Quando ha redatto il suo ultimo testamento? Sicuramente ha incluso anche me e Adam... Si detestò anche solo per averlo pensato.

«Non svegliarlo, Evan. È una persona anziana e ha bisogno di dormire. Benché la sua mente sia ancora lucida, il suo corpo non lo è. Ti prego, aspetta domattina. Non si alza fino alle nove. Sii qui per quell'ora, se devi.»

Evan si alzò e posò il bicchiere sul tavolino accanto a sé.

«Dimmi», fece Sydney mentre lui si dirigeva verso l'anticamera, «sei in tali ristrettezze da doverti mettere a lavorare?»

«Sì», rispose. «È quanto succede a fare la bella vita. E ad avere, naturalmente, ex mogli che ricevono alimenti spropositati, per non parlare di cinque figli da mantenere.»

«E stelle cinematografiche con cui spassarsela su isole esotiche.»

Le sorrise. «Sydney, sono contento che sia stata tu a ereditare l'etica puritana. Ti lasci sfuggire molte cose della vita.»

«E tu, caro fratello, sembra proprio che non te ne perda nessuna.»

«Se succede, cerco di riparare.»

Se ne andò.

Al mattino, prima dell'alba, zio Billy la svegliò.

«Ero appena rientrato», sussurrò, «e ho dato un'occhiata a tuo padre. Lo faccio ogni notte. È morto, Sydney.» C'era dolore nella voce di suo zio.

«Morto? Papà è morto?»

Balzò su e corse lungo il corridoio fino alla stanza di suo padre. L'infermiera confermò quello che Billy aveva appena detto. «Ero scesa in cucina a fare un tè», disse, in tono colpevole, «e quando sono risalita era... era...»

Oliver Standish Hamilton.

La fine di un'era.

Sydney aveva pianto per sua madre e per Big Mommy. Per Big Daddy quand'era bambina. Aveva pianto spesso per Juliet. Aveva sofferto per Chessie e per Silver, il cavallo che era morto quando aveva tredici anni.

Ma per Oliver le lacrime non vennero.

* * *

Arrivarono Ashley e Juliet, e centinaia di amici da Washington e da tutto il mondo. Oltre a numerosi personaggi politici, ogni altro editore di New York fece atto di presenza, e vennero il governatore e il sindaco.

La sepoltura avrebbe avuto luogo in forma privata a Oberon. Sydney avrebbe dovuto lasciare Adam, per quel giorno. L'avrebbe accompagnata Billy, ed era scontato che ci sarebbe stato anche Evan.

Il legale personale di Oliver, Richard Rubens, disse a Sydney che sarebbe venuto a casa alle undici del mattino successivo per leggere il testamento.

Solo Evan, zio Billy e Sydney erano presenti alla lettura del testamento. Rubens disse loro che Oliver aveva riscritto annualmente il testamento, ogni 30 settembre. Quel testamento risaliva a sette mesi prima ed era stato autenticato al momento della stesura.

A mia figlia Sydney, dalla quale ho imparato più di quanto le abbia insegnato, lascio il *New York Chronicle*. È l'unica che l'abbia mai amato quanto l'ho amato io. E per poterle permettere di continuare a pubblicarlo, le lascio ogni altra cosa, tranne i pochi lasciti di cui darò disposizione qui di seguito.

Finché Sydney resterà sposata con Adam Yarborough, e finché lui vorrà mantenere l'incarico, dovrà essere coeditore.

Lascio a lei l'appartamento di famiglia sugli ultimi due piani dell'edificio che ha costruito mio nonno. Il resto dell'edificio sarà suo e di suo fratello, in comproprietà, ma sotto l'amministrazione di Sydney. Gli affitti dovranno essere divisi annualmente fra lei ed Evan.

Evan, ah, Evan. Quanti grattacapi mi hai dato, figlio mio. Fino a questa data, 30 settembre 1971, mi sei costato approssimativamente ventidue milioni di dollari, fra alimenti alle mogli, mantenimento dei figli e sperperi vari. Ti lascio cinque milioni di dollari.

Ad Ashley che, come sua madre, è retta e integra e si batte per i suoi principi, lascio cinque milioni di dollari. Sono orgoglioso che sia una Hamilton.

A Juliet, che, come suo zio, non ha procurato altro che imbarazzo alla famiglia, lascio centomila dollari, che è più di quanto credo meriti. Immagino che sua madre e sua sorella provvederanno a lei e ai suoi problemi.

Oberon. Ah, Oberon. Può darsi che sia l'unica terra sacra di Evan. So quante estati felici lui e Sydney vi hanno trascorso mentre crescevano, così – augurandomi che gli sia rimasta un po' di rettitudine e che onori la terra che è della famiglia Hamilton fin dai giorni della sua fondazione – lascio Oberon congiuntamente a Evan e a Sydney. Se Sydney mancasse prima di Evan, la sua metà passerà ad Ashley e Juliet. Se Evan mancherà prima di Sydney, la sua metà tornerà a lei.

Nessuno di loro, immagino, sa quanto costi finanziariamente il suo mantenimento. Spero che ciascuno di loro ritenga opportuno spendere quello che sarà necessario per mantenere Oberon proprietà degli Hamilton in perpetuo.

Lascio ai figli di Evan, Nicholas, Diane, Anthony, Roma e Rianna, cinquecentomila dollari ciascuno che, se non avranno ereditato le abitudini sconsiderate del padre, basteranno almeno a mantenerli agli studi.

A mio cognato, William Seabright Holister, lascio un milione di dollari. Ha portato tanta gioia nella mia vita, è stato il fratello che non ho avuto, ed è sempre stato presente in qualsiasi emergenza familiare. Grazie, Billy.

Il resto della proprietà, tutti i miei beni e averi, li lascio alla mia adorata figlia, Sydney, con la quale, temo, sono stato avaro di lodi. Muoio sapendo che quello che ha creato la mia famiglia prima di me e quello che ho creato io esisteranno per sempre, grazie a lei.

Sydney guardò zio Billy, che le sedeva accanto, gli occhi lucidi.

E finalmente pianse. Perché suo padre non le aveva detto tutto questo mentre era in vita?

«Come diavolo sarebbe?» La voce di Evan fendette l'aria. «Lo impugnerò.»

«No, non lo farai, figliolo», disse l'avvocato. «È inattaccabile. Ci abbiamo pensato in precedenza. Hai cinque milioni di dollari. Questo ti rende un uomo molto ricco. Con buoni investimenti...»

«E lei, come la rende?» ringhiò Evan, indicando Sydney.

«Molto benestante, naturalmente.»

46

SYDNEY fissò il telefono a lungo. Poi chiamò la segretaria e disse: «Mi chiami Brock Thomas al *Times*».

Attese tre o quattro minuti, prima che il telefono suonasse. Lo alzò. «Brock, sono Sydney Hamilton.»

Ci fu un momento di silenzio finché lei non disse: «Yarborough. Sydney Yarborough».

Poi: «Oh? Sì, signora Yarborough».

«Nessuna possibilità di poter pranzare insieme?»

«Quando?»

«Oggi?»

«Devo considerarlo un approccio o è strettamente professionale?»

Sydney rise. «Venga a scoprirlo.»

«Sì, ce la faccio. È una giornata tranquilla. Dove e quando?»

«Che cosa ne dice da *Caruso* all'una? È vicino al suo ufficio.»

«Sì. Bene.»

«All'una.» Riagganciò e un sorriso apparve sulla sua faccia.

Era al suo solito tavolo da *Caruso* quando Brock entrò. Sembrava sempre che avesse dormito vestito: la cravatta, di buon gusto, era di traverso e gli occhiali erano macchiati. Si chiese come facesse a vederci.

Il cameriere lo accompagnò al tavolino. Lui le sorrise e disse: «Salve», mentre scivolava su una sedia.

«Che cosa desidera bere?»

«Scotch», disse al cameriere, «con ghiaccio.»

«Acqua minerale», ordinò Sydney, «con una fettina di limone.»

Il cameriere lo sapeva già.

«La fricassea di vitello è deliziosa.»

«Fricassea di vitello, eh?» Brock strizzò gli occhi e la studiò. «Credo che l'ultima volta che ci siamo visti sia stato nel ranch del presidente Johnson.»

«È impossibile che sia passato così tanto tempo.»

«Un weekend memorabile, non è vero?» Brock studiò il menu.

Lei lo osservò infilare un dito nel colletto, come se volesse allargarlo. I suoi capelli biondi avevano striature grigie alle tempie.

«Non avrebbe potuto lasciarmi più stupito», disse l'uomo mentre il cameriere portava i loro drink.

«Io prendo la pasta con il pesto», ordinò Sydney. «E un'insalata, con olio d'oliva e limone.»

Brock ignorò il suo consiglio riguardo al vitello e ordinò grigliata mista. «Poco cotta.»

«Non mi aspettavo certamente che l'editore del *Chronicle* mi telefonasse, soprattutto non così di buon'ora.»

Sydney si appoggiò alla sedia. «Che cosa pensa del mio giornale?»

«Ebbene. Vediamo. Giornale ben scritto, ma non polemico. Un po' noioso per me. Troppo cauto, benché la vostra politica stia migliorando, seppure lentamente.»

«Suggerirebbe uno stile tabloid, allora?»

Brock bevve un lungo sorso di scotch. «Per carità. Non sono uomo da tabloid. Quello è per l'uomo medio... e lei non vorrà certo un giornale anonimo. Lei vuole un giornale che continui a vincere i Pulitzer, ma attiri più lettori. È questo che mi sta chiedendo? Vuole cambiarlo, adesso che è il capo?»

«Questa è l'idea generale.»

«Perché io? Non sono un conservatore.»

«Ecco perché voglio lei. E poi, mi piace.»

Corrugò la fronte. «Sa che è la prima donna che me lo dice?»

Sydney annuì. «Forse se fossi qui come donna non lo direi, ma io sono qui come editore.»

Lui restò in attesa.

«Voglio rinnovare tutto. Io sono cambiata negli anni. Mio padre, Adam e il giornale no. Adesso ho la possibilità di tramutare le mie convinzioni in azione. Voglio prendere posizione. Non credo in questa guerra. Quando è cominciata ho dato per scontato, come molti americani, che ogni guerra intrapresa dagli Stati Uniti fosse una guerra morale. Non ne sono più così sicura. Credo che non siano affari nostri quello che succede laggiù; non è come la seconda guerra mondiale. Gli studenti hanno ragione. Ammiro quelli che bruciano la loro chiamata alle armi o vanno in prigione, in Canada o in Svezia piuttosto che combattere una guerra che considerano assurda e immorale.»

Brock piegò la testa e inarcò le sopracciglia. «È l'editore del giornale più conservatore di New York che dice queste cose?»

«Stiamo distruggendo la nostra aria, l'acqua e di conseguenza il pianeta.»

«Bene, bene. Adesso comincia a interessarmi.»

«Ho marciato a Selma.»
«Mio Dio, potrei innamorarmi di lei prima del dessert.»
Il cameriere portò le loro ordinazioni.
«Quanto guadagna?» chiese a Brock.
Lui la guardò con le sopracciglia inarcate interrogativamente. «Trentacinquemila dollari.»
«Venga a fare il mio direttore responsabile. Trasformi il *Chronicle* in uno dei giornali migliori di New York, ma più leggibile del *Times*. Che cosa ne dice di centomila dollari per iniziare?»
La sua forchetta rimase a mezz'aria. «Quanti altri ha contattato?»
«Nessuno. Lei è l'unico a cui ho pensato. Quando ho capito quello che volevo, Brock Thomas è l'unico nome che mi è venuto in mente.»
«Io lavorare per una donna?»
«Potrei ritirare quest'offerta.»
«Stavo solo cercando di essere spiritoso. Mi ha travolto.»
Sydney cominciò a mangiare con appetito. Le sembrava di averlo agganciato.
«Io al *Chronicle*? Sa quante volte negli anni ho deriso i vostri articoli di fondo, il vostro indirizzo, la vostra politica?»
«Pensi al potere», continuò Sydney. «Potrà cambiare completamente il giornale. Non potrà licenziare gente che è lì da un'eternità, ma potrà assumere chi vorrà. Un nuovo inizio.»
«Anche per lei?»
Sydney sorrise. «E per lei.»
Si guardarono, sorseggiando i loro drink.
«Niente vacche sacre», disse Sydney. «Stiamo tutti troppo abbottonati su Kennedy e le sue donne. E su Bobby e Marilyn. Nessun grosso nome dev'essere protetto. E non dobbiamo scavalcare nessuno. Non voglio che nessuno di noi contatti direttamente gli inviati, ma solo attraverso i redattori. Ho sempre chiesto a un redattore di essere presente quando vedo un inviato. Vorrei che facesse così anche lei.»
«Cristo, mi piacerebbe un nuovo inizio. Ho quarantott'anni e voglio una sfida. E adesso mi è caduta in grembo.»
«Sta dicendo di sì?»
«Potremmo litigare.»
«Non serbo rancore.»
«Sembra l'inizio di una perfetta storia d'amore, non è vero?» Brock non poté astenersi dal sorridere. «Be', accidenti. Non l'avrei mai immaginato, quando mi sono svegliato stamattina.»
«Vuole un altro drink?»

«Sì», rispose. «Una Coca-Cola», disse al cameriere, e poi le sorrise. «Con dentro un pizzico di lime.»

Sydney si sentiva estremamente soddisfatta. «Voglio un cambiamento radicale. Mi rifiuto di accettare ancora ciò che considero frutto del pregiudizio e dell'arretratezza mentale. Voglio combattere tutte le cose che gli esseri umani dovrebbero combattere: l'ignoranza, la superstizione, la superficialità. Mio padre e mio marito, devo ammetterlo, mancavano paurosamente di obiettività in fatto di giornalismo. D'ora in poi, le opinioni personali saranno accettate solo negli articoli di fondo. Nel resto del giornale voglio che si stampino i fatti, ovunque piovano le schegge. Non m'importa quello che fa un Roosevelt, un Kennedy o un Hoover; se fa notizia, va pubblicato.»

Sydney prese fiato: «Nell'editoriale, in ogni modo, voglio prendere posizione sull'aborto... O almeno, avere la possibilità di farlo. Sui diritti civili, sulle cure sanitarie accessibili a tutti...»

«Accidenti!» Brock alzò una mano con il palmo rivolto verso di lei. «Questo è troppo! È sicura di stare perorando la causa del *New York Chronicle*?»

Sydney rise. «Naturalmente. E la delego a darmi un colpo in testa se un giorno sembrassi tentata di scendere a compromessi.»

«Perbacco!» Brock si appoggiò alla sedia, lo sguardo pieno di ammirazione.

«Senta, uno dei miei principali problemi è finanziario, cioè come mantenere le inserzioni pubblicitarie. Non m'intendo di tariffe, e non credo che questo ci debba riguardare. Ma trovare e mantenere inserzionisti ci riguarda eccome.» S'interruppe. «Non riusciamo a guadagnare.»

Brock assorbì il colpo, corrugò la fronte e annuì.

«Comunque, intendo ritornare in attivo entro sei mesi.»

«O?»

Sydney gli sfiorò il dorso della mano. «No, il suo lavoro non sarebbe in pericolo. Io vorrei comunque andare avanti, ma vorrei anche essere in attivo fra sei mesi.»

L'uomo annuì di nuovo, ovviamente sollevato.

«Naturalmente, dobbiamo ampliare il campo d'azione per ottenere nuove inserzioni pubblicitarie.» Gli si avvicinò maggiormente, la voce più bassa. «Sono disposta a investire mezzo milione di dollari, per tirarci su. Ma non posso farlo da sola.»

Lo guardò. «Di quanto tempo ha bisogno prima di poter iniziare?»

«Naturalmente devo dare un preavviso. Due settimane, diciamo?»

Sydney tirò fuori un blocchetto e annotò dei numeri su un foglio. «Ecco il mio numero di casa», disse. «Lo impari a memoria e non lo dia a nessuno. Mi chiami quando vuole. Farò un annuncio dopo che avrà informato il suo boss.»

«Boss. È questo che sarà? Il mio boss?»

«Continuerà a esserci il nome di mio marito sulla testata, ma francamente è disabile. E il giornale è mio. Lei farà da tramite fra chiunque lavori al giornale e me. Riferiranno a lei. E lei riferirà soltanto a me.»

«Bene, bene», disse lui, appoggiandosi alla sedia. Come la devo chiamare? Signora Yarborough o signora Hamilton?»

«Sydney andrà benissimo. Lei è noto per essere una forza trainante. È per questo che le ho telefonato. Essenzialmente, quello che voglio è un giornale liberale con un bel po' di umorismo e di sensibilità umana, che tratterà anche di sesso, ma senza eccessi, come di un aspetto importante della vita umana. Ma non tratterò il *Chronicle* come un tabloid. Voglio ancora che ci si concentri sulle notizie, non sugli scandali o le malignità.»

Brock annuì come a indicare che per lui andava bene.

«Lavoro bene sotto pressione», dichiarò. «Richiedo un'ottima capacità di scrittura, e questo significa pensatori intelligenti. Voglio giornalisti migliori di quelli che ha adesso. Quanto è disposta a lasciarmi spendere?»

«Glielo farò sapere quando arriveremo a questo punto», rispose Sydney. «Ma mi faccia un favore. Assuma anche donne di talento.»

«Accidenti!» La guardò. «Non è affatto come pensavo.»

«Aspetti di lavorare con me.»

«Aspettare mi è difficile.»

Stava piovendo a catinelle. Sydney si scrollò di dosso la pioggia mentre saliva in ascensore. Porse l'impermeabile a Warren.

Zio Billy la stava aspettando con un gin tonic in mano. «Pensavo che potessi averne bisogno. Ne bevo uno con te.»

Sydney accettò il drink ed entrò in salotto, avvicinandosi alle ampie finestre che davano sul terrazzo e la città sottostante. La pioggia batteva contro le finestre.

Si era sentita così bene a pranzo, così felice di aver preso al laccio Brock Thomas. Finalmente il *Chronicle* sarebbe diventato come lei desiderava.

Quarantaquattro anni e finalmente poteva fare quello che voleva della sua vita. Poteva cominciare a fare cose che aveva soltanto sognato.

Non doveva più battersi per le sue idee. Non sarebbe più stata ignorata. Ogni suo desiderio sarebbe stato esaudito.

«Mi sembra di essere diventata insensibile, ma sto per assumere la direzione del giornale e le cose andranno come voglio che vadano.» A un tratto, senza preavviso, Sydney scoppiò a piangere.

Billy sedette e accavallò le gambe. «Non ci so proprio fare con le donne in lacrime», disse. «Piangi tranquillamente, ma non aspettarti di essere confortata.»

«Non so neppure perché sto piangendo.» Sydney tirò su con il naso, accettando il fazzoletto di zio Billy. «Oh, Billy, sei sempre stato un tesoro nei momenti di crisi. Che cosa farei, che cosa faremmo noi tutti senza di te?»

«Mia cara, spero passi molto tempo prima che dobbiate scoprirlo.»

Lasciò che Sydney si sfogasse e poi disse: «Volevo chiederti una cosa che ho in mente dal giorno del funerale, Sydney. So di non essere un Hamilton, ma spero che mi lascerai riposare nella tomba di famiglia a Oberon. Non vi ho mai trascorso molto tempo, ma non riesco a immaginare di passare l'eternità senza essere circondato dagli Hamilton».

Sydney si alzò, si avvicinò e si chinò a baciarlo. «Tu fai parte della famiglia. Naturalmente.»

«È una promessa?»

«È una promessa.»

Finì il suo drink e poi sedette sul divano, lo sguardo nel vuoto. «Mi sento colpevole per non avere il cuore spezzato dalla morte di mio padre. Mi sento... oh, non saprei.»

«Libera», disse zio Billy. «Per la prima volta dopo molto tempo.»

Sydney lo fissò.

«Soffriva, cara. E detestava essere accudito. Lo frustrava enormemente che tu dovessi prenderti cura di lui. Una volta mi disse che aveva sempre desiderato essere lui a prendersi cura di te, e non capiva perché non permettessi a nessuno di farlo. Era pronto a morire, Sydney. Lo credo davvero.»

Sydney si appoggiò all'indietro e chiuse gli occhi.

«Bene, adesso è tuo, puoi farne ciò che vuoi, mia cara.»

Dopo qualche minuto, gli occhi ancora chiusi, Sydney disse: «Ho assunto un nuovo direttore responsabile, oggi».

Sentì Billy alzarsi e versarsi un altro drink. Aprì gli occhi e lo guardò.

«Abbiamo sempre avuto uno stile così ampolloso, così ingenuo, così fuori della realtà.»

Si domandò se Billy sapesse almeno di che cosa stava parlando. Lui era tutte quelle cose. «Credo che dovremmo soddisfare gusti molto vari. Abbiamo bisogno di qualcuno come Walter Winchell, Dorothy Kilgallen, qualcuno che riferisca alle masse quello che sta facendo la bella gente.»

Bill rise. «Spero che non diventi un giornale scandalistico, Sydney. Hai troppo buon gusto per queste cose.»

«Sarò anche una donna di buon gusto, e non voglio certo fare soldi con i peccatucci dei ricchi e famosi, ma la gente si interessa a... a noi.» Sorrise ironica. «Chi è stato visto dove, non chi ha una relazione con la moglie di qualcun altro. Non questo genere di cose. Soltanto fatti che non feriranno nessuno, ma daranno alle persone comuni una visione dall'interno di... della gente che frequenti tu, Billy.»

«Così, vorresti la mia opinione su chi potrebbe fare un buon lavoro?»

«Niente affatto. Voglio che lo faccia tu.»

La frase rimase lì, a mezz'aria, mentre Billy fissava la nipote con espressione sbalordita.

«Scusa?» E poi: «Non dirai sul serio?»

Sydney ridacchiò. Forse era stato il gin o forse era la sensazione di potere che provava da tutto il giorno. «Sto parlando sul serio. È qualcosa che desideravo aggiungere da anni, ma papà e Adam pensavano che avrebbe sminuito il giornale. Non voglio sminuirlo, voglio però che diventi stuzzicante. Che cosa ne dici di tre volte la settimana? E magari una volta tanto un articolo per *Focus* sulla vita privata e sconosciuta di qualcuno. Non abbiamo più avuto nulla del genere da quando Miranda Collins ha rinunciato all'incarico per diventare anchorwoman serale alla CBC.»

«Oh, mio Dio! Non sai neppure se so scrivere! Un lavoro alla mia età! Santi numi!»

«Non un lavoro, caro. Una carriera. È molto diverso.»

«Mmm...» Stava ovviamente riflettendo. Si alzò e si avvicinò alle finestre, guardando giù verso la città che amava. «Darebbe una certa disciplina alla mia vita, non è vero?»

Zio Billy era una creatura abitudinaria e ordinata. Una persona disciplinata. I momenti più imprevedibili della sua vita erano quelli in cui andava in soccorso di qualche membro della famiglia.

Si girò a guardarla, e stava sorridendo. Sydney si rese conto che non aveva una ruga; la sua faccia era liscia come quella di un bambino. La sua unica concessione all'età erano gli occhiali privi di montatura, e di conseguenza praticamente invisibili. Assomigliava vagamente a Noel Coward. Aveva la sua stessa eleganza, ma era più virile.

«Sydney, credo che potrebbe essere divertente provare. Spero di non deluderti.» Poi aggiunse: «Strano, ricordo quando sei nata, come se ciò avesse a che fare con la nostra conversazione. Mamma mi condusse a Oberon e io portai a mia sorella una dozzina di rose dal gambo lungo che avevo comprato con la mia rendita. Voglio la mia fotografia accanto alla firma».

Sydney rise.

47

DALLA finestra dell'ospedale, Juliet vedeva gli alti archi che si affacciavano sul Mississippi. Alla riunione di quel pomeriggio, si era resa conto di trovarsi lì da cinque mesi.

Per la prima volta in quel periodo, pensò di essere pronta ad affrontare di nuovo il mondo. Pronta ad abbandonare il bozzolo.

«Un passo alla volta», era quanto le avevano detto. Le tentazioni non sarebbero certo sparite. «Telefoni se si sente tentata. Non si ponga mete a lungo termine. Solo un giorno alla volta.»

Doveva andare a Nashville? Johnny sarebbe passato di lì? Che cosa avrebbe fatto se avesse alzato di nuovo le mani?

«Gesù Cristo!» esclamò a voce alta. *Dove hai il cervello? Ritornare da un uomo che ti ha trattata in quel modo?*

Meglio ragionarci sopra. Non era ora di affrontare ciò che l'aveva portata a tutto questo? O almeno la parte che riguardava Johnny Mars?

Ma Nashville era dov'era. Stava per arrivare al successo con gente come Willie, Patsy e Hank che cantavano le sue canzoni. Era stato lì l'errore. Se avesse continuato a rimanere in secondo piano, a scrivere una canzone ogni tanto per Johnny, e solo per Johnny, sarebbe andato tutto liscio.

Era così? Voleva fare ancora quella vita? Rimanere sveglia tutta la notte e dormire tutto il giorno?

Sesso. Forse aveva chiuso anche con quello, come con la droga. Il sesso che aveva provato era stato degradante... Uomini che la usavano senza curarsi di lei, dei suoi sentimenti. Solo Johnny si era preoccupato di darle piacere, anche se le faceva delle cose che la facevano sentire sporca.

Nella sua mente affiorò il ricordo della sua prima esperienza sessuale. Allora non sapeva neppure che cosa fosse il sesso, sapeva solo che quando quel ragazzo la toccava, si sentiva sporca benché avvertisse una profonda sensazione di piacere.

Era sempre stato così. Un misto di eccitazione e di repulsione. Si rendeva conto di non aver mai ricevuto un'educazione puritana dai suoi genitori riguardo al sesso. Sua madre era sempre stata disposta a parlarne apertamente, come se non ci fosse nulla di cui vergognarsi. Sydney aveva sempre risposto alle domande rivoltele da Ashley, e Juliet aveva ascoltato senza mai chiedere niente.

Eppure per lei, per così tanto tempo, il sesso era stato una forma di vita, come la droga. Era come se si fossero mescolati. Non ricordava molto degli ultimi due anni. Non ricordava tutte le città. L'unico periodo in cui era stata pulita erano stati i pochi mesi in cui aveva composto le canzoni per cui tutti erano impazziti. Poi Johnny aveva posto fine a tutto ciò. E anche a lei, quasi.

Trasse un profondo sospiro. Decise di andare a fare un giro nel parco. Voleva fare un po' d'esercizio, voleva sentire l'aria fresca nei polmoni. Voleva correre contro il vento, lottare per qualcosa.

Era un nuovo inizio, lo sentiva. Nelle ossa, nel cuore.

Qual è la differenza fra cuore e anima? si chiese. Forse avrebbe potuto scriverci una canzone. Forse avrebbe potuto scrivere canzoni su tutte le cose che erano importanti nel mondo, oltre all'amore. Possibile che le canzoni dovessero sempre parlare d'amore?

Pensò a Martha's Forest e ai taxi che strombazzavano lungo le strade di Manhattan. Pensò a sua sorella Ashley e alle spiagge inondate di sole e bordate di palme, e non vide l'ora di ricominciare a scrivere.

In fondo alla sua mente, mentre correva per il parco, guardando oltre le cancellate di ferro che circondavano i giardini dell'ospedale, un motivo cominciò a prendere forma.

Quella sera telefonò ad Ashley, come faceva ogni domenica. Sua sorella aspettava la telefonata, ma non era preparata alle novità di Juliet.

«Penso di farmi dimettere.»

«Che cosa farai?»

«Andrò a Nashville.»

Una pausa più lunga questa volta. «Ritieni che sia saggio?»

«Non posso nascondermi, Lee. Non posso sfuggire alla vita.»
«Ma, Nashville?»
«Be', ho riflettuto molto. Voglio continuare a scrivere musica. Musica country e western. E la mia migliore possibilità per farla è suonare a Nashville. E poi, mi piace quella città.»
Per quello che poteva ricordare.
«Quello che mi è successo non è colpa di Nashville. È colpa mia. E ho capito. Non permetterò più a uomini come Johnny Mars di governare la mia vita. Non mi avvicinerò più a nessuna polvere bianca, anche se fosse zucchero. Stavo andando alla deriva. Adesso voglio vivere, Lee; voglio mostrare a tutti di poter arrivare in alto. Voglio arrivare a qualcosa per merito mio, non perché sono la figlia di Jordan Eliot, una Hamilton o l'ex moglie di Johnny Mars. O... sai, comincio a capire la mamma.»
Ashley rise. «Speravo che un giorno lo dicessi.»
Juliet chiese: «Ebbene, che cosa ne pensi?» Sapeva che Ashley stava riflettendo.
«Penso che dovresti provare, se ti senti così bene. Vorrei poter venire lì e accompagnarti a Nashville, aiutarti a sistemarti, ma non posso.»
«No, no, non è necessario. Forse partirò lunedì. Non è così lontano, e poi posso prendere un autobus.» Che cosa non avrebbe dato per la sua vecchia motocicletta! Gli autobus erano così lenti, così soffocanti. Be', pazienza!
«L'hai detto a mamma?»
Juliet scosse il capo. «Devo?»
«Si preoccuperà se, telefonando, non ti troverà.»
«Diglielo tu, va bene?»

Lunedì mattina, mentre Juliet stava preparando le sue cose, suonò il telefono. La receptionist le disse: «Ha una visita».
Chi diavolo può essere? Juliet guardò l'orologio. Mancava un'ora e mezzo alla partenza dell'autobus, e doveva raggiungere il centro.
«Scendo subito», rispose, e schizzò giù dalle scale invece di aspettare l'ascensore.
In, piedi vicino al bancone, bastone sotto il braccio, c'era zio Billy.
«Ah, eccoti», disse, chinandosi a baciarla.
«Zio Billy! Che diamine ci fai qui?»
«Non avevo niente di particolare da fare fino a lunedì, così ho pensato di accompagnarti a Nashville. Ho noleggiato una macchina all'ae-

roporto, e ci sta aspettando. Anche se spero che tu ti ricordi come si fa a guidare.»

Caro zio Billy! Non aveva mai abbandonato nessun membro della famiglia. Era lì per assicurarsi che stesse bene.

«Ti ha mandato mamma?»

Lui si raddrizzò con fare sdegnoso. «Nessuno mi ha mandato. Ho pensato che ti avrebbe fatto piacere un po' di compagnia per qualche giorno... Nel tuo periodo di transizione, chiamiamolo così. Se non ti va...»

Juliet gli buttò le braccia al collo. «Adoro la tua compagnia, come sempre. Sei un tesoro. Ero un po' nervosa. È che rimango sempre sorpresa di vederti lontano da New York, tu detesti lasciare la città.»

Appariva imbarazzato. «Be', ci sono cose più importanti, sai. La famiglia...»

«Lasciami andare a prendere le valigie. Torno subito.»

«Non puoi mandare su qualcuno?»

Juliet rise. «Zio Billy, vivi in un mondo così esclusivo! Torno in un secondo.»

Accese una sigaretta. La donna dietro il bancone gli lanciò un'occhiataccia.

«Niente fumo, caro», disse Juliet. «Neanche in una macchina dove ci sono io. Meglio che esci a tirare un'ultima boccata.»

«Hai smesso anche di fumare?»

«Ho smesso qualunque cosa dia dipendenza. Niente mi condizionerà più. Niente che possa evitare, almeno.»

«Perbacco!» esclamò in quel suo strano modo. «Ehm, devono esserci delle soste fra qui e... mio Dio, Juliet, musica country! Ma quadra. Non avresti mai scelto qualcosa di accettabile, non è vero? Forse è uno dei tuoi lati affascinanti, cara.»

È così pomposo, pensò Juliet mentre prendeva l'ascensore per salire al suo piano. Eppure è anche una delle persone più care del mondo. Si chiese se avesse una vita al di fuori della famiglia. Una donna? Un uomo? Qualcos'altro oltre a quel suo svolazzare da un night club all'altro, qualcosa che non fosse l'opera, il teatro o i fine settimana a Southampton. Strano, era sempre ansioso di andare laggiù, ma raramente desiderava trascorrere il suo tempo a Oberon.

Oberon.

A un tratto provò una grande nostalgia per quell'isola, per quel luogo che per lei aveva rappresentato sicurezza e purezza. Forse un giorno avrebbe vissuto là. Un giorno, quando si fosse fatta un nome, quando sarebbe stata così famosa che la gente sarebbe andata a chiederle di scrivere canzoni per loro, avrebbe potuto vivere dove voleva. Allora, avrebbe vissuto a Oberon. Non soltanto d'estate, ma tutto l'anno.

Billy sistemò Juliet in un posto molto più grazioso di quello che aveva trovato lei, pagando l'affitto dei primi tre mesi. Per la prima volta in vita sua, poteva permettersi di fare cose per gli altri, ed era una sensazione che gli piaceva.

Juliet si sarebbe anche accontentata di una stanza ammobiliata, ma Billy fece in modo che avesse spazio e luce. Era un appartamentino con un'unica camera da letto e un grande lucernario attraverso cui il sole si riversava nel soggiorno, al secondo piano di una casa vittoriana mantenuta in perfetta forma. Le alte finestre davano su un giardino interno, dove i giunchi ondeggiavano nella brezza. I rami di un corniolo tamburellavano contro la finestra, e Juliet sapeva che il mese successivo si sarebbe trasformato in un'esplosione di colore, soltanto per lei.

48

ASHLEY trascorse l'estate ad andare in barca da Oberon a St. Michaels, e da lì in automobile a Easton, dove cercava un posto che fungesse da studio. Con annesso un ambulatorio e un canile.

Sebbene ci fossero altri due veterinari a Easton, ad Ashley piaceva talmente che era lì che voleva stabilirsi. Aveva preso in considerazione St. Michaels, una delle cittadine più affascinanti che avesse mai visto, ma era troppo piccola. Easton era una città di case prebelliche a tre piani, case eleganti, persino con bei giardini.

Guidò su e giù per le strade della cittadina una decina di volte. E finalmente il 2 agosto trovò ciò che voleva nell'ultima strada a est dal centro.

Era una casa di mattoni con le persiane nere e un lucido battente d'ottone sulla porta d'ingresso color porpora. Scoppiò a ridere. Non aveva mai visto nessun'altra casa con una porta di quel colore. Non riusciva a capire come non l'avesse notata prima.

Dalle finestre scendevano cascate di fiori e una recinzione in ferro battuto circondava il cortile anteriore, con un prato ben tenuto e un grande acero nel mezzo. Un ampio portico coperto si estendeva per tutta la lunghezza della casa.

Parcheggiò la macchina e scese. Un'insegna diceva IMMOBILIARE CARLTON, ma bussò alla porta prima di girare intorno al cortile che portava sul retro. Il portico formava una L, e vi girò intorno fino nel cortile retrostante, dove scoprì un capannone che poteva essere tramutato in canile e ambulatorio. Sbirciò da una finestra e vide una grande stanza con una scala che conduceva al piano superiore, probabilmente un fienile.

Tornò sui suoi passi e sbirciò nella sala da pranzo, che poteva essere trasformata in sala operatoria. Il soggiorno, ovunque esso fosse, poteva diventare il suo studio. La casa era abbastanza grande da ospitare anche una sala d'attesa. La sua adrenalina cominciò a scorrere.

Indietreggiò e osservò le linee squadrate della casa, tipiche di tutte le altre case di Easton. Dovevano esserci quattro o cinque camere da letto di sopra. Avrebbe potuto usare quel piano come abitazione.

Sentiva in ogni parte di sé che voleva quella casa. Oh, Dio, come la voleva!

Annotò l'indirizzo dell'Immobiliare Carlton e si mise a cercarlo, il che non fu difficile. Era impossibile perdersi a Easton.

Una donna piuttosto incolore le sorrise quando Ashley entrò nell'ufficio.

«Sono venuta per quella casa in...» Non sapeva nemmeno il nome della strada. «Be', ha una porta violetta.»

«Abbiamo messo il cartello stamattina. Vuole vederla?»

«Non è necessario», rispose Ashley. «Ho bisogno di conoscere il piano regolatore.»

La giovane donna inarcò le sopracciglia.

«Pensavo», disse Ashley, «che dal momento che non si trova nel centro della città, forse potrei avviarvi un'attività.»

«È meglio che parli con la signora Carlton», disse la giovane, e sorrise così dolcemente che Ashley a un tratto la trovò graziosa.

La signora Carlton era una donna dai capelli grigi sulla quarantina inoltrata, con una decisa stretta di mano e un viso aperto.

«Oh, la casa dei Tremblyn», disse, quando Ashley gliela descrisse.

Ashley le raccontò quello che voleva fare, e la donna si strinse nelle spalle. «Non vedo perché non potrebbe.»

«Quanto chiedono?»

«Dato che è appena stata messa sul mercato, non sono preparati a discutere il prezzo. Chiedono sessantamila dollari.»

Ashley sedette, prese la borsa, tirò fuori il libretto degli assegni e disse: «A chi devo intestare l'assegno?»

La signora Carlton sedette. «Prima la sua offerta dev'essere accettata. Le suggerisco di rivolgersi a un avvocato, per discutere i particolari e leggere le clausole. Controlli con lui il piano regolatore, ma sono certa che è tutto a posto.»

«Voglio quella casa», disse Ashley. «Pagherò il prezzo richiesto, e non conosco nessun avvocato.»

«Dovrò parlare al proprietario.»

«Può telefonargli adesso?» chiese Ashley.

«No. È partito questa mattina per Richmond.»

«Compilo un assegno per l'intera cifra, in attesa che lei gli parli. Io intanto cercherò un avvocato. Può consigliarmene uno?»

«Noah Butler è un simpatico giovanotto che ha bisogno di lavorare. Dovrebbe essere in grado di aiutarla. È di sopra.» La signora Carlton indicò la scala che saliva all'esterno dell'edificio.

Ashley disse: «Intesto l'assegno a lei». Lo posò sulla scrivania della donna e si avviò alla porta.

«Non vuole nemmeno vedere la casa?»

«L'ho già vista», rispose Ashley. «Torno più tardi.»

Uscì nella giornata calda. Non era ancora mezzogiorno, ma era già soffocante. Salì le scale fino al secondo piano ed entrò nello studio legale, dove c'era l'aria condizionata.

La sala d'aspetto era decisamente allegra. Dietro a una scrivania color crema, sedeva una signora molto attraente che stava parlando al telefono. Fece un cenno ad Ashley, indicandole di sedersi. Finì la sua conversazione, sorrise e chiese: «In che cosa posso esserle d'aiuto?»

«Vorrei parlare con il signor Butler.»

«Sarà di ritorno fra quindici minuti, se non le dispiace aspettare. Non ha altri appuntamenti fino alle tre.»

«Aspetterò.»

Ashley non sfogliò neppure le riviste che coprivano il tavolino. Sedette a pensare alla casa e a che cosa poteva ricavarne, rabbrividendo per l'eccitazione.

Noah Butler arrivò venti minuti dopo, entrando nel suo ufficio come un ciclone, i capelli biondi che gli ricadevano sulla fronte, gli occhiali scuri che assomigliavano a quelli di un pilota, la camicia senza cravatta e il collo aperto. Portava un paio di pantaloni ben stirati e una camicia di cotone blu a maniche corte. Una giacca bianca pendeva dalla sua spalla sinistra.

Prima ancora che chiudesse la porta, la sua segretaria indicò Ashley. Lui sorrise, invitandola a seguirlo, e si diresse verso il suo studio. «Prego», disse. Nel suo ufficio c'erano librerie che da terra arrivavano fino al soffitto. Fu la prima cosa che Ashley notò. Ma, come nella sala d'attesa, tutto era dipinto in un color crema che rendeva l'ambiente fresco e allegro, fuorché per la massiccia scrivania di quercia, vecchia e segnata, ma lucidissima. Ashley pensò che si trattasse di un cimelio di famiglia.

«Voglio comprare una casa e la signora al pianterreno mi ha detto che dovrei avere un avvocato.»

Lui buttò la cartella sulla scrivania e si girò verso di lei, porgendole la mano e dicendo: «Sono Noah Butler».

«Ashley Eliot.»

«Caffè?» le chiese, avvicinandosi a una macchinetta posata su un mobile.

«Sì, grazie.» L'aria condizionata l'aveva rinfrescata. Sedette nella poltrona di fronte alla scrivania. Notò che il tappeto rosso e blu era un vecchio persiano, che un tempo doveva essere costato un sacco di soldi. I vetri alle finestre erano antichi come il resto della casa.

Le porse una tazza di caffè, chiedendo: «Ci vuole dentro qualcosa?»

Lei scosse il capo. «No, grazie.»

Sorseggiò il suo caffè, poi concentrò la sua attenzione su di lei.

«Be', posso fare una ricerca sui diritti di proprietà. Qual è l'indirizzo?»

Ashley rise. «Non lo so nemmeno. L'ho vista solo stamattina. È ai margini della città e mi considererà una sciocca, ma non ci sono neppure entrata.» Gli spiegò quello che voleva. «Devo conoscere il piano regolatore per sapere se posso svolgere un'attività in casa mia.»

«Nell'area che le interessa, tutto ciò di cui ha bisogno è un atto di rinuncia da parte dei vicini.» Sorseggiò il suo caffè e poi chiese: «È nuova della zona?»

«Sì e no.»

Lui inarcò un sopracciglio.

«In realtà, sono di New York, ma trascorro le estati qui intorno da quando ero bambina.»

«Fortunata», commentò l'avvocato. «Io l'ho scoperta soltanto due anni fa.»

«Mi sono laureata di recente in Veterinaria e voglio aprire un ambulatorio qui. Pensavo di poter usare il pianterreno come ufficio, il fienile come canile, e il piano superiore come abitazione.»

«E non ha neppure visto l'interno?»

«Ho sbirciato dalla finestra e me ne sono innamorata.»

«Vuole trattare il prezzo?»

Ashley scosse il capo. «No, ho firmato un assegno per l'intera cifra, ma la signora Carlton non può ancora mettersi in contatto con il proprietario.»

Sorrise. «Non conosce l'indirizzo? Be', andiamo a parlare con la signora Carlton. Poi, prendiamo la chiave e andiamo a dare un'occhiata. Non vuole neanche un finanziamento?»

«No.»

Ci andarono con la Fairlane nera dell'avvocato. Ashley era così eccitata che non si rendeva quasi conto della presenza di Noah Butler.

Al pianterreno c'erano cinque grandi stanze ariose. Era più di quanto Ashley avesse sperato. Dalla sala principale saliva una lunga scala. Decise che avrebbe ricavato il soggiorno dalla stanza più grande. Poi c'era un piccolo locale che avrebbe convertito in cucina, e la grande stanza in fondo, quella che dava sul giardino, Ashley decise che sarebbe diventata la sua camera da letto. I rami della magnolia ondeggiavano contro i vetri della finestra. Le stanze erano tutte rivestite in legno e tappezzeria. Non avrebbe neppure avuto bisogno di rinnovarle.

La casa era veramente perfetta. «La voglio», disse, più a se stessa che all'avvocato.

Mentre ritornavano al suo ufficio, lui le raccontò: «Vivo qui da due anni. Ho rinunciato alla sfrenata corsa al successo di Chicago, e ho preferito fare l'avvocato in una piccola cittadina piuttosto che arricchirmi ed essere sempre di cattivo umore».

«Perché qui?»

«Mi piacciono gli uccelli», disse.

Ashley girò la testa verso di lui, studiandolo per la prima volta.

«Lo so, lo so, pensa che sia pazzo.» Sorrise. «Be', mi piace anche andare in barca. Così è più accettabile?»

«No, non penso affatto che sia pazzo», rispose Ashley. «Anch'io sono un'amante degli uccelli. E vado in barca a vela da tutta la vita. Proprio qui a Chesapeake.»

«Le faremo avere questa casa. Ma potrebbe trattare il prezzo: dovrà investire un bel po' di soldi per ottenere quello che vuole. Il prezzo richiesto è molto alto per Easton.»

«La voglio, signor Butler.»

Lui piegò la testa e disse: «Va bene, se è quanto desidera. E il mio nome è Noah».

Quando restituirono la chiave alla signora Carlton, lei disse che pensava di poter raggiungere il proprietario da suo figlio, quella sera o il mattino dopo. Chiese ad Ashley come potesse mettersi in contatto con lei.

Ashley decise che sarebbe stato meglio se avesse trascorso la notte a Easton. «Alloggerò alla pensione», rispose.

Tornò di sopra da Noah. «Vuole un anticipo?» chiese.

«No.» Le sorrise. «Sarà un lavoro facile. Scommetto che non le costerà più di cento dollari.»

«Allora ci vediamo domani», disse Ashley, tendendo la mano.

«Con piacere», fece lui, stringendogliela con forza.

Mentre si avviava alla porta lui le chiese: «Vuole che le mostri le bellezze della città?»

«Posso vedere tutto in cinque minuti?»

Noah annuì. «Naturalmente.»

Scendendo le scale, Ashley pensò che quella sera avrebbe telefonato a sua madre per raccontarle tutto.

Stava per incominciare una vita sua. Dottoressa Ashley Eliot. Cominciare un'attività in un luogo dove non la conosceva nessuno, dove aveva trovato la casa più bella del mondo... vicino a Oberon, naturalmente.

Non vedeva l'ora di tirar fuori i suoi cataloghi e decidere che mobili acquistare. Avrebbe chiesto a Noah o alla Carlton se conosceva un buon falegname. Aveva bisogno di elettricità e impianti idraulici nel fienile. C'erano così tante cose da fare!

Affascinata da Easton, percorse le strade pensando che, se avesse passato la notte lì, avrebbe fatto bene a comprarsi qualcosa, come una camicia da notte, un cambio di biancheria e uno spazzolino da denti. Meglio far sapere a Walt che stava bene e che avrebbe lasciato la barca nel porticciolo durante la notte. Sarebbe ritornata a St. Michaels quel pomeriggio per dirglielo.

Entrò nel primo negozio di abbigliamento femminile e trovò ciò che desiderava. Ashley era sorpresa che una cittadina tanto piccola fosse così ben fornita.

Lasciò la macchina nel posteggio accanto all'immobiliare e si avviò alla pensione a piedi, dove prese una stanza per la notte. Si rese conto che stava morendo di fame e scese in sala da pranzo, dove scelse una grossa insalata mista e del delizioso pane fatto in casa. La sala da pranzo dava sulla strada. La coppia al tavolo vicino alla finestra le sorrise, e

Ashley si sentì infinitamente felice. Sapeva che quello era il passo giusto, la città giusta.

Dopo pranzo, tornò al posteggio e prese la macchina.

Si recò a St. Michaels, disse a Walt che sarebbe tornata l'indomani, poi si diresse a sud, sulla lingua di terra che si getta nella baia, a Tilghman's Island. Non riusciva a immaginare un posto più bello. Silenziosamente ringraziava la sua antenata, Martha, per aver concepito il primo Hamilton in quella parte del mondo.

Era sicura che si sarebbe sentita appagata.

Non sono come mamma, pensò Ashley, non devo provare niente a me stessa. Sua madre era cresciuta in un'epoca in cui le donne erano considerate cittadine di seconda classe, e dovevano provare al mondo che erano capaci quanto gli uomini. Ashley lo capiva. Juliet no, eppure continuava anche lei a cercare di dimostrare qualcosa a se stessa. Ma lei, Ashley, pensava di non doverlo fare. Si piaceva così.

Adesso tutto quello che desiderava era avere un posto suo, e riteneva che quel posto fosse lì. Aspirava a diventare parte della città. E sapeva che poteva trovare la felicità, se voleva.

Quando ritornò alla locanda, i suoni del caldo pomeriggio fluttuavano nella sua stanza. Si sdraiò sul letto. Sono molto fortunata, pensò, e si addormentò senza neanche accorgersene.

Erano le cinque passate quando lo squillo del telefono la svegliò. Era Noah Butler. «Che cosa ne dice di cenare insieme?» chiese.

Perché no? Non aveva nient'altro da fare. Nessuno con cui stare.

Noah arrivò alle sette. «Dato che è una così bella serata, pensavo che avrebbe apprezzato lo scenario», fece. «Andremo a Oxford... Non è lontano, e hanno uno dei migliori ristoranti di pesce del mondo. Hanno anche il più vecchio traghetto dell'emisfero, oltre che uno dei più brevi.»

«Dove va?»

«In nessun posto. È semplicemente un giro di dieci minuti.»

Sebbene la serata fosse ancora calda, l'aria condizionata dell'auto di Noah rese piacevole il percorso. Era un conversatore disinvolto e gradevole; le mostrava i punti più belli della città e le raccontava aneddoti sui vari posti.

L'albergo a Oxford aveva anche il miglior roastbeef, che Ashley preferì al granchio di cui Noah era ghiotto.

Le rivolse infinite domande su se stessa, sulla specializzazione in Veterinaria, su perché avesse scelto quel ramo. Le sue risposte erano guardinghe. Non gli raccontò quasi nulla di sua madre, nulla di Jordan e poco di sua sorella.

«Quando potrò permettermi il lusso di non preoccuparmi per le mie entrate, quello che voglio fare è specializzarmi in problemi ambientali», spiegò Noah.

«Non sapevo che esistesse una simile specializzazione.»

Lui annuì. «Sta per nascere, ma bisogna tenere più agli ideali che al denaro. Il mio desiderio è che questa parte del mondo non venga urbanizzata. Non voglio che questi uccelli si estinguano.»

Ashley rise. «Questo non potrà mai accadere.»

Lui scosse il capo, muovendo la forchetta nell'aria. «Lo so, è quello che dicono tutti. E nessuno vuole credere che l'ecologia della baia sia in pericolo. Ma aspetti e vedrà. Spero di sbagliarmi, ma nel giro di quindici anni non ci sarà più nemmeno un'ostrica.»

«Via! A Chesapeake Bay ci sono più ostriche che in qualsiasi altra parte del mondo.»

«Spero di sbagliarmi», ripeté Noah, «ma non credo.»

«Dunque vuole proteggerla? Un crociata di un solo uomo per salvare le ostriche?»

«Penserà che sia pazzo», disse, «ma quando avrà vissuto qui per un po', capirà di che cosa sto parlando. Ogni anno la baia è sempre più inquinata, a causa del carburante di migliaia di barche, le fognature e le fosse settiche. Voglio fare qualcosa perché la situazione non peggiori.»

Ashley si appoggiò alla sedia e lo guardò. Le piacevano i suoi occhi blu scuro, così blu da sembrare viola. Le persone bionde raramente avevano occhi di un colore così carico. Le piaceva l'intensità con la quale parlava, quando si accalorava per qualcosa.

«Va bene», sorrise lui. «Scendo dalla mia tribuna. Di che cosa le farebbe piacere parlare?»

«Mi dica qualcosa di sé. Come mai ha lasciato Chicago?»

«Oh, quello», fece, finendo il cibo nel piatto. «Vede, non le avevo detto che questo era un gran ristorante? Ho trentadue anni e ho rinunciato a una carriera lucrosa a Oak Park, che non è proprio Chicago, ma è molto vicino. Sono divorziato, niente figli.»

Ashley si chinò in avanti, i gomiti sul tavolo. Disse al cameriere che desiderava il caffè ma niente dessert, poi chiese: «Divorziato? Quanto è rimasto sposato?»

Noah incrociò le braccia sul tavolo e la guardò. «Sei anni.»

«E?»

«Penso che mia moglie mi avesse sposato pensando a una vita di agi e di lussi. Quando ho deciso di rinunciare a quel genere di vita e a quei soldi per trasferirmi in una piccola città, è stata la fine. Guardando indietro, avrei dovuto prevedere che la fine si stava annunciando da almeno quattro anni. È stata una separazione amichevole. Ci inviamo ancora regali di compleanno e biglietti di Natale. Lei si è risposata.»

«Non ho mai vissuto in una piccola città. Ci si sente soli?»

Noah rise, un suono che assomigliava allo scorrere di un ruscello, pensò Ashley. «Sono più occupato qui di quanto non lo fossi in passato. Forse non come lavoro, ma ho molti più amici, molte più cose da fare di quante ne avessi a Chicago. Faccio parte del comitato di programmazione, e insegno alla scuola serale per adulti una volta la settimana, un corso diverso ogni trimestre. Ho una piccola barca. Quando fa bello, trascorro il weekend esplorando tutti i canali navigabili. Mi piace andare per conto mio, e non mi sento mai solo. Ho un cane, che viene con me ovunque vada, nei weekend. Non posso vivere senza un cane. Mia moglie pensava che sporcasse la casa con il pelo e che io lo amassi più di lei.» Sorrise. «Forse era vero.»

«Così, qui ha trovato se stesso?»

Noah annuì. «Anche lei troverà se stessa. Lo sento. Questo posto non è per tutti. Per qualcuno è solo un bel fine settimana, ma per quelli come noi che hanno scelto di vivere qui, be', sono arrivato alla conclusione che siamo una razza a parte. Da bambino mi chiedevo perché non fossi come gli altri, e cercavo di adattarmi. Solo a vent'anni mi sono reso conto che era qualcosa di cui essere orgogliosi. Mi piace l'indipendenza. Non dovermi conformare. Qui posso essere quello che voglio essere.»

Quando la riaccompagnò alla locanda, lei disse: «È stata una serata deliziosa. Grazie per un così cordiale benvenuto nella mia nuova città».

«Ci vediamo domattina. E ha ragione: lei è la benvenuta. Ci vedremo spesso. Vedrà spesso chiunque, in questa città.»

La salutò con la mano allontanandosi in macchina.

49

TRE mesi dopo aver comprato la casa, Ashley appese la targhetta: DOTTOR ASHLEY ELIOT, MEDICO VETERINARIO.

Era stato un periodo molto concitato. Falegname, elettricista e idraulico avevano praticamente vissuto a casa sua, e Ashley si eccitò come un bambino a Natale quando cominciarono ad arrivare i medicinali e le forniture.

Arredò il soggiorno del secondo piano con un divano e una comoda poltrona nelle sfumature dei suoi colori preferiti: lilla, rosa e verde con accenni di azzurro. Anche per la camera da letto scelse le stesse tonalità. I pavimenti di legno erano così belli che optò per alcuni tappeti, invece che per la moquette. Quand'ebbe finito, si sentì euforica. La sua prima vera casa. Aveva sempre saputo che l'appartamento di Ithaca era una soluzione provvisoria, anche se aveva finito con il viverci per cinque anni. Sperava che Easton diventasse la sua residenza. Poco più di un'ora da dove era nata.

Sua madre volò da Oberon un fine settimana di ottobre per ammirare la nuova casa di Ashley e chiederle in che cosa potesse aiutarla.

Sydney non riusciva a capire veramente come Ashley desiderasse stabilirsi in una cittadina del Maryland dove, con il tempo, avrebbe finito con il conoscere tutti e tutti avrebbero finito con il sapere tutto di lei.

Ma lei non voleva fare nulla di scandaloso. Voleva curare animali, studiare oche e anatre, andare in barca a vela sui fiumi di Chesapeake, diventare parte della vita di Easton. Esattamente come Noah Butler, pensò con un sorriso.

A un chilometro e mezzo dalla città, Ashley trovò un favoloso ristorantino per il pranzo. Esisteva dagli anni Quaranta, ed era lì che tutti, in città, andavano a fare colazione.

Sedeva a leggere il giornale, discuteva del tempo con la stessa cameriera ogni giorno e studiava la gente che entrava a mangiare cialde con le fragole o pagnottelle fatte in casa con uova strapazzate guarnite di cipolle e peperoni rossi. Il ristorante offriva le migliori colazioni che Ashley avesse mai conosciuto.

Sedendo allo stesso tavolino ogni giorno, dopo qualche settimana faceva parte dell'arredamento e la gente si fermava per presentarsi o le sorrideva dall'altra parte della stanza. Alcuni la chiamavano persino Doc, ma pensava che da quelle parti tutti i veterinari, i medici e i farmacisti venissero chiamati così. Non obiettava. Significava rispetto e alla fine, sperava, affetto. Ashley non era mai la prima a salutare. Aspettava sempre che qualcun altro lo facesse, ma si guardava intorno, invitando silenziosamente le persone a rivolgerle la parola.

Aveva combattuto la timidezza per anni. Nemmeno a Cornell aveva stretto grandi amicizie. Un certo numero di conoscenze, ma pochi amici, e nessuno particolarmente intimo o di cui sentisse la mancanza.

L'ultimo anno, poi, non aveva praticamente rivolto la parola a nessun uomo, tant'era delusa per i suoi fallimenti amorosi.

Noah Butler non lo sapeva, ma avrebbe dovuto captare il messaggio. Era venuto spesso mentre fervevano i lavori. Veniva per controllare i progressi e invitarla a cena, e ogni volta Ashley rifiutava, senza offrirgli scuse.

Così la mattina in cui appese la targhetta, lui le portò il suo retriever, i cui grandi occhi marroni praticamente baciarono Ashley.

«È pronto per le sue vaccinazioni annuali», disse Noah. Appariva così diverso dagli avvocati che Ashley aveva conosciuto: indossava pantaloni di velluto verde e un maglione fatto a mano del colore dell'oceano. «Pensavo fosse ora che la conoscesse.»

Ashley aveva assunto come receptionist Gladys Hollwedel, una giovane donna attraente con capelli color bronzo ed enormi occhi scuri. La ragazza era molto nervosa, benché conoscesse tutti in città. Sorrise radiosamente a Noah.

«Simpatica la ragazza là fuori», osservò lui, indicando la stanza esterna. «Ehi, magnifico quello che ha fatto qui. Non lo riconoscevo quasi questo posto.»

Ashley esaminò il cane, che le leccò le mani e dimenò la coda. «È un bel cane», ammise.

Noah annuì, le mani sul cane ma gli occhi su di lei. «Una volta ho smesso di uscire con una ragazza perché non sapeva il suo nome. Uscivamo da due o tre mesi. Andavamo in bicicletta e io portavo Barney. Andavamo in barca, anche di notte, e veniva anche Barney. Lui viene con me quasi dappertutto. Quella ragazza sapeva quanto amassi questo cane, ma non sembrava farci caso. Una sera, dopo che da mesi ci vedevamo circa un paio di volte la settimana, le chiesi se sapeva come si chiamasse il mio cane. Lei scosse il capo. Quella fu la fine. Pensavo che se in tutto quel tempo non aveva imparato il nome di questo cane, non potevo interessarle molto nemmeno io.»

Ashley sorrise. Fece a Barney l'iniezione trivalente e chiese quando avesse fatto l'antirabbica.

«L'anno scorso», rispose Noah.

«Va bene, allora per adesso non ne ha bisogno.»

«Ogni mattina la vedo fare jogging con il suo cane», affermò Noah.

Quando Ashley non rispose, Noah aggiunse: «Barney va d'accordo con tutti i cani».

«Può pagare alla receptionist», disse Ashley.

«Ehi», fece Noah, mentre Barney saltava giù dal tavolo dell'ambulatorio, «un consiglio. Non farà molta fortuna qui intorno con quel suo atteggiamento distaccato. Dev'essere più cordiale.»

Ashley lo guardò, rendendosi conto che sarebbe stata più cordiale se lui fosse stato una donna. «Spiacente», disse, «ma credo di essere un po' nervosa. Il mio primo giorno e via dicendo.»

«Pranzerebbe con me se non rappresentassi una minaccia?»

«Una minaccia? Non la vedo esattamente come...»

«Sì, che mi vede così. Devono averla ferita, e adesso non permette a un uomo neppure di esserle amico, vero?»

«È psichiatra oltre che avvocato?»

Lui sorrise. «Mi vanto di saper leggere nel cuore della gente.»

Ashley tese la mano. «Grazie per avermi portato il mio primo paziente, signor Butler.»

«Allora penso che mi ricorderà. Io ricordo il mio primo cliente.»

Ebbe tre pazienti quel primo giorno.

Il mattino dopo, all'alba, mentre lei e Boo Boo correvano lungo la strada che portava fuori città, apparve all'improvviso Noah con Barney. Immediatamente i due cani cominciarono ad annusarsi, correndo in cerchio nella fresca aria mattutina.

«Non ci saranno ancora molte giornate come questa, prima dell'inverno», osservò lui, affiancandola. «Bene, ha avuto un successo strepitoso il suo primo giorno?»

«Strepitoso non direi.»

Corsero tranquillamente, senza parlare. Noah aveva rallentato il passo per adattarlo a quello di Ashley. I cani abbaiavano e saltavano facendo capriole.

Ashley rimase sorpresa di scoprire che apprezzava la sua tranquilla compagnia. Quando raggiunsero casa sua e rallentarono l'andatura, gli sorrise. «Si unisca pure a me, qualche altra volta.»

«Devo andare a Chestertown per lavoro, giovedì sera. È solo a un'ora da qui. È una bella città. Conosco un fantastico ristorantino lì. Chissà se riesco a convincerla a venire con me?»

Quando Ashley esitò, lui si affrettò ad aggiungere: «Saremo a casa prima delle nove».

«Carina l'idea», ammise Ashley. «Volentieri.»

Noah sorrise, e lei pensò che avesse un bel sorriso. Poteva non essere bello, ma era certamente attraente, e le piaceva la sua franchezza.

«Visto?» disse lui. «La perseveranza paga.»

Ashley lo osservò mentre si allontanava, con il grosso cane che gli correva accanto. Mi servirà un amico, pensò, maschio o femmina che sia. Si chinò ad accarezzare Boo Boo e si rese conto che il cane stava fremendo nel veder scomparire dietro l'angolo Noah e Barney.

La gita a Chestertown e la cena nel ristorante che si affacciava sul fiume Chester fu deliziosa. Era buio quando cenarono, e la luce delle candele illuminava i tavolini, conferendo un calore particolare alla sala apparecchiata con tovaglie a quadretti bianchi e blu.

Mentre sorseggiavano il vino e guardavano fuori della finestra il riflesso della luna sul fiume, Noah osservò: «Il chiaro di luna crea un'atmosfera romantica».

Ma, a parte questo, non c'era stato nulla di romantico in quella giornata. Avevano semplicemente chiacchierato. Non le aveva domandato nulla di troppo personale. Scoprendo solo che era di New York, che aveva frequentato Cornell, che aveva una sorella e che i suoi genitori erano divorziati. Parlarono, piuttosto, di altre cose, per esempio di come Noah pensasse di proporsi come consigliere municipale. La politica locale lo interessava.

«Mi piace quando sono sull'Isola di Tilghman e vedo le skipjack partire al mattino. Sa che c'è una gara annuale di skipjack? Pensavo di partecipare, di trascorrere l'inverno a costruire una skipjack e prendere parte alla gara dell'anno prossimo.»

Ashley rise. «È anche falegname?»

Noah scosse il capo e sorrise. «Un pochino. Mi piace fare dei lavoretti e mi piacerebbe costruire una barca. Per me nessuna è bella quanto una skipjack. Non intendo andare a pesca di ostriche, ma immagino che potrei venderla dopo la gara.»

Quando riportò a casa Ashley, non scese dalla macchina per accompagnarla alla porta. «Questo è uno degli ultimi weekend che esco con la barca, prima di farla tirare a terra», le disse. «Sabato esco per effettuare il conteggio annuale degli uccelli per la Audubon Society. Le piacerebbe venire?»

Ashley gli toccò il braccio con la mano. «Mi sono divertita molto, Noah, ma...»

«Barney e Boo Boo si divertirebbero moltissimo. A meno che Boo Boo non soffra il mal di mare.»

«Boo Boo è un grande marinaio», ribatté Ashley. Che cos'altro aveva da fare sabato? «Mi sembra divertente.»

«Magnifico», sorrise Noah. «Lei porti il pranzo e io porterò il thermos con il caffè.»

La passò a prendere prima delle otto, e lei aveva appena avuto il tempo per un bicchiere di succo d'arancia, mezzo panino e un sorso di caffè. Aveva preparato il pranzo la sera prima, qualcosa che sua madre non le aveva mai insegnato a fare.

«Si metta qualcosa di caldo», le suggerì Noah. «È piuttosto fresco. Sull'acqua, poi, farà freddo. Andiamo a St. Michaels, dove tengo la barca. Ci è mi stata?»

Perché non gli diceva che era dove anche lei teneva la sua barca?

Non aspettò la risposta, ma allungò una mano e prese il cesto del picnic in giunchi di frassino intrecciato che Ashley aveva trovato da un antiquario.

«Ehi, mi piace», esclamò lui, alzandolo per ammirarlo.

Boo Boo, che presagiva l'avventura, stava ansimando eccitata vicino alla portiera. Quando Noah l'aprì, balzò in macchina.

La barca di Noah era robusta ed efficiente, e lui ne era estremamente orgoglioso.

«Puntiamo verso il mare aperto», disse.

Ashley sapeva che Walt sarebbe stato a caccia, quel giorno, come ogni sabato quand'era stagione. Nel porticciolo c'era uno dei ragazzi che lavoravano per lui. Salutò Ashley come se la conoscesse ma non riuscisse a ricordare il suo nome, il che le andava bene.

Percorsero il familiare fiume Miles e, quando raggiunsero il mare aperto, Ashley ebbe l'improvvisa premonizione che Noah si stesse dirigendo a Oberon.

«Sarà una festa, o così mi hanno detto. Abbiamo dovuto ottenere l'approvazione per il conteggio degli uccelli quaggiù, per cui ci stanno aspettando. Un'isola fantastica, ho sentito. Roba da miliardari. Uno dei posti veramente vecchi qui intorno, ma ce ne sono molti antecedenti alla Rivoluzione. Dio, tutta quest'area è satura di storia.» La voce di Noah aveva un'intonazione reverenziale. «Non sa niente?»

Perché non gli diceva: «Sì, so tutto quello che c'è da sapere. Sono nata lì»?

«Non finisco mai di stupirmi per quella grande casa», osservò Noah quando aggirarono la punta meridionale e apparve Oberon. «Sa che la parte centrale fu costruita intorno al 1600? È un gioiello architettonico. Pensi avere tanto denaro! Accidenti!»

Negli ultimi dieci minuti, Ashley aveva valutato la possibilità di dirglielo o meno. Era l'unico amico che s'era fatta finora. Non si sarebbe arrabbiato se l'avesse scoperto in seguito, da qualcun altro? Non poteva tenerglielo nascosto per sempre.

Fece un profondo sospiro e gli toccò il braccio. Lui si girò a guardarla con espressione interrogativa. «Noah, quella è la casa della mia famiglia.»

Lui la guardò, poi guardò di nuovo la casa e disse: «Eh?»

«Ho trascorso tutte le estati della mia vita lì. E tutti i miei Natali. È per questo che mi sono trasferita a Easton, perché qui ho trascorso i periodi più felici della mia vita.»

Lui continuò a fissarla. «Oh, mio Dio!» Poi guardò di nuovo la casa, mentre le passavano accanto per imboccare il canale che portava alla baia.

«E io che credevo di farle vedere qualcosa di straordinario.»

«Ma lo sta facendo.» Ashley gli stava accanto, le braccia che si sfioravano. Era alta quasi quanto lui. «Ho trascorso le estati e i Natali qui, ma non ci sono mai venuta in questo periodo dell'anno. Ci sono venuta ogni weekend da quando mi sono trasferita a Easton, ma non mi sono mai spinta nelle paludi, né ho visto le oche e le anatre.»

Noah non disse nulla. Guardò la cartina e studiò l'isola, cercando una baia, consapevole delle correnti.

Si diresse verso l'entroterra, lungo l'insenatura che portava al centro dell'isola, arrestando la barca vicino alla spiaggia. Balzò a terra e, con gli stivaloni di gomma, trascinò la barca su una striscia sabbiosa. «Forse è meglio che mi porti in giro lei.»

Ashley annuì. «Conosco ogni centimetro quadrato di questo posto.»

«Be', avrebbe potuto dirmelo.»

Lei raccolse il cesto del picnic. «Avrebbe fatto differenza?»

Lui la sollevò e la trasportò sulla spiaggia, continuando a tenerle la mano anche quando la posò a terra. «No.» La guardò negli occhi. «Desideravo la tua compagnia. Ma è uno choc pensare che possiedi tanto denaro.»

Gli schiamazzi delle oche erano assordanti.

«Prima di proseguire», disse Noah, prendendo il thermos e due bicchieri di plastica dalla barca, «beviamo un po' di caffè e decidiamo il piano di azione.»

«Sai, è sempre stato proibito cacciare sull'isola.» Ashley prese il bicchiere di caffè bollente.

Lui annuì. «Sì. Tutti sanno che Oberon è terra sacra.»

«Hai ragione», confermò, sedendosi su un ceppo e fissando la nebbia che si levava dall'acqua. «Sacro è la parola giusta. È così che ho sempre visto Oberon. Mia sorella Juliet ripeteva spesso che è l'unico posto dove si sentiva sicura. Io non arrivo a tanto, ma ha sempre rappresentato la purezza per me. Credo che rappresenti questo per l'intera famiglia. Mio nonno veniva qui a caccia ogni autunno, ma si recava sulla terraferma. Non sono mai riuscita a capire come qualcuno che ami la natura possa annientare parti di essa.»

«Nemmeno io.» Noah sorseggiò il suo caffè e chiese: «Conosci un buon punto di osservazione? Da dove si possa fare un conteggio approssimativo?»

«Certo.»

«Be', credo di aver chiesto alla persona giusta di trascorrere questa giornata con me.» Osservò i dintorni, ma non vedeva molto con l'erba alta della palude.

«Cristo», esclamò, guardandola, «perché veterinario? Perché qualunque altra cosa? Sei abbastanza ricca da poter non lavorare affatto.»

«Credi che la gente lavori solo per il denaro?»

Noah le lanciò una lunga occhiata e poi sorrise. «Va bene. Dimmi, perché la gente lavora?»

«Tu sei un esempio. Non solo per denaro, o saresti a Chicago a fare quattrini a palate. Certo, la maggior parte della gente lavora per avere un tetto sopra la testa, per nutrire se stessi e le proprie famiglie, e per permettersi magari qualche lusso. Ma uno lavora, idealmente, per la soddisfazione che ne ricava.» Rise. «Ovviamente il mio background puritano predica che il lavoro tiene anche lontano dai vizi.»

«Allora, perché io lavorerei?»

Ashley rifletté un momento. «Per sentire di valere qualcosa. Ti piace pensare di aiutare la gente. Ami le sfide.»

«Non tutte le persone che amano il proprio lavoro sono disposte ad aiutare la gente. Che cosa dire dei potenti del mondo?»

Ashley si strinse nelle spalle. «Non so perché gli altri lavorino. Probabilmente amano la sfida, il rischio... Hanno motivi personali che raramente hanno a che fare con il denaro.»

Noah finì il suo caffè e rimise il tappo al thermos. Poi fece per prendere il cesto del picnic. «Via, lo porto io.»

Ashley glielo porse. «Bene, sei convinto che non tutti lavorano per denaro?»

«Certi giorni devo fare i salti mortali per sbarcare il lunario, ma sì, è così.»

«Non credo che tu sappia che cosa significhi fare i salti mortali.»

Sorrise allungando una mano per aiutarla ad alzarsi dal ceppo. «Avresti dovuto vedermi a Chicago. Avrei potuto far sembrare tranquillo il piano della Borsa Valori.»

«Dici sul serio?»

«Su», fece, continuando a tenerla per mano, «fammi strada.»

50

WALT era al porticciolo quando ritornarono. Inarcò le sopracciglia nell'osservare Ashley e Noah insieme, ma non fece commenti.

«Meglio tirarla a terra», disse a Noah.

Erano gelati. Lui propose: «Dobbiamo avere un aspetto orribile dopo una giornata all'aperto, ma che cosa ne dici di andare a cena? Rolfe non farà caso al nostro aspetto».

«Ho un'idea migliore: cucino io, se mi accendi il fuoco nel camino. Preparerò del vin brûlé, e farò il prosciutto con le patate novelle all'aglio. Ieri ho persino preparato una crostata di mele, dato che ho avuto un sacco di tempo fra un paziente e l'altro.»

«Ci sto.» La sua voce era felice. «E mi è venuta un'idea su come potresti svolgere un servizio pubblico e fare nel contempo pubbliche relazioni.»

«Che cosa?»

«Ah, ah. Aspetta finché non mi avrai sedotto con del sidro caldo e non mi sdraierò pigramente davanti al fuoco.»

Mentre Noah accendeva il camino, Ashley si affaccendò in cucina, mettendo il prosciutto nel forno e scaldando il sidro. Noah si rannicchiò davanti al fuoco, senza scarpe e con i piedi che assorbivano il calore.

Quando lei entrò nel soggiorno, vestita con lo steso maglione avorio che aveva indossato per tutto il giorno, ma con un paio di pantaloni di flanella grigi asciutti, Noah alzò lo sguardo dai cuscini che aveva tolto dal divano. I suoi orecchini d'oro riflettevano la luce danzante del fuoco.

«Dimmi, perché qualcuno con tanto denaro deve prepararsi le crostate da sé?»

«Per cercare di vivere una vita reale», rispose Ashley, trascinando il poggiapiedi di fronte alla poltrona per sedersi accanto a lui.

Noah accettò il bicchiere di sidro caldo e lo ingollò, mormorando: «Oh, accidenti, ragazzi, questa sì che è vita!» Fece vagare lo sguardo per la stanza. «Forse, quando si nasce con tanti soldi, si eredita automaticamente anche il buon gusto. Quello che hai fatto di questa casa è fantastico, Ashley.»

«Sono un animale che nidifica», mormorò lei, fissando ipnoticamente il fuoco. «Amo dedicarmi alla casa e circondarmi di cose che mi piacciono.»

Quando trillò il timer, Ashley si alzò per tirare fuori il prosciutto dal forno.

Dopo cena, Noah aggiunse ceppi al fuoco e si sdraiò sul divano. Si era infilato un cuscino sotto la testa, allacciando le mani dietro la nuca, e guardava Ashley, che si era seduta nella grande poltrona.

«Vuoi sentire la mia idea in fatto di pubbliche relazioni? È un modo per far sapere alla gente di te. Scegli una mattina, un mercoledì, per esempio, e informa che eseguirai le sterilizzazioni gratis.»

Ashley lo considerò attentamente. «Non si rifletterebbe in maniera negativa sugli altri veterinari?»

Noah inarcò un sopracciglio. «Probabilmente. Ma c'è molta gente che possiede animali e non può permettersi di farli sterilizzare. Renderai un servizio pubblico e poi, quando questa gente avrà animali malati, si ricorderà di te.»

Quando Ashley non disse niente, Noah proseguì: «È un mondo competitivo».

L'ombra di un sorriso apparve sul viso di Ashley. «L'idea mi piace.»

«Ne sono lieto.»

Fissarono il fuoco, ascoltandolo crepitare. Dopo un po', Noah disse: «Va bene, voglio sapere di te».

«Vuoi sapere che cosa?»

«Perché ti rinchiudi in te stessa, con gli uomini?»

Ashley piegò la testa di lato. «Forse non con tutti.»

Lui scosse il capo. «Lascia perdere...»

Guardandolo, lei capì che aveva ragione. E capì che se si fosse aperta con qualcuno, quel qualcuno sarebbe stato lui.

«Se arriveremo al punto in cui riterrò importante fartelo sapere, te lo dirò. Che cosa ne pensi?»

«Non mi basta. Io sono al punto in cui devo sapere perché non ti fidi. Voglio sapere che cosa devo fare per farti sentire sicura con me.»

Ashley infilò i piedi sotto di sé e si abbracciò le ginocchia. «Oggi è stato un buon inizio.»

Lui si alzò e le si avvicinò sedendo sul bracciolo della poltrona, abbassando lo sguardo su di lei.

«Non ho neanch'io un gran passato. Mi sono chiesto se, sforzandomi di scendere a un compromesso, il matrimonio avrebbe funzionato. Ma ti dirò una cosa, Ashley. Non so scendere a compromessi. Devo essere me stesso. Devo fare quello che sento di dover fare. Nessuna donna, niente, può mettersi fra me e quello che sento di dover fare. Quando hai salito quelle scale fino al mio ufficio, tre mesi fa, e ti ho dato un'occhiata, ho capito che non saresti mai scesa a compromessi nemmeno tu. In quel momento, avrei voluto attraversare la stanza e prenderti fra le braccia.»

Forse è questa la persona che sto aspettando, pensò Ashley. Forse tutti gli altri non hanno funzionato perché Noah mi stava aspettando sulla costa orientale di Chesapeake Bay.

Lui si chinò e la baciò. Fra le sue braccia, riscaldata dal fuoco e dal suo calore, Ashley cedette al lungo bacio. «Valeva la pena di aspettare», mormorò.

Lui rise. «È la posizione peggiore del mondo, questa. Ecco, alzati e baciamoci come si deve.» Si raddrizzò. «Be', forse», continuò a bassa voce, «potrei anche scendere a compromessi su alcune piccole cose.»

Poco dopo la loro visita alla palude di Oberon, Noah invitò a cena Ashley e casa sua. «Vorrei che incontrassi un paio di miei amici», disse. «Devi conoscere gente.»

Così, mercoledì dopo il lavoro, Ashley e Boo Boo si recarono a casa di Noah, a sei isolati di distanza. Faceva buio alle cinque, e i lampioni stradali erano già accesi. Aveva portato una bottiglia di Vouvray che reggeva con cura.

Noah l'accolse sulla porta con un grembiule di cotone decorato con ochette trapuntate. «Non ho un'aria casalinga?» Esitò un secondo, poi le sfiorò la guancia con le labbra. «Brr, sei gelata.» La tirò in casa e accettò il vino. Poi si chinò ad accarezzare Boo Boo, dicendole: «Barney è in cucina. Stasera abbiamo spaghetti, visto che è uno dei miei piatti forti».

«Ci vuole del vino rosso, allora.»

«Prima berremo questo e poi del chianti con la cena. Che cosa ne dici?»

Appese il cappotto di Ashley nell'armadio a muro e guardò compiaciuto il suo abito di lana rossa. Portava piccole perle alle orecchie, nient'altro. Le prese la mano e lo invitò a seguirlo in cucina. Mentre passavano attraverso il soggiorno, dove scoppiettava un fuoco, Ashley notò com'era confortevole quella stanza. Tappeti fatti a mano accentuavano la lucentezza dei pavimenti di legno. Una sedia a dondolo in ciliegio era sistemata di fronte al camino e pesanti mobili ricoperti di tessuto scozzese rallegravano l'ambiente. Ashley non sapeva che cosa aspettarsi, ma l'insieme ricordava di più una fattoria del Vermont che la casa di un giovane avvocato.

«Mi piace la tua casa», osservò. «Sono colpita.»

«Speravo che lo fossi. Mi piace fare colpo su di te.»

Stava preparando una ricca insalata mista, quando suonò il campanello.

«Vai ad aprire tu?» chiese Noah. «Sono simpatici, non mordono e sono ansiosi di conoscerti.»

«Perché ansiosi? Non sanno niente di me.»

Lui le prese il braccio chinandosi a baciarla, sulla bocca questa volta. «Sanno quello che so io.»

«Ah, allora hai parlato di me?»

«E ti ho pensata anche di più.»

Bill O'Rourke insegnava Storia al liceo locale e Briana Carey, chiamata Bree, era una delle farmaciste del luogo. Ashley pensava che avessero all'incirca la sua età, Bill forse un paio d'anni in più. Aveva una corporatura atletica, corti capelli scuri e occhi castani che ti riscaldavano ogni volta che lo guardavi.

Appesero i cappotti nell'armadio a muro e seguirono Ashley in cucina. Capì che dovevano essere già stati lì e che si sentivano a loro agio.

«Raccontami di Oberon», disse Bill ad Ashley. «Ne ho sentito parlare molto, ma non l'ho mai vista. È vero che era una piantagione che doveva la sua grandezza allo schiavismo, ma al tempo stesso anche un centro clandestino per gli schiavi fuggiaschi che vi trovavano la salvezza e venivano poi mandati al nord?»

Ashley annuì. «Sì, ma non contemporaneamente. Mia madre soleva farci dei racconti su come immaginava fosse la nostra storia. Credo abbia letto molti diari e opere storiche sulla regione, quand'era giovane. Dovete venire a Oberon qualche volta», disse poi Ashley a Bill. «Mi piace mostrarla.»

«Magnifico», asserì Noah battendo le mani. «Perché non ci andiamo tutti il prossimo fine settimana, prima che geli?» Poi s'interruppe e guardò di nuovo Ashley. «Scusa. Non tocca a me invitare gente a casa tua.»

«Oh, sarebbe splendido», lo rassicurò Ashley. «Di solito rimane deserta per tutto l'inverno, a parte quando arriva la famiglia per Natale.

Abbiamo dei cavalli: potremmo montare e passeggiare lungo i sentieri. Farò un po' di spesa, così magari potremmo andarci venerdì prima che faccia buio, quando avrai finito a scuola. Telefonerò alla governante.» Si girò verso Bree. «Sarebbe magnifico se potessimo trascorrervi l'intero weekend. Non ho pazienti prenotati per sabato.»

La ragazza annuì. «Non lavoro durante i weekend. Mi sembra stupendo. Tirerò fuori la mia biancheria per l'inverno.»

Ashley sentì un'ondata di calore nelle vene. Era il Vouvrey o l'idea di farsi degli amici, di invitare gente nel suo mondo affinché lei potesse diventare parte del loro?

51

NOAH era riuscito a farsi eleggere nel consiglio comunale e aveva detto ad Ashley che il suo particolare campo di competenza sarebbe stato l'urbanizzazione. «Altrimenti qui ci vivrà soltanto gente con i soldi, a cui non importerà altro che il loro piacere immediato.»

Ashley temeva che avesse ragione. Il Bay Bridge, benché fosse aperto da più di vent'anni, era responsabile di gran parte dell'affollamento. Gli abitanti di Washington volevano tutti comprare una seconda casa dove poter invitare gli amici e intrattenere i colleghi. Un posto dove potevano vestire in maniera sportiva, dove potevano tenere un piccolo fuoribordo, una barca a vela o persino un modesto cabinato.

La campagna era già cosparsa di spazzatura, ma i rifiuti che venivano assorbiti dalla baia, dalle paludi e dagli habitat degli uccelli non erano altrettanto evidenti. E Noah se ne preoccupava.

Quando in primavera Ashley si offrì di collaborare alla campagna elettorale di Noah, si rese conto di quanto fosse diventata popolare, pur essendo un acquisto relativamente recente.

Ashley invitò Noah a trascorrere le feste a Oberon, con la sua famiglia. Zio Billy acconsentì ad andarci con Sydney il pomeriggio del 24 a patto di poter ritornare il 26. Sydney, invece, aveva deciso di trascorrere la settimana della fine dell'anno a Oberon, recandosi due volte a Washington. Fu una vera impresa trasferire Adam. Ma niente l'avrebbe trattenuta lontano da Oberon a Natale, così noleggiò un'ambulanza per il lungo viaggio.

Da quattro anni, ormai, non cenava più fuori casa né trascorreva i weekend estivi nel posto che amava tanto. Faceva in modo di tornare a casa dal lavoro alle sei, per cenare con Adam e chiacchierare con lui, anche se non era sicura che lui sentisse o capisse. Se era necessaria una riunione serale, insisteva perché venisse tenuta nel suo appartamento.

L'unico aspetto positivo di quel periodo fu che Adam non venne mai a sapere di quello che stavano facendo lei e Brock Thomas al *Chronicle*. Non essendo a conoscenza del Watergate, non venne neanche a sapere che Kay Graham e Sydney Eliot erano i due editori più coraggiosi del Paese.

Sydney avrebbe voluto poter dire «te l'avevo detto» a suo padre e ad Adam, riguardo a Nixon. Pareva che ogni giorno saltassero fuori nuove scandalose testimonianze.

Noah fece in modo di tenersi liberi i giorni subito prima e dopo Natale. Ad Ashley sembrava felice come un bambino alla prospettiva di trascorrere il Natale con la sua famiglia.

Sua madre le telefonò domenica per dire: «Ho degli orfani da portare. Spero che non ti dispiaccia».

«No, naturalmente. Ne porto uno anch'io.» Non aveva ancora raccontato a Sydney di Noah. Sapeva che a sua madre l'argomento sarebbe interessato molto, e si chiese perché non vi avesse accennato.

«Mary e il piccino... Mio Dio, ha quasi quattro anni, non è più così piccino, no?» continuò Sydney. «Be', vengono anche loro, e Monday dice che non ha un posto dove andare quest'anno, ma credo che faccia la corte a Mary e voglia mostrarle quanto può essere accogliente una famiglia. E, con mia grande sorpresa, il mio agguerrito direttore responsabile, Brock Thomas, assume un'aria da cane randagio ogni volta che nomino il Natale. E tu? Chi è questa persona che porti?»

«Be'», ammise Ashley, «porto qualcuno con cui ho fatto amicizia.»

«Bene, bene. E non mi hai detto niente di lui?»

Ashley conosceva abbastanza bene sua madre da capire che era delusa. «È un avvocato, e ci siamo visti spesso, per così dire.»

«Che cosa significa, per così dire?»

«Be', non c'è nessuna grande passione, ma è molto gradevole. È uno degli uomini più gradevoli con i quali sia uscita. Forse la persona più gradevole che abbia mai conosciuto.»

«Meglio che mi piaccia, allora!»
«Oh, mamma, ti piacerà.»
«E tu lo ami?»
Ashley passò le dita nel pelo di Boo Boo mentre il cane la leccava. «Ho paura persino a nominare la parola.»
«Va bene, cara. Non vedo l'ora di conoscerlo.»

A Noah, Ashley disse: «Non lasciarti intimidire da mia madre. Non cercherà di [illegible]lo, ma a volte esagera un po'. È sempre così sicura di sé».
«Dimmi qualcosa di lei.»
«Meglio che ti dica di mio padre, prima.»
«Non mi hai mai raccontato molto su di lui, se non che vive in California. Immagino che non abbiate molti contatti.»
«Nient'affatto», rispose Ashley. «Parlo con lui diverse volte al mese. Siamo sempre in contatto, tranne quando è fuori del Paese. Allora chiama lui, se può, sebbene nei posti in cui va pare che ci siano sempre sistemi telefonici terribili.»
«Rappresentante di commercio? Ministero degli Esteri?»
«No. Lavora nel cinema.»
«Eliot? Oh, mio Dio. Jordan Eliot?»
Ashley annuì, sentendosi quanto mai orgogliosa.
Noah scoppiò a ridere. «Be', nessuno può dire che non ho buon gusto, anche se non ne sono consapevole.»

Il grande rimpianto della famiglia fu che Juliet non fosse con loro. Non aveva mai lasciato intendere in quegli anni di volerli raggiungere. Ma, a parte questo, la vacanza fu deliziosa. La vigilia di Natale, quando furono arrivati tutti, decorarono l'albero e cantarono canzoni natalizie. Ashley fu felice di ritrovare Monday, che non vedeva da anni. Ha assunto un aspetto distinto, pensò, con le tempie grigie e gli occhiali dalla montatura di corno appollaiati sulla punta del naso. Era un po' ingrassato ma stava bene. Jordan aveva promesso di tornare a New York in marzo, per la prima della nuova commedia di Monday, a cui aveva confidato che da quel momento in poi avrebbe girato un solo film all'anno e imparato a rilassarsi un po'.
Monday guardò Ashley, splendida in un abito di lana color mauve, e osservò: «Non so come Juliet sia sfuggita. Tu l'hai certamente ereditata».
«Ereditato che cosa?»

«L'etica puritana del lavoro. Entrambi i tuoi genitori sono fanatici, in questo senso. È un peccato, sai, o almeno un crimine.»

«Ti ho sentito», disse Sydney, avvicinandosi.

«Sydney, mia cara», disse Monday, prendendole la mano. «Tu non conosci il significato della parola rilassarsi. Non ti prendi neppure delle vacanze.»

«E come la chiami questa? Un'intera settimana.»

«Io sto imparando a rilassarmi. Noah è bravo in questo», affermò Ashley.

«Mi piace», disse Monday.

«Hai ragione», aggiunse Sydney. «È un magnifico ragazzo, cara.»

«Lo so.» Ashley guardò dall'altra parte della stanza, dove Noah e Brock stavano conversando animatamente.

Zio Billy sedeva sul divano accanto a Monday. «Stavo ascoltando mio malgrado. Devo aspettarmi un nipote laureato in legge che tuttavia non sia fanatico del lavoro, ma capace di rilassarsi? Sarebbe un aspetto piacevole in questa famiglia. Credo di essere l'unico a saperlo fare.»

«Rilassato e famoso, non è vero, zio Billy? Sei diventato una celebrità, con la tua arguzia.»

«Credo di piacere anche a Brock», rispose lui, orgoglioso. «Comincio a prenderci gusto, sai? Mi piace questa fama. Se avessi saputo che sarebbe andata così, forse avrei cominciato a lavorare prima.»

«Be'», sorrise Ashley. «Sembra che approviate tutti Noah. Pensate che sia ora di sedurlo?»

Scoppiarono tutti a ridere.

Brock e Noah guardarono verso di loro.

Noah chiese: «Di che cosa state ridendo?»

Monday rispose: «Del tuo destino, giovanotto. Della tua incredibile fortuna».

Proprio allora ritornò Mary. Era sparita per mezz'ora e, non appena entrò nella stanza, Monday si alzò e le si avvicinò.

«Non è abituato a fare il secondo violino», disse Sydney. «Non ha mai superato completamente il fatto che lo avesse piantato per Denton. Forse per arrivare al cuore di un uomo bisogna farlo soffrire.»

«Papà non ha mai avuto una storia seria con un'altra donna, sai. È questo che gli hai fatto. Credo che soffra ancora», dichiarò Ashley.

Sydney si alzò e guardò la figlia. «Cara, questa è una cosa accaduta vent'anni fa. Non credo, da quello che leggo sui giornali, che tuo padre stia soffrendo molto.» Ma i suoi occhi avevano un'espressione lontana. Strinse la mano di Ashley. «Non ho mai trovato nessuno come lui. Questo è il guaio. Tuttavia, non potevo pretendere di avere la botte piena e la moglie ubriaca.»

Ashley decise di attendere che tutti se ne fossero andati per portare di nuovo Noah con sé sull'isola. Le sarebbe piaciuto fare l'amore con lui a Oberon per la prima volta.

Ma quando arrivò il momento, si trovavano sul pavimento del soggiorno della casa di Noah, sopra un tappeto rosso e blu, davanti a un fuoco crepitante, con Barney e Boo Boo che guardavano.

Quando l'orologio suonò la mezzanotte del 1974, nell'istante in cui Ashley e Noah stavano per impegnarsi vicendevolmente, Adam abbandonò questa vita, anche se Sydney non ne venne a conoscenza fino al mattino dopo.

Non parlava da quattro anni, anche se lei si rendeva conto che la riconosceva.

Dopo che il medico e l'impresario delle pompe funebri se ne furono andati, disse a suo zio: «Non ceno fuori da così tanto tempo che non ricordo nemmeno più che effetto fa. Mi accompagneresti fuori a cena? Non voglio mangiare da sola, e voglio andare in un magnifico ristorante. Voglio vestirmi in ghingheri, e se qualcuno mi guarderà e si domanderà perché non sono addolorata, che pensi agli affari suoi. Sono addolorata. Ma sono anche infinitamente sollevata».

Ordinarono champagne, e zio Billy fece un brindisi. «Al futuro, mia cara. Al nostro futuro. Al futuro del mondo. E alla felicità.»

Ma il mattino dopo ebbe inizio lo sciopero del giornale, che si sarebbe trasformato in un'infamia.

52

ZIO Billy se ne andò dopo cena, e Sydney ritornò all'appartamento da sola. Il funerale avrebbe avuto luogo due giorni dopo. Ashley sarebbe venuta da Easton, naturalmente, e i figli di Adam sarebbero arrivati l'indomani, ma avrebbero alloggiato con la madre, immaginava. Uno dei ragazzi era a San Francisco e l'altro a Boston. Sydney decise di non dirlo ancora a Juliet.

Se ne stava distesa sul letto, facendo l'inventario della sua vita. Aveva quarantasei anni e aveva avuto due matrimoni, nessuno dei quali si era rivelato un gran successo. Aveva sposato Adam – ed era rimasta sposata con lui quattordici anni –, per compiacere suo padre, benché avessero comunque avuto un buon rapporto.

Be', era finita. La sua reazione immediata era stata di sollievo, per cui si sorprese di sentirsi così triste. Il suo matrimonio era finito da almeno quattro anni, ma quella era una fine definitiva.

Sua figlia minore era stata ricoverata per tossicodipendenza. Forse, se si fosse accontentata di stare a casa a fare la moglie, anche se non era soddisfatta... se l'avesse fatto comunque, se fosse stata lì ogni giorno, se non avesse avuto necessità e stimoli suoi, sarebbe andata meglio?

Lei e Jordan avrebbero potuto essere felici?

Jordan. Aveva cercato così spesso di non pensare a lui. Ma era impossibile. Le sue fotografie sulle copertine dei giornali, i suoi film – almeno un grosso successo all'anno –, che naturalmente vedeva tutti.

Gli anni erano stati indulgenti con lui. Sydney sedeva in cinema bui, a volte vedendo e rivedendo lo stesso film, fissandolo, ascoltando la sua voce, osservando i suoi occhi mentre diceva all'eroina che la amava. E ricordava quel tono di voce, quello sguardo seducente, quell'espressione divertita. Una volta aveva dovuto fuggire dal cinema, piangendo in modo incontrollato.

Come aveva potuto lasciarlo? Sapeva che non avrebbe più amato nessuno come aveva amato lui. Lo amava ancora?

Oh, che diamine! Come posso pensare a Jordan quando Adam è appena morto?

Quando si svegliò, il mattino, non trovò il giornale sul tavolo. Telefonò a Brock.

«Sciopero, Sydney. È cominciato alla mezzanotte di ieri sera. Non volevo disturbarla sapendo...»

«Be', non posso farci niente, comunque. Quanto è previsto che durerà, questa volta?»

«Non siamo membri dell'Associazione Editori, lo sa», disse Brock, senza tuttavia rispondere alla sua domanda.

«E allora perché siamo chiusi?»

«Be', noi, il *Trib* e il *Mirror* abbiamo sospeso la pubblicazione per mantenere un fronte unito.»

«Ah, dannazione. Qual è il problema? Il solito?»

Riusciva quasi a vedere Brock annuire. «Salari e ore di lavoro, naturalmente.»

«Credevo mi avesse detto che noi paghiamo sopra la media.»

«È così», rispose il suo direttore responsabile, «e questo ci rende sgraditi agli altri. Per cui chiudere è il solo modo perché loro mantengano qualche relazione con noi.»

Sydney non riusciva a capire perché fosse così importante che gli altri editori mantenessero delle relazioni con loro.

«D'altra parte», continuò Brock, «con tutti gli altri giornali chiusi, potremmo fare una strage in questo momento. I grandi magazzini non sanno dove pubblicare le loro inserzioni. E chiunque legga un giornale, leggerebbe noi.»

«E ne aggancEremmo alcuni che poi resterebbero con noi, a sciopero finito.»

«Sì.»

Rimasero entrambi silenziosi, poi Sydney disse: «Ci vediamo in ufficio. Fra mezz'ora, se Carlos riesce a battere il traffico».

Stava nevicando. Grossi, umidi fiocchi, che rendevano le strade sdrucciolevoli.

«Sta bene, Sydney?»

«Certo», rispose.

«Se non altro ha qualcosa che le tiene lontana la mente da... da...»

«Sì, grazie, Brock. A presto.»

Quando Sydney entrò nel suo ufficio, Brock arrivò dopo un minuto. Si fissarono mentre lei si toglieva il cappotto bagnato di neve e l'appendeva nell'armadio a muro. Poi sedette, chiamò Dominique, e ordinò due caffè.

Nessuno dei due disse niente, benché continuassero a fissarsi. Infine Sydney sorrise arcigna: «Non possiamo farlo, vero? Pubblicare, quando il resto di New York non lo fa».

«Non sarebbe onesto», ammise Brock. «Infatti, il *News* ha già chiamato. Vorrebbero averla nel comitato di mediazione.»

Sydney rise. «Per accertarsi che non prendiamo iniziative.»

Brock annuì, accettando il caffè dalle mani della segretaria di Sydney.

«Quanto durerà questa volta?»

Lui si strinse nelle spalle. «Non lo so. L'ultimo è durato quaranta giorni.»

«Oh, Dio», fece Sydney, pensando alla perdita finanziaria. «Dobbiamo anche pagare i dipendenti, non è vero, visto che non scioperano?»

«È così», rispose Brock alzandosi.

«Faccia sapere al *News* che ho un funerale tra due giorni, ma a parte questo, sono a loro disposizione.»

«Lo sanno. Può aspettare fino alla prossima settimana. Non ci saranno vere negoziazioni, questa settimana.»

Sydney annuì, mentre suonava il telefono.

«Sydney, c'è qualcuno che vorrei che conoscessi.» Era la voce di Evan.

«Perché mai?»

Evan, Kitty e i loro figli abitavano a New York, adesso, ma a lei non piaceva Kitty, e vivevano in maniera diversa, per cui li vedeva poco. Un paio di volte l'anno, comunque, fratello e sorella s'incontravano a cena.

Gli disse di Adam. «Be'», fece lui, «naturalmente verrò al funerale, Syd. Ma, nel frattempo, voglio presentarti qualcuno.»

Ci sarà qualche altro motivo, si disse Sydney, oltre che l'amore fraterno.

«Di che cosa si tratta?» chiese lei.

Evan scosse il capo. «Voglio che te lo dica lui. Ti prego, Syd. Quando mai ti chiedo qualcosa?»

Era vero. Ma suo fratello faceva il misterioso e Sydney provava un senso di disagio.

«Va bene, fratellino. Quando?»

«Questo pomeriggio?»

Sydney tirò fuori l'agenda e disse: «Alle quattro e mezzo, d'accordo?»

Evan portò Peter Pryce, un uomo tarchiato dai modi antiquati, elegantemente vestito, con i capelli scuri spazzolati all'indietro, baffi sottili, pelle scura e occhi che scintillavano come ossidiana.

Evan spiegò che Pryce era l'ideatore di Charlemagne, «uno sviluppo edilizio fatto con il cuore», senza tuttavia rivelare dove si trovasse. Un progetto che aveva mantenuto le case in piccoli raggruppamenti cittadini, che aveva lasciato terreno sgombro dove non si sarebbe mai costruito. Al centro dell'abitato si trovavano negozi e ristoranti, con inclusi uffici, ma le case erano circondate da radure naturali, boschi e ruscelli. Viali per le biciclette vi si snodavano ovunque, e c'era anche un laghetto artificiale con tanto di trote e spiagge.

Era perfetto.

Troppo perfetto, pensò Sydney.

«Credo», le disse Pryce, «che gente di razze e provenienze sociali diverse possa vivere insieme in armonia. Be', più del dieci per cento degli abitanti di Charlemagne è nero, una cosa di cui sono orgoglioso, ma il mio sogno di includere anche gente di classe medio-bassa è crollato quando i sussidi federali sono stati tagliati dall'amministrazione di Nixon.» Disse

«Nixon» come se fosse una parola sporca. Sydney si sentì d'accordo su questo.

«Voglio realizzare molto di più, con Chesapeake Bay», asserì.

A un tratto Sydney capì. Evan voleva investire in quel progetto e voleva che Sydney partecipasse, con il suo denaro.

«Voglio proteggere l'ambiente. Credo che uno sviluppo eccessivo avrebbe un impatto negativo sulla natura», continuò Pryce. «Abbattono le foreste, e io penso che sia un peccato. Ho inviato degli scienziati naturali nella zona della baia e l'abbiamo studiata a fondo, in tutte le stagioni.» I suoi occhi si fecero più intensi, comunicando a Sydney la sua eccitazione. Evan ovviamente provava la stessa cosa, perché stava piegato in avanti, ascoltando ogni parola che diceva Pryce, sebbene Sydney sospettasse che sapesse già tutto. «Abbiamo trovato nell'interno parulidi, orioli, fringillidi, quaglie della Virginia e pipili, e nidi di falchi pescatori lungo la costa. Voglio proteggerli. Voglio limitare la caccia sull'isola.»

Isola?

«Sono propenso a un rifugio privato, dove la caccia sia permessa soltanto ai residenti e ai loro ospiti, dove si possano creare nuove paludi, dove le specie a rischio possano essere studiate e salvate dall'estinzione.»

Sobbalzando, Sydney sospettò che si stesse riferendo a Oberon. Si rivolse a Pryce, interrompendolo: «Che diamine pensa di poter fare?»

Lui guardò Evan e poi di nuovo lei. «Signora Yarborough, stiamo lavorando a questo progetto da oltre sei mesi. Abbiamo portato scienziati a studiare il terreno e gli animali selvatici, i livelli dell'acqua e la densità che ci garantirebbe di evitare l'erosione di questo tesoro...»

«La baia stessa si consuma ogni anno», disse Sydney. «Le tempeste invernali portano sempre via una parte di terra. Le imbarcazioni stanno distruggendo l'ecologia dell'intera area. Questa è un'area fragile, signor Pryce. A parte questo, Oberon non è in vendita.»

Pryce guardò Evan, che sedeva con espressione impietrita.

Ci fu silenzio. Poi Evan si rivolse a Sydney dicendo: «Forse tu puoi permetterti il mantenimento annuale di Oberon, ma io no. Devi sapere che costa un milione di dollari l'anno. Non posso continuare a pagarne la metà. Sono a corto di quattrini».

«Pagherò io.» La voce di Sydney era gelida.

«Signora Yarborough, può ricavarne una fortuna. Non è obbligata a vendere. Ci permetta di sviluppare il nostro piano e divideremo in parti uguali. O compreremo per cinquanta milioni.»

«Cinquanta milioni?»

«La Pryce Construction è disposta a costruire una scuola, finanziare tutte le costruzioni, suddividere la proprietà, costruire porticcioli... L'intera area verrà gradualmente lottizzata comunque. È inevitabile. O verrà lottizzata da persone avide a cui non importa nulla dell'ecologia e del paesaggio, oppure può essere lottizzata da persone come noi, che pensano che questo sia il posto più bello del mondo e vogliono mantenerlo tale.»

«Perché Oberon?» domandò Sydney. «C'è così tanto spazio. Perché Oberon?»

Pryce sorrise, ma i suoi occhi erano impenetrabili. Non rispose.

Sydney si alzò. «Oberon non è in vendita. Oberon non sarà mai in vendita.»

Evan posò una mano sul braccio di Pryce. «Ci vorrà tempo.»

Sydney, senza alcuna inflessione nella voce, disse: «Fuori».

Pryce guardò Evan, poi raccolse il suo cappello nero dal tavolo accanto alla porta, che richiuse dolcemente dietro di sé.

Sydney si girò verso il fratello. «Evan, devi essere impazzito. Anche se hai bisogno di denaro, sai che non venderò mai Oberon.»

«Non è soltanto tua. È anche mia. Cristo, ti rendi conto di che cosa potremmo fare con cinquanta o sessanta milioni, se prendessimo parte allo sviluppo?»

«Tu li spenderesti, ne sono sicura.»

«A che diavolo serve il denaro, se non a spenderlo?»

Sydney non rispose, ma guardò fuori della finestra senza vedere niente. Non ricordava di essere mai stata più furiosa in vita sua.

Evan pestò un pugno sulla scrivania. «Oberon non è soltanto tua, Sydney. Ti farò causa, se necessario. Non sei l'unica a poter decidere di quel posto. Cristo, non vi trascorro più un po' di tempo da oltre vent'anni. Sborso mezzo milione di dollari l'anno per mantenere un posto dove non vado neppure.»

Sydney si girò verso di lui con la furia negli occhi. «Ho detto che pagherò io.»

«Decideremo in tribunale il da farsi.»

«Evan, per carità, appartiene alla nostra famiglia dal 1672!»

«E chi se ne frega!»

53

Era da tre settimane che Juliet si era rifugiata a Oberon. Il suo sogno era diventato realtà: adesso era abbastanza ricca e famosa da poter vivere dove voleva. Così aveva lasciato Nashville e si era trasferita lì.

Si alzava ogni mattina quando ne aveva voglia, e la nuova governante, Cora, le preparava la colazione. Poi sellava uno dei tre cavalli e percorreva le piste attraverso i boschi, al di là delle vecchie pietre di confine. Qualche volta si fermava verso le undici e si tuffava in uno dei laghetti dell'isola, osservando le anatre e i cigni nuotare all'ombra delle querce. Era come essere di nuovo bambina, solo che non c'era Ashley. Juliet provava una serenità che non aveva mai conosciuto da ragazza. Era sempre stata ansiosa, prima. Sempre. Come se stesse fuggendo da qualcosa.

Ritornava a casa per un leggero pranzo, e alle due era in biblioteca, davanti al pianoforte scordato. Avrebbe dovuto recarsi sulla terraferma e trovare un accordatore, per poter suonare le proprie canzoni in modo sopportabile. Le avevano detto che ce n'era uno a Logan's Point, un vecchio che forse si sarebbe recato sull'isola.

Il primo sabato di giugno, Juliet attraversò la baia e lasciò la barca alla marina di Walt per prendere la motocicletta.

Quando Juliet era arrivata, in maggio, Walt l'aveva salutata come se si fossero visti l'ultima volta l'estate scorsa, e non dieci anni prima. Le aveva detto: «Ti avrei riconosciuta ovunque. Mi sono sentito davvero orgoglioso quando ti ho vista in televisione in occasione dei Grammy».

Tirata fuori la moto dalla rimessa, si diresse a Logan's Point. Non conosceva neppure il nome dell'accordatore, ma visto che quel paese non vantava più di quattrocento anime, qualcuno doveva pur conoscerlo. Era una giornata perfetta per andare in moto. Non c'erano momenti più felici di quando scorrazzava per le strade di campagna, in pace con il mondo, sentendosi parte della natura, il resto del mondo chiuso fuori.

Stava attraversando un momento appagante della sua vita, e lo sapeva. Gli ultimi quattro anni erano stati buoni con lei, e lei era stata buona con se stessa.

Non aveva bevuto un goccio di alcol né sniffato cocaina né avuto una notte di sesso. Faceva ginnastica in palestra e aveva comprato una casetta nei sobborghi di Nashville, dove teneva delle galline, una mucca e un orto. E quando una stella della musica era in città, di solito faceva una capatina da lei per vedere se aveva qualcosa da fargli cantare. Produceva una decina di canzoni l'anno, a volte anche di più. E sempre, almeno tre o quattro finivano in classifica.

Nel corso dell'ultimo anno aveva cominciato a passare dal country puro al pop. Ed era per questo che Darrell Hotchkiss l'aveva chiamata. Si era rifiutata di andare a Hollywood, e allora lui era volato nel Tennessee per parlarle, illustrandole la trama del film che voleva girare, dicendole che genere di musica desiderava. Le aveva dato un copione chiedendole di leggerlo e di vedere se se la sentiva di scriverne la musica. Aveva sei mesi a disposizione, se accettava.

Come poteva Juliet dire di no? Era un magnifico copione, e Lorna Percy era interessata, se le fosse piaciuta la musica. Darrell avrebbe dato un occhio della testa per avere Lorna nella parte di Jemmy.

Juliet lesse la sceneggiatura tre volte e una sera, verso le undici, sedette e scrisse una canzone in meno di tre ore. Era sicura che sarebbe talmente piaciuta a Lorna Percy da farle firmare il contratto.

Il che fu esattamente quello che accadde. Ma Lorna era impegnata per altri otto mesi, e questo concesse a Juliet maggior respiro. Doveva scrivere altre sette canzoni e il tema di fondo.

La cosa da fare, aveva deciso, era allontanarsi per non dover pensare ad altro che alla musica. Un posto dove non ci fossero distrazioni, dove... Oberon! Non ci sarebbe stato nessuno quell'estate.

Era stata felice in ogni istante trascorso lì. Si sentiva in pace con il mondo come non lo era mai stata. Ma dopo tre settimane non era soltanto ora di trovare un accordatore, ma anche di tornare ad andare in moto, correre attraverso la campagna, sentire la strada volare sotto la sua potente motocicletta, tenere di nuovo le mani sul manubrio.

Senza fermarsi a salutare Ashley, che aveva già visto due volte, attraversò Easton, la cittadina tranquilla ma incantevole che aveva sempre amato. Si diresse a Logan's Point, a circa tre quarti d'ora di distanza, una striscia di terra con la baia da una parte e un'insenatura dall'altra. *Stratford House*, che era lì da prima che nascesse Juliet e che provvedeva alle necessità dei cacciatori di anatre in autunno e dei pescatori da aprile fino alla stagione della caccia, sorgeva lungo una curva dell'insenatura. Vi passò accanto, percorrendo la strada che portava a ciò che restava della cittadina di Logan's Point.

Juliet si fermò rumorosamente all'unica pompa di benzina, ma non uscì nessuno dal garage per servirla. Si tolse gli occhiali, il casco e un guanto di pelle. *Dio, che bella giornata!* Non ricordava di essersi mai sentita così bene. Superò la porta aperta della stazione di servizio e si trovò in una stanzetta buia con un registratore di cassa su un tavolo di legno e un telefono a muro. Al di là, c'era il garage dove venivano eseguite le riparazioni. C'erano due automobili.

Ma quello che catturò la sua attenzione fu la più bella moto che avesse mai visto, una Kawasaki color argento con ogni optional possibile. Le si avvicinò come attirata da una calamita. È nuova, pensò. Il proprietario l'aveva personalizzata, adattandola ai suoi gusti. Non si era certo aspettata di trovare una simile bellezza in una cittadina come quella. Passò le mani sul sedile, toccò il manubrio e sbirciò oltre il parabrezza.

Una voce dietro di lei chiese: «Ha bisogno d'aiuto?»

«Ha fatto solo settanta chilometri», ansimò Juliet in adorazione.

«Domani le farò fare un po' di rodaggio», disse la voce. «Volevo farlo oggi, ma è già mezzogiorno passato e ho ancora del lavoro da sbrigare.»

Juliet si girò e vide l'uomo sdraiato su un carrello, i piedi vicino a lei. Si pulì le mani con uno straccio e si rimise agilmente in piedi. Era un po' più alto di lei, con i capelli biondo-rossicci, un aspetto indefinibile, le dita sporche di grasso e gli occhi azzurri che parevano aver fissato il sole troppo a lungo.

Fece per dirgli che aveva bisogno di benzina, ma chissà perché le parole non uscirono. Si appoggiò alla sua Kawasaki e lo fissò.

Aveva una faccia cordiale, ma senza l'ombra di un sorriso. I loro sguardi si incontrarono per un minuto, o forse fu un'ora, Juliet non lo seppe mai. Alla fine lui scosse la testa e attraversò il garage, avvicinandosi alla pompa della benzina.

Lei lo seguì in tempo per vederlo girarsi e sorriderle. «Ah, anche lei. Questa è una moto bella grossa per una ragazza.» Infilò la pompa nel serbatoio. «Domani vado a fare un giro nel Delaware, se vuole venga anche lei. Saremo di ritorno per il tardo pomeriggio.»

Juliet si limitò a fissarlo.

«Alloggia alla *Stratford*? Potrei passarla a prendere alle otto», aggiunse. «Può sedersi sul sedile posteriore. Non ho mai battezzato una moto prima. Potrebbe farlo, se vuole.»

«Sì», rispose. «Alloggio alla *Stratford*.»

«Sono cinque dollari esatti.»

«Alle otto», disse lei.

L'uomo rimase lì finché Juliet non mise in moto, dirigendosi verso la *Stratford* dove prese una stanza per la notte.

Juliet scoprì che l'accordatore era un certo Homer Crandall, che trovò intento a intagliare un violino da un grosso pezzo di legno. Disse che sarebbe venuto un giorno della settimana prossima, se poteva aspettare. Si sarebbe fatto accompagnare in barca. Aveva accordato quel piano un paio di volte, ma parecchi anni addietro.

Nella sala da pranzo della *Stratford*, Juliet mangiò tortino di granchio, chiedendosi che cosa stesse mangiando lui, dove vivesse, quale fosse il suo nome. Ricordava che sopra la porta del garage, in pittura scrostata, c'era il nome Mathews. Era il suo nome? Mathews e poi?

Ritornata nella sua stanza, guardò il chiaro di luna sull'acqua. Le note di un flauto la ossessionavano e le parole di una nuova canzone le affiorarono alla mente.

54

«NON è mai passata una donna come te, qui a Logan's Point», disse Bart Mathews a Juliet.

Juliet, seduta scalza sul letto in posizione del loto, sorrideva serena, gli occhi scintillanti. «Non ti ci è voluto molto per accorgertene.»

Bart annuì. «Abbiamo ancora tanto da scoprire», disse.

Juliet lo sapeva. Si chinò in avanti per baciare quell'uomo, che sedeva sul pavimento accanto al letto del motel, appoggiato sul gomito.

«Mi piace quell''abbiamo'», gli sorrise.

«Guardati», si meravigliò. «Merda, quando sei piombata alla stazione di servizio su quella Harley Sportster, ero partito ancora prima che ti togliessi il casco. Una donna che arriva in città rombando come te, vestita di pelle nera... Mio Dio! E non avevo ancora visto i tuoi capelli.» Allungò una mano e si attorcigliò un ricciolo scuro intorno al dito. Lei si chinò di nuovo a baciarlo, un lungo, tenero bacio.

«Ti sei tolta il casco, e per poco non me la sono fatta nei pantaloni, quando ti sei avvicinata alla mia Kawasaki nuova e l'hai accarezzata come se fosse un amante.» Il suo sorriso era timido. «Ho fatto sesso solo con Ellen, e lei solo con me, ma ho fantasticato spesso su come sarebbe stato farlo con un'altra.»

«Non riesco a credere che tu non sia mai stato con nessun'altra donna, in tutti i tuoi trentun anni, e che all'unica con cui hai fatto l'amore non piaccia neppure. Soprattutto farlo con te.» Juliet si sdraiò sul ventre, le gambe che dondolavano nell'aria. Allungò la mano sinistra e la passò sul collo di Bart. «Mi piace toccarti.»

«Il che per me è un altro miracolo.» Le prese la mano e la baciò, passandole la lingua sul palmo. «Non ho mai conosciuto una donna che andasse in motocicletta. Tutto quello che mi chiede Ellen è perché spendo i miei soldi su quella trappola mortale, perché non resto a casa la domenica invece di correre per strada, che è l'unico posto dove mi sia mai sentito libero. Finché tu non mi hai portato a letto...»

«Ti ho portato a letto io?» esclamò Juliet. «Direi che è stato reciproco.»

«Ti ho desiderata dal momento in cui ti sei girata verso di me e hai detto: 'Ha fatto solo settanta chilometri'.»

«È questo che ti è piaciuto di me?»

«No», rispose lui, con il timbro nasale di chi è nato e cresciuto sulla costa orientale del Maryland. «È stato il modo in cui le tue dita accarezzavano la mia moto, i tuoi capelli, il modo in cui passavi la lingua sulle labbra – come se fossi pronta a baciare –, il modo in cui tenevi le mani sui fianchi e le gambe divaricate. È stato come se fossi qualcuno che conoscevo e che stavo aspettando. Non l'hai provato anche tu?»

Juliet rise. «Io ho pensato che non mi sembravi il tipo da avere una simile motocicletta. Una moto così grossa e bella, mentre tu avevi l'aria di una mezza cartuccia.»

«Anch'io mi sento sempre così. Forse è per questo che mi piacciono le moto. In sella mi sento forte e potente.»

«Ma tu sei forte», disse Juliet con voce dolce. «È solo che non sembra. Non ho mai incontrato un uomo che mi faccia sentire come mi fai sentire tu. E quanto è passato? Cinque settimane?»

«Cinque settimane, due giorni e...» Bart guardò l'orologio, «...diciassette ore.» Alzò il braccio e le accarezzò il seno sinistro. «Hai il più bel corpo del mondo.»

«Ogni uomo che ha voluto portarmi a letto mi ha detto questo.»

«Anch'io voglio portarti a letto, ma hai davvero il più bel corpo che abbia mai visto. Ed è a letto, infatti, che voglio passare la maggior parte del mio tempo, anche se adoro parlare con te. Non ho mai parlato con una donna, prima. Ellen mi rimproverava sempre di non parlare.»

«Buffo. Io non ho mai trovato un uomo con cui comunicare meglio. Anche quando non parliamo.»

«Spogliati. Alzati, lasciati guardare senza niente addosso.»

Juliet si alzò e si sfilò con grazia i jeans attillatissimi, lanciando le mutandine attraverso la stanza. Poi si slacciò abilmente il reggiseno e se lo tolse con un unico movimento insieme alla maglietta.

Bart alzò lo sguardo su di lei. «Sei una donna spettacolare.»

Juliet fece una piroetta e poi gli balzò addosso, stringendogli le gambe intorno alla vita, sbottonandogli la camicia, strappandogliela di dosso, sfregandogli i seni contro il petto. Ogni fibra del suo essere prese vita. Gli tirò la cintura, slacciandogliela e mormorando: «Aiutami. Voglio sentirti tutto contro di me. Sopra di me. Sotto di me. Dentro di me».

Quando l'ebbe spogliato, gli sorrise. «A proposito di corpi spettacolari...»

«Il mio non lo è, e lo sai.»

Lei gli passò la lingua sul ventre, la mano che s'insinuava leggera tra le sue cosce. Sorrise quando lui gemette piano.

«Nessuna donna mi ha mai fatto queste cose.»

«Poverino», fece Juliet, accarezzandolo. «Cercherò di riparare. Se pensi che sia brava a guidare la moto, non hai visto niente! Ti porterò sulla luna!» Gli si mise a cavalcioni. «Non farmi male, ma mordimi», sussurrò, con i seni sulla sua bocca. E cominciò a muoversi su di lui, mentre le mani di Bart premevano sulle sue natiche.

«Oh, Dio onnipotente», mormorò lui.

Quando furono esausti, giacendo silenziosamente l'uno accanto all'altra, tenendosi per mano, Bart si appoggiò a un gomito e la guardò.

«Voglio vivere con te, trascorrere la mia vita con te.»

«Come puoi farlo? Sei sposato. Hai dei figli.»

«Lo so», disse lui, senza staccare gli occhi dai suoi. «Ma la gente divorzia continuamente. Conosco Ellen da quando avevo quattordici anni. L'ho sposata quando ne avevo compiuti diciotto da tre settimane.»

«Perché dovevi farlo, vero? Questa è una delle cose che non capisco. Hai fatto del sesso con lei una volta, è rimasta incinta, e hai dovuto sposarla. Perché allora non avete preferito l'aborto a quindici anni di infelicità per una scopata?»

«Ehi, sto cercando di parlare di noi.»

«Tu e io abbiamo a che fare con il fatto che sei sposato. Senti, 'Se non fossi sposato' è una battuta vecchia... Ma, Bart, almeno per ora non ha importanza. Non devi sposarmi per avermi. Va bene così.»

«Non andrà sempre bene così. Un giorno ti alzerai e te ne andrai. Non sei una donna che si accontenta di una parte secondaria nella vita di un uomo. Io desidero vivere con te, trascorrere ogni giorno e ogni notte con te. Sono rinato e non voglio continuare a vivere in quella prigione.»

«Come puoi lasciare i tuoi figli?»

«La gente lo fa continuamente. Li vedrò ancora; non ho intenzione di andare sulla luna. Il problema è il denaro. La mia stazione di servizio ci dà a malapena da vivere. Ellen non fa che lamentarsi che non possiamo permetterci tende nuove, una lavapiatti. Le è quasi venuto un colpo per la moto. In estate me la cavo bene, quando arrivano i pescatori, ma in inverno non si lavora. Ho riflettuto: divorzio, perché non potremmo comunque vivere a Logan's Point. Nessuno dei quattrocento cittadini ti rivolgerebbe la parola, e io diventerei il ragazzo cattivo della città.

«E se cercassi di vendere e ci trasferissimo? Manderò a Ellen e ai ragazzi metà dei miei guadagni ovunque andremo, qualunque cosa farò. In una città più grande, con lavoro tutto l'anno, magari a Chestertown, dovrei farcela. Sono bravo come meccanico. Dammi un motore, un motore qualsiasi, e io te lo faccio cantare.»

Juliet lo stava fissando a bocca aperta. Diceva sul serio a proposito del divorzio. La guardò negli occhi. «Be', che cosa ne pensi? Mi sposerai, se riuscirò a sistemare le cose?»

Juliet scattò a sedere e buttò giù le gambe dal letto, girandogli la schiena. Poi si alzò e andò in bagno. Bart sentì scorrere l'acqua della doccia.

Quando finì, Juliet si asciugò, prima di indugiare sulla porta con un gomito appoggiato allo stipite. «Tu non sai niente di me», disse. «Sono lusingata. E mi sono innamorata follemente di te. Ma tu non sai abbastanza su di me per impegnarti. Sono capitata a Logan's Point un bel sabato pomeriggio, proprio mentre tu pensavi di rodare la tua Kawasaki, e così il giorno dopo abbiamo trascorso una bella giornata insieme. Siamo stati in giro in moto ogni weekend, da allora, e il weekend scorso siamo finiti in un motel, esattamente come oggi. Non ho mai avuto un uomo che mi trattasse così teneramente e si occupasse tanto dei miei sentimenti. Devo ammetterlo, signore, il sesso con lei è straordinario.»

«Questo è dir poco», fece lui. «Ma non è solo il sesso che mi fa desiderare di vivere con te. Sono state le circostanze a costringermi al primo matrimonio, e non è mai stato bello né il sesso né il matrimonio. Ma tu...»

«Io? Tu non sai niente di me. Non sai nemmeno da dove vengo, se ho un lavoro o se sono sposata.»

Bart si raddrizzò di colpo. «Non ci ho mai pensato. Sei sposata?»

«Non più, ma non ho vissuto una vita che definiresti esemplare.»

«Non m'importa quello che hai fatto prima di cinque settimane fa. L'unica cosa che so è che mi hai stregato. Quando sono con te, mi sento come mi sento sulla moto. Libero. Puro. Qualcosa per cui vivere.»

Juliet lo studiò e poi raccolse la maglietta da terra e se la infilò.

«Ho parlato probabilmente più con te che con chiunque altro in vita mia», disse. «Certamente di più di quanto abbia fatto con Ellen.»

«Ami i tuoi figli?» chiese Juliet.

Dovette pensarci un attimo. «Penso di sì, ma per me rappresentano la prigione. Sono ciò che mi lega a Ellen. Lei li mette sempre contro di me. Mi rinfaccia che alla sera io preferisco lavorare in garage invece di restare con loro a guardare la televisione. Dice che non ascolto, ed è vero. Dice che non parlo, ed è vero. Si è lasciata andare. Non ha mai niente di interessante da dire, ma questo non la frena. Chiacchiera in continuazione. Non le piace il sesso. Non con me, almeno.»

«Forse», osservò Juliet, «questo dimostra quanto si senta imprigionata anche lei.»

Bart la fissò. «Non l'ho mai vista in questo modo. È lei che si è voluta sposare.»

«Certo, perché un aborto non era un'alternativa, a quell'epoca. E anche perché aveva diciassette anni ed era innamorata dell'amore. Ma non è stato roseo neanche per lei. Magari anche lei sarebbe contenta di non essere più sposata.»

«Solo che non ha un lavoro. Come farà a mantenere se stessa e i ragazzi? E con la metà che ricaverò dalla stazione di servizio, poi? Si direbbe che tu stia cercando di convincermi a non sposarti.»

Juliet strisciò sul letto e lo baciò. «Mi hai dato la luna. Ma prima di pensare a compiere questo passo gigantesco, voglio essere sicura che tu non rimanga deluso.» S'interruppe. «Facevo uso di droga un tempo. Ne prendevo molta, voglio dire.»

Lui le prese la mano. «Questo è il passato.»

«Voglio che tu sappia di me. Sono una ribelle. Combatto ogni genere di autorità. Sono la pecora nera della famiglia. Amo mio padre incondizionatamente, sebbene sia stato presente di rado per me e per mia sorella. Amo e odio mia madre.»

«Perché?»

Juliet rifletté un minuto. «Soprattutto perché ha lasciato il mio magnifico padre. E perché per lei il suo lavoro è più importante di quanto lo sono io.»

«Quanti anni avevi quando tuo padre se n'è andato?»

«Due. Ma non se n'è andato, l'ha mandato via lei.»

Bart le strinse forte la mano. «Non potevi conoscerlo così bene a due anni.»

«Non lo conosco bene neanche adesso. Illumina la mia vita quando è presente, ma ha avuto altre donne che sono più importanti di quanto lo sia stata io. E mamma, be', sembra che le uniche cose che le interessino siano il potere e il denaro.»

«Così tormenta il tuo patrigno?»
Juliet lo guardò e rise. «Che cosa ti fa pensare che abbia un patrigno?»
«Altrimenti come potrebbe avere potere e denaro?»
«Sei pronto? Mia madre è proprietaria del *New York Chronicle.*»
La faccia di Bart era inespressiva.
Juliet rise e batté le mani. «E io... Io scrivo canzoni.»
Bart sorrise. «Be', puoi continuare a farlo.»
«Non conosci nemmeno il mio cognome.»
Si strinse nelle spalle. «Non ha importanza. Tutto quello che importa è che ti amo.»
«Io sono Juliet Eliot.»
La sua faccia tornò a essere inespressiva.
Juliet cominciò a cantare: «Quando la fiamma si spegne...»
Lui sorrise e prese a canticchiarla. Poi, a poco a poco, la sua espressione cambiò. «Sei tu? L'hai scritta tu?»
Juliet annuì e ne nominò altre tre. «Adesso le cantano Willie e Dolly. Io sto lavorando alla colonna sonora di un film.»
Rimase a bocca aperta. «Mi stai prendendo in giro?» Ma capì che non era così.
«Mi sono ritirata qui, sola nella villa di famiglia per quest'estate, per poter scrivere musica. Ma tu mi stai sconvolgendo la vita. Non riesco a concludere molto perché non faccio che pensare a te.»
Bart la fissò poi chiese: «Dove abiti?»
«In un sacco di posti. La mia famiglia vive per lo più a New York, ma io ho trascorso gli ultimi quattro anni in una piccola fattoria a sei chilometri da Nashville. In questo momento abito a Oberon. Ne siamo proprietari da centinaia d'anni.»
«Oberon? Oh, mio Dio.»
«Forse, potremmo vivere lì.»
Bart si alzò in piedi e prese a girare per la stanza, passandosi la mano fra i capelli. Camminò avanti e indietro, poi si girò verso Juliet. «Vado a fare una passeggiata. Da solo. Tornerò.»
Si vestì e sbatté la porta dietro di sé.
Quando ritornò, tutto quello che disse fu: «Andiamo».
Quando il sabato successivo Juliet si recò a Logan's Point con la moto, Bart l'accolse dicendo: «Sono occupato questo weekend». E non volle incontrare i suoi occhi.
Juliet, ancora a cavalcioni della sua Sportster, provò un dolore lancinante al petto.
«Se fossi una cameriera o fossi al verde, diresti che sei occupato?»

L'espressione di Bart era dura. «Non sono alla tua altezza, lo so. E lo sai anche tu.»

«Quale altezza?» chiese lei, cercando di trattenere le lacrime.

«Qualunque essa sia, io non lo sono.»

«Neanch'io. Non mi sono mai sentita a mio agio.»

Bart la guardò, poi disse: «Hai bisogno di benzina? Serviti pure».

Che fosse dannata, piuttosto che versare una lacrima. «Questo è un gran brutto addio.»

Bart si sdraiò sul carrello e s'infilò sotto la macchina schizzata di fango, finché Juliet non vide altro che i suoi piedi.

Allora si avvicinò al banco e trovò carta e matita. Vi annotò un numero di telefono, poi si inginocchiò accanto ai suoi piedi sporgenti e gli infilò il pezzetto di carta nel calzino destro. «Questo è il mio numero di telefono, se cambiassi idea. Starò a Oberon almeno per un altro mese.»

Bart non rispose, ma lei vide una luce tremolante muoversi sotto la macchina.

«Va' al diavolo!» disse.

Salì sulla moto e accese il motore. «Che tu sia maledetto!» gridò al di sopra del frastuono.

55

JULIET scoprì che ciò di cui aveva bisogno per andare avanti, per comporre la musica presto e bene, era un cuore infranto. Realizzò che era la prima volta che soffriva tanto, da quando Johnny Mars l'aveva lasciata sei anni prima.

Nelle ultime tre settimane, da quando aveva visto Bart per l'ultima volta, aveva praticamente composto tutta la colonna sonora del film. Sapeva che era buona. Era rimasta al piano ogni giorno dalle tre del pomeriggio fin oltre mezzanotte.

Quella era la prima volta che trascorreva del tempo sola a Oberon e lo apprezzava, anche nella sua infelicità. Aveva perso il primo uomo che l'avesse attratta non solo sessualmente, perché aveva una famiglia troppo ricca e famosa, e perché lei stessa aveva tanto successo. Avrebbe rinunciato in un istante al successo, per averlo. Non avrebbe mai scritto un'altra canzone, se questo avesse significato poter riavere Bart.

La campana giù al molo tintinnò e, dopo pochi minuti, suonò di nuovo. Non c'era nessuno a rispondere?

Si alzò e si diresse verso la lunga vetrata. Un Boston Whaler era legato al molo, e un uomo stava tirando di nuovo il battaglio. Era snello, di statura media, indossava un paio di jeans e una camicia azzurro chiaro con il collo aperto, gli occhi nascosti da occhiali scuri e un berretto a visiera. Dalla casa Juliet riuscì a vedere soltanto questo. Poi l'uomo sollevò entrambe le mani, agitandole verso chiunque stesse guardando. Juliet si portò la mano alla gola ed emise un piccolo gemito, prima di attraversare volando l'ampia anticamera, la porta e il prato a piedi nudi.

Quando la vide, Bart cominciò a correrle incontro. Lei si buttò fra le sue braccia tese, e lui la strinse come se non volesse più lasciarla andare.

«Credevo di non rivederti più», mormorò Juliet, mentre una lacrima le rotolava sulla guancia.

La baciò. Farò qualsiasi cosa, pensò lei, qualsiasi cosa al mondo per avere quest'uomo.

«Non posso vivere senza di te», disse Bart con quella sua voce nasale. «Ero disperato.»

«Anch'io», aggiunse lei, abbracciandolo più forte.

Bart stava guardando la casa. «Sono già stato qui, sai?»

Juliet lo guardò.

«Sì, al liceo. L'insegnante di storia ci portò qui con uno skipjack, credo fosse di suo marito, era un barcaiolo. Portammo un cesto da picnic e facemmo il giro della casa e delle scuderie. Doveva essere una lezione di storia, ma non ho mai ricordato niente eccetto il fatto che mi chiesi chi potesse permettersi di vivere in un posto come questo.»

«Come hai fatto a venire via di martedì? Chi bada alla stazione?»

«L'ho chiusa. Per la prima volta, in otto anni che la possiedo. Mai stato malato un giorno. Immagino che chi ha bisogno di benzina a Logan's Point dovrà andare in qualche altro posto, o aspettare fino a domani. La mia priorità oggi non è vendere benzina. Sono rimasto aperto fino a mezzogiorno, poi non ho resistito un altro minuto.»

«Che cos'hai detto a tua moglie?»

«Niente. Sono partito con la mia Kawasaki, ho trovato una barca e l'ho affittata. Il tipo dovrà aspettare.»

«No», disse Juliet. «Pagalo e lascialo andare. Ti riaccompagnerò io.»

Bart la guardò, le prese la mano e si diresse verso il molo.

«Voglio telefonare a mia moglie per dirle che non tornerò a casa, stasera. Per la prima volta in quindici anni. Mi sento una merda, ma mi sento anche peggio senza di te nella mia vita.»

Juliet lo baciò e lui continuò a tenerla stretta anche dopo il bacio.

«Abbiamo un sacco di cose di cui parlare», disse.

«Vorrei che tu avessi aspettato un'altra settimana o dieci giorni», rise lei. «Ho quasi terminato la colonna musicale, ma se sono felice potrei non finirla mai.»

«Ho fame», annunciò Bart mentre camminavano abbracciati, attraverso il prato. «Hai un panino con burro di arachidi?»

«Cora sarà felice di prepararlo. Pensa che io stia mangiando come un uccellino. Ho perso quasi cinque chili.»

Bart si fermò per osservarla. «Vuoi dire a causa mia?»

«A causa tua. Forse non ero mai stata veramente innamorata. Non al punto di pensare di non poter vivere senza una persona. Ma senza di te nient'altro ha più avuto importanza.»

«Però hai scritto della musica.»

Continuarono a camminare.

«È vero. È come se fosse scaturita naturalmente. Non sono sicura di averla scritta. Mi sono semplicemente seduta al piano ed è venuta fuori. Non mi sono mai sentita così in vita mia, e i miei sentimenti sono volati dalle dita ai tasti del piano.»

Entrarono in casa e Bart si fermò per guardarsi intorno. «Gesù, non me la ricordavo. È piuttosto imponente, sai.»

Juliet scosse il capo e i capelli raccolti in cima alla testa le ricaddero sulle spalle. «Sì, lo so. Da bambina la davo per scontata, ma ho vissuto in tanti di quei posti da apprezzare la bellezza di questa casa, che amo più di ogni altra al mondo. Vieni, andiamo in cucina a vedere che cosa può preparare Cora.»

Cora fu felice di avere qualcuno da nutrire. «Rimane a cena?» chiese.

«Credo di sì.» Bart sorrise a Cora, e Juliet lo giudicò il più bel sorriso che avesse mai visto.

«Bene. Raccoglierò delle bacche e preparerò una torta. Non mangia niente, lei, di quello che cucino.»

«Lo immaginavo.»

Mano nella mano si diressero verso il patio che si affacciava sulla piscina. Bart si fermò per esaminare la scena. «Accidenti!»

«Non impressionarti tanto o mi getterai di nuovo via.»

Lui le strinse ancora più la mano, mentre la seguiva verso il tavolo sotto l'ombrellone a fiori bianchi e blu. «Non c'è pericolo», la rassicurò, sedendosi e continuando a stringerle la mano. «Ho dovuto parlare un po' con me stesso. Immagino sia un falso orgoglio quello che spinge un uomo a credere di dover essere lui a guadagnare il pane, a mantenere la propria donna. Se è questo atteggiamento che ci tiene separati, tocca a me cambiare. Credo di non essere troppo vecchio per crescere.»

Comparve Cora con due alti bicchieri di limonata. «Il guaio con lei», accennò con la testa a Juliet, «è che non mangia carne. E lei? Posso prepararle qualcosa di speciale. Ho il freezer pieno di roba. Vuole del roastbeef? Agnello? Prosciutto arrosto?»

Dal modo in cui lo proponeva, tutto sembrava buono, ma Bart scosse il capo e disse: «No, prenderò quello che prende lei».

Juliet sorrise.

Quando Cora se ne fu andata, Bart aggiunse: «Posso cominciare a cambiare anche oggi».

«Non devi diventare vegetariano», osservò Juliet. «Non c'è nulla che io possa fare per quanto riguarda la mia famiglia, ma non insisto perché tu mangi come me. Tuttavia ti dirò una cosa: rinuncerò a scrivere musica se questo ti farà sentire meglio.»

Bart ingollò la limonata e poi parlò senza mai lasciarla con lo sguardo. «Che razza di uomo sarei se ti chiedessi di fare questo? Non ho intenzione di limitare nessuno dei due. Sono pronto a cambiare. Io sono stato un certo tipo di persona per trentadue anni. E non mi sono mai piaciuto molto. È ora di vivere pericolosamente.»

«Come mai Ellen pensa che tu parli poco?»

Rise. «Non ho mai avuto niente da dirle. Scopro adesso di avere tante cose che voglio dire, e mi chiedo come farò ad addormentarmi.»

«Forse il sonno non arriverà facilmente, stasera.» Juliet gli posò una mano sulla gamba, lasciando scorrere le dita lungo la sua coscia. «Non credo che ti permetterò di dormire tanto presto.»

Bart sospirò soddisfatto. «Julie, non hai la più pallida idea dell'effetto che mi fai. Non alludo solo al mio corpo, ma a tutto me stesso. Sai una cosa? Ti desidero talmente che non riesco a pensare a nient'altro, né a parlare razionalmente.»

«Bene, sciocchiamo Cora e scompariamo fino all'ora di cena.»

Lei gli prese nuovamente la mano e lo condusse su per la scala ricurva, lungo il corridoio fino all'ala di cui si era appropriata per l'estate. Non vedeva l'ora di sentire le mani di Bart sul proprio corpo, di sentire la sua carne ed essere fra le sue braccia.

Scivolò fuori dal costume da bagno.

«Sai quant'è eccitante avere una donna che mi desidera?»

«Una donna? Qualsiasi donna?» lo schernì Juliet.

«Non lo so.» Sorrise. «Tu sei la prima. Forse, se ce ne fossero altre come te, non mi limiterei.»

Le posò le mani sui seni, stringendoli, poi notò lo specchio che copriva una parete. Vi stavano davanti, lui in piedi dietro a lei, le mani che le accarezzavano i seni. «Mai visto niente di simile», le mormorò sul collo, facendo scivolare lievemente una mano lungo il suo ventre, premendola contro di sé.

Juliet sentì il sangue pulsare. Osservò la mano di Bart nel riflesso dello specchio, lo osservò stringere un capezzolo tra le dita e strofinarlo, sentì la sua mano premerle il ventre. Poi sentì il suo sesso premerle contro. A un tratto lui la prese tra le braccia e la trasportò sul letto. Avevano una tale smania addosso che lui le montò sopra, e crearono un ritmo potente quanto la musica, muovendosi insieme l'uno contro l'altra con la forza di un uragano. Juliet lo circondò con le gambe quando entrò in lei, stringendolo a sé, gridando forte.

Più tardi, mentre giacevano avvinti, Bart sussurrò: «Dio onnipotente».

«Anche se vivessimo cent'anni, non ne avrei mai abbastanza di te», disse Juliet.

Rimasero lì sdraiati a lungo, poi finalmente lui disse: «È di questo che dobbiamo parlare».

Si vestirono. Juliet con un fluente vestito a fiori senza niente sotto.

«Andiamo a sederci dove possiamo guardare la baia», disse Bart. «Vicino all'acqua.»

«Andrò sulla luna, se è quanto desideri.»

«Sai una cosa?» disse lui mentre ritornavano al molo. «Tutto questo amore non mi spaventa. Credo che dovresti saperlo.»

«Neanche me. Per la prima volta nella vita l'amore non mi spaventa. Perderti, sì. Dici che vuoi cambiare, anch'io. Vuoi che rinunci a ogni centesimo che possiedo? Lo farò.»

Lui rise. «Non è proprio questo che avevo in mente. E poi, non so neanche quanto possiedi.»

«Forse non tanto quanto credi.»

«Comunque sia, è più di quanto ho io. Ma io, o noi, abbiamo dei problemi.»

«Devono essere tutti risolti stasera?»

«Non farmi perdere lo slancio. Da quando ti ho vista l'ultima volta non ho pensato che a te. Dapprima l'orgoglio mi ha tenuto lontano. Una moglie più ricca di me, che non dovrebbe dipendere da me per vivere? Questo è un po' difficile da accettare. Ma poi ho pensato che non è così brutto come perderti.» La circondò con un braccio e la strinse a sé.

Il sole era ancora alto nel cielo, sebbene fossero quasi le sette. A Juliet piacevano le lunghe serate estive. Si sentiva felice.

«Voglio mostrarti Martha's Forest. Voglio portarti a nuotare nei laghi qui intorno. Voglio che tu veda il cervo che viene a bere al tramonto. Voglió portarti a cavallo...»

Bart sedette e l'attirò di nuovo a sé. «Questo dovrà aspettare finché non risolveremo alcune cose. Sono rimasto sveglio notti intere a riflettere. Naturalmente, non so come la pensi tu, ma devo dirti quello che ho dentro prima di pensare a qualcos'altro.»

Juliet si appoggiò al grosso tronco di una quercia e lo fissò.

«Non sono il tipo d'uomo che può tirare avanti senza far niente», asserì. «Devo lavorare, indipendentemente dai soldi che hai tu. Devo avere la sensazione di fare qualcosa. Inoltre, se sto a lungo lontano dai motori, divento irrequieto. Ho bisogno di provare rispetto per me stesso.»

Quando Juliet non replicò, aggiunse: «Questo è importante».

«Lo so.» La sua voce era dolce. Non aveva mai provato un amore così inesprimibile. Guardò quell'uomo, ascoltò quello che disse e pensò di essere la donna più fortunata del mondo.

«Ma non posso rimanere a Logan's Point. Nessuno mi parlerebbe più, e mi sentirei a disagio tanto vicino a Ellen, sapendo ciò che pensa e probabilmente dice alla gente. Perciò, ho pensato di vendere il garage e dare tutto a lei. Fino all'ultimo centesimo. Può avere tutto quanto possiedo, compresa la casa. Se questo non le basterà, potrò darle una parte di quello che guadagnerò ogni anno. Di certo troverò il modo di guadagnare abbastanza da mantenere i ragazzi.»

Juliet continuava ad ascoltare.

«Inoltre, non sono tipo da Nashville, Hollywood o New York. Ci verrò se tu dovrai andarci, ma io ho bisogno di vivere da queste parti. Voglio stare vicino ai miei ragazzi, vederli crescere. Potrei anche tentare di vivere in qualche altro posto se non ti sentissi di stare qui, ma a me piacerebbe abitare qui intorno.»

«Per me va bene.»

Si chinò e le batté affettuosamente la mano.

«Non m'importa che tu continui a scrivere canzoni. L'idea mi piace. Mi piace pensare di essere il primo a sentire quello che ti frulla nella testa. Non m'importa che tu sia famosa, ma non vorrei essere conosciuto come il signor Eliot. Mi piacerebbe che tu prendessi il mio nome, che tu fossi Juliet Mathews. Sono all'antica. Non m'importa se avremo dei figli o no. Dipende da te.» Le sorrise. «O dal destino.»

Juliet continuò a fissarlo fino a quando non ebbe finito.

«Bene?» le chiese.
«Bene.»
«Che cosa pensi di quello che ho detto?»
«È la cosa più semplice che abbia mai sentito. Credevo che avresti reso tutto più difficile. Ma qualsiasi cosa tu voglia, per me va bene.»
«No», ribatté lui, «non deve andare così. Tu devi essere te stessa. Non voglio che tu abbia paura che, se non sei d'accordo, io me ne andrò. Spero che si discuta, si litighi anche, perché voglio provare tutto in questo rapporto. Non voglio che tu ti adegui a quello che voglio io. Io desidero che anche tu voglia qualcosa, che se ne discuta finché non saremo entrambi contenti. Non voglio che tu nutra rancore per me. Non voglio dominarti. E solo perché sei ricca, non voglio che tu domini me.»
Juliet lo fissò finché Bart non aggiunse: «Di' qualcosa».
Lei si chinò a baciarlo. «Credo di amarti come non ho mai amato nessuno al mondo. Mi piacerebbe essere Juliet Mathews. Mi piacerebbe vivere qui. Mi piacerebbe vivere a Oberon, voglio dire. Ovunque lavorerai, potrai tornare ogni sera dalla terraferma. Sono solo venti, trenta minuti. Mi piacerebbe che vivessimo sulla nostra isola, lontano dal mondo, qui al sicuro, insieme. È tutta la vita che desidero vivere a Oberon.»
«Cristo, qui?» Bart agitò un braccio. «Non lo so. Non sono mai vissuto in questo modo.»
«Ti abituerai facilmente. E ho un'altra idea, ma non so se potrà funzionare. Ne parleremo domani.»
L'altra idea era la marina di Walt.
«E se la comprassimo? Insieme, voglio dire. Tu metti una parte del ricavato del garage, non darlo a Ellen tutto in una volta, e io metto il resto.» Non gli suggerì di comprarlo lei. Pensò che avesse bisogno di sentire che il progetto fosse loro. E sapeva inoltre che Bart non poteva permetterselo da solo.
«Tu conosci i motori, ed è abbastanza lontano da Logan's Point da permetterti di non incontrare nessuno del luogo, ma è vicino ai tuoi ragazzi. Ti ci vorranno solo venti minuti al giorno per andare a lavorare. Puoi guadagnare abbastanza da dare a Ellen e ai ragazzi abbondantemente da vivere.»
«Non conosco molto le barche.»
«Sai tutto sui motori. E a trentun anni non sei troppo vecchio per imparare qualcosa di nuovo. Io conosco bene le barche. E saremo soci!»
Juliet lo guardò a lungo, poi sorrise.
Sarebbe stata felice di dare a Ellen il mezzo milione che Big Mommy le aveva lasciato, ma si guardò bene dall'accennarne.

Disse a Bart che avrebbe parlato con Walt, quel pomeriggio, mentre lui affrontava la moglie.

«Vendere?» Walt si grattò la testa. «Ci sto pensando. È troppo pesante per un vecchio. Ma non so neanche quanto vale.»

«Falla valutare», suggerì Juliet.

La banca la valutò centottantamila dollari.

«Sai una cosa?» disse Juliet. «Voglio sposare questo ragazzo, ma è troppo orgoglioso per farsi dare tutto il denaro da me. Perciò lo devo ingannare un po'.»

Walt inarcò le sopracciglia.

«Te ne darò centoventimila e non dovrai parlarne a Bart. Capito? Digli che sei intenzionato a venderla per sessantamila. D'accordo?»

Walt ci pensò. «Prima voglio conoscerlo. Vedere che cosa ne sa di barche e motori. Vedere che cosa penso di lui.»

«Di barche ne sa pochissimo», spiegò Juliet. «Ma in fatto di motori impressionerà anche te.»

E così fu.

56

SYDNEY era esasperata. «Per l'amor di Dio», investì Brock, «siamo al centesimo giorno di sciopero. Stiamo perdendo una fortuna.»

«Ora che eravamo tornati in attivo!»

«Non solo in attivo. Negli ultimi tre anni abbiamo guadagnato dei bei soldi.» La voce di Sydney era piena di orgoglio. «Non ci sarei riuscita senza di lei.»

«Oh, sì, invece», sorrise lui.

«No.» Sydney scosse il capo. «Adesso, lei e io dobbiamo pensare a come fermare quest'emorragia finanziaria. Questa maledetta Associazione Editori! Nessuno di loro mi rispetta. Mi tengono nel consiglio solo per avermi in pugno. Non hanno preso in considerazione un mio solo suggerimento. Sorridono educatamente e mi ignorano completamente. Ancora prima di aprire bocca so che non stanno ascoltando o, se ascoltano, lo fanno con aria divertita come se non contassi nulla. Sono una donna, e sono un editore, proprietario unico; non che questo importi loro, dal momento che il giornale non è conosciuto fuori da New York. Non come il *Times* o il *News*.»

«Tutti quelli che vanno in metropolitana leggono il *News*.»

«Comunque facciamo soldi. O meglio, li facevamo fino a tre mesi fa. Sa, Brock, io sto dalla parte del sindacato.»

«Sss», le sorrise. «Che non la senta nessuno.»

«Noi paghiamo più del salario sindacale; perché non lo possono fare anche i giornali più grandi?»

«Perché non credono nei lavoratori che dicono ai padroni che cosa fare. Perché così non potrebbero ottenere gli stessi profitti. Sono guidati dalle corporazioni, Sydney, lo sa. E le corporazioni si interessano solo dei risultati finali.»

Sydney diede un'occhiata all'orologio. «Bene, forse è presto per andare a pranzo, sono soltanto le undici e mezzo, ma sono affamata. E ho bisogno di un drink. Mi tiene compagnia?»

«Offre lei?» Gli occhi di Brock riflettevano il divertimento.

«Cavaliere, non è vero? Certo che offro io. Venga.» Sydney si alzò e disse: «Vado a lavarmi le mani e sono pronta».

«Ci troviamo nell'atrio», aggiunse lui. «Mi conceda dieci minuti.»

Attraversarono la strada fino da *Columbo*, dove quasi tutti quelli del giornale pranzavano. Era quasi vuoto.

«Quando finirete questo sciopero? Sto andando in rovina», esclamò Columbo, il cui vero nome era Ross Smith. «Ventott'anni nello stesso posto e all'improvviso vado in malora.»

Sì, pensò Sydney, tutto quello per cui abbiamo lavorato negli ultimi vent'anni sta andando in malora.

Una volta che Columbo portò loro da bere, Sydney e Brock continuarono la loro conversazione.

«Durante le riunioni mantengo la calma, ma dentro di me sono agitata», riferì Sydney al suo direttore responsabile. «Sono furiosa con loro. I negozi perdono soldi, alcune attività ne risentono già. Voglio tornare in piazza!»

«Sa, capo», fece Brock, «in momenti come questi sarei pronto a battermi per lei. Non potrei vivere con lei, ma mi chiedo perché non ce la siamo spassata un po' insieme.»

Sydney lo guardò sorpresa, poi rise. «Credo che l'idea mi sia passata per la mente diverse volte. Ma se poi dovesse finire? Sono certa di non volermi sposare un'altra volta con qualcuno con cui lavoro. Ma è meraviglioso avere accanto una persona con cui poter parlare di queste cose.»

Brock lasciò cadere l'argomento. Era in grandissima parte d'accordo con lei, e pensava di non aver mai lavorato per o con qualcuno che ammirasse di più.

«Allora, vuole vendetta?»

«È per il modo in cui mi trattano gli altri editori. Non ascoltano neanche. Perché diavolo li sosteniamo e andiamo in rovina, se a loro non importa nulla dell'opinione di una donna?»

«Se ritorneremo in piazza, gli inserzionisti potrebbero punirci. Non voglio prendermi questa responsabilità.»

«Non deve prendersi nessuna responsabilità, se non quella di rimetterci in moto.»

Brock masticò il suo hamburger mentre rifletteva. «Be', se veramente intende provarci, le suggerisco di indire una conferenza stampa per sfruttare al massimo la sua rottura con l'Associazione.»

«Conferenza stampa?» La voce di Sydney si incrinò. «Non esiste stampa.»

«Oh, sì, invece: la televisione. Gli altri editori saranno furiosi.»

Sydney annuì, finendo il suo hamburger prima di rispondere. «Mi aspetto delle critiche. Penseranno che sia avida. E lo sono. Se non avida, perlomeno desiderosa di sopravvivere. Se questa cosa va avanti ancora per molto, ci troveremo in serie difficoltà.»

«Penso che lo siamo già.»

Sydney si appoggiò allo schienale e fece un cenno a Columbo. «Caffè», ordinò. «Ne vuole?»

«Credo di sì, se voglio carburarmi per l'azione.»

«Che sensazione prova?»

«Non c'è in gioco il mio denaro, ma sono assolutamente a favore. Si sono comportati da idioti. E se noi possiamo permetterci di pagare più del salario sindacale, possono farlo anche loro. Non siamo il giornale più ricco della città, lo so. E sono annoiato da morire. Sono pronto a rimettermi a lavorare.»

Sydney posò una mano sulla sua. «Va bene, si carburi. Contatti le stazioni televisive, faccia avvertire gli inserzionisti dal reparto pubblicità, inclusi quelli che non hanno mai fatto pubblicità con noi, e puntiamo su domenica. Concediamoci quattro giorni. Riusciamo a rimettere in moto la macchina in così breve tempo?»

«Naturalmente.»

Sydney prese la borsetta e si alzò. Stava sorridendo.

«Capo, la mossa più intelligente che ho fatto è stata venire a lavorare per lei.»

«Lo so», asserì Sydney, precedendolo mentre uscivano. «Se fossi un uomo, mezza città mi considererebbe un eroe», aggiunse. «Stando così le cose, probabilmente mi riterranno una sgualdrina.»

«Non dovrebbe importarle di quello che pensano gli altri», disse Brock. «È come si sente lei che importa. E sa che cosa penseranno? Penseranno che ha le palle. Resteranno sorpresi.»

Mentre salivano in ascensore, Sydney chiese: «Che cosa pensa di me? Questo importa, in qualche modo».

«Se io disapprovassi, le impedirebbe di scendere di nuovo in piazza?»

Rifletté per un minuto. «Forse. Forse.»

«Penso... penso che lei sia fantastica.»

Sydney sorrise e gli prese la mano. «Il suo giudizio è importante per me, molto.»

«Stasera alla riunione del consiglio è successa una cosa inaudita», annunciò Noah, buttando la giacca sulla sedia. «Non ci crederai mai, Ashley. Un tale di nome Peter Pryce ha presentato una petizione per chiedere una variazione del piano regolatore... Sei pronta? Per la zona di Oberon!»

Ashley lo fissò a bocca aperta.

«La mamma non venderà mai Oberon.» Era un'affermazione che non ammetteva repliche.

«Io lo so. Tu lo sai. Ma il signor Pryce sembra non saperlo.»

Ashley si avvicinò al telefono e fece il numero della madre, che rispose al primo squillo.

«Mamma, Noah ha sentito una notizia terribile. Alla riunione mensile ha sentito... Aspetta, lascia che te lo passi, così non faccio confusione. Ci parleremo quando ha finito.»

«Santo cielo», esclamò Sydney quando Noah l'ebbe informata. «Come può far questo con qualcosa che non è suo e non lo sarà mai? Sì, l'ho incontrato e gli ho detto che non venderò mai un centimetro della proprietà. Che razza di faccia tosta deve avere per fare una petizione per una variazione del piano regolatore, quando non ha alcun diritto su quella terra. Immagino che voglia sapere se vale la pena di battersi. Se riesce a ottenere una variazione, sarà disposto a pagare molto. Ha già offerto quaranta milioni in contanti e molti di più, se Evan e io ci mettiamo in affari con lui.»

«Gesù», fischiò Noah.

«Non ve ne ho accennato perché credevo che la cosa fosse sistemata.

Non ho voluto neppure sentire i suoi progetti. Gli ho detto semplicemente di lasciare perdere.»

«Naturale», annuì Noah. «Be', abbiamo pensato che dovessi saperlo.»

«Non so che cosa fare, se non dire a tutti che mi rifiuto di vendere.»

«Grazie a Dio», esclamò il genero.

Quando Ashley riprese il telefono, Sydney disse: «Questa storia mi manda su tutte le furie, ma non preoccuparti. Non venderò mai».

Ashley pensò a tutti i racconti che la madre le aveva fatto nel corso degli anni, a tutta la storia dell'isola, finché per lei non era diventata un'entità come per la bisnonna, come per Martha tanto tempo prima, come per gli avi che avevano posseduto l'isola per trecentotrentotto anni, da quando ancora non esistevano gli Stati Uniti.

Faceva parte di lei. L'aveva nel sangue. Oberon le scorreva dentro.

Mentre Ashley riattaccava, suonò il campanello. Noah guardò l'orologio, poi lei alzò le spalle e andò alla porta.

Aprendola, si trovò davanti una ragazzina di dodici o tredici anni e un uomo che era chiaramente il padre. Avvolto in un asciugamano che teneva stretto a sé, c'era un uccellino con l'ala rotta.

«Sono George Burnham», disse l'uomo. «Questa è Nina, mia figlia. Abitiamo in fondo alla strada. Abbiamo trovato quest'uccello e Nina si è messa in testa di salvarlo.»

Noah li invitò a entrare.

Avevano comprato il terreno vicino allo studio originale di Ashley e avevano costruito una casa, una casa grande che si aspettavano di riempire di bambini che non erano ancora arrivati. Ashley continuava a rimandare la gravidanza, dicendo che voleva fare altre cose, prima, ma il prossimo anno avrebbe compiuto trent'anni...

Ashley uscì dalla cucina e si avvicinò immediatamente a Nina, prendendo l'uccello. Sorrise. «Oh, è facile. Vieni con me in ambulatorio, se vuoi guardare.»

«Non so», disse George. «È piuttosto tardi, e domani c'è la scuola.»

Ashley gli lanciò un'occhiata. «Sono sicura che sua figlia imparerà di più guardando questo, di quanto imparerebbe a scuola domattina. Perché non viene anche lei?»

La ragazzina rimase a guardare senza battere ciglio, tanto era affascinata. Non disse una parola, ma Ashley capì che aveva il cuore in gola. «È stato il mio amore per gli uccelli che mi ha fatto diventare veterinario», raccontò a Nina.

La bambina la guardò con i grandi occhi castani.

«Fammelo tenere qui per un paio di giorni», suggerì Ashley, «poi ti mostrerò come lasciarlo gradualmente libero. Forse dovrai prenderti cura di lui per qualche settimana.»

«Oh, certo, certo.»

Andandosene, il signor Burnham ringraziò Ashley. «Grazie, è stata una buona idea. Probabilmente torneremo domani, se non le dispiace. Nina vorrà assolutamente sapere se va tutto bene.»

Ashley li guardò andare via. Niente le dava più gioia che rendere felice un bambino. Si chiese da dove le venisse questa particolarità; nessuno di entrambi i rami della famiglia aveva mostrato quell'aspetto. Forse adesso poteva pensare di avere un bambino.

Ritornò verso casa. Ma se avesse avuto un bambino, non avrebbe dovuto sacrificare molto di quel lavoro che le dava la sensazione di fare del bene al mondo? Forse avrebbe dovuto parlarne con Noah. Erano sposati da quasi cinque anni.

Come aveva fatto a essere così fortunata? Anche dopo tutti quegli anni, non lo dava per scontato. Se mai, lo amava di più, ogni giorno di più. Non solo era l'uomo più gentile, più premuroso, più interessante che avesse mai conosciuto, ma, grazie a lui, ogni giorno scopriva una nuova gioia. E il sesso con lui non aveva perso, neanche per un istante, la sua eccitazione. La faceva sentire come se avesse il corpo più bello del mondo. Il che era ridicolo, perché era lui ad averlo. Le piaceva quando portava i capelli lunghi – forse un po' troppo lunghi – ma le piacevano quando cominciavano ad arricciarsi sulle orecchie. La sua passione la eccitava, e non era solo il suo ardore fisico. Teneva a molte cose e non s'accontentava di parlarne. Agiva. In quella parte del Maryland si diceva che si sarebbe presentato al Congresso. Ma lui non ne voleva sapere. «Come, andare al Congresso e rimanere rinchiuso? Non fare niente di ciò che mi interessa?» rispondeva. «Inoltre», aveva detto una volta, «ho una mia filosofia. Gli idealisti vengono certamente eletti. Uomini che pensano di cambiare il mondo, o per lo meno una parte. Ma una volta arrivati al potere, rimanerci diventa più importante dei loro ideali. Il potere corrompe. Il cento per cento delle volte, il potere corrompe.»

Ashley scosse il capo. «Non riesco a essere tanto cinica. Guarda mia madre. Ha acquisito sempre più potere e...»

«Suppongo ci siano eccezioni», acconsentì Noah. «Allora, è forse solo il novantotto per cento che diventa corrotto. Non voglio attraversare il Bay Bridge e andare a Washington. Voglio rimanere libero, per battermi per i miei principi. Niente politica, tranne il consiglio comunale locale. Non fa per me, grazie.»

Questo tuttavia non aveva frenato il suo impegno civile.

Noah divenne quasi maniacale. Non riusciva a pensare ad altro, chiedendosi come combattere Pryce. Come sconfiggere Evan Hamilton.

«Che cosa succede», chiese Ashley, «quando due persone posseggono la stessa proprietà e una non vuole vendere?»

«Vanno in tribunale.»

«E il tribunale può costringerti a vendere? Ecco il punto.» E in caso contrario, come poteva Sydney arrivare a una somma sufficiente per rilevare la quota di Evan, più un altro milione l'anno per il mantenimento dell'isola?

Sydney aveva ammesso di poter probabilmente arrivare a quella somma, ma avrebbe dovuto liquidare tutto il suo patrimonio, restando senza fondi per il giornale. Non poteva farlo.

Noah disse alla moglie: «Tu hai soldi. Non sarebbe d'aiuto? Possiamo vivere con quello che guadagneremo».

Sarebbe certamente stato d'aiuto, ma non era sufficiente. Non abbastanza da mantenere per sempre Oberon, rilevare le quote di Evan e dei suoi avidi figli. E Peter Pryce, talmente convinto che il suo progetto sarebbe andato avanti, aveva già investito una mezza fortuna nell'esplorare tutte le possibilità.

«Mi spaventa», asserì Ashley. «Pryce dev'essere terribilmente sicuro di sé per investire così tanto denaro ancor prima di possedere la terra.»

«Be', penso che potremmo protrarre la causa per anni.»

«Non basta», aveva detto Sydney al telefono, «non voglio trascorrere così tanto tempo a preoccuparmi per questo. Che cosa possiamo fare?» Noah non aveva ancora trovato una risposta.

Ashley gli si avvicinò. «Non voglio smettere di lavorare, ma pensiamo a un bambino, eh?»

Noah alzò lo sguardo, posando penna e occhiali sulla scrivania. «Come mai questa decisione?»

«È un po' che ci penso. Voglio dei figli. Voglio che gli Hamilton abbiano Oberon per ancora centinaia d'anni. Voglio la speranza. Non significa che debba smettere di lavorare; possiamo permetterci una bambinaia fissa. Ma all'improvviso voglio un bambino. Voglio un bambino tuo, un bambino nostro. Voglio sapere di continuare... una specie di immortalità, non credi?»

Noah sorrise e le cinse la vita con un braccio.

«Be', una cosa è certa: provarci ne varrà la pena.»

«Sgombra questa scrivania», disse Ashley, alzandosi e cominciando a sfilarsi il pullover.

Noah andò a tirare le tende. Poi si girò a guardare la moglie che si spogliava, cosa che gli dava sempre grande piacere. «Sulla scrivania, Lee?»

«Ovunque», rispose lei, «ma subito.»

«Sulla scrivania. E così sia», rise lui, slacciandosi la cintura.

57

FRA i tanti progetti previsti per Oberon, Peter Pryce ne teneva ultimamente in considerazione soltanto tre. Il primo prevedeva una città proprio al centro dell'isola, con ventimila case, di cui alcune erano villette a schiera, disseminate sull'isola.

Il secondo prevedeva anch'esso villette a schiera e strutture monofamiliari in dodici località, riunite intorno a baie e ruscelli pittoreschi.

Quello preferito da Pryce prevedeva tre villaggi sull'isola, intorno ai tre porti. Il nord era lasciato a palude, ma al sud, al centro dell'isola, era previsto un campo da golf circondato da condomini. Questo piano prevedeva sedicimila unità di abitazione, tutte rigorosamente pianificate.

Pryce aveva già investito più di mezzo milione di dollari in geologi, architetti, progettisti e tecnici. E gli fu detto che avrebbe dovuto investire un altro mezzo milione, per valorizzare l'isola. Gli sarebbe costato almeno un altro milione rinforzare la costa, che perdeva sempre più terra a causa del mare. Poi occorreva costruire delle strade e un nuovo sistema fognario.

E che cosa dire dei canali per le acque piovane, del controllo dei sedimenti, degli idranti antincendio e tutto il resto? Doveva investire almeno settanta milioni a Oberon, inclusi i quaranta milioni per l'acquisto immediato dell'isola.

Pryce sapeva che era costoso. Sapeva che era un investimento di proporzioni eccezionali.

«Non abbiamo una sola probabilità», disse un ingegnere, «che approvino i progetti, se costruiremo più di mille case qui. Non li prenderanno neppure in considerazione.»

Pryce annuì. Anche se limitavano il tutto a un migliaio di case, be', tra i settecentocinquantamila e un milione di dollari ciascuna, si sarebbe comunque arrivati a un totale di un miliardo di dollari. Non gli piaceva l'idea di costruire troppe case sull'isola, che ne sarebbe rimasta rovinata. Meno case, aree più ampie, proprietà maggiori e case più costose.

«Voglio che quelle foreste vengano mantenute intatte», disse Pryce. «Voglio che questa sia l'isola più perfetta che l'uomo possa creare. Voglio che la gente guardi le querce lungo i fiumi, i salici, i pini e i faggi e sappia che questo è il paradiso.»

Voleva che la palude a nord fosse mantenuta intatta; voleva che gli uccelli svernassero lì, che vi si coltivasse il granturco perché quelli che vivevano a Oberon avessero la caccia migliore della zona, che sarebbe stata proibita a chiunque fuorché ai residenti e ai loro ospiti.

Vedeva uccelli a Chesapeake Bay da tutta la vita. Migliaia di oche canadesi che arrivavano dal Nord, librandosi sull'acqua con le ali che battevano così forte da produrre un rumore assordante.

Riusciva a immaginare membri del Congresso, parlamentari, personaggi abbienti di Washington, con l'adrenalina che cominciava a pompare il giovedì sera, in ottobre e in novembre, al pensiero di dirigersi fuori città, attraverso il Bay Bridge. E poi a sud verso Oberon, dove il sabato mattina sarebbero rimasti acquattati nei nascondigli della loro riserva, sulla loro isola, e dove i loro cuochi avrebbero servito anatra all'arancia per cena o una succulenta oca che un mese prima abitava ancora le zone selvagge del Canada.

«Guardiamo in faccia la realtà», aveva detto a sua moglie. «Questa parte del Paese è stata fondata da gente ricca. Non c'è ragione di cambiare.»

Ma i barcaioli, nativi della costa orientale, non erano ricchi. Non sarebbero stati in grado di vivere lì. Non potevano fare di più, per sbarcare il lunario su quella terra dove i loro padri e nonni si erano ammazzati di lavoro. La pesca dei granchi non rendeva ricchi.

Vennero tracciate le linee per la battaglia. Stranamente gli ambientalisti si allearono con i conservatori.

I conservatori, che volevano mantenere il Maryland così com'era, non volevano forestieri che mangiassero loro la terra e facessero salire i prezzi. La gente temeva di perdere la terra perché non si sarebbe potuta permettere quello che l'urbanizzazione avrebbe fatto ai prezzi. L'autostrada sarebbe stata disseminata di *McDonald's*, *Kentucky Fried Chicken*, *Wal-Mart*, motel strapieni nei weekend, tutto quel genere di affari che accompagna i cittadini che si trasferiscono in campagna. Poi sarebbe arrivata la criminalità. Adesso si poteva ancora vivere con la porta aperta giorno e notte.

Quei conservatori si scoprirono perfettamente d'accordo con gli ambientalisti, che sostenevano che l'ecologia della baia era fragile. Le barche a motore la inquinavano, e spaventavano gli uccelli, le volpi e i cervi. Che cosa sarebbe successo quando la baia fosse stata così erosa e così inquinata da non esserci più ostriche?

L'altra parte ne rise. Niente più ostriche a Chesapeake Bay?

Messaggeri di distruzione, ecco che cos'erano gli ambientalisti. «Pensate che cosa farebbe tutto questo per l'economia.» Pryce dichiarò che avrebbe usato carpentieri, decoratori, elettricisti, idraulici e manovali locali. Questo significava che per anni, un decennio probabilmente, gli uomini del porto avrebbero avuto lavoro. Gli abitanti locali avrebbero potuto pagare le ipoteche, comprare abiti, macchinc c falciatrici nuove. Ci sarebbe stato bisogno di nuove stazioni di servizio, i ristoranti sarebbero fioriti.

Le scuole sarebbero migliorate. Sarebbero stati costruiti nuovi cinema, e magari anche un centro commerciale.

Inutile preoccuparsi per il futuro, per quello che il suo progetto avrebbe causato alla baia. Pryce disse: «Significa che possiamo vivere e vivere meglio, anche. Che il futuro badi a se stesso. Ci saranno sempre ostriche a Chesapeake Bay. Guardate il Susquehanna, che ogni anno raccoglie le acque di piena dal nord, vicino a Cooperstown, scorrendo ogni primavera verso sud per riversarsi in Chesapeake Bay. Pensate che questo cambierà mai? No, naturalmente».

58

SYDNEY alzò lo sguardo dalla scrivania. La sua nuova segretaria, Aileen Melby, era in gamba, ma non si era ancora abituata alla sua routine.

«Evan, sono occupata. Non ho tempo di parlare di questioni personali durante le ore d'ufficio.»

«Piantala, Syd», ribatté il fratello, attraversando la stanza per sedere sulla sedia di fronte a lei. «Ti rifiuti di rispondere alle mie chiamate. Non tieni conto dei messaggi che ti lascio sulla segreteria telefonica. Non ho altra scelta.»

Sydney sospirò. Si chiese quando aveva cominciato a temere di vedere Evan. Quando aveva smesso di volergli bene. Quando era svanito il tempo magico della loro gioventù, quando loro due erano gli unici che si comprendevano realmente.

«Non intendo parlare di Oberon. Non c'è niente da dire. Non la venderò. Non sarà venduta finché io e le mie figlie respireremo. Se vuoi arrivare a un omicidio, allora è un'altra cosa.»

«Oh, smettila. Potresti non avere scelta. Ho assunto Lee Atwater e ti farò causa.»

Lee Atwater era un nome noto. «Non puoi permetterti Lee Atwater.»

Evan sorrise. «Posso per un dieci per cento di quello che ricaverò da quell'isola. E lui è convinto che vincerò.»

Sydney era rimasta in costante contatto con Noah. Lui riteneva che se Evan avesse davvero fatto causa, loro avrebbero potuto trascinare le cose per un decennio. Sarebbe stata una causa lunga, dolorosa e costosa. Forse Evan non avrebbe potuto sostenerla. D'altro canto, Sydney si chiedeva anche se Noah fosse all'altezza di Lee Atwater.

«Ti darò dieci milioni in contanti», propose Sydney. Avrebbe dovuto liquidare il patrimonio, ma ne sarebbe valsa la pena, pur di toglierselo di dosso.

Evan rise, una risata rauca. «Cara sorella, questo servirebbe solo a mantenermi al gioco per un paio d'anni. Ma non porterebbe a nulla di fatto. Voglio ricomprarmi i miei figli. Kitty non me li lascia neanche vedere. Voglio inchiodarla al muro e ottenere la custodia.»

«Quello che non ti va giù è che lei è stata la prima delle tue mogli a lasciarti. Le altre le hai lasciate tu. Non ricordo di averti sentito parlare di amore paterno, prima.»

«In nome di Dio, non c'è neanche un altro uomo nella sua vita. Non aveva nessuna buona ragione per lasciarmi.»

«L'unica ragione per cui stai agendo con tanto spirito paterno, è perché intendi vendicarti», affermò Sydney freddamente.

Evan si accese una sigaretta e guardò la sorella con gli occhi socchiusi. «Perché diamine dici questo? Ho diritto di vedere i miei figli.»

«Se ben ricordo, hai altri figli che non ti sei mai curato di vedere.» Che io non ho neanche mai conosciuto, aggiunse fra sé silenziosamente.

Evan rimase zitto per un momento. «Mia cara, tu non hai mai approvato una sola cosa che abbia fatto, vero?»

Quando lei non rispose, Evan proseguì: «Dopotutto, sono sparsi per il mondo».

Sydney gli chiese se ricordasse i loro nomi.

Evan rispose parzialmente. «Ho visto Roma a Santorini, l'anno scorso. E forse incontrerò Nick a Phuket in gennaio.»

Dopo un istante di silenzio, Evan aggiunse: «Non permetterò a Kitty di farla franca».

«Be', fra me e Kitty, dovrai mantenere un bel po' di avvocati nei prossimi anni, non ti sembra?»

Poiché lui non fece commenti, Sydney aggiunse: «In verità, sette anni di matrimonio sono un bel record per te, non credi? E quanti anni hai adesso, cinquanta?»

«Quarantanove», disse lui con voce incrinata.

«Quattro matrimoni e il record è sette anni.»

«Questo non c'entra. Amo quei ragazzi e li voglio. Sono molto meglio io come padre che Kitty come madre.»

Sydney si chinò in avanti, le braccia incrociate sulla superficie di vetro della scrivania.

«Fra gli alimenti», le mani di Evan stavano tremando, «e il mantenimento dei ragazzi, non ho abbastanza denaro, nemmeno con le rendite degli appartamenti, per fare fronte a quello che pretende.»

Sydney si riappoggiò allo schienale della sedia.

Si era chiesta spesso che cosa avesse attratto Evan verso Kitty, una donna che non gioiva mai di niente. Ma aveva diciott'anni meno di Evan, e un corpo che faceva girare la testa persino agli estranei.

Evan aveva raccontato a Sydney che era la migliore della sue mogli, a letto. Ciò era dimostrato dal fatto che in quei sette anni Evan non era mai stato infedele.

Era anche la prima volta che era rimasto sposato abbastanza a lungo da conoscere i propri figli. Con sua grande sorpresa, aveva scoperto l'amore. E i suoi figli lo adoravano. Li portava a cavalcare e a Oberon per lunghi weekend estivi, i primi che trascorresse lì da quando era bambino.

Evan era pieno di debiti. Aveva anche ripreso a bere molto, non semplicemente i due o tre bicchieri che beveva in una sera, ma grandi quantità di vodka. Quando Kitty cominciò formalmente le pratiche di divorzio, divenne frenetico. Non riusciva a parlare d'altro.

Kitty testimoniò che Evan giocava e sperperava i loro soldi, accumulando debiti che non potevano pagare, e che la picchiava. Da parte sua, Evan l'accusò di essere una spendacciona, di lanciargli oggetti e di aver cercato persino di buttarlo giù dalle scale. Si accusarono a vicenda di essere cattivi genitori, chiedendo ognuno la custodia.

Evan guardò fuori della finestra, la mano sinistra stretta al fianco. «Ah, Sydney», disse, volgendosi verso di lei con un sorriso tirato. «Cara sorella. Tu hai sempre avuto tutto, vero? Perfino Juliet ha avuto successo. Tutto quello che hai toccato si è tramutato in oro, no? Qual è il tuo segreto, vecchia mia?»

Vecchia mia? Sydney fremette. Be', forse lo era. Aveva cinquantun anni, ma non si sentiva affatto vecchia.

«Sei persino invecchiata bene», disse Evan. «Più bella di quando avevi vent'anni. Hai un amante? Brock Thomas? E Jordie ti scopa sempre quando viene in città? Gesù, Syd, scommetto che sei la migliore amante che i tuoi uomini abbiano avuto. Tu e Julie. Penso che nemmeno Kitty possa superare te e tua figlia. Peccato che questo ben di Dio vada per lo più sprecato. Probabilmente dormi sola per la maggior parti delle notti.»

Sydney si impose di non apparire scioccata. Evan cercava sempre di dare sgradevoli connotazioni sessuali a qualsiasi conversazione. Era rivoltante.

Non batté ciglio.

«Merda, senza i miei figli, non ho neppure più motivo di usare l'isola. E certo non l'ho mai usata per un valore di quaranta milioni di dollari. Cristo, possiamo ricavarne molto più di quaranta milioni. Possiamo ricavarne da cinquanta a ottanta milioni ciascuno, non capisci?»

Poiché Sydney non rispondeva, aggiunse: «È la mia eredità, e voglio trarne qualcosa».

Sydney picchiettò le unghie sulla scrivania. «Che cosa vuoi, Evan? Sono occupata. Mai e poi mai venderò un centimetro di Oberon.»

Evan rimase seduto, fissandola. «Ti ammiro, mia cara.»

«Evan», ordinò Sydney, alzandosi, «esci di qui.»

«Ci vediamo in tribunale, mia cara. In un modo o nell'altro, venderai Oberon e io riavrò i miei figli.»

«Piuttosto la cederò alla World Wildlife Federation perché ne facciano un parco nazionale.»

Lui rise. «Provaci. Pryce sta lavorando a una lottizzazione laggiù, e la gente del luogo ha una paura dannata all'idea di un parco nazionale. Immondizia, barche che ingombrano i canali navigabili durante i weekend, rumore... Un parco nazionale? Si ribelleranno. Ma una bella comunità di case lussuose, yacht e barche a vela, una bella tassazione... Ah, è tutt'altra cosa. E il lavoro per uomini che sono lì da anni? Voteranno per i loro portafogli, Syd. E intanto noi ci arricchiremo.» La sua voce assunse un tono minaccioso: «Non puoi sfuggirmi, sorellina. E neanche Kitty. Nessuna dannata donna mi fotterà più».

Sbatté la porta dietro di sé.

Sydney rimase seduta a lungo, poi percorse a grandi passi l'ufficio.

Poteva obbligarla a vendere? Che cose disgustose aveva detto. Alzò il telefono e fece il numero dell'ufficio di Noah. Gli raccontò dell'incontro.

«Che cosa può fare?» chiese al genero. «Ha possibilità di spuntarla?»

«Non lo so. Pryce se la sta prendendo calma, svolgendo un'accurata ricerca e spendendo una fortuna in ecologisti, chimici, progettisti, architetti. Penso che preveda di vincere, o non investirebbe tanto tempo e denaro. Si sta muovendo nel modo giusto ed è di gran lunga superiore agli altri sfruttatori di terre, ma è una razza di cui possiamo fare a meno.»

«Noah, non mi si può obbligare a vendere Oberon, vero?»

Noah esitò. «Non lo so, Sydney. Ci sto lavorando sopra, ma è l'imprevisto che può spiazzarci. Sarebbe bello se tu avessi trenta milioni da buttare in faccia a tuo fratello, e liberartene.»

«Li ho, ma sono vincolati in molte cose... giornale, altre proprietà. Non posso rinunciare a tutto per investirli in Oberon.»

«Lo so. Rimarresti al verde. Sydney, non possiamo agire finché non fanno loro la prima mossa. E finora non hanno fatto niente di ufficiale.»

Sydney rimase seduta a fissare il crepuscolo. Noah era all'altezza? Aveva imparato a volergli bene e ad ammirarlo. E non voleva rivolgersi a un altro avvocato, non voleva ferirlo dimostrandogli mancanza di fiducia. Ma la cosa la tormentava. Noah poteva confrontarsi in tribunale con un calibro come Lee Atwater? Oberon faceva parte della sua anima. Non voleva che migliaia di persone corressero attraverso Martha's Forest, non voleva che migliaia di barche inquinassero le acque e i canali di scolo, non voleva che si cacciasse sul suolo sacro.

Sì, suolo sacro. Lo era per lei, per Ashley e per Juliet. Non era sicura di poterlo esprimere a parole, ma si sarebbe opposta a Evan con tutto ciò che aveva a disposizione. E sperava che Noah fosse all'altezza.

59

EVAN aveva bevuto troppo e lo sapeva. Si aggrappava agli invitati, ascoltando e osservando. In biblioteca aveva cercato di unirsi al tavolo del poker, ma non gliel'avevano permesso. Perché sapevano che non poteva pagare i suoi debiti o perché aveva bevuto troppo? si chiedeva.

«Cristo», sentì mormorare Manning Hope, «non parla d'altro che di portar via i figli alla ex moglie. È ossessionato.»

È così, sono ossessionato, pensò Evan. Gliela farò vedere io. Per un momento credette di svenire. Scusandosi, cercò di trovare il bagno, ma finì in terrazza. Si lasciò cadere su una sedia a sdraio e chiuse gli occhi. Ossessionato? si disse. È questo che sono? Come si sentirebbero loro, se gli venissero negati i figli?

E non gli permettevano di unirsi al poker? Non lo invitavano a farlo? A Evan Hamilton?

Stavano ridendo di lui. Tutti. Era al verde. Sconfitto in tribunale da Kitty. E Sydney e tutta la legge che il denaro poteva comprare cercavano di carpirgli la sua metà di Oberon. Be', su questo punto aveva i suoi assi nella manica.

Il sabato pomeriggio era l'unico momento in cui poteva vedere i suoi figli. Aveva preso l'abitudine di mettersi di fronte alla loro casa per vederli uscire, la mattina presto, mano nella mano con la bambinaia che li accompagnava a scuola.

Merda. Una volta avuti quei quaranta milioni di Oberon, avrebbe riaperto il caso e quell'immensa cifra avrebbe fatto cambiare l'atteggiamento del giudice. Custodia congiunta, almeno.

Congiunta? Che cosa aveva mai fatto Kitty per meritarli? Non era mai stata una grande madre. Non li aveva mai portati a far navigare le loro barchette in Central Park, come aveva fatto lui. Non gli aveva mai insegnato a cavalcare. Non li aveva accompagnati alle *matinée* del sabato. Tutte cose che, con sua meraviglia, aveva scoperto divertenti. Un uomo di famiglia, finalmente. Suo padre avrebbe approvato.

Da quando Kitty aveva divorziato da lui, in tutti quei mesi di solitudine, non aveva cercato altre donne. Cristo, pensò, contando sulle dita, sono celibe da quasi sette mesi. Non era stato più di sette mesi senza una donna da quando aveva sedici anni.

E sarebbe stato anche prima di quell'età, se Sydney non fosse scappata, quel giorno in cui avevano nuotato nel laghetto accanto a Martha's Forest. Lo ricordava ancora, a quasi quarant'anni di distanza. Lui aveva circa dodici anni e Sydney era una procace tredicenne, con i seni appena accennati. Le aveva chiesto di vedere com'era fatta e, timidamente, lei si era sganciata la parte superiore del costume da bagno bianco e blu e l'aveva gettata sulla sabbia.

«Mamma dice che sto diventando donna», rise.

Evan aveva pensato che assomigliasse alle dee greche di cui leggevano a scuola.

«Io sto diventando uomo», si vantò.

Sydney sedette, incrociando le gambe e chinandosi verso di lui. «Mamma dice che gli uomini e le donne sono diversi perché possano avere bambini.»

«Lo so.» Ed era anche più giovane di lei.

«Non so come si faccia.»

Si guardarono. Poi Evan disse: «Mi lascio guardare se tu ti lasci guardare».

Sydney esitò, ma la curiosità vinse. «Prometti di non dirlo?»

Evan annuì.

Sydney si alzò e si sfilò la parte bassa del costume.

Persino in quel momento, quarant'anni dopo, Evan ricordava come il sole, filtrando attraverso le foglie, aveva danzato sul suo corpo snello. Era lì in piedi, color alabastro dove il sole non l'aveva abbronzata.

«Adesso, tocca a te», propose lei, per nulla imbarazzata.

Evan si sfilò il costume senza staccare gli occhi dal corpo della sorella.

«Oh», esclamò lei.

Rimasero a fissarsi senza guardarsi negli occhi. Poi Evan le si avvicinò e le prese un capezzolo fra le dita.

«Toccami», mormorò.

La mano di Sydney scivolò su di lui, e rimase a guardare, gli occhi rotondi per la sorpresa, mentre diventava duro nella sua mano.

«Credo», Evan non riusciva quasi a parlare, «che per avere bambini, lo devo mettere lì.» Mosse le dita tra le sue gambe.

Sydney rimase immobile, mentre le dita del fratello la esploravano, ritraendosi con uno strano sguardo, quando lui la penetrò con un dito.

Poi Sydney indietreggiò e, come un cervo impaurito, corse nel lago, lasciandolo con un'erezione da adulto a desiderarla come non avrebbe mai più desiderato un'altra donna.

Quando Sydney uscì dall'acqua, con i capelli lisci sparsi sulla schiena, Evan non si era ancora rivestito. Lei non lo guardò, ma si infilò rapidamente il costume. «Chi arriva a casa per ultimo è una mezza cartuccia», disse, e si mise a correre.

Non accennarono mai più all'incidente.

Maledizione, come avrebbero potuto essere diverse le loro vite, se in quel momento l'avesse presa e le avesse mostrato chi era il più forte.

Le sue fantasticherie furono interrotte da qualcuno che gli batteva sulla spalla e gli chiedeva: «Hai da accendere, vecchio mio?»

Accese la sigaretta di Richard Kennelworth e lesse comprensione negli occhi di quell'uomo più giovane.

«Mi dispiace per i tuoi figli», disse Richard, scuotendo il capo. «Un giorno qualcuno dovrebbe fargliela vedere, a queste puttane. I tribunali affidano sempre la custodia alle donne e cercano di rovinarci finanziariamente.»

Un giorno, ripeté amaramente tra sé Evan, qualcuno dovrà fargliela vedere a queste puttane... Un giorno, perché non adesso?

Non avrebbe aspettato i quaranta milioni di Oberon. Sydney poteva trascinare la cosa per mesi. Anni, magari.

Prenderò posizione anche contro le donne come lei, si disse. Donne che evirano gli uomini.

Posizione?

Che genere di posizione? Come poteva liberarsi di Kitty?

Liberarsi?

Gli si bloccò il respiro.

Liberarsi?

Il suo respiro si face affannoso.

Guardò le facce sorridenti che lo circondavano. Doveva allontanarsi da tutta quella gente. Avere tempo per pensare.

Non salutò nessuno, ma prese un taxi per andare a casa. Lì fece una doccia, anche se erano le due passate, e si preparò un caffè forte. Si sentiva diverso, benché non sapesse definirlo. *Prendere posizione contro le donne liberandomi di Kitty.*

Nudo, con soltanto un asciugamano intorno alla vita, versò il caffè e lo portò in salotto, sdraiandosi sul divano.

Liberarsi...

Per un momento si sentì la testa vuota, prima di dire a voce alta: «Diciamolo. Omicidio». Un sorriso gli passò sul volto spigoloso. «È a questo che si arriva, no?»

Ma come attuarlo?

Il suo sorriso si fece più smagliante.

Farlo sembrare un tentativo di furto. O uno stupro. Avrebbe dovuto consolare i bambini. Qualsiasi giudice li avrebbe affidati a lui e, una volta venduta Oberon, una volta avuti i figli e tutti quei milioni, il mondo sarebbe stato la sua ostrica. Non avrebbe più dovuto elemosinare denaro, nessuna donna avrebbe più avuto potere su di lui.

Ma come?

Doveva escogitare un piano sicuro.

E presto. La pazienza non era la sua migliore virtù.

Domani.

Domenica. Era stato invitato a un party. Era la serata libera della bambinaia. La domenica Kitty stava sempre in casa, mentre la bambinaia usciva fino alle undici o anche mezzanotte.

Poteva sparire e ritornare prima che il party finisse. La gente avrebbe giurato che c'era rimasto per tutto il tempo.

Guardò l'orologio. Diciannove ore per escogitare un piano e dormire. Riposare così bene da avere poi tutti i sensi vigili e tesi. Sapeva di dover ideare un piano senza errori. Diciannove ore per cambiare vita, per rispondere all'attacco delle donne, per liberarsi di quella puttana...

Un sorriso gli si dipinse sul volto. Non provava quel senso di potere da molto tempo. Da anni. Aveva tra le mani il potere di vita e di morte.

E stava scegliendo la morte.

Non rimase affatto sorpreso di sentirsi eccitato. Eccitatissimo.

60

EVAN sapeva come si svolgevano le sere della domenica nella casa di arenaria in East End Avenue. Sempre uguali. Prima c'era *Lassie* e poi i programmi della Disney. I bambini amavano particolarmente le avventure degli animali dal vero.

In quel momento, Kara e Steve se ne stavano tra le braccia di Kitty. Non era lui, ma quella sgualdrina che dava loro un senso di sicurezza. Strinse la mano sinistra a pugno.

Kitty aveva cambiato la serratura, ma quando due settimane prima era andata a Westpoint, lui si era fatto fare da un fabbro una chiave nuova per la porta della cucina. Silenziosamente, entrò nella stanza buia, l'impermeabile umido per la pioggia d'agosto. I mocassini dalla suola di gomma non facevano alcun rumore.

Dovevano essere tutti nel salottino al piano di sopra. Alle otto e mezzo, Kitty avrebbe mandato a letto i bambini e, poco dopo, prima che iniziasse il film delle nove, sarebbe scesa a prepararsi una cioccolata calda con una montagna di panna, poi sarebbe risalita per guardarsi il film e si sarebbe probabilmente addormentata sul divano prima della fine del programma.

Evan conosceva bene la routine.

Sistematicamente svitò le lampadine che potevano essere accese dall'interruttore a muro. Kitty non sarebbe stata in grado di vedere, mentre scendeva a prepararsi la cioccolata.

Sorrise. Che sorpresa! Invece della cioccolata calda, ci sarebbe stato lui ad aspettarla.

Aveva lasciato il party, era corso a cambiarsi e, sempre di corsa, era arrivato a East End.

Si era portato un tubo lungo e pesante. Niente pistole rintracciabili.

Rimase in piedi al buio e attese. E attese. Il sudore gli colava dalle ascelle. Si slacciò l'impermeabile, ma non si sfilò i guanti. Aveva la bocca asciutta ma non osò far scorrere l'acqua.

Poi, infine, sentì le voci dei bambini. Dovevano essere usciti dal salottino per recarsi nelle loro camere da letto.

Attese.

Dieci minuti dopo, una luce tremolò in anticamera. Kitty doveva averla accesa da in fondo alle scale. Ascoltò il rumore dei suoi passi, poi vide la sua figura stagliarsi nella luce. La vide arrivare all'interruttore e la udì mormorare: «Dannazione».

Con entrambe le mani sollevò il tubo sopra la testa, e, con una forza che lo stupì, glielo abbatté sul capo, colpendola con precisione. Kitty stramazzò a terra con un lieve gemito. Evan alzò il tubo ancora e ancora, colpendola finché il sangue zampillò dalla cucina buia sul parquet dell'anticamera.

Continuò a colpirla anche quando capì che era morta.

Poi si bloccò, udendo dei passi sulle scale, passi che si fermarono a metà strada. Sentì la voce di sua figlia chiamare: «Susie? Susie, dove sei?»

Che cosa faceva alzata? Non doveva vederlo, non doveva sapere che era stato lì.

Oh, Dio. Susie?

E poi udì la voce di Kitty, nasale per il raffreddore. «Non preoccuparti, cara. È andata a preparare il tè alla mamma. Aspetta qui... Scendo io.» Udì il ticchettio dei suoi tacchi sulle scale.

Susie? Gesù onnipotente!

Rimase impietrito, incapace di muoversi persino mentre il ticchettio dei passi di Kitty si avvicinava.

«Susie?» chiamò con quella voce stridula. Poi si fermò.

Il buio della cucina. Il sangue sparso sul parquet.

Sentì il suo respiro farsi più corto, ansimante per la paura. La sentì gridare: «Va' di sopra, tesoro, non scendere. Di' a Steve di chiamare la polizia. Qualcosa non va. Di' alla polizia...»

Evan scavalcò il corpo insanguinato e si fermò sulla soglia, il tubo ancora stretto nella mano destra.

«Tu», sussurrò Kitty, indietreggiando mentre lui le afferrava il polso con la mano sinistra e alzava il tubo con l'altra.

Ma Kitty scostò la testa e il tubo le si abbatté sulla spalla, facendola cadere a terra, la gamba alzata in direzione del suo inguine. Uno dei suoi tacchi a spillo lo colpì e lui emise un grido di dolore, lasciando andare il polso di Kitty, ma non il tubo.

Lo alzò di nuovo.

In fondo alla scala, i bambini lo fissavano con gli occhi sbarrati.

Udì la voce di Kara come se fosse lontana mille chilometri. «Papà?»

Kitty era stesa a terra e si stringeva la spalla.

Tutti e quattro rimasero impietriti.

Evan fu il primo a muoversi. Si voltò, scavalcò il corpo di Susie, attraversò la cucina buia e uscì nella notte piovigginosa, cominciando a correre nell'oscurità, dove i lampioni riflettevano cerchi fosforescenti rossi e verdi sulle strade bagnate.

61

SYDNEY non vedeva Jordan da diciotto mesi. Aveva trascorso la mattinata finendo le cose in sospeso in ufficio, in modo da potersi prendere dieci giorni di meritata vacanza e volare a Oberon. Poi, alle cinque, quando alzò il telefono la sorprese la voce di Jordan. «Sono al Kennedy», disse, «appena arrivato da Buenos Aires.»

«Argentina? Mio Dio.» Come sempre, udendo la sua voce, fu pervasa da un brivido di eccitazione.

«In verità, non mi aspettavo di trovarti qui. Credevo fossi a Oberon, ma ho pensato di tentare.»

«Mi fa piacere sentirti.»

Parlava in fretta. «Senti, so di chiedertelo un po' all'ultimo momento, ma non potremmo cenare insieme? No so neanche dove alloggerò e quanto mi fermerò a New York, ma ci terrei a passare la serata con te. Cenare in un posticino tranquillo. Da *Giorgio*, magari?»

«Da *Giorgio* mi sembra fantastico. Ma vieni a stare qui. Ho una mezza dozzina di stanze a disposizione. Ci siamo soltanto io e zio Billy.»

Un momento di esitazione. «Sicura?» Intuì che l'idea gli piaceva.

«Domani vado a Oberon, se vuoi puoi venire a salutare le ragazze. Anche se Juliet è a Nashville, e non ritorna fino a giovedì.»

Sydney fece una doccia e si passò la spazzola fra i capelli mesciati per nascondere il grigio. Ma ancora nessuna ruga.

Si passò il rossetto sulle labbra e agganciò gli orecchini d'oro brunito proprio mentre suonava il citofono.

Si dette un'ultima occhiata allo specchio prima di correre alla porta. Jordan uscì dall'ascensore con la borsa in mano.

Rimase un momento a guardarla. Poi posò la valigia e le si avvicinò a braccia tese, avvolgendola in un abbraccio e sfiorandole la guancia con le labbra. Stretta fra le sue braccia, Sydney chiuse gli occhi, pensando che avrebbe potuto rimanervi per sempre.

«Non ho mangiato niente tutto il giorno», annunciò Jordan allontanandola da sé per esaminarla.

Sydney gli sorrise, felice di essere con lui.

Jordan prese la borsa e disse: «Indicami la mia stanza e lasciami fare una doccia. La nostra prenotazione è per le sette e mezzo».

«Sai dove sono le stanze. Qualsiasi va bene.»

Lui la guardò negli occhi. «Qualsiasi?»

Sydney rise. La faceva ancora sentire desiderabile.

Nel giro di venticinque minuti Jordan riapparve, fresco come se avesse dormito una notte intera.

Sydney gli tese un Margarita.

«Ah», esclamò lui. «Non dimentichi mai.»

Il nipote di *Giorgio* non si trovava nel ristorante e il maître non li riconobbe. Presero posto a un tavolo in un angolo, illuminato solo da una candela, e Jordan fece le ordinazioni.

Poi le prese la mano. Si sorrisero.

«D'accordo, raccontami... Parlami della famiglia. Innanzitutto, ci credi che diventeremo nonni?»

«Era ora. Ashley ha trent'anni.»

«Be', sono emozionato. Sarei contento di venire con te, se sei sicura che non disturberò. Voglio vedere i ragazzi. Se Juliet è via, chi c'è?»

Sydney cominciò a raccontargli cose che non poteva dire a nessun altro. «Ci sarà Bart, ma in questa stagione non torna a casa finché non fa buio, quasi alle dieci. Sai, raramente trovo qualcosa di cui parlare con lui. È così, be', non so se taciturno è la parola giusta.»

Jordan sorrise. «Non l'ho visto molto, ma ha pronunciato a stento due parole. Ma Juliet è felice con lui. Forse per la prima volta in vita sua è appagata.»

«Quando ci siamo ritrovati tutti per Natale, Ashley e Noah non sembravano avere problemi a comunicare con Bart. C'è stata molta allegria.»

«Credo che siamo entrambi sorpresi della scelta delle nostre figlie, vero? E del loro modo di vivere.»

«Ho imparato a mie spese», continuò Sydney, scegliendo con cura le parole, «a tenere la bocca chiusa quando fanno cose al di là della mia comprensione.»

Jordan annuì e le lasciò infine la mano. «Tanto tempo fa ho imparato ciò che anche tu devi aver imparato: essere genitori non è la cosa più facile del mondo. Ma forse la più gratificante.»

«Credo», la voce di Sydney si fece pensierosa, «che essere diventata una donna famosa e di successo abbia creato un'incrinatura, un abisso a volte, che non sarebbe esistito se avessi vissuto la mia vita attraverso mio marito», fece una pausa, guardandolo, «e i miei figli. Probabilmente sarei sempre stata circondata da quell'intimità a cui tenevo tanto.»

«Ma tu dovevi lasciare un'impronta», osservò Jordan.

«Strano che usi questo termine. Per Natale, Ashley mi ha regalato un volumetto intitolato *Impronte*, scritto da una donna che ha attraversato il deserto australiano a dorso di un cammello. La dedica era: 'Alla mamma che ha sempre lasciato le sue impronte'.»

«Che sensazione hai provato, allora?» chiese Jordan.

«Mi ha fatto piacere, ma adesso mi chiedo se non avrei potuto essere più vicina alle mie... alle nostre figlie, se non avessi lasciato impronte.»

«Non farti questo, Sydney.»

Il cameriere portò il miglior minestrone del mondo.

Jordan parlò del suo soggiorno in Argentina e aggiunse: «Sono stanco di viaggiare». Ma pensava che il film fosse piuttosto buono. Non il migliore, forse, ma buono. «Ma adesso parlami di te. Hai l'aria stressata, lo vedo nei tuoi occhi. Che cosa c'è?»

Jordan riusciva a capirla anche dopo tutti quegli anni di separazione.

«Temo di perdere Oberon.»

Jordan inarcò le sopracciglia e allungò una mano sul tavolo.

«Come diavolo puoi perderla?»

«Evan. Sai che l'abbiamo in comproprietà, e lui la vuole vendere. Per una cifra enorme.»

«Enorme quanto?»

«Potremmo ricavarne dai quaranta agli ottanta milioni ciascuno. Quaranta se vendiamo in blocco. Almeno il doppio se partecipiamo a un progetto edilizio, costruendo tre città sull'isola.»

«Ci sono cose più importanti del denaro, ma forse non per quelli che non ne hanno», osservò Jordan. «Il guaio è che Evan lo sperpera. Potrebbe essere multimilionario, se avesse vissuto in maniera diversa.»

Sydney non disse nulla, ma trasse un enorme sospiro.

«Gli ho offerto dieci milioni in contanti. Non posso proprio racimolarne di più. Il mantenimento della proprietà costa circa un milione all'anno, e devo avere una certa disponibilità finanziaria per il giornale, anche se adesso non siamo in perdita. Non posso dare a Evan fino all'ultimo centesimo, benché sia disposta a fare qualsiasi cosa per proteggere Oberon. Non voglio che Martha's Forest venga abbattuta per far posto a un centinaio di nuove case. Non voglio che quelle paludi vengano riempite di capanni e cacciatori. Quegli uccelli vengono qui da sempre, e sono sempre stati al sicuro a Oberon.»

«Immagino che Evan non pensi che la loro salvezza sia importante per il futuro del mondo, quanto avere quaranta milioni di dollari.»

«È bello poter parlare con te, Jordan. Tu capisci.»

«Allora, che cosa sta combinando Evan? Non può venderla senza il tuo consenso.»

«E io apparentemente non posso tenerla senza il suo. Così, siccome non ci mettiamo d'accordo, finiremo in tribunale. Ed Evan ha Lee Atwater come avvocato.»

«Oh, dannazione! Perlomeno tu ti puoi permettere il miglior avvocato sulla piazza.»

«Ho Noah.»

Si guardarono.

«Be'», proseguì Sydney, «è nostro genero. Gli voglio molto bene. Mai al mondo vorrei ferire lui o Ashley, prendendo un altro avvocato.»

«Capisco la tua lealtà, ma è all'altezza di Lee Atwater?»

«Non lo so, ma devo avere fiducia. Dice che potremo perlomeno protrarre la causa per anni.»

«Come posso essere di aiuto?»

Sydney scrollò le spalle. «Non saprei.»

«Quanto ci vorrebbe per rilevare la quota di Evan?»

«Almeno quaranta milioni. Forse di più.»

«Posso farti avere qualcosa, magari un paio di milioni.»

Sydney rise. «Quanta strada abbiamo percorso dai giorni in cui vivevamo in quell'appartamento senz'acqua calda in Bleecker Street? Grazie, comunque, caro, ma un paio di milioni sarebbero una goccia nel mare.»

«Immagino che lo sarebbero in qualsiasi caso. Suppongo che Evan e questo costruttore siano convinti che ogni cosa ha un suo prezzo.»

«Almeno sono nella posizione di potermi opporre. Se arriveremo a tanto, forse avrò il coraggio di liquidare tutto quello che possiedo, rinunciare al giornale, rinunciare a qualunque cosa.»

«Non può farla franca, vero?»

«Noah pensa che abbia una possibilità. Lui consiglia di prendere un legale di grido abituato a trattare con queste cifre, in modo che se dovessimo perdere non debba incolpare mio genero. Ma mi piace. Voglio lavorare con lui. Tuttavia questa cosa lo rende nervoso.»

Quando fu il momento del dessert, Sydney scosse il capo. «Solo caffè. Non potrei mangiare nient'altro.»

Non avevano fretta.

Sydney gli passò un dito sulla guancia, poi gli posò una mano sul braccio. «Dio, è così bello vederti, e parlare di cose di famiglia.»

«Sei sicura di potermi sopportare per un paio di settimane a Oberon?»

Sydney non sapeva se la stava prendendo in giro. «Ci posso provare.» Ma non era quello che voleva dire. «Ne sarei felice, Jordan. Non ti vedo mai abbastanza.»

«A questo si può sempre rimediare, sai.»

Tornando a casa in taxi, si tennero per mano.

Quando arrivarono, Jordan notò il *Chronicle* appoggiato sul tavolino in salotto. Lo prese. «Adesso lo leggo persino volontariamente.»

«Ne sono fiera.»

«Io sono fiero di te.»

Lo guardò. «Sai, nessuno me l'ha mai detto. Credevo che tu fossi l'ultima persona a potermelo dire.»

Jordan scosse il capo. «Sono fiero dei tuoi successi come se... tu fossi ancora parte di me.»

Sydney non seppe come commentare.

Era passato quasi un quarto di secolo da quando avevano fatto l'amore. Per lei c'era stato Adam. Per Jordan, numerose relazioni.

Ma quella sera desiderava Jordan come lo aveva desiderato trent'anni prima, più di quanto avesse mai desiderato un uomo.

Tuttavia, dopo averla abbracciata e baciata, Jordan scomparve lungo il corridoio fino alla sua stanza.

«L'aereo sarà pronto alle sette», gli gridò dietro lei.

Sedette davanti alla toilette e si spazzolò i capelli, piena di desiderio, mentre si chiedeva se avrebbe avuto il coraggio di percorrere il corridoio e infilarsi nel suo letto.

Nello specchio vide la porta aprirsi. Jordan era sulla soglia, con un pigiama di seta grigia. Attraversò la stanza con un sorriso negli occhi, le tolse la spazzola dalla mano e gliela passò lentamente fra i capelli. I loro occhi si fissavano nello specchio.

Lei gli toccò la mano, mentre lui si chinava a baciarle il collo, la mano sinistra che scivolava sul suo petto, accarezzandole il seno.

«Non ho mai cessato di amarti», le sussurrò all'orecchio.

«Neanch'io», ansimò lei, il corpo ardente di desiderio.

«Vieni qui», le disse, facendola alzare, attirandola a sé e cercando nei suoi occhi la risposta che aveva sempre desiderato. La strinse, e le loro bocche si incontrarono.

Suonò il citofono.

«Non rispondere», mormorò Jordan contro le sue labbra.

«Non risponderei se fosse il telefono...»

«Di' a chiunque sia di andarsene.»

Sydney si liberò dall'abbraccio di Jordan e premette il pulsante. Il portiere disse: «Mi spiace disturbarla a quest'ora, signora Yarborough, ma c'è qui suo fratello».

Evan, a quell'ora?

«Va bene, Sam.» Guardò impotente Jordan. «Evan? Me ne libererò. A meno che non sia ubriaco, non capisco perché sia qui. Non lo vedo da quando è iniziata questa controversia.»

Jordan la strinse di nuovo a sé. «Fa' presto.» La baciò lievemente, lo sguardo tenero e ridente. «È da troppo tempo che aspetto.»

La osservò scivolare lungo le scale.

Sydney aprì la porta d'ingresso e Evan entrò con una giacca inzuppata di pioggia, i capelli appiccicati alla testa. Persino da in cima alle scale Jordan notò il suo sguardo sconvolto.

Evan non guardò quasi Sydney, ma andò direttamente verso il mobile dove sapeva che c'era del whisky. Se ne versò una buona dose, lo portò alla poltrona accanto al caminetto, ne ingollò una grossa sorsata e, fissando il tappeto, annunciò: «Ho ucciso una donna».

Sydney aveva ancora la mano sulla maniglia. Non si mosse.

Evan tracannò un'altra sorsata e si voltò a guardare la sorella. «Non mi hai sentito?»

Sydney chiuse la porta e gli si avvicinò, sedendosi nella poltrona di fronte a lui. «È stato un incidente? In macchina?» Poiché lui scosse il capo, chiese: «Come?»

Evan finì il suo whisky e accese una sigaretta. «Con un tubo di piombo. Con premeditazione. Assassinio.»

«Dio del cielo!» esclamò Sydney con voce fievole.

«Solo che era la donna sbagliata.»

Gesù, pensò Jordan. Sto sentendo bene?

Evan spiegò che cosa aveva progettato di fare e che cosa aveva fatto in realtà.

Quand'ebbe finito, ci fu silenzio. Alla fine Sydney si appoggiò allo schienale, accavallò le gambe e chiese: «Che cosa vuoi da me?»

«Cristo, Sydney, voglio che mi aiuti.»

Visto che non rispondeva, Evan si alzò e andò a versarsi altro liquore.

Sydney temeva di sentirsi male. Evan aveva ucciso la bambinaia dei suoi figli. E aveva inteso uccidere la loro madre.

Evan posò il bicchiere accanto alla bottiglia, ma non se ne versò altro.

«Che cosa intendi dire?» chiese Sydney.

Scosse la testa. «Speravo che tu avessi un'idea.»

«Kitty e i ragazzi ti hanno visto. Devono aver già chiamato la polizia.»

Evan guardò l'orologio. Non era trascorsa neanche un'ora. Curvò le spalle. «Fa' qualcosa!» pregò, gli occhi impauriti che la imploravano.

«Perché io, Evan?»

«Gesù, Sydney, sei mia sorella. La mia famiglia. Il mio sangue.»

«Tutto questo non sembrava importante, quando hai cercato di sottrarmi l'eredità.» La sua voce era fredda.

«Syd, si tratta della mia vita!»

«A me sembra...» La voce di Jordan risuonò nella stanza. «A me sembra che tu ne abbia appena tolta una, di vita.»

Il risentimento che provava sempre quando vedeva Jordan Eliot si impossessò di Evan. Ebbe voglia di dare un pugno a quella bella faccia hollywoodiana. Forse avrebbe dovuto uccidere Sydney. Avrebbe avuto Oberon tutta per sé, e lei non avrebbe mai più potuto guardarlo nel modo in cui lo stava guardando adesso. Con pietà. Con superiorità.

Jordan si diresse verso il divano e sedette, allargando le braccia sullo schienale.

«Mi stai chiedendo di aiutarti a farla franca con un omicidio?» La voce di Sydney era severa.

Gli occhi di Evan incontrarono nuovamente quelli della sorella. «Non posso andare in prigione. Non potrei sopportarlo.»

Si frugò nella tasca e tirò fuori un'altra sigaretta, quasi incapace di accenderla con le mani tremanti.

«Non ti aiuterò», ribatté Sydney. «È ora che tu ti assuma la responsabilità delle tue azioni. Hai ucciso una persona, Evan.»

«Non la galera», gli si incrinò la voce. «Mi ucciderebbe.»

«Questo o la sedia elettrica», aggiunse Jordan. «O forse un'iniezione letale.» Non si era mai accorto di avere quella vena sadica.

«Tieniti fuori da questa storia», lo investì Evan.

«Ormai è troppo tardi», ribatté Jordan.

Sydney si chinò in avanti, la fronte corrugata. «Evan, devi chiamare la polizia e consegnarti.»

«No!»

«Non ti aiuterò», insistette la sorella.

«È per Oberon, non è vero?» La sua voce era un ringhio. «È per quel maledetto posto che tu ami più di qualsiasi cosa al mondo.»

È così? si chiese Sydney. Se lui non avesse tentato di portar via Oberon alla famiglia, lo avrebbe aiutato?

«No», rispose più a se stessa che al fratello. «Può esserlo in parte, ma non ti aiuterei mai a farla franca con un omicidio.»

Ci fu un silenzio pesante.

«Io ho un'idea», disse Jordan.

Si voltarono entrambi a guardarlo.

62

«NON hai una sola possibilità. Ergastolo. Chissà, forse libertà vigilata dopo venti o trent'anni. Non m'intendo di legge. E mentre aspetti, abusi, sodomia, ogni genere di cose.» La voce di Jordan era d'acciaio, priva di emozione. «Un processo costoso. Dove prenderai i soldi per avvocati di grido, Evan? E avrai bisogno dei migliori. Kitty e i ragazzi sono testimoni. Anni in prigione che costano... Che cos'ho letto che costa al governo ogni detenuto, quarantamila dollari l'anno? Qualcosa del genere.»

Evan fissò Jordan. «Questa storia ti diverte, non è vero?»

Jordan era stupito di scoprire che stava provando piacere. «Sto pensando a Sydney e alle nostre figlie. Avranno molto da dimenticare con il tempo. E così i loro figli. E i tuoi figli. Il nome degli Hamilton è stato infangato, Evan, ma non è questo il peggio. Non credi nel Vecchio Testamento? Occhio per occhio...»

«Scendi dal tuo fottutissimo piedistallo», scattò Evan.

La bocca di Jordan si curvò in un sorriso che era in contrasto con il suo sguardo di ghiaccio. «Quanto vale la tua vita?»

Sydney guardò Jordan, chiedendosi a che cosa stesse mirando.

Jordan guardò l'orologio. «Non posso portarti fuori del Paese su un volo di linea. La polizia ti starà già cercando.» Si rivolse a Sydney. «Il tuo aereo può arrivare fino alla costa del Messico?»

Lei annuì.

«Sono appena tornato da Rio», continuò Jordan. «Ti piacerà. Si vive con poco. Centomila dollari dureranno molto, se starai attento, almeno finché non trovi un lavoro.»

«Un lavoro?»

Jordan lasciò il silenzio sospeso nell'aria e rivolse all'ex cognato uno sguardo di pietà. Poi disse: «Evan, sei così fuori dalla realtà. Ti spiego che cosa farò. Comprerò la tua metà di Oberon per centomila dollari e farò in modo che tu esca dal Paese vivo».

Come una lampadina che si accende, Sydney capì all'improvviso a che cosa stava mirando Jordan.

Mentre Evan lo fissava con occhi fiammeggianti d'odio, Jordan si rivolse a Sydney. «Possiamo accompagnare Evan a Teterboro e farlo salire sul tuo aereo. Partiremo come da programma, domattina all'alba. Nel frattempo chiameremo Noah per dirgli...» Si rivolse a Evan. «Sei d'accordo? Non hai un minuto da perdere.»

«Jordan! Che cosa stai suggerendo?» chiese Sydney, pur sapendolo perfettamente. «Hai intenzione di aiutare Evan a fuggire? Aiutarlo a cavarsela con un omicidio?»

Jordan si girò verso di lei. «Sydney, non credo che quello che sto suggerendo sia poi tanto immorale. Un giorno dovrà andare a lavorare. Centomila dollari non dureranno a lungo. Non potrà più tornare negli Stati Uniti né rivedere i suoi figli. Dovrà nascondersi sotto falso nome. Perderà i suoi soldi, la sua identità, i suoi figli. Faremo risparmiare ai contribuenti quarantamila dollari l'anno e un lungo, costoso processo. Credo che quello che sto suggerendo sia una punizione severa quanto la prigione. Sai che comunque non gli daranno la pena di morte.»

La guardò e le si avvicinò per posarle una mano sul braccio. Lei incontrò i suoi occhi. «Sei tu che mi hai insegnato la moralità», mormorò.

«Se questo va contro la tua coscienza», ribatté Jordan, «chiama la polizia.»

Sydney si voltò, si avvicinò alla finestra e fissò l'oscurità.

Quando non si mosse né parlò, Jordan si rivolse nuovamente a Evan. «Allora?»

Evan sapeva di non avere alcuna scelta. «Centomila dollari», mormorò. «Merda, Jordan, sai bene quanto vale Oberon.»
«Sì, infatti. Quello che tu devi decidere è se vale la tua vita. Sarai mandato in prigione, non vedrai mai un centesimo.»
Studiò Evan per un minuto, prima di alzarsi e dirigersi al telefono. Sydney sapeva esattamente quello che stava facendo Jordan. Si chiese quale destino glielo avesse mandato quella sera.
«Ashley, tesoro, sono papà. Sì, sono a New York.» Guardò Sydney. «Sono con la mamma. Partirò con lei domattina. Ma adesso devo parlare con Noah.»
Aspettò mentre Sydney ed Evan lo fissavano.
«Noah, sì, anche a me fa piacere sentirti. Ci vedremo domani e ci racconteremo tutto, ma in questo momento non posso perdere tempo. Non dormirai molto stanotte, temo. Ecco che cosa voglio che tu faccia, e non dirmi che è impossibile. Sto comprando la parte di Oberon di Evan. Sì, è vero. Saprai i dettagli domani. Quello che voglio stasera è l'atto, il contratto, qualsiasi cosa sia necessaria, perché lui la firmi quando arriveremo domani mattina presto. Partiremo di qui un po' prima dell'alba, spero. Dev'essere fatto il prima possibile. Evan firmerà i documenti necessari, poi dovrà ripartire immediatamente. Non ascoltare la radio o la televisione, così potrai dire che non sapevi nulla. Vieni a prenderci. Sì, domattina. Poi voglio che l'atto di vendita o quello che è necessario venga iscritto a nome di Juliet e Ashley, e lo voglio predatato, che sia legale o no. Cinque giorni fa. Non dirmi che non puoi farlo. Ci vediamo domattina.» Riattaccò prima che Noah potesse ribattere.
Jordan guardò l'orologio, sollevò nuovamente il telefono e chiamò Los Angeles. «Carl, sono Jordan. No, sono a New York. Non so quando tornerò. Ho bisogno di un favore. Domani, per prima cosa, voglio che prelevi centomila dollari in contanti... Sì, contanti. Mandali tramite un corriere speciale a quel piccolo aeroporto privato, non ricordo il nome, fuori San Diego. Nel tardo pomeriggio, suppongo, domani avrò dettagli più specifici. Un uomo alto», guardò Evan, «calvo, sulla cinquantina, arriverà lì.» Evan trasalì. «Gli darò istruzioni. Tutto quello che deve fare è dare al corriere il mio nome. Il corriere deve noleggiare un taxi e accompagnarlo al ponte di Tijuana, fargliela attraversare, poi dargli i soldi – biglietti di taglio non superiore a cinquanta, va bene? – e poi tornarsene a Los Angeles. E non voglio che di questo venga fuori una sola parola. Ti chiamerò domattina, alle dieci della tua ora locale, per sapere se ci sono problemi. Spero che non ce ne siano. Fa' in modo che non ce ne siano. Sì, grazie, vecchio mio.»

Jordan riattaccò e spiegò a Sydney: «Il mio amministratore».

Abbassò lo sguardo sul pigiama e disse: «Che cosa ne diresti di cambiarci, fare un caffè e prepararci?»

Evan sedeva come in trance. Quanto potevano durare centomila dollari? Che cosa avrebbe fatto? Non sapeva fare nulla.

«Evan, non provi alcun rimorso? Hai ucciso una donna!» Sydney si rivolse a Jordan. «Non pensa che a se stesso. Che importanza ha che qualcuno sia morto? Che abbia tolto una vita?»

Evan fissò la sorella. «Non rivedrò mai più i miei figli.»

E Sydney non avrebbe più rivisto Evan. Si sentì in colpa per provare un tale enorme senso di sollievo.

63

SYDNEY si rese conto che stava tremando.

Noah e Ashley erano andati a prenderli al piccolo aeroporto di Easton pieni di domande negli occhi, ma senza rivolgerne nessuna.

Jordan e Noah si misero a confabulare, mentre Evan rimaneva sull'aereo. Noah non voleva intimorire il pilota abituale di Sydney. «Non voglio che a nessuno venga in mente di individuare il vostro aereo», disse. «Assumiamo un pilota di qui e mandiamolo a Nashville, poi trasferiamo Evan su un altro aereo fino a Phoenix, e da lì mandiamolo con un altro aereo ancora fino a San Diego. Voglio che il vostro aereo resti qui perché, se la polizia lo cercasse, esso si trovi dove dovrebbe essere.»

«E se Evan fuggisse in una di queste trasferte?» chiese Jordan.

«Incaricherò un mio dipendente, un uomo di assoluta fiducia che terrà la bocca chiusa, di accompagnare Evan. Pete sa maneggiare la pistola. Se Evan non collabora, lo sapremo nel giro di cinque minuti. Sarebbe un idiota a non collaborare. Gli stai offrendo la vita, Jordan.»

«Il mio amministratore manderà il denaro via corriere a un aeroporto privato vicino a San Diego, dove aspetterà l'aereo di Evan, e da lì lo accompagneranno in macchina alla frontiera, dove il mio contatto attraverserà il ponte di Tijuana con Evan e poi gli consegnerà centomila dollari in biglietti di piccolo taglio. Qualcuno lo incontrerà lì e lo condurrà in aereo in Costa Rica o in Guatemala e da lì, se vuole, a Buenos Aires. Naturalmente, non disporrà di passaporto. Da lì resterà solo.»

Sydney si chiese perché non sentisse che era immorale. Pensava che fosse una grossa punizione, naturalmente. E sapeva che avrebbe risparmiato alla famiglia un lungo processo.

Si chiese come i figli di Evan avrebbero vissuto sapendo che il loro padre era un assassino. Era lieta che Oliver non ci fosse più e non dovesse vedere tutto questo.

E si sentiva colpevole di provare un così grande sollievo sapendo che le sue preoccupazioni per Oberon erano finite. Jordan aveva agito con intelligenza.

Quando l'aereo noleggiato decollò per Nashville, loro si recarono a casa di Ashley e Noah. Ashley era incinta di sette mesi. Sedettero intorno al tavolo della cucina, e lei preparò loro cereali e yogurt fresco per colazione.

Fu allora che Jordan raccontò alla figlia e al genero tutta la storia. Ashley ascoltò con gli occhi sbarrati e la bocca aperta, ovviamente scioccata. Noah continuò a scuotere il capo per tutto il tempo. Sydney si scusò. Andò in bagno e vomitò.

Quando non uscì, dopo quasi un quarto d'ora, Ashley bussò alla porta e chiamò: «Mamma, stai bene?»

Sydney non rispose, così Ashley aprì la porta e guardò dentro. Sydney sedeva sul bordo della vasca, incapace di muoversi.

Ashley le sedette accanto e circondò con le braccia la madre, che non riusciva a smettere di tremare.

«È tutto a posto», le sussurrò Ashley nei capelli. «È tutto a posto.»

Noah apparve sulla soglia. «Sydney, è illegale, è immorale ed è magnifico. Non l'omicidio, non è a questo che alludo. Quello è tragico, terribile, orrendo. Ma sono costretto ad ammirare la decisione di Jordan. Io non ci sarei mai arrivato.»

Dalla cucina giunse la voce di Jordan. «Tu avresti seguito le vie legali.»

«Dobbiamo far combaciare le nostre versioni», disse Noah.

Sydney ritornò in cucina, dove Ashley le versò una Coca-Cola.

«Ecco, mamma.»

Sydney la prese e avvicinò il bicchiere freddo alla fronte, prima di bere.

«Può succedere un pandemonio se le autorità dovessero scoprirlo», disse Noah, sedendosi di fronte a Jordan. «Io, naturalmente, sarei radiato dall'albo. Finiremmo tutti in galera per favoreggiamento. Per cui, facciamo combaciare le nostre versioni. Sei sicura che il tuo pilota non dirà mai a nessuno che c'era un passeggero con voi?»

Sydney annuì. «Sono sicura.»

«D'accordo», proseguì Noah. «Non controlleranno i charter che da qui vanno a Nashville. O almeno, non credo che lo faranno. Dovremo mentire tutti.» E poi scoppiò a ridere. «Ben ci sta! Se c'è una famiglia che crede nell'integrità morale e se ne vanta, quella siamo noi. Ed eccoci qui a mentire spudoratamente.»

«Non sarà la prima volta per nessuno di noi», intervenne Ashley. «E immagino che non sarà nemmeno l'ultima.»

«Forse no», disse Jordan. «Il pilota di Sydney aveva già comunicato ieri il piano di volo. E lei non sente Evan da mesi, per via di Oberon.»

«Sì, ma una volta che la stampa o gli avvocati verranno a sapere dell'atto di trasferimento di Oberon ad Ashley e Juliet con la data della settimana scorsa», obiettò Noah, «vorranno sapere chi se n'è occupato, che prezzo è stato pagato, questo genere di cose. Affronteremo queste domande quando si presenteranno, ma dobbiamo concordare su un'unica versione.»

Sedettero intorno al tavolo chiarendo i dettagli nel caso che venissero interrogati.

Sydney smise di tremare benché avesse ancora lo stomaco in subbuglio. Gli occhi di Jordan erano iniettati di sangue ed era pallidissimo. Sapeva che non era soddisfatto di quello che stava facendo, ma non aveva nemmeno rimpianti.

Mio fratello è un assassino, continuava a pensare Sydney. Evan ha volontariamente ucciso una donna, e l'unico rimorso che ha mostrato era che non fosse stata Kitty. Non avrebbe forse dovuto finire in carcere, essere costretto a trascorrere il resto della sua vita in una piccola cella? Magari gli avrebbero dato la pena di morte. Magari un abile avvocato sarebbe riuscito a fargli avere una breve condanna... In quel caso, la loro sarebbe stata una punizione più giusta.

Cercò di immaginarsi Evan lavorare, ma non ci riuscì. Cercò di immaginarlo vivere di quello che guadagnava, ma non ci riuscì.

Il *Chronicle* avrebbe dovuto fare la cronaca dell'omicidio e della sua sparizione, no? Be', non voleva pensarci, quel giorno. Avrebbe aspettato che Brock tirasse fuori l'argomento e l'avrebbero affrontato insieme. Quello su cui doveva concentrarsi, al momento, era superare la giornata.

Sydney si guardò intorno. Era la prima volta che stavano intorno a un tavolo come una vera famiglia, da quando Ashley era bambina. Nonostante il suo stomaco in subbuglio e il terribile assassinio, Sydney non poté fare a meno di provare un senso di conforto. Jordan le prese la mano e gliela tenne stretta.

«È ironico», disse Sydney.

La guardarono tutti.

«Che cosa?» chiese Jordan.

«Mio padre era così preoccupato che mi buttassi via per un cameriere e un attore da due soldi che mi sposava per il mio denaro, da assicurarsi che non sottraesse Oberon alla famiglia. E adesso sei tu ad averla salvata.»

Ashley osservava tutto.

«Volete rimanere qui stanotte, voi due? Ho un freezer pieno di roba. Preparo i letti nelle stanze degli ospiti.»

«No», rispose Sydney. «Forse tuo padre vuole restare, ma io ho bisogno di andare sull'isola. Bart è lì?»

«Resterà probabilmente alla marina, mentre Juliet è via. Che cosa ne direste se gli telefonassi e...»

«Non dirgli niente», l'ammonì Noah. «Teniamoli fuori da questa storia, lui e Juliet. L'unica cosa che dovranno sapere è che non c'è più bisogno di preoccuparsi per l'isola, e non è necessario dirglielo, per ora.»

«Dirò solo che mamma e papà vogliono trascorrere un po' di tempo da soli.» Si rivolse a Jordan: «O vuoi rimanere qui anche se mamma...»

«No», la interruppe Jordan. «Abbiamo bisogno di passare un po' di tempo da soli. Soli insieme.» Guardò Sydney. «Sei d'accordo?»

«Certo», sospirò lei.

«D'accordo.» Noah si alzò. «Vi accompagno a St. Michaels. Incontreremo Bart alla marina, invece di telefonargli. Tutto quello che deve sapere è che volete la barca; Ashley può suggerire che sarebbe carino lasciarvi in pace per una notte.»

«Un giorno», disse Sydney ad Ashley, «dovrai dirlo a Juliet.»

«No, mamma. Un giorno dovrai dirglielo tu.»

Sydney sospirò di nuovo, poi annuì. Si sentiva così stanca che si reggeva a stento.

Era il crepuscolo quando si svegliò, dopo aver dormito l'intero pomeriggio. Jordan si era addormentato su una delle sdraio accanto alla piscina. Noah aveva consigliato di non rispondere al telefono. «Staccatelo», aveva detto. Se stampa o polizia avessero chiamato, avrebbero dovuto tentare con Noah, e lui avrebbe trovato il modo di depistarli.

Sydney si sentiva come se le fosse passato sopra un camion.

A un tratto stava morendo di fame, e si rese conto che erano ventiquattr'ore che non mangiava.

Non si pettinò neppure, ma scese giù in cerca di Jordan, che trovò addormentato sulla sdraio. Andò in cucina e preparò due Margarita.

Nel frigorifero trovò delle fette di prosciutto al forno, l'impareggiabile insalata di patate di Cora, sottaceti, un'insalata e del tè freddo. Su un altro ripiano c'era anche una crostata alla frutta.

Portò i drink sul patio e sedette accanto a Jordan, facendo volutamente abbastanza rumore da svegliarlo.

Lui cercò la sua mano, ma lei gli porse il drink. Jordan scosse la testa per schiarirsi le idee.

«Bene, questo è stato un vero ritorno a casa», disse.

Sydney non ribatté mentre sorseggiava il suo Margarita.

«Stai bene?» chiese lui, corrugando preoccupato la fronte.

«Sì», rispose. «Sto bene, anche se è stata dura da digerire.» Dopo un po' si alzò e disse: «Porto fuori la cena».

Trovò un'allegra tovaglia a quadretti bianchi e rossi e due lanterne con candele rosse. Era già piuttosto buio e le candele e le luci della piscina creavano un piacevole chiarore. L'aria era dolce e le foglie degli alberi frusciavano nella brezza.

Sembrava impossibile che fosse accaduto tutto in un solo giorno. Soltanto i suoi nervi a fior di pelle le ricordavano la tragedia.

Il telefono suonava insistentemente, mentre portava fuori la cena sul patio. Jordan si alzò e andò a cercare qualche disco che coprisse il suono del telefono e li aiutasse a rilassarsi. Rise. «Frank Sinatra. Eydie Gormé. Il mio genere di musica.»

Quando sedettero, chiese: «Te la senti di parlare? Ho da prendere alcune decisioni sulla mia vita, speravo di poterne discutere con te. Devo prenderle in fretta».

Sydney spalmò senape sul prosciutto al forno. Annuì. Era sempre un piacere, anche se raro, discutere con Jordan della sua vita.

«Innanzitutto, lavoro: ho due offerte, e non vorrei rifiutare nessuna delle due, ma devo fare una scelta. Speravo che tu potessi aiutarmi.»

Sydney non disse nulla, ma corrugò la fronte e bevve il suo tè freddo.

«Lasciami premettere qualcosa che sai dal giorno in cui mi hai conosciuto.» Jordan posò la mano sulla sua. «Ti amo. No, non basta. Sono innamorato di te. Non ho mai realmente amato un'altra donna. Mai. Per trentadue anni ho amato esclusivamente te.»

«Hai avuto altre donne. Moltissime», sottolineò Sydney.

Lui annuì. «Ne ho avute, è vero. Ma nessuna mi ha mai fatto sentire come mi fai sentire tu. E pensare a te mi ha sempre impedito di innamorarmi di un'altra.»

Sydney lo guardò. «Anch'io ti amo.»

Jordan annuì. «Lo so. Ed è soprattutto di questo che voglio parlare.»

Sydney si chinò in avanti. «Riesci a capire perché ho dovuto lasciarti?»
«Per anni non l'ho capito», rispose lui. Assaporando l'insalata di patate, commentò: «Sempre ottimo il cibo a Oberon».
Sydney abbozzò un sorriso.
«Non sono un cretino completo», continuò Jordan. «Tutti i cambiamenti di questi ultimi vent'anni hanno risvegliato la mia coscienza, sai? Mi piace pensare di avere acquisito una sensibilità che probabilmente mi mancava in gioventù. E, con te come modello, le nostre figlie sono diventate donne forti, indipendenti. Sì, capisco. Finalmente.»
Sydney si appoggiò alla sedia e lo guardò. Era ancora l'uomo più bello che avesse mai visto.
«Se non fosse per te, per le donne come te, le nostre figlie non avrebbero carriere e matrimoni così splendidi. Ma è stato un prezzo molto alto.»
Sydney si mostrò d'accordo. «È vero. Mi sono chiesta ogni giorno, da quando ti ho lasciato, se era la decisione giusta.»
«Lo immaginavo. Non hai mai amato realmente Adam, vero? No, non devi rispondere. Qualunque cosa provassi per lui, non era quello che io e te abbiamo sempre avuto. E mi chiedo se non potremmo riprendere la nostra relazione, Syd. Siamo in un momento della nostra vita diverso rispetto a trent'anni fa. Guarda quello che sei diventata.»
«Che cosa sono diventata?»
«Una delle donne più rispettate del Paese.»
Lei riuscì a sorridere, ora. «Non famosa come te.»
«Senti, sono giunto a capire che se fossi rimasta con me avresti cominciato a odiarmi. Vivevi nella mia ombra. Ma adesso abbiamo fatto strada a sufficienza per impedire che accada di nuovo. Senti, smettiamola di rimpiangere il passato e pensiamo al futuro.
«Delbert Raines, sai, quello che mi ha diretto quando ho vinto l'Oscar, mi ha telefonato dall'Argentina e mi ha offerto il ruolo di protagonista in *Ramparts.*»
Era stato il bestseller dell'anno prima. L'eroe, o antieroe, era un ruolo per cui uomini più giovani sarebbero invecchiati volentieri. Sydney guardò Jordan. Certo. Sarebbe stato meraviglioso.
«Dove sta dunque il dilemma?»
Jordan sorrise. «Monday ha finalmente scritto una commedia per me, e pensa che sia la miglior cosa che abbia mai fatto.»
Sydney lo guardò per un lungo istante. «Il sogno che non è mai diventato realtà. Un ruolo da protagonista a Broadway.»
«È uno dei miei due sogni che non è diventato realtà.»
Sydney si alzò ed entrò in casa, tornando con una brocca di tè freddo.

«Perché quel sorriso?» le chiese Jordan.
«Credo di avere paura.»
Jordan accettò da bere. «Sydney, riproviamoci. Un tempo, quand'ero giovane, amavo New York, ma adesso... Quei freddi inverni, la neve, i cieli grigi... La folla. Devo stare vicino alla natura per essere felice.»
Sydney si disse di rilassarsi. Poteva ascoltare. Le piaceva ascoltarlo. Il guaio era che non era sicura di essere pronta a fare un importante cambiamento di vita e sospettava che fosse questo che stava per proporle.
«Non dovrai più lavorare così intensamente come hai fatto finora, non è vero? Non è arrivato il momento di rallentare un po'? Di fermarsi ad annusare le margherite?»
Forse lo era.
«Quel direttore responsabile del quale hai sempre tessuto elogi in tutti questi anni... Avanza di un passo. Diventa presidente. Lascia fare l'editore a lui. Nessuna delle nostre figlie nutre interesse per il giornale. Comincia ad addestrare lui, o qualcun altro.»
«Ma è un così bravo direttore responsabile.»
«Concedigli una scelta, allora. Tu sarai sempre il boss. Dopotutto, il giornale è tuo, ma comincia a rallentare un po'. Non tutto in una volta, bada bene. Fallo gradualmente. Nel giro di un anno, magari. Ma riserva un po' di tempo anche per noi. Per il lato sentimentale della vita. Per quella parte che ci siamo negati in tutti questi anni.»
«Che cosa stai suggerendo?»
«Lasciati amare. Vieni via con me e lasciati amare...»
Sydney rise. «Assomiglia a una poesia o alla battuta di un copione.»
«A una poesia», ammise Jordan. «Provaci. Concedimi un mese, tanto per cominciare. Vieni in Kenya con me. Vieni a vedere il mio paradiso, il posto che amo tanto. C'è uno dei climi più belli del mondo. Vieni a vedere quello che faccio lì, quello che sto cercando di fare. Vieni, cerchiamo di conoscerci di nuovo. Di fare l'amore di nuovo, in tutte le maniere.»
La guardò e il suo cuore si sciolse.
«Poi torneremo, e a settembre inizieranno le prove. Ho detto a Monday che non avrei potuto interpretare la commedia, che non avrei potuto stare a New York, a meno che tu non facessi parte di tutto questo.»
«Non addossarmi questa responsabilità!»
Jordan continuò. «Io sarò occupato. Tu sarai occupata. Ma durante i weekend potremo venire qui. Potrò finalmente conoscere le mie figlie. Potremo ridiventare una famiglia, qui a Oberon. E anche quando inizierà lo spettacolo, potremo volare qui la domenica mattina e non rientrare in città fino a lunedì pomeriggio.»

Era molto tentata.

«E *Ramparts?*»

«Che Newman vinca il suo secondo Oscar!»

«Non saprei...»

«Ci penserai?»

Sydney annuì. «Naturale! È solo che mi sembra così tardi per simili cambiamenti.»

Lui si alzò e la tirò su con sé, le mani sulle sue spalle. «È mai troppo tardi per l'amore? Non sto dicendo di risposarci... o almeno non subito.»

«Ma mi stai chiedendo di provare a vivere insieme?»

«Sì. La mia vita non è mai stata completa da quando mi hai lasciato. Voglio che ci riproviamo. Non abbiamo più le stesse necessità, gli stessi desideri...»

Scoppiarono a ridere.

«Non sono sicuro sui desideri», disse Jordan. «Un passo alla volta.»

«È quello che Juliet desidera da tutta la vita. I suoi genitori insieme, una famiglia...» osservò Sydney.

«Fallo solo per te stessa, non per gli altri», disse Jordan. L'attirò a sé, prendendole il volto fra le mani, guardandola intensamente negli occhi. Poi abbassò la bocca sulla sua. Aveva ancora il potere di confonderla.

«Jordan, non riesco a pensarci, ora», disse Sydney, respingendolo. «Questa cosa con Evan mi ha sconvolta.»

«Partiamo per l'Africa questa settimana, allora», la incalzò. «Allontaniamoci dai pettegolezzi. Viviamo solo per noi stessi.»

«Quando devi dare una risposta a Monday?»

«Presto. Lui e Del stanno entrambi aspettando la mia risposta.»

Come lui stava aspettando la sua.

«Voglio dormirci sopra», propose Sydney. «Non posso decidere così in fretta.»

«Be', non decidere subito. So che non ti sei mai presa più di due settimane di vacanza, da quando lavori, e non sei mai andata da nessuna parte se non qui. Torna a far parte del mondo. Non soltanto del mio mondo, come un tempo. Del nostro mondo, cara.»

Cara.

«Per ora sediamo qui ad ascoltare questa magnifica musica. Sono troppo stanca per pensare.»

Si tennero per mano, mentre Frank Sinatra li trasportava lungo una scala fino alle stelle.

* * *